BESTSELLER

Susana Rodríguez Lezaun (Pamplona, 1967) es periodista, licenciada en ciencias de la información por la Universidad del País Vasco. Ha trabajado en el *Heraldo de Soria*, *El Mundo* y *Diario de Noticias de Navarra*, donde coordinaba y elaboraba un suplemento semanal dedicado a la actualidad educativa. En 2003 recibió el Premio Periodístico Ciudad de Barañáin. Desde pequeña supo que quería contar historias, unas reales, las que cada día plasmaba en el diario, y otras inventadas, las que llenan las páginas de sus cuentos y novelas. Es autora de *Sin retorno* y *Deudas del frío*.

Biblioteca
SUSANA RODRÍGUEZ LEZAUN

Deudas del frío

DEBOLS!LLO

Primera edición: abril de 2017

© 2017, Susana Rodríguez Lezaun
© 2017, Penguin Random House Grupo Editorial, S. A. U.
Travessera de Gràcia, 47-49. 08021 Barcelona

Printed in Spain - Impreso en España

ISBN: 978-84-663-3952-0 (vol. 1070/2)
Depósito legal: B-4.870-2017

Compuesto en La Nueva Edimac, S. L.
Impreso en Liberdúplex, S. L.
Sant Llorenç d'Hortons (Barcelona)

P 3 3 9 5 2 0

Penguin
Random House
Grupo Editorial

*A mis padres, por hacer de mí la persona que hoy soy.
Gracias por vuestro apoyo y amor incondicional,
y por poner en mis manos tantos y tantos libros*

1

Un gélido viento azotaba las calles de Pamplona, barriendo del suelo las hojas muertas de los árboles y los papeles que la ventisca había arrancado de las manos enguantadas de los viandantes. El invierno había llegado como solía hacerlo, tras un breve verano y un lluvioso otoño. El tímido sol que lució por la mañana apenas tuvo fuerza suficiente para calentar los cuerpos de los desamparados ciudadanos, obligados a abandonar sus caldeados hogares para aventurarse en las calles heladas, y ahora, con la luz en retirada y la noche plenamente instalada de nuevo en la ciudad, los peatones caminaban presurosos por las aceras o esperaban el autobús ateridos bajo las marquesinas, pateando el suelo con fuerza en un vano intento de sonsacarle al asfalto un poco de calor.

Sentado en el cómodo asiento de su coche, con la calefacción escupiendo un incesante chorro de aire caliente, Jorge Viamonte intentaba recordar cuándo fue la última vez que viajó en autobús. Seguramente tendría que remontarse a sus escapadas de juventud por toda Europa, aunque había pasado tanto tiempo desde entonces que incluso dudaba de si el vago recuerdo que le asaltaba era propio o prestado. Aquéllos sí que fueron buenos tiempos. Tres emocionantes meses descubriendo todos los rincones de la Europa civilizada, convertido en un aventurero, un hippy desgreñado y encantador, con una abultada tarjeta de crédito escondida en la cartera que le permitía, cuando así lo deseaba, abandonar los albergues y alojarse en los mejores hoteles para recuperarse de la dura vida del trotamundos. Todo aquello quedó atrás hacía mucho tiempo, aunque los recuerdos de los cigarros de marihuana fumados a escondidas bajo los pilares del Sena, los largos tragos de ron barato y los cálidos pechos de la joven que conoció en Alemania y que, después de una semana juntos, lloraba desconsolada en el andén de la estación, siempre le provocaban una suave sonrisa nostálgica. Esperaba que sus hijos varones tuvieran la ocasión de realizar un viaje semejante cuando terminaran sus estudios. Miró a su alrededor y comprobó que los peatones más rezagados cruzaban a toda velocidad el paso de cebra, con el semáforo a punto de cambiar de color. Se ajustó los guantes en las muñecas y se miró en el espejo retrovisor. Retiró un mechón de pelo de la frente con la punta de los dedos y devolvió una sonrisa satisfecha a su reflejo. Todavía conservaba algo del bronceado del pasado verano que, junto con sus abundantes rizos plateados, le confería un atractivo del que era plenamente consciente. De hecho, se esmeraba por aparecer siempre pulcramente vestido y arreglado, con la corbata perfectamente anudada, el traje a medida y la camisa con sus iniciales grabadas con hilo brillante en la pechera o en las mangas, donde siempre refulgían unos gemelos de titanio y ónix diseñados por Paloma Picasso que adquirió en Tiffany durante su última visita a Nueva York. En su opinión, un cerebro privilegiado no era nada sin una buena imagen que lo sustentara. Tenía que reconocer que la naturaleza había sido generosa con él, ya que además de tener una cabeza perfectamente amueblada, su cuerpo se mantenía tan firme y ágil a sus cincuenta y cinco años como lo era a los treinta. Fijó la vista en la carretera justo a tiempo de ver el semáforo cambiar a verde. Aceleró y sus pensamientos volvieron a la realidad. Lo que más le preocupaba en esos momentos era la extraña cita a la que se veía obligado a acudir.

El trabajo se amontonaba sobre la mesa de su despacho cuando recibió la inesperada e inoportuna llamada de su hermano. Hacía más de un año que no hablaban y lo último que esperaba era escuchar su voz al otro lado del teléfono. Al principio, Lucas se había mostrado indeciso en sus palabras. Jorge captó el miedo en su voz, el temor a decir algo que enfadara a su hermano mayor, como sucedió tantas veces en el pasado. Y, como siempre, la mente de Jorge reprodujo la imagen de un joven sonriente, con el rostro bronceado y cubierto de pecas, el cabello claro, brillante bajo el sol de verano, y una raqueta de tenis en la mano, corriendo a su encuentro para felicitarle por el partido ganado. La fotografía, caprichosa y mutante como todas las que fabrica la mente, nada tenía que ver con el hombre de aspecto ajado, cabello sucio y rostro hinchado que encontró la última vez que vio a Lucas. Entonces sólo quería pedirle dinero y sospechaba que, en esta ocasión, el motivo de su llamada sería el mismo.

—Es mi hermano —le dijo a la secretaria que ordenaba documentos en la mesita auxiliar mientras tapaba el auricular con la mano. La mujer se levantó con presteza, dirigió una breve sonrisa a su jefe y taconeó hacia la puerta del despacho, cerrándola a su espalda—. Lucas —dijo simplemente—, cuánto tiempo.

—¿Cómo está mi hermano mayor? —La voz de Lucas sonó falsamente alegre a través del teléfono, patente el esfuerzo por parecer natural, como si nunca hubiera pasado nada. Pero eran tantas cosas...

—Estoy bien. Trabajando mucho, como siempre, ¿y tú?

—No quisiera entretenerte, puedo llamarte en otro momento...

—No te preocupes. No pasa nada por perder unos minutos —¿Perder? ¿De verdad había dicho eso? Se frotó con fuerza la frente mientras se recostaba en la silla, cerrando los ojos y mordiéndose la lengua—. No me interpretes mal, siempre tengo tiempo para mi hermano.

—Pues te lo agradezco —dijo, aprovechando el momento de ofuscación de Jorge—, porque necesito verte. Es urgente, de otro modo no me habría atrevido a molestarte, sabiendo que eres un hombre muy ocupado.

—¿Y cuándo quieres que nos veamos? —No tuvo valor para decirle que, realmente, tenía mucho trabajo pendiente, más de lo habitual para el presidente de un banco, pero tenían una importante auditoría encima y el papeleo se acumulaba. Miró la hora en su reloj. Pasaban unos minutos de las siete.

—Si pudiera ser esta misma tarde, sería estupendo.

—¿Esta tarde? Me dejas muy poco tiempo para organizarme.

—No será mucho rato, media hora como mucho. Me salvarías la vida, hermano.

Jorge había escuchado esa expresión en demasiadas ocasiones y sabía que el salvavidas siempre tenía el color del dinero, así que decidió no andarse con rodeos.

—¿De cuánto estamos hablando? —dijo, sin molestarse ya en ocultar el hastío de su voz.

—No es sólo cuestión de dinero...

—Luego sí que es cuestión de dinero —replicó Jorge.

—Lo es en parte, pero hay más, hay cosas muy graves que debes saber. Jorge, por favor —suplicó.

—Está bien, pero no pienses que voy a ser tan generoso como la última vez. ¿Puedes venir a mi despacho? Como supondrás, Sandra no quiere verte aparecer por casa, después de la última que organizaste.

—Todavía me arrepiento —respondió en un hilo de voz—. Nunca debí decir lo que dije, fue muy poco considerado de mi parte, pero el asunto se me fue de las manos.

—El «asunto» era mi hijo, Lucas. Los comentarios que hiciste sobre su novia estuvieron completamente fuera de lugar.

—Lo sé, lo sé, y no sabes cuánto lo siento.

—De acuerdo, déjalo, aquello ya no tiene remedio. Entonces ¿vienes? —Consultó de nuevo su reloj. Media hora con su hermano, más lo que llevaba invertido en esta conversación, le iba a suponer un retraso de una hora. Llamaría a Sandra para que no le esperara a cenar y a Alberto para que le consiguiera algo caliente con lo que sobrellevar la tarde.

—La verdad es que estoy un poco lejos y no tengo medio de transporte. Tardaría más de una hora en llegar andando hasta tu oficina, y con este frío... ¿Te puedes acercar tú a mi casa?

Jorge suspiró y se recostó de nuevo en el sillón, que lo acogió con la comodidad que se espera de un respaldo de calidad. Mientras hablaba, abrió el cajón de su escritorio y sacó el talonario de cheques, que guardó en el bolsillo interior de su chaqueta.

—¿Dónde vives? No recuerdo la dirección. —En realidad, no creía haber conocido nunca las señas de su hermano.

—Estoy en Berriozar, en un piso que me ha prestado un amigo que no lo necesita en estos momentos. Está casi al final del pueblo, cerca de las vías del tren. A la derecha, al final de la avenida de Guipúzcoa, verás un edificio marrón con ventanas estrechas. Vivo en el tercer piso, el único de la planta que está habitado. El timbre no funciona, pero el portal siempre está abierto. No tiene pérdida.

—Déjame terminar algunas cosas urgentes. Tardaré media hora, y no dispongo de mucho más, ¿de acuerdo?

—Por supuesto. Directo al grano, como siempre.

Cuando colgó el teléfono sintió en la boca el mismo regusto amargo que le embargaba siempre que hablaba con su hermano. Una parte de él quería apartar definitivamente de su vida al despojo humano en el que se había convertido Lucas Viamonte. Alcohólico, drogadicto, un indigente que se tambaleaba por las aceras y vivía de la caridad, que había rechazado siempre la ayuda que su familia le brindó para desintoxicarse y volver al buen camino. Ése era Lucas. Pero también era su cómplice durante las escapadas juveniles en la casa de la playa, el joven divertido y deportista que se esforzaba por ganarle al tenis, el confidente que escuchaba sus temores, a quien contaba sus primeras experiencias amorosas, sus avances bajo la falda de las chicas, la primera persona a quien llamó cuando se declaró a Sandra o cuando nació su primogénito. Por eso no podía apartarlo de su lado, aunque ayudarle le supusiera un grave dilema moral.

Tardó menos de diez minutos en firmar los documentos que tenía sobre la mesa. Llamó después a su secretario, Alberto Armenteros, que cruzó la puerta unos segundos más tarde. Vestía impecablemente, como siempre, con un traje de corte moderno, camisa entallada y una corbata estrecha, todo perfectamente combinado y a la moda. Encontró a Jorge de pie, poniéndose el abrigo.

—¿Se marcha? —preguntó sorprendido.

—Tengo que salir un rato. Volveré en menos de una hora para seguir con la revisión de los documentos. Los de la junta me están azuzando, no quieren que entreguemos la documentación en el último momento, prefieren revisarla personalmente antes de enviarla al Banco de España.

—Claro, lo entiendo. ¿Puedo hacer algo mientras tanto? Quizá incluso pueda ayudarle con su recado.

—No es un recado, es mi hermano. —Se detuvo un momento, rememorando de nuevo la reciente conversación—. Me ha llamado después de más de un año sin tener noticias suyas. Supongo que necesitará dinero, como siempre.

—No quisiera ser indiscreto, pero ¿por qué no le envía un cheque, o un giro postal? Así se ahorraría el mal trago del encuentro.

—Ha insistido en verme. No sé, quizá esté enfermo, ya sabes que no se mueve en un ambiente lo que se dice saludable.

Alberto movió la cabeza afirmativamente, dando la razón a su jefe. Armenteros era un joven de tan buena familia como el propio Viamonte. Su padre, que llegó a ser un alto ejecutivo de la banca nacional, le obligó a empezar desde abajo, para conocer todos los entresijos del complicado mundo bancario. Poco después de licenciarse en Económicas comenzó a trabajar como secretario personal de Jorge Viamonte, presidente del Banco Hispano-Francés, uno de los más poderosos del sur de Europa, con sucursales en los cinco continentes, inversiones en todas las áreas de negocios y uno de los más solventes en el convulso panorama financiero español, salpicado casi a diario con noticias sobre quiebras, intervenciones y bancarrotas.

Ahora, contra todo pronóstico, el Banco de España había puesto al Hispano-Francés en su punto de mira, solicitando una exhaustiva auditoría interna de la entidad. Aunque la junta directiva insistía en afirmar que se trataba simplemente de un trámite, casi una obligación en los tiempos actuales, el rumor de una intervención se había extendido como la pólvora en los corrillos de los mercados financieros, siempre a la búsqueda del siguiente ahorcado al que retirar la silla de los pies. Lo más fácil era pensar que el banco ocultaba dinero negro, o que no había sido claro con sus accionistas en la rendición de cuentas. Acuérdate de Bankia, decían los agoreros. Una de las víctimas de la zozobra económica había sido precisamente el padre de Alberto Armenteros. Acusado de malversación de fondos en la Caja de Ahorros que presidía, pasó un año entero en la cárcel. Cuando consiguió la libertad condicional, su familia comprobó el deterioro físico y mental de un hombre que lo tuvo todo y que ahora se limitaba a deambular por el jardín, incluso los días de lluvia o nieve, ocultando a todo el mundo la tobillera negra que le retenía, como una cadena invisible, atado a un radio máximo de diez kilómetros del Juzgado. Javier Armenteros, el padre de Alberto, no consultó a la junta de accionistas una serie de inversiones que, de haber salido bien, habrían reportado ingentes beneficios tanto a la entidad bancaria como a sí mismo. Sin embargo, la burbuja inmobiliaria le estalló en plena cara y se encontró con miles de millones de euros atrapados en inversiones estancadas y la imposibilidad de explicar aceptablemente lo que había sucedido.

¿Puedo acompañarle, al menos? —preguntó Alberto.

—Mejor quédate y avanza en el repaso de lo que he dejado sobre la mesa.

Alberto cogió la carpeta adelantando una mano morena y cuidada, con las uñas pulcramente cortadas y pulidas y sin ningún anillo ni otro adorno que un discreto reloj, muy alejado de los ostentosos Rolex y Tag Heuer que lucían sus compañeros y el propio Viamonte.

—He avisado a Meyer y a Rosales de que estaré fuera durante una hora aproximadamente. Si me necesitan, tendrán que esperar a que regrese.

—¿Tiene que ir muy lejos?

—A Berriozar, a un edificio cerca de las vías del tren.

Alberto frunció el ceño con aversión y una leve arruga surcó su frente.

—No me gusta nada esa zona. Si se trata del edificio de Protección Oficial que diseñó Ramón Hurtado, está oficialmente sin terminar, a la espera de que el constructor pague al Ayuntamiento lo que debe para que le conceda el permiso de habitabilidad. Y, mientras tanto, unos cuantos sinvergüenzas han ocupado varias viviendas.

—Si es así, mi hermano es uno de ellos, porque me ha citado en la tercera planta.

—No vaya, puede ser peligroso.

—No te preocupes tanto, que pareces mi mujer. —La sonrisa que asomó a sus labios no pudo disimular la preocupación que comenzaba a colarse en su subconsciente—. Creo que podré defenderme de cualquier amenaza, soy un hombre de buena talla y no ando mal de fuerza, ¿no crees?

Jorge lució una blanquísima sonrisa y le guiñó un ojo a su secretario mientras se dirigía hacia la puerta, palpando de nuevo su chaqueta para comprobar que llevaba el talonario de cheques. En la antesala, tres jóvenes asesores charlaban alrededor de la mesa de la secretaria. Guardaron silencio mientras el presidente cruzaba la estancia sin siquiera mirarlos y respiraron aliviados cuando estuvieron seguros de que el ascensor había abandonado la planta.

—Se marcha pronto hoy el superjefe —comentó uno de ellos en voz baja. Desde allí no podía estar seguro de que estuvieran realmente solos.

—Ha quedado con su hermano —respondió la secretaria, encantada de ser el centro absoluto de atención.

—No sabía que tuviera un hermano. ¿Quién es?

—Imagínate —contestó el segundo joven—, un Viamonte, algún pez gordo.

—Es un mendigo. —La noticia, lanzada por la secretaria con un deje de orgullo en la voz al saberse la única conocedora de la verdad, congeló la conversación durante unos instantes.

—Álvaro —intervino el primero—, ¿tú sabías algo de esto? ¿El presidente tiene un hermano...?

—Mendigo —repitió ella—. Va a reunirse con él.

Los tres jóvenes se miraron un instante y decidieron casi al unísono que, si ésa era una buena hora para que el jefe dejara de trabajar, también lo era para ellos. Se despidieron cortésmente de la joven y se apresuraron hacia sus propios despachos, dispuestos a dar por concluida la jornada cuanto antes.

Jorge Viamonte salió a la fría tarde y abandonó las grises calles de Pamplona en busca de Berriozar, un pueblo prácticamente unido a la capital que había crecido al amparo de la prosperidad económica de la provincia en los años setenta y ochenta. Del primitivo pueblo apenas quedaban algunas construcciones de piedra colgadas del monte Ezkaba, el antiguo lavadero y un camino pedregoso con innumerables recodos en los que las parejas de la zona hallaban la intimidad que buscaban. No le costó trabajo encontrar el edificio en el que vivía su hermano. La larga carretera que dividía el pueblo en dos terminaba abruptamente frente a las vías del tren, dos hileras férreas que se perdían en el horizonte, apenas señalizadas y protegidas por un guardarraíl automático y un semáforo que en ese momento manchaba de verde los gruesos guijarros esparcidos a sus pies. A la derecha, marcando un exagerado contraste con el resto de los edificios, una torre blanca y ocre de cinco plantas ocultaba las decrépitas construcciones de los primeros habitantes del moderno Berriozar, bloques de pisos levantados a toda prisa para albergar a los obreros de las fábricas cercanas.

Estacionó en el desierto aparcamiento y se dirigió a la puerta de entrada que, como predijo su hermano, estaba abierta. No había luz en el interior, todos los casquillos carecían de bombilla y el ascensor tampoco funcionaba, así que buscó las escaleras a tientas hasta que accionó en su móvil la función de linterna. Encendió la luz amarilla del terminal y comenzó a subir. Estaba en buena forma física, por lo que ascender seis tramos de peldaños no le supuso ningún esfuerzo. Avanzó despacio, atento a cualquier sonido que le indicara la presencia de otro ser humano. Sin embargo, el eco de sus propios pasos repiqueteando en las baldosas de gres le hizo pensar que estaba solo en aquel lúgubre edificio. Desoyó la voz urgente de su cabeza que le exigía salir de allí a toda prisa y siguió subiendo. Su hermano podía estar en serios problemas, quizá enfermo o herido. O ambas cosas. Llegó al tercero y se encontró frente a cuatro puertas. Tres estaban cerradas, pero comprobó que la cuarta permanecía entreabierta. Llamó con los nudillos y esperó una respuesta del interior. El silencio a su alrededor era sofocante. A pesar del frío reinante, sintió que unas gotas de sudor empapaban su camisa. No recordaba haber tenido miedo ni una sola vez en su vida. Hasta entonces. Un par de minutos después, cuando incluso el sonido de su propia respiración resultaba estridente, golpeó la puerta con más fuerza, empujándola al mismo tiempo y llamando a su hermano en voz alta:

—¿Lucas? —Las paredes desnudas del apartamento ni siquiera le devolvieron el eco de sus palabras—. ¿Lucas? ¿Estás aquí?

La casa estaba vacía. Apenas se entretuvo en observar los escasos muebles de la primera habitación que encontró, cubiertos por innumerables capas de mugre y porquería: un colchón descansando directamente en el suelo, un par de sillas de jardín que en algún momento fueron blancas, varias maletas abiertas en el suelo, con su contenido esparcido alrededor y montones de ropa apilada de cualquier modo, entre la que creyó percibir el movimiento de varias cucarachas. La casa apestaba a suciedad, a meados y a heces. Le costaba soportarlo, pero se obligó a seguir buscando a su hermano, conteniendo las arcadas y respirando a través de su pañuelo de hilo. En el salón, un par de sofás desvencijados esperaban a sus ocupantes delante de una caja de madera sobre la que un pequeño televisor de más de veinte años de antigüedad mantenía un precario equilibrio. A la derecha del pasillo descubrió un baño al que sólo pudo echar una rápida ojeada antes de que una arcada le llenara la boca de sabor a vómito y una segunda habitación igual de desangelada que el resto de la vivienda. Retrocedió de nuevo hasta el salón y salió al rellano, dejando la puerta entreabierta, tal y como la había encontrado. Regresó a las escaleras y bajó al segundo, prestando atención a los ruidos que percibía. En esa ocasión, al contrario que cuando subió, percibió desde detrás de una de aquellas puertas el sonido de la vida cotidiana: risas infantiles, el locutor de una radio dando las últimas noticias, fragmentos de conversaciones… Todo normal, salvo que nadie debería estar en aquel lugar. Pensó que quizá su hermano estuviera en alguna de esas viviendas y se detuvo en el rellano, esperando escuchar su voz familiar, pero ninguna de las que llegaron a sus oídos le recordó a la de Lucas. Le llamó de nuevo en alto, provocando un inmediato y denso mutismo al otro lado de la puerta. Insistió un par de veces más, hasta que finalmente se dio por vencido y continuó bajando a través del abrumador silencio que se había instalado de nuevo en el edificio. No había señales de su hermano por ninguna parte. ¿Se habría confundido de lugar? ¿O quizá Lucas se había marchado por algún motivo? Apagó la función de linterna del móvil y buscó el registro de la llamada de Lucas. El chirrido mecánico de una máquina al otro lado de la línea acabó con cualquier posibilidad de seguir buscando. Mantuvo a raya las ganas de darle una patada a algo mientras guardaba el teléfono y se dirigía a la puerta, maldiciendo por lo bajo esa pérdida de tiempo tan absurda. Fuera, la noche había condenado a la oscuridad a toda la parcela. Al tratarse de un edificio deshabitado, el Ayuntamiento todavía no había instalado farolas en las calles, por lo que los faros de los coches eran la única iluminación con la que contaba. No había nadie en las aceras, y los habitantes de las viviendas colindantes habían cerrado las persianas a cal y canto, conservando en el interior el calor artificial de la calefacción e impidiendo que el invierno se les colase entre las rendijas.

El frío era muy intenso y el viento helado le cortaba la piel como un cuchillo afilado. Una pertinaz llovizna amenazaba con calarle hasta los huesos si permanecía demasiado tiempo a la intemperie. Las finas gotas de lluvia se le clavaban en la cara como alfileres y se deslizaban entre el pelo hasta el cuero cabelludo. El cielo estaba completamente cubierto de nubes negras, tan densas que le dio la sensación de que podría tocarlas con sólo estirar un poco la mano. Se levantó el cuello del abrigo y encogió los hombros para protegerse de la gélida ventisca que bajaba del monte. Se dirigió rápidamente hacia su coche, el único estacionado en una zona de aparcamiento perfectamente delimitada. Cerca del vehículo le pareció ver una sombra que se acercaba con rapidez. Aceleró el paso al mismo ritmo que su corazón, que brincaba sobresaltado, bombeando sangre a sus músculos, preparándolos para la carrera. No le apetecía nada encontrarse con algún drogadicto desesperado en un lugar en el que nadie podría ayudarle. La figura volvió a moverse. Estaba a punto de alcanzar el coche cuando la sombra se plantó frente a él. Desde donde estaba no podía verle la cara. Sólo un par de metros le separaban de la puerta. Metió la mano en el bolsillo y tocó las llaves. Presionó el control remoto y el vehículo emitió el característico sonido de apertura junto con un parpadeo de las luces, un brillo fugaz pero suficiente para ver el rostro de quien le acechaba. Abrió la boca para decirle algo, pero no llegó a pronunciar ni una palabra.

El fogonazo que cortó la oscuridad le cogió tan de sorpresa que durante una fracción de segundo ni siquiera fue consciente de que le habían disparado. El calor comenzó a abandonarle rápidamente, mientras sentía que las piernas se le doblaban sin que pudiera hacer nada por evitarlo. No quería caer, pero su cuerpo no obedecía a sus deseos. Apenas sintió dolor cuando cayó al suelo y se golpeó la cabeza contra el bordillo del aparcamiento. Mantuvo los ojos abiertos, igual que la boca, por la que ya no entraba aire ni salía ningún sonido. En pocos segundos, Jorge Viamonte, presidente del Banco Hispano-Francés, pasó a ser historia.

Mientras el asesino se escabullía con la misma celeridad con la que había llegado, una delgada figura roja escapaba por detrás de los matorrales helados.

2

El ambiente en comisaría era inusualmente tranquilo. El día había amanecido frío y lluvioso, con una espesa bruma envolviendo el espíritu de aquellas personas que osaban poner un pie fuera, y no había hecho sino empeorar según pasaban las horas, hasta convertir la tarde en un páramo helado y desértico. Parecía como si el mal tiempo hubiera congelado también los ánimos de los delincuentes, hasta el punto de que la centralita llevaba casi media hora muda. En la calle, las brigadas municipales recorrían las vías más transitadas arrojando paletadas de sal con la que combatir las heladas nocturnas. Matías, el agente al frente de la centralita telefónica, levantó un par de veces el auricular para comprobar que la línea funcionaba correctamente, asombrado ante la ausencia de llamadas. Acto seguido volvió a concentrarse en la resolución de un sudoku especialmente complicado para su escaso talento con los números, aunque descifrar éste en particular se había convertido en un asunto de amor propio: esa misma mañana, su hijo de quince años había rellenado todas las casillas en menos de diez minutos, mientras que él sólo había sido capaz de anotar un cero y un ocho en un par de huecos, y ni siquiera estaba seguro de que aquéllos fueran sus lugares correctos. Así pues, se había propuesto agilizar su oxidado cerebro para estar a la altura de la destreza intelectual de su hijo adolescente.

Cuando por fin sonó el teléfono, poco después de las ocho y media de la tarde, su mente se debatía entre un dos y un cinco para la casilla central. Soltó el bolígrafo, sobresaltado por el repentino estruendo, y lo recogió mientras colocaba el cuaderno de avisos sobre el sudoku.

—Comisaría de policía. —Éste era el lacónico saludo con el que respondía siempre al teléfono, tres palabras que no siempre invitaban al interlocutor desconocido a explicar cuál era la emergencia, pero que servían para indicar claramente el tipo de servicio que se podía esperar en aquel lugar. Escuchó atento las palabras que le llegaban a través de la línea. Sin darse cuenta, enderezó la espalda al mismo tiempo que el informante comunicaba la emergencia—. Entendido, nos ponemos en marcha —dijo, y colgó. Volvió a levantar el auricular inmediatamente y pulsó una sola tecla. Apenas dos tonos después llegó hasta su oído la voz áspera del comisario Tous—. Señor, nos acaban de informar de que han encontrado un cadáver en el término de Berriozar, junto a las vías del tren. Se trata de alguien conocido, el director de un banco, le reenvío la ficha de la identificación. —Escuchó brevemente y continuó hablando—: La llamada procedía del servicio de emergencias 112, a ellos los han avisado los críos que han encontrado el cuerpo. Nos han llamado en cuanto han comprobado que estaba muerto, señor. —Escuchó de nuevo y concluyó la conversación con un lacónico—: Sí, señor, ahora mismo. —Colgó e inmediatamente marcó una nueva extensión—. Inspector Vázquez, le paso con el comisario. —Colocó con firmeza el auricular en su lugar y miró el sudoku inconcluso.

El teléfono volvió a sonar casi inmediatamente. Mientras lanzaba una vez más su escueto saludo, decidió que la normalidad había vuelto a la comisaría. Abrió el cajón de la mesa, metió el pasatiempo y lo cerró con fuerza antes de continuar anotando la nueva emergencia.

Sentado frente a su escritorio, el inspector David Vázquez revisaba la pila de llamadas y mensajes que se habían acumulado sobre la mesa durante sus cortas vacaciones, siete días de descanso y desconexión mental que había aprovechado para visitar a su madre. El viaje, además, sirvió para que la anciana conociera a Irene, la mujer que se había convertido en el eje de su vida. Habían coincidido en el transcurso de la investigación sobre la muerte del marido de ella y su relación había sido la comidilla de la comisaría durante varias semanas, aunque nadie tuvo nunca el valor de hacer ningún comentario en su presencia. Irene Ochoa perdió a su marido en el incendio que calcinó su vivienda. La investigación posterior determinó que se trató de un accidente, pero dejó al descubierto una historia de malos tratos y agresiones por parte de un marido alcohólico. La atracción entre ellos fue inmediata e irrefrenable, y no pudieron evitar dejarse llevar por sus sentimientos, sin pensar hacia dónde los conduciría esa decisión. Hoy, pasados ya seis meses, compartían su vida y su vivienda, después de que Irene accediera a que David se instalara definitivamente en su casa. El tiempo, sin embargo, no había curado todas las heridas. En ocasiones, David la sorprendía inmersa en sus pensamientos, perdida entre las nubes negras de la muerte de su marido, primero, y de su cuñada, después. La hermana de Marcos Bilbao, el esposo de Irene, se suicidó semanas después del incendio, dejando sola a su madre, que había perdido la razón tras la tragedia y se encontraba en estado casi vegetativo, dependiente por completo de enfermeras que la cuidaban día y noche. Cuando esto sucedía, David procuraba respetar su espacio y su silencio, deslizando de vez en cuando breves caricias con las que simplemente pretendía recordarle que no estaba sola. Pero creía que, dejando a un lado esos pequeños períodos de tristeza, su relación era prácticamente perfecta: todavía no habían perdido la magia de los primeros días ni el placer del mutuo descubrimiento, pero comenzaban a funcionar como una pareja consolidada, con sus rutinas diarias y la complicidad de entenderse con una sola mirada. Ya no existían silencios incómodos ni sorpresas inesperadas. Cada uno tenía su lado de la cama y se encontraban en medio con ternura, pasión y un profundo amor.

Los días pasados con su madre en su pequeño pueblo natal de

la sierra leonesa habían despertado en su interior la gratificante sensación de estar completo. A un lado, su familia intemporal, su madre, su bastón y referente durante tantos años. Al otro lado, acariciándole la mano, su presente y su futuro, la mujer cuya voz anhelaba escuchar más que nada en el mundo. Disfrutó como nunca mostrándole los parajes en los que jugaba siendo un niño, y sonreía avergonzado cuando su madre narraba divertidas anécdotas en las que David siempre era el protagonista. Saludó a mujeres de rostros arrugados y suaves manos que palmeaban con afecto las mejillas de David, agradeciendo la distracción que la visita introducía en su rutina diaria. Sin duda, el hijo de Vázquez y su novia serían tema de conversación en las calles del pueblo durante varios días. También fueron muchos los hombres que se detuvieron a charlar con ellos durante sus paseos. Caminaban encorvados, apoyados en un bastón convertido en la extensión de su propia mano mientras señalaban las intrincadas crestas de los cercanos Picos de Europa. Los trataron con la condescendencia con la que se habla a los turistas, mostrándoles entre las nubes los picos de las montañas y citando sus nombres de carrerilla, olvidando, quizá por efecto de la edad o por no perder la oportunidad de mostrar sus conocimientos sobre el lugar, que David había nacido en una de aquellas casas de tejados a dos aguas. Se recordó a sí mismo trotando por las calles empedradas, ignorando las voces de los mayores que le instaban a detenerse antes de romperse la crisma, y tiritando de frío la vez que se lanzó de bruces al río intentando pescar una trucha con las manos, como hacían los osos en los documentales de la televisión.

Cuando se despidió de su madre le asaltó la inquietante idea de que aquélla podría ser la última vez que la viera. Eran ochenta y cinco los años que había cumplido el pasado verano y en los últimos meses su salud había sufrido un notable deterioro. Sin embargo, la anciana se alzó sobre sus temblorosas piernas para despedir a su hijo en pie, frente a la puerta de madera de la casa en la que esperaba morir en paz, sin dolor ni temor. Levantó la mano, diciéndoles adiós mientras el coche se alejaba. La vio sonreír a través del espejo retrovisor. Rozó la mano de Irene al cambiar de velocidad y el tibio contacto de su piel deshizo el nudo de su estómago, obligándole a devolver la sonrisa al reflejo de su madre y a guardar ese recuerdo en su memoria, junto con todas las vivencias que le habían convertido en el hombre que hoy era.

La grata evocación abandonó su mente al mismo tiempo que el agudo timbre del teléfono le taladró el tímpano, poco acostumbrado en los últimos días a los estruendos cotidianos. Alejó de su memoria las montañas de León, las cumbres nevadas de los Picos de Europa y la tranquilidad de las calles de su pueblo y se dispuso a regresar a la realidad. Descolgó el auricular al tercer timbrazo, sospechando que el recuento de mensajes y llamadas tendría que esperar un momento mejor.

—Vázquez —dijo, sólo para confirmar a quien llamaba que no se había confundido de extensión.

—Inspector Vázquez —escuchó la voz de Matías al otro lado de la línea—, le paso con el comisario.

Tras un pequeño clic-clac de la línea y un breve tono de llamada, la voz de Tous le llegó nítida.

—Señor —saludó Vázquez.

—Inspector, ¿qué tal su vuelta de las vacaciones?

—Bien, señor, llevo horas intentando ponerme al día.

—Eso tendrá que esperar, tenemos un asunto feo entre las manos.

—Todos lo son, señor, no suelen invitarnos a fiestas...

—Cierto, pero éste lo es especialmente. —Se produjo un momentáneo silencio mientras el comisario buscaba las palabras más efectivas. Era un hombre de acción atado a una silla por la edad y las condecoraciones, por lo que muchas veces le costaba expresarse correctamente—. Han encontrado el cadáver de Jorge Viamonte, el presidente del Banco Hispano-Francés. Un disparo, desde luego nada que haga pensar en una muerte natural o un accidente. Los sanitarios no han podido hacer nada por él, ya estaba muerto cuando han llegado.

—Nos ponemos en marcha de inmediato, señor, todo el equipo está en comisaría. —Mientras hablaba guardó el móvil en el bolsillo, junto con un pequeño bloc de notas y un bolígrafo.

—Matías le proporcionará todos los datos. Me temo que la prensa no tardará en aparecer, era un personaje importante. He enviado dos patrullas para que mantengan a los curiosos a raya, pero a usted le va a tocar bailar con la más fea. Ya sabe, en los tiempos que corren es demasiado fácil encontrar candidatos para asesinar a un banquero, la lista es larga... No debe hablar con nadie ajeno a la investigación y me informará directamente a mí, ¿de acuerdo?

—Como siempre, señor. —Aunque comprendía la inquietud de su superior, a David le incomodaba que su jefe le marcara el camino a seguir. A pesar de pertenecer a un cuerpo con un escalafón claramente establecido, en ocasiones le costaba acatar las órdenes de sus superiores, especialmente las que iban en contra de lo que le dictaba su propio sentido común. Le irritaban sobremanera las disposiciones decretadas al abrigo de presiones políticas, y recordaba con amargura los días siguientes al fatídico 11 de marzo de 2004, cuando a pesar de que todas las pruebas apuntaban claramente en una dirección, el gobierno de entonces presionó hasta más allá de lo soportable a los responsables policiales para que sus investigaciones se centrasen en la banda terrorista ETA. Varios buenos policías dimitieron o fueron destituidos por no seguir las directrices marcadas por el ministro de turno, aunque poco después se demostrara que, en esa ocasión, las bombas no tenían el sello etarra. Cogió su abrigo del perchero y se despidió del comisario—: Nos ponemos en marcha de inmediato.

Tous colgó antes de que Vázquez tuviera la oportunidad de añadir algo más. A su espalda intuyó la redonda figura de Teresa Mateo, que intentaba embutir su barriga de embarazada en un abrigo a todas luces demasiado estrecho. Helen Ruiz, una morena de baja estatura y gran valía, llegó acompañada de Mario Torres, el soltero de oro de la comisaría. Sólo faltaba Ismael Machado para completar el equipo.

—Matías nos ha dicho que tenemos un caso —dijo Teresa— y

que nos esperan en el escenario. Me ha dado la dirección, está en Berriozar.

—De acuerdo, en marcha. ¿Dónde está Ismael?

—Aquí mismo —contestó el interpelado—, no le dejan a uno ni mear tranquilo.

Un hombre sobrado de peso avanzaba entre las mesas secándose las manos con una toalla de papel que arrojó con muy mala puntería a una papelera. Las reprobadoras miradas de sus compañeros le obligaron a agacharse y recoger el trozo de papel arrugado, que introdujo por fin en la basura.

—En marcha —repitió Vázquez—. Nos llevamos dos coches; Torres, conmigo. Ismael, conduces el primero. Teresa, ¿cómo estás?

La aludida levantó la vista de su bolso y le obsequió con una mirada furiosa. Su pelo, corto y muy rubio, con las raíces oscuras ya evidentes, le daba un aspecto juvenil que en ese momento contrastaba con su evidente enfado.

—Cansada de que me lo preguntes a todas horas. Estoy bien, y si un día me encuentro mal, te lo diré. ¿Nos vamos?

Teresa no dio opción a una respuesta. Se encaminó hacia las escaleras con una agilidad impropia de una embarazada, rechazando el ofrecimiento de utilizar el ascensor para bajar al garaje. En pocos minutos cada uno ocupaba su lugar en los vehículos y las azuladas luces de emergencia se abrieron paso entre la negra noche invernal.

El trayecto no era largo, pero el tráfico era denso a esas horas, con miles de pamploneses regresando al seguro calor de sus hogares. El luminoso centro de la ciudad dejó paso a los barrios periféricos, donde las ventanas de los edificios refulgían de vida interior en contraste con las calles desiertas. Avanzaron en silencio, ayudados por el ulular de sus sirenas. Alcanzaron las primeras calles de Berriozar en menos de diez minutos, después de rodear a toda velocidad una rotonda en la que varios vehículos frenaron en seco ante el impetuoso avance de Ismael. Teresa cruzó las manos instintivamente sobre su vientre cuando sintió que el bebé, empujado por la adrenalina de su madre, se arrebujaba en la parte superior de la barriga, provocándole una incómoda sensación de ahogo. Amortiguó como pudo su malestar, respiró hondo y suspiró por llegar pronto para poder estirarse y permitir al bebé volver a colocarse cómodamente en su refugio.

Unos cientos de metros más adelante distinguieron las luces de las ambulancias y de la Policía Municipal de Berriozar, que había establecido un perímetro de seguridad alrededor del lugar en el que había sido hallado el cadáver. Vieron también las dos unidades enviadas por Tous, con los agentes entretenidos en despejar la zona de curiosos. Aparcaron los vehículos junto a la ambulancia y se identificaron ante los agentes locales que se acercaron de inmediato. Vázquez los felicitó por el dispositivo desplegado y se interesó por las circunstancias del hallazgo.

—Los chavales del pueblo frecuentan este descampado —comentó el más joven—. Vienen con las bicis y hacen piruetas que más de una vez terminan en Urgencias, pero no podemos impedírselo. Saltan en los montículos de tierra y corren a lo largo de la vía, incluso sobre los raíles. Dos de esos chavales entraron en la antigua caseta de los guardavías para encenderse un pitillo y encontraron el cadáver. Corrieron hasta la gasolinera que hay más adelante y desde allí nos llamaron. Estaban ateridos y asustados, así que cuando vinieron sus padres les permitimos que los esperaran a ustedes en nuestras dependencias, no vimos razón para retenerlos en la calle.

—Está bien, mis agentes hablarán con ellos cuanto antes para que puedan irse a casa.

Vázquez se volvió hacia Teresa y Helen y las envió a la comisaría de Berriozar.

—Averiguad si se han llevado algo o si se les ha caído alguna cosa. También si antes de entrar en la caseta vieron algo inusual, alguna persona abandonando el lugar, luces, coches… Están nerviosos —añadió—, tened paciencia.

Las agentes se alejaron en uno de los coches cargadas con sus mochilas y su inseparable ordenador portátil. Teresa no daba ni un paso sin los más modernos artilugios electrónicos, convencida de que ningún problema era irresoluble si se contaba con la tecnología adecuada.

Mientras Vázquez se encaminaba hacia la caseta junto a las vías, dos enormes focos entraron en funcionamiento casi simultáneamente, robándole a la noche su protagonismo y destruyendo cualquier sombra en veinte metros a la redonda. La caseta apareció ante sus ojos con toda su crudeza, una pequeña construcción de unos tres metros cuadrados con un tejado a dos aguas cubierto por tejas rojas nuevas que desentonaban claramente con el conjunto, tan sucio y decrépito que daba la impresión de llevar décadas abandonado. Las cuatro fachadas de la caseta estaban cubiertas por grafitis y frases de diverso contenido, desde amenazas de muerte hasta declaraciones de amor, intercaladas con signos indescifrables, expresiones en varios idiomas, agujeros en los ladrillos y un buen número de cagadas de pájaros, insectos y mamíferos de diversos tamaños, tanto de cuatro patas como de dos. El interior era igual de deprimente que el exterior. Por las dos ventanas opuestas se colaba la luz blanca de los focos, permitiendo distinguir la enorme cantidad de deshechos que se acumulaban en el suelo. Bolsas de plástico, restos de comida, botellas de cerveza, cartones de vino y decenas de colillas de tabaco cubrían el escaso espacio. Y sobre toda aquella basura, el cuerpo sin vida de un hombre que, sorprendentemente, parecía elegante incluso en la muerte.

Dos agentes charlaban junto a la entrada con los sanitarios que acudieron a la llamada de emergencia. Habían apagado las luces de la ambulancia, que esperaba a escasos metros de distancia. Con las manos en los bolsillos y el cuello del abrigo subido hasta las orejas, los cuatro hombres sacudían inquietos las piernas, intentando que no se les congelaran los pies. Guardaron silencio al percatarse de la proximidad de los inspectores. Saludaron marciales y se hicieron a un lado, franqueando el paso al espectáculo que les esperaba en el interior. Vázquez se aproximó hasta el quicio de la puerta, atento a lo que había a su alrededor para no pisar nada que pudiera constituir una prueba, pero el suelo estaba tan repleto de residuos que no había manera de dilucidar si algo de lo que estaba aplastando podía ser importante. Los del laboratorio iban a tener que hacer unas cuantas horas extras con este caso.

El hombre que yacía en el suelo boca arriba lucía un enorme agujero en el tórax. La sangre, oscura por el tiempo transcurrido desde que dejó de manar, cubría la camisa desde el pecho hasta el cinturón, manchando uno de los bolsillos del pantalón. Uno de los lados del abrigo también estaba cubierto de sangre. Sobre el paño, antes color arena, eran visibles unas grandes quemaduras oscuras, fruto sin duda de un disparo efectuado a corta distancia. El cadáver tenía la boca abierta y los ojos cerrados, como si se hubiera concentrado en aspirar una última bocanada de aire. El pelo, ondulado y húmedo, cubría parte de un rostro bronceado y bien afeitado. Vázquez pensó que, si se aislaba esa cara del resto del cuerpo, parecía que el hombre estaba plácidamente dormido. Con los guantes de látex como una segunda piel sobre sus dedos, se agachó junto al cadáver e introdujo cautelosamente la mano en los bolsillos del abrigo. El izquierdo estaba vacío, pero del derecho extrajo un pañuelo blanco perfectamente doblado, con las iniciales JV bordadas en una esquina, y la llave de un coche de alta gama. Con cuidado, retiró los faldones del abrigo para acceder al bolsillo interior. La inclinación del forro delató la presencia de algo pesado. Inmediatamente, sobre la mano de Vázquez aparecieron una cartera y un talonario de cheques. Antes de continuar se volvió hacia Torres, tendiéndole la llave.

—Busca el coche y regístralo —exigió al agente. Torres la cogió sin mediar palabra y se perdió en la oscuridad.

Abrió la cartera y observó atentamente su contenido: documento de identidad, carnet de conducir, tres tarjetas de crédito, todas doradas, las acreditaciones de un conocido gimnasio y de un club de tenis, ciento ochenta euros en billetes y una llave electrónica con el logo del Banco Hispano-Francés. No parecía faltar nada, todo estaba perfectamente ordenado en su correspondiente compartimento y no había ninguno vacío. Sacó después un llavero con cinco llaves de diferentes tipos y tamaños, sin ninguna identificación concreta. Finalmente apareció el teléfono móvil, un aparato de última generación con una gran pantalla táctil y una luz roja intermitente en el lateral derecho. Vázquez pulsó levemente la pantalla, que se iluminó de inmediato exigiendo la contraseña. Guardó todas las pertenencias de Jorge Viamonte en una bolsa de papel y continuó recorriendo los bolsillos del traje, sin hallar en ellos nada más que unas pocas monedas y un par de papeles garabateados, que introdujo en una segunda bolsa.

Se levantó despacio, ignorando el crujido de sus rodillas. Los años no pasan en balde, y cumplidos los cuarenta las articulaciones se van oxidando a pesar de los cuidados que se les dispensen. A pocos centímetros del cadáver descubrió una mancha de sangre de unos veinte centímetros de diámetro. Girándose, buscó con la mirada a los sanitarios que le observaban desde el exterior y les hizo una seña para que se aproximaran a la entrada.

—¿Habéis tocado algo? —preguntó.

—Cuando llegamos estaba tendido boca abajo. Le dimos la vuelta para comprobar sus constantes vitales. Cuando confirmamos el fallecimiento buscamos una identificación en la cartera, pero lo volvimos a dejar todo como estaba.

—¿Cómo estaba tumbado?

—Más o menos como está ahora, pero boca abajo. Estirado, con los brazos un poco separados del cuerpo y las puntas de los zapatos tocándose una contra otra. Tenía la cara vuelta hacia la derecha —añadió el sanitario, presumiendo claramente de su buena memoria— y los ojos abiertos. Se los cerró mi compañero, que es un sentimental y se impresiona con estas cosas.

—¿Movisteis o recogisteis algo más?

—Nada, todo está tan lleno de mierda como cuando llegamos. —El segundo sanitario sacudió afirmativamente la cabeza, dando la razón a su compañero—. Enviaremos el informe antes de salir del turno. Si no nos necesitan más...

—No, muchas gracias. —Vázquez centró de nuevo su atención en el lugar en el que había estado el cadáver originalmente. Se giró al escuchar la voz de Torres en el exterior.

—¿El jefe? —preguntó.

—Sigue dentro —contestó Machado.

—El coche está ahí mismo —dijo Torres desde la puerta. El interior era demasiado estrecho para tres cuerpos, sobre todo teniendo en cuenta la altura y corpulencia del subinspector—. Estaba aparcado junto a un edificio nuevo, al otro lado de la vía. Pero lo mejor es que, muy cerca del coche, hay un charco de sangre, y manchas más pequeñas sobre el bordillo. También hay marcas de arrastre y un evidente rastro rojo que se dirige hacia aquí. El lugar está tan oscuro que no es extraño que nadie se haya dado cuenta hasta ahora. Ya he avisado a los del laboratorio para que se desplieguen por la zona. Si la sangre es suya —dijo señalando el cadáver con la cabeza—, ya sabemos dónde lo mataron.

—Que haya tan poca sangre aquí dentro ya me había hecho pensar en esa posibilidad. Además, mírale los zapatos, están cubiertos de polvo en la puntera e inmaculados en la parte del talón, lo que indicaría que lo arrastraron boca abajo hasta aquí, cogiéndolo por las axilas y tirando de él. Los faldones del abrigo y la parte inferior del pantalón también están cubiertos de polvo. Son pocos metros...

—No más de cincuenta, se tarda menos de un minuto en llegar, un poco más si vas arrastrando un cuerpo y tienes que cruzar las vías del tren —reflexionó Torres.

Ismael Machado se acercó también a la entrada de la caseta, hablando desde debajo del brazo que Torres mantenía estirado y apoyado sobre una de las jambas de la puerta.

—Los del laboratorio están peinando el recorrido, por si el muerto o su asesino perdieron algo por el camino.

—Bien, poco más podemos hacer aquí. Ismael, acércate hasta el banco y comprueba si queda alguien allí. Pide acceso al despacho de Viamonte y recoge todos los efectos personales que encuentres: agendas, teléfonos, cuadernos de notas... Pregunta a la secretaria si su jefe tenía una cita esta tarde y con quién. La visitaremos mañana a primera hora. El resto de los trabajadores declararán después, estableceremos prioridades en función de lo que averigüemos.

Los dos hombres le escuchaban en silencio, tomando nota de sus indicaciones y asintiendo levemente con la cabeza.

—Torres —dijo Vázquez, dirigiéndose al segundo agente—, llama a Teresa y pregunta qué tal van. Que se vayan a casa cuando terminen de hablar con los chicos, salvo que sus declaraciones abran alguna vía urgente de investigación. Tú y yo nos vamos a acercar al club de alterne que hay allí atrás, por si el fallecido fuera un cliente que tuvo un mal encuentro con algún chulo. Que nos acompañen dos agentes uniformados. Más vale prevenir.

Los cuatro hombres se pusieron en marcha poco después, agradeciendo el movimiento que les permitía entrar en calor. David sentía las piernas entumecidas por el frío, la humedad y el rato pasado en cuclillas sobre el cadáver. Caminar le vendría bien.

Un centenar de metros separaba la caseta junto a las vías del luminoso Club Divas, un conjunto de dos edificios anexos rodeado por una pequeña zona de aparcamiento, cercada a su vez por altos setos artificiales, lo que garantizaba la privacidad de los clientes que llegasen en coche. La cancela no estaba cerrada con llave, y tampoco fue necesario llamar a la puerta de entrada, que se abrió con un suave empujón. Se encontraron en un recibidor oscuro, escasamente iluminado por una luz rosada, en el que una aburrida mujer de unos cincuenta años, excesivamente maquillada y peinada con un exagerado cardado, atendía el desierto guardarropa. La música del interior les llegaba atenuada por los gruesos muros, pintados de un estridente color verde ácido. La mujer abandonó su silla y se irguió sobre el mostrador, alzando a la vez su prominente delantera, que seguramente unos años atrás habría merecido la atención de muchos clientes. La sonrisa se le congeló en la cara cuando se percató de que dos de los cuatro hombres vestían uniforme azul, deduciendo inmediatamente que todos ellos eran policías. Por si albergaba alguna duda, Vázquez extendió las credenciales bajo sus narices, consiguiendo atraer toda su atención.

—Señora —saludó—, me gustaría hablar con el encargado.

La mujer parpadeó un par de veces, aleteando ante los agentes sus negras pestañas postizas, y sonrió con una picardía tan ensayada que casi parecía natural, mostrando una hilera de dientes pequeños y amarillentos.

—No ha venido esta noche, caballeros. Yo no me he movido de aquí y no le he visto entrar. Si me dejan su tarjeta, les llamará en cuanto pueda.

Mantuvo impertérrita la mirada de Vázquez, que no se creyó ni una palabra de lo que estaba diciendo. El inspector le devolvió la sonrisa burlona e hizo un gesto a sus hombres, que dieron un paso al frente hasta situarse junto a la puerta de entrada. Instintivamente, Torres llevó la mano hasta la culata de su pistola, acariciando con la yema de los dedos la fría suavidad del metal. Sin dejar de mirar a la mujer del guardarropa, que abrió la boca para protestar pero sin decidirse a emitir ningún sonido, Vázquez empujó la puerta. Un estruendo de música caribeña y risas femeninas llenó el estrecho vestíbulo, mientras un aroma dulzón, como el de un cementerio el día de Todos los Santos, les alcanzaba sin previo aviso, colándose en su nariz y saturando sus sentidos. Con decisión, Vázquez cruzó el umbral y se detuvo al otro lado, intentando asimilar el espectáculo que se desplegaba ante sus ojos. No era éste, ni mucho menos, el primer club de alterne al que entraba, aunque siempre lo había hecho como policía y nunca como cliente, ni siquiera por curiosidad. En todas las ocasiones el ambiente del burdel le pareció deprimente, con la falsa alegría de las mujeres rodeando a los clientes, hombres de todas las edades y condiciones que se dejaban adular sentados en un taburete junto a la barra como si de un trono se tratara, contemplando la mercancía que se desplegaba a su alrededor y decidiendo mientras babeaban a cuál de esas esclavas se llevarían a la cama, cuál de ellas sería merecedora de su atención y su dinero. En esa ocasión, la escena que se formó en su retina era muy similar a todas las anteriores que había presenciado. Distintas mujeres, diferentes hombres, pero el mismo guion. Las paredes, la barra y el techo del local estaban forrados de madera oscura. En la zona de trabajo de las camareras, la decoración consistía en varias hornacinas en las que se apilaban las copas y los vasos altos. Las bombillas, encastradas en la madera, lanzaban una luz de neón azul, provocando brillantes destellos sobre un cristal que, visto de cerca, estaba herido por las estrías de mil fregados. La iluminación era cálida e insinuante, desdibujando los contornos y ofreciendo intimidad a los amantes en los rincones del local. Todos los sillones del fondo estaban ocupados por hombres y mujeres que parecían jugar a un juego sin ganadores ni perdedores, a juzgar por las risas que brotaban de todas las gargantas. Las manos de los hombres se lanzaban contra las mujeres, que unas veces las esquivaban, permitiéndoles sólo un leve roce sobre su ropa, pero que otras veces alcanzaban de lleno su objetivo, magreando los duros pechos de las jóvenes o sobando sin pudor sus traseros, apenas cubiertos por una faldita o un pantalón muy corto.

Todas las acciones se detuvieron en seco cuando los cuatro policías estuvieron dentro y la puerta se cerró a sus espaldas, dejando fuera a la estupefacta mujer del guardarropa. Nadie hizo ademán de acercarse a ellos. Algunos hombres se levantaron de sus asientos y amagaron con salir del local, pero uno de los agentes, apostado firmemente junto a la puerta, los disuadió sin palabras de sus intenciones. Con todo el disimulo del que fue capaz, una de las camareras hizo una breve llamada de teléfono. Mientras tanto, Vázquez y Torres avanzaron hasta la barra, llamando la atención de una de las jóvenes, que se acercó tímidamente hasta ellos.

—Señora —saludó Vázquez una vez más—, necesitamos su colaboración. Nos iremos en unos minutos si todos ustedes miran una fotografía y nos dicen si le han visto por aquí esta noche, o cualquier otra noche.

Mientras hablaba, David sacó el móvil de su bolsillo y buscó la fotografía que había hecho al cadáver de Jorge Viamonte. Amplió la imagen con los dedos hasta encuadrar un primer plano del rostro y se la mostró a la camarera, que dio un respingo al ver la fotografía.

—¿Está muerto? —preguntó en voz baja. Su pecho, visible casi en su totalidad bajo el escotado corpiño cargado de titilantes lentejuelas, subía y bajaba a gran velocidad.

—Sí —respondió Vázquez simplemente—. ¿Lo conoce?

La joven negó con la cabeza, sin apartar la mirada de la cara de Viamonte.

—¿Nunca lo había visto por aquí? —insistió.

—Jamás, de verdad. No es uno de nuestros clientes.

En ese momento, una enorme mano oscura se posó sobre el pálido hombro de la joven, que se sobresaltó al sentir el inesperado contacto. Se apartó de la barra para dejar paso al propietario de la mano, un negro de casi dos metros que los miraba sin pestañear desde su elevada atalaya. Llevaba el pelo rapado y una cuidada barba que le oscurecía aún más su piel como el carbón. Vestía ropa también negra, una pulcra camisa sin brillos, abierta hasta el pecho, y unos pantalones ajustados sobre los impresionantes músculos de sus piernas. Visto de lejos podría confundirse perfectamente con una sombra. De cerca, su presencia provocaba escalofríos. Los miraba desafiante, firmemente plantado sobre sus pies, ocultando con su cuerpo la temblorosa figura de la camarera.

—¿Puedo ayudarles en algo? —Pronunció esas palabras en voz baja, con un marcado acento francés, tan suave que no concordaba con su imponente figura ni con la gravedad de su voz, que semejaba surgir del fondo de un pozo. Vázquez imaginó que la voz de ese hombre se había tragado su propio eco, de modo que sus palabras retumbaran contra sus interlocutores.

—Soy el inspector Vázquez, señor… —David esperó una respuesta que parecía no llegar nunca. Finalmente, el hombre suavizó visiblemente su actitud, relajando los hombros y extendiendo los dedos sobre la barra.

—Me llamo Edmond Belarbi, inspector. Soy el propietario del bar y del hostal Divas. Si es tan amable de decirme qué están buscando, quizá pueda serles de alguna utilidad.

David encendió de nuevo el móvil y el primer plano del rostro de Viamonte ocupó una vez más todas las pulgadas de la pantalla. Belarbi no se estremeció, como le sucedió a su camarera, sino que fijó atentamente la mirada en la inexpresiva cara del cadáver, estudiando con detenimiento todas sus facciones.

—No le he visto nunca por aquí —dijo finalmente—. Lamento no poder ayudarle.

—No le importará que sus trabajadoras le echen un vistazo a la foto, es posible que alguna de ellas se haya cruzado con él en alguna ocasión, quizá antes de que usted asumiera el control del local.

Edmond se limitó a encogerse de hombros, estirando un brazo y señalando con la mano el interior del bar, en una clara invitación de paso. Vázquez y Torres se dirigieron a los diferentes grupos que observaban en silencio. Mostraron la foto a todos los presentes, hombres y mujeres, unos azorados ante la presencia policial y otros exagerando su pose de dignidad. Todos negaron conocer el rostro una y otra vez. Fuera cierto o no, nadie parecía reconocer a Viamonte como un cliente del Divas.

—¿Alguna de sus… señoritas no ha venido hoy? —Vázquez tuvo problemas para elegir las palabras, lo que no pasó desapercibido a Belarbi, que sonrió guasonamente al inspector.

—Las señoritas hacen turnos, como en todos los bares y hostales. Unas están aquí, otras descansando y otras tienen el día libre. Si quieren dejarme una copia de la fotografía, se la mostraré encantado cuando vengan y le llamaré si alguna lo reconoce.

—No será necesario —respondió David—, volveremos de nuevo hasta que hayamos hablado con todas. Pero si las reúne aquí mismo mañana por la mañana, digamos sobre las diez, uno de mis hombres les mostrará la imagen y les tomará declaración si fuera preciso.

El hombre no dudó en aceptar la oferta del inspector, comprometiéndose a reunir a todas las mujeres en el salón del hostal anexo a las diez de la mañana siguiente para que vieran la foto de Viamonte.

Salieron del local a la fría noche, agradeciendo el golpe de viento gélido que les sacudió del cuerpo el empalagoso ambiente del club.

—Creo que el olor se me ha grabado en el ADN —masculló Torres—. ¿Quién demonios elige el ambientador de esos sitios?

Los cuatro hombres respiraron aliviados el aire limpio de la noche, hasta que la corriente helada les obligó a ocultarse detrás de sus bufandas. Los dos agentes se despidieron con un breve saludo, apresurando el paso hacia el refugio que ofrecía su coche patrulla. Torres y Vázquez demoraron un poco el paso, alejándose despacio del club de alterne.

—¿Crees que nos ha dicho la verdad, que no había visto nunca a Viamonte? —La voz de Torres llegaba amortiguada por la gruesa capa de lana verde de su bufanda.

—Lo cierto es que me sorprendería mucho que un hombre como Viamonte frecuentara este lugar. El presidente de un banco tiene mucho que perder si su nombre se vinculara con el de un burdel. Si Viamonte buscara compañía femenina lo haría de otra manera, recurriendo a las prostitutas de alto *standing* y reuniéndose con ellas en la suite de algún hotel o en la finca de algún conocido, pero desde luego no en un puticlub de Berriozar. De todos modos, que una patrulla se persone aquí mañana para concluir la ronda de reconocimiento. Y llama por radio a Jefatura, que busquen todo lo que haya sobre Edmond Belarbi. Sólo por si acaso.

Torres se llevó las manos a la boca, exhalando sobre ellas un chorro de vaho caliente. Había olvidado los guantes en el coche y sentía los dedos agarrotados por el frío.

—¿Qué hacemos ahora? —preguntó.

Vázquez consultó su reloj. Eran casi las diez de la noche.

—Visitar a la familia —decidió—. ¿Tienes la dirección?

—La anoté cuando me pasaste la cartera para embolsar. Viven en Mendebaldea, en la calle Benjamín de Tudela.

Caminaron raudos hasta su coche, aparcado junto a la caseta en la que los agentes de la policía científica se afanaban en la búsqueda de pruebas. Cuando se alejaron del lugar, después de saludar protocolariamente al inspector responsable del equipo, el círculo policial volvió a cerrarse alrededor de la pequeña construcción de ladrillo, convertida en el inesperado panteón de un hombre. La cinta azul y blanca separó de nuevo la vida de la muerte, dejando solo a un hombre convertido en objeto de estudio e investigación, un nombre que mañana llenaría decenas de páginas de periódicos, un recuerdo que provocaría dolor en quien le amaba pero que, ineludiblemente, el paso del tiempo condenaría al olvido.

3

El rostro de Vázquez se transmutó lentamente hasta instalar sobre sus facciones la dura coraza que le aislaría de las lágrimas, el dolor, la rabia y los porqués. Odiaba dar malas noticias, pero también sabía que los primeros momentos después de comunicar la tragedia eran importantes para conseguir información que podía ser vital. Con las defensas bajas y la mente nublada por la impresión, los allegados en ocasiones revelaban información que, quizá, habrían ocultado de ser capaces de pensar con frialdad. Los gestos eran tan importantes como las palabras, por eso tenía que ser él quien hablara en primer lugar con los familiares más cercanos.

Cuando alcanzaron el coche, la transformación ya era completa. Sus ojos azules brillaban como el acero y el rictus severo de la boca transformaba su rostro, casi siempre amable, en un semblante duro e impasible.

Torres condujo en silencio a través de las solitarias calles de Pamplona. En el interior del vehículo, sólo las intermitentes comunicaciones de la radio policial interrumpían el hilo de sus pensamientos, sumido cada uno en sus propias cavilaciones. Cuando llegaron a la calle Benjamín de Tudela, Torres redujo la velocidad hasta localizar el edificio correcto. Aparcaron frente a una torre de ocho alturas de moderno diseño, con placas de color gris acero cubriendo la fachada y cristales ahumados en los grandes ventanales, protegiendo a los inquilinos de miradas indiscretas. La familia Viamonte ocupaba un piso en el ático. Se identificaron ante el portero, que anunció por teléfono la intempestiva visita. Cuando obtuvo permiso, acompañó a los policías hasta el ascensor y les indicó cómo llegar hasta el domicilio que buscaban. No hizo falta. Cuando las puertas del ascensor se abrieron casi se dieron de bruces contra una mujer de ojos inquietos. Las arrugas de su frente demostraban más preocupación que edad, y se retorcía las manos con evidente nerviosismo.

—Son de la policía…

Sus palabras, más que una pregunta, sonaron como el preámbulo de una tragedia. Sin soltarse las manos, que ahora retorcían el pliegue de su jersey, los acompañó hasta la puerta abierta a sus espaldas.

—Pasen, por favor. Mis hijos…

David dio un paso adelante y la tomó suavemente del codo. Sabía que el contacto físico calmaba a las personas, les transmitía cierto sosiego. La mujer soltó con un profundo suspiro todo el aire que retenía en su cuerpo.

—Mis hijos… —repitió, con el miedo pintado en sus ojos.

—Señora…

—Sandra, me llamo Sandra Zabala.

—Señora Zabala —repitió Vázquez sin soltarle el brazo —, ¿su marido es Jorge Viamonte?

—¿Jorge? Claro, es mi marido.

David creyó ver en sus ojos una mezcla de alivio y confusión, que inmediatamente dio paso de nuevo al miedo. Imaginó su consuelo al saber que sus hijos no eran el objeto de la visita policial, pero ella enseguida se dio cuenta de que lo peor estaba aún por llegar.

—No está en casa… —Su voz no era ya más que un susurro.

—Señora Zabala, me temo que tenemos malas noticias. —Mientras hablaba buscó con la mirada un lugar en el que la mujer pudiera sentarse. Al fondo del pasillo vio una habitación iluminada. El sonido de una televisión y la mullida alfombra del suelo le hicieron pensar que se trataba del salón. Sin soltar del brazo a la temblorosa mujer, la giró despacio para encaminar sus pasos hacia allí—. Creo que será mejor que nos sentemos, si no tiene inconveniente.

Ella no respondió. Dio media vuelta y se dirigió con paso lento hacia el salón, una enorme habitación decorada en cálidos tonos marrones, naranjas y tostados. En la pared del fondo una chimenea repartía luz y calor por el salón. A su alrededor, un enorme sofá y tres butacas cerraban un círculo que invitaba a la tertulia. Al otro lado de la sala, dos sofás más pequeños, dispuestos frente a una mesa baja, miraban a un enorme televisor. Sandra Zabala extendió la mano indicándoles los sofás junto a la chimenea. Esperaron a que ella tomara asiento en una de las butacas y se sentaron juntos en el enorme sofá. Se miraron en silencio unos segundos y, de nuevo, el inspector Vázquez tomó la iniciativa. Como siempre, fue directo al grano. Sabía que el dolor que iban a causar sus palabras no se aliviaría con paños calientes ni absurdos circunloquios.

—Señora, esta tarde se ha encontrado en Berriozar el cuerpo de un hombre cuya identidad corresponde a la de su marido, Jorge Viamonte. Lo siento mucho.

Esperó unos segundos a que la mujer asimilara la información antes de continuar. Sandra Zabala comenzó a mover lentamente la cabeza de un lado a otro, mientras unas gruesas lágrimas rodaban por sus mejillas. Cerró los ojos y su cuerpo pareció quedarse sin aire mientras contraía los hombros e intentaba esconder la cabeza entre ellos, como si soportara un terrible dolor. Mantuvo las manos yertas sobre su regazo, sin intentar esconder las inmensas lágrimas. Tras un par de minutos de silencio, sus labios se movieron, aunque no consiguió emitir sonido alguno. Apretó la boca con fuerza y volvió a intentarlo:

—¿Qué ha pasado?

—Alguien ha disparado contra su marido, produciéndole una muerte casi instantánea.

Sus ojos se abrieron desmesuradamente, brillando por efecto de las lágrimas y de la luz de la chimenea. Las llamas se reflejaban en su iris oscuro, representando en ellos una danza tenebrosa.

—¿Le han disparado? ¿A Jorge? ¡No es posible! —Volvió a retorcerse las manos con fuerza, sin levantarlas de su regazo—. Yo pensé...

Vázquez la miró fijamente, invitándola a continuar.

—Pensé que había sufrido un infarto. Trabaja mucho, siempre le digo que pare y descanse, que el mundo no se va a acabar porque no trabaje los fines de semana... ¡Oh, Señor! ¿Le han atracado? ¡Seguro que intentó impedirlo, maldito cabezota! Demasiado orgulloso para dejarse vencer... ¡Oh, Dios, Dios!

Las lágrimas rodaron de nuevo, cayendo sobre sus manos y mojándole el jersey. Torres sacó del bolsillo un paquete de pañuelos de papel y se lo ofreció. Ella lo aceptó sin mirar, pero no llegó a abrirlo. Continuó con su letanía en voz baja, casi un susurro, mientras las lágrimas seguían fluyendo, llenando cada vez más el pozo de su dolor.

—Señora, ¿quiere que avisemos a alguien? No es conveniente que esté sola en estos momentos.

Hundida en la butaca, respiró pesadamente e irguió de nuevo la espalda. Finalmente sacó un pañuelo del paquete y se limpió la cara con cuidado, rodeando con suavidad el contorno de los ojos para eliminar el reguero oscuro de rímel. Se sonó la nariz y arrugó el papel empapado de lágrimas, dejándolo sobre la mesa. Se colocó los mechones sueltos de la melena corta y miró fijamente a los policías. El dolor seguía vivo en sus ojos, pero consiguió serenarse lo suficiente como para hablar con voz calmada.

—Mis hijos vendrán pronto. Los tres están en la universidad y suelen llegar sobre esta hora. No tardarán...

—¿No hay nadie más en la casa?

—Ya no tenemos servicio interno —explicó con un ademán de la mano—, desde que los niños se hicieron mayores sólo tenemos asistentas de día. Ludmila se ha marchado hace una hora, siempre deja la cena preparada. Mis hijos suelen cenar en su habitación mientras leen o estudian, y yo espero a Jorge. No me gusta cenar sola... ¡Oh, Jorge!

Se le hizo un nudo en la garganta. Un nuevo sollozo la asaltó, acompañado por un dolor aún más lacerante. Con cada palabra, con cada pensamiento, era más consciente de que Jorge no volvería a cruzar el umbral llamándola en voz alta, nunca más la besaría en la mejilla y le alborotaría el pelo preguntándole qué tal le había ido el día, como si las actividades de un ama de casa ociosa fueran más importantes que las del presidente de un banco. Él la hacía sentirse importante, querida, necesaria... y ahora... Ahora todo sería nunca más.

—Señora —dijo Vázquez, intentando recuperar el control de la situación antes de perderlo definitivamente—, si no tiene inconveniente, nos gustaría hacerle unas preguntas muy breves. Podemos esperar a que llegue alguien de su familia, pero le aseguro que son cuestiones triviales, sobre las costumbres y amistades de su marido. El tiempo corre en nuestra contra, es importante que contemos con todos los datos necesarios para atrapar a quien le ha hecho esto a su esposo.

Se secó las lágrimas con un nuevo pañuelo y le miró fijamente. Respiraba con dificultad. El pecho subía y bajaba deprisa, y en su rostro, los labios azulados temblaban levemente, como los de una niña a punto de explotar en una tremenda rabieta. Inhaló una nueva bocanada de aire e invitó al policía a seguir.

—Claro, inspector, usted dirá.

Sacó su libreta de notas del bolsillo del abrigo y preparó el bolígrafo.

—¿Tiene idea de qué podía estar haciendo su marido en Berriozar? ¿Tienen familiares, conocidos o socios en aquella zona?

—¿En Berriozar? —La sorpresa se reflejó en su mirada—. No, en absoluto, al menos en cuanto a nuestras amistades comunes. Como comprenderá, no conozco a tanta gente como mi marido, él trata con muchas personas cada día..., trataba... Él trataba con gente...

Vázquez se apresuró a continuar antes de que un nuevo desvarío se asentara en su mente.

—¿Conoce la agenda de su marido, las personas con las que se citaba cada día?

—Sólo superficialmente; me comentaba si se había citado con algún conocido, o con alguien de relevancia social, pero desconozco los detalles, no controlaba su agenda. Para eso tendrán que hablar con su asistente, Alberto Armenteros.

Vázquez tomó nota del nombre y prosiguió:

—¿Había recibido su marido algún tipo de amenaza?

—¡Oh, sí! Muchas veces. —Abrió desmesuradamente los ojos y sacudió las manos para enfatizar la afirmación—. Hace unos quince años, después de ser nombrado presidente, estuvo en el punto de mira de ETA. Aunque nos costó convencerlo, al final accedió a llevar escolta. Renunció al guardaespaldas tras el primer anuncio de tregua, y se negó a volver a llevarlo cuando pusieron aquella bomba en el aeropuerto de Barajas. Pero además de eso, no es extraño que de vez en cuando reciba llamadas amenazadoras y cartas anunciándole cosas terribles. Tuvo que soportar concentraciones frente al banco de gente que le culpaba de lo que les pasaba, como si él fuera el responsable de la crisis. Hace un tiempo, una web comenzó a acusarlo de las cosas más diversas, como promover desahucios, cerrar empresas, negar créditos... Ya sabe, los indignados... —Comprobó que Vázquez la había entendido y continuó—: Decían cosas muy feas sobre Jorge y sobre el banco. Él no le daba importancia. «Déjalos», solía decirme, «sólo les queda el recurso de la pataleta; si prefieren llorar en lugar de trabajar, allá ellos, nadie más que ellos son los responsables de lo que les pasa». Para mis hijos era más complicado. Adoraban a su padre, pero en la universidad no todo el mundo es amable con los hijos del presidente de un banco.

—Tendré que anotar la dirección de esa web.

—Claro, mis hijos se lo dirán en cuanto lleguen...

Justo en ese momento oyeron la puerta de la calle abrirse y cerrarse con un sonoro portazo.

—¡Mamá! El portero nos ha dicho que ha venido la policía. —La alarma era patente en la voz juvenil que les llegó desde el pasillo.

La presencia de dos desconocidos junto a su madre los paralizó en el umbral. Vázquez y Torres se pusieron en pie, pero Sandra Zabala fue incapaz de incorporarse. Levantó levemente la mano a modo de saludo y volvió a dejarla caer sobre su regazo. Sus dos hijos varones se dirigieron rápidamente hacia ella, rodeándola uno por cada lado de la butaca.

—Mamá, ¿qué ha pasado?

—Vuestro padre... —Su voz se quebró y de nuevo las lágrimas nublaron sus ojos. Los jóvenes miraron a los policías, esperando algún tipo de explicación.

—Lo siento mucho —comenzó Vázquez—, esta tarde han encontrado el cadáver de Jorge Viamonte en Berriozar. Le han disparado en el pecho. —Esperó unos instantes para que asimilaran la información y continuó—: Intentaba que vuestra madre me hablara de las amenazas que había recibido en los últimos meses. Además de los anónimos y las llamadas telefónicas, nos comentaba algo sobre una web.

—Sí... —Fue el hijo mayor el que respondió al cabo de unos segundos, con la voz temblorosa y el rostro paralizado por la sorpresa. El más joven lloraba abrazado a su madre, arrodillado en el suelo y con la cabeza hundida en su falda—. Son unos desgraciados, culpan a mi padre de todos los males del mundo y afirman que lo que este país necesita es acabar con la sociedad establecida, dinamitar el Parlamento, nombrar políticos no profesionales y colgar a todos los banqueros. Hablan también de los defraudadores, los estafadores y demás calaña, pero los banqueros en general y mi padre en particular son su tema de conversación favorito. Los comentarios en el foro son realmente ofensivos.

—Por ejemplo...

—En una ocasión, varias personas idearon un plan para secuestrar y matar a mi padre. Él dijo que sólo era una broma de mal gusto, que ningún delincuente planea un golpe por internet, pero nosotros estábamos realmente preocupados.

—No es para menos —opinó Torres, dándole la razón al joven. Le pidió que anotara en un papel la dirección de la web y permaneció de nuevo en silencio junto a Vázquez.

—Creo que ahora deben estar solos. Les telefonearé mañana para concretar una cita con los miembros de la familia. Si necesitan cualquier cosa, se les ocurre alguna información de relevancia o sienten algún tipo de amenaza, no duden en llamarnos.

Le tendió una tarjeta que el joven guardó en su bolsillo. Después se volvió hacia la madre, que seguía llorando abrazada a su hijo. No se fijaron en ellos cuando abandonaron el salón, recorrieron el pasillo y salieron al rellano. Mientras esperaban al ascensor, Torres suspiró audiblemente, llamando la atención de su jefe.

—Otra familia destrozada. Nunca te acostumbras a esto.

Vázquez mantenía la mirada fija en las puertas del ascensor, que se abrieron lentamente hasta permitirles el paso a la cabina. Con los ojos pétreos y el porte erguido, luchaba ahora por unir de nuevo sus dos mitades, dejando fuera la tristeza percibida para aislar sólo la información relevante. No podía permitir que los sentimientos empañaran los datos, pero cada vez le resultaba más difícil separarlos. Vivían rodeados de tanto dolor, de tanto llanto, de tanta gente desesperada, que la comezón de su conciencia empezaba a picarle demasiado.

—Al menos —añadió Torres—, esta familia tiene recursos suficientes para lidiar con la situación. No se van a quedar en la calle, los pobrecitos.

—El dinero no mitiga la pena, Mario. Nunca.

—¿Estás seguro?

Apuraron el paso hasta el coche y condujeron en silencio hasta la comisaría. Antes de dar por concluida la jornada, Vázquez leyó el breve informe preliminar de Machado, que había encontrado en la sucursal bancaria al asistente de Viamonte y con el que se reunirían la mañana siguiente. Armenteros declaró que el fallecido había quedado en encontrarse con su hermano, Lucas Viamonte, un alcohólico arruinado que vivía como un indigente. Desconocía su dirección y su teléfono, aunque Viamonte le comentó que estaba en Berriozar. Machado ya había cursado la orden de busca y captura de Lucas Viamonte.

El informe de Helen Ruiz y Teresa Mateo era más extenso,

pero concluía que los chicos que encontraron el cadáver dieron con él por casualidad. No vieron nada anormal ni antes ni después, no conocían a la víctima, nunca la habían visto por allí y tampoco sabían quién era. El susto les iba a durar una buena temporada, aunque Vázquez sabía que, dentro de poco, el hallazgo del cadáver les convertiría en héroes a los ojos de sus amigos y tendrían una jugosa anécdota que contar para el resto de sus vidas. Eso, cuando terminasen las pesadillas, que a buen seguro les asaltarían con frecuencia.

Apagó el ordenador, guardó sus notas en el cajón y lo cerró con llave. Se puso de nuevo el abrigo, la bufanda y los guantes y salió a la calle en busca de su coche. La certeza de encontrar a Irene esperándole en casa bastó para que sus facciones se relajaran definitivamente. Atrás quedaron la muerte, el dolor y las lágrimas, la crueldad de una persona capaz de robarle la vida a otra, la tristeza de una mujer que jamás volverá a abrazar a su marido. A él le esperaba Irene, sus brazos, sus labios, su voz, su cuerpo. Condujo hasta casa más deprisa de lo aconsejable, sonriendo mientras aguardaba a que la puerta del garaje se alzara por completo. Vio luz a través de las ventanas y escuchó una música suave. Pensó que la encontraría leyendo, acurrucada en el sofá, con la manta enroscada en sus piernas. La imaginó así y se encaminó decidido hacia la puerta para hacer realidad sus sueños.

No pudo evitar sentir un estremecimiento en la boca del estómago cuando escuchó el sonido de la puerta al cerrarse. Todavía le sorprendía que David volviera a su lado cada noche. Por la mañana, las lágrimas le escocían en los ojos cuando se despedían, y pasaba el día caminando en el filo de la navaja, temiendo un momento que intuía cada vez más cercano. Sabía que la vida terminaría por ponerla en su lugar, como un huracán que arranca un árbol de raíz y lo arroja al fondo de un barranco. Notaba ya el viento en la cara, pero se agarraría al tronco mientras le quedaran fuerzas.

Oyó sus pasos aproximarse por el pasillo y cerró el libro sobre su regazo. Las mariposas del estómago subían ya hacia la garganta, como el día que se conocieron. Cuando abrió la puerta del salón sólo vio su sonrisa. Poco a poco desapareció el miedo y dejó de escuchar en sus oídos el estruendo del tornado.

—Hola —saludó, devolviéndole la sonrisa. Elevó levemente la cara para recibir su beso, y sus labios se llenaron de inmediato del sabor de David. Cálido, seguro, con el aroma al último café de la tarde. Un estremecimiento recorrió su espalda mientras le devolvía el beso. El alivio por su presencia era tan grande que fue incapaz de controlar su pasión, abriendo la boca y explorando la suya con avidez.

—Veo que me has echado de menos —dijo David, separándose despacio de Irene.

—No sabes cuánto. Estaba pensando en ti cuando has entrado.

—No voy a preguntar en qué pensabas exactamente. —Una sonrisa pícara cruzó sus ojos mientras se quitaba el abrigo.

—¿Un día duro?

Confiaba en que el cambio de tema le permitiera recuperar el aliento y regresar a la normalidad. En ocasiones era incapaz de controlar sus sentimientos y pasaba del miedo a la euforia en una fracción de segundo. Temía perder el control y que David viera lo que había debajo de la máscara. Se levantó y se dirigió a la cocina. Él la siguió de cerca, estirando los dedos para tocar su cintura, como si el contacto de su cuerpo pudiera borrar de su mente las sórdidas imágenes de la tarde y las lágrimas de la viuda de Viamonte.

Cenaron sentados alrededor de la mesa de la cocina, contándose las pequeñas aventuras del día y saboreando la especiada tortilla de verduras que Irene había preparado poco antes. En la calle comenzaba a llover. Las gotas golpeaban con fuerza los cristales, distrayendo su atención. Permanecieron en silencio unos instantes, mirando abstraídos por la ventana sin cortinas. Los faros de los coches dibujaban formas fantasmagóricas bajo el agua, iluminando durante unos instantes pequeños detalles de la calle. El cartel pe-

gado en una farola, la torcida papelera, la brillante línea disconti-
nua de la calzada... Cada luz que lo iluminaba dejaba ver un perfil
distinto del mismo objeto. En la vida, pensó Irene, pasa lo mismo,
nada es bueno o malo, correcto o perverso, todo depende del
foco que lo alumbre y los ojos que lo miren. El ruido de platos al
entrechocar la trajo de regreso al presente. David los estaba metiendo en el lavavajillas mientras la miraba con curiosidad.

—¿Hay algo que te preocupe? Te veo distraída...

—Perdona, soy un desastre. —Se retiró el pelo de la cara y le
lanzó una sonrisa, mirándole fijamente a los ojos—. No pasa nada,
sólo que a veces mi mente se independiza del resto de mi cuerpo
y funciona por separado. Ya sabes, pensamientos sin importancia
que van y vienen.

—¿En qué pensabas?

—En nada importante. Ya ni me acuerdo.

Se levantó de la mesa y le ayudó a recoger los restos de la
cena. Tenía que centrarse o ella misma lo echaría todo a perder.

—Hoy me he acercado a ver a Ana —dijo Irene. Ana Martelo
era la madre de su marido, Marcos Bilbao. Desde que su hijo
murió en el incendio de su casa, la mente de Ana se había colap-
sado. Levantó los ojos y encontró a David mirándola fijamente,
con el anhelo de alguien que se sabe sólo un invitado en esa historia—. El médico no es nada optimista sobre su salud, dice que
se está deteriorando rápidamente.

—Lo siento mucho...

—Lo sé. Desde hace unos días recibe la alimentación a través
de una sonda gástrica, no se mueve y no responde a ningún estí-
mulo externo, pero lo peor es que su corazón está comenzando
a fallar, el ritmo es lento e irregular, y lo mismo puede decirse del
resto de los órganos vitales.

Como siempre que hablaban de la familia política de Irene,
David no sabía qué decir. El único apego que sentía por Ana
Martelo era cierta empatía ante los sentimientos de Irene. Demostrar un excesivo interés sonaría falso, pero tampoco quería
alejarse hasta el punto de que ella dejara de contarle cosas rela-

cionadas con los Bilbao-Martelo. Su marido estaba muerto. La maltrató mientras vivió, así que a David le parecía que el fuego que devoró su casa con él dentro impartió una especie de justicia divina. Su cuñada, Marta Bilbao, decidió quitarse la vida pocas semanas después, incapaz de superar la muerte de su hermano y la discapacidad mental de su madre. El resto de la familia no eran más que voces en el teléfono, nombres repetidos de vez en cuando, encuentros cada vez más esporádicos. No había hijos a los que mantener en contacto con sus parientes ni negocios comunes. Sólo el pasado compartido, cada vez más lejano, más difuso. Pero mientras no llegara el olvido definitivo, David la escuchaba y apoyaba, sentía el dolor de sus palabras y estaba dispuesto a acompañarla a donde ella quisiera.

—Su familia cree que lo mejor será ingresarla en el hospital lo antes posible —continuó Irene—. Me ha llamado Rafael, uno de sus hermanos, para decírmelo. Ha sido muy amable por su parte, porque en el fondo yo no tengo nada que decir en cuanto a la familia se refiere.

—Está claro que ellos no lo ven así —intervino David—. En el fondo te siguen viendo como la mujer de Marcos, y será así durante mucho tiempo.

Irene no dijo nada. Bajó los ojos y fijo la mirada en sus manos. Sabía que era cierto, que para los Bilbao siempre sería la esposa de Marcos, y esa certeza la llenaba de rabia y tristeza, no sólo porque se sentía mucho más unida a David de lo que nunca lo estuvo con su marido, sino porque recordarle el vínculo que los unió le traía a la memoria una y otra vez el día en el que decidió acabar con la vida de su agresor.

Irene fingió leer mientras David veía una serie en la televisión, pero las páginas del libro no conseguían alejarla de su casa de Gorraiz, del fuego que lo devoró todo, de las llamas purificadoras que la redimieron y le ofrecieron una nueva vida. Marta, la hermana de Marcos, estuvo a punto de acabar con su felicidad. Las palabras del libro, negro sobre blanco, bailaban ahora como su propia voz volando hasta la joven Marta, retorciéndose de dolor en la cama, agonizando entre terribles espasmos, mientras Irene confesaba su crimen a la única persona que llegó a sospechar de ella.

Cerró el libro despacio y observó a David, adormilado en el sofá. Apagó la televisión y lo arrastró hasta la cama, donde se durmieron como todas las noches, ella acurrucada en el regazo de él, las manos entrelazadas y sus respiraciones acompasándose poco a poco mientras les invadía el sueño. El de David fue plácido y profundo. Irene, sin embargo, luchó durante horas contra las pesadillas. Si Ana moría, se cortaría el último lazo que la unía a la familia Bilbao. Antes de dormirse, cuando el cielo ya comenzaba a clarear, rogó a Dios que se llevara cuanto antes a Ana Martelo.

4

La mañana amaneció como una copia exacta de la anterior, gélida, oscura y desangelada, sin que el sol fuera capaz de atravesar la gruesa capa de nubes que cubría el cielo. En la comisaría, la pequeña tregua de ayer era ya poco más que una anécdota. Los teléfonos sonaban sin cesar y un trajín de uniformes azules entraba y salía por cada puerta del edificio. Matías respondía al teléfono con diligencia, anotando recados y desviando las llamadas al departamento correspondiente. A su lado, una agente atendía a los ciudadanos que se acercaban hasta el mostrador. Levantó la vista al sentir sobre ella la mirada de tres jóvenes que esperaban en silencio a que alguien los invitara a hablar.

—Buenos días. —El saludo estuvo acompañado por una sonrisa profesional.

—Somos los hijos de Jorge Viamonte —respondió el mayor de ellos, asumiendo la responsabilidad que se le presuponía por edad, porte y altura—. Creo que alguien nos espera, pero no estoy muy seguro de su nombre…

La agente supo de inmediato quiénes eran. Todos los periódicos nacionales e internacionales abrían sus ediciones con la noticia del asesinato del banquero. Fotografías de un atractivo hombre maduro sonriendo a la cámara, hablando desde un estrado o saludando al presidente del Gobierno llenaban las portadas, mientras que en las páginas interiores, quienes le conocieron o trataron con él glosaban su figura con expresiones grandilocuentes.

Como siempre que alguien dejaba de respirar, las descripciones hablaban de un hombre competente, un benefactor de la sociedad, un visionario, un gran ejecutivo, un hombre honrado y cabal, uno de los motores de la locomotora que había sacado a España de la crisis. Sobre las causas de su muerte, los periodistas repetían una y otra vez la escasa información facilitada por la oficina de prensa de la Delegación del Gobierno: una o varias personas desconocidas habían acabado con su vida disparándole a corta distancia. De paso, las autoridades solicitaban la colaboración ciudadana para esclarecer los hechos. Sólo un par de diarios, ambos minoritarios y tachados de alborotadores por los medios oficiales, hablaban de la responsabilidad del fallecido y del banco que dirigía en los desahucios que llevaban años perpetrándose, los cierres empresariales y las denegaciones de créditos a particulares y pequeñas empresas. Aseguraban que, aunque el grifo del dinero se había abierto un poco en los últimos meses, era demasiado tarde para mucha gente.

—Acompañadme a la sala, por favor. El inspector Vázquez os atenderá enseguida.

Salió del mostrador y encabezó la pequeña comitiva hasta una sala amplia, cálida y luminosa. Los jóvenes se sentaron muy juntos en las tres sillas que rodeaban la mesa.

—¿Desean un café o algo de beber? —les ofreció la agente.

—No, gracias, estamos bien. —De nuevo el mayor de los tres contestó en nombre de sus hermanos.

El otro muchacho tenía la mano de su hermana entre las suyas y le acariciaba distraídamente los dedos con un masaje tranquilizador que parecía surtir efecto. Ella, muy pálida y con los ojos hinchados por las lágrimas y la falta de sueño, mantenía los hombros bajos y la mirada perdida. Los tres parecían mucho más jóvenes de lo que en realidad eran, rodeados por el aire desvalido que la muerte siempre traía consigo. Incluso siendo un adulto con la vida resuelta, la pérdida del padre convierte a las personas en huérfanos desprotegidos, solos frente a los peligros de la vida. Ante el ataúd de un padre, uno siempre es un niño pequeño buscando en la oscuridad esa mano grande que le ayuda a escapar de las pesadillas.

Vázquez llegó pocos minutos después, acompañado por Helen Ruiz. Saludaron a los tres hermanos con un apretón de manos, transmitiéndoles al mismo tiempo sus condolencias. A los labios del mayor asomó una ligera sonrisa formal, la primera de las muchas que tendría que ofrecer a partir de entonces y hasta que su padre estuviera cubierto por dos metros de tierra.

—Me llamo Jorge Viamonte, como mi padre. Éstos son mis hermanos, Alonso y Amelia. Mi madre no ha podido acompañarnos, se encuentra muy afectada.

—Lo comprendo perfectamente —respondió Vázquez—. Nosotros iremos personalmente a verla esta tarde, a la hora que mejor le convenga. Os agradezco mucho que hayáis venido, espero que comprendáis la importancia de conocer todos los detalles que puedan ayudarnos a resolver este crimen.

El mayor de los Viamonte asintió con semblante serio, agradeciendo en voz baja la deferencia del inspector. Vázquez pensó que le habían caído de golpe veinte años sobre la espalda. No sólo era el mayor de los hermanos, hijo de una madre acostumbrada a que tomaran las decisiones por ella, sino que el hecho de llevar el mismo nombre que su progenitor le convertiría, quisiera o no, en el nuevo cabeza de familia. Él parecía saberlo y lo asumía con una mezcla de orgullo y extrema responsabilidad. A David no dejaba de inspirarle cierta lástima.

—Vuestra madre nos habló ayer de varias amenazas que el señor Viamonte había recibido últimamente, pero no fue demasiado concreta. Necesitamos saber todo lo posible al respecto, incluido lo que hayáis escuchado en la calle, en la universidad o en las redes sociales.

—Una vez oí a un cantante de rock afirmar que las paredes de la ciudad son el papel sobre el que escribe el pueblo —comenzó Jorge—. De un tiempo a esta parte, todas las páginas de Pamplona están llenas de alusiones a mi padre, y ninguna buena.

—En internet es aún peor —continuó Alonso Viamonte—,

porque detrás de un ordenador nadie puede identificarlos, se creen impunes para lanzar toda su porquería sobre mi familia.

—Habladme de esa página web en la que se han vertido amenazas —pidió Vázquez.

—bankeromuerto.com, con k de kilo.

Mientras hablaba, Alonso sacó un móvil del bolsillo y tecleó rápidamente sobre la pantalla táctil. Le tendió el teléfono a Vázquez mientras comenzaba a aparecer la inquietante imagen de un muñeco de trapo colgando del cuello al final de una larga soga. Al pelele, que recordaba al símbolo del Monopoly, le habían colocado un cartel sobre el pecho en el que podía leerse: «Acabemos con los responsables del genocidio financiero». Debajo de la fotografía, la página web estaba llena de lemas como: «No más desahucios», «No cierres los ojos, los bancos matan» o «Bancos, jueces y políticos ¡asesinos!». Pero, sin duda, lo más inquietante de la página era una entrada en la que, tras pulsar en el logo del Banco Hispano-Francés, el usuario podía disparar con un fusil a un sonriente Jorge Viamonte. Conforme las balas acertaban en el blanco, el rostro del banquero se iba transformando en una espeluznante calavera cubierta de jirones de carne sanguinolenta.

—Mi padre se negó a denunciarlo a la policía; en su opinión, eso no serviría más que para darle una publicidad extra a la página y al tipejo que la dirige. —Jorge disimulaba mal la rabia que sentía. El odio hacia ese personaje le bajaba un octavo el tono de voz, ya grave de por sí, de modo que las palabras salían de su boca roncas y temblorosas, acompañadas por pequeñas gotas de saliva que hacían brillar sus labios.

David imaginó que mantendría los puños apretados debajo de la mesa; aunque no podía verle las manos, sentía cómo sus brazos se tensaban y vibraban por la fuerza de los dedos contra la palma de la mano.

—¿Tenéis idea de quién está al frente de la web? —preguntó.

—Claro, todo el mundo lo sabe, se pasa el día alardeando de eso. Es un estudiante de Derecho, aunque tendría que haber acabado la carrera hace al menos tres años. Se llama Juan Luis Pedraza, pero se hace llamar Koldo. Supongo que su propio nombre le parece vulgar para un tipo como él. Está en último curso, como yo, pero no coincidimos en ninguna asignatura, afortunadamente. Ya tengo bastante con soportar sus pullas en internet y su mirada de odio cuando nos cruzamos por los pasillos. Hace al menos dos años que no paso por la cafetería de la facultad para no encontrarme con él, que la frecuenta bastante. Más que las aulas, eso seguro.

—Agente Ruiz —dijo David dirigiéndose a Helen—, consiga información sobre este sujeto. Que lo localicen y lo traigan para interrogarlo. Considérenlo persona de interés en la investigación mientras no tengamos pruebas de su participación en los hechos.

—Si me permite, inspector —intervino Jorge una vez que Helen hubo salido de la sala—, yo no creo que ese individuo sea capaz de encararse con nadie y matarlo, pero sospecho que podría haber animado los delirios asesinos de cualquier loco que se pasara por su página, y eso lo convierte en tan asesino como el que apretó el gatillo.

Vázquez miró fijamente al joven que tenía enfrente. Unas ligeras arrugas le surcaban la frente de un lado a otro, evidenciando horas de concentración y escaso desahogo. Pulcro de los pies a la cabeza, muy seguro de sí mismo, no se amilanaba ante su interlocutor, manteniendo la mirada del inspector a la espera de la siguiente pregunta. Consultó sus notas, miró de nuevo a los tres hermanos y continuó:

—Creo que últimamente las amenazas contra vuestro padre se habían recrudecido.

—Él sólo cumplía con su deber —apuntó Jorge en voz baja—. Su banco tuvo que ejecutar varias hipotecas en los años más duros de la crisis, alguna todavía en la actualidad, y los pisos embargados salieron a subasta, lo que no gusta nada a algunos colectivos y partidos políticos de los que llaman emergentes. El banco que dirigía mi padre no era de los que más impagos reclamaba a los juzgados, ni mucho menos, y esperaba hasta el último momento antes de solicitar la ejecución hipotecaria, pero a él también le pedían cuentas, y los números rojos no agradan a nadie.

—Hace un par de años tenían al menos una manifestación cada semana en la puerta del banco. —Alonso le tomó el relevo a Jorge, soltándole la mano a su hermana para enfatizar con gestos sus palabras—. Y hace un mes, una pareja se encadenó en el hall de entrada para intentar impedir su desahucio. Mi padre dijo que si hubieran venido antes habría tratado de encontrar una solución, pero que una vez que la rueda echa a andar, no había nada que él pueda hacer.

—¿Qué ocurrió?

—No tengo ni idea, mi padre no solía contarnos muchas cosas de su trabajo, y situaciones desagradables, menos. No se regodeaba en la desgracia de los demás, como muchos sospechan. Al contrario —la voz de Jorge se convirtió casi en un susurro—, creo que realmente lo pasaba mal cuando le gritaban a la cara.

El llanto de la joven volvió a subir de intensidad. Vázquez decidió que ya habían tenido suficiente tensión por ese día y que seguramente su madre los necesitaría a su lado.

—Esto es todo por ahora, os agradezco mucho que hayáis venido en estas circunstancias. Si en cualquier momento se os ocurre alguna información relevante, no dudéis en llamarme. En comisaría saben cómo localizarme.

Se levantó, empujando la silla hacia atrás, y los tres hermanos le imitaron a cámara lenta. Sus cerebros, embotados por el dolor y las lágrimas, parecían incapaces de poner orden en sus cuerpos, que se movían con una lentitud insólita en unas personas tan jóvenes. Los acompañó hasta la salida y les recordó que esa tarde acudiría a su domicilio para hablar con su madre.

Regresó al interior y aceleró el paso hasta la máquina de café del pasillo. Sabía que esos brebajes acabarían por destrozarle el estómago, pero era lo único que tenía a mano para templar el cuerpo y el espíritu. Mientras esperaba que el líquido negruzco llenara el vaso de plástico escuchó la inconfundible voz de Machado acercándose por el pasillo.

—¡Jefe! —Vázquez cerró un momento los ojos, concentrándose en el aroma del café, y esperó a que Machado le alcanzase. No había dado ni un sorbo cuando su voz atronó de nuevo en sus oídos—. ¡Jefe! Le estaba buscando. El secretario del muerto nos espera en el banco, y no sabía si quería venir o no...

—¿Con qué están los demás? —preguntó.

—Helen ha salido y el resto, cada uno a lo suyo, esperando sus órdenes. Los agentes que han ido al puticlub han vuelto con las manos vacías, todas las mujeres aseguran que Viamonte nunca había pasado por allí.

Se tomó de un trago lo que le quedaba en el vaso de plástico y sintió como la boca se le llenaba con el sabor indefinible a café industrial. Precedió a Machado hasta su despacho y esperó a que el resto del equipo se reuniera con ellos. Teresa fue la última en entrar, cerrando la puerta a su espalda. Se acomodaron en las sillas y revisaron sus notas mientras esperaban a que el inspector tomara la palabra.

Vázquez echó un vistazo a los papeles que se acumulaban sobre su escritorio, esperando encontrar entre ellos los informes preliminares del laboratorio, pero el sobre amarillo brillaba por su ausencia.

—Lo más urgente ahora es establecer con seguridad con quién se había citado Jorge Viamonte. Su asistente dijo anoche que recibió una llamada de teléfono de su hermano, ¿hay algo sobre eso?

—Nada de momento —contestó Torres—. Le siguen buscando en los lugares de reunión habituales de los indigentes, aunque en invierno son casi invisibles.

—Mientras aparece, esta mañana Machado y yo iremos al banco a entrevistarnos con el secretario personal de Viamonte. Torres y Teresa, peinad la zona en la que se encontró el cadáver, visitad cada casa, los descampados, revisad las vías del tren... Sé que los del laboratorio están en ello, pero además de restos e indicios, nos vendría bien un testigo. El comisario tiene a la prensa encima y quiere algo para redactar un comunicado cuanto antes. Tous nos ha transferido a un agente de la Unidad de Delitos Informáticos para que nos eche una mano en el rastreo de las amenazas por internet y haga un seguimiento de los foros de varias asociaciones antisistema y partidos políticos; imagino que ya se habrá puesto manos a la obra. Nos avisará si se topa con algo interesante. Y Helen ha ido con una patrulla a buscar a Juan Luis Pedraza, alias Koldo, promotor de bankeromuerto.com.

—Vaya nombre, no deja nada a la imaginación.

Ismael soltó un bufido y pensó en cómo la gente podía ser tan estúpida como para autoproclamar su odio visceral por otra persona, en este caso por un colectivo entero. O bien les gustaba estar en el ojo del huracán, ser el centro de atención, o realmente no eran conscientes de que su nombre sería el primero que aparecería en una lista de sospechosos ante cualquier ataque a un banco o caja. Por no hablar de un asesinato, como en este caso. Anotó mentalmente que debía inculcar a sus hijos el valor de la discreción para triunfar en la vida. El recuerdo de sus hijos le hizo sonreír, aunque la visión de los gemelos vino acompañada, como siempre, por la foto fija de su mujer con los brazos cruzados y las piernas bien plantadas en el suelo, como troncos de árbol, esperando su próximo error para arrancarle la cabeza de un machetazo. Sacudió la cabeza para ahuyentar la imagen y se centró de nuevo en las palabras de Vázquez.

El inspector, que no llevaba más de diez minutos sentado, notaba ya el conocido cosquilleo en las piernas. No estaba hecho para las reuniones, le parecía una pérdida de tiempo permanecer sentado alrededor de una mesa compartiendo una información que bien podía comentarse sobre la marcha, sin tener que detenerse en habitaciones semivacías, decoradas tan sólo con gráficas y fotografías sangrientas. En la pared del fondo alguien había colocado con una simetría inquietante las imágenes del cadáver de Jorge Viamonte. Primeros planos de la herida de bala, de la ropa, del rostro extrañamente sereno, vistas más amplias de la caseta, detalles de la basura del suelo… Vázquez odiaba sentarse a contemplar las fotografías, buscando una conexión entre los datos, intentando provocar la chispa que resolviera el caso, como siempre ocurría en las películas de detectives. Mirando las imágenes sólo conseguía que su mente divagara hasta lugares que nada tenían que ver con el caso. Sentado sobre esa silla gris, su cerebro se anquilosaba y le hormigueaban las piernas, como le estaba ocurriendo en ese momento.

—Nos vamos. —Se levantó de la silla, acompañando las palabras con el movimiento. Consciente cada uno de su cometido, el equipo se separó tras cruzar el umbral de la puerta.

Ismael y David aparcaron el coche en una calle próxima al banco. La sede del Hispano-Francés ocupaba un edificio entero en una céntrica avenida peatonal. En las oscuras cristaleras, desvaídos grafitis con el símbolo anarquista y torpes círculos morados junto a eslóganes mil veces repetidos por los miembros de Podemos ocupaban la práctica totalidad de la fachada. Cuando telefonearon a Alberto Armenteros para anunciarle su visita les advirtió de que el banco permanecería cerrado al público durante todo el día por respeto a la memoria de su presidente, pero que podían entrar por la calle lateral. Giraron a la derecha, dando la espalda a la gran avenida, y buscaron la discreta puerta marrón de la que les habló Armenteros. Una pequeña placa anunciaba que se encontraban en el lugar correcto, y sospecharon que ése debía de ser el paso utilizado por los propietarios de las grandes fortunas y por los políticos que hacían negocios con los bancos a espaldas de los ciudadanos. Mostraron sus identificaciones ante la pequeña cámara que los miraba desde el dintel e inmediatamente un chasquido metálico les indicó que la puerta se había abierto. Machado esperaba entrar en un edificio similar al que recibe a los niños Banks en *Mary Poppins*, con gruesas alfombras que absorben todos los sonidos, pesados muebles de madera y cuadros con caballeros de severa mirada observando al visitante desde las paredes. Para su sorpresa, tras la puerta se abrió un diáfano espacio lleno de luz procedente de unas lámparas ocultas tras paneles traslúcidos instalados en el techo. De las paredes colgaban coloristas composiciones florales y carteles loando las cualidades del banco, con sonrientes modelos que invitaban al cliente a disfrutar de la vida mientras ellos se ocupaban de todo lo demás, nóminas, pensiones, recibos y seguros incluidos. Hileras de dientes blancos y rayos de sol los siguieron mientras avanzaban por el pasillo, acompañados por la suave melodía del hilo musical. A medio camino salió a su encuentro un joven que se dirigió hacia ellos con paso decidido, tendiéndoles la mano al mismo tiempo que esbozaba una cálida sonrisa.

—Agentes, soy Alberto Armenteros, asistente personal del señor Jorge Viamonte.

—Soy el inspector Vázquez —le aclaró David, aceptando la mano que le ofrecía— y éste es el agente Machado.

El apretón firme y decidido gustó a Vázquez; en su opinión, la forma de estrechar la mano decía mucho sobre el carácter de las personas. Odiaba tanto las manos blandas como los puños que parecían querer arrancártela. En este caso, el joven ejerció la fuerza justa durante el tiempo preciso. Ensayado o natural, el saludo le agradó. Le siguieron hasta el ascensor, pasando frente a varias oficinas en las que un buen número de empleados se concentraba frente a las pantallas de sus ordenadores.

—Pensaba que el banco estaba hoy cerrado —comentó Machado.

—Sólo de cara al público. Hemos cerrado todas nuestras oficinas, pero la maquinaria no puede detenerse, tenemos un número importantísimo de operaciones que requieren de nuestra atención constante. La sede de Madrid abre incluso durante la noche para atender a los negocios de nuestros clientes en otros continentes. Eso no significa que todos y cada uno de nosotros no hayamos sentido la muerte del señor Viamonte, especialmente el Departamento de Dirección, el más cercano a él. Maribel, una de las secretarias, ni siquiera ha podido venir a trabajar esta mañana, estaba tan afectada que ha tenido que quedarse en casa.

Guardaron silencio mientras el ascensor trepaba parsimonioso por las entrañas del edificio. Una sonrisa petrificada asomaba a la cara de Armenteros cada vez que se topaba con la mirada de Vázquez. Las puertas se abrieron en la octava y última planta, donde les esperaba un espacio mucho más acorde con lo que, en la imaginación de Ismael, tenía que ser un banco. Tras un discreto mostrador de madera pulida esperaba una mujer de mediana edad, con la melena oscura recogida en la nuca y vestida con una discreta y elegante blusa blanca y una falda negra de tubo, aunque sin marcar exageradamente las caderas, perfecta para una mujer que se pasaba la vida sentada y cuyo trasero seguramente se habría amoldado para siempre a la acogedora curva del asiento. Tenía la nariz roja, los ojos brillantes y ocultaba un pañuelo de papel entre las manos temblorosas.

—Ana Elizalde —presentó Armenteros—, éstos son los señores Vázquez y Machado, de la policía. Si necesitan algo —comentó volviéndose hacia ellos—, un café o una infusión, Ana se lo traerá enseguida.

—No es necesario, gracias.

Habría aceptado de buen grado un café, pero temía que le sirvieran un nuevo brebaje industrial, desilusionando a su paladar y retando a su estómago, que comenzaría entonces a producir molestos ácidos e indiscretos sonidos.

—Si les parece, pasaremos a la sala de juntas. Mi despacho es muy pequeño para estar cómodos y el del señor Viamonte continúa clausurado con la cinta policial que colocaron ayer.

—La sala está bien —le tranquilizó Vázquez—. Los agentes de la científica concluirán en breve su trabajo y podrán volver a utilizar el despacho.

—Claro… —Armenteros se miró fijamente las manos durante un segundo, acariciándose distraídamente las uñas con la yema de los dedos—. Ha sido un golpe terrible para todos nosotros. Casi espero que, en cualquier momento, el señor Viamonte salude a Ana y me llame por el interfono para que acuda a su despacho. No sé quién ha podido hacer algo semejante…

—Candidatos no faltan, parece que era habitual que su jefe

recibiera amenazas de todo tipo, directas e indirectas, en persona, por teléfono, por carta y por correo electrónico.

—No corren buenos tiempos para la banca… —Armenteros suspiró. Machado tuvo que morderse la lengua para no contestar que todos los tiempos son excelentes para la banca. En lugar de eso, se tragó sus palabras, sumándolas al resto de los silencios que le enturbiaban la bilis, y colocó sobre la mesa una pequeña grabadora. La luz roja del aparato atrajo la atención de Armenteros, que la miró sorprendido—. No sabía que iban a grabar la conversación…

—Es algo habitual —explicó Vázquez—, no podemos fiarnos de nuestra memoria y no queremos que se nos escape ningún detalle. El personal administrativo transcribe después las conversaciones para que podamos repasarlas siempre que haga falta. También hay que adjuntarlas al informe que se envía al juez instructor, aunque si tiene algún inconveniente, podemos citarnos en comisaría y acudir acompañado de un abogado, está en todo su derecho. Aunque esto es sólo una conversación preliminar. —Vázquez suavizó el tono sin dejar de mirar al joven, que observaba de reojo la grabadora sin decidirse a dar un paso en uno u otro sentido.

—No es que tenga nada que ocultar, entiéndame, pero temo decir algo inconveniente que perjudique al banco y que luego se utilice la información indebidamente.

—A nosotros sólo nos trae aquí la muerte de Jorge Viamonte. Cualquier otra información que surja como consecuencia de nuestras conversaciones no será tenida en cuenta, salvo que existan indicios que puedan conducirnos a la detención del culpable o culpables, o que se esté hablando de un delito, del tipo que sea, claro. —El tono oficial del inspector y su fría mirada estaban causando efecto en el ánimo de Armenteros, que miraba alternativamente la grabadora, que continuaba encendida, y a los policías, que no parecían dispuestos a apagar el aparato. Vázquez dedujo que el joven asistente estaba tan acostumbrado a recibir órdenes que le costaba un enorme esfuerzo decidir por sí mismo. Optó por bajar un poco la voz y mostrarse más amigable. Al fin y al cabo, lo que le interesaba era que Armenteros les facilitara toda la información posible sobre la vida pública y privada de su jefe—. No creo que tenga usted nada que temer, nuestro interés no se dirige hacia los clientes del banco, ni hacia las operaciones que realizan, salvo, como ya le he dicho, a los directamente relacionados con el señor Viamonte. Puede usted guardarse la información que considere comprometida para la entidad y compartirla con nosotros sólo si es estrictamente necesario. Por supuesto —añadió para tranquilizarlo—, todo lo que se hable aquí es absolutamente confidencial.

Armenteros relajó visiblemente los hombros y dejó de mirar la luz roja de la grabadora. Sonrió a los policías e irguió la espalda antes de hablar:

—El señor Viamonte recibió numerosas amenazas a lo largo de su carrera profesional. Nadie en un puesto de tanta responsabilidad está libre de crearse enemigos a su paso. La mayoría eran personajes insignificantes, pero tengo que reconocer que existen dos o tres personas influyentes que le tenían una especial inquina, aunque no hasta el punto de hacerle daño físico, sino que más bien intentaban perjudicarle a nivel profesional, desacreditándolo en los foros económicos y en las altas esferas. De todos es conocido que un partido político llevaba años intentando atraerlo hacia sus filas, y eso no gustaba a todo el mundo. Además, el correo electrónico del banco recibe casi a diario un buen número de diatribas amenazantes. Cuando el Hispano-Francés solicitaba el lanzamiento de una hipoteca que incluyera la ejecución de un desahucio y la prensa lo publicaba, las amenazas se multiplicaban por tres.

—¿Siempre se dirigían contra el señor Viamonte?

—No, casi todas eran amenazas generales contra la entidad, muy pocas incluían el nombre y el apellido de algún trabajador, y las menos nombraban al presidente, aunque sí que se recibieron algunas bastante explícitas. Creo que Ana guarda copia en su ordenador de esos mensajes, le pediré que se los transfiera a un pendrive.

Zanjada la cuestión de los anónimos amenazantes, Vázquez se centró en la única pista sólida que tenían hasta el momento:

—Creo que se encontraba usted con el señor Viamonte cuando recibió la llamada que le hizo salir del edificio.

—No exactamente. Yo no estaba con él cuando su hermano le llamó por teléfono, sino Paula, una de las secretarias; entré en el despacho cuando se disponía a irse.

—A reunirse con él.

—Supuestamente a reunirse con él, sí, eso es lo que me dijo.

—¿Qué más le dijo?

—Que su hermano le había llamado después de más de un año de silencio y que no había podido negarse a ir a verle. Comentó que tenía que ir a Berriozar, lo que le molestó bastante, y que suponía que era una cuestión de dinero, como en ocasiones anteriores. Se llevó la chequera que guardaba en el cajón. Avisó a los dos vicepresidentes y se despidió asegurándome que volvería en menos de una hora para seguir con el trabajo que teníamos por delante, que no era poco. Me alarmé cuando no volvió pasadas dos horas, pero pensé que estaría todavía con su hermano y no quise importunarle llamándole por teléfono. Luego vinieron ustedes... —Armenteros bajó los ojos y se escudriñó de nuevo las uñas, perfectamente limpias y pulidas, sin una sola piel fuera de su sitio. Cuando estuvo satisfecho con la revisión, levantó de nuevo la vista hacia los policías.

—¿Conocía en persona al hermano del señor Viamonte?

—Sólo lo vi una vez, hace al menos tres años. El presidente había salido y ese señor se presentó en recepción diciendo que tenía que verle. Como imaginarán, llamaron inmediatamente a seguridad. El tipo se resistía a los guardias y decía que era hermano del presidente, pero nadie podía creerse que aquel esperpento humano tuviera nada que ver con el señor Viamonte. ¡Apestaba! Olía como un río después de una crecida, una mezcla de basura y humedad que no olvidaré jamás.

—Me lo puedo imaginar... —Machado arrugó la nariz, empatizando con el sensible olfato del joven.

—El presidente regresó a los pocos minutos. Cuando confirmó que aquel… individuo… era efectivamente su hermano, todo el mundo se quedó sin palabras. Ana no sabía qué decir. Los guardias le soltaron, él se estiró la ropa, irguió el cuerpo con mucha dignidad y subió con paso decidido al despacho de su hermano. No sé qué pasó dentro ni de qué hablaron. Tardó menos de un cuarto de hora en salir y se marchó sin despedirse de nadie. No lo he vuelto a ver, aunque en ocasiones el señor Viamonte hacía leves referencias a él.

—¿Qué tipo de referencias?

—Aunque le parezca sorprendente, casi siempre hablaba de su hermano con cariño. Yo diría que sentía cierta melancolía, añoranza por lo que fueron. Uno de nuestros clientes compró una vez una cuadra entera de caballos de carreras. Estábamos comentando la operación cuando dijo, sin venir a cuento, que su hermano había sido un excelente jinete, que incluso pensaban que podía llegar a formar parte del equipo olímpico, pero que luego todo se torció.

—¿Le comentó alguna vez qué pasó entre ellos, cómo terminó su hermano en la calle?

—No, la verdad es que no, pero no creo que el hecho de que su hermano sea un indigente tenga nada que ver con el señor Viamonte, más bien sospecho que se trató de circunstancias de la vida, ya sabe, elecciones erróneas, decisiones equivocadas o malas compañías, nunca se sabe. Supongo que su esposa podrá darles más detalles.

—Me gustaría saber en qué estaba trabajando el señor Viamonte. ¿Manejaba algún tema delicado?

—¿Un tema delicado el presidente de un banco? ¡Decenas de ellos! —Armenteros lanzó a sus interlocutores una mirada cargada de ironía—. El señor Viamonte sólo estaba al día de las cuentas más delicadas, del resto se encarga el personal de la entidad. Toda la información que pasaba por sus manos era delicadísima, nombres y cifras que están protegidos por la obligada confidencialidad y que, evidentemente, no puedo comentar con ustedes, sobre todo porque ni siquiera yo conozco los detalles de esos dosieres. Los clientes VIP no aparecen en el sistema informático general, sólo el señor Viamonte y otros altos directivos tienen acceso a esa información.

—¿Cabe la posibilidad de que alguno de esos clientes VIP estuviera descontento con la gestión del señor Viamonte?

—Le repito que no conozco la lista de clientes del señor Viamonte. De todos modos, señores, yo creo que todo el mundo es capaz de todo; a estas alturas ya no pongo la mano en el fuego por nadie.

—Necesitaremos el listado de las cuentas que el presidente controlaba en persona, señor Armenteros.

—Tendrán que dirigirse a instancias más elevadas, eso es algo que no está en mi mano.

—¿No tiene ni una ligera idea de quién puede figurar en esa lista tan exclusiva?

—No, ni idea. —Armenteros los miraba ahora fijamente a los ojos, casi sin parpadear. Quería dejar bien claro que no tenía ninguna información que ofrecerles en ese sentido y que, aunque la tuviera, no la iban a obtener de su boca. David sabía por experiencia que los buenos mentirosos mantenían la mirada de sus interlocutores para convencerlos de su sinceridad, y en esa ocasión tuvo la certeza de que Armenteros le estaba lanzando un órdago minuciosamente ensayado.

—Espero que al menos pueda facilitarnos la agenda del director y el dietario con todas sus citas pasadas y futuras.

—Eso sí que puedo hacerlo. De hecho, yo era el encargado de gestionar su tiempo, por decirlo de alguna manera.

El joven se levantó y salió de la sala de juntas. Regresó pasados unos minutos con dos agendas negras en la mano.

—He creído conveniente traerles también la del año pasado, quizá encuentren algo que pueda interesarles. Además, aunque no me lo han pedido explícitamente, les he impreso nuestra agenda interna de Outlook. Y antes de que me lo pregunten, no, aquí no aparecen las citas que concertaba con los grandes clientes; casi nunca se veían. Ese tipo de transacciones se realizaban a través de internet y las reuniones solían tener lugar en restaurantes o casas de campo durante los fines de semana. Nada formal, ya sabe, sólo un grupo de amigos charlando de negocios.

Ismael recogió las agendas de manos de Armenteros y comenzó a pasar las páginas más recientes, leyendo las anotaciones de la semana pasada. Afortunadamente, Armenteros tenía una letra amplia y clara y resultaba fácil seguir cómo habían discurrido los últimos días de la vida de Jorge Viamonte. A juzgar por las anotaciones de la agenda, el presidente del banco pasaba buena parte de la jornada en su despacho, donde recibía la visita de algunos clientes importantes, aunque en opinión de Armenteros no alcanzaban la categoría de VIP. Se reunía casi a diario con los jefes de los diferentes departamentos de la entidad y había recibido a dos consejeros del gobierno regional la semana anterior. A Ismael le sonaban esos nombres, pero no conseguía ponerles cara ni ubicarlos en un partido político concreto. En esos momentos, el gobierno estaba gestionado por una coalición de cuatro partidos y no tenía ni idea de en qué filas militaban aquéllos. Seguro que Teresa podría decírselo sin dudar, ella siempre estaba al tanto de todo lo que ocurría en política. Le sorprendió encontrar en dos ocasiones el nombre del presidente de la Comunidad Foral, citado para reuniones denominadas «de gestión», y recordó el escándalo que sacudió los cimientos del gobierno regional cuando se descubrió que un buen número de consejeros y concejales habían cobrado sustanciosas comisiones por asistir a reuniones de pocos minutos en las que su papel era el de meros oyentes. Su firma al pie del documento valía unos tres mil euros por una visita de media hora.

El teléfono que había sobre la mesa emitió un prolongado zumbido. Armenteros tomó el auricular y se limitó a responder a su invisible interlocutor con un escueto «de acuerdo».

—El equipo de la policía que tiene que inspeccionar el despacho del presidente acaba de llegar. Ana no tiene las llaves y necesita que yo les abra la puerta.

—No se preocupe, hemos terminado de momento. Si le viene a la cabeza algún nombre interesante, aunque sea VIP, llámenos. Avísenos también si sucede algo fuera de lo común o si se producen movimientos extraños en la entidad o en las cuentas. ¿Quién está ahora al frente del banco?

—Supongo que de momento el señor Meyer tomará las riendas. Es el vicepresidente primero. Tiene su despacho en esta misma planta. Si quiere, después de abrir la puerta del despacho le preguntaré a Ana si ha venido esta mañana.

Vázquez asintió y salieron de la sala de juntas de nuevo a la zona de recepción, donde cuatro hombres habían comenzado ya a colocarse los monos blancos, las calzas y los guantes. Los agentes reconocieron a Vázquez y Machado y los saludaron cordialmente. El inspector se acercó a ellos, aunque esperó a que Armenteros se hubiera alejado para hablar:

—El asistente insiste en que todo lo que hay en el despacho es confidencial, y precisamente por eso nos interesa. Hacedme llegar en cuanto podáis todas las carpetas y dosieres que encontréis. Revisad todos los cajones en busca de cuadernos, agendas personales, dispositivos informáticos o cualquier cosa en la que pueda guardarse información y documentación.

—De acuerdo, inspector, esta misma tarde tendrá sobre su mesa el primer informe.

—Gracias, os debo una.

Los agentes se dirigieron hacia la puerta del despacho, donde Alberto Armenteros esperaba apoyado en la manilla. Giró una pequeña llave y se hizo a un lado para permitir el paso de los cuatro hombres envueltos en polietileno blanco. Tras un primer vistazo, desplegaron con cuidado el contenido de sus maletines, separándose lo suficiente como para cubrir todo el perímetro de la habitación sin estorbarse los unos a los otros.

Armenteros observó la escena desde la puerta, sin permitir que la punta de sus zapatos rozara siquiera la moqueta del interior del despacho. Cuando estuvo claro que no le necesitaban, se volvió de nuevo, buscando con la mirada a los dos policías.

—El señor Meyer está en su despacho, pero les ruega que le disculpen unos minutos. Como comprenderán, el teléfono no para de sonar. Hay muchas cosas que organizar, vacíos que cubrir y condolencias que recibir. Si quieren sentarse un momento en recepción, le pediré a Ana que les traiga un café.

—¿Es de máquina? —se aventuró a preguntar Vázquez.

—No, inspector. Afortunadamente, tenemos una estupenda cafetera exprés en la sala del fondo. Hace un café excelente, se lo aseguro.

—Entonces le aceptaré el ofrecimiento.

—Yo también —se apuntó Machado.

Comunicaron a Ana sus preferencias y se sentaron en los mullidos sillones, justo enfrente del pequeño mostrador de recepción. Ana no tardó más de cinco minutos en regresar cargada con una bandeja en la que humeaban dos pequeñas tazas blancas. El aroma del café impregnó toda la estancia para deleite del inspector, que estuvo tentado de cerrar los ojos y dejarse llevar. Sonrió a la secretaria y tomó la taza que le ofrecía. Ambos rechazaron el azúcar y se llevaron el café a los labios. Realmente estaba delicioso.

El vicepresidente les dedicó diez minutos de su tiempo en la sala de reuniones. Ni siquiera se sentaron. En su informe, Vázquez reflejó la vehemencia con la que Tobías Meyer loaba la figura del fallecido, la ausencia de amenazas dignas de tenerse en cuenta, al menos en la actualidad, y la transparencia con la que el banco realizaba todas sus operaciones. La única novedad que aportó Meyer fue la existencia de una auditoría por parte del Banco de España, «nada fuera de lo normal», aseguró quitándole importancia con un gesto de la mano, «pero la verdad es que nos está dando mucho trabajo». Jorge Viamonte se encargaba personalmente de gestionar las informaciones solicitadas por el Banco de España, por lo que él no estaba al tanto de todos los detalles, pero afirmaba que, si hubiera existido algún problema, seguro que Viamonte se lo habría dicho.

Salieron del banco con la sensación de haber asistido a una ensayadísima representación teatral. No tenían pruebas de que ni Armenteros ni Meyer les hubieran mentido, pero tanto Machado como Vázquez sentían en las tripas la certeza de que ambos habían maquillado la realidad hasta el punto de hacerla irreconocible.

—¿Tienes algo que hacer esta mañana? —preguntó Vázquez a Machado.

—Nada que no pueda hacerse esta tarde.

—Torres y Teresa están en Berriozar, no les vendrían mal otros dos ojos para peinar la zona.

—Hombre, la mañana no está como para dar paseos, pero cualquier cosa antes que anclarme a la mesa a revisar papeles.

Mientras se dirigían hacia el coche se cruzaron con un pequeño grupo de jubilados que contemplaban resignados las puertas cerradas del Hispano-Francés.

—Dicen que han matado al presidente —comentó uno de ellos.

—Uno menos —respondió otro, sin asomo de piedad o tristeza en la voz—, a ver lo que tardan en poner a otro hijoputa en su lugar.

—Mientras no te jodan a ti los ahorros…

—Que se atrevan, le pego fuego al chiringuito, como que me llamo Fermín. El muerto, bien muerto está; ya te digo, un hijoputa menos.

5

Llevaba tanto rato dando vueltas por la calle que los pies le dolían terriblemente. La enorme barriga no le permitía verse el final de las piernas, pero el frío que sentía era tan intenso que ya no estaba segura de haberse puesto las botas esa mañana. Teresa Mateo odiaba quejarse. Sabía que sus compañeros la relevarían gustosos de salir a la calle si se lo pidiera, pero no quería ser menos que los demás. Toda la vida había luchado contra la idea de que el género femenino era diferente al masculino. Su rabia le hizo estudiar el doble, trabajar el doble y luchar el doble que sus compañeros para conseguir los mismos resultados. A estas alturas de la vida, consciente de la trampa que la sociedad había tendido a las mujeres a lo largo de más de un siglo de reivindicaciones, estaba cansada de demostrar a los demás su valía y se había resignado a ser simplemente Teresa Mateo, gustase a quien gustase. Sin embargo, albergar en su vientre una niña había hecho renacer en ella el dormido sentimiento reivindicativo de su juventud, y se mostraba ahora incluso más combativa que entonces, luchando por legarle a su hija un mundo menos injusto con las mujeres.

Torres y ella habían llegado a Berriozar hacía más de dos horas. A la luz del día, la caseta en la que el asesino ocultó el cadáver ofrecía una imagen diferente. No mejor, sólo diferente. Comprobaron cada centímetro de suelo dentro y fuera de la caseta, sortearon cagadas de perro y botellas rotas, esquivaron una rata que les dio un buen susto, removieron los restos de una hoguera que encontraron a pocos metros de las vías. A pesar de dejarse los ojos escudriñando entre la basura, no encontraron nada que les diera la más mínima pista. Los agentes del laboratorio habían recogido tantas colillas del interior de la caseta que les llevaría meses de trabajo identificar el ADN de cada una de ellas. Después las cotejarían con las bases de datos y, si se daba la circunstancia de que el asesino fumaba, había sido tan descuidado como para tirar una colilla junto al cadáver y, además, estaba fichado, lo encontrarían. Si sólo una de esas condiciones fallaba, no tendrían absolutamente nada.

Mario Torres se había alejado unos metros y ahora regresaba frotándose las manos para hacerlas entrar en calor. Teresa sospechaba que su compañero acababa de mear, pero prefirió no entrar en detalles. Ojalá ella tuviera la misma facilidad que los hombres para orinar. Su hija le presionaba la vejiga desde el interior del útero, por lo que necesitaba ir al baño cada vez con más frecuencia, y en momentos como aquél no era fácil. En breve tendría que buscar un lugar en el que aliviarse ella también, pero de momento podía aguantar.

—¿Cómo lo llevas? —preguntó Mario desde detrás de sus manos, sobre las que exhalaba un chorro intermitente de vaho caliente.

—Estaría mejor en mi casa, como tú, pero voy bien.

—Si necesitas descansar…

Teresa respiró profundamente y escogió ignorar el comentario de Torres. En otras circunstancias, si los pies le dolieran menos, seguramente no se habría librado de un buen empujón.

—Vamos a hablar con los vecinos de esa casa —dijo señalando un viejo edificio de una sola planta y tejado a dos aguas.

La fachada, de un blanco inmaculado, rompía su monotonía cromática gracias a las macetas rojas que, en verano, se llenarían de geranios de vivos colores. Para que las plantas sobrevivieran al duro invierno, sus dueños las habían cubierto con recios plásticos traslúcidos que impedían que los esquejes se congelaran. Una vez llegada la primavera, retirarían la caperuza transparente y, tras unos cuantos riegos y una sutil poda, los tiestos volverían a llenarse de vida. Las persianas de las ventanas estaban levantadas para aprovechar la exigua luz solar. Aun así, desde fuera se apreciaba una lámpara encendida en el interior. El inquilino de la casa debía de ser un hortelano consumado, no sólo porque al final del pequeño terreno junto a la casa se dibujaba un huerto bien cuidado, con surcos pulcramente arados en una perfecta línea recta, varios cardos minuciosamente atados y las cabezas blancas de las coliflores asomando entre la tierra y las verdes hojas, sino porque alrededor de la puerta de entrada, sustentada por unos recios postes de hierro, crecía una hermosa parra que, desnuda ahora de hojas, recibía a los visitantes con su nudoso y retorcido cuerpo leñoso.

La puerta se abrió antes de que tuvieran ocasión de llamar. Ante ellos apareció un hombre con el rostro moreno surcado por cientos de arrugas, tantas que la piel se plegaba una y otra vez sobre sí misma hasta casi ocultar los ojos. Sin embargo, el anciano los observaba con curiosidad y suma atención. Las marcas en el puente de la nariz le delataban como portador habitual de gafas, y su ausencia en ese momento justificaba de alguna manera la insistencia de su mirada. Simplemente estaba intentando enfocar para verlos con claridad.

—¿Puedo ayudarles en algo? —dijo con una voz rasposa.

—Policía. Soy la agente Mateo, y éste es mi compañero, el subinspector Mario Torres.

El hombre la miró de nuevo, deteniéndose en su barriga.

—Julián Cambra —se presentó a su vez—. Permítame que le diga, señora, que no está usted como para perseguir delincuentes. —Sonrió abiertamente, mostrando una dentadura tan perfecta que sólo podía ser postiza.

—Lo de correr se lo dejo a éste —respondió Teresa—, yo me limito a decirle a quién perseguir.

—Claro —continuó el anciano—, el cuerpo al servicio de la mente, muy sutil. Pasen adentro, hace un frío de mil demonios aquí fuera y la calefacción me cuesta un dineral todos los meses.

Se hizo a un lado para permitir el paso a los dos policías, que entraron en el cálido vestíbulo frotándose las manos para desentumecer los dedos. En el estrecho recibidor olía a vino y a humedad. A la derecha, una puerta entreabierta dejaba ver un baño con paredes embaldosadas en verde agua. A la izquierda, una segunda puerta conducía a una habitación que permanecía a oscuras. Al lado, en el rincón, una pequeña entrada, por la que incluso el menudo propietario de la casa tendría que pasar agachado, permanecía atrancada con un antiguo cerrojo de hierro.

—¿Tiene animales? —preguntó Torres, señalando la puerta.

—¿Animales? Qué va, dan mucho trabajo. Hace muchos años que nos comimos los últimos conejos. Ésa es la entrada a la bodega; está excavada en la tierra, las escaleras bajan unos tres metros desde aquí. Puse el cerrojo cuando mis hijos eran pequeños porque ese cuartucho siempre les parecía el mejor sitio para esconderse y hay que tener mucho cuidado con los vapores del vino, pueden emborracharte, pero también matarte.

Los acompañó hasta la cocina a través de un pasillo lleno de fotografías. Desde las paredes, decenas de personas de todas las edades sonreían en diferentes momentos de sus vidas. Creyeron reconocer a su anfitrión en varias de ellas, más joven y con la espalda erguida, acompañado por una mujer rubia y tres niños pequeños vestidos de blanco y con un pañuelo rojo al cuello. En la cocina encontraron a una mujer tan encorvada como el hombre, con el pelo recogido en un moño bajo y vestida con una sencilla bata azul y un delantal gris. Se sobresaltó al verlos entrar, soltando el vaso que llevaba en la mano, que cayó sobre la mesa derramando el agua que todavía contenía.

—Felisa, estos señores son policías. Imagino que habrán venido por lo de anoche, ¿no? —Miró a los agentes, que asintieron con la cabeza respondiendo a su pregunta.

—Me podías haber avisado —protestó la anciana—, mira qué pintas llevo…

—No se preocupe por nosotros, señora —la cortó Teresa—. Sentimos mucho molestarles en su casa, pero es importante que hablemos con todos los vecinos de la zona. Ustedes viven muy cerca del lugar en el que ayer dispararon a un hombre. ¿Vieron u oyeron algo extraño?

Mientras la mujer recogía el agua derramada, Julián dispuso dos sillas más alrededor de la mesa y los invitó a sentarse, lo que Teresa le agradeció con una sincera sonrisa.

—En invierno apenas salimos de casa —comenzó el anciano—. Después de comer nos sentamos en la salita a ver la televisión y ya no nos movemos hasta la hora de cenar, y de ahí, a la cama. Sé que les voy a decepcionar, pero ayer no oí nada que me llamara la atención, y mi mujer ni siquiera oye los ruidos normales, está prácticamente sorda desde hace muchos años. Ponemos la televisión con el volumen muy alto, lo cual no es problema porque no tenemos vecinos cerca a los que molestar, pero eso no nos deja escuchar el resto de los sonidos. A veces no oímos ni el teléfono. El otro día, por ejemplo, vino mi hijo mayor preocupado porque nos había llamado cinco veces y no contestábamos. Nos echó una bronca del carajo, como si fuéramos críos.

El tono de voz de Julián era tan alto que Teresa estaba comenzando a notar un zumbido en los oídos. Gritaba tanto al hablar que sus palabras retumbaban en las paredes. Pensó que la costumbre de conversar a gritos con su mujer había hecho que considerara normal hablar en un tono tan alto, pero para ella se estaba convirtiendo en una auténtica pesadilla. Tendría jaqueca durante días.

—En resumen, que no oyeron nada —dijo Torres.

—Nada de nada, ni siquiera nos enteramos de lo que estaba pasando hasta que las luces de la ambulancia y la policía se colaron por la persiana. Está rota y se quedan rendijas abiertas. Yo ya estoy mayor para cambiarla, así que el arreglo tendrá que esperar a que me muera y mis hijos vendan la casa. Entonces será problema del nuevo propietario.

Torres, cansado de estar sentado en la silla de madera, cortó la nueva divagación de Julián Cambra:

—¿Y qué me dice de la gente que vive en el edificio de enfrente? ¿Ha tenido problemas con alguno de ellos?

La actitud del anciano cambió visiblemente. Bajó la voz y miró al inspector con los ojos muy abiertos:

—No sé de qué me habla, el edificio de enfrente está vacío.

—No me lo puedo creer... —Mario sacudió la cabeza de un lado a otro—. ¿En serio pretende que creamos que no ha visto nunca a ninguna de las personas que viven ilegalmente en el edificio de enfrente?

—Bueno... Nosotros no hemos tenido problemas con nadie.

Felisa miraba alternativamente a su marido y a los policías con cara de no estar entendiendo ni una sola palabra.

—Me preguntan por la gente que vive al otro lado —gritó su marido.

—Son buena gente —contestó ella—, pero con muy mala suerte.

—¿Los conocen?

—Hay gente que va y viene, pero una familia lleva varios meses viviendo allí. Los pisos están vacíos y ellos no tienen un techo para sus hijos. Yo habría hecho lo mismo —afirmó Julián, levantando la voz una vez más.

Ni Torres ni Teresa contestaron. Se limitaron a esperar. Sabían que los silencios prolongados incitaban a la gente a llenarlos con nuevas historias, y eso era precisamente lo que esperaban que ocurriera.

—El verano pasado —prosiguió Julián— sorprendí a un hombre merodeando por mi huerta. Cuando salí y le pregunté si me estaba robando, me pidió disculpas y me dijo que sus hijos no habían comido en todo el día y que no tenía nada que ofrecerles. Me explicó que los rumanos se habían apoderado de los contenedores de basura de los supermercados y que ya no sabía qué hacer. Cogí una bolsa y se la llené de calabacines, cebollas, tomates, judías..., todo lo que tenía entonces. A mí se me pudren en la tierra, trabajo en el huerto por entretenimiento, pero mis hijos apenas vienen ya por aquí y las cosechas se me estropean una tras otra, así que casi agradecí tener a alguien a quien dársela.

—¿Les contó esa persona algo sobre el resto de los inquilinos del inmueble?

—No demasiado. No sé si tendrán contacto entre ellos o no, si compartirán las cosas o irán cada uno a lo suyo. En verano hay menos vecinos en el edificio, los nómadas se marchan en cuanto llega la primavera. La mayoría van y vienen, cuando lo necesitan le dan una patada a la puerta y ya tienen casa.

—De acuerdo, señor Cambra. Muchas gracias por su colaboración, no le entretenemos más. —Teresa se levantó lentamente. Lamentaba abandonar la silla y el calor de aquella pintoresca casa, aunque agradecería un poco de silencio en los próximos minutos.

Salieron a la calle acompañados por el matrimonio de ancianos, que se despidieron recomendándoles que tuvieran cuidado en su trabajo. Los pies continuaban doliéndole, aunque al menos ahora estaban calientes.

—Vamos a tener que ir al edificio de enfrente, a ver qué nos encontramos. ¿Pedimos refuerzos? —Torres miraba fijamente hacia las ventanas del inmueble, intentando vislumbrar algún movimiento en su interior.

—No creo que sea necesario. No tenemos constancia de que se hayan producido altercados en esta zona en los últimos meses, y los vecinos nunca han alertado a la policía de Berriozar para quejarse, así que imagino que podemos ir solos.

—El cuerpo y la mente se ponen en marcha —apuntó Torres con sorna.

Teresa no contestó, se limitó a sonreír y dirigió sus pasos hacia el portal. Estaban a punto de entrar cuando un claxon los sobresaltó. A sus espaldas, Machado y Vázquez se apeaban del coche.

—Parece que tenemos el mismo destino —dijo David—. ¿Tenéis alguna pista sobre el hermano?

—Nada de momento —contestó Torres—. Hemos hablado con los vecinos de la casa de al lado y reconocen tener alguna relación con una familia que al parecer vive en el edificio de manera continuada, aunque admiten que no se fijan mucho en quién entra y quién sale. Demasiadas caras extrañas en poco tiempo, supongo.

—Id a comisaría y empezad a revisar los papeles que vayan llegando del despacho de Viamonte. Os llevará horas, pero al menos estaréis calientes. —Vázquez evitó mirar directamente a Teresa mientras hablaba, no quería que la agente pensara que la enviaba a la oficina por su estado.

—Mil gracias, jefe, nunca me he alegrado tanto de ponerme detrás de una mesa. ¿Vamos? —Torres esperaba a Teresa, que hundió las manos en los bolsillos de su abrigo y se dirigió al coche tras despedirse con un movimiento de la cabeza.

Vázquez y Machado se quedaron solos frente al oscuro portal. Era casi mediodía y a sus espaldas la vida bullía en forma de cientos de vehículos que iban y venían de las fábricas cercanas.

Machado corrió hasta el coche y cogió la linterna que guardaba en el maletero. Subieron las escaleras despacio, atentos a cualquier ruido. Los pisos estaban vacíos en la primera planta. Sin embargo, en el rellano del segundo piso percibieron un inconfundible olor a comida. Alguien estaba guisando en una de esas viviendas. Los sonidos, muy leves, los condujeron a la puerta de la derecha. Machado puso la mano sobre la culata de su arma mientras Vázquez llamaba con los nudillos, dos golpes secos y fuertes que resonaron en el espacio vacío.

—¡Policía! ¡Abran la puerta!

Esperaron unos segundos antes de volver a llamar. Amortiguado por la pared y la madera, les llegaba el llanto distante de un niño. Poco después, cuando se disponían a aporrear la madera por tercera vez, la puerta se abrió lo justo para que pudieran vislumbrar una figura masculina, apenas una rendija a través de la que los lloros infantiles se hicieron más audibles.

—Policía. Queremos hablar con ustedes. —El tono autoritario de Vázquez no invitaba a la duda. El hombre abrió la puerta dos palmos más, hasta mostrarse por completo. Podía leerse el miedo en sus ojos. La mano que sostenía la puerta temblaba ligeramente y parecía dudar sobre qué era lo que esperaban de él.

—Señor —intervino Machado—, estamos aquí para hablar sobre lo que sucedió muy cerca de aquí a última hora de la tarde de ayer. Creemos que la víctima pudo visitar a alguien en este edificio.

—Nosotros no vimos nada. —La respuesta llegó demasiado deprisa como para ser cierta. Ninguna pregunta sobre lo sucedido, ni un ápice de curiosidad, simplemente la negación de cualquier implicación.

—Comprendo que su situación es delicada —añadió Vázquez—, pero lo será aún más si se niega a hablar con nosotros. No voy a preguntarle si es usted el propietario de la vivienda, si vive en ella de alquiler o si el dueño se la cede desinteresadamente. Nos da lo mismo.

Tras un momento de duda, el hombre retiró la mano del dintel, franqueándoles el paso al interior. El olor a comida se intensificó en el recibidor, aunque lo que realmente los sorprendió fue el silencio que reinaba en la casa. Los sollozos infantiles se habían desvanecido y nadie parecía dispuesto a comenzar a hablar. En el salón, sobre un desvencijado sofá, un anciano consolaba a un niño pequeño. Había escondido la cabeza entre los brazos del hombre, pero de vez en cuando sorprendían su mirada curiosa, lanzada de reojo cuando pensaba que nadie le prestaba atención. A su lado, una niña un poco mayor los miraba asustada, aunque se esforzaba por parecer serena. Y de pie, completando el cuadro, una mujer morena, joven y delgada.

—Soy el inspector Vázquez. Me acompaña el agente Machado. Como le he explicado —dijo mirando al hombre—, creemos que ayer sucedió algo en este edificio que concluyó con la muerte de una persona a pocos metros de aquí. Lo que nos digan puede sernos de gran utilidad.

El hombre los miraba con ojos inexpresivos. Parecía una figura de cera, congelado con una mueca vacía, con los brazos colgando a lo largo del cuerpo, las manos apenas visibles al final de las mangas del abrigo. Machado se fijó en que todos llevaban el abrigo puesto, pero no parecía que estuvieran a punto de salir o que acabaran de llegar. En aquella vivienda la temperatura no superaría en ese momento los diez grados centígrados. El constructor no había habilitado el sistema de calefacción, por lo que los inquilinos sólo contaban para protegerse del frío exterior con las delgadas ventanas y toda la ropa que pudieran ponerse encima. David comenzaba a perder la paciencia. Sentía el impulso de agarrar al hombre por los hombros y sacudirlo para obligarlo a reaccionar. Sin embargo, fue la mujer quien rompió el silencio:

—Nosotros no vimos nada anoche, de verdad. Escuchamos a un hombre entrar en el piso de arriba, estuvo menos de cinco minutos dentro y volvió a salir. Oímos un estruendo poco después, pero hasta que no llegaron las ambulancias y la policía, ni se nos ocurrió que pudiera ser un disparo. Parecía un petardo, o el tubo de escape de una moto trucada.

—Y usted es… —preguntó Vázquez.

—Raquel Eraso. Él es mi marido, Miguel Ancín, y mis hijos, Alba y Eder. Tomás es mi padre —dijo señalando al hombre del sofá—. Si no les importa, tengo que darles de comer a mis hijos, han de volver al colegio dentro de una hora.

Se giró sobre sí misma y entró en la cocina, la única habitación cálida en ese momento. Escucharon el tintinear de vasos y platos y, poco después, su voz llamando a los niños. Ambos obedecieron a su madre y se sentaron a la mesa, donde comieron en silencio, mirando cada vez con menos discreción a los dos policías que seguían de pie en el salón.

Cuando los niños estuvieron en la cocina, el anciano alargó la mano desde el sofá hasta una pequeña bombona de oxígeno de la que colgaba un tubo transparente. Se colocó el extremo en los orificios nasales y se recostó en el sofá con los ojos cerrados. Tenía aspecto de estar agotado, con la piel lechosa y las venas dilatadas perfilando surcos azules en la frente.

—¿Se encuentra bien? —preguntó Machado.

—Enfisema pulmonar —contestó Miguel Ancín—. Apenas puede respirar sin la bombona, y el estrés no le ayuda demasiado.

El hombre comenzaba a recuperar el color del rostro y a moverse con cierta soltura. Al parecer se había convencido de que, al menos de momento, no tenía nada que temer de aquellos dos policías. Vázquez notó el cambio de actitud y decidió aprovechar la circunstancia.

—¿Pudo ver al hombre que vino ayer por la tarde?

Ancín dudó durante unos instantes. Negó con la cabeza, pero la vehemencia anterior había desaparecido.

—Me asomé al rellano cuando el hombre entró en el piso de arriba, sólo para comprobar que mi familia no corría peligro. Nunca se sabe quién puede merodear por aquí.

—Lo entiendo —concedió Vázquez.

—Oí al hombre llamar a voces a un tal Lucas. Gritó su nombre varias veces, pero no obtuvo respuesta, el piso estaba vacío. Entonces salió. Yo cerré la puerta rápidamente y me pegué a la mirilla. Era un hombre de pelo gris con un abrigo oscuro. No pude verle bien la cara, no hay luz en el rellano y él se iluminaba con una linterna pequeña. Miró a su alrededor y se marchó escaleras abajo. De verdad, eso es todo. Poco después escuchamos el disparo, pero entonces no sabíamos que era un disparo, jamás había escuchado uno.

—¿Quién vive en el piso de arriba?

—La gente va y viene, no hay un ocupante fijo, aunque sí varios habituales. A veces coinciden dos o tres personas a la vez.

—¿Conoce sus nombres?

— No.

—Pero podrá describirlos…

—Vagamente. Hago todo lo que puedo por no cruzarme con nadie. Mi mujer y yo no queremos que los niños se asusten, intentamos que, a pesar de todo, su vida sea lo más normal posible. Ellos saben que pasa algo, no son tontos, y nos ven siempre preocupados, pero intentamos por todos los medios que no se nos note.

—¿Cuánto lleva desocupada esa vivienda?

—No mucho, hace un par de días había gente viviendo ahí, creo que sólo una persona. Estuvo más de dos semanas ocupando el piso, después se fue y todavía no ha vuelto.

—Esta tarde vendrá un agente a mostrarle una serie de fotografías, a ver si usted o su mujer reconocen a alguno de los inquilinos.

Vázquez seguía manteniéndose firme, no quería que el asustadizo hombre se le escapara por alguna rendija. Para su asombro, lo único que pidió es que la policía acudiera mientras los niños estuvieran en el colegio, para no asustarlos innecesariamente.

Se despidieron rápidamente, sin dar tiempo a los pequeños a terminar su comida y saciar su curiosidad. Subieron a la planta de arriba y encontraron entreabierta la puerta de uno de los pisos. Ambos desenfundaron sus armas y empujaron la hoja despacio, oteando detenidamente el interior en busca de algún movimiento. Sin embargo, lo que les golpeó fue un hedor casi insoportable. Con la nariz tapada e intentando respirar por la boca para no aspirar la peste, tuvieron que subir las persianas de las ventanas, cerradas a cal y canto, para poder ver dónde ponían los pies. Comenzaron a recorrer el piso, seguros de que encontrarían algo muerto, humano o animal, pero putrefacto. A punto estuvieron de tropezar con una pila de ropa sucia amontonada junto a una cama igual de asquerosa que el resto del piso. Los baños rebosaban de heces y orines, las habitaciones no habían sido ventiladas jamás, cientos de colillas dibujaban un curioso mosaico en el suelo de toda la casa y en la cocina se toparon con restos desparramados de comida con varias semanas de antigüedad.

—¿No podemos abrir las ventanas? —suplicó Machado.

—No de momento, hasta que los de la científica hayan barrido el lugar. Los olores también son importantes —respondió Vázquez.

—Joder, importantes no sé, pero éstos son mortales de necesidad, no me jodas. O salimos o vomito aquí mismo, total, tampoco se iba a notar demasiado.

Vázquez tuvo que reconocer que su propia tolerancia estaba casi al límite, así que, una vez que recorrieron todos los rincones de la casa y comprobaron que no había nadie allí, salieron y cerraron la puerta a sus espaldas con un audible suspiro de alivio.

—No me extraña que Jorge Viamonte sólo estuviera unos minutos ahí dentro —Machado retuvo una arcada respirando profundamente—, es lo más asqueroso que he visto en mi vida.

—Llama a los de la científica, tenemos que averiguar si el hermano de Viamonte vivía aquí.

—Va a ser complicado, a no ser que se haya dejado el DNI tirado entre la mierda.

—Quién sabe, si salió deprisa, quizá olvidó algún documento.

—Sí, las tarjetas de crédito, seguro...

Sabía que existían muy pocas posibilidades de encontrar pruebas de que fuera el pequeño de los Viamonte quien vivía en aquella pocilga, pero tenían que intentarlo. Al menos contaban con las muestras sanguíneas y de tejidos recogidas del cadáver y que, en un momento dado, podrían compararse con lo que obtuvieran en el piso, tanto en las colillas como en los pelos y la piel que, a buen seguro, encontrarían entre la ropa abandonada.

En las plantas superiores se toparon con dos puertas derribadas, pero nadie en su interior y ni rastro de que hubieran estado ocupadas recientemente.

—Hay que apostar una patrulla frente al edificio, por si el hermano da señales de vida.

—Claro, hay tantas cosas de valor en ese piso que seguro que vuelve a recogerlas...

—No sabemos lo que hay en ese piso, así que déjalo ya. Llama y pide la vigilancia.

Zanjada la cuestión, Vázquez se metió en el coche, arrancó el motor y puso la calefacción a máxima potencia.

Mientras Machado llamaba a comisaría, Vázquez utilizó su propio móvil para telefonear a Helen. La agente le informó de que no habían conseguido localizar a Juan Luis Pedraza, pero que agentes de uniforme vigilaban su casa y la Facultad de Derecho, para trasladarlo a dependencias policiales en cuanto asomara la nariz.

—Lo que me preocupa ahora —reflexionó Vázquez— es encontrar cuanto antes a Lucas Viamonte. Necesitamos una foto reciente, no creo que utilice su nombre en los ambientes que frecuenta. Comprueba si está fichado, si alguna vez lo hemos pillado nosotros, los forales o la Guardia Civil. Si la respuesta es negativa, tendremos que recurrir a su familia, pero por lo que nos han contado, dudo mucho que su aspecto en esas imágenes se parezca al actual.

—Me pongo a ello ahora mismo —confirmó Helen antes de despedirse.

Regresaron al centro en silencio, rumiando cada uno su propia versión de lo que habían visto. Machado no podía dejar de pensar en sus hijos. Como funcionario público, era sumamente improbable que un día se quedara sin trabajo, pero estaba demostrado que la vida da muchas vueltas, algunas incluso de cabeza. Veía una y otra vez a Miguel Ancín, un padre de familia con los brazos caídos y los puños cerrados, hundido, vencido, casi humillado por la sociedad. Seguramente años atrás disfrutaban de una vivienda cómoda, vacaciones de verano, salidas al cine y a cenar, bicicletas nuevas para los niños, clases extraescolares de inglés… Y de pronto, en un abrir y cerrar de ojos, se vio obligado a darle una patada a una puerta para impedir que sus hijos murieran de frío en la calle. Ni un céntimo en el bolsillo, la caridad como única alternativa al hambre. Miguel miraría atónito por la ventana preguntándose en qué se había equivocado, qué había hecho mal para condenar a su familia a la precariedad más absoluta. Machado lo imaginaba con las manos hundidas en los bolsillos, el estómago vacío y un miedo atroz al mañana. ¿Qué haría yo si fueran mis hijos, si un banco nos hubiera puesto en la calle sin la menor misericordia?, se preguntaba Ismael. La respuesta le salió al encuentro alta y clara: Lucharía a brazo partido por su familia, buscaría trabajo debajo de las piedras, mendigaría, sería capaz de robar…, quizá incluso de matar.

Encontraron a Helen junto a la fotocopiadora. La joven les obsequió con una sonrisa y alzó un folio ocupado por una imagen casi a tamaño natural de la cara de un hombre.

—Lo tenemos —afirmó la sonriente Helen—. Lo ficharon

hace dos años por intento de robo de un vehículo. He leído su declaración por encima; tras la detención aseguraba que sólo había entrado en el coche para dormir un poco, que pensaba irse en un par de horas, pero que no se dio cuenta de que pasaba el tiempo y acabó haciéndose de día. El dueño lo sorprendió durmiendo a pierna suelta en el asiento de atrás. No faltaba nada y no tenía antecedentes, así que la condena fue menor y no ingresó en prisión. Pero aquí está su cara.

Vázquez cogió una de las fotografías ampliadas y la estudió con detenimiento. El tiempo no había tratado bien al pequeño de los Viamonte. Sus ojos claros miraban fijamente a la cámara. Alrededor, una miríada de pequeñas venitas rosadas se extendía hasta los pómulos, donde las finas líneas rojas se ampliaban hasta cubrir toda la piel visible. La nariz, sumamente colorada en la imagen, era recta y aristocrática como la de su hermano. Los finos labios quedaban casi ocultos bajo un tupido bigote en el que las canas se habían teñido con el inconfundible tono amarillento de la nicotina. La barba, igual de sucia y desgreñada que las cejas y la abundante cabellera, mantenía un color rubio en el que las hebras grises todavía no habían ganado por completo la batalla. No se apreciaban marcas de nacimiento, lunares o cicatrices, que bien podrían estar ocultas por el abundante vello facial.

—Necesitaremos la descripción física. Altura, peso, marcas, cicatrices… —Mientras Vázquez todavía miraba la fotografía, Helen levantó con gesto triunfal un segundo documento y se lo entregó al inspector.

—Lo graparé a cada fotografía —anunció.

—Perfecto, ¿estás lista para comenzar la búsqueda?

—Por supuesto, jefe.

—Son casi las dos de la tarde, buen momento para que os acerquéis hasta el comedor de Cáritas. Si no obtenéis resultados, más tarde podéis pasaros por el de París 365 y preguntar en las asociaciones que atienden a los transeúntes. Machado —dijo, volviéndose hacia el agente—, ve con Helen, hablad con los encargados, enseñad la foto a todo el mundo y dejadles una copia. Que nos llamen si aparece.

El comedor de Cáritas ocupaba los bajos de un edificio rehabilitado en el corazón del casco viejo de la ciudad. Los oscuros ladrillos de la fachada habían sido sustituidos tras la reforma por cristales traslúcidos que dotaban de luz natural al local sin que los viandantes tuvieran oportunidad de curiosear en el interior. Tras cruzar un estrecho pasillo, Helen e Ismael accedieron a un amplio comedor en cuyas mesas medio centenar de personas se inclinaban sobre platos humeantes de comida. Al fondo, seis mujeres se afanaban alrededor de enormes ollas y unas impresionantes bandejas metálicas. Todas habían cruzado sobradamente el umbral de la mediana edad y cuatro de ellas lucían en el pecho un enorme crucifijo de plata. Monjas y seglares trabajaban por igual, acercando platos a los comensales, retirando los escasos restos de comida que quedaban en las bandejas, haciendo rápidas caricias a los niños que se acercaban a por un yogur… Se las veía cómodas en su papel benefactor. Los usuarios del comedor las trataban de usted, aunque las llamaban por su nombre de pila. Una de ellas, la más alta, se percató de su presencia y abandonó la cocina para dirigirse hacia ellos con paso decidido.

—¿Puedo ayudarles en algo?

—Policía, señora. Somos los agentes Machado y Ruiz. Necesitamos hablar con la persona al cargo del comedor, se trata de un asunto grave —dijo Helen.

—Soy la hermana Clara Goñi, coordinadora de este centro de Cáritas, si les sirvo yo…

—Buscamos a un hombre, Lucas Viamonte. Podría estar involucrado en la muerte violenta de una persona.

—Su hermano… —La expresión de la religiosa apenas cambió cuando realizó esa afirmación.

—¿Le conoce?

—Leo los periódicos, agentes, y hoy no se habla de otra cosa en toda Pamplona. Un banquero muerto, ya me contarán. Es la noticia del siglo, tal y como están las cosas.

—¿Conoce a Lucas Viamonte? —insistió Ismael.

—Conozco al señor Viamonte, sí. A Lucas. Aunque hace muchos días que no se deja ver por aquí. Sé que no ha muerto porque hablo a menudo con los agentes de la Policía Municipal y les pregunto por las personas que «desaparecen». Muchos son inmigrantes que regresan a sus países o vagabundos que, simplemente, deciden cambiar de escenario, pero Lucas es de aquí y nunca se había ausentado más de unos pocos días.

—¿Cabe la posibilidad de que esté acudiendo a otro centro benéfico?

—Claro, todo es posible. Últimamente, gracias a Dios, la solidaridad de los ciudadanos ha permitido que se abran varios comedores más en Pamplona y en los pueblos de alrededor. Nosotros mismos tenemos un centro asistencial en Burlada, aquí al lado, algo que no sucedía desde la Guerra Civil. Son unos tiempos muy difíciles para todos, agentes, y eso que parece que lo peor ya ha pasado.

La hermana los miraba fijamente desde sus ojos pardos. Llevaba el pelo, casi completamente blanco, pulcramente recogido bajo un inmaculado gorro, tal y como exigían las normas sanitarias. Falda y chaqueta gris sobre una camisa blanca y zapatos negros, el uniforme de miles de monjas en todo el mundo. El crucifijo de plata se balanceaba sobre su generoso pecho, oscilando de un lado a otro como el péndulo de un hipnotizador.

—¿Conoce la dirección de Lucas Viamonte?

—Tendré que mirar mis cuadernos para ver si tengo algo de eso, aunque lo dudo, la verdad. Nosotras preguntamos poco y escuchamos mucho, pero no necesitamos que nos enseñen el carnet o el pasaporte para ponerles un plato sobre la mesa. Hay casos que nos llegan desde los servicios sociales del Ayuntamiento. Ellos sí tienen que presentar el documento municipal que les da derecho a dos comidas al día. Incluso, cuando tienen niños pequeños, vienen las madres y se llevan los *tuppers* llenos para comer en casa, en lugar de que los críos tengan que venir aquí a diario. No es agradable pedir un plato de comida, ni siquiera cuando el estómago te duele después de tres días sin ingerir alimento.

Helen y Machado asintieron ante las reflexiones de la hermana. Permanecieron de pie junto a la pared mientras Clara Goñi rebuscaba entre las fichas de los usuarios del comedor. Cáritas abría sus puertas a la una del mediodía, y desde esa hora el ir y venir de gente era constante. En ese momento, casi las tres de la tarde, todavía quedaban unas treinta personas sentadas a las mesas.

Cuando regresó, la hermana Goñi los sorprendió estudiando a los comensales con escaso disimulo.

—Ellos son la verdadera cara de la crisis, agentes. Es muy duro vivir de la caridad, no crean que el que viene aquí lo hace por conseguir un plato de comida gratis. Éste es el último recurso de toda esta gente, y de muchos más como ellos.

—Pero Lucas Viamonte no puede compararse con estas personas —razonó Helen, volviendo al tema que los había llevado allí—; de hecho, no tiene ocupación ni domicilio conocido, no figura en las bases de datos de la Seguridad Social y su vida laboral es bastante breve, por no decir inexistente.

—Saben ustedes casi tanto como yo, agentes. Aquí tengo la ficha de Lucas, tan escueta como su vida laboral. —A la monja no le habían gustado las palabras de Helen y no dudó en hacérselo saber—. Los únicos datos que aparecen son los relacionados con las reuniones que mantuvimos hace unos años con Proyecto Hombre, el centro al que el juez le condenó a acudir para curarse de sus adicciones. No lo consiguió, ni esa vez ni ninguna de las que le siguieron. En ocasiones, algo en su interior le empujaba a querer rehabilitarse, no sé exactamente qué, y me suplicaba que le recomendara ante el comité de admisión. Funcionó las tres primeras veces, pero acabaron tirando la toalla con él. No terminó ni un solo ciclo de rehabilitación. Siempre encontraba alguna excusa para volver a beber.

No podían hacer mucho más allí. Los usuarios que quedaban cuando llegaron se habían marchado discretamente en cuanto se dieron cuenta de que los visitantes eran agentes de policía, por lo que no había nadie a quien preguntar por el posible paradero de Viamonte.

Se despidieron en la calle, después de recordarle su obligación de avisar a la policía si Lucas Viamonte aparecía por allí. Cuando la hermana cerró la puerta a sus espaldas, los estómagos de Ruiz y Machado les recordaron que hacía mucho rato que habían dejado atrás la hora de comer.

—Si me llega a ofrecer un plato de lentejas, se lo acepto —reconoció Machado.

—Yo ni loca, odio las legumbres. Me voy a casa, nos vemos dentro de una hora para seguir con la búsqueda.

—¿No prefieres que comamos un bocadillo por aquí y así nos ponemos a ello cuanto antes?

—Para nada. Me voy a casa, tú haz lo que quieras. A mí un bocadillo no me alimenta, me engorda, y no quiero sentirme culpable el resto de la semana. ¿No tienes a tu mujer en casa? Seguro que te ha preparado algo, no como en mi caso, que tengo que cocinar si quiero comer caliente.

La mujer en casa… Ése era el problema, que seguro que Inés estaba en casa. La mente de Ismael se llenó de nuevo con los ojos de su mujer, chispeantes de rabia y de reproches, ardientes por las acusaciones que todavía no se había atrevido a pronunciar en voz alta, pero que llegarían, seguro que llegarían.

—Nos vemos —se despidió Helen.

Ismael, una vez solo, decidió que el bocadillo era la mejor de sus opciones. Se dirigió hacia la cercana calle de San Nicolás, una de las arterias principales de la diversión en el casco viejo, repleta de bares a ambos lados de la estrecha vía empedrada. Cuando giró la última esquina le asaltó el reconfortante aroma de los platos combinados, los pinchos, las cazuelicas calientes, las mil y una creaciones gastronómicas con las que los cocineros de la zona buscaban atraer a la clientela. Optó por lo viejo conocido y dirigió sus pasos hacia el bar El Museo. A pesar de que los dueños remodelaron el local hacía ya más de veinte años, todavía esperaba encontrar colgando en la pared el enorme pez disecado, de casi un metro de largo, que adornó el bar durante muchísimos años, para orgullo de su propietario y pescador. Lo que no habían perdido era la buena cocina que les hizo famosos, así que Ismael se acomodó en una silla y pidió un par de fritos de huevo mientras esperaba el suculento bocadillo que le estaban preparando. Inés tendría que guardar los reproches para más tarde. Le envió un whatsapp y apagó el teléfono mientras comía. No quería que se le ocurriera llamar y le amargara el único placer del que iba a disfrutar en todo el día. Lamentaba no ver a sus gemelos; ése era un daño colateral que le dolía profundamente, pero todavía no había encontrado la fórmula para llegar hasta ellos sorteándola a ella.

De vuelta en comisaría, Helen y Machado decidieron dividir las fuerzas para cubrir el máximo de lugares posible. Ella dirigió sus pasos hacia el comedor social París 365, donde la recibió un hombre de mediana edad cuyo aspecto definía a la perfección el término «campechano». De cabeza redonda y escaso pelo, en su cara lucía una perenne sonrisa. Las comisuras de su boca terminaban en dos orondos mofletes sonrosados con aspecto de estar recién afeitados. Camisa de cuadros, muy ajustada a la altura de la barriga, pantalones azules y botas negras con cordones, era la típica estampa del hombre bonachón siempre de buen humor. El que la mirara sonriente con las manos en los bolsillos no hizo más que reafirmar su primera impresión. Se presentó como voluntario del centro y excusó la presencia de un responsable superior por la ignorancia de que iban a recibir la visita de la policía. El local estaba vacío, a excepción de un par de hombres que deambulaban entre las mesas colocando los cubiertos y los platos para el servicio de cena. Observó unos segundos la fotografía de Lucas Viamonte y lo reconoció al instante, aunque seguidamente matizó que hacía casi un mes que no le veían por allí.

—El acceso al servicio de comedor es rotatorio —explicó el hombre—, es decir, que una misma persona puede acudir durante quince días seguidos, pero después tendrá que dejar su sitio durante otras dos semanas. Hay casos particulares en los que llegamos a acuerdos con las instituciones, como las familias con niños pequeños en situación de desamparo, pero ése no es el caso de Lucas, él va y viene, respeta las rotaciones y nunca da problemas.

—Si lleva casi un mes sin verle es que se ha saltado su turno —reflexionó Ruiz.

—En este caso sí, pero eso tampoco es extraño. Los transeúntes aparecen y desaparecen, recalan en diferentes sitios y asoman la nariz cuando no les queda más remedio. Lucas no suele irse lejos, siempre está por Pamplona, y me imagino que no tardará mucho en aparecer por aquí. Él sabe, como todos los demás, que primero tienen que rellenar una ficha y solicitar el servicio. Cuando se les concede, que suele ser en el momento, tienen quince días de desayuno, comida y cena.

—Avísenos si aparece, por favor.

Se despidieron con un afable apretón de manos. Los dos hombres, ambos de tez oscura, seguramente marroquíes o argelinos, habían terminado de colocar la vajilla y la miraban sin disimulo desde el quicio de la puerta.

Similar suerte tuvo en sus visitas a los albergues San Fermín e Isabetel, masculino el primero, femenino el segundo, ambos dependientes de Cáritas. Los dos edificios estaban desiertos a primera hora de la tarde, aunque junto a las apretadas literas descansaban las escasas pertenencias de los transeúntes aceptados para pasar la noche. En ninguno de los dos conocían a Viamonte, nunca lo habían visto, aunque aceptaron colocar una fotografía en el área de recepción para que, si alguien lo reconocía, se pusiera en contacto con la policía.

Con el estómago lleno y la mente más clara, Ismael rodeó el moderno albergue para transeúntes de Trinitarios, bautizado por las autoridades locales con el nombre de «A cubierto», toda una demostración de intenciones. La celosía formada por los perfiles de aluminio gris dotaba al conjunto de un aire discreto. La ausencia de carteles y la elegancia del conjunto podía llevar al viandante a confundir el edificio con el moderno chalet de un rico empresario, cuando lo cierto era que en su interior se alojaban los parias de la tierra, rodeados, eso sí, de las más modernas comodidades, incluida una sala de estar con ordenadores y wifi gratuito. Tras el mostrador de recepción, un joven de aspecto pulcro leía un libro. Un par de ojos le miraron desde detrás de unas gruesas gafas, e Ismael pudo ver el esfuerzo de sus pupilas para enfocar la cara que le observaba a medio metro de distancia. El joven se levantó y saludó sin sonreír. Ismael respondió al saludo con la misma actitud, mostrando su identificación policial con una mano y la foto de Lucas Viamonte con la otra.

—Buscamos a este hombre —explicó escuetamente Machado, manteniendo el rostro serio—. Nos han informado de que se mueve por los albergues y los comedores sociales de la ciudad. ¿Le ha visto por aquí?

El joven apenas echó un vistazo a la fotografía. Se ajustó las gafas y enfocó de nuevo el rostro del policía.

—Claro, es el Rubio. ¿Le ha pasado algo?

—¿El hombre que usted llama el Rubio es Lucas Viamonte?

—Sí, ése es su nombre, pero nadie le llama así, al menos por aquí.

—¿Está aquí ahora mismo?

—No, pero con el frío que hace no creo que tarde. Se pasa las horas deambulando por la ciudad o sentado en el porche de la iglesia de San Nicolás, intentando que le lancen alguna moneda.

—¿Le espera hoy?

—Pues no sé qué decirle. Anoche no vino a dormir. Es la primera vez que falta desde que los Servicios Sociales le incluyeron entre los beneficiarios del programa. El Ayuntamiento le da cobijo y tres comidas al día y, a cambio, él tiene que asistir cada mañana a los talleres que se imparten en el centro ocupacional. Hoy tampoco ha acudido a comer ni al taller. Si falta tres días consecutivos sin justificación, le pueden excluir del programa.

¿Puedo saber qué ha ocurrido? No es un hombre conflictivo ni agresivo...

—Es persona de interés en una investigación.

—Claro, por lo de su hermano...

—Claro —cortó Machado mientras se dirigía a la puerta con el teléfono en la mano.

Comunicó al inspector Vázquez su descubrimiento y se dispuso a esperar hasta que las patrullas de refuerzo llegaran al lugar. Le hubiera gustado echar una ojeada a las pertenencias de Viamonte, pero sabía por experiencia que esas cosas era mejor hacerlas con una orden judicial de por medio, no fuera que luego el interesado consiguiera invalidar ante un tribunal las pruebas que pudieran encontrar entre su equipaje, así que se acodó sobre el mostrador y le pidió al joven que le enseñara el libro que estaba leyendo. Por su sonrisa supo que había encontrado el punto de conexión perfecto con el cerebro que se ocultaba tras las gruesas gafas.

6

El chapoteo de las ruedas del coche sobre el asfalto mojado era todo el sonido que los acompañó camino del domicilio de Jorge Viamonte. Su viuda había accedido a recibirlos a última hora de la tarde, una vez que hubiera regresado del velatorio organizado en un tanatorio del centro de la ciudad. Sandra Zabala llevaba horas recibiendo las condolencias de decenas de personas, más o menos cercanas a la familia, muchas de ellas a las que veía por primera vez en su vida. Aturdida por el dolor y los ansiolíticos, la mujer les esperaba sentada en uno de los mullidos sofás del salón, con la mirada perdida en la chimenea. Llevaba un elegante y sobrio vestido negro y cubría sus piernas con unas finas medias del mismo color. Tan sólo el chisporroteo de las danzantes llamas interrumpía el abrumador silencio que la rodeaba. Vázquez y Torres permanecieron de pie mientras la asistenta la sacudía levemente en el hombro para obligarla a volver a la realidad.

—Señora —susurró con un cerrado acento del Este—, los dos policías que esperaba ya han llegado.

Sandra Zabala parpadeó un par de veces y se levantó despacio, apoyando las dos manos con fuerza sobre los brazos del sofá, como si erguirse le costara un esfuerzo sobrehumano. La asistenta permaneció a su lado, pendiente de la sutil oscilación que sacudía el cuerpo de la señora. Con un rápido movimiento, Vázquez se inclinó frente a ella, colocando una mano sobre su hombro e invitándola a sentarse de nuevo.

—No se levante por nosotros, por favor. Si lo permite, nos sentaremos aquí, frente a usted.

La asistenta sonrió y se despidió con una breve inclinación de cabeza.

—Sentimos molestarla de nuevo —continuó Vázquez—, imaginamos que estará muy cansada, pero creemos que puede ayudarnos en nuestra investigación.

—Mis hijos me han dicho que fueron ustedes muy amables con ellos. Se lo agradezco mucho, lo están pasando muy mal. ¿En qué puedo serles útil? Como les dije ayer, mi marido me mantenía bastante apartada de los asuntos del banco, no le gustaba mezclar los dos círculos más de lo estrictamente necesario. Solía decir que el trabajo hay que dejarlo en el felpudo y entrar en casa con los pies y la cabeza limpios.

—Un consejo muy acertado —convino Torres. Las manos de la mujer temblaban ligeramente. En su rostro eran visibles los signos de la fatiga. Libre de maquillaje, la piel aparecía pálida, con leves motas sonrosadas alrededor de la nariz, fruto seguramente del roce constante de un pañuelo. Las lágrimas derramadas a lo largo de las horas habían teñido de rojo los párpados, que subían y bajaban con una lentitud muy poco natural sobre unos ojos sin brillo.

—Imaginamos que a lo largo del día habrá hablado usted con multitud de personas. ¿Alguien le ha hecho algún comentario inapropiado? —preguntó Vázquez.

—¿En qué sentido?

—Quizá alguien le haya comentado algo en relación con la muerte de su marido que no podría saber si no hubiera estado cerca cuando ocurrió, frases como «fue instantáneo», «apenas sufrió» o «ni siquiera lo vio venir».

Sandra Zabala cerró los ojos y pareció concentrarse en sus recuerdos. Permaneció así, ciega y en silencio, durante dos largos minutos. El ligero frunce de su ceño era el único signo exterior de que su mente continuaba en funcionamiento. Cuando abrió los ojos nada había cambiado, sus pupilas seguían siendo dos puntos oscuros, apagados.

—No recuerdo nada como eso. Todo el mundo ha sido muy considerado conmigo, el velatorio rezumaba compasión, aunque lo que más abundaba era gente que necesitaba dejarse ver junto al ataúd de mi marido. ¿Qué pensarían si el alcalde no presentara sus condolencias a la viuda del banquero? Ha venido todo el mundo y les he atendido a todos, como Jorge hubiera deseado que hiciera, pero sus palabras han sido las mismas en todos los casos, ya saben, qué gran pérdida, el culpable pagará por este crimen atroz, puedes contar con nosotros para lo que haga falta, ahora y en el futuro… Todo han sido alabanzas y palabras reconfortantes. Puedo asegurarles que, a pesar de las pastillas que he tomado a lo largo del día, mi mente ha estado desagradablemente despejada en todo momento.

—El asistente de su esposo, Alberto Armenteros, afirma que el señor Viamonte acudió a una cita con su hermano —continuó David.

—¿Con Lucas? —Una leve arruga cruzó su frente. Seguramente el ácido botulínico fuera el responsable de que una mujer de su edad apenas mostrara signos evidentes de envejecimiento—. Hace años que no le veo. Jorge hablaba de vez en cuando con él, me consta que Lucas le llamó en más de una ocasión para pedirle dinero, pero hace varios meses que no me lo nombra.

—¿Podrían haberse visto sin que usted se enterase?

—Por supuesto, y no habría pasado nada si me lo hubiese ocultado, él sabía que yo no necesito saberlo todo. Creo que la sinceridad en el matrimonio está sobrevalorada. Nadie necesita saber todo lo que hace el otro, o lo que piensa. Hay cosas que es mejor guardarse para uno mismo por el bien de la pareja.

—¿Considera a Lucas Viamonte un hombre violento?

—Entre usted y yo, no lo considero ni un hombre. Lucas es un deshecho humano, un pobre borracho que no tiene dónde caerse muerto, pero que tiene la suerte de tener un hermano rico que le sirve de colchón.

—¿Le cree capaz de cometer un acto violento?

—No lo sé, inspector, de verdad. Hace mucho tiempo que no

le veo. No creo que Lucas sea de los que van buscando pelea, pero no me cuesta imaginármelo defendiéndose, ¿me comprende?

—Por supuesto. Muchas gracias por el esfuerzo que está haciendo, señora Zabala, nos está ayudando mucho.

La mujer apoyó de nuevo la cabeza en el sofá y cerró los ojos. Las manos, yermas sobre el regazo, aparecían pálidas, iluminadas solamente por el brillo de su alianza de oro. Ya no llevaba las uñas pintadas, como cuando la visitaron el día anterior. Permaneció con los ojos cerrados unos instantes más. Cuando volvió a abrirlos, su mirada estaba un poco más turbia y apagada que unos minutos antes.

—Me gustaría volver a incidir en el tema de las amenazas que recibía su marido —continuó Vázquez.

—Me temo que no puedo añadir nada nuevo a lo que le dije ayer, inspector. Sé que mi marido recibió varias amenazas a lo largo de su vida, unas más serias que otras, en unas épocas más frecuentes y a veces realmente desagradables, pero él nunca les dio demasiada importancia, al menos no delante de mí. Le molestaba mucho que le obligaran a llevar escolta, y lo único que realmente le preocupaba era la seguridad de sus hijos. Se reunió varias veces con el decano de la universidad para tratar sobre ese tema y me consta que logró seguridad extra para los edificios en los que estudian los chicos, pero siempre le restaba importancia cuando hablaba conmigo.

—¿Las amenazas se habían recrudecido últimamente?

—Es posible, son tiempos difíciles para todo el mundo. Jorge no soportaba que hombres hechos y derechos se derrumbaran entre lágrimas suplicando un crédito o la suspensión de la ejecución de una hipoteca. Le dolía que la gente hubiera preferido endeudarse más allá de lo razonable para mantener un estilo de vida que no les correspondía.

Torres estuvo a punto de apostillar que eran los bancos quienes perseguían en el pasado a sus clientes para ofrecerles créditos a un interés bajísimo, y que cuando las cosas comenzaron a torcerse decidieron cortar el grifo del dinero, en lugar de apoyar a sus clientes en los momentos difíciles. Prefirieron guardar la caja bajo llave, garantizándose sus sueldos millonarios en vez de proteger a las personas que les habían hecho ricos con sus ahorros y su trabajo. Esforzándose por mantenerse en silencio, Mario sostuvo el bolígrafo con fuerza y se concentró en las palabras que garabateaba en su cuaderno.

—¿Tenía su marido un despacho en casa? Quizá un escritorio o algún cajón en el que guardara anotaciones personales.

—Sí, hay un pequeño estudio en la parte de atrás en el que solía encerrarse para resolver asuntos de última hora.

—Sería importante que pudiéramos ver lo que guardaba en sus cuadernos, en la agenda o en el ordenador, si lo hay, pero no podemos hacerlo sin su consentimiento expreso.

—No tengo inconveniente. ¿Quieren ir ahora? Si no les importa, le pediré a Ludmila que les acompañe. Yo les esperaré aquí.

Los dos policías se levantaron del sofá y siguieron a la asistenta a través de un largo pasillo de cuyas paredes colgaban delicadas acuarelas en tonos pastel.

—Los hace la señora —informó Ludmila con su curioso acento—. Pinta muy bien, ¿verdad?

Los dos hombres asintieron con la cabeza y continuaron avanzando, dejando atrás varias puertas blancas cerradas a cal y canto. Atravesaron un segundo salón, casi tan grande como el anterior, y llegaron por fin al estudio de Jorge Viamonte. La pequeña habitación a la que hizo referencia su esposa era en realidad una amplia estancia decorada con elementos que parecían sacados de una revista. Dos de las paredes estaban cubiertas por grandes estanterías de madera oscura en las que se apilaban cientos de libros. El sutil desorden de los volúmenes indicaba que su dueño los consultaba con relativa frecuencia. A la izquierda, el muro gris servía de sustento a decenas de fotografías de todos los formatos y tamaños, enmarcadas con una ecléctica selección de maderas y metales. Imágenes en color y en blanco y negro, algunas incluso con el virado a sepia que se estilaba a mediados del siglo xx. Gente muy seria y personas sonrientes; niños alzados so-

bre los hombros de su padre y manos entrelazadas en las instantáneas de una boda. El relato de muchas vidas capturado y congelado
para el deleite de quienes, de vez en cuando, se detendrían,
sonrientes y soñadores, quizá conteniendo la emoción y los recuerdos, frente a aquella pared. A la derecha, un amplio ventanal
desnudo, sin cortinas ni persianas, con los cristales tintados como
los del resto de edificio, ofrecía una panorámica sobre la nueva
Biblioteca General, la Filmoteca de Navarra, y, más allá, las cumbres nevadas de la peña de Echauri. Justo enfrente se encontraba
el lugar de trabajo de Jorge Viamonte. Una gran mesa de madera
presidía el rincón. Dando la espalda a la ventana, una silla negra
de respaldo alto esperaba inútilmente a su ocupante. Una enorme lámpara color titanio iluminaba el rincón y la superficie de la
mesa, pulcramente ordenada, sobre la que los policías distinguieron un ordenador portátil, una tableta electrónica último modelo
y varios cuadernos y blocs de notas. Vázquez tuvo la sensación
de haber descubierto la cueva del tesoro. Abrieron los cajones de
la mesa y el pequeño archivador apoyado contra la pared y de-
positaron sobre la pulida madera todo su contenido. Mientras
Torres anotaba minuciosamente cada objeto que colocaba en un
ordenado montón, Vázquez hojeaba la agenda en busca de anotaciones. En principio nada le llamó la atención, aunque un estudio más detenido bien podría dar sus frutos. Pidió a la asistenta
que acompañara a la señora hasta el despacho, misión que necesitó más tiempo del que invirtió Torres en ir al coche a por cajas
en las que transportar todo lo que habían encontrado. Sandra
Zabala identificó los cuadernos, las agendas y los aparatos electrónicos como propiedad de su marido y autorizó a los policías a
trasladarlos a comisaría para su examen. Firmó el recibo sin leer-
lo y se excusó de nuevo, apoyándose en el brazo de Ludmila para
regresar al salón.

Poco más les quedaba por hacer allí. Recorrido todo el perímetro del estudio en busca de una posible caja fuerte oculta que no
apareció, volvieron a la sala de estar. Sandra Zabala, hundida en el
mismo sofá en el que la habían encontrado, mantenía de nuevo la

mirada fija en las pequeñas llamas de la chimenea. Alguien, posiblemente la asistenta, había encendido la televisión en el otro extremo de la habitación. La imagen muda de Pedro Piqueras sonreía desde la pantalla antes de dar paso a un reportaje internacional. Nada, ni el fuego, ni la televisión, era capaz de dar a aquel salón el aire de normalidad doméstica que parecía estar buscando.

David le pidió que no se levantara, que ellos mismos encontrarían la salida. Sandra Zabala apenas pareció darse cuenta de sus palabras, aunque movió la cabeza afirmativamente y esbozó un amago de sonrisa. Se despidieron tras ponerse de nuevo a su disposición y abandonaron la casa, dejando tras ellos el inconfundible aroma del dolor y la derrota.

Cuando escuchó la puerta, Ludmila salió de la cocina con una bandeja entre las manos. Había preparado unas crepes de queso, el plato preferido de la señora, y una infusión de tila y melisa, mano de santo para calmar los nervios y ayudar a dormir. Se sentó a su lado mientras Sandra picoteaba unas migajas del plato y bebía pequeños sorbos de la taza humeante.

—Me voy a ir a la cama, Ludmila, puedes irte cuando quieras, ya has hecho bastante por mí.

—No se preocupe, señora, me quedaré hasta que vengan los chicos, no pueden tardar mucho ya. Hace frío en la calle, les prepararé algo caliente y luego me iré a casa.

Ludmila caminaba un paso por detrás de la señora, pendiente de los pequeños balanceos de su cuerpo. Se despidió con una sonrisa en la puerta de su habitación y regresó a la cocina, donde en una olla bullía una reconfortante sopa, lista para templar el cuerpo y el espíritu de los jóvenes Viamonte.

Sandra apoyó la espalda contra la puerta que acababa de cerrar. Era su primera noche en soledad, la primera del resto de su vida. La noche anterior la había pasado con sus hijos en el salón, llorando y consolándose mutuamente, recibiendo a los familiares que fueron arrancados súbitamente del confort de sus casas con la terrible noticia de la muerte de Jorge. Pero ahora, ahí estaba ella, con los pies igual de fríos que el corazón, incapaz de dar un paso hacia la enorme cama que presidía la habitación. Se quitó los zapatos y sintió la mullida alfombra acariciándole la planta de los pies. Era una sensación agradable. Cerró los ojos y avanzó unos pasos más. No necesitaba ver para caminar por la habitación, la conocía hasta el mínimo detalle. A la derecha, la cómoda lacada en blanco donde guardaba la ropa interior. Encima, un espejo y una pequeña lámpara. En el centro de la estancia, cubierta por un edredón blanco y cuatro enormes cojines, la majestuosa cama de matrimonio, aquella que había acogido tantas horas de confidencias, de besos y caricias, tantos sueños, algunos realizados, otros truncados al despertar, pero siempre compartidos.

Dos pasos más y la alcanzó la suavidad del edredón al rozarle las piernas. Ludmila le había dejado el camisón extendido sobre la cama. Se desvistió con manos torpes, inseguras, y se arropó bajo las sábanas. Jorge le sonreía desde la mesita de noche, una mueca congelada para siempre sobre el papel tintado. El nudo que llevaba todo el día atenazando su estómago se extendió hasta la garganta, pero no quería llorar. Las lágrimas le impedirían continuar contemplando el rostro de su marido. Sin poder evitarlo, a su cabeza acudieron las imágenes de sus primeros años de casados. Miró a Jorge y sonrió ella también. Recordó cómo se le encogía el estómago cuando observaba furtivamente el cuerpo de su marido, sus anchas espaldas, sus manos, grandes y cálidas. Sin embargo, era incapaz de responder a sus caricias. El sexo la enervaba, tenía miedo a hacer algo incorrecto, a desairar a su esposo. Nunca nadie le había hablado de las relaciones íntimas. ¿Estaba bien que le temblaran las piernas? ¿Era correcto que su sexo se humedeciera ante los besos urgentes de Jorge? Tres años tardó su marido en convencerla de que se abandonase a sus sensaciones, que se dejara llevar. Cuando finalmente lo consiguió, una oleada de placer inesperado la invadió de pies a cabeza, sacudiéndola y alejando de su cuerpo a la Sandra rígida y temerosa, instalando en su lugar a una mujer nueva, dispuesta a acompañar a su marido también en la cama. Lo recordaba con la voz ronca, moviéndose sobre ella, preguntándole: «¿Me sientes, Sandra? ¿Me sientes?». Recordaba sus labios sobre los pezones, chupándolos como un niño, sonriendo ante su sorpresa. Sentía sus manos entre las piernas, obligándola a abrirse para él. Revivió de nuevo la vergüenza que le provocó verlo descender hasta su sexo, olerlo con deleite y, después, lamerlo despacio, una y otra vez, cada vez más deprisa, hasta casi hacerla enloquecer. ¿Era aquello correcto? Él insistía en que amar es entregarse, y él quería darse entero, y tomarla a ella por completo. Eso era lo correcto, y cuando cayó el último velo, la postrera contención, aprendió a compartir su cuerpo con él, a abrirse a nuevas sensaciones, emociones que no era consciente de albergar.

Jorge pellizcó suavemente uno de sus pezones. Sorprendida, descubrió su propia mano cubriendo su seno, sus dedos rodeando delicadamente la areola a través de la suave tela del camisón. Cerró los ojos y le permitió continuar. Sus manos fueron los besos perdidos, las caricias desaparecidas para siempre, los gemidos ahogados para no despertar a los niños… Los dedos de Sandra se transformaron en el amante que necesitaba a su lado. Era su marido quien se hundía cada vez más en su húmedo interior, quien masajeaba su palpitante clítoris una y otra vez, arrancándole gemidos ahogados. Gritó cuando alcanzó el clímax, un gruñido animal que escapó de sus entrañas para morir ahogado entre los pliegues del edredón. Lágrimas de dolor y frustración empaparon un orgasmo que se le antojó vacío y sin sentido, como su vida a partir de entonces.

La oscuridad de la noche los rodeó por completo en cuanto abandonaron la cálida luminosidad del portal. Los programas municipales de ahorro energético incluían desde hacía varios años la adecuación de la iluminación vial a las necesidades reales de la ciudad, lo que se traducía en que, en la práctica, sólo una de cada tres farolas se encendía al atardecer. Casi todos los comercios de la zona habían echado ya las persianas, aunque la mayoría de los escaparates permanecían iluminados, mostrando a los ateridos caminantes los últimos avances en la lucha contra las agresiones de la edad o los coloridos trajes acolchados con los que disfrutar de un día en la nieve.

La visita al domicilio de Viamonte había sido más fructífera de lo que en principio esperaban, por lo que tanto Vázquez como Torres sonreían de camino al coche. Las cajas que cargaban entre los dos contenían documentación suficiente como para entretener a un par de agentes durante varios días, pero confiaban en que entre aquellos papeles se escondiera el hilo adecuado del que tirar para desenmarañar la madeja que tenían entre las manos. No creía que Viamonte hubiera muerto por resistirse a un atraco. Llevaba dinero y tarjetas encima, además de un reloj muy caro y un teléfono móvil que costaba más de seiscientos euros. Por otra parte, un ladrón que se ve obligado a disparar no se entretiene en ocultar el cuerpo, se limita a escapar del lugar lo más rápido que puede.

En comisaría, un agente les ayudó a descargar el material recopilado en el despacho de Jorge Viamonte. Se despidieron en la puerta pocos minutos después. David rechazó la oferta de Mario de una sesión de kick boxing en el gimnasio y se dirigió hacia su propio vehículo. El cercano reloj de la Diputación marcó las ocho en punto. Hacía poco más de veinticuatro horas que se había cometido el asesinato. En el cruce de calles, con el volante firmemente asido entre las manos, dudó sobre qué dirección tomar. Finalmente, un impulso que no quiso controlar le empujó a marcar el intermitente a la izquierda e incorporarse al denso tráfico que se dirigía hacia los extrarradios. Bajó la Cuesta de Trinitarios, sorteó a ciclistas y peatones y enfiló finalmente la larga recta que conducía hasta Berriozar. Una vez superada la zona comercial, donde los coches se apelotonaban en los estrechos aparcamientos buscando la plaza más cercana a la puerta de entrada, el tráfico disminuyó considerablemente. La carretera era una recta casi perfecta, sólo interrumpida por unos cuantos pasos de peatones y, finalmente, por las vías del tren. Redujo la velocidad al aproximarse a la zona en la que se produjo el disparo que acabó con la vida de Jorge Viamonte. La calle estaba prácticamente desierta, insuficientemente iluminada por las exiguas farolas, que apenas eran capaces de romper la noche con su tenue luz anaranjada, y por los focos de los escasos coches que atravesaban la calzada. Giró despacio a la derecha y aparcó el coche muy cerca del lugar en el que Jorge Viamonte dejó el suyo el día anterior. La mancha de sangre había sido cubierta con serrín y gravilla blanquecina, pero todavía era visible en el suelo un gran círculo oscuro de bordes irregulares, salpicado en algunas zonas con guijarros del suelo y una considerable capa de polvo blanco. Alrededor, las abundantes marcas de suelas de zapatos eran la prueba de que decenas de personas se habían acercado hasta allí a lo largo del día para conocer de primera mano el lugar en el que había muerto el famoso presidente de un banco. David casi podía ver sus rostros, demudados por el miedo y la excitación al mismo tiempo, con los ojos muy abiertos, observando la mancha de sangre como si en ella pudieran obtener respuesta a las preguntas que formulaban sus mentes. Imaginaba también los comentarios y chascarrillos que se habrían sucedido a lo largo de todo el día. La zona estuvo acordonada hasta primera hora de la tarde, cuando los agentes de la científica dieron por concluido su trabajo. Cuando la cinta blanca y azul se levantó, David sabía por experiencia que los curiosos habrían avanzado despacio hacia la sangre, paso a paso, sintiendo el nerviosismo crecer en su interior, al mismo ritmo que la emoción de vivir de cerca un crimen real. Sin embargo, a esas horas de la noche el frío era demasiado intenso incluso para los curiosos más recalcitrantes, aunque a buen seguro al día siguiente se formarían nuevos corrillos alrededor de una mancha que sería ya poco más que un borrón difuminado bajo la gravilla.

Dirigió la vista al edificio que se levantaba frente a él. La mayoría de las persianas estaban cerradas a cal y canto, por lo que era muy difícil deducir si en el interior de esas viviendas realmente residía alguien. Sin embargo, la maraña de cables negros que escapaban de varias ventanas y serpenteaban como oscuras culebras hasta el cercano poste eléctrico era prueba más que suficiente para certificar la presencia de okupas en aquel edificio. Al otro lado de la carretera, dos naves industriales daban inicio al gran polígono que se extendía hasta el límite con Pamplona. Un coche oscuro se detuvo junto a la fachada de una de las naves. El conductor no apagó las luces ni el motor, y arrancó rápidamente en cuanto su acompañante descendió del vehículo y cerró la portezuela tras de sí. Amparado por las sombras, David observó cómo la mujer, de la que no podía distinguir el rostro, se recolocaba el breve vestido rojo y arrebujaba el cuerpo bajo una chaquetilla negra. El brillo de la falda, la longitud de sus tacones negros y el desamparo del lugar en el que se hallaba la identificaban casi sin lugar a dudas como una de las prostitutas que trabajaban en la zona, aunque se encontraba un poco apartada de los lugares más habituales. Si frecuentaba el polígono, cabía la posibilidad de que el día anterior hubiera visto algo de lo ocurrido. Cruzó la calle con rápidas zancadas, inclinando la cabeza para evitar el azote del viento del norte en la cara. La gravilla crujía bajo sus zapatos y salió despedida hacia atrás cuando inició una breve carrera para atravesar la carretera antes de ser alcanzado por un coche que se acercaba a gran velocidad. La mujer descubrió enseguida su presencia. Se estaba limpiando las manos con una toallita que arrojó con desgana al suelo al observar al hombre que se acercaba. Irguió la cabeza, ocultó las manos en los bolsillos de la chaqueta y miró de frente a quien tomó por su próximo cliente. David se encontró ante una mujer que, a pesar de haber superado sobradamente la barrera de los treinta, mantenía un innegable atractivo. Sin duda, el abundante maquillaje que cubría sus facciones contribuía a mejorar su aspecto, pero David estaba convencido de que, incluso con la cara recién lavada, no sería una mujer que pasara desapercibida. La melena negra caía sobre sus hombros, descendiendo insinuante hasta alcanzar la curva ascendente de sus pechos. No llevaba ningún adorno en el pelo ni en las orejas. También las manos estaban libres de abalorios. Ni pulseras, ni anillos. A pesar de que los aderezos excesivos solían ser una seña de identidad común en casi todas las prostitutas, el resto de su atuendo y su sonrisa lasciva no dejaban lugar a dudas sobre lo que hacía en aquel polígono industrial. Bajo la corta falda roja asomaban dos piernas rectas y bien formadas, todavía firmes, embutidas en unas finas medias negras, insuficientes para guarecer la piel de los embates del viento. La altura de sus tacones le permitió mirar a David sin tener que alzar la cabeza. Adelantó levemente el pecho, como si quisiera mostrar la mercancía, y dio un paso al frente cuando él se detuvo.

—Hoy es mi noche de suerte —susurró con voz sugerente—. No todos los días tengo la fortuna de toparme con un chico tan guapo como tú. ¿No tienes coche?

La mujer levantó una mano, acariciando sugerentemente la solapa del abrigo de David, que sacó despacio la mano del bolsillo con la placa entre los dedos.

—Soy el inspector Vázquez, de la Policía Nacional.

—Mierda...

La mujer se retiró del alcance de David, aunque no hizo ademán de huir.

—No es ilegal estar aquí, inspector.

—Lo sé, y no tengo intención de impedírselo. Tampoco le voy a echar un sermón, no soy una hermanita de la caridad. Pero tengo unas preguntas que hacerle.

Ella no contestó. Se limitó a esperar, tiritando bajo su fina chaqueta, con un rictus severo dibujado en el rostro y un mohín de disgusto en los labios. David estuvo tentado de ofrecerle su bufanda, pero sabía que ese tipo de gestos no solía ser bien recibido por esa clase de mujeres, acostumbradas a pagar por cada ofrenda que se les hacía, igual que sus clientes pagaban por los favores obtenidos.

—¿Es habitual que esté en esta zona a esta hora?

—¿Me pregunta por mi horario laboral, inspector? —La mujer se había relajado visiblemente y parecía incluso divertida ante la inesperada pregunta del policía—. Si lo que quiere es acercarse por aquí cuando esté fuera de servicio, suelo llegar sobre las siete y media, más o menos, y me voy alrededor de las dos, un poco antes si la noche ha sido buena. ¿Le va bien?

David se abstuvo de contestar. No quería entrar en el juego, ni por las buenas, respondiendo con similar ironía, ni por las malas, alzando la voz y amenazándola con arrestarla.

—¿Estaba ayer por aquí más o menos a esta misma hora?

—Es posible… No llevo un recuento de mis idas y venidas. No tengo costumbre de fichar, ni mis clientes tampoco.

—¿Conoce los hechos que tuvieron lugar muy cerca de aquí ayer, a esta misma hora?

—¿Qué ocurrió?

David comenzaba a cansarse de ese juego de preguntas de ida y vuelta. La mujer ya no sonreía, pero le miraba directamente a los ojos, retándolo a continuar.

—Ayer murió un hombre a pocos metros de aquí.

—Vaya… —A pesar de la exclamación, no había sorpresa en sus ojos ni en el tono de su voz—. Una ya no está segura en ningún sitio. ¿Y qué dice que pasó?

—Creo que lo sabe. ¿Escuchó el disparo? Si estaba cerca, es posible que viera a la persona que disparó, o el coche en el que huyó.

—Yo no sé nada, inspector, absolutamente nada. No vi nada, no oí nada y no tengo nada más que decir. Estoy aquí para trabajar, y si no va a pagar por mi tiempo, le tengo que pedir que me deje en paz.

—Identificación. —La voz de David sonó como un trueno, fuerte y arrolladora. Por su parte, el juego había terminado.

—¿Disculpe? —La mujer le miró perpleja, parpadeó rápidamente y empalideció por momentos—. No llevo la documentación encima…

—Anotaré su nombre y dirección y lo comprobaré en Jefatura. Si sospecho que no me está diciendo la verdad, la buscaré y le prometo que en esa ocasión nuestra conversación será de todo menos divertida.

—Inspector, le aseguro que no he visto nada que pueda ayudarle a detener a quien le pegó un tiro a ese hombre, pero si me busca, va a arruinarme la vida.

—Nombre y dirección —repitió David.

La mirada de la mujer brillaba bajo la luz de la farola. Sospechaba que el temblor que la sacudía se debía tanto al frío como al miedo, pero no iba a dar marcha atrás. Si podía aportar cualquier dato sobre el asesinato de Viamonte, por nimio que fuera, la presionaría hasta que decidiera colaborar. Con dedos vacilantes, azulados por el frío lacerante de la noche, extrajo del bolsillo de la cazadora su carnet de identidad. David lo cogió y la miró con severidad.

—Me ha mentido —le dijo—. ¿Algún embuste más que le gustaría rectificar, ahora que todavía está a tiempo?

La mujer se limitó a encogerse de hombros, mirando al suelo mientras se esforzaba por contener las lágrimas.

—Gabriela Unamuno —leyó en el documento. Le dio la vuelta al trozo de plástico y se sorprendió al comprobar que la mujer, de cuarenta y dos años de edad, había nacido allí mismo, en Pamplona. No era una inmigrante sin papeles, ni una víctima de la trata de personas. Aquella mujer podía ser su vecina. Comprobó la dirección, una calle del barrio de la Chantrea, y tomó nota de todos los datos.

—Inspector, déjeme tranquila, por favor. —Se oyó a sí misma suplicar en voz baja. Miró de nuevo a los ojos de aquel hombre, azules, límpidos, incluso tranquilizadores, pero el miedo seguía instalado en su estómago.

—Yo no tengo nada contra usted —le aseguró David—, pero algo me dice que miente, que ayer vio o escuchó algo que puede ser importante para la investigación. Debería preocuparle que haya un asesino suelto, puede andar por cualquier sitio.

—Le aseguro que hay cosas que me asustan más que un asesino. No hay nada que pueda decirle —insistió una vez más—. Por favor, le ruego que me deje en paz.

A modo de respuesta, David le tendió una tarjeta con su nombre y el teléfono de la comisaría. Ella lo cogió y lo guardó en el bolsillo, junto con el documento de identidad que acababa de devolverle.

—Espero su llamada. De lo contrario, volveré pronto.

Giró sobre sus talones, dejando atrás a la mujer, y cruzó la calle a la carrera. Una vez en el coche, con el motor en marcha y la calefacción templando sus músculos, comprobó por el espejo retrovisor que la mujer no se había movido del lugar en el que la había dejado. Encendió las luces y salió del aparcamiento, poniendo por fin rumbo a su casa.

Al otro lado de la calle, Gabriela sentía que la sangre se le había congelado en las venas. Le dolía el estómago y el corazón le palpitaba tormentosamente en las sienes. Sacó el móvil del bolso y encendió la pantalla. Inmediatamente, la sonrisa de sus dos hijos se iluminó ante sus ojos. El nudo de su garganta adquirió proporciones extraordinarias, dificultando el paso del oxígeno hacia sus pulmones. Apenas eran las nueve y sólo había tenido un cliente, pero no sería capaz de aceptar ni uno más esa noche. Palpó los treinta euros que escondía en el fondo del bolso, a salvo de posibles atracos, y decidió que tendrían que ser suficientes por hoy. Un dolor agudo, como el de mil cristales clavándose en la planta de sus pies, le hizo cerrar los ojos cuando comenzó a andar. Se sobrepuso al suplicio que le suponía caminar y avanzó despacio hacia el inicio de la calle, donde le sería más fácil encontrar un taxi que la llevara a casa. Aunque primero tendría que desembarazarse de su disfraz de puta para volver a transformarse en Gabi, la mamá de Galder y Asier, la esposa de Adrián, la administrativa en paro que se pasaba las noches limpiando las fábricas del polígono cuando los obreros terminaban su jornada. Aquel policía podía echarlo todo a perder, condenarla a ser repudiada por su familia, abandonada a su suerte. Lo que sabía, lo que había visto la noche anterior, moriría con ella. Nunca podría testificar ante un juez. ¿Cómo explicaría a su marido lo que hacía por la noche en aquella calle oscura? ¿Cómo justificaría el dinero que llevaba a casa si no estaba trabajando cuando todo el mundo creía que eso era lo que hacía? Era imposible. Esperaba que el policía se convenciera pronto de que ella no podía ayudarle y la dejara en paz. Si volvía, buscaría otra calle en la que trabajar, y otra más si la encontraba de nuevo.

7

El extraño silencio que reinaba en la casa hizo que se despertaran todos sus sentidos. Se mantuvo alerta mientras cerraba la puerta del garaje tras de sí. No captó los habituales ritmos que siempre escapaban por debajo de la puerta desde el equipo de sonido de la planta baja, ni escuchó el cotidiano trajín de enseres en la cocina. Un par de luces en la cocina y la presencia del coche en el garaje eran los únicos indicios de que Irene estaba en casa. El resto de los hechos no cuadraban en absoluto con lo que ya era una agradable rutina diaria. Dejó las llaves sobre la mesa del recibidor y entró en la silenciosa casa, caminando despacio para no agitar la inusitada quietud. Encontró a Irene sentada en el salón, semioculta entre las sombras, abrazada a un cojín y con la mirada perdida.

David la observó desde la puerta, sin atreverse a traspasar el umbral. Creyó ver el brillo de una lágrima surcando su mejilla. Su relación nunca había sido sencilla. Surgida de una chispa involuntaria en la peor de las circunstancias, no creía conocerla lo suficiente como para prever su respuesta ante situaciones inesperadas. Él, un hombre adulto, un policía curtido que había visto de todo en la vida, temía la reacción de la mujer que se acurrucaba en el sofá. No sabía qué haría si ella le rechazaba, si estiraba el brazo para alejarle en lugar de abrir el regazo para recibir todo lo que tenía que ofrecerle. Dio un paso atrás y tosió ligeramente antes de entrar de nuevo en el salón. Irene enderezó las piernas, bajando los pies al suelo, y dejó el cojín a un lado.

Volvió levemente la cabeza hasta encontrarse con la figura que se dirigía hacia ella.

—¿Te encuentras bien? —preguntó David mientras recorría los escasos metros que los separaban.

—Estoy bien, un poco impresionada.

Irene hablaba en voz baja, poco más que un susurro. Sus ojos decían todo lo demás.

—Ana ha muerto, me ha llamado su hermano esta tarde. La enfermera pensó que seguía dormida, pero no pudo despertarla a la hora del desayuno. El médico certificó que había sufrido un fallo cardíaco a lo largo de la noche, seguramente mientras dormía. Al menos no ha sufrido.

—Lo siento… —Las palabras no servían de mucho en este caso. Lo único que le causaba pesar era el sufrimiento de Irene. El resto, incluida la fallecida, le eran completamente ajenos.

Ya está donde deseaba estar, con su marido y sus hijos, dondequiera que vayan después de esta vida.

—Llevaba mucho tiempo ausente…

—Sí, desde la muerte de Marcos. Ni siquiera fue consciente de lo que le ocurrió a Marta.

Los recuerdos se agolpaban en la mente de Irene, empujando de nuevo las lágrimas hacia el exterior. Llevaba horas buscando una imagen amable de Ana Martelo para grabarla en su memoria, pero sólo conseguía verla mirándola incrédula aquella mañana de junio en la que le comunicó que su hijo había muerto. Ella había provocado la muerte de Marcos. Recordaba el dolor y el miedo, sentía los morados en su piel, el entumecimiento de los músculos, y se decía una y otra vez que volvería a hacerlo. Marta también murió por su mano, aunque en este caso su mente le ofrecía imágenes confusas. Recordaba las pastillas y su decisión de matarla, pero su siguiente recuerdo la situaba en su casa, con David, llorando por el fallecimiento de su cuñada. En su corazón albergaba la esperanza de que, en realidad, Marta se hubiera suicidado. De cualquier manera, Ana era el último lazo que la ataba a ese capítulo de su vida.

—Se acabó —le dijo a David, que se había sentado a su lado.

—¿Qué se acabó? —preguntó él.

—Ya no seré nunca más la mujer de Marcos. Nadie me recordará así. Todo el mundo me dice que tengo que pasar página. Sin Ana, puedo hacerlo. —Miró fijamente los intensos ojos azules de David, que la observaban anhelantes—. Puedo seguir adelante.

Un esbozo de sonrisa se dibujó en su cara. David atrapó su rostro entre las manos y se acercó hasta que sus labios estuvieron prácticamente pegados.

—Podemos seguir juntos a partir de aquí —susurró David sobre la boca de Irene—. Podemos casarnos, formar una familia… Podemos escribir un nuevo libro juntos, uno de los dos, sin nada previamente escrito, sin borrones.

David sintió cómo Irene contenía la respiración. Tensó el cuello y se alejó del inminente beso. Deslizó las manos hasta los hombros y se separó de ella para poder mirarla directamente a los ojos. Incapaz de descifrar lo que veía en aquellos pozos oscuros, se sintió como un niño que acaba de pronunciar una inconveniencia en una reunión familiar. El silencio se prolongó más allá de lo que una mujer enamorada necesitaría para aceptar una proposición de matrimonio. David le cogió las manos, que temblaban ligeramente, y se las llevó a los labios, besándolas con suavidad.

—No digo que nos casemos mañana —dijo finalmente—, sólo que podemos empezar a pensar en ello, que somos libres de hacerlo si nos apetece. Y la verdad es que a mí me apetece, nunca te he escondido que deseo de corazón casarme contigo, no concibo ningún otro futuro para mí que no sea a tu lado.

—Yo… —Las lágrimas le escocían en los ojos. El rostro de David se le emborronó en la retina, aunque seguía sintiendo el calor de sus manos entre los dedos—. Apenas me conoces —consiguió decir—, no sabes nada de mí.

—Sé todo lo que necesito, y el resto lo iré descubriendo día a día. Será una aventura constante. —David sonreía mientras hablaba—. Tú tampoco sabes demasiado de mí. Tengo muchas manías de solterón, soy un maníaco del orden y la seguridad, llevo un arma, mis horarios son terribles y ronco por la noche.

—No roncas —Irene sonrió al oír sus palabras—, sólo respiras fuerte.

—Cuando llevemos diez años juntos te parecerá un ronquido estremecedor y me exigirás que duerma en el sofá.

—Quién sabe dónde estaremos dentro de diez años —suspiró Irene

—Justo aquí, uno junto al otro, quizá solos, quizá rodeados de chiquillos. La vida es un viaje sin GPS, pero me encantaría hacer este viaje contigo.

La mirada de Irene se había suavizado, pero las dudas bullían en su cabeza. Si formaba una familia con David, tarde o temprano bajaría la guardia. Podía ocurrir que, en un momento de debilidad, le confesara sus crímenes, creyendo que él la comprendería y perdonaría. Pero ¿y si no entendía los motivos que la habían empujado a quitarle la vida a dos personas? ¿Qué haría él entonces? ¿La denunciaría? ¿La alejaría de su casa, de su vida, de sus hijos incluso? Presionó suavemente las manos de David entre las suyas, sintiendo su calor, y buscó el cálido mar de sus ojos.

—Yo tampoco puedo imaginar un día sin ti, pero tengo miedo de que descubras cosas de mí que terminen alejándote de mi lado.

—Eso es imposible, me gusta todo de ti... —Irene le puso la mano sobre la boca, obligándole a callar.

—Vayamos poco a poco, David, no podemos correr antes de aprender a caminar. Vamos a conocernos, a descubrirnos día a día, y si llega el momento de formar una familia, ambos lo sabremos.

David sonrió. No era la respuesta que esperaba, pero al menos su propuesta no la había hecho huir. Seguirían adelante. Estaba seguro de que lograría convencerla de que se casara con él, tiempo al tiempo.

—De acuerdo, no insisto más... de momento. —Se levantó del sofá después de depositar un rápido beso sobre sus labios—. Voy a darme una ducha, ha sido un día largo e intenso, y he estado en lugares a los que no querría volver jamás.

Irene lo vio salir de la habitación. Sabía que estaba sonriendo, siempre lo hacía, y ese hábito de David de sonreír cuando estaban juntos le proporcionaba la energía necesaria para seguir adelante. David no tenía miedo, no temía dar un paso más y comprometerse, convencido de que era el camino más lógico para ellos, el único posible. Cerró los ojos y se concentró en la necesidad de guardar silencio, de esconder los hechos y mostrar sólo el reflejo de la superficie. Lo conseguiría. Con esfuerzo, con tesón, con mucha concentración y fuerza para que nunca, en ninguna circunstancia, bajo ningún concepto, un momento de debilidad la llevara a confesar lo sucedido meses antes. Lo que hoy le costaba un gran esfuerzo, mañana se convertiría en hábito y pronto pasaría a formar parte de su forma de ser. Callar y seguir adelante. No recordar, no pensar, no hablar. El pasado no existía. Sonrió al escuchar el agua de la ducha. Se imaginó a David desnudo, canturreando en voz baja mientras se enjabonaba todo el cuerpo, y sintió el conocido pellizco en el bajo vientre. Se quitó la ropa camino del cuarto de baño. David detuvo su tarareo cuando sintió que la cortina se movía a sus espaldas. Se dio la vuelta y encontró los ojos oscuros de Irene. Le hizo un hueco bajo el chorro de agua caliente y la abrazó por la espalda. Recorrió sus curvas desde atrás, disfrutando de su piel, suave, húmeda y cálida, repartiendo el jabón por todos los rincones de su cuerpo, rebosándole el corazón de amor y deseo. Irene se giró y lo miró fijamente a los ojos. Esbozó una sonrisa que era una promesa de futuro y lo besó profundamente. Saboreó el instante, posiblemente el más feliz de su vida, y se dejó llevar una vez más por una pasión que a duras penas podía controlar cuando estaban juntos. En su cabeza, un soniquete martilleaba una y otra vez. «Ha dicho que sí, ha dicho que sí.» Un sí cargado de promesas para él. Una afirmación llena de puertas cerradas para ella.

Llevaba dos horas amontonando las cosas de la mujer muerta, mientras los empleados de la funeraria hurgaban en el armario en busca de un traje que le sirviera de sudario, y ya estaba más que harta. Su madre, que trabajaba como enfermera particular en las casas de los enfermos más ricos, la había llamado para que se ocupara de la habitación en la que su última clienta había fallecido unas horas antes. Lo hacía con frecuencia. La avisaba cuando la familia quería que el despliegue médico que había servido para cuidar al enfermo en sus últimos días desapareciera con la misma eficacia con la que había mantenido con vida a su ser querido. Entonces, Katia se ponía los guantes más gruesos que tenía, una bata verde y una mascarilla y se afanaba en recoger medicinas, jeringuillas, botellas de oxígeno, sillas de ruedas, bacinillas, tubos, sondas y un sinfín de objetos cuya utilidad desconocía y confiaba en seguir ignorando el resto de su vida. En esta ocasión, además, su madre le había dicho que la familia había solicitado que la habitación quedara completamente vacía, por lo que tenía que desmontar la cama articulada, la mesita de noche y vaciar las estanterías.

El empleado de la funeraria, un hombre canoso vestido con un severo traje azul marino, sacó del armario una percha de la que colgaba un elegante vestido verde oscuro. Lo miró durante unos segundos y sumó a su elección una chaqueta gris con un discreto adorno plateado en la solapa. Comprobó que el conjunto no desentonaba y llamó la atención de su compañero, que curioseaba entre los libros y revistas de la mesita auxiliar.

—Con esto es suficiente. La familia ha decidido que sólo se abra la parte superior del ataúd, así que no necesitamos medias ni zapatos.

Katia los observó marcharse con indiferencia. Ahora que volvía a estar sola podría comprobar si algo de lo que contenía aquella habitación le era de utilidad. Al fin y al cabo, los familiares se habían desentendido por completo de la situación y no parecía importarles en absoluto todos aquellos libros, ropas y muebles. Sabía por experiencia que nadie echaría de menos aquellos objetos, condenados a pasar la eternidad amontonados en un trastero. Durante las dos horas que pasó vaciando el armario separó la ropa en dos grandes grupos. En el primer montón depositó la que embolsaría y almacenaría, como le habían pedido que hiciera. Seguramente todo aquello acabaría en un mercadillo de beneficencia. El segundo montón contenía las prendas que, desde ese momento, pasarían a ser de su propiedad. Desplegó una enorme bolsa negra de plástico en la que guardó un par de abrigos de excelente calidad, varios pares de medias sin estrenar, un elegante vestido de verano, tres camisas y otros tantos jerséis de cachemira. Rebuscó también entre los innumerables frascos de cremas y perfumes que encontró en el baño. Conocía los nombres de todos los envases, aunque nunca había tenido uno en las manos, sino que se había conformado con verlos en los escaparates de las perfumerías más caras de Pamplona. Calculó que encima del lavabo había más de mil euros en artículos de belleza. Sonrió sin poder evitarlo y contempló su propio reflejo en el espejo. Los años no la estaban tratando bien. Las arrugas comenzaban a marcarse profundamente en su pálida piel, y las preciosas pecas que tanto gustaban a su padre se difuminaban poco a poco, convirtiéndose en manchas parduscas que se oscurecían aún más durante el verano. Guardó todos los frascos en un neceser de piel que encontró junto a las maletas, y volvió a la habitación, donde continuó vaciando el armario. Era una pena que la señora no usara pantalones, le habrían venido de maravilla para el invierno, pero estaba realmente encantada con sus hallazgos, que a esas alturas incluían también unos cuantos pares de zapatos y botas de piel auténtica, no como la satinada imitación que ella solía comprarse, con suelas de un material de tan baja calidad que los pies se le congelaban en cuanto salía a la calle y se rompían antes incluso de que terminara el invierno. Colocó la bolsa en un rincón de la estancia en el que no llamaría la atención en el improbable caso de que alguien se interesara por su labor y continuó con su trabajo, ahora ya con una sonrisa en los labios.

Desmontó con eficacia la cama articulada, vació la mesita auxiliar y centró su atención en la estantería de la pared, dos estrechas baldas de madera en las que se amontonaban libros y revistas. Su madre ya había retirado sus pertenencias, de modo que lo que allí quedaba era propiedad de la difunta o de quien viviera en aquella casa. Metió en una bolsa varios libros cuyos títulos y autores no le decían nada. Hojeó las revistas de decoración, envidiando cada centímetro de aquellas casas, y se detuvo al toparse con dos cuadernos de tapa negra que, pensó, podrían venirle bien a su hija para las tareas escolares. Abrió el primero de ellos y se encontró con un nombre de mujer: Marta Bilbao. Las hojas estaban escritas a mano y, cuando pasó unas cuantas, le quedó claro que se trataba de un diario personal. Recordó de pronto lo que su madre le había contado sobre esa familia, los hijos muertos en trágicas circunstancias y la madre con el cerebro desconectado. Dedujo que el diario perteneció a la hija, que quizá se dedicaba a escribir sus pensamientos mientras vigilaba el sueño de su madre. Cualquiera se habría deprimido en esas circunstancias, pensó Katia mientras se guardaba los diarios en el bolso. Leerlos no haría daño a nadie, pero sería instructivo conocer cómo pensaban las chicas ricas y por qué, teniéndolo todo, eran capaces de quitarse la vida. Sería como un Gran Hermano privado, sólo que en lugar de sentarse ante el televisor, ella se colaría en la vida de una joven que, lamentablemente, no escribiría ni una sola página más.

8

Teresa cruzó la calle con sumo cuidado. La noche había extendido sobre la calzada una fina capa de hielo que, unido al precario equilibrio que le proporcionaba su volumen, le hacía temer por su integridad física. Alcanzó la puerta de comisaría con los huesos intactos y se dirigió rápidamente hacia la sección en la que ya la esperaba Begoña Lacalle, la experta en nuevas tecnologías que habían asignado al caso.

La agente, concentrada en lo que le mostraban las tres pantallas que la rodeaban, no se percató de la presencia de Teresa hasta que ésta la tocó suavemente en el hombro. Lacalle vestía el uniforme reglamentario y llevaba el pelo rubio recogido en una trenza, lo que la hacía parecer más joven de los veinticinco años que acababa de cumplir. Saludó a la oficial y se levantó rápidamente para acercarle una silla, colocándola junto a ella en el arco formado por los enormes monitores.

—Ha madrugado mucho, señora. No la esperaba hasta las nueve de la mañana.

—Me gusta comenzar temprano. Y, por favor —continuó, devolviéndole la sonrisa—, llámame Teresa.

—Yo soy Begoña, es un placer conocerla. Estoy encantada de que me hayan destinado a este caso y tener la oportunidad de trabajar con usted, me han dicho varios agentes que es una experta informática.

—No es para tanto, me apasiona todo lo que tiene que ver con redes y sistemas, e intento mantenerme informada sobre las novedades. Suelo acudir a cursos y seminarios para estar al tanto de los nuevos delitos informáticos y de los avances tecnológicos, pero nada que ver con tus conocimientos. Tus superiores me han dicho que eres un regalo del cielo para el departamento, que no se te escapa nada.

Begoña se ruborizó visiblemente. Una tímida sonrisa asomó a sus labios e intentó ocultar el ligero temblor de sus manos recolocándose un mechón de pelo que no se había movido ni un milímetro del perfecto peinado.

—Creo que todo es cuestión de método y paciencia. Nuestra motivación debe ser siempre mayor que la de los delincuentes, es la única manera de ganarles la partida.

—Veo que estuviste atenta en la charla de bienvenida. Ésas son las palabras exactas que el comisario Tous dedica a cada uno de los agentes que asignan a esta comisaría. Las he escuchado infinidad de veces en los últimos años, pero nunca había oído a un agente repetirlas con tanto convencimiento.

La joven miró avergonzada a Teresa. Cuando descubrió que ésta se estaba riendo, suspiró y se relajó al comprender que le estaba tomando el pelo.

—Lo siento —dijo Teresa con una franca sonrisa en la cara—, no me he podido resistir, te he visto tan seria que me has parecido una presa fácil...

—La culpa es mía, tengo mucho que aprender para dejar de ser la más pardilla de la comisaría.

Teresa le apretó suavemente el hombro una vez más y se sentó en la silla. En dos de las tres pantallas podían verse en tiempo real las conversaciones del foro que las ocupaba, bankeromuerto.com. En la tercera, una serie interminable de códigos se deslizaba de arriba abajo, con signos sucediéndose a una velocidad de vértigo.

—No tardaré demasiado en tener todo el historial de las conversaciones del foro, incluso las que hayan borrado del servidor. Siempre queda un rastro que es fácil de seguir y recuperar si no emplean unos programas específicos para eliminarlos. Después sólo tendremos que determinar una serie de parámetros concretos para realizar una búsqueda selectiva y encontrar lo que nos interesa.

—¿Cuántos usuarios hay ahora conectados?

—Unos veinte, pero sólo cinco parecen activos, el resto se limitan a escuchar lo que dicen, sin decidirse a participar. Sin embargo, ninguno es el administrador principal. Su cuenta permanece inactiva desde hace más de veinticuatro horas.

—¿Ha habido noticias del tal Koldo?

—Nada. Le siguen buscando en la facultad y en su casa, pero no ha dado señales de vida.

—Bien, sigamos con esto mientras tanto, a ver qué tenemos.

Las dos mujeres se concentraron en las conversaciones virtuales que cinco desconocidos estaban manteniendo a través de sus ordenadores, ignorantes de que sus palabras estaban siendo minuciosamente analizadas por dos agentes de la policía. Begoña había anotado la localización de cada uno de ellos, obtenida a partir de su dirección IP, y no le sorprendió comprobar que tres de los cinco eran vecinos de Pamplona. Los otros dos estaban en Logroño y Teruel.

—Llevan toda la mañana hablando del asesinato. Hasta el momento no hay nada comprometedor, sólo opiniones variopintas sobre si el suceso obligará a la banca a cambiar su forma de actuar. Hablan de moralidad, legalidad y derechos humanos, fundamentalmente, pero hasta ahora nadie ha formulado ninguna hipótesis sobre la posible autoría del crimen. Ni autoinculpaciones ni acusaciones, sólo un debate encendido sobre si esta línea de acción es la adecuada. He de decir —añadió Begoña— que cuatro de los cinco interlocutores se inclinan por la vía pacífica, pero hay un usuario que cree que quizá ésta sea la única manera de obligarles a ver la realidad.

—¿Qué realidad?

—Cree que hasta ahora los banqueros no eran conscientes de que hay gente realmente al límite, tanto en el plano económico como a nivel emocional, por la presión de sus deudas, de los bancos y de los juzgados, y que quizá ahora, y cito sus palabras, dejen de mirarse el ombligo para mirar a su alrededor y ver el daño que están haciendo a la sociedad.

—¿Tienes localizado a ese individuo?

—Perfectamente, inspectora; en realidad lo tenemos a cuatro pasos de aquí, en una dirección de la calle Leyre. Es un usuario antiguo, he comprobado que está identificado en el foro desde hace casi dos años. De hecho, aparece como administrador autorizado, es decir, que el administrador principal le cede el control cuando él no está, por lo que tiene que conocer las claves de acceso al servidor y a la web que los aloja.

—No parece que dirigir un foro sea complicado —comentó Teresa.

—Y no lo es. Existen varias opciones, claro, todo depende de lo experto que uno sea en programación informática, pero el común de los mortales, incluidos los de bankeromuerto.com, utilizan los programas gratuitos que existen en internet. Este que tenemos entre manos es bastante completo y completamente gratuito.

—¿Hay programas gratuitos para crear tu propio foro? —preguntó Teresa.

—En internet hay de todo —contestó Begoña mientras tecleaba una serie interminable de números. Cuando terminó, el ordenador emitió un agudo pitido y comenzó a ofrecer su propio listado de códigos ininteligibles—. Le he pedido que nos busque todas las entradas que tengan relación con el nombre de la víctima y el banco en el que trabajaba, para empezar.

—Perfecto —reconoció Teresa—. Me interesa saber con qué programas desarrollan estos foros. Éste parece complejo, con varios niveles, zonas de debate, historial…

—En el fondo es muy sencillo. Desde hace varios años existe una web que ofrece el paquete de códigos necesario para crear y personalizar comunidades virtuales, lo que se conoce comúnmente como foros. Son paquetes de código abierto, gratuito y traducidos a un lenguaje de programación popular y sencillo a través de la web PHP.

—¿Sencillo? No hay nada sencillo en lo que acabas de decir.

Begoña sonrió. Le enorgullecía saber más que la agente Mateo, inminente subinspectora según se rumoreaba, de la que tanto había oído hablar desde que la asignaron al caso. Intentó no parecer prepotente, aquella mujer le caía bien, así que bajó los ojos hacia el teclado para disimular su satisfacción y puso en pantalla una nueva web.

—Es facilísimo. Sólo hay que ir a la web correcta, en este caso www.phpbb-es.com para verla en castellano, darse de alta como nuevo usuario y comenzar a definir tu comunidad. Puedes insertar el foro en tu propia página web, como hacen casi todos los periódicos, que incluyen la posibilidad de que los lectores dejen sus opiniones sobre los artículos de las distintas secciones. Después, estableces el número de temas dentro del foro. Es como determinar cuántas habitaciones quieres construir en tu casa. A partir de ahí, sólo hay que esperar a que la gente se anime a participar. Hay foros que dan la opción a los usuarios de crear sus propios temas, pero lo habitual es que sólo puedan escribir en las habitaciones establecidas por el administrador principal, que es el dueño de la casa. ¿Me sigue?

—Perfectamente —reconoció Teresa, fascinada ante lo que estaba descubriendo—. Entonces ¿cualquiera puede crear un foro y cualquiera puede participar en él?

—Supuestamente, todo el que quiera descargarse el programa PhpBB para desarrollar una comunidad debe identificarse previamente y responder unas sencillas preguntas en un cuestionario, pero ya sabe cómo es esto, los datos no suelen comprobarse, las webs están gestionadas por muy pocas personas y si tienen miles de visitas cada día, el control es prácticamente imposible. Una vez dentro del foro —añadió Begoña—, para dejar tu opinión sólo hay que poner un nombre de usuario y una dirección de correo electrónico. Después, tras pasar la barrera del Captcha, ya estás dentro de la casa y puedes pasear libremente por sus habitaciones.

—Aun a riesgo de quedar como una auténtica estúpida… ¿Captcha? ¡Es la primera vez en mi vida que oigo esa palabra!

—Teresa estaba tentada de darse por vencida, reconocer su incompetencia y dejar que Begoña trabajara sola. Ella, que creía conocer todos los secretos de las nuevas tecnologías, estaba quedando como una ignorante.

—¡Pero seguro que lo ha visto un millón de veces! Captcha es un test que se inserta antes de permitir el acceso a la página para comprobar que quien está al otro lado del ordenador no es una máquina que, una vez dentro del foro, se va a dedicar a bombardear con spams, publicidad o malware al resto de los usuarios.

—¿Hablas de ese pequeño cuadro en el que debes escribir correctamente unas letras torcidas y desenfocadas?

—Eso mismo. Se supone que las máquinas no pueden descifrar los caracteres mal escritos. El problema es que tampoco pueden hacerlo las personas con deficiencias visuales ni los lectores de pantalla que les ayudan, así que ya hay empresas que están desarrollando nuevos programas para dejar fuera a los creadores de virus y permitir el acceso de los usuarios invidentes. Pero de momento —añadió la joven— es la única manera de distinguir a una persona de una máquina.

Una de las pantallas detuvo su incesante emisión de códigos. Al final de la lista, el cursor parpadeaba, verde sobre negro, a la espera de nuevas órdenes. Begoña Lacalle hizo volar sus dedos sobre el teclado y en la pantalla oscura fueron apareciendo una serie de iconos, frases y algunas fotografías.

—Ha completado la búsqueda de los términos introducidos —explicó la agente—. Tenemos las intervenciones ordenadas por usuarios, y a éstos identificados con su icono, su nick y su IP más frecuente.

—Eso es fantástico. —Teresa felicitó a la joven, que irguió los hombros y sonrió abiertamente—. Avisaré al inspector Vázquez, le gustará ver esto.

El anuncio de la inminente llegada de David Vázquez a la pequeña oficina puso nerviosa a Begoña. Lo había visto un par de veces de pasada y le parecía un hombre sumamente atractivo. Conocía su fama y todavía se hablaba del caso del asesino de

Roncesvalles, que casi le cuesta la vida. La emoción del encuentro se tradujo en un fuerte retortijón en el estómago. Repitió una vez más el gesto de recolocarse el pelo, incluso siendo consciente de que todo seguía en su sitio, y se puso en pie para estirarse el uniforme y recibir correctamente a su superior.

Vázquez tardó cinco minutos en llegar. Saludó a Teresa con una breve caricia en la barriga y dirigió su mirada hacia la agente, que sintió arder sus mejillas sin que pudiera hacer nada por evitarlo.

—Inspector —saludó Begoña—, mucho gusto en conocerle.

—Agente Lacalle, me dicen que es usted un fenómeno con un ordenador en las manos. Nos hacía falta gente como usted aquí, se lo aseguro, somos demasiados los cuarentones caducados en esta comisaría.

Begoña se ruborizó de nuevo, agradeciendo el cumplido con una sonrisa, y acercó una tercera silla para que se acomodara el inspector. Era perfectamente consciente de su proximidad. De hecho, sus rodillas prácticamente se tocaban. Vázquez olía maravillosamente, un aroma cálido y dulce, nada empalagoso. Puso todo su empeño en concentrarse en los resultados de la búsqueda. No quería parecer una adolescente, así que se pasó por enésima vez la mano por el pelo y aporreó con determinación el teclado.

—Como le he explicado a la agente Mateo —comenzó Begoña—, aquí tenemos todas las entradas que se han producido desde que se inició el foro en el que aparece el nombre de la víctima o el banco en el que trabajaba. Como ve, son muchísimas. Las he agrupado por usuario, así que tenemos, detrás de cada nick, todas las intervenciones relacionadas con la búsqueda por orden cronológico.

—Buen trabajo —reconoció Vázquez—, esto nos va a facilitar mucho la tarea. ¿Podemos echar un primer vistazo? Después necesitaré todos esos datos en un disco para analizarlos despacio con mi equipo.

—Por supuesto, le prepararé un pendrive con todo lo que encontremos. —Begoña colocó el cursor al principio de la pantalla y lo deslizó despacio, dándoles tiempo a leer la información. Sus ojos estaban tan acostumbrados a captar al instante los datos de la pantalla que sólo necesitaba unos pocos segundos para interpretar lo que estaba viendo.

Vázquez y Teresa tomaban notas en sus cuadernos mientras Begoña esperaba la señal de avanzar. Cuando llegaron a las entradas de dos meses atrás, el tono de varios usuarios cambió radicalmente. En las primeras intervenciones de esa etapa, los policías comprobaron que aparecían huecos en blanco entre las frases, aunque después los espacios en blanco desaparecían.

—No puedo estar segura —comentó Begoña en voz baja—, pero es posible que, cuando aparecieron las primeras intervenciones subidas de tono, el administrador principal banneara al usuario a modo de castigo, pero cuando vio que las opiniones eran coincidentes y mayoritarias, dejó de bannearles y se sumó al carro de las descalificaciones.

—Y eso significa… —Vázquez no tenía ni idea de lo que Lacalle estaba diciendo. No pudo evitar sentirse como un pez fuera del agua y se prometió a sí mismo participar en el próximo seminario de nuevas tecnologías que organizara el sindicato.

—Cuando el comportamiento de un usuario es inadecuado porque lanza insultos, se sale del tema, hace publicidad o simplemente escribe en mayúsculas, lo que equivale a gritar en el lenguaje de la red, el administrador le puede bannear, es decir, le impide el acceso al foro durante un tiempo determinado o de manera definitiva. Es una especie de castigo. —Begoña comprobó que la seguían y continuó con sus explicaciones. Se sentía especialmente bien instruyendo a dos de los policías mejor considerados de la comisaría—. A juzgar por los espacios en blanco, cuando se iniciaron los ataques verbales contra el señor Viamonte, el administrador banneó al usuario temporalmente —avanzó con rapidez con el cursor sobre la pantalla, comprobó unos datos y regresó al punto en el que estaban—; por lo que veo, le negó la participación durante una semana, aunque bien pudo darse de alta como nuevo usuario y continuar escribiendo, eso no hay forma de controlarlo.

—Entiendo —admitió Vázquez, sinceramente agradecido por que le hubieran asignado a esta joven al equipo—. ¿Y no hay forma de saber qué ponía en las frases borradas y quién está detrás de ese nick?

—Bueno, para eso tendríamos que acceder al servidor del administrador principal, y eso no es del todo legal.

—Dejémoslo entonces por el momento. Sigamos avanzando.

Las intervenciones se hacían cada vez más virulentas, con amenazas explícitas a la vida de Viamonte. Encontraron la entrada que conducía al macabro juego en el que el ratón se convertía en una pistola con la que disparar directamente a la cabeza del banquero.

—Le gente tiene demasiado tiempo libre —comentó Vázquez en voz baja—. ¿Quién puede dedicarse a crear estas webs?

—Le sorprendería lo sencillo que es —contestó Lacalle—, aunque reconozco que para este juego son necesarios unos conocimientos mínimos de informática y programación, aunque nada que no sepa un estudiante de Formación Profesional de esa área.

—¿Me estás diciendo que un chaval de dieciocho años es capaz de hacer esto? —preguntó Vázquez, señalando incrédulo a la pantalla, donde la imagen de Viamonte continuaba recibiendo impactos de bala.

—Y de menos, inspector. Los jóvenes tienen toda la información que necesitan al alcance de la mano, sólo tienen que buscar en Google y practicar un poco. Además, cada vez son más frecuentes las ludotecas de verano en las que se enseña a los niños los rudimentos de la programación. Mi sobrino, con sólo once años, diseñó un dibujo en el que un gato perseguía a un ratón por toda la habitación hasta conseguir cazarlo.

—Y, por supuesto, no hay modo de conocer la identidad del artista que ha elaborado este juego.

—Eso no es del todo correcto. Podemos solicitar al administrador principal que nos facilite todos los datos de este usuario, siempre con una orden del juez por delante, claro. O podemos rastrear su IP, conseguir sus contraseñas y comprobar su identidad por la puerta de atrás.

Vázquez y Teresa miraron sorprendidos a Begoña. Ser el foco de atención durante tanto tiempo le había llevado a perder el control de sus palabras, y por un momento temió haber cruzado el límite. Al fin y al cabo, lo que acababa de proponer era una completa ilegalidad.

—No diré quién ni dónde —continuó en voz baja, intentando suavizar sus palabras—, pero hay compañeros que crackean las cuentas de los sospechosos para conseguir información útil que les lleve a detenerlos. Por supuesto, nunca se utiliza directamente lo que han encontrado, ningún juez lo admitiría; sólo es, por decirlo de alguna manera, una pequeña ayuda cuando la investigación está parada y la orden judicial no llega.

—¿Eso puede hacerse? —preguntó de nuevo Vázquez, sintiéndose un completo ignorante—. No digo que lo vayamos a hacer, sólo quiero saber si se puede. —Levantó las manos y miró fijamente a Begoña, que se ruborizó al instante.

—Puede hacerse —confirmó Lacalle—. Hay un programa, Password Generator, capaz de hacer saltar contraseñas de hasta quince caracteres.

—No me lo puedo creer… —susurró Vázquez.

—Hay otra opción —se apresuró a apuntar Begoña—. Existe una web perfectamente legal, archive.org, que guarda en sus servidores más de doscientos sesenta billones de páginas web, incluso entradas temporales. Podemos buscar la web de bankeromuerto.com, determinando la fecha concreta, y esperar que se haya archivado sin bannear. Así, al menos, sabremos qué es lo que llevó al administrador a castigar al usuario, aunque sigamos sin saber quién es.

—De momento —apostilló Teresa Mateo.

—Por supuesto, de momento. —Begoña ya tecleaba en su ordenador. Una página en inglés los saludó desde la pantalla central. Lacalle introdujo el nombre de la web y la fecha exacta y pulsó «Enter». El cursor se transformó en un reloj de arena que giraba rítmicamente. No tardó demasiado en ofrecer los primeros resultados, aunque la presencia del reloj en la parte inferior indicaba que había más contenidos en camino—. ¡Bingo! —Begoña prácticamente saltó en su silla cuando comprobó que las páginas encontradas no contenían espacios en blanco—. El sitio no archivó las páginas banneadas, así que podemos leer todo lo que realmente dijeron los usuarios.

La agente descargó a su equipo la información conseguida y la trasladó a las otras dos pantallas con un simple golpe de ratón. Los tres policías se afanaron en leer las violentas amenazas, aunque en la cabeza de Teresa revoloteaba todavía la opción apuntada por Begoña. Le parecía muy interesante contar con una pequeña rendija por la que acceder sin ser visto a la vida de un sospechoso. No dejarían rastro en caso de resultar inocente, pero podrían centrar la investigación y los recursos si los hallazgos eran concluyentes. Al fin y al cabo, todo el mundo utilizaba sus ordenadores personales como pequeñas cajas fuertes, lugares en los que guardaban los pedazos más importantes de sus vidas, sus cuentas bancarias, su correspondencia, las fotos de la familia... La pequeña caja conectada a una pantalla era el corazón silente de su dueño, que guardaba allí cada uno de sus latidos.

Dedicaron el resto de la mañana a tomar notas y analizar las intervenciones del foro. Vázquez anunció su intención de pedir una orden al Juzgado para acceder a las cuentas de la web. Estaba convencido de que el magistrado no pondría ninguna objeción después de ver el calibre de las amenazas vertidas. En caso de que dudara, le enseñaría el juego macabro. Teresa, por su parte, anotó discretamente en su cuaderno el programa capaz de sortear las contraseñas remotas. Sólo por si acaso, se dijo a sí misma. Su hija, desde su vientre, le dio la razón con una fuerte patada en las costillas que la dejó casi sin respiración.

La fina lluvia de la mañana había terminado por convertirse en un violento chaparrón a primera hora de la tarde y no parecía tener intención de remitir, al menos de momento. Podía oír las furiosas gotas golpear contra los respiraderos metálicos sobre su cabeza. Lucas Viamonte se abrazó a la húmeda manta que rodeaba sus hombros y se hundió un poco más en el saco de dormir, su cama desde hacía más de un año. Su anterior propietario, Joaquín el Cholo, le pidió que cuidara de sus pertenencias cuando se lo llevaron en la ambulancia. Nunca volvió, así que desde entonces se consideraba el legítimo propietario de sus bienes, consistentes en unas zapatillas que le venían grandes y ese saco de dormir.

Había pasado la noche escondido en un aparcamiento. Aprovechó la llegada de un coche, casi de madrugada, para acceder al interior. Se acurrucó en un rincón alejado de la rampa de acceso, donde nadie que entrara o saliera pudiera verlo, y dejó pasar las horas, intentando decidir qué hacer. Iván el Pipa le avisó la tarde anterior de que la policía le andaba buscando. Los había visto en el comedor de Cáritas, pero se rumoreaba que también se habían pasado por los albergues. Ni siquiera pudo recoger el resto de sus cosas, tuvo que conformarse con lo que llevaba encima. Al menos, se consoló, nunca se alejaba del saco de dormir y la manta. En invierno nunca se sabe cuándo lo vas a necesitar, sobre todo en esta maldita ciudad, donde llovía dos de cada tres días durante más de medio año. Los huesos le dolían cada vez más. Unas semanas atrás conoció a un tipo que le habló de la posibilidad de emigrar a Valencia, una zona mucho más benévola para vivir en la calle, pero aunque la idea era realmente tentadora, algo en su interior se resistía a abandonar Pamplona.

Pero ahora, con su hermano muerto, las cosas iban a cambiar para siempre. Llevaba toda la noche preguntándose qué había sucedido para que la realidad se torciera tanto y tan deprisa. Cuando pensaba que un rayo de esperanza le iluminaba por fin, todas las puertas se le cerraron de golpe, dejándole tiritando en un oscuro parking subterráneo.

Los calambres que atravesaban sus brazos y piernas como descargas eléctricas eran cada vez más frecuentes e intensos. Tenía los dedos agarrotados, flexionados en una pose antinatural, clavados como garfios sobre sus propias rodillas, aunque ya no sentía ninguna presión. Conocía los síntomas. Pronto se le retorcería el estómago y el dolor se extendería al resto de su cuerpo, provocándole fiebre, espasmos y un tormento comparable al que sentiría si un arácnido gigante le devorara las entrañas. Palpó el contenido del bolsillo de su abrigo. Contó las monedas, que se removían inquietas sobre su mano trémula. Tres euros y ochenta céntimos. Si conseguía que la dependienta del supermercado le dejara entrar, podría comprar un par de botellas de vino barato y todavía le quedaría dinero para media barra de pan y algo de chorizo. Conocía un sitio en el que el charcutero solía regalarle las lonchas de embutido que nadie quería, las del principio y el final de las piezas, pero no estaba seguro de poder llegar hasta allí en su situación. En la calle seguía lloviendo con intensidad. Tenía la ropa húmeda, los zapatos empapados y le dolía el pecho, aunque sospechaba que ese dolor no tenía nada que ver con su necesidad de beber. El rostro severo de su hermano apareció ante sus ojos, que comenzaban a escocerle. De pronto, su cabeza se llenó con la voz de Jorge, palabras cantarinas que le llamaban para salir a jugar al jardín. Recordó cómo su corazón infantil se volvía loco de alegría cuando su hermano mayor le reclamaba a él, que no era más que un niño pequeño y torpe, para jugar juntos. Jorge siempre cuidaba de él; le enseñó a montar en bicicleta, a jugar al tenis y a espolear al caballo hasta el límite de sus posibilidades. Le mostró cómo la rigurosa camisa escolar podía llevarse con estilo si dejabas asomar uno de los lados de modo desenfadado. «Sólo cinco centímetros de tela», le decía Jorge, «si sacas más, parecerás un paleto». Calculó que cinco centímetros eran tres dedos de su mano y cada mañana, meticulosamente, tiraba de una de las faldas de la camisa tres dedos exactos, para dar a su uniforme un aspecto desenvuelto. Jorge también le pasó a hurtadillas su primer cigarrillo, y durante una fiesta en casa, aprovechando que sus padres estaban de viaje, le puso en la mano un vaso de plástico azul que contenía el elixir que le arrancó la timidez, consiguió que una chica sonriera al escucharle, que el trampolín de la piscina pareciera menos alto, la moto menos rápida y la gente más afable. Esa bebida logró que se pareciera un poco a su hermano, sacó lo mejor de él y enterró poco a poco al Lucas mojigato y llorica, al joven temeroso y cobarde que se quedaba sin palabras en cuanto veía a una chica guapa, incapaz de formular en voz alta una respuesta ingeniosa. De pronto, con el vaso azul en la mano, los amigos se arremolinaron a su alrededor para escuchar sus historias, las chicas le miraban directamente a los ojos e incluso una de ellas, Isabel, le cogió de la mano y lo arrastró hasta detrás de unos arbustos, donde le dio el primer beso de su vida, un beso rápido, brusco, casi violento, pero que saboreó con deleite durante el resto del verano. Después vinieron más fiestas, más chicas, más vasos con distintas combinaciones líquidas, y Lucas consiguió brillar casi con la misma intensidad que su hermano. Hasta que llegó la caída. Cuatro o cinco veranos después de aquella primera fiesta, cuando ya ocupaba un pupitre en la universidad, decidió que para triunfar en sociedad no bastaba con ser el centro de atención durante las fiestas de verano. El vaso fue sustituido por exóticas botellas con brebajes de nombres a veces impronunciables. Se apuntaba a probar todas las combinaciones extravagantes que le proponían: Black Russian, Bloody Mary, Caipirinha, God Father, Harvey Wallbanger y su favorito, el Long Island Ice Tea, un brebaje que, camuflado bajo la inocente presencia del té, venía cargado con tequila, vodka, ron blanco y ginebra.

No le dio importancia al hecho de poner unas gotas de whisky en el primer café de la mañana, o de acompañar con varias cervezas el almuerzo en la cafetería de la facultad. Después de comer se servía un vasito de ron con hielo y, a lo largo de la tarde, destilaba por su cuerpo unas cuantas cervezas más, hasta que las páginas de los libros que tenía delante dejaban de tener sentido y necesitaba salir a tomar el aire. Si durante el paseo se topaba con algún colega, sus pasos solían conducirle hasta el bar más cercano. Allí, en una atmósfera en la que nunca era de día ni de noche gracias a la luz ambarina que lo inundaba todo y la ausencia de ventanas, dejaba correr las horas en amigable charla con el resto de los parroquianos, hombres de todas las edades que se reían de sus ocurrencias y aceptaban encantados las copas que les pagaba.

Todo se torció de pronto, sin previo aviso. Un día, al llegar a casa, su padre le esperaba con una carta en la mano, un escrito salido directamente del despacho del rector en el que avisaba al señor Viamonte del comportamiento inadecuado de su hijo, de sus continuas borracheras en el campus y de los destrozos causados en la zona, como papeleras quemadas, ramas arrancadas y pintadas en los coches de varios profesores. Lucas tenía un vago recuerdo de los incidentes que su padre le escupía a la cara. En su momento le resultó divertido, aunque al parecer no todo el mundo opinaba lo mismo. A partir de entonces, su padre se ocupó directamente de sus gastos, asignándole una paga semanal ridícula que apenas le alcanzaba para un paquete de cigarrillos y un par de cervezas al día. Pidió ayuda a su hermano, rogó, lloró y juró que se habían acabado las juergas, que iba a sentar la cabeza, a retomar los estudios y a comportarse como era debido. A escondidas, Jorge le daba unos cuantos billetes de su propia asignación, mucho más sustanciosa que la suya.

Un fin de semana, con sus padres de nuevo de viaje, cogió prestado el coche de su padre para ir a una fiesta en un chalet de las afueras. Lo que ocurrió permanecía desde entonces envuelto en una nebulosa dentro de su cabeza. Aun entonces, casi treinta años después, podía oír la música estridente, las risas de los invitados, el rugido del motor del coche, el estruendo de la colisión, el ulular de las sirenas... Agazapado en el oscuro y húmedo parking, sintió palpitar de nuevo la enorme cicatriz de su cabeza, oculta ahora por una maraña de pelo sucio. Contempló una vez más los rostros desconocidos que se inclinaban sobre él, las palabras rápidas, el tono urgente de las órdenes que se lanzaban unos a otros. Recordó el bamboleo de su cuerpo al ser alzado por los sanitarios hasta la ambulancia, el dolor, las agujas, los tubos rodeándole, las agudas punzadas en el pecho al intentar que el aire llegara hasta sus pulmones. Después, nada. Días enteros en coma, con la mente en blanco, a un paso de la muerte. Estaba convencido de que hubiera sido mejor morir entonces. Si se hubiera dejado la vida en la cama de ese hospital, su hermano no estaría muerto. Jorge, que le defendió ante su padre cuando éste insistió en ingresarlo en un centro psiquiátrico, que le visitó durante semanas y le consoló mientras lloraba, suplicándole que le ayudara a salir de allí.

Tres meses después del accidente, con las heridas todavía escociéndole en la piel y en el alma, cruzó a hurtadillas la puerta del hospital en el que su padre le había recluido. No regresó jamás. Nunca volvió a ver a sus padres. Su madre murió dos años más tarde, aunque él conoció la noticia al cabo de unos meses, un día que se dejó caer por el barrio en el que vivían y esperó a que Jorge saliera de casa. Después de llorar juntos durante unos minutos, Lucas le pidió dinero a su hermano, y éste se lo dio. Vio tristeza en sus ojos, un hondo penar que decidió ignorar. Le aseguró que estaba intentando reconducir su vida, que sólo se trataba de una crisis pasajera, y que se pondría en contacto con él en cuanto tuviera un trabajo y un domicilio fijo. Tardó cinco años en volver a llamarle, y fue de nuevo para pedirle dinero. Jorge tampoco se lo negó entonces, como no lo hizo la noche anterior. Acudió al rescate de su hermano pequeño y, una vez más, éste le había defraudado.

Aguantó un nuevo calambre, más fuerte que los anteriores, y decidió que ya era hora de salir de allí. Sacudió la cabeza para ahuyentar la mirada de Jorge y recogió despacio sus pertenencias. Se aseguró de que sus tres euros y ochenta céntimos seguían en el fondo de su bolsillo y se encaminó hacia la salida de emergencia. Las manos le temblaban con fuerza cuando empujó la barra de apertura, y tuvo que hacer un enorme esfuerzo para subir los veinte escalones que le separaban de la fría tarde. El tobillo se le había hinchado durante la noche, provocándole un dolor insoportable. Le quedaba un largo camino hasta el supermercado. Abrazó firmemente la manta, se detuvo unos instantes para contener un nuevo espasmo y comenzó a avanzar con la cabeza agachada para evitar el envite furioso de las gotas de lluvia. Ésta es la mañana más fría de mi vida, pensó, de toda mi puta vida.

9

La tensión en comisaría comenzaba a ser insoportable. El ambiente estaba tan cargado que sobre el edificio parecía haberse instalado una nube de electricidad estática que chisporroteaba sobre las cabezas de todo el mundo. Transcurridos tres días desde el asesinato de Jorge Viamonte, la opinión pública, espoleada por los medios de comunicación, exigía respuestas, pero las manos del inspector Vázquez continuaban vacías. El funeral del banquero se celebraría esa misma tarde, y estaba previsto que a la ceremonia asistieran el ministro de Economía y Hacienda y el actual responsable del Banco de España, entre otros grandes nombres de las finanzas nacionales e internacionales. En semejantes circunstancias, al comisario Tous le hubiera gustado personarse en el cementerio con la resolución del caso en el bolsillo, o mejor aún, con una detención y una confesión completa. El delegado del Gobierno en Navarra le había telefoneado esa misma mañana para acordar una versión común que ofrecer ante las preguntas que a buen seguro les formularían. Decidieron atenerse al consabido «la investigación progresa por los cauces adecuados y pronto obtendremos resultados», lo que venía a significar que, aunque en esos momentos no tenían nada de nada, no descartaban sorprenderlos con una detención en cualquier momento. Sin embargo, Tous no las tenía todas consigo. El ministro era perro viejo y no ocupaba la cartera por casualidad. Acaparaba en su haber más cargos y destinos que el propio presidente del Gobierno, que le había confiado el área más delicada del ejecutivo en tiempos de crisis.

Con los nervios a flor de piel, Tous abandonó sus dependencias privadas en la última planta de la comisaría y bajó al encuentro del inspector Vázquez. Lo encontró en una de las pequeñas salas de juntas del edificio, repasando con su equipo documentos y fotografías esparcidos por toda la mesa. Como de costumbre, Tous se dirigió directamente a la cabecera, donde Vázquez le cedió disciplinariamente el mando de la reunión. Todos los agentes levantaron la vista hacia el comisario y esperaron. Tous, aficionado a los efectos teatrales que tan buenos resultados daban en las series de televisión, miró alternativamente a cada uno de los hombres y mujeres sentados a su alrededor y se irguió por completo antes de comenzar a hablar.

—La situación es delicada —Tous pronunció esas palabras con un grave tono de voz, manteniendo de nuevo la mirada a cada uno de sus interlocutores—, necesitamos respuestas de inmediato. ¿Qué tenemos hasta el momento?

Todos los ojos se concentraron entonces en Vázquez, que suspiró antes de ponerse en pie para ofrecer las explicaciones exigidas.

—Avanzamos despacio, comisario —comenzó David—. Lo único bueno de que la víctima sea alguien importante es que nos han destinado más recursos al caso, antes incluso de solicitarlos, y ya tenemos los resultados del laboratorio, conocemos el tipo de arma utilizada, el calibre de la bala y las heridas que ocasionó en el fallecido. Los forenses han sido igual de diligentes y nos acaba de llegar el informe de la autopsia.

—Le escucho.

De Tous podían decirse muchas cosas, pero nadie podía negar que, en el fondo, conocía el valor del trabajo y respetaba profundamente a sus subalternos. Al fin y al cabo, no hacía tanto tiempo que él mismo se levantaba de su silla para ceder el sitio y la palabra a sus superiores. La política y las amistades le colocaron en el despacho que hoy ocupaba y que apreciaba profundamente, pero tenía que reconocer que, de vez en cuando, el gusanillo de la investigación le mordía las tripas. Éste era uno de esos momentos. Se levantó de la silla y se acomodó en el flanco derecho de la mesa, junto a Ismael Machado y Mario Torres. Frente a él, con la pulida superficie de madera a modo de frontera, Teresa y Helen esbozaron una leve sonrisa de bienvenida antes de volver la vista de nuevo hacia Vázquez, que permanecía de pie junto a su silla.

—Los análisis forenses corroboran lo que ya pudimos ver en la escena. Tenemos un solo disparo, una sola bala y un casquillo. Todo ha sido encontrado y analizado. La bala alcanzó a la víctima en la parte superior del tronco, atravesándole de lado a lado el corazón. No tuvo ninguna posibilidad de sobrevivir. El informe añade que la bala ralentizó su velocidad al alcanzar el órgano vital y detuvo su trayectoria unos centímetros más adelante, sin llegar a producir orificio de salida. —Vázquez aguardó un instante para comprobar que nadie tenía preguntas que formular—. A esto también ayudó el hecho de que se tratara de una bala de pequeño calibre, un veintidós, munición poco habitual y que confío en que nos ayude a determinar qué arma estamos buscando.

—Por supuesto —apuntó Helen Ruiz—, tendremos que esperar a un análisis más exhaustivo, pero yo me atrevería a apostar por una pequeña pistola semiautomática, muy habituales a mediados del siglo pasado. Las más populares las fabricaba en Eibar la empresa de Bonifacio Echeverría. Hicieron miles antes de la Guerra Civil, las vendían a los ejércitos de media Europa. De hecho, en los años veinte fue el arma reglamentaria de la Guardia Civil. Cuando llegó la paz se recuperaron muchas, pero existen cientos en colecciones particulares. Hubo milicianos que, tras la contienda, abandonaron el ejército y volvieron a casa con lo puesto, acarreando los enseres que les habían entregado cuando los convirtieron en soldados, como mantas, petates, sábanas, ropa y, por supuesto, el arma. Muchos soldados llevaban esas pequeñas armas, como las Star o las Ruby, como complemento del fusil reglamentario. No son pocos los hogares en los que encuentras, guardada en una caja de latón, una pistola automática completamente oxidada. Pero seguro que hay gente más cuidadosa con las reliquias —concluyó Ruiz.

—Eso no nos pone las cosas demasiado fáciles —continuó Vázquez—. Podemos estar buscando un arma que lleva décadas fuera de circulación, que seguramente estará sin registrar y que, en el improbable caso de que la encontremos, a no ser que contenga huellas claras, no podremos demostrar a quién pertenece.

—Sí —reconoció Helen—, más o menos es eso. Sin embargo, el arma funciona perfectamente, lo que nos sitúa ante una persona que la ha mantenido cuidada y en uso. Puede que se trate de un coleccionista, alguien relacionado con el ejército o algún cuerpo de seguridad...

—O simplemente alguien que la ha heredado, la ha sacado de un cajón, la ha limpiado y cargado, le ha pegado un tiro al banquero y la ha vuelto a guardar. O se ha deshecho de ella tirándola al río, lo que nos complicaría aún más las cosas. —Aunque a nadie le gustaba oírlo, tenían que reconocer que el lacónico punto de vista de Ismael Machado podía ser el más acertado.

—Antes de comenzar a desesperarnos —atajó Vázquez—, lo que no conduce a nada, vamos a centrarnos en lo que tenemos. Es prioritario encontrar al hermano de la víctima. Todas las patrullas llevan su fotografía y contamos con la colaboración de la Policía Municipal. Tenemos agentes en albergues y comedores sociales, y policías a pie que recorren los lugares habituales de reunión de los indigentes. Las patrullas que han recorrido la zona del asesinato no han encontrado ningún testigo, nadie que viera lo ocurrido, ni siquiera de lejos. Lógico si pensamos que las viviendas habitadas más cercanas están a más de cien metros y alrededor no hay más que descampados y naves industriales.

El zumbido del teléfono que reposaba sobre la mesa interrumpió las palabras del inspector. Cogió el auricular y escuchó sin decir una sola palabra. Cuando la persona al otro lado de la línea terminó de hablar, Vázquez se limitó a darle las gracias antes de devolver el auricular a su sitio.

—Buenas noticias —dijo—. Han detenido a Juan Luis Pedraza, alias Koldo, el responsable de la web que vertía amenazas contra Viamonte. Estará aquí en diez minutos. Afirma que no tenía ni idea de que le estábamos buscando; regresaba de una supuesta reunión en Soria. Tendremos que comprobar todos sus movimientos en cuanto los detalle.

Antes incluso de bajarse del taxi que le traía desde la estación de autobuses supo que algo no iba bien. Aparcados ante el portal, dos coches patrulla de la Policía Nacional obligaban al resto de los conductores a desviar su marcha hacia el carril izquierdo. Pagó al taxista y sacó él mismo la maleta del maletero. El conductor, sin un céntimo de propina, no hizo ni ademán de bajarse para abrir el portón trasero. Recogió sus cosas y cerró con fuerza, provocando un estruendo que hizo volver la cabeza a los cuatro policías. Dos de ellos bajaron la mirada al mismo tiempo hacia la fotografía que llevaban en el salpicadero y, como si alguien hubiera pulsado un resorte invisible, salieron de los coches y se dirigieron hacia él a toda prisa.

—¡Juan Luis Pedraza! —gritó uno de ellos—, está usted detenido, ¡no se mueva!

Atónito ante lo que estaba ocurriendo, el joven soltó la maleta y levantó las manos por encima de la cabeza, como había visto mil veces en la televisión. El taxista salió de allí a toda velocidad, aunque uno de los agentes tuvo los suficientes reflejos como para anotar la matrícula y el número de licencia. Necesitarían confirmar el trayecto realizado por el sospechoso. En menos de un minuto, Juan Luis Pedraza se encontró esposado en el asiento trasero de un coche policial.

Poco después esperaba en una aséptica sala de interrogatorios a que alguien se dignara a explicarle qué estaba ocurriendo. El tiempo transcurrido desde su sorpresiva detención le había permitido recomponerse un poco. Más calmado y sin las esposas destrozándole las muñecas, analizaba sus últimas actividades intentando adivinar el motivo de su presencia en la comisaría. No era la primera vez que le detenían, pero estaba convencido de no haber cometido ningún acto ilegal. Cuando se lo preguntaron, pidió a los agentes que telefonearan a su abogado, que ya estaría de camino. Entretanto guardaba silencio y esperaba, mientras sentía cómo el nerviosismo crecía a cada minuto. Sus dedos retorcían sin descanso el pelo de su cuidada barba. Los finos labios apenas destacaban por debajo del bigote, meticulosamente recortado para lograr una apariencia desaliñada. El vello facial cubría casi por completo sus mejillas pecosas, las mismas que, en su adolescencia, le hacían parecer un niño travieso a pesar de esforzarse a diario por convertirse en alguien temible a quien todo el mundo respetara. Se acercó tímidamente a las asociaciones *abertzales* de las que se nutría la *kale borroka*, muy activa en los años noventa, pero le asustó la excesiva violencia desplegada en las calles y decidió que una barba era un método más inofensivo de parecer adulto.

Se frotó las muñecas para reactivar la circulación sanguínea. El policía que le había esposado apretó con fuerza los grilletes, a pesar de advertirle varias veces de que le estaba haciendo daño. Se percató entonces de que llevaba las uñas sucias y mal cortadas. Llevaba tres días sin ducharse, corriendo de un lado para otro. No esperaba tener que enfrentarse con un interrogatorio policial antes de poder asearse. Escondió los dedos en las palmas de las manos y confió en que nadie se diera cuenta.

El chasquido de la puerta al abrirse le sobresaltó hasta el punto de que su corazón, que a duras penas latía con su ritmo normal, se lanzó de nuevo a una desbocada carrera. Se levantó para poder mirar a la cara a su interlocutor. El policía era al menos veinte centímetros más alto que él, lo que le obligó a erguir la cabeza al máximo para alcanzar sus ojos. El azul de su mirada le dejó helado. A su lado, el abogado parecía un pequeño comercial de medio pelo, con un traje que le venía grande y un evidente complejo de inferioridad ante la autoridad que emanaba por cada poro de la piel del policía. Letrado y cliente se saludaron con un apretón de manos y todos tomaron asiento alrededor de la estrecha mesa. El agente uniformado que custodiaba la puerta del despacho fue el encargado de poner en marcha la cámara de vídeo en la que quedaría constancia de todo lo que se hablara entre aquellas cuatro paredes. La presencia de su abogado infundió un poco de valor al aterido espíritu de Juan Luis, que por un momento se atrevió a mirar al policía a los ojos.

—Se han equivocado de persona —comenzó diciendo mientras, siguiendo un teatral impulso, se levantaba con brusquedad de su asiento. El respaldo de la silla chocó estrepitosamente contra la pared, aunque el policía no se inmutó ante el inesperado estruendo—. No he hecho nada que merezca semejante atropello.

Vázquez le señaló la silla, ordenándole que se sentara de nuevo.

—Juan Luis Pedraza, más conocido como Koldo.

—Exacto.

—Soy el inspector Vázquez. —David le miró durante unos largos segundos sin decir nada, dejando que los iris marrones del detenido se achicaran por el miedo hasta convertirse en dos cabezas de alfiler—. Investigo la muerte de Jorge Viamonte. Creo que usted le conocía.

—¿Viamonte el banquero?

—El mismo.

Pedraza abrió desmesuradamente los ojos, moviéndose inquieto en su asiento. Unas gotas de sudor aparecieron en su frente a pesar de que la habitación estaba escasamente caldeada.

—¿Creen que yo lo maté? —La voz surgió de su garganta extremadamente aguda—. Estaba en un congreso en un pueblo de Soria. He tenido varias reuniones cada día, además de talleres, charlas y encuentros. Hay decenas de personas que pueden dar fe de mis movimientos durante todos estos días. No he abandonado el pueblo ni un momento, no habría podido hacerlo sin ayuda, no tengo coche.

Pedraza se recostó satisfecho en la silla, convencido de haber noqueado al policía con su inexpugnable coartada. El inspector, sin embargo, no pareció inmutarse lo más mínimo.

—Dirige usted un foro en el que los usuarios llevan mucho tiempo formulando todo tipo de amenazas contra la vida del señor Viamonte. Usted no sólo no ha hecho nada para impedirlo, sino que tengo la sensación de que les animaba a continuar. Cualquier chalado pudo sentirse respaldado por su comunidad virtual hasta el punto de decidirse a apretar el gatillo, lo que le convierte en tan culpable como el propio asesino. ¿Controla usted lo que se dice en su web, señor Pedraza?

—No exactamente... Al principio sí, estaba siempre allí, pero ahora el foro se maneja prácticamente solo. —Se frotó las manos con fuerza, doblando cada dedo hasta conseguir el chasquido de la articulación—. Hay dos o tres usuarios de confianza que suelen echar un vistazo cuando yo no estoy, pero la verdad es que últimamente las cosas están más calmadas. Desde que el movimiento 15M se convirtió en Podemos y Ahora en Común la gente se ha centrado más en los nuevos partidos políticos que en la lucha en la calle.

—Necesitaré el nombre de los usuarios y de los administradores. —Vázquez sabía que se estaba marcando un órdago, pero tenía que intentarlo. Un juez dudaría días enteros sobre el derecho a la intimidad de quienes participaban en la web, y tiempo era precisamente lo que no le sobraba.

—Yo no soy responsable de lo que la gente expone en la web, lo digo bien claro en la página de inicio del foro.

—Quiero saber quién está detrás de las amenazas que aparecen en su foro contra el señor Viamonte. Amenazas, por cierto, que serán analizadas por la fiscalía en busca de indicios de delito.

—El banquero no nos denunció cuando lo del juego y el plan de secuestro, y últimamente todo estaba mucho más calmado, casi ni se hablaba de él.

—No estoy de acuerdo. —Vázquez sacó de la carpeta una copia de las conversaciones del foro de la semana anterior, en la que alguien apodado Ghost proponía realizar un escrache ante el domicilio de Viamonte—. Lea la última frase: «Y si aparece por allí, lo colgamos por los huevos». Eso es una amenaza explícita, ¿no cree?

—¡Eso no es más que una forma de hablar! —Juan Luis tenía miedo. Estaba metido en un lío y no tenía ni idea de cómo iba a salir de él. Miraba nervioso a su abogado, concentrado en tomar incesantes notas en su cuaderno—. Al final no se hizo el escrache.

—Pero Viamonte está muerto.

—Le juro que yo no tengo nada que ver con eso.

—En su foro se alientan los comportamientos violentos hacia los representantes de la banca y de las instituciones públicas. Eso es como ponerles una diana en la frente. Sólo le falta repartir armas.

Pedraza no contestó. Sudaba a mares. Sacó un pañuelo del bolsillo y se enjugó la frente y los párpados. Una fuerte jaqueca avanzaba desde su ojo izquierdo hacia la nuca, amenazando con amargarle los próximos tres días. Se esforzó por respirar lentamente, inspirando por la nariz y expulsando el aire por la boca, pero las técnicas de relajación no tenían cabida en una sala de interrogatorios.

—¿Conoce a las personas que intervienen en su foro? —continuó David.

—Todos los usuarios deben rellenar un formulario de inscripción —respondió Pedraza dócilmente—, en el que constan su nombre y apellidos, que pueden ser reales o inventados, y una dirección de correo electrónico. Luego tienen que aceptar las normas de uso, donde se indica claramente lo que se puede y no se puede hacer. No se puede vender o anunciar ningún tipo de objeto, no se puede insultar, no se puede amenazar, no se pueden organizar manifestaciones ni actividades ilegales... —El joven recitaba frase tras frase como una letanía, visiblemente sobrepasado por la situación. La jaqueca ocupaba ya toda la mitad izquierda de su cabeza. Los pinchazos en el ojo eran insoportables.

—Los nombres de los usuarios, señor Pedraza...

—Claro, si me dejan un ordenador, sólo tardaré un momento.

—Mientras tanto, comprobaremos su coartada. Tardaremos un rato. Le voy a trasladar a una sala más cómoda, pero no puede usted salir de las dependencias policiales. Su abogado le acompañará, si lo desea. Un agente le traerá un portátil para que nos facilite esos datos. Si necesita cualquier otra cosa, no tiene más que pedirla.

—Un analgésico potente, por favor.

El chasquido de la puerta al cerrarse a sus espaldas resonó como un disparo en su dolorido cerebro. Escondió la cara entre las manos y comenzó a digerir su derrota. Entregaría los datos de los usuarios sin ni siquiera presentar pelea. Era un cobarde, un vendido. Era su muerte social, nadie volvería a confiar en él. A todos los niveles, Koldo había muerto. Tendría que aprender a vivir como Juan Luis Pedraza.

El implacable avance del segundero en el reloj de pared marcaba el inminente final de su sosiego. Cada tictac la acercaba más a las siete de la tarde, momento en el que, con una sonrisa en la cara, Gabriela abandonaría la comodidad del sofá desde el que observaba a sus hijos, inclinados sobre sus tareas escolares. Se pondría las botas y el abrigo mientras anunciaba, lo más alegremente posible, que se marchaba a trabajar.

Adrián, su marido, salió de la cocina con un bocadillo envuelto en papel de aluminio en cuanto anunció que ya era hora de irse. Le atusó el negro pelo, recogido en una coleta, y le recomendó un día más que se pusiera el gorro de lana, que el viento de la madrugada podía provocarle una pulmonía. Aceptó el bocadillo y le besó brevemente en los labios. Mientras se ponía el abrigo se acercó a la mesa en la que sus hijos estudiaban en silencio. Eran buenos chicos, aplicados en los estudios y respetuosos con sus padres, aunque cada vez estaban más cerca de la adolescencia y Galder, el mayor, comenzaba a mostrar atisbos de cierta rebeldía. Nada de lo que preocuparse de momento, pero ambos habían acordado vigilar de cerca a su hijo de catorce años. Los chavales despidieron a su madre con un rápido beso en la mejilla, retirando la cabeza cuando ella intentó revolverles el pelo. Habían heredado de su madre una negra cabellera, brillante y ondulada, que era la envidia de Adrián, que desde hacía una década veía con resignación cómo las zonas de su cabeza cubiertas de pelo disminuían lenta pero inexorablemente. Lanzó un último vistazo a su familia y salió a la calle.

Caminó deprisa hasta la parada. Su marido tenía razón, hacía muchísimo frío. La silueta verde del autobús se dibujó a lo lejos, dándole tiempo para rebuscar en su bolso la tarjeta de transporte. Palpó con los dedos la gruesa llave que encerraba su otra vida. Retiró bruscamente la mano y asió la tarjeta con fuerza. Saludó educadamente al conductor y buscó un sitio libre con la mirada. Se acomodó junto a una joven que apenas la miró cuando se movió para dejarla pasar. Los enormes auriculares negros que cubrían sus orejas la aislaban del resto del mundo. Gabriela deseó con todas sus fuerzas apartarse del mismo modo de su desoladora realidad. Cada metro que recorría el autobús la acercaba más al pozo en el que voluntariamente se estaba hundiendo. Hay decisiones en la vida que, una vez puestas en marcha, no tienen vuelta atrás, y ésta era una de ellas.

Se puso en pie cuando, tras enderezar el rumbo después de una cerrada rotonda, el autobús se detuvo en la parada más cercana a la estación de tren. El viento la golpeó con fuerza en cuanto cruzó la portezuela y puso un pie en la acera. Se levantó las solapas del abrigo y se tapó media cara con la bufanda. Las puertas automáticas del edificio de Renfe se abrieron para dejarla pasar, recibiéndola con un agradable soplo de aire caliente. No se entretuvo en curiosear en el vestíbulo, donde varias personas miraban inquietas hacia el andén. Un blanquísimo tren Alvia acababa de llegar y de sus entrañas descendían ya sus pasajeros, hombres y mujeres que arrastraban su equipaje por el empedrado en dirección a la estación. Gabriela atravesó con paso rápido la zona de recepción y se dirigió a la consigna de equipajes, una sala más estrecha que la anterior en la que dos hileras de pequeñas taquillas metálicas acogían las pertenencias de los viajeros fugaces o, como en su caso, de personas que no podían llevar consigo determinado bagaje. Encontró la gruesa llave en el fondo de su bolso, unida por un delgado aro metálico a una chapa azul con un número de identificación, el mismo que lucía la taquilla en la parte central, sobre la cerradura. 158. Tres números que abrían la puerta del infierno. Cada vez que utilizaba esa llave daba un paso más hacia su propia destrucción, consciente de que no había vuelta atrás y de que, aunque la fortuna le había sonreído hasta el momento, más tarde o más temprano alguien la señalaría con el dedo, arrancándole la máscara de un tirón y dejándola indefensa ante el escarnio público. Abrió el armario y sacó una bolsa de tela de su interior. Cerró de nuevo la portezuela y se dirigió con paso firme hacia los lavabos de la estación. Los aseos de señoras estaban desiertos. Entró en el último de la hilera de váteres, separados por un mamparo oscuro que no alcanzaba el suelo ni el techo, y echó el cerrojo. Extrajo con presteza la ropa que guardaba en la bolsa de tela. Un brillante vestido rojo, con el pecho cubierto de lentejuelas, una cazadora negra, unas medias del mismo color y unos altísimos zapatos oscuros. Tardó muy poco en cambiarse de atuendo. Guardó sus pantalones azules, el jersey y el abrigo en la misma bolsa. Metió las altas botas sin tacón en un envoltorio de plástico para no ensuciar la ropa con el polvo de las suelas y se dispuso a iniciar la segunda parte de un proceso que era capaz de realizar con la mente en blanco. Era mejor así. Cuanto más consiguiera alejarse de sus actos, más posibilidades tendría de salir indemne de todo aquello. En el fondo de la bolsa encontró un neceser de plástico. Abrió la cremallera y extendió su contenido sobre la tapa del váter. Cogió en primer lugar un pequeño espejo cuadrado. Una cinta de tela grapada en el marco del espejo le permitió colocarlo en el colgador de la puerta. Contempló detenidamente los productos dispersos sobre la blanca cubierta de plástico. Suspiró rápidamente e inició el ritual de cada tarde, de lunes a viernes, a esa misma hora. Extendió sobre su cara una generosa capa de maquillaje. Cuando la esponjita hubo recorrido hasta el último milímetro de su piel, asió firmemente un lápiz negro con el que dibujó una larga y sinuosa línea sobre sus párpados, extendiendo el trazo en una sugerente curva ascendente hacia la sien. Sombra gris hasta el límite de las cejas, unos toques de purpurina plateada justo debajo, un furioso colorete sonrosado, marcando en línea recta el camino de sus pómulos, y el brillo casi obsceno del carmín completaron la transformación. Contempló su reflejo en el espejo antes de concluir el trabajo. Despacio, su mano viajó hasta la nuca y rodeó la goma que sujetaba su melena negra. La deslizó lentamente, hasta liberar la cabellera por completo. Sacudió la cabeza varias veces, permitiendo que el oscuro pelo cayera fluidamente por su espalda. No reconoció a la mujer que la miraba desde el espejito colgado del gancho de la puerta. Encerrada en el lavabo de una estación, su situación le parecía ridícula, pero no podía pararse a pensar. Hacía casi un año que realizó esa operación por primera vez. Entonces tuvo que maquillarse dos veces, porque las lágrimas echaron por tierra su primer intento. Desde entonces habían sido muchas las tardes en las que entraba en la estación como una mujer corriente y salía convertida en una prostituta. Siempre con el vestido rojo y la chaqueta negra, subida sobre sus enormes tacones y con el pelo negro suelto sobre los hombros. Unas gafas oscuras la ayudaban a ocultarse mientras alcanzaba su puesto junto a las naves industriales.

Tres años atrás, la empresa para la que llevaba más de una década trabajando como administrativa decidió prescindir de sus servicios. Le explicaron que pensaban abrir sus negocios al extranjero, por lo que necesitaban secretarias con un alto dominio de los idiomas. Ella, que ni siquiera era capaz de ayudar a sus hijos con los deberes de inglés, no supo qué contestar. De pronto se vio en la calle, con sus escasas pertenencias en una caja de cartón y la promesa de que, antes de que concluyeran los dos años de prestación por desempleo que le correspondían, intentarían ayudarla a encontrar un nuevo puesto de trabajo. Las palabras, como ya sospechaba desde el principio, sólo fueron un paño caliente para mitigar el golpe. Nunca se pusieron en contacto con ella, y Gabriela desistió de insistir unos meses después, cuando su antiguo jefe dejó de responder a sus llamadas.

Casi al mismo tiempo, el trabajo de su marido comenzó a decaer. Adrián era pintor y trabajaba como autónomo. Atendía tanto a particulares como a las constructoras que requerían sus servicios para pintar los pisos que iban a salir a la venta. Se consideraba un buen profesional, serio y rápido. Ofrecía presupuestos ajustados y se jactaba de que nunca había engañado a un cliente. La llegada de la crisis hizo que los particulares aplazaran indefinidamente el momento de pintar sus viviendas, mientras que las constructoras redujeron al mínimo sus proyectos y exigieron precios mucho más reducidos por el mismo trabajo, de modo que, en ocasiones, lo que le pagaban apenas le alcanzaba para cubrir gastos. Despidió a los dos chavales que trabajaban con él y comenzó a faenar muchas más horas para conseguir un salario bastante inferior. La falta de sueño y las prisas fueron las culpables de que una tarde, cuando ya había anochecido, no se percatara de la presencia de un cubo de pintura junto a su pie, sobre el andamio. Cayó desde una altura de dos metros. Se fracturó el hombro, sufrió un importante traumatismo craneal y una luxación de cadera. Tras dos operaciones consecutivas y varios meses de dolorosa rehabilitación, Adrián seguía padeciendo secuelas importantes que le impedían trabajar. El movimiento del hombro no era tan fluido como antes y sufría terribles dolores casi a diario. Intentaba encontrar trabajo en otras áreas, pero a las dificultades propias de una sociedad en crisis se sumaban sus propias limitaciones. Tras agotar sus respectivas prestaciones por desempleo y todos sus ahorros, sus ingresos se limitaban a los cuatrocientos veinte euros que el Estado le pagaba a Adrián en concepto de subsidio social. Las facturas comenzaron a amontonarse sobre la mesa, en dos ocasiones los amenazaron con cortarles el suministro eléctrico, y en septiembre Gabriela tuvo que pedir dinero prestado a su hermano para poder comprar los libros escolares. Viendo que los recursos se agotaban, tomó la decisión más difícil de toda su vida. Una tarde llegó a casa riendo alborozada, gritando que había encontrado empleo como limpiadora en una pequeña empresa que se encargaba del mantenimiento de varias naves en el polígono industrial de Berriozar. La única pega era que el horario laboral iba de las ocho de la tarde a las dos de la madrugada, pero el sueldo no era malo del todo. Además, les contó que el jefe no podía contratarla legalmente por el momento y cobraría en negro, por lo que no perderían el subsidio de Adrián. Celebraron las buenas noticias con dos pizzas congeladas y una botella de Coca-Cola, un lujo que no se permitían desde hacía varios meses. Al día siguiente, a las siete de la tarde, Gabriela inició su nueva rutina.

La estación de tren estaba bastante alejada de su casa, por lo que era muy improbable que algún vecino la viera entrar o salir. Cada tarde, una vez completada su transformación, un taxi la trasladaba hasta las afueras de Berriozar. Allí, entre las desvencijadas naves industriales, competía con las jóvenes rumanas y las exóticas guineanas por el dinero de los hombres que se acercaban a la zona. Afortunadamente, la mayoría de las prostitutas iniciaban su jornada laboral cerca de la medianoche, por lo que Gabriela podía quedarse con los clientes más madrugadores. Treinta euros un completo, quince por un francés, todo muy rápido, sin que el cliente tuviera siquiera que bajarse del coche. Una noche de suerte podía conseguir unos cien euros, incluso un poco más, aunque lo habitual era volver a casa con unos setenta euros en el bolso. A las dos de la madrugada, con las piernas entumecidas por el frío y el estómago revuelto por el asco y las náuseas, un nuevo taxi la llevaba de regreso a la estación de Renfe, prácticamente desierta a esas horas. Se había convertido en un rostro conocido para las limpiadoras, los taquilleros y el escaso personal que trajinaba por los andenes. Nadie le prestaba atención. Corría hasta los lavabos, con su ropa firmemente asida entre los brazos, y se despojaba rápidamente del vestido rojo, las medias y los zapatos de tacón. Descalza y casi desnuda, ignorando el frío de las baldosas en los pies, arrancaba de su cara hasta el último rastro de maquillaje. Cuando arrojaba al váter la toallita embadurnada de negro y rojo y la veía perderse empujada por el agua de la cisterna, sentía que volvía a ser quien realmente era. Antes de vestirse de nuevo frotaba su cuerpo con un paño húmedo de un solo uso, un pequeño trozo de papel perfumado que arrancaba de sus poros el olor de los hombres que la habían manoseado. Las manos, los brazos, el cuello, el pubis… Hacían falta varias toallitas para restaurar su propio olor, conseguir que Gabriela prevaleciera por encima de la peste a fulana. Vestida, calzada y con el pelo recogido otra vez en una coleta, era de nuevo una extenuada esposa y madre, dispuesta a regresar a casa después de una agotadora jornada de trabajo.

A esas horas ya no había autobuses, así que caminaba despacio a lo largo de la avenida, casi media hora de paseo hasta llegar a su casa, a su cama, al calor de los brazos de su marido. Al principio le costaba conciliar el sueño, pero con el tiempo aprendió a dibujar en su mente un círculo brillante, de un acogedor tono naranja, que giraba despacio y crecía en su interior, hasta anular cualquier otro pensamiento. Entonces cerraba los ojos, acunada por una letanía de ruidos cotidianos, como los ronquidos de su marido, el motor de los coches en la calle o el ladrido de algún perro desvelado, sonidos que agradecía tanto que incluso le arrancaban una sonrisa, la última antes de dormirse.

10

La nieve crujía bajo sus pies. Las gruesas botas apenas eran capaces de aislarla del sucio hielo de las aceras, que hería su piel con pequeñas y dolorosas punzadas. Irene Ochoa caminaba deprisa en dirección al aparcamiento en el que estacionaba el coche cada mañana. La esperaban en un conocido hotel de las afueras para concretar las reservas de un grupo de turistas holandeses que desembarcarían en Pamplona en poco más de un mes. Suspiraba por llegar a casa y darse un baño caliente, pero eso tendría que esperar unas cuantas horas, hasta bien entrada la tarde.

Sintió la conocida vibración del móvil en el costado. Sin detenerse, rebuscó en el bolso hasta encontrar el teléfono. El número no le resultaba familiar y por un momento estuvo tentada de dejar pasar la llamada. Finalmente, su sentido del deber le hizo pulsar el botón verde.

—Hola —saludó una voz femenina al otro lado de la línea—. ¿Hablo con Irene Ochoa?

—Soy yo, sí. Y usted es… Perdone, pero no reconozco su voz.

—No se preocupe, no me conoce. Soy Katia Roldán, la hija de Sofía Los Arcos. —El silencio que siguió a la presentación convenció a la joven de que tampoco conocía a la segunda mujer—. Sofía ha sido la enfermera que ha cuidado de la señora Martelo hasta el día de su muerte.

—¡Claro! —En la mente de Irene se dibujó rápidamente la

imagen de la enfermera, una mujer de mediana edad embutida en su impecable uniforme blanco y empeñada en que Ana Martelo se sintiera bien hasta su último suspiro—. Lamento no recordar su nombre, sólo he hablado con ella en un par de ocasiones. ¿Puedo ayudarla en algo?

—Bueno —titubeó Katia—, quizá podamos ayudarnos mutuamente.

—No la entiendo. —Irene se cambió rápidamente el móvil de mano y hundió los ateridos dedos en el fondo del bolsillo del abrigo.

—Sería estupendo que pudiéramos vernos. Tengo que enseñarle algo que seguro le interesará.

—Sigo sin entenderla. —La paciencia de Irene se estaba agotando. Tenía frío y estaba cansada, no tenía ganas de jugar a los acertijos.

—Lo siento, pero es complicado explicarlo por teléfono. Podríamos tomar un café en algún sitio, donde le venga bien. Serán unos minutos, y le aseguro que no se arrepentirá.

Por muchas vueltas que le daba, Irene era incapaz de imaginar a qué podía estar refiriéndose aquella mujer. Sin embargo, su instinto la empujó a aceptar la cita. Tenía curiosidad por lo que pudiera contarle.

—Hay una cafetería muy cerca de donde me encuentro ahora. Si puede estar aquí en menos de quince minutos, la esperaré. Si no, tendré que dejar pasar su oferta. Tengo mucho trabajo pendiente.

—Por supuesto, dígame dónde y allí estaré.

Diez minutos más tarde, Irene se acomodaba a una mesa del Café Iruña. La estática reproducción de una anciana camarera sosteniendo el menú del día daba la bienvenida a los visitantes, cientos de miles cada año. No en vano, Ernest Hemingway fue cliente habitual durante los años en los que visitó la ciudad. A modo de reclamo turístico y de homenaje a quien tanto disfrutó de la vida, Hemingway permanecía acodado en la barra del Iruña, inmortalizado en bronce para siempre, mirando por encima del hombro a quienes le rodeaban y esperando paciente a que el camarero sirviera la siguiente ronda. De los altos techos con artesonados de brillante madera colgaban enormes lámparas, tan clásicas y relucientes como el resto de la decoración, en el más puro estilo romántico del siglo XIX. En las repujadas columnas, que tantas conversaciones habían sostenido a lo largo de sus más de cien años de historia, se incluyeron pequeños ganchos de hierro forjado a modo de colgador para los abrigos. Madera noble para las sillas Thonet, escudos policromados, cerámica blanca y negra en el suelo, filigranas de hierro sosteniendo las veteadas mesas de mármol y enormes espejos con marcos dorados cubriendo las paredes. El tiempo parecía haberse detenido en el local.

Irene contempló la amplia sala unos instantes antes de elegir una mesa junto a la pared del fondo. Pidió un café al solícito camarero que se acercó hasta ella y fijó la vista en la puerta. Varias personas cruzaron el umbral en los minutos siguientes, aumentando el desasosiego que comenzaba a sentir. Abrazó la taza con las manos, intentando que el calor del café atravesara la porcelana y le templara los dedos, y esperó. Recordó las tardes de invierno en las que sus padres se reunían allí con los amigos. Casi creyó escuchar de nuevo las animadas conversaciones de los adultos, a los más pequeños sorbiendo su refresco con fuerza a través de la pajita de plástico y el repiqueteo de sus zapatos de charol mientras saltaba de baldosa en baldosa, sorteando las mesas y los cuadros negros. La sombra de un abrigo oscuro detenido a su lado esfumó sus recuerdos. Levantó la vista hasta encontrar la mirada de una mujer joven. No sonreía. Un gorro de lana le cubría la cabeza casi hasta los ojos, mientras una bufanda a juego la envolvía como una cálida boa.

—¿Es usted Irene Ochoa? —preguntó—. Es la única en el bar que tiene edad para serlo. —Miró a su alrededor, señalando con la cabeza al resto de los parroquianos, casi todos ancianos o señoras de mediana edad, y volvió a mirar a Irene, buscando quizá su complicidad.

—Y usted es Katia Roldán, imagino. Tengo un poco de prisa

—dijo, señalándole la silla frente a la suya—, así que si me hace el favor de contarme qué sucede, podré volver al trabajo cuanto antes.

Katia sonrió brevemente, se quitó el gorro y la bufanda y se sentó. Abrió el enorme bolso que la acompañaba y sacó unos cuantos folios. Ambas vieron acercarse de nuevo al camarero, obligándolas a posponer la conversación hasta que éste hubo servido un segundo café.

—Como le he dicho por teléfono —comenzó Katia después de sorber de su taza—, mi madre era la enfermera de su suegra, y a mí me tocó limpiar y recoger la habitación cuando murió.

—Si lo que necesita es saber qué hacer con sus objetos personales, yo no soy la persona indicada para hacerlo.

—No —la cortó Katia—, no es nada de eso. Entregué todo lo que tenía que entregar a un señor muy amable que me dio una generosa propina. —Sonrió de nuevo, aunque en esta ocasión sus ojos permanecieron fríos como el hielo—. Sin embargo, aunque sé que está mal, no pude evitar quedarme con algo que encontré en una estantería.

—Eso es robar. —Irene intentó parecer firme, pero su seguridad se tambaleaba por momentos. No entendía qué podía querer esa mujer, pero estaba claro que sus intenciones no eran buenas.

Katia decidió ignorar las palabras de Irene. Había planificado minuciosamente este encuentro y no podía echarlo todo a perder por responder airadamente a la primera provocación. Tenía que mantener la calma y mostrar sus cartas despacio para no descubrir el juego antes de lo necesario. Sólo así conseguiría ganar. Además, Irene Ochoa tenía razón. Lo que hizo fue robar, eso no lo podía discutir. Pero estaba segura, o casi, de que no la iba a denunciar a la policía.

—Cuando estaba recogiendo los libros y las revistas encontré un pequeño cuaderno de tapas duras, uno de ésos con las hojas rayadas que la gente utiliza para apuntar cosas. No pude evitar hojearlo, soy curiosa por naturaleza, y lo que leí no hizo más que avivar mi interés, así que decidí llevármelo a casa. ¿No se imagina de qué se trata? —Irene no contestó, se limitó a mirarla fijamente, esperando a que soltara la bomba—. Las páginas estaban escritas a mano, fechadas a lo largo de varios meses. En la primera de ellas encontré el nombre de su dueña: Marta Bilbao. —Katia escrutó el rostro de Irene en busca de alguna emoción, pero no la encontró, al menos no todavía—. Tengo el diario de su cuñada.

—¿Y qué se supone que tengo que hacer ahora? ¿Pedirle por favor que me lo devuelva? ¿O salir corriendo hacia la comisaría? Quién sabe qué más cosas se llevó de la casa de mi suegra, seguro que no se conformó con un diario que no vale nada.

Katia sintió que le hervía la sangre. Siempre había sido muy temperamental, desde pequeña tuvo serios problemas para controlar su mal genio. Pero, decididamente, ése no era el momento de sacarlo a relucir. Ya encontraría la ocasión de darle su merecido a esa señoritinga de mierda.

—Le he traído una pequeña muestra de lo que su cuñada escribió en su diario. No tenía muy buena opinión de usted, la verdad.

Mientras hablaba, Katia alargó la mano sosteniendo unos folios doblados. Irene casi se los arrancó de los dedos. Desdobló las hojas y encontró una fotocopia de lo que debían de ser las páginas de una libreta. Reconoció en ellas la letra alta y picuda de Marta, con las eles y las tes lanzadas hacia arriba y las vocales apenas insinuadas. Las primeras líneas, frases casi sin sentido al carecer de un nexo con páginas anteriores, hacían referencia al deterioro de la salud de Ana Martelo.

—Me he permitido señalarle las partes importantes, para que no pierda el tiempo y pueda irse cuanto antes. —Katia no se molestó en disimular el sarcasmo de su voz.

Sin levantar la vista de la primera hoja, Irene deslizó los ojos hasta media página, donde una flecha en el borde indicaba el inicio de un párrafo. Lo que leyó le heló la sangre.

Hoy he estado en comisaría una vez más. El inspector Vázquez no estaba, así que he hablado con un tal Redondo. Le he contado mis sospechas y él me ha escuchado con atención, pero luego me ha dicho que el caso no es de su competencia y no puede hacer nada si no encuentra algo convincente. Me ha hecho varias preguntas sobre Irene. Se ha interesado sobre todo por su relación con mi hermano. Yo le he dicho la verdad, que él la adoraba, pero que nunca he estado segura de lo que ella sentía por él. Irene, siempre perfecta, toda sonrisas, encandilando a mis padres para ganarse a mi hermano. Pero no es buena persona, estoy convencida de que no lo es, y así se lo he dicho al inspector. Si hay algo detrás de la muerte de Marcos, seguro que ella no anda lejos. Me niego a creer que mi hermano se quedara dormido, borracho, y no se diera cuenta de que se estaba quemando vivo. Creo que no estaba solo aquel día, pero no tengo forma de saber quién le acompañaba. Me duele la cabeza. El psiquiatra dice que es normal, que las emociones son demasiado fuertes para asimilarlas en tan poco tiempo, y que tengo que aprender a canalizarlas, pero yo sé que sólo la verdad me ayudará a aplacar mi jaqueca. Le echo tanto de menos… Mañana iré a hablar con Irene, le arrancaré la verdad. Tiene que saber algo, seguro.

Un sudor frío y pegajoso recorrió la espalda de Irene. Se esforzó por mantener firme el pulso, pero no pudo evitar que las manos le temblaran levemente cuando buscó las palabras escritas en el siguiente folio. El crujir de la hoja entre sus dedos provocó una sonrisa maliciosa en la cara de Katia, que la observaba fijamente, escrutando cada uno de sus movimientos.

Ahora más que nunca estoy convencida de que Irene sabe más de lo que dice sobre la muerte de mi hermano. Creo, incluso, que es posible que ella misma lo matara. Esta mañana he ido a buscarla a su casa. Ahora vive en su despacho y no parece tener intención de mudarse. Ella sabrá. Nos hemos cruzado en el portal. Con el informe policial en la mano le he dicho que es imposible que Marcos muriera así. Marcos no fumaba, el cigarrillo que prendió la colcha no podía ser suyo. Pero ella, sin inmutarse, me ha asegurado que yo no sé nada, me ha escupido a la cara que mi hermano era un borracho, un maltratador y que fumaba, pero ¿por qué nadie más que ella le vio nunca fumar? Un fumador no puede esconder su adicción, fuma en cuanto tiene ocasión y yo no he visto nunca a mi hermano con un cigarrillo en la mano. ¡Y el olor! Yo habría sabido que mi hermano fumaba en cuanto le hubiera olido, y no era así. Pero ella me ha dicho que yo no conocía realmente a mi hermano. Me duele mucho el pecho desde entonces. Siento una enorme angustia, un dolor indescriptible, pero sigo convencida de que tengo razón. Algo ha cruzado su mirada cuando le he dicho que mañana voy a ir a comisaría para hablar una vez más con el policía encargado del caso. Se ha ofrecido a acompañarme y yo he aceptado, aunque ahora dudo de que sea una buena idea. Seguramente negará mis palabras, le dirá que Marcos bebía y fumaba, y yo no tendré más argumentos para defender a mi hermano. Será su palabra contra la mía. Pero si realmente quiere venir, que venga. Quiero oír lo que tiene que decir. Y, después, ella me escuchará a mí, los dos lo harán. Y ya no quedarán dudas al respecto. Alguien mató a mi hermano, accidental o voluntariamente, pero algo pasó esa tarde en Gorraiz y no voy a parar hasta descubrir la verdad.

Cuando Irene depositó los papeles sobre la mesa, Katia permaneció en silencio unos segundos más. Quería que aquella mujer interiorizara cada una de las palabras que acababa de leer. Mientras se dirigía hacia el lugar de la cita pensó que, si Irene Ochoa no tenía nada que ocultar, seguramente le exigiría a voz en grito el diario original. Quizá incluso llamara a la policía. Pero no estaba haciendo nada de eso. ¡Bingo!, pensó, he dado en el blanco.

—No se preocupe —dijo finalmente—, no tengo intención de enseñar el diario a nadie.

—No pretenderá insinuar que yo tengo algo que ver con la muerte de mi marido... —La voz de Irene pareció salir de un profundo pozo.

—Yo no digo nada, pero si se da cuenta, su cuñada no pudo cumplir su amenaza. Murió esa misma noche.

—Marta se suicidó. —Irene fue más tajante ahora. Tenía que recuperar el control—. Llevaba semanas visitando a un psiquiatra, la situación era muy dura para ella.

—¡Por supuesto! —Katia levantó las manos en el aire—. Yo sólo digo que si alguien leyera esto, le podría complicar bastante la vida, aunque seguro que usted es muy capaz de justificar las acusaciones que su cuñada vierte sobre su persona.

—Esto es increíble... ¿Qué es lo que pretende? ¿Que le pague por ese diario?

—Pues ahora que lo dice, no estaría nada mal. Hay más párrafos interesantes, sólo le he traído un par a modo de muestra. Si a mí me ha dado que pensar, imagine lo que hará en la calenturienta y predispuesta mente del inspector Redondo.

Irene la miró sin decir palabra. No sabía qué hacer. Si lo negaba todo y ella cumplía su amenaza, su vida podía venirse abajo. No había luchado tanto para dejarse vencer en el último momento. Irene abrió la mano sobre la mesa, cediéndole la palabra.

—Creo que la tranquilidad no tiene precio, pero soy una persona razonable y estoy dispuesta a ponérselo. Si me entrega diez mil euros, me comprometo a devolverle el diario original. No hay copias, se lo garantizo. Diez mil euros y no volverá a saber nada más de mí. Palabra. —Katia alzó dos dedos y se los llevó a los labios. Después, sin esperar a que Irene reaccionase, se levantó de la silla mientras se envolvía con la gruesa bufanda—. Usted piénselo tranquilamente. La llamaré mañana.

Irene vio cómo Katia sorteaba las mesas en su camino hacia la puerta. Salió sin volverse, cediendo el paso a una fría ráfaga de aire. Inmóvil sobre su silla, sintió que las baldosas blancas y negras sobre las que jugaba de niña se abrían bajo sus pies y la engullían. Se sintió acorralada, notaba cómo su corazón bombeaba sangre a su cerebro, obligándola a pensar, a buscar una solución. En la calle, la nieve la hizo encogerse dentro de su abrigo, pero despejó las dudas que le quedaban. Estaba tocada, pero no hundida. En esta batalla todavía no se había dicho la última palabra.

A pocos metros de distancia, oculta tras el quiosco de la plaza del Castillo, Katia observó a la elegante mujer que se dirigía rápidamente hacia el aparcamiento subterráneo. Sentía la adrenalina correr por todo su cuerpo, una energía desconocida para ella hasta ese momento. Con diez mil euros podría solucionar muchos problemas. Corrió hacia la parada del autobús mientras una idea comenzaba a abrirse paso en su cabeza: «Quizá diez mil euros sea poco», pensaba. «Está podrida de dinero, seguro que puede pagarme veinte mil si se los pido. O treinta mil. Cuando la llame, le diré que el diario ha subido de precio. Habrá tenido tiempo para morirse de miedo, no podrá decir que no.»

El autobús apareció a los pocos minutos. Sin duda, hoy era su día de suerte. Su madre había recogido a Leire, su hija de siete años, en el colegio, y se quedaría con ella hasta la hora de cenar. Tenía tiempo de sobra. Hacía mucho que no sentía esa sensación de urgencia, ese calor en la entrepierna. Respiraba entrecortadamente, expulsando el aire a través de su sonrisa. Intentó calmarse, pero sus pezones, duros y calientes, le decían que no era el momento de la tranquilidad. Quería guerra. Encontró a Gorka sentado en el sofá, con un cojín bajo la cabeza y el mando a distancia de la televisión en la mano. Le miró desde la puerta. Es lo que hay, pensó. Pudo leer la sorpresa en la cara de su marido cuando se percató del color de sus mejillas y del inequívoco brillo de sus ojos. Sin moverse del umbral de la puerta del salón, señaló el dormitorio con la cabeza.

—¿Qué te ha pasado? —preguntó Gorka, incrédulo—, ¿te has fumado un porro?

—No, simplemente quiero celebrar contigo que, por una vez, las cosas me han ido bien.

—No te voy a decir que no —le respondió levantándose del sofá y lanzando el mando contra el cojín—, para un día que tienes ganas, hay que aprovecharlo. ¿Quieres que me duche antes?

Le contestó con los labios ya pegados a su cuello.

—No hace falta.

Se hundió en el aroma de su marido y dio rienda suelta a todas las emociones contenidas desde que encontró el diario. Le clavó los dientes en los pezones para calmar los nervios de la espera, le arañó la espalda para ahuyentar la ansiedad y el miedo, cabalgó sobre él, que la miraba extasiado, buscando sofocar el fuego que sentía en su interior. Guio las manos de Gorka a través de sus pechos, de su trasero, de su clítoris, tan inflamado que le dolía. Sintió cómo se empapaba poco a poco, cada vez más excitada, más dueña de sí misma, más consciente del futuro que le esperaba. Retiró los dedos de su marido de su sexo para acariciarse ella misma, cada vez más fuerte. Apenas podía respirar, agitándose sobre la pelvis de Gorka, subiendo y bajando hasta que sintió en sus piernas un hormigueo casi olvidado, una ráfaga de placer que, de pronto, la abarcó por completo, obligándola a echar la cabeza hacia atrás y gruñir de puro éxtasis. Gorka la sujetó por las caderas y la sacudió unas cuantas veces más, hasta alcanzar su propio orgasmo. Después, tumbados uno junto al otro, mirando de reojo el reloj para calcular cuándo volvería la niña, sonreían como dos jóvenes enamorados.

—No sé qué te has tomado —dijo Gorka sin dejar de reír—, pero por mí lo puedes repetir cuando quieras.

La lista facilitada por Juan Luis Pedraza no era demasiado larga. Veinte nombres, algunos acompañados por un nick y una dirección de correo electrónico, era todo lo que habían conseguido, aunque era más de lo que Vázquez esperaba. Pedraza, después de tomarse el segundo analgésico en tres horas, les explicó quiénes eran los usuarios de confianza, los más activos en sus comentarios y, finalmente, los datos facilitados por el usuario que vertió las últimas amenazas. No tenían su nombre real, sólo una dirección de correo electrónico y el apodo que utilizaba en sus intervenciones, pero era más que suficiente en las eficaces manos de Begoña Lacalle. Por supuesto, podían enviar un mensaje al correo facilitado, pero eso tendría consecuencias nefastas si el sujeto, en lugar de ofrecerse a colaborar, decidía quemar sus naves y huir. Guardarían ese cartucho en la recámara y sólo lo usarían si la agente Lacalle no conseguía un nombre y una dirección.

—He visto trabajar a esa chica y es impresionante —aseguró Teresa Mateo—, sólo dadle un poco de tiempo.

—Mientras esperamos lo que pueda ofrecernos Lacalle, quiero que nos centremos en el segundo foro más activo. Desde los nuevos partidos políticos surgidos del 15M tampoco se ahorran descalificaciones contra los banqueros.

David repartió entre los miembros de su equipo las fotocopias que un rato antes le habían proporcionado en la Brigada de Información, donde vigilaban de cerca las asociaciones y partidos denominados «antisistema» surgidos en los últimos años. En ellas habían recopilado algunas de las conversaciones más intensas por su violencia verbal que se habían producido en los últimos meses. La relación era corta, y de nuevo carecían de nombres reales o direcciones a las que acudir.

—Quizá yo pueda ayudar. —Teresa atrajo las miradas de todos sus compañeros. La barriga debía de darle mucho calor, ya que sudaba copiosamente a pesar de la climatización de la sala—. Conozco a un periodista que lleva temas sociales. Puedo llamarle y pedirle algún contacto en Podemos y Ahora en Común.

—Hazlo —la instó Vázquez.

Teresa tardó menos de cinco minutos en regresar.

—Me ha pedido que vuelva a llamarle en diez minutos. No quiere darme su teléfono sin antes consultarlo con ellos.

—¿Y si no quieren hablar con nosotros? —preguntó Torres.

—Pasaremos al plan B —dijo Helen Ruiz con una sonrisa maliciosa en los labios.

—¿El plan B? —Torres la miraba incrédulo.

—Ya sabes, rodear, estrechar el círculo, husmear por los rincones, corretear por las calles, enseñar un poco los dientes…

—¿Alguien ha traído correa y bozal para la pitbull? —Torres amagó un gesto de terror y se pegó a la pared mientras Helen lo miraba divertida—. Me das miedo, tía.

—Si no conseguimos su teléfono, nos pondremos de nuevo en manos de la agente Lacalle —concluyó David—, y confiaremos en que sea tan buena como Teresa dice.

—Lo es, créeme.

El móvil vibró en su mano justo en ese instante. Se retiró hacia un rincón antes de responder. Escuchó atentamente y cruzó un par de palabras con su interlocutor. Escuchó de nuevo y se despidió brevemente. Cuando volvió la cabeza encontró cuatro caras mirándola fijamente.

—Era el periodista —confirmó—. Al final ha sido un ni para ti, ni para mí. No me da su teléfono, pero sí el nombre de una de las portavoces, Miren Ezkaba. Como si nos costara mucho encontrar su número… —La agente suspiró mirando al techo—. No podemos ir a buscarla, pero ella le ha garantizado que esta misma tarde vendrá voluntariamente a comisaría y responderá a nuestras preguntas.

—No es un mal comienzo. —Vázquez comenzaba a sentir el mismo calor que Teresa y no veía el momento de abandonar esa sala—. Mientras tanto, podemos centrarnos en la búsqueda de Lucas Viamonte. No ha aparecido por el albergue municipal, pero sus cosas siguen allí.

—Si no os importa —cortó Helen—, esta vez preferiría callejear un rato. Visitar los albergues y los comedores sociales ha sido un trago duro.

—Está bien —dijo el inspector—, patrulla con el coche por el centro. Torres y Machado harán la ronda por los albergues y Teresa llamará de nuevo a los servicios sociales. Yo voy a recabar toda la información nueva que haya en los diferentes departamentos.

—Inspector —le cortó Teresa en voz baja—, se supone que tenemos una alerta en el ordenador que nos avisa de que han actualizado los archivos que tenemos abiertos.

—Ya —respondió con una sonrisa—, pero, a pesar de los avances de la técnica, sigue sin haber nada más efectivo que una visita sorpresa con cara de pocos amigos.

Cuando cada uno se hubo marchado a cumplir con su misión, Vázquez sacó el móvil del bolsillo y pulsó la marcación rápida. El número de Irene apareció en pantalla junto con una pequeña imagen en la que ella miraba a la cámara tímidamente, semiescondida detrás de una cascada de pelo oscuro. El teléfono sonó innumerables veces, hasta que una voz mecánica le recordó el número al que había llamado y le invitó a dejar un mensaje después de la señal. Pulsó el botón rojo para concluir la llamada y volvió a guardar el teléfono en el bolsillo. «Llamará cuando vea mi número», pensó, y se alejó con paso decidido hacia los despachos de las patrullas de cercanía, agentes que conocían las calles, los comercios, las empresas y a los vecinos, que controlaban los lugares habituales de trapicheo de droga o los sitios en los que se refugiaban los indigentes, rincones llenos de basura en los que aquellos hombres y mujeres, muchos alcoholizados y medio muertos de frío y de hambre, cuando no atacados por severas infecciones, se reunían para protegerse los unos a los otros, darse un poco de calor y compartir un trago de vino barato. Incluso entre los despojos de la sociedad existía un mínimo de solidaridad. El hombre, siempre un lobo para sus semejantes, era capaz en ocasiones, siempre por sorpresa, de convertirse en un suave corderito. La transformación, sin embargo, nunca duraba demasiado, como si el elixir de la bondad, ese viento que convertía en héroes a seres casi siempre grises y anodinos, tuviera una fecha de caducidad realmente corta.

Miren Ezkaba, miembro activo de varias plataformas sociales y futura candidata a las elecciones municipales por Podemos, se presentó en comisaría a las cinco de la tarde acompañada por un abogado, un joven con el pelo largo y grasiento, con una gruesa trenza estilo rastafari surgiendo de un lado de su nuca y un enorme pendiente con forma de colmillo de elefante atravesándole la oreja izquierda. Los dos vestían ropa del mismo estilo: jersey negro de cuello alto, pañuelos palestinos de colores y holgados pantalones color tierra. Vázquez les ofreció un café, que ambos rehusaron, y los condujo hasta su despacho.

—Espero que no cojan por costumbre acosarnos cada vez que alguien golpee el sistema preestablecido. —El joven abogado rodeó la silla que le ofreció Vázquez y se sentó mientras observaba sin disimulo los objetos que tenía alrededor.

—Y yo espero que no entiendan esto como un acoso, sino como una cooperación necesaria para la detención de un asesino. Ustedes se han ofrecido a venir, cosa que les agradezco, y no ha sido el sistema el golpeado, sino un hombre, una persona con nombre y apellidos.

—Walter —intervino la chica—, no hace falta que estés a la defensiva. Hemos venido para aclarar las cosas, no queremos vernos mezclados en algo tan horrible como un asesinato, ni siquiera en el de una persona que ha firmado decenas de desahucios en los últimos años.

—Ya —contestó el aludido—, sólo te falta decir que todos somos hijos de Dios.

La joven decidió ignorar a su acompañante y centró su atención en el inspector, que asistía entre divertido y asombrado al inesperado intercambio de opiniones.

—Me llamo Miren Ezkaba, inspector, y éste es un compañero del partido, Walter Luján. Es abogado. Ha insistido en venir, por si las cosas se ponían feas, pero realmente no veo el motivo. —Miren se encogió de hombros y se recostó en la silla, dando a entender que estaba totalmente tranquila a pesar de encontrarse por primera vez en su vida cara a cara con un inspector de policía.

—¿Es su verdadero nombre? —preguntó Vázquez al abogado.

—Me temo que sí. Mis padres eran hippies y estuvieron en Woodstock en 1969. Volvieron imbuidos de la cultura norteamericana, aunque lo único que queda ahora de toda aquella paz y amor son los nombres que les pusieron a sus hijos: Lennon, Janis, Dylan y yo, Walter. Como ve, todo un canto al «haz el amor y no la guerra».

—No caigo en a quién hace referencia su nombre…

—Walter era el tío que les pasaba la marihuana.

Vázquez no pudo evitar una sonora carcajada. Miren le secundó, a pesar de que era la enésima vez que escuchaba aquella historia.

—Lo siento —se excusó David. Recompuso el semblante lo más rápido que pudo y se centró en los papeles que tenía delante.

—La verdad es que no sabemos muy bien qué hacemos aquí —Ya no quedaba ni un resto de sorna en la voz de Walter—. Han matado a un hombre, a un banquero, algo muy lamentable que condenamos sinceramente. Ni Podemos como partido, ni ninguna de las asociaciones que lo secunda y apoya tienen nada que ver con el asunto, jamás hemos permitido o alentado posturas violentas, nuestras acciones son siempre pacíficas, a pesar de las constantes provocaciones de la policía y de las instituciones que poco tienen de democráticas.

Miren le tocó suavemente el brazo a su compañero, intentando calmarle. Vázquez los observaba en silencio, sabedor de lo peregrina que era la posibilidad de conseguir alguna información útil de ellos. Sin embargo, no podían dejar ninguna puerta sin abrir.

—No acusamos al partido absolutamente de nada, y si les hemos pedido su colaboración es precisamente por si en algún momento de su andadura se han cruzado con alguna persona especialmente violenta, bien en sus manifestaciones durante el movimiento 15M o en sus reuniones posteriores hasta convertirse en Podemos.

—Nadie capaz de matar —afirmó tajante Miren.

—No ponga nunca la mano en el fuego por nadie, señorita.

—Señora —le cortó una vez más—, soy señora. No me catalogue en función de mi estado civil. Si usted es un señor a pesar de estar soltero, yo soy una señora independientemente de lo que diga el registro civil.

—Mis disculpas de nuevo…, señora. —Vázquez intentó no sonar sarcástico, aunque no estaba seguro de haberlo conseguido—. Hemos estado revisando las entradas en sus redes sociales y hay algunas no demasiado afortunadas, por calificarlas de alguna forma.

—¿A qué se refiere? —preguntó el abogado.

—Sobre todo a aquellas que justifican la muerte del señor Viamonte como algo «inevitable», que «se veía venir», las que piden «más acción» o las que abogan por comenzar una nueva Intifada contra los bancos.

—No puedo negar que algunos usuarios han radicalizado sus opiniones en los últimos tiempos —reconoció la joven—. La gente está sufriendo mucho. Cuando las situaciones límite como la que estamos viviendo se alargan en el tiempo, con recortes constantes en servicios sociales y un bombardeo de noticias sobre las jugosas comisiones ilegales que se llevan los políticos por cada adjudicación de obra, es normal que los afectados radicalicen sus posturas. Pasa aquí y pasa en todo el mundo.

—Quizá uno de esos radicales ha decidido pasar a la acción.

—No lo sé, inspector, yo no puedo responder por cada una de las personas que forman parte del partido o que lo han apoyado en algún momento. Cualquiera puede dejar su opinión en nuestra página web, en Facebook o a través de Twitter, es un sitio abierto, eliges el foro en el que quieres participar y lo haces.

—¿No tienen ningún control sobre lo que allí se expone?

—Sí y no —respondió Miren, enderezando el cuerpo en la silla—. Hay muchos voluntarios que ejercen como webmaster. Si algún usuario lanza insultos o amenazas reiteradas, se le invita a cambiar de actitud o a abandonar el foro. Hasta el momento nunca se ha expulsado a nadie, que yo sepa, aunque puedo confirmar esa información, si lo cree necesario.

—Se lo agradeceré. Es posible que alguno recuerde a algún usuario especialmente violento, o referencias explícitas al señor Viamonte.

—Lo preguntaré hoy mismo y le llamaré con la respuesta.

Vázquez se lo agradeció otra vez. No tenían nada más que añadir, así que los acompañó hasta la recepción y esperó a que se pusieran los abrigos para despedirse de ellos. En las solapas de sus casacas verdes de corte militar lucían una enorme pegatina en la que, con letras rojas sobre un fondo blanco nacarado, exigían «Democracia real ya».

Comprobó el móvil de camino a su despacho. No había llamadas. Pulsó de nuevo la marcación rápida y el rostro de Irene volvió a mirarle desde la pequeña pantalla. El teléfono sonó al menos diez veces antes de dejar paso una vez más a la grabación del contestador automático. David intentó no preocuparse. Supuso que estaría trabajando, seguramente ocupada con algún mayorista turístico, aunque recordaba que en estos meses la actividad de la agencia bajaba considerablemente. Así que se preocupó. No demasiado todavía, pero comenzó a sentir la inquietud crecer en su interior. Acababa de cerrar la puerta de su despacho cuando el móvil vibró en su bolsillo. Lo sacó rápidamente. Era ella. Pulsó la tecla verde y suspiró al escuchar su voz.

—Hola, acabo de ver tus llamadas. Soy un desastre —se justificó con un mohín infantil—, apagué el sonido del teléfono mientras hacía una llamada a Estados Unidos con el fijo y luego olvidé volver a conectarlo, así que no he oído ninguna de las llamadas de las últimas horas.

—No te preocupes, no pasa nada. Sólo te echo de menos.

—¡Nos hemos visto esta mañana!

—Lo sé, pero de eso hace ya mucho tiempo.

—¿Vendrás a cenar? —La voz de Irene sonó baja y sensual. Un cálido escalofrío recorrió la espalda de David.

—Eso espero, si no ocurre nada inesperado. Te llamaré dentro de un rato, así que enciende el sonido del móvil.

—¡Ya lo he hecho! Haz lo posible por venir temprano.

Un inesperado alboroto en la sala le detuvo en mitad de una frase. Varias personas corrían de un lado para otro y uno de los agentes se dirigía directamente hacia su despacho.

—Tengo que dejarte. Te llamaré luego.

Apenas pudo escuchar el adiós de Irene antes de que el agente abriera su puerta de un fuerte manotazo.

—Inspector —exclamó—, tenemos a Lucas Viamonte, lo están trasladando en estos momentos.

—¿Quién lo ha detenido?

—Una de las patrullas apostadas cerca del albergue en el que Machado encontró sus cosas. Le han visto acercarse cojeando y lo han arrestado sin que opusiera resistencia. Estará a punto de llegar.

—Los de la científica tendrán que requisarle la ropa para buscar restos de sangre o pólvora. Que le hagan la prueba de la parafina. ¿Ha visto a mi equipo?

—No, señor.

—Avíseles por radio. Que regresen a comisaría. Quiero hablar con los agentes que le han detenido.

—Vienen con él, inspector. En cuanto entreguen al detenido se los mando.

El agente salió tan rápido como había entrado. El barullo de la sala había remitido y cada uno ocupaba de nuevo su puesto. Vázquez abandonó su despacho y se dirigió al garaje. El hombre que bajó del coche policial desconcertó a David. Incapaz de precisar su edad, Vázquez recordó que Lucas Viamonte era más joven que su hermano, así que debía de rondar los cincuenta años, aunque aparentara más de setenta. Incluso a tres metros de distancia pudo oler la peste que exhalaba, una mezcla de orines, suciedad, vino rancio, sudor y miedo. No pudo evitar arrugar la nariz, un gesto de desagrado que no pasó desapercibido al agente que custodiaba al detenido.

—Me va a costar semanas arrancar el olor del coche —le dijo—. De hecho, creo que lo mejor será cambiar la tapicería. O llevar el coche al desguace.

Viamonte cojeaba ostensiblemente. Parecía que le doliera cada paso que daba, hasta el punto de apoyarse en los policías que, en lugar de vigilarlo, ejercían de improvisados bastones.

—No te jode —gruñó el policía—. Me voy a tener que cambiar también de uniforme.

Caminó renqueando hasta una pequeña celda en la que ya le esperaban dos agentes de la científica. Le pidieron la ropa y los zapatos y esperaron pacientemente a que se desnudara. Una vez recogidas todas las prendas, le entregaron un mono gris y unas zapatillas blancas. Le tomaron muestras de pelo y le pasaron un algodón impregnado en parafina por ambas manos. Vázquez los observaba en silencio desde el otro lado de la puerta. Viamonte se dejaba hacer como un niño pequeño. Mantuvo los brazos inertes y la cabeza gacha, con la mirada fija en sus propios pies. El único movimiento perceptible era un constante parpadeo, una especie de tic que se acentuaba cuando las manos de los agentes rondaban por su cuerpo. Al salir, uno de los científicos se detuvo junto a David.

—Este hombre necesita un médico. Está deshidratado y se ha lesionado un tobillo, lo tiene hinchado y amoratado. Eso, por no hablar de que apesta a alcohol.

—Le llamaremos enseguida —respondió Vázquez.

El inspector ocupó el espacio que había quedado libre dentro de la celda y miró a Viamonte más de cerca. No parecía un hombre peligroso, a pesar de ser el principal sospechoso de haber matado a su propio hermano. Seguramente, cualquier abogado se agarraría a su alcoholismo como a un clavo ardiendo para conseguir una reducción de la condena. La defensa lo tendría fácil aunque el acusado se declarase culpable. Siempre podría alegar que no era dueño de sus actos en el momento de apretar el gatillo.

—Tengo mucha hambre.

La voz era tan débil que a David le costó entender lo que estaba diciendo. Viamonte, sentado en el alicatado suelo de la celda, levantó la cabeza poco a poco.

— Llevo dos días sin comer —añadió—, me muero de hambre.

—Tenemos que hablar de su hermano —respondió Vázquez.

—Lo sé. Pero antes necesito comer algo, voy a desmayarme. Y también tengo que beber un poco, cualquier cosa, no hace falta que sea de calidad.

—Enseguida le traerán un bocadillo y un café caliente. Le van a trasladar a otra sala, donde estará más cómodo y podrá comer mientras llega el abogado de oficio.

David abandonó la celda y se apresuró escaleras arriba. Dos agentes acompañaron a Lucas hasta la reducida sala de interrogatorios en la que Matías acababa de dejar una bandeja con varios sándwiches y un café humeante. Viamonte se abalanzó sobre la comida. Devoró los bocadillos en dos minutos, dando grandes bocados al pan tierno y desparramando sobre la mesa parte de su contenido. Tras beberse el café se dedicó a recoger con los dedos cada miga esparcida sobre la mesa, que dejó completamente limpia. Ignorando la servilleta, se limpió la cara con la manga.

—¿Se puede fumar aquí? —preguntó poco después al agente apostado junto a la puerta.

—No, está prohibido.

—Bueno, tampoco tengo tabaco. —Una escueta sonrisa mostró unos dientes oscurecidos por la nicotina y la falta de higiene. Le faltaban varias piezas y tenía roto uno de los incisivos. Sobre sus mejillas parecían haberse estrellado pequeñas arañas rojizas, y bajo sus ojos colgaban dos enormes bolsas oscuras. El bigote, ralo y amarillento, hacía juego con el pelo encanecido y sucio. Tenía las manos hinchadas, igual que el cuello y la cara, sin duda como consecuencia de años de alcoholismo.

Vázquez, Torres y Helen Ruiz observaban al hombre desde detrás de un cristal espejado. Le vieron picotear las migajas como un gorrión hambriento y cerrar los ojos con deleite cuando el café caliente se deslizó por su garganta.

—Quizá hubiera sido mejor hablar con él antes de darle de comer —sugirió Torres.

—Es un hombre acostumbrado al sufrimiento —le respondió David—. ¿De verdad crees que un poco de hambre o sed pueden hacer mella en él? Vive en la calle, come lo que puede y duerme donde le dejan. Negarle la comida habría sido una crueldad innecesaria. Al contrario, creo que ahora, con el estómago lleno y el cuerpo caliente, estará más dispuesto a colaborar.

—Por algo eres el jefe —admitió Torres sonriendo.

Vázquez se dispuso a entrar en la sala, seguido de cerca por el joven abogado del turno de oficio que le había caído en suerte. Helen, al otro lado del cristal, tomaría nota de los datos más relevantes.

—Señor Viamonte, soy el inspector Vázquez. Estoy al frente de la investigación sobre la muerte de su hermano.

—Hacía mucho que nadie me llamaba así. Señor Viamonte. —La ironía de sus palabras no pasó desapercibida para David—.

Yo no soy el señor Viamonte, ése es Jorge. Yo sólo soy Lucas, el otro, el segundón, el triste remedo de mi hermano. —Levantó la vista y sus ojos empañados se posaron sobre los de Vázquez—. ¿De verdad no hay forma de conseguir un trago aquí dentro? Tengo los huesos congelados.

—Puedo hacer que le traigan más café, pero nada más.

—¿Y tabaco? —insistió.

—Tampoco.

—Esto es una auténtica mierda. —Lucas Viamonte pasó la mano sobre la pulida superficie de la mesa, buscando quizá nuevas migajas que llevarse a la boca. Comprobó la palma y volvió a dejarla sobre su regazo, inerte, con los amarillentos dedos removidos por un incipiente temblor.

—Hace tres días se puso en contacto con su hermano.

—Le llamé por teléfono, sí. —Su voz era poco más que un susurro.

—¿Hablaban con frecuencia?

—No demasiado. Como usted comprenderá, mi hermano y yo no tenemos muchas cosas que comentar. Vivimos en mundos diferentes. Además, él es un hombre muy ocupado y yo intento no molestarle con tonterías. Y por si esto fuera poco —añadió con una sonrisa retorcida—, su mujer me odia. Yo creo que le gusto y que es sólo una fachada para mantenerme alejado de sus faldas, pero eso es algo que nunca llegaremos a descubrir.

—¿Por qué le llamó en esta ocasión?

—Por la pasta, cómo no. Necesito dinero. Tengo una deuda con un tío con muy mal carácter. Ya me ha amenazado en un par de ocasiones. Sabe quién es mi hermano y que él maneja mucha tela, así que la semana pasada me puso una navaja en el cuello y me lanzó un ultimátum. O la pasta, o mi garganta. Así que le llamé.

—¿Qué le dijo su hermano durante su conversación telefónica? —A Vázquez no se le había pasado por alto que Lucas Viamonte utilizaba el presente para referirse a su hermano. Seguramente su mente divagaba de un lado a otro—. ¿Se enfadó cuando le pidió dinero?

—Jorge nunca se enfada. Sé que está harto de mí, pero siempre acude al rescate. Es un caballero. —Su manó voló hasta la cabeza, donde levantó un invisible sombrero—. Dijo que estaba muy ocupado, pero que vendría en un rato. Su cuenta corriente no notaría la ausencia de unos pocos cientos de euros y a mí me salvaría la vida.

—¿Dónde quedaron en encontrarse?

—Al principio me pidió que fuera a su despacho, pero le convencí para que viniera a Berriozar. Mi coche está en el taller —dijo guiñando un ojo— y los conductores de autobús no suelen dejarme subir ni aunque les asegure que voy a pagar el billete. Mierda de gente…

—¿Por qué en Berriozar? Es un sitio bastante apartado de los lugares que frecuenta.

—¿Me han investigado? Pero ¡qué lista es la policía!

Vázquez le miró sin cambiar ni un ápice su expresión. Finalmente, Viamonte bajó la cabeza y continuó hablando:

—Los tipos que me buscan saben que suelo quedarme en el albergue municipal siempre que puedo. De hecho, me encontraron allí la vez que me sacaron la navaja, así que decidí quedarme en casa de un amigo hasta que tuviera la guita y pudiera solucionar el problema.

—¿Qué pasó cuando su hermano llegó a Berriozar?

—No lo sé… —Su voz se convirtió en un suave murmullo. Viamonte agachó aún más la cabeza y se retorció las manos, que continuaban apoyadas sobre sus piernas. El temblor se había acrecentado considerablemente.

—¿No lo sabe?

—No llegué a verle. Iba de camino. Dejé mis cosas en el albergue y comencé a bajar por la avenida de Guipúzcoa. Hacía mucho frío y estaba empezando a nevar, así que no veía muy bien por dónde iba. No había avanzado ni un kilómetro cuando pisé una placa de hielo, resbalé y me caí al suelo. Me torcí el tobillo. Me duele mucho desde entonces. Apenas podía moverme, estaba en medio de ningún sitio, demasiado lejos del albergue y sin forma de pedir ayuda. Por allí apenas pasa nadie, y un vagabundo en el suelo sólo es un borracho de mierda que no se tiene en pie, así que nadie se paró para ayudarme. Me quedé allí, en el suelo, apoyado contra una pared, retorciéndome de dolor, hasta bien entrada la noche. A partir de las diez aquello se llena de putas, ¿sabe? Bueno —sonrió—, claro que lo sabe, usted es policía, seguro que patrulla por allí de vez en cuando. El caso es que una de esas chicas me vio y me ayudó a levantarme. Son putas, pero tienen buen corazón. Apenas podía caminar. La mujer me dio un trago de coñac de una petaca y me ayudó a buscar un palo que me sirviera de bastón. El albergue estaba muy lejos y ya había cerrado, así que me colé en un parking subterráneo de Cuatro Vientos y allí me quedé hasta que amaneció. —Viamonte levantó la cabeza y miró a Vázquez a los ojos—. Así que ya ve, no fui capaz de llegar a la cita con mi hermano. Estará más que enfadado conmigo.

—Lucas, ¿sabe lo que le ha ocurrido a su hermano?

Los empañados ojos del hombre brillaron por efecto de las lágrimas. Se sorbió ruidosamente los mocos y enjugó su dolor con el dorso de una temblorosa y sucia mano.

—Lo sé, claro que lo sé. Algún hijoputa le ha matado. Un tiro, o dos, no lo sé. Se lo escuché decir por la mañana a una pareja en el parking. Hablaban de los controles policiales que habría en la carretera por el asesinato del banquero. Cuando salí del aparcamiento lo leí en los titulares. Todavía no me lo creo.

—Yo tampoco. —David, que apenas había movido un músculo durante toda la conversación, decidió que era hora de pasar a la acción—. No me creo en absoluto que no acudiera a la cita. Era demasiado importante para usted, necesitaba el dinero, por eso le llamó, ¿no es cierto?

—Claro, ya se lo he dicho. —Lucas le miraba con los ojos y la boca muy abiertos, como un niño esperando una inminente sorpresa.

—Lo que creo es que su hermano estaba harto de darle dinero y decidió que ya estaba bien, así que le ofreció una cantidad inferior a la que esperaba, quizá incluso se negó a darle lo que le pedía, y usted le mató.

—¿Yo? Yo no he matado a mi hermano. Nunca he matado a nadie, jamás he disparado un arma.

—Tiene antecedentes por agresión.

—¡Fueron peleas sin importancia, encontronazos de borrachos! —Lucas se revolvió en la silla—. ¿De verdad no puede conseguirme un trago? Me estoy poniendo muy nervioso...

Vázquez decidió ignorar su petición y continuar apretando. No podía salirse del camino una vez que había comenzado a andar.

—Para su hermano, usted no era más que un quebradero de cabeza, un problema constante que, además, no hacía más que molestar a su familia. —Viamonte le escuchaba en silencio—. Es posible que no fuera dueño de sus actos, Lucas, quizá su hermano le insultó y tuvieron una pelea que acabó mal, pero no se atreva a mentirme. Mató a su hermano. Seguro que ahora se arrepiente, por eso habla de él como si siguiera vivo, pero el arma estaba en sus manos. Usted le citó en aquel lugar casi despoblado, le esperó en la calle, discutieron y le pegó un tiro. Fin de la historia. Así de sencillo.

—Le juro que yo no le maté. Tiene que creerme, haré lo que quiera para que me crea.

—¿Puede traerme a la puta que supuestamente le ayudó cuando se lesionó?

—Ni siquiera me acuerdo de su cara... ¡Pero ustedes podrían preguntar por allí!

—Sería una pérdida de tiempo, ¿verdad? Y tiempo no nos sobra, Lucas; andamos bastante mal de tiempo, en realidad.

—Yo no le maté. No soy el mejor hermano, de hecho soy peor que una mierda, pero le quería, daría mi vida por la suya. Él vale más que yo... —Un sollozo le llenó la garganta, quebrándole la voz. Enterró la cabeza en las manos y se derrumbó, llorando como un niño, con gimoteos entrecortados y espasmos que le sacudían la espalda.

—Me cuesta mucho creerle. Le vamos a retener mientras comprobamos su coartada. Buscaremos a esa mujer, y cuando no la encontremos, volveremos a vernos y le aseguro que no seré tan amable. Odio que me hagan perder el tiempo.

Vázquez se levantó y abandonó la sala, dejando atrás a un tembloroso Viamonte incapaz de contener el llanto que zarandeaba su cuerpo cada vez con más intensidad. Buscó a Helen y repasó sus notas.

—Será sencillo comprobar si se acercó al albergue esa tarde, pero dudo mucho que encontremos a la prostituta que supuestamente le socorrió. Ni siquiera nos ha dado una descripción aproximada.

—Lo intentaremos —indicó Vázquez—, que un par de agentes den una vuelta por la zona y hablen con las que encuentren, aunque no creo que esa mujer, si es que realmente existe, quiera hablar con nosotros.

—La mayor parte de las mujeres que hacen la calle por allí son inmigrantes ilegales, africanas en una acera y rumanas y búlgaras en la de enfrente, muy bien escoltadas siempre por sus chulos, que las vigilan de cerca. Aunque sea cierto, ninguna se va a ofrecer a declarar a favor de un vagabundo, arriesgándose a que seguidamente le abran un expediente de extradición.

Vázquez no podía sino asentir ante las palabras de Helen. Un fuerte golpe procedente del interior de la sala de interrogatorios interrumpió el hilo de la conversación. Dentro, encontraron a Lucas Viamonte en el suelo, cubierto de vómito y convulsionándose con rápidas y breves sacudidas, como si una corriente eléctrica le atravesara de lado a lado. El joven abogado asistía atónito a la escena, con la espalda pegada a la pared para no ensuciarse el traje y sin intentar siquiera socorrer a su cliente. David y Helen se pusieron uno a cada lado del hombre, girándole la cabeza para evitar que se ahogara con su propio vómito, y retiraron la silla para que no se golpeara con ella. Esperaron a que las sacudidas disminuyeran, controlando suavemente sus movimientos pero sin retenerle por completo. Una ambulancia lo recogió quince minutos más tarde. Uno de los sanitarios le introdujo un tubo en la garganta mientras el otro le clavaba una aguja en el brazo. Instantes después, una bolsa con suero hidrataba el maltrecho cuerpo de Viamonte, que había perdido el conocimiento.

—Está mal decirlo —comentó Helen en voz baja cuando la ambulancia se marchó con Viamonte a bordo—, pero esto nos da un poco más de tiempo para atar los cabos que quedan sueltos y empapelar al hermano.

—Sin arma ni confesión no lo vamos a tener tan fácil. —Vázquez observaba la luz giratoria de la ambulancia, que se perdía poco a poco entre el tráfico—. Necesitamos los resultados del laboratorio. Si encontramos restos de sangre, pelo o piel del fallecido en la ropa, o pólvora en sus manos, lo tenemos.

—¿Y mientras?

—Conoceremos un poco mejor a Jorge Viamonte. Tenemos que descartar una vida secreta, amantes, vicios peligrosos… Vamos a hablar con su asistente en el banco. Si hay algo de eso, él lo sabrá. Indagaremos entre sus amistades. Comprueba las aficiones de su círculo más íntimo y si sale algo extraño, veremos si Viamonte jugaba en la misma liga. Necesitamos comprobar sus cuentas y cotejar todos sus pagos. Pon a un par de agentes con eso. Le pediré al comisario que contacte con el Juzgado y que nos agilice los permisos. Todo es urgente.

11

La sede del Banco Hispano-Francés bullía de actividad. Tobías Meyer, uno de los dos vicepresidentes, le había encargado la tarea de organizar el funeral de Jorge Viamonte. Creía que, como su asistente personal, Alberto Armenteros conocería sus gustos y preferencias en cuanto a música o lecturas se refiere. Elaboró una lista de personalidades que no podían faltar al homenaje y estableció el lugar que ocuparían en los bancos de la catedral de Pamplona. El arzobispo oficiaría la misa y el Orfeón Pamplonés interpretaría varias piezas de su repertorio clásico en memoria del difunto. Hablar con Sandra Zabala había sido una auténtica pesadilla. Con el dolor a flor de piel, Sandra fue incapaz de hilvanar dos frases seguidas sin romper a llorar. Alberto estaba seguro de que para ella fue una suerte que se ofreciera a organizarlo todo en nombre de la familia, así que, comprometiéndose a consultarle todos los detalles antes de confirmarlos, se despidió con un sentimiento de alivio que le hizo sentirse culpable.

La policía acudiría a las nueve de la mañana. Después tendría que ultimar los detalles del funeral, que se celebraría a las seis de esa tarde. Un gabinete especial, formado por diez socios de la máxima confianza de los vicepresidentes, se habían encargado de organizar todo lo relacionado con la llegada de las personalidades y su estancia en la ciudad. Al menos se había librado de convertirse en el acompañante de algún jefazo.

El cuerpo de Viamonte no estaría presente durante la ceremonia. El Instituto Anatómico Forense todavía no había concluido su estudio, así que la familia tendría que esperar un poco más antes de enterrarlo, lo que harían, afortunadamente, en la intimidad.

Como cada día, Armenteros fue uno de los primeros en llegar al trabajo. Cumplió con su rutina a rajatabla. Se tomó el café, leyó la prensa, revisó el correo electrónico, contestó a los últimos mensajes de pésame recibidos y, sin pensarlo, preparó un expreso muy cargado para el presidente. Le pareció ridículo verse con el café humeante en la mano. Una de las administrativas le sorprendió parado en mitad del pasillo, con la blanca taza enfriándose entre sus dedos.

—¿Estás bien? Parece que no has dormido demasiado... —La mujer lo miró con interés, aunque no detuvo su camino.

—Estoy bien, gracias. Demasiadas cosas en la cabeza, ya sabes...

Ella sonrió sin ganas y se perdió por el pasillo. Se dirigió de vuelta a su despacho, con el café todavía en la mano, y cerró la puerta a su espalda. No sabría decir cuánto tiempo había pasado hasta que unos golpes le devolvieron a la realidad. La puerta se abrió lentamente y la secretaria de recepción le anunció que tenía visita. David Vázquez y Mario Torres entraron en cuanto la mujer se hizo a un lado, ocupando con sus cuerpos el estrecho espacio de su despacho. Alberto se levantó y los invitó a sentarse en las sillas, al otro lado de su mesa. Sintió la mirada de los policías sobre su cuerpo, analizando su lenguaje corporal. Se esforzó por parecer relajado, estiró las piernas, abrió las palmas de las manos y sonrió, mirándolos a los ojos.

—Estoy a su disposición, señores.

—Muchas gracias, su colaboración nos será de mucha utilidad.

—Creía que ya se habían llevado toda la documentación que necesitan del despacho del señor Viamonte —dijo Alberto, manteniendo la sonrisa.

—En una investigación —respondió el inspector Vázquez— las necesidades cambian según se avanza. Surgen preguntas que necesitan respuesta, y creemos que algunas pueden estar aquí.

—¿Aquí? —inquirió Alberto abriendo los brazos para abarcar su despacho.

—En el banco, por supuesto. Siendo más concretos, en sus propios archivos, señor Armenteros.

—Si no son más concretos...

—Verá —continuó Vázquez—, seguimos necesitando conocer a los clientes con los que el señor Viamonte trataba directamente, sin intermediarios, y el tipo de negocios que mantenía con ellos. No hemos tenido noticias suyas al respecto.

—Les repito lo mismo que les dije el otro día. Eso es imposible. Podrían meterme en la cárcel si les desvelara esos datos sin una orden judicial. E incluso en ese caso, yo no tengo autorización para hacerlo. Tendrán que hablar con los vicepresidentes, el señor Meyer y el señor Rosales. Ellos se encargan ahora de todo.

—No tenemos una orden judicial para esa documentación —reconoció Vázquez—, pero sí una que nos permite acceder a las cuentas privadas de Jorge Viamonte.

—Eso es una irregularidad... ¿No sería mejor que hablaran con la familia? Su esposa podrá contarles dónde y en qué se gastaba su marido el dinero.

—¿De verdad cree que su esposa conocía las transacciones y las operaciones financieras de su marido? Ella misma nos dijo que casi nunca hablaban de trabajo, que a su marido no le gustaba abrumarla con cosas del banco. Lo que queremos saber —continuó David— es si Jorge Viamonte se gastaba el dinero en lugares poco recomendables, si realizó inversiones arriesgadas, si perdió o ganó mucho dinero inesperadamente o si efectuaba pagos mensuales importantes con destino desconocido. Si tenía hábitos, digamos, poco saludables, podría haberse creado algún enemigo. Queremos ver si hay operaciones financieras sin justificar, destinatarios dudosos, facturas extrañas... Todo eso puede ayudarnos a resolver el caso.

—Perderán el tiempo. —La voz de Armenteros volvió a sonar alta y tajante—. Les aseguro que el señor Viamonte llevaba una vida totalmente respetable. ¿Insinúa que se iba de putas, que tenía una querida, que consumía drogas o que se jugaba sus bienes al póquer? —Los policías no contestaron—. ¡En absoluto! Conocía al señor Viamonte desde hace muchos años y les garantizo que nunca ha tenido una conducta indecorosa. Era uno de los pocos hombres honrados que quedan en este país, y no creo que deban poner su buen nombre en tela de juicio.

—No tenemos ninguna intención de hacer públicas sus cuentas, pero esta orden nos da acceso a toda la información.

Alberto barajó sus posibilidades durante unos instantes. Después se levantó, se estiró la chaqueta y salió de detrás de su mesa.

—Tengo que hablar con el vicepresidente. Él tiene que saberlo. Después, estaré de nuevo a su disposición.

Abandonó el despacho sin decir ni una palabra más, dejando a los dos policías escudriñando la ascética decoración de la estrecha habitación.

Armenteros tardó más de quince minutos en regresar. Cuando lo hizo, su semblante había cambiado. Estaba serio, con un marcado rictus de desagrado alrededor de los labios y las cejas dibujadas una curva enojada.

—Nadie entiende por qué necesitan las cuentas personales del señor Viamonte. Les repito que era un hombre intachable. Sin embargo, el señor Meyer ha consultado con nuestros abogados y éstos confirman que no tenemos más remedio que cooperar, pero tendrán que tener un poco de paciencia. La documentación que solicitan es demasiado extensa.

—Esperaremos. —Los dos policías recuperaron su posición en sus sillas, uno junto al otro y ambos frente al asiento vacío de Armenteros, que volvió a salir del despacho sacudiendo la puerta contra el marco con todas sus fuerzas. Los suaves golpes que sonaron después casi parecían el eco del portazo. Cuando apareció en el umbral el rostro de la recepcionista, Vázquez y Torres se levantaron al unísono.

—Si me acompañan —dijo la mujer—, al señor Meyer le gustaría charlar con ustedes unos minutos, mientras les preparan la documentación que han solicitado.

La siguieron por el luminoso y alfombrado pasillo hasta el amplio despacho en el que los esperaba Tobías Meyer, vicepresidente primero del banco y, casi con toda probabilidad, si se cumplían los rumores que ya se habían filtrado a la prensa, nuevo presidente de la entidad en cuanto el cadáver de Viamonte se enfriara convenientemente.

Al contrario de lo que solía suceder en los despachos de los grandes ejecutivos, en éste ningún ventanal ofrecía impresionantes vistas de la ciudad. Unas ventanas discretas, cubiertas con estores de color marfil, filtraban la luz del sol que ese día se había dignado a iluminar la ciudad. Una enorme mesa de madera maciza, pulida y brillante, un sillón de piel con un amplio respaldo, una suave alfombra en tonos granates y marrones... Todo clásico y predecible hasta que la vista alcanzaba una de las paredes. Frente a las ventanas, recibiendo el impacto directo del sol, un enorme mural pintado a mano sobre la pared recreaba una escena circense en la que dos trapecistas volaban sobre una multitud que los contemplaba con la cabeza vuelta hacia arriba y la boca abierta. Los acróbatas vestían mallas blancas y unas ceñidas camisetas rojas, tan brillantes que parecían cubiertas de lentejuelas. Uno de los trapecistas colgaba indolente de la barra, sujetando la cuerda con una mano, mientras observaba al segundo acróbata, que pendía boca abajo unos metros más allá, con las piernas flexionadas sobre la barra y los brazos estirados hacia su compañero. Daba la sensación de que estaban preparando un salto, uno muy peligroso, a juzgar por la cara de pasmo con la que los miraba buena parte del público. Al fondo del cuadro, tras el telón entreabierto, una mujer cubierta de lentejuelas los observaba con atención. Casi se podía sentir la angustia de la joven, consciente de que el número se ejecutaba sin red.

El mural estaba tan fuera de lugar que Vázquez y Torres no pudieron evitar estudiarlo sin disimulo y, después, mirar al propietario del despacho, un hombre alto y delgado, con el abundante cabello gris peinado hacia atrás y sujeto con una considerable cantidad de gomina, que a todas luces estaba disfrutando con el desconcierto de sus invitados. Sonrió ampliamente y dio dos pasos en su dirección.

—En la antigua Grecia —dijo—, a los bancos se les llamaba *Trapeza*, y a los banqueros, *Trapezistas*. No creo que haya una mejor definición de lo que somos y de lo que hacemos. Acróbatas colgados de una cuerda, dando bandazos de un lado al otro del circo, intentando asombrar al público con nuestros números y procurando no caernos, porque, como los de la pintura, nosotros siempre actuamos sin red.

—No entiendo entonces por qué ahora se les llama bancos, no veo la derivación lingüística por ningún sitio. —Vázquez estaba realmente fascinado por ese hombre, tan alejado del estereotipo de financiero al que estaban acostumbrados.

—Los primeros bancos modernos aparecieron en Italia, como no podía ser de otra manera, en el siglo quince. Italia era la residencia de reyes y papas, que eran quienes manejaban todas las riquezas de Europa. La palabra «banco» deriva del escritorio que utilizaban los usureros judíos de Florencia para realizar sus transacciones. Solían cubrir el banco con un tapete verde, y sobre él, con una discreción digna de admirar, prestaban dinero a monarcas, obispos y artesanos. Eso sí —añadió con una sonrisa—, el interés aplicado al préstamo podía ser del veinticinco por ciento, o incluso más.

—El mural entonces no parece tan fuera de lugar —dijo Vázquez.

—No lo está, y tampoco habría sido descabellado ilustrar esa pared con una feria de ganado medieval, ya sabe, una plaza embarrada en la que las ovejas, los caballos y las vacas compartieran espacio con artistas callejeros, caballeros con armadura y vendedores de verduras. De hecho, esas ferias son la cuna de los cheques y el cambio de divisas —señaló a Vázquez con una mano, asegurándose de que seguía su discurso—; las monedas de esa época pesaban muchísimo, viajar con ellas suponía un enorme esfuerzo, además de una tentación para los ladrones, así que los banqueros medievales extendían documentos por el valor de las monedas que les entregaban y estos pagarés podían ser cobrados en otras ciudades, incluso en otros países. De ahí lo del cambio de divisas. Y, una vez más, el banquero se quedaba con una porción del dinero a modo de comisión.

—La banca siempre gana —concluyó Vázquez.

—No tanto como todo el mundo cree. —Meyer estrechó la mano de los dos policías y les invitó a sentarse en uno de los sofás. Él se acomodó en una estrecha butaca, lo que le hacía parecer más corpulento—. Nuestras ganancias no tienen nada que ver con las de los usureros judíos, ni siquiera con lo que se cobraba por cualquier operación a mediados del siglo veinte. Fue entonces cuando se reguló la actividad de las entidades financieras y se establecieron tipos máximos de interés. La competencia hizo lo demás. Cuando Europa nos acogió en su seno, se abrió la puerta a la llegada de nuevas fórmulas de ahorro y de crédito, y nuestros conciudadanos no dudaron en buscar la mejor opción. Este banco, sin ir más lejos, es fruto de una afortunada cabriola, la que unió a mediados del siglo pasado a dos pequeños bancos, uno navarro y otro de la región francesa de Aquitania, que decidieron unir sus fuerzas para tener más posibilidades de competir en la boyante Europa. Desde entonces su crecimiento ha sido constante, aunque la sede principal, a pesar de estar presentes en todo el mundo, siempre ha estado en Pamplona. Pero, por favor —exclamó con un gesto un tanto teatral—, no dejen que les distraiga de su cometido. Les trae hasta aquí una investigación policial y yo les entretengo con lecciones de historia y charlatanería barata. Lo lamento, créanme. Estoy a su disposición. —Una inclinación de cabeza acompañó sus últimas palabras. En opinión de Torres, aquel hombre se había tomado demasiado en serio su papel de trapecista.

—Supongo que habrá leído la orden judicial que nos permite acceder a las cuentas del señor Viamonte. Es importante y urgente que tengamos acceso a esos datos.

—Los tendrán enseguida, inspector, nuestros empleados son realmente eficaces. De otro modo no trabajarían en la entidad.

—¿Conocía usted al señor Viamonte? Fuera del banco, me refiero.

—Claro. Éramos amigos desde la época de la universidad. No es que fuéramos inseparables, pero sí buenos camaradas. Soy el padrino de uno de sus hijos, y él lo era de mi hija pequeña.

—¿Qué puede decirme de sus aficiones personales? —Mientras Vázquez hablaba, Torres sacó un cuaderno del bolsillo y comenzó a tomar notas.

—Jorge era un gran amante del deporte, jugábamos juntos al pádel siempre que podíamos y le gustaba salir a correr los fines de semana. Entre semana tenía que conformarse con visitar el gimnasio del club. También era un excelente jugador de golf. Era socio del Club Zuasti y me consta que en las estanterías de su casa hay más de un trofeo.

—¿Le describiría como un hombre especialmente competitivo?

—Si lo que me pregunta es si era un jugador agresivo, la respuesta es no. Jorge destacaba por su absoluto respeto por las normas, tanto en el juego como en la vida. Estaba convencido de que las reglas y las leyes eran la base de la civilización y que, nos gustaran o no, había que cumplirlas para que la sociedad sobreviviera y avanzara.

—Un ciudadano modelo. —Intentó maquillar la ironía de sus palabras, pero no pudo evitar que su comentario resultara sarcástico. La obligación moral de las personas de hablar bien de los muertos entorpecía la investigación en demasiadas ocasiones. ¿Qué importancia tenía decir que el fallecido era un cabrón, si es que lo era? Al fin y al cabo, él ya no podía oírle…

—Lo ha dicho usted —respondió Meyer con una media sonrisa dibujada en la cara, como si compartiera su opinión sobre la buena educación—, pero no podría estar más de acuerdo.

—La experiencia me ha demostrado que nadie es tan perfecto. Todos tenemos un punto débil, un agujero por el que se escapa nuestra integridad.

—Bueno, Jorge tenía su trabajo. —Meyer comprobó que contaba con la atención de sus interlocutores antes de continuar—:

El hecho de trabajar en el mundo financiero es suficiente para cubrir todo el cupo de indignidades de una persona, créame. Ves las redes que tejen las arañas y, en función de cuál sea tu puesto en el escalafón, incluso aportas tu granito de arena para que la red sea más tupida y resistente. Jorge hizo grandes aportaciones a este banco, planes y acciones que convirtieron al Hispano-Francés en una entidad a tener en cuenta a nivel europeo, ideas que, en ocasiones, dejaron alguna mosca muerta por el camino. Nada importante, pero cuando vives en un mundo en el que impera la ley del más fuerte, estás obligado a afilarte las garras para sobrevivir.

—¿Diría que las del señor Viamonte eran especialmente afiladas?

—¡Oh, sin duda! Eso sí, insisto, siempre cumpliendo escrupulosamente las normas. Estoy seguro de que Jorge ni siquiera se acercó una vez en su vida a la delgada línea que separa lo legal de lo ilegal, se mantuvo siempre a una distancia prudencial. Y eso a veces también molesta, porque ¿qué más quiere el tramposo que esconderse entre la multitud?

—¿Está usted insinuando que tenía enemigos tanto a un lado como a otro de la ley?

—Yo no utilizaría la palabra «enemigo», inspector. Más bien, amigos incómodos. O irritados por la actitud de Jorge, pero al final, si querían jugar con nosotros, no tenían más remedio que aceptar las reglas.

—¿Nadie capaz de hacerle daño? ¿Nadie que imagine empuñando un arma en un acceso de furia?

—Si hubiera alguien así, tengan por seguro que yo mismo habría acudido a la policía. Una cosa es salvaguardar las finanzas de nuestros clientes y otra muy distinta ocultar a un criminal. Las escasas ocasiones en las que nos hemos percatado de que uno de nuestros clientes estaba cometiendo algún tipo de ilegalidad utilizando nuestras cuentas como medio o tapadera, le hemos invitado a abandonar inmediatamente la entidad. Somos honrados, inspector, aunque esa palabra no suela casar muy bien con el término «banquero».

Unos suaves golpes en la puerta interrumpieron la conversación. Alberto Armenteros apareció en el umbral con un pequeño pendrive en la mano. Saludó con una inclinación de cabeza a su superior y dirigió sus pasos hacia David Vázquez.

—Lamento mucho la tardanza, inspectores —dijo, extendiendo la mano con el pendrive. Su actitud volvía a ser amable y servicial—. Aquí está todo lo que solicitaban en su orden judicial. Estamos a su disposición para cualquier explicación que necesiten.

—Gracias. Nuestros técnicos revisarán la información y se pondrán en contacto con ustedes si lo consideran necesario. —Los dos policías se pusieron en pie, preparándose para marcharse.

En el coche, camino de comisaría, Vázquez contemplaba el pequeño pendrive.

—Esa gente es muy rara. —El comentario de Torres interrumpió el hilo de sus pensamientos—. No me puedo ni imaginar los chanchullos que pasarán cada día por sus manos.

—Esa gente hace rodar el mundo, Mario, y más nos vale que la rueda esté engrasada, porque cuando cruje, siempre lo hace sobre las mismas espaldas.

Sostuvo el pendrive ante sus ojos. Imaginó un sinfín de números bailando en su interior, la vida entera de una persona resumida en unas cuantas entradas bancarias. Los estudios, el trabajo, el amor, una boda o un divorcio, los hijos, el coche nuevo, un accidente en bicicleta, la muerte del padre, un viaje… Todo lo que ocurre en la vida puede deducirse estudiando las cuentas de una persona. Todo es dinero, para lo bueno y para lo malo, dinero que llega y se va, dinero imaginario, sólo números sobre un papel. Y el dinero, todo el mundo lo sabe, pertenece a los bancos.

Dejó de divagar cuando Torres frenó bruscamente en el garaje de la comisaría.

—Deberías ser un poco más suave cuando frenas, me vas a provocar un esguince cervical —le recriminó Vázquez.

—Me cuesta hacerme con estos frenos —reconoció Torres—.

De todas formas, eres un poco exagerado. Si en lugar de quedarte ahí medio pasmado con la mente en blanco estuvieras a lo que tienes que estar, te habrías preparado para la frenada.

Vázquez se limitó a gruñir y bajar del coche. Entregó el pendrive al experto en delitos financieros, insistiéndole repetidamente en la importancia de contar con los resultados cuanto antes, y se dirigió a su despacho. No quería marcharse sin tener noticias de Lucas Viamonte. Desde que la ambulancia lo trasladara al hospital no había vuelto a saber nada de su principal sospechoso. Telefoneó a Helen Ruiz y le pidió el último parte.

—Los médicos están asombrados de que siga vivo con todo lo que tiene encima —le informó la agente—. Para empezar, lo han sedado para evitar que el síndrome de abstinencia alcohólico le colapse el cerebro, pero además tiene tocados el hígado, los pulmones, el sistema circulatorio y el corazón, que tampoco está para muchas alegrías. Vamos, que de seguir así nos lo habríamos encontrado en una cuneta cualquier mañana.

—¿Corre peligro su vida? —preguntó Vázquez.

—No de momento, aunque no descartan que surjan complicaciones. Le van a mantener sedado al menos hasta mañana por la tarde, cuando calculan que su organismo se habrá deshecho de buena parte de las toxinas, aunque el resto no será nada agradable.

—Me lo imagino. ¿Dijo algo por el camino?

—Nada, jefe. Los pocos instantes en los que recobraba la consciencia parecía a punto de echarse a llorar. Me da mucha lástima, la verdad. Una vida tan dura…

—Eres una blanda, Helen. Este hombre lo tenía todo al alcance de la mano y prefirió bebérselo.

—No todos son tan fuertes como tú —contestó la agente—, hay personas que no saben gestionar sus sentimientos y acaban buscando respuestas en una botella. Imagino que no tenía que ser fácil ser hermano de Jorge Viamonte.

—Claro, es más fácil ser un borracho tirado en un parque.

—David no quiso ser cruel, pero Helen captó el tono de las palabras de su jefe y prefirió dejarlo correr.

—El agente de guardia nos avisará si hay novedades.

—De acuerdo, llámame si ocurre cualquier cosa.

Cerrada esa conversación, telefoneó inmediatamente al laboratorio. Los agentes que recibieron la ropa y las muestras de Lucas Viamonte habían terminado su turno, y quien le atendió no pudo contarle nada significativo.

No se entretuvo en abrigarse antes de salir a la calle. Tenía el coche aparcado en la acera de la comisaría y apenas tardaría unos segundos en sentarse tras el volante. Después, veinte minutos para dejar atrás la ciudad, bajar la larga cuesta hasta la zona universitaria y alcanzar las primeras viviendas de Zizur. Sobrepasó los altos edificios para adentrarse en las calles más estrechas, con casas unifamiliares a ambos lados y cuidados jardines en la parte trasera. A veces, por la mañana, cuando amanecía abrazado a Irene, se preguntaba si el sentimiento de felicidad que le embargaba le acompañaría para siempre o si se iría diluyendo con el tiempo. Alejaba ese pensamiento con un leve beso sobre la piel de la mujer. Sonreiré mientras dure, pensaba siempre, igual que en ese momento, mientras conducía despacio entre el tráfico. Y después…, quién sabe después.

No habían pasado ni cinco minutos desde que los policías abandonaron el edificio del banco cuando la puerta del despacho de Tobías Meyer se abrió sin previo aviso. Un hombre entrado en años y sobrado de peso cruzó el umbral y se plantó en dos zancadas ante el escritorio del vicepresidente, que observó su avance por encima de sus gafas de lectura.

—Rosales, pasa —dijo Meyer—, como si estuvieras en tu casa.

—Te has reunido con la policía —escupió el recién llegado sin molestarse en saludar.

—Sí.

—Y no me has avisado.

—No.

Meyer parecía divertido con la situación. Cuanto más se ampliaba la sonrisa socarrona del primero, más crecía el enfado del segundo, plantado ante la mesa con las piernas separadas y los brazos en jarras. Llevaba la chaqueta abierta, dejando a la vista los cercos de sudor en las axilas.

—Te recuerdo que yo soy tan vicepresidente como tú y tengo derecho a estar presente en todas las reuniones en las que se traten asuntos relacionados con el banco, al menos hasta que el Consejo nombre un nuevo presidente.

—Ignacio, por favor. —La paciencia de Meyer estaba llegando al límite—. La policía me ha preguntado por mi relación personal con Jorge, y recalco lo de personal. Nada que ver con el banco. Nunca se me ocurriría puentear el futuro presidente.

A Rosales no se le escapó el tono irónico de Meyer, que seguía sonriendo desde su sillón. Apoyó las manos en el escritorio e inclinó el cuerpo hacia delante, acercando su cabeza a la de Meyer, que tuvo que hacer un esfuerzo para no echarse hacia atrás.

—¿Acaso crees que no conozco tus sucios trapicheos para hacerte con el control del banco? ¿Piensas que no me entero de las charlas que mantienes a mis espaldas con los miembros del Consejo, de cómo les lames el culo para que no se olviden de tu nombre a la hora de designar al sucesor de Viamonte?

Meyer no contestó. Se limitó a quitarse despacio las gafas y a guardarlas parsimoniosamente en su estuche. Después, levantó la vista hasta el iracundo rostro del vicepresidente segundo de la entidad.

—Si lo que te preocupa es ofrecer a la policía tu versión de los hechos, no te preocupes, me han dicho que volverán para hablar con todos los empleados. Pero si lo que temes es no alcanzar el puesto por el que llevas tanto tiempo pujando, ahí no puedo ayudarte. Ni siquiera han enterrado a Jorge y ya estás postulándote como su sustituto. No me extrañaría que hubieras decidido acortar los plazos de espera.

El rubor que teñía la cara de Rosales desapareció en un instante, mudando su rostro hasta convertirlo en una máscara pálida. Se separó despacio de la mesa y se abotonó la chaqueta sin dejar de mirar a Meyer. Finalmente, se atusó el pelo y se dirigió a la salida. Con el pomo en la mano, se volvió para lanzar una última advertencia:

—No vuelvas a ningunearme —dijo casi en un susurro—. Jamás en tu vida hagas nada a mis espaldas. No sabes con quién te la estás jugando.

Salió del despacho dejando la puerta abierta a su espalda. Unos momentos más tarde, Meyer se levantó y la cerró despacio. Volvió después a su escritorio, pero en lugar de sentarse en el sillón, se inclinó sobre la cajonera que tenía a su derecha. Echó un nuevo vistazo a la puerta para cerciorarse de que no había nadie en el umbral y rebuscó en su bolsillo la pequeña llave que abría el último cajón. Desplazó hacia un lado los papeles y carpetas hasta dejar a la vista el tesoro que ocultaba. Ante sus ojos, una pequeña pistola negra, perfectamente cargada y engrasada, lista para ser utilizada. Pasó la yema de los dedos por la fría superficie metálica, pero no la cogió. Sabía que funcionaba a la perfección. Junto a la pistola había una pequeña caja con munición, aunque al cargador sólo le faltaba una bala.

12

La angustia que la atenazaba por dentro apenas la dejaba respirar. Irene llevaba meses caminando al borde del abismo, pero se sentía segura dentro del estrecho sendero trazado con sus mentiras. Incluso disfrutaba del paisaje. Pero ahora, esa mujer estaba a punto de echarlo todo a perder definitivamente. Aunque prometió llamarla al día siguiente, llevaba tres días sin tener noticias suyas. Respiró entrecortadamente, sintiendo el pulso tamborilear contra sus sienes. No ser dueña de su propio destino era algo que no podía soportar ni tolerar. Durante los días transcurridos desde su entrevista en el Café Iruña había pergeñado varios planes para solucionar la situación. Ninguno de ellos incluía explicarle a David lo que estaba ocurriendo. La noche anterior, mientras temblaba de miedo tumbada en la cama, con David plácidamente dormido a su lado, decidió tomar de nuevo las riendas de su vida. No podía continuar corriendo desbocada, sin rumbo fijo, con las manos atadas por la codicia de aquella mujer.

Esa mañana se despertó temprano, aunque no se levantó hasta que David se marchó de casa. Las noches sin dormir estaban dejando unas profundas huellas bajo sus ojos que difícilmente podían ocultarse sin maquillaje. Con el café ya frío sobre la mesa, buscó en la memoria del móvil el teléfono de la enfermera de Ana Martelo. Sofía Los Arcos descolgó el teléfono al segundo tono.

—Sofía, buenos días, soy Irene Ochoa. Espero no molestarla a esta hora tan temprana.

—Irene, qué placer saludarla. Ayer mismo la tenía en mis pensamientos. Me dio mucha pena no poder despedirme de usted como es debido. Ni siquiera recuerdo si le he dado el pésame por el fallecimiento de la señora Martelo. Aunque esperada, su muerte no deja de ser una gran tragedia y una pérdida irreemplazable.

—Se lo agradezco muchísimo, de verdad, y precisamente por eso la llamaba. Me gustaría pasar por casa de mi suegra para recoger un par de cosas que quisiera conservar, fotos y algún libro, y he pensado que, si no tiene nada mejor que hacer, quizá podría acercarse y encontrarnos allí, así nos despedimos como es debido.

—Es una gran idea, Irene, usted siempre tan sensible. Estaré encantada de pasar con usted mi hora del almuerzo. Trabajo en la residencia de ancianos de la Casa de Misericordia, a pocos metros del domicilio de su familia. Si le viene bien, las diez y media sería una hora perfecta para mí.

—Y para mí, Sofía; la esperaré con un café caliente.

—¡No se moleste!

—No es molestia, de verdad. Hasta las diez y media entonces.

Tras cruzar las fórmulas habituales de cortesía para despedirse, Irene se vistió a toda prisa y salió de casa en dirección al centro comercial. Recorrió rápidamente las tiendas hasta encontrar lo que buscaba, un elegante jersey color aguamarina, con escote de pico y manga larga, perfecto para la austera enfermera. Compró un paquete de café, un brik de zumo y una caja con pequeños pastelillos y salió a la calle. Condujo despacio hasta la Vuelta del Castillo y aparcó muy cerca del portal. Pagó en el parquímetro el máximo permitido y subió a casa de los Bilbao. Hacía mucho tiempo que no iba por allí. Cuando Ana murió, acudió directamente al tanatorio y, después, a la iglesia y el cementerio. No sintió la necesidad de visitar su casa. Ahora era una obligación. Abrió la puerta con la llave que todavía conservaba y recorrió las silenciosas habitaciones, incluida la desmantelada sala en la que Ana pasó los últimos meses de su vida. Ya no estaban la cama articulada ni la silla. El armario, abierto de par en par, estaba completamente vacío, al igual que las relucientes estanterías junto a la cama. Allí debió de encontrar Katia el diario con el que ahora la chantajeaba. Nunca imaginó que Marta pusiera por escrito sus pensamientos más íntimos. La frialdad que siempre demostró hacia ella la llevó a pensar que no era capaz de albergar sentimientos merecedores de permanecer en el tiempo, negro sobre blanco en las páginas de un diario. Le sorprendió que su cuñada tuviera vida interior, secretos o anhelos personales. Siempre fue tan altiva y lejana, tan por encima de todo y de todos, que Irene la veía como a una joven con el corazón helado.

A pesar de permanecer deshabitada, la casa estaba reluciente. La asistenta debía de pasarse de vez en cuando, porque no encontró ni una mota de polvo sobre los marcos de las fotos que guardó en una bolsa. No podía olvidar la excusa que había dado para acudir a la casa. Seleccionó cuatro libros que le parecieron apropiados, descolgó un cuadro y sacó de la cómoda de Ana Martelo un pequeño estuche que contenía un precioso juego de tocador labrado en plata. No tenía intención de sacarlo de la casa, pero debía parecer que quería un recuerdo de la que fuera su suegra.

Acababa de poner la cafetera al fuego cuando sonó el timbre de la puerta. Sofía Los Arcos sonreía en el umbral, una sonrisa con la boca cerrada, sin enseñar los dientes ni arrugar los ojos, como se espera de una enfermera profesional, capaz de empatizar con los enfermos pero sin implicarse emocionalmente con ellos. Irene dio un paso adelante y la besó en ambas mejillas, sorprendiendo por un momento a la mujer, que finalmente extendió las manos y se entregó al cálido abrazo de Irene. Charlaron como dos viejas amigas mientras disfrutaban del café y los pasteles. Poco a poco, la conversación fue derivando hacia la propia Irene y las sucesivas desgracias que había vivido en menos de un año.

—Lo que más siento —dijo Irene bajando los ojos— es no haber tenido hijos.

—Los hijos son una bendición, es verdad, pero tú todavía eres muy joven, puedes encontrar a alguien con quien formar una familia.

—Quién sabe… ¿Usted tiene hijos, Sofía?

—Una hija, Katia, y una preciosa nieta. Paso con ella todo el tiempo que puedo, pero nunca me parece suficiente. La voy a buscar al colegio cuando su madre trabaja, aunque desgraciadamente eso no pasa con demasiada frecuencia.

—¿A qué se dedica su hija? —Irene puso todo su empeño en que no le temblara la voz. Miró a Sofía a los ojos y sonrió dulcemente.

—A todo y a nada. Es auxiliar de enfermería, aunque apenas encuentra trabajo de lo suyo. Se dedica sobre todo a limpiezas, va donde la llaman y hace lo que le dicen, pero no suelen ser trabajos muy duraderos. Ahora, por ejemplo, está haciendo una suplencia en una empresa de servicios. Arteta, creo que se llama. La han enviado a limpiar unas oficinas del Gobierno de Navarra en Arrosadía. Se tiene que levantar cada día a las cuatro de la mañana para llegar a las cinco al trabajo. Tanto esfuerzo para sólo un mes de contrato. La enfermera se sirvió una segunda taza de café. No parecía tener prisa por marcharse e Irene se esforzó por parecer tranquila y a gusto en su compañía—. Y además, como no hay autobús desde la Rochapea a esas horas, se ha tenido que comprar una pequeña moto de segunda mano para poder ir a trabajar. No ha conseguido que ninguna compañera pasara a recogerla, así que se tiene que apañar ella sola.

—¡Qué complicado es todo! —suspiró Irene, cómplice de Sofía.

—A mí no me importaría que vinieran los tres a vivir conmigo, yo estoy viuda y mi casa es muy grande, pero entiendo que ellos quieren tener su intimidad, lo respeto y me limito a visitarlos cuando me invitan, a preparar una buena comida familiar los domingos y a cuidar de mi nieta siempre que me lo piden.

—Es usted una gran madre y abuela, Sofía, ojalá un día pudiera yo parecerme a usted.

—¡Oh, vamos! ¡No decaigas! La vida no ha sido justa contigo, pero seguro que pronto te compensará, ¡no lo dudes! Dios aprieta, pero no ahoga.

Continuaron hablando de banalidades durante otra media hora, hasta que Sofía se levantó de un salto y anunció que tenía que marcharse rápidamente al trabajo. Prometieron permanecer en contacto y se despidieron con un breve abrazo y dos nuevos besos en las mejillas.

Irene se entretuvo unos minutos antes de salir. Volvió a colocar en su lugar las cosas que había empaquetado, fregó y lavó las tazas y la cafetera, las guardó en su armario correspondiente y llenó la bolsa de plástico con los restos de los pasteles, la caja de cartón, empapada de nata y mantequilla, y las servilletas de papel que habían utilizado. Cuando comprobó que no quedaba ni un rastro de su paso por allí, apagó todas las luces, cerró la puerta con llave y se marchó. Unos meses atrás, cuando el verano comenzaba a mostrar tímidamente su rostro, también dedicó mucho tiempo a hacer desaparecer sus huellas de la casa de los Bilbao. Entonces dejó tras de sí el cuerpo inerte de la joven Marta y la agónica respiración de Ana Martelo. Recordaba nítidamente la mirada de su cuñada clavada en sus ojos, la ansiedad con que la joven escuchaba sus palabras mientras los barbitúricos comenzaban a ejercer su letal efecto. La vio morir, pero en el fondo de su corazón no estaba segura de haber estado allí en esos momentos. Quizá, en realidad, todo fuera fruto de su imaginación. De cualquier manera, comprendía que lo importante en ese momento, como lo fue entonces, era que nadie conociera sus verdaderas intenciones.

No sería difícil averiguar dónde limpiaba Katia Roldán. En el corazón del barrio de Arrosadía, donde sólo tres décadas atrás todavía crecía el trigo, se habían levantado dos enormes torres cuadradas de trece alturas con las fachadas cubiertas por cristales oscuros que reflejaban el paisaje que las rodeaba, de modo que los edificios parecían transparentes. Se les llamó «inteligentes» porque en su interior se instalaron controles de climatización y servicios telemáticos desconocidos hasta el momento, aunque en la actualidad muchos hogares estaban mejor pertrechados en cuanto a nuevas tecnologías se refiere que los edificios inteligentes del parque Tomás Caballero.

Se acercó a la puerta del primero de los bloques. En el zaguán, se detuvo ante el enorme cartel con la relación de departamentos, secretarías y subsecretarías que albergaba el edificio. Anotó el número de información y salió de nuevo a la calle, en busca de su coche. Cobijada en su interior, sacó el teléfono del bolso y tecleó rápidamente el número que había anotado. Una seca voz femenina le contestó cuando ya estaba a punto de colgar:

—Buenos días. —Al no obtener respuesta, continuó—: Trabajo en el Departamento de Caza, en la tercera planta, pero ahora estoy de baja. —De nuevo silencio al otro lado de la línea. Respiró profundamente y siguió—: El caso es que la semana pasada, el último día que trabajé, olvidé en mi mesa un teléfono móvil. Mi compañera me dice que por allí no está y me sugiere que llame a las señoras de la limpieza, pero no tengo ni idea de qué empresa presta ese servicio.

—Servicios Integrales Arteta. ¿Algo más?

—Nada más, gracias. —Estaba casi segura de que su interlocutora ni siquiera había escuchado su agradecimiento.

Por primera vez en varios días una sonrisa atravesó su cara. En menos de dos horas había averiguado muchos más datos de lo que esperaba sobre Katia Roldán. Ahora sólo tenía que decidir cómo utilizarlos. Comprobó la hora en su reloj. Era casi la una del mediodía. Decidió pasar el resto de la jornada en la oficina y aparentar la máxima normalidad posible. Con los labios todavía curvados hacia arriba, le envió un mensaje a David preguntándole si podía salir a comer. La respuesta no se hizo esperar. Acordaron reunirse en el restaurante Baluarte, sobre el Palacio de Congresos del mismo nombre. Ni el día más gris podía oscurecer las vistas que se disfrutaban a través de sus enormes ventanales.

Se deleitaron con un menú sencillo y se dejaron llevar por la casi enfermiza necesidad de sentir el contacto físico del otro. Durante una hora disfrutaron de la charla intrascendente, del roce de sus manos y de suaves besos en la comisura de los labios. Se despidieron junto al coche de Irene con un último beso, esta vez largo y cargado de promesas. Irene le observó alejarse en dirección a la cercana comisaría. El abrigo azul le enmarcaba los hombros y le abrazaba la cintura para perderse justo encima de las rodillas. Con las manos hundidas en los bolsillos y la cabeza cubierta con un gorro de lana gris, David se volvió en un par de ocasiones para encontrar siempre los ojos oscuros de Irene. Cuando desapareció tras la última esquina, subió al coche y condujo hasta el aparcamiento de la plaza del Castillo. Recorrió a pie las calles del casco viejo sin mirar a su alrededor y subió de dos en dos las escaleras hasta alcanzar su despacho. Una vez frente al ordenador, se dedicó a contestar los correos electrónicos pendientes, revisó los paquetes que iba a presentar a los mayoristas de viajes norteamericanos, comprobó las fechas de sus próximos compromisos y, casi sin darse cuenta, tecleó dos palabras en el buscador de internet: «Katia Roldán». Google tardó 0,30 segundos en ofrecerle más de trescientos mil resultados. En una de las primeras entradas encontró el perfil de Facebook de Katia. Pulsó sobre el enlace y se encontró mirando a una sonriente joven con un bebé de pocos meses en los brazos. No podía acceder a su cuenta sin identificarse, así que se contentó con leer los escuetos datos de la página de presentación. Las diez fotos de la sección biográfica resumían los seis años de vida de su hija, desde una primera instantánea en la habitación de un hospital hasta la imagen en la que entraban de la mano en el patio del colegio. La niña se parecía mucho a la madre. El mismo pelo castaño lacio, los mismos ojos oscuros, los gruesos pómulos y los labios finos que sonreían amigablemente a la cámara. En la foto, la niña abría exageradamente la boca al sonreír, seguramente para mostrar orgullosa los dos huecos dejados por los dientes frontales. Curioseó sus preferencias musicales, sorprendiéndose de que tuviera gustos tan eclécticos como para escuchar el rock de Txarrena y las baladas de Luis Fonsi, pasando por el pop de Lady Gaga. Ninguna reseña en el epígrafe de libros favoritos, y junto al que invita a destacar algún programa de televisión, el logo de los Looney Tunes. No encontró ninguna referencia, fotografía o alusión a su marido. Releyó la escueta información sobre la mujer que la estaba chantajeando y dejó vagar la mente hacia las posibilidades que tenía de salir indemne de aquella situación.

Un escalofrío devolvió su mente a la realidad. Llevaba mucho tiempo sentada y había olvidado encender la calefacción. Comprobó que eran casi las siete de la tarde y decidió regresar a casa. No tenía nada urgente que hacer y sí muchas cosas en las que pensar. Se estaba poniendo el abrigo cuando el móvil lanzó su conocida melodía. La llamada provenía de un número oculto, aunque Irene sabía muy bien quién se escondía detrás. Dejó que la canción avanzara unos segundos más antes de descolgar. Guardó silencio y esperó a que su interlocutor se identificara.

—¿Señora Ochoa? ¿Irene? No creerías que me había olvidado de ti, ¿verdad?

Irene respiró hondo antes de contestar.

—Si te soy sincera, confiaba en que nuestra conversación del otro día fuera una broma de mal gusto.

—¡Oh, no! —contestó Katia al otro lado del teléfono. Se mostraba alegre, casi exultante, demasiado contenta para resultar natural, a no ser que estuviera bajo los efectos de algún fármaco— . No es ninguna broma. Creía que teníamos un trato cerrado, sólo llamaba para confirmar el día y la hora.

—¿De verdad crees que puedes hacerme daño con el diario de Marta? Era mi cuñada, nos teníamos afecto, nos llevábamos bien, no puede haber nada en esas páginas que deba preocuparme. Es más, te exijo que me lo devuelvas inmediatamente, si no quieres que acuda a la policía y te denuncie por robo.

—No creo que te atrevas. —El tono de su voz cambió radicalmente— . Si me denuncias, la gente hablará mucho de ti en los próximos días, seguro que la policía se interesará tarde o temprano. Son treinta mil, guapa, y los quiero ya. No volveré a ser amable.

—Si tuviera intención de darte dinero, desde luego que no sería una cantidad tan desorbitada —estaba quemando su último cartucho. Si la joven no reculaba ahora, no habría marcha atrás.

—He dicho treinta mil. Me los darás mañana. Te lo voy a poner fácil. Nos veremos a las doce de la noche en el parque de la Media Luna. Me gusta esa zona, es tranquila y allí cada uno va a lo suyo. —Estaba claro que no pensaba dar su brazo a torcer.

Irene pensó en la posibilidad de que Marta escribiera en su

diario algo realmente comprometedor y recordó los extractos que había leído. Aunque no la acusara directamente, sus palabras habían puesto a Katia sobre su pista, de modo que también podían hacerlo con el inspector Redondo. El policía estuvo semanas merodeando a su alrededor, hasta que finalmente se dio por vencido, como estaba a punto de hacer ella.

—Mañana es imposible. Si no reduces la cantidad, necesito al menos tres días para reunir el dinero.

Katia permaneció en silencio unos instantes, meditando su respuesta.

—Dos días, ni uno más. Te espero el viernes a medianoche junto al estanque central del parque, detrás del bar. No falles, no llegues tarde y que no falte ni un euro, ¿entendido?

—No me amenaces —respondió Irene con voz áspera—, tú también tienes mucho que perder si juegas conmigo. Quiero el diario íntegro, sin que falte ni una página. Y si en el futuro se te ocurre volver a ponerte en contacto conmigo, te juro que no seré tan educada.

—Imagino que puedes ser muy desagradable —contestó Katia—, las palabras de tu cuñadita no dejan lugar a dudas de lo que escondes detrás de esa cara de buena chica que no ha roto un plato en su vida. Eres una víbora, guapa.

Irene no se molestó en contestar. Cortó la comunicación y volvió a sentarse en la silla frente al ordenador. Ya no tenía frío. Al contrario, sentía que la cabeza le ardía, provocando que gruesas gotas de sudor se deslizaran por sus sienes. Respiró hondo para intentar calmarse. Cerró los ojos y se esforzó en visualizar algo agradable. La sonrisa de David apareció en su mente con tal claridad que estaba segura de haber fruncido los labios para recibir su beso. Respiró una decena de veces más y abrió los ojos. Sabía perfectamente qué tenía que hacer.

Condujo hasta Zizur con la radio a todo volumen, anulando cualquier posibilidad de pensamiento racional. El locutor de la emisora le regaló un potente tema de ZZ Top que consiguió que su corazón latiera al ritmo de la guitarra de Billy Gibbons.

La luz de las farolas apenas arañaba la oscuridad de una noche tan fría que ni siquiera la luna se había atrevido a salir. La densa niebla desdibujaba los contornos de los viandantes. Una mujer paseando a su perro, un corredor con un gorro negro calado hasta los ojos, un solitario adolescente con las manos hundidas en los bolsillos y la espalda curvada bajo el peso de su mochila... Pero el ánimo de Irene brillaba con luz propia. Tomada la decisión, sólo podía avanzar, no quedaba ningún resquicio para la duda o el miedo. Se dispuso a dar un paso más en el arduo camino que inició cuando prendió la colcha sobre la que dormía su marido.

Se alegró de encontrar la casa a oscuras. Necesitaba un poco de tiempo para serenarse y que David no percibiera nada extraño en ella. Una ducha caliente la ayudó a tonificar sus agarrotados músculos y a eliminar el sudor que todavía permanecía pegado a su piel. Preparaba la cena cuando las luces del coche de David atravesaron las ventanas de la cocina. Poco después, su sonrisa cruzaba la puerta.

—¡Huele de maravilla! —exclamó. En dos zancadas eliminó la distancia que le separaba de Irene, que se dejó abrazar alzando las manos para no ensuciarle la ropa.

—Mi madre decía que si huele bien, mejor sabrá.

—Eso espero, tengo un hambre atroz. No he comido nada desde que nos hemos visto este mediodía, ni un mísero bocadillo a media tarde, y creo que se me ha hecho un agujero en el estómago.

—Lo que me quieres decir es que no importa si mi comida está buena o mala, lo importante es que te rellene la tripa.

Irene lo miró con cara de enfado mal simulado. David la abrazó de nuevo y la besó en la oreja, llenándole la cabeza con el eco de sus labios.

—Te quiero tanto que me comería con los ojos cerrados cualquier cosa que me ofrecieses —contestó con la boca llena de pan—, pero lo cierto es que realmente huele de maravilla. Te veo contenta, más alegre que esta mañana. ¿Has tenido un buen día?

—Más bien diría que interesante. Tengo varios frentes abiertos y espero cerrarlos pronto con éxito.

—Estoy seguro de que así será. Cada día demuestras lo buena que eres en tu trabajo.

—¿Sólo en mi trabajo? —Irene le ofreció una sonrisa juguetona.

—Si no tuviera tanta hambre te haría el amor sobre la encimera de la cocina. —David se detuvo en su tarea de poner la mesa para mirarla fijamente.

—Ya veo —continuó ella—. Prefieres unos tallarines con almejas antes que a mí. Seis meses de convivencia y ya nos ha alcanzado la rutina… —El falso lamento de su voz arrancó una carcajada a David.

—Nunca me aburriré de ti, sobre todo si sigues cocinando así.

Dejó los platos sobre la mesa y la abrazó con fuerza, alcanzándola con un beso insistente que no terminó hasta que la boca de Irene se rindió ante los avances de su lengua.

—Tengo hambre —susurró sobre sus labios.

Irene le pellizcó en el costado, rompiendo el abrazo, y le empujó hacia la silla. Compartieron el plato de tallarines y el vino blanco. Una vez más, su amigo Iñaki Lezaun se había preocupado de aprovisionar convenientemente su pequeña bodega con buen vino de Olite. El postre se quedó sobre la mesa. Subieron apresuradamente las escaleras y se desnudaron a los pies de la cama, mirándose fijamente el uno al otro, observándose en la penumbra de la habitación, palpando los rincones que la vista no podía distinguir. A oscuras, las manos se convirtieron en ojos y los ojos, en la puerta de la imaginación. Mientras se acariciaban, Irene pudo verse feliz junto a David, compartiendo mil noches como aquélla, sin nada que temer, sin nadie acechando en la oscuridad. Al cerrar los ojos sólo quedaba espacio para las sensaciones. Hicieron el amor rodeados de oscuridad, buscándose a tientas, olfateándose, saboreando cada centímetro de la piel del otro, escuchando los gemidos de placer que surgían de sus gargantas.

Durmieron desnudos, abrazados bajo el grueso edredón. Fue una noche serena, sin pesadillas. Por primera vez en varios días, Irene durmió sin sobresaltos, mecida por la respiración cadenciosa de David.

Amaneció despacio, como si el sol no se decidiese a salir. Cuando David bajó a la cocina encontró a Irene con la mirada perdida en el escaso horizonte que le ofrecía la ventana, asiendo la taza de café con las dos manos.

—Buenos días —susurró para no sobresaltarla. Irene volvió la cara y le regaló una sonrisa. Se levantó y le besó en los labios. Sabía a azúcar y café.

—Buenos días —respondió—. Te he guardado café caliente. ¿Te apetecen unas tostadas?

—No tengo tiempo. Comeré algo en comisaría. Nos han puesto una máquina nueva con unos sándwiches bastante decentes. Lo que no pienso volver a probar es el café, me produce acidez de estómago. —Aceptó la taza que le tendía Irene y se deleitó con el aroma que inundó sus pituitarias. No había nada que le gustara más que un buen café recién hecho.

—Voy a estar en mi despacho toda la mañana; si estás desesperado, puedes venir a compartir mi cafeína.

David sonrió al escuchar la propuesta.

—¿De verdad crees que sería capaz de regresar al trabajo después de verte? —Dejó la taza en el lavavajillas y se puso el abrigo sin dejar de sonreír— Intentaré escaparme a la hora de comer, me encantó verte ayer, me dio energía para el resto de la tarde. Aunque hoy me espera un día complicado. Hay un montón de hilos de los que tirar. Tous me está presionando con lo de Viamonte, me exige acción y respuestas, y yo no puedo más que esperar y seguir investigando.

—Eres el mejor en tu trabajo, no dejes que te distraigan.

—Lo intentaré.

Se despidieron con un suave beso. Cuando David hubo salido con su coche, Irene se levantó apresuradamente. Eran las siete y media, tenía que darse prisa. Salió de casa sin ni siquiera conectar la alarma. Intentaría llegar antes que David por la tarde para no tener que escuchar su sermón sobre la seguridad. Sorteó un coche tras otro en la circunvalación, impacientándose en los semáforos y haciendo sonar el claxon cuando los coches se demoraban al cambiar a verde. Tardó más de lo esperado en llegar a Arrosadía. Encontró una plaza de aparcamiento libre al otro lado de la plaza Tomás Caballero, con una visión perfecta de la puerta principal de los edificios inteligentes. El sol de la mañana arrancaba asombrosos reflejos de los muros acristalados, provocando caprichosos brillos sobre el pavimento mojado. Se esforzó por concentrar la mirada en la puerta del edificio, por la que entraban y salían decenas de personas en esos momentos. Unos golpes en la ventanilla la sacaron de su ensimismamiento. Una rolliza mujer con el pelo teñido de amarillo le pedía que bajara el cristal.

—Si va a quedarse, tiene que poner tíquet, aunque se quede dentro del coche. El parking controlado ha empezado a las ocho, hace más de quince minutos. —La vigilante de aparcamiento la miraba desde detrás de sus gafas de sol.

—Ahora mismo voy, sólo estaba esperando a una amiga, pero parece que tarda.

Rebuscó en su cartera unas monedas y bajó del coche. La mujer del pelo amarillo continuó su lento deambular, vigilando los parabrisas de todos los coches estacionados. Estaba a punto de llegar al parquímetro cuando distinguió a Katia Roldán entre las personas que cruzaban la puerta en ese momento. Corrió de vuelta hasta el coche y encendió el motor, intentando no perderla de vista a través del retrovisor. Katia se dirigió al pequeño aparcamiento para motos habilitado muy cerca de la puerta principal. Se colocó un casco naranja chillón y subió a horcajadas sobre la pequeña moto. Todavía de pie, pisó con fuerza el pedal de arranque, sacudiendo el vehículo con el impulso de su cuerpo. El motor necesitó dos intentos más para comenzar a petardear. Cuando por fin estuvo segura de que el flujo de gasolina era constante, bajó la visera del casco y se acomodó en el ajado asiento de plástico. Irene la observaba a unos prudenciales cincuenta metros de distancia, escondida entre el denso tráfico de la avenida. Esperó mientras Katia conducía despacio desde la acera hasta la calzada. Se incorporó con prudencia, deteniéndose bruscamente en un par de ocasiones para evitar que la golpease un coche que cambiaba de carril. Cuando por fin enfiló calle abajo, Irene estaba casi a su espalda, conduciendo despacio, sin ninguna intención de adelantarla. Permitió que un vehículo se situara entre la moto y su coche. El llamativo color del casco le permitía distinguirla sin problemas.

Katia era una conductora prudente. No serpenteó entre los vehículos ni realizó maniobras peligrosas. Eligió el camino más convencional para dirigirse a su barrio, evitando las callejuelas del centro de la ciudad que podrían ahorrarle unos minutos. Irene no podía creer en su suerte. La siguió durante un cuarto de hora. El tráfico en la Rochapea era más escaso que en el centro e Irene temió ser descubierta. Estaba tan cerca de la pequeña moto que veía claramente el cabello castaño sobresaliendo del casco, alborotándose con el viento. Continuó recto por la calle Errotazar, dejando el río Arga a su derecha. Cuando llegó a la rotonda, giró a la izquierda y encaró la primera bocacalle que encontró. Accionó el intermitente a la derecha y echó pie a tierra para esperar a tener el paso despejado. Si se colocaba detrás, la vería sin ninguna duda, así que siguió hasta la siguiente calle y aceleró para cruzar antes de que la alcanzara un autobús. Escuchó el bocinazo del conductor sobre el chirriar de sus propias ruedas. Aceleró en la estrecha calle, buscando una forma de volver atrás. Giró a la derecha y de nuevo a la derecha. Redujo la velocidad cuando comprobó que por fin estaba frente a la avenida principal. La vio todavía en el carril central, esperando a tener vía libre. Marcha atrás, se situó en la calle por la que había venido, lista para colocarse detrás de la moto. No tardó mucho en escuchar el familiar petardeo. Katia pasó ante ella sin volver la cabeza. La siguió una vez más, manteniendo unos metros de distancia y confiando en que no tuviera por costumbre mirar a menudo por el espejo retrovisor. Llegaron a una zona de edificios de nueva construcción, manzanas enteras de pisos de protección oficial levantados al abrigo del boom inmobiliario. Enfrente, un amplio descampado y, al fondo, las vías del tren. Un convoy cargado de vehículos recién salidos de la línea de montaje de la cercana factoría de Volkswagen serpenteaba por el paisaje. Abstraída con el cadencioso traqueteo del tren, a punto estuvo de pasar de largo el lugar en el que Katia había aparcado su moto. Eran las ocho y media de la mañana y por la acera avanzaban grupos de madres que llevaban a sus retoños a alguno de los colegios cercanos. Las cafeterías de la zona las esperarían después con las vitrinas llenas de bollería recién hecha y las tazas ya alineadas sobre la barra para minimizar la espera. Katia saludó a un par de mujeres tras quitarse el casco, aunque ninguna se detuvo a charlar. La mañana, fría como todas, no invitaba a pararse sobre la acera. Puso un candado a la moto, uniéndola a la oxidada farola, y cruzó la calle a toda prisa. Irene la observó desde el calor de su coche. Anotó el nombre de la calle y el número del portal. Aparcó unos metros más adelante, con la mirada fija en la puerta que Katia acababa de atravesar. Encendió la radio y el rock inundó de nuevo sus oídos. Mientras Iron Maiden marcaba el número de la Bestia, Katia apareció de nuevo en su campo visual, arrastrando un carrito de la compra en una mano. Con la otra asía los dedos enguantados de una niña de corta edad, que saltaba más que andaba, ajustando sus cortos pasos a las zancadas de su madre. Volvió rápidamente la cabeza cuando llegaron a su altura, ocultándola prácticamente dentro del bolso mientras fingía buscar algo en el interior con excesivo entusiasmo. Katia no le dirigió ni una sola mirada. Salió del coche en cuanto las vio torcer en la primera bocacalle. La acera parecía despejada. Disponía de unos cuantos minutos. Empujó la puerta del portal, que cedió al primer impulso. Entró rápidamente y esperó en silencio, atenta a cualquier movimiento. Nada. En sus oídos nació un suave zumbido que muy pronto se convirtió en un ensordecer huracán. Sacudió la cabeza, intentando clarificar su mente, y avanzó hacia los buzones. Al lado, en un pequeño tablón de anuncios, un brillante folio firmado por el presidente de la comunidad pedía a los vecinos que comprobaran al salir que la puerta había quedado bien cerrada. Afortunadamente para ella, su petición no estaba siendo atendida. Centró su atención en los buzones, recorriéndolos con la mirada hasta encontrar el apellido de la enfermera. Katia

Roldán Los Arcos y Gorka Gavá Villar. Tercero C. Anotó los nombres y salió a la calle justo en el momento en que el ascensor comenzaba a moverse. Subió al coche, encendió el motor y avanzó unos metros. Cuando giró a la derecha, en dirección al centro de la ciudad, vio a Katia, que regresaba a casa arrastrando el carrito de la compra mientras mordisqueaba un pedazo de pan.

En comisaría, poco amigos de las medias tintas, la calefacción llevaba diez horas encendida ininterrumpidamente. La temperatura de las salas rondaba los veinticinco grados, aunque en el interior de los despachos, con las puertas y las ventanas bien cerradas, se acercaba más a los treinta.

Ismael avanzaba despacio, arrastrando los pies, con la cara rubicunda perlada de sudor y la camisa pegada al cuerpo. Intentaba refrescarse abanicándose con los papeles que llevaba en la mano, pero las enormes gotas de su frente descendieron sin dificultad hasta la barbilla, donde las enjugó con la manga de su camisa.

—Que alguien abra una ventana, por favor —suplicó al entrar en la sala de reuniones en la que ya le esperaba el resto del equipo.

—Está lloviendo —respondió Teresa—, se va a poner todo perdido de agua.

—O agua de la calle o sudor de mi cuerpo, elige.

Ismael no esperó respuesta y abrió la ventana, agradeciendo las frías gotas de lluvia que le salpicaron inmediatamente. Cuando las mejillas recuperaron su color habitual, utilizó el sistema oscilobatiente de la ventana para dejarla abierta sin que la lluvia, como había advertido Teresa, continuara mojando el suelo.

—Intenta no caerte si pasas por aquí —le dijo.

Teresa respondió con un leve movimiento de cabeza antes de concentrarse de nuevo en la pantalla de su tablet.

Vázquez cerró la carpeta que tenía entre las manos y se levantó de la silla, acercándose a la pizarra blanca que colgaba de la pared.

—Necesitamos respuestas. Tenemos demasiadas preguntas en

el aire y nada concreto entre las manos. Aunque avanzamos, da la sensación de que estamos varados. —Destapó el rotulador y comenzó a escribir con letra grande y clara—. Por un lado, tenemos a dos agentes analizando la información que el banco ha facilitado sobre las cuentas de Viamonte, y a una agente más filtrando los foros desde los que se habían vertido amenazas contra el fallecido. Por otro lado —continuó—, nuestro principal sospechoso, Lucas Viamonte, permanece en coma medicamentoso hasta que supere la fase más aguda del síndrome de abstinencia alcohólico. Lleva años viviendo en la indigencia, está mal nutrido y muy enfermo, pero es perfectamente capaz de pegarle un tiro a su hermano para conseguir dinero. De hecho, no era la primera vez que acudía a él para financiarse y cabe la posibilidad de que se hubiera hartado de pagarle los vicios. —Se retiró unos centímetros de la pizarra para releer lo que había escrito—. A pesar de todo, no podemos olvidar el entorno de la víctima, en el que todavía no hemos profundizado demasiado. Esta mañana, Torres y yo interrogaremos a los colaboradores más directos de Viamonte en el banco. Machado, vuelve a Berriozar una vez más. Quiero que hables con los chavales que encontraron el cuerpo. Han pasado varios días y ya estarán más calmados. Ellos y sus padres te esperan en el colegio, la directora os cederá su despacho para la entrevista. Que sea una charla de amigos —añadió—, que se sientan a gusto contándote lo que pasó. No les asustes. —Vázquez le señaló directamente con el dedo.

—Tranquilo, jefe. Ya no soy ni perro ladrador, no tengo humos para nada —se defendió Ismael.

—Bien. Teresa y Helen seguirán revisando los papeles que nos trajimos del despacho de Viamonte. Quedan decenas de carpetas que todavía no hemos abierto. Estudiad cada palabra, no os dejéis nada atrás, y si tenéis dudas, acudid a los expertos, que para eso les pagan.

Las dos mujeres asintieron al mismo tiempo y se pusieron en pie. Teresa cruzó despacio sobre el charco de agua que se había formado en el suelo.

—Te lo dije —susurró mirando a Machado, que se encogió de hombros y lanzó un beso a su compañera con la punta de los dedos.

La puerta lateral del banco se abrió tras un breve chasquido pocos segundos después de que pulsaran el timbre. El mismo vigilante que los recibió en su última visita se encargó de llamar al ascensor, que ya los esperaba cuando terminaron de recorrer el largo pasillo.

—Al señor Rosales le gustaría hablar con ustedes antes de que se reúnan con el personal —les dijo mientras impedía que las puertas del ascensor se cerraran—. Me ha pedido que les indique dónde está su despacho.

La oficina del vicepresidente segundo no podía ser más distinta a la de Meyer. Gruesas alfombras, ostentosos muebles de maderas nobles y sofás de piel oscura dotaban al despacho de un aire clásico que intimidaba al visitante y pretendía realzar la figura de su propietario, que los observaba por partida doble, inmortalizado en el enorme óleo que colgaba de la pared y sentado en un sillón negro tan lujoso como el resto del mobiliario.

Ignacio Rosales se levantó de su asiento y les tendió la mano desde el otro lado del escritorio. También su actitud era diametralmente opuesta a la del vicepresidente primero. Después de saludarlos, les indicó las sillas en las que podían acomodarse y volvió a sentarse en su sillón. Durante unos segundos los envolvió un silencio incómodo que nadie parecía dispuesto a romper. Finalmente, Vázquez decidió que no podía pasarse la mañana allí sentado.

—Creo que quería vernos —alegó.

—Bueno —comenzó Rosales—, simplemente pensé que no habían encontrado el momento para tratar conmigo después de hablar con el señor Meyer y quería hacerles saber que estoy a su disposición.

—Su nombre está incluido en la lista de personas con las que queremos hablar hoy —respondió Vázquez.

—Pero no el de Meyer. —El tono de su voz dejó traslucir su enfado.

—Es cierto, ya tuvimos ocasión de hablar ayer con él.

—Como comprenderán, mi tiempo es muy valioso, tanto como el suyo, y no puedo esperar a que ustedes se dignen a llamar a mi puerta. Lo menos que espero de la policía es el mismo trato que el dispensado a mi homólogo en la entidad.

Vázquez optó por no responder. El silencio se hizo cada vez más incómodo, hasta que Rosales decidió cambiar de estrategia. Relajó los músculos faciales, entrecruzó los dedos sobre la mesa y les sonrió levemente.

—¿Qué les ha dicho el señor Meyer?

Torres y Vázquez se miraron sin disimulo. Así que de eso iba aquello… Una guerra abierta por el poder y un intento por parte de Rosales de conseguir la información que Meyer no les había dado.

—Las declaraciones del vicepresidente, al igual que la del resto de las personas con las que hemos hablado, pertenecen al sumario de la investigación y no pueden ser reveladas —le informó David. Le vio apretar los dientes y decidió aprovechar la ocasión que se le brindaba—. ¿Cómo eran sus relaciones con el señor Viamonte?

—¡Magníficas! —Rosales alzó la voz y levantó las manos para enfatizar sus palabras—. Éramos dos grandes colaboradores, siempre en sintonía, con los mismos objetivos. Que no jugara con él al golf no significa que no fuéramos magníficos amigos. Lo que ocurre es que a mí las apariencias no me importan, nunca me he preocupado por exhibirme por ahí con el presidente, como han hecho otros. Siempre me he limitado a cumplir con mi trabajo con la máxima eficacia, eso he hecho toda mi vida y Jorge lo sabía, por eso me apreciaba especialmente. Me lo dijo varias veces —afirmó mirándolos a los ojos alternativamente.

—¿Estaba al tanto de que el señor Viamonte salió de su despacho a las siete y media el día de su muerte?

—Por supuesto. Jorge siempre me informaba de sus actividades. Me envió un correo interno advirtiéndome de que pensaba ausentarse durante aproximadamente una hora, pero que regresaría después para continuar con el trabajo.

—¿Guarda ese correo? —preguntó Vázquez.

—Por supuesto —repitió. Instantes después giró la pantalla de su ordenador para que los policías pudieran leer el mensaje de Viamonte—. Como ve, en los destinatarios principales aparecemos Tobías Meyer y yo.

—¿A quién más envió este mail?

—Puede verlo usted mismo, la lista no es muy larga.

Torres anotó los nombres de varios directivos y de un par de secretarias que recibieron el mismo mensaje que los dos vicepresidentes.

—¿Hasta qué hora permaneció usted en el banco después de marcharse el señor Viamonte?

Rosales se recostó en el sillón y guardó silencio. Vázquez juraría haber visto una mínima sonrisa en su cara, pero no podía estar seguro.

—Salí poco después de que el presidente se fuera —respondió con voz calmada—. Mi trabajo va mucho más adelantado que el de Meyer y no tengo necesidad de alargar mi presencia aquí innecesariamente.

Vázquez le observó unos instantes. No encontró en su rostro ni en su actitud el más mínimo atisbo de preocupación, aunque sabía por experiencia que los buenos mentirosos saben mantener la pose ante cualquier circunstancia. Y no podía olvidar que ese hombre era un banquero. Se levantó despacio, seguido inmediatamente por Torres, y se dirigió a la puerta.

—Pero no soy yo quien tiene un arma —dijo Rosales desde su sillón.

Vázquez soltó el pomo y se volvió para mirarlo de frente.

—¿Quién tiene un arma? —preguntó.

—Meyer.

—¿Está seguro de lo que dice?

—Por supuesto. Sólo la he visto una vez y no tengo ni idea de dónde la esconde, pero Tobías Meyer tiene una pistola.

Vázquez y Torres permanecieron unos minutos frente a la puerta cerrada de la sala de reuniones en la que interrogarían al personal de la entidad.

—Llama a comisaría —pidió el inspector antes de entrar— y averigua si Meyer tiene licencia de armas. Después le preguntaremos abiertamente si, como dice Rosales, tiene una. Parece que la guerra por la sucesión está siendo sangrienta, literalmente. Los dos tienen las garras afiladas.

—Ya lo creo —respondió Torres—, e imagino que sus respectivos equipos mantendrán la misma lucha en el resto de los niveles. Sus carreras despegarán definitivamente si su padrino ocupa el trono, mientras que los demás podrían ver comprometidos sus estatus.

La primera en entrar en la sala fue Paula Oroz, una de las administrativas del área de dirección. Confirmó que estaba presente cuando Lucas Viamonte llamó a su hermano.

—¿Volvió a verle después? —preguntó Vázquez.

—Sólo cuando se iba. Yo estaba en mi mesa y se detuvo un momento para decirme que tenía que salir, pero que volvería en un rato.

Se marchó pocos minutos después, dejando tras de sí un intenso aroma a perfume. Su sitio fue ocupado, primero, por Ana Elizalde y, después, por Maribel García, las dos recepcionistas de los pisos que ocupaban los directivos de la entidad. Ambas conocieron a Lucas Viamonte en su única visita al banco, pero no sabían que había llamado a su hermano la tarde de su muerte. Su jornada laboral terminaba a las cinco y se marchaban puntualmente. Su aportación más importante fueron sus malintencionados comentarios sobre los corrillos que se formaban casi a diario alrededor del despacho de Viamonte.

—Los jóvenes polluelos intentaban expulsar al gallo del corral —comentó Maribel a media voz—. Se arremolinaban en la planta noble y esperaban a que el señor presidente entrara o saliera de su despacho y así hacerse visibles a sus ojos. Pero si estaban allí, no estaban trabajando, al menos así es como yo lo veo.

Ana Elizalde fue igual de severa con el comportamiento de los dos vicepresidentes:

—Siempre quieren saberlo todo, dónde va el presidente, con quién ha hablado, a quién espera... No creo que ninguno de los dos merezca realmente el sillón del señor Viamonte, aunque, según parece, uno de los dos está a punto de llegar a la meta.

Comenzó después el desfile de hombres trajeados. Ninguno superaba los cuarenta y llegaron aferrando su teléfono en la mano, como si de una extensión de su propia extremidad se tratara. Las conversaciones se desarrollaron en medio del constante zumbido de los móviles y las rápidas miradas de reojo de sus dueños a la pantalla iluminada, para decidir si quien los llamaba merecía que le hicieran un desplante a la policía.

Luis Peña era un joven alto y delgado, con el desgarbo propio de quien todavía no ha terminado de crecer. Sudaba copiosamente y le costaba controlar sus manos, que entraban y salían de los bolsillos de su pantalón con un ritmo trepidante. Sus pupilas no conseguían detenerse en un mismo punto más de una fracción de segundo, y le costó reaccionar cuando el subinspector Torres le indicó que se sentara frente a ellos.

—¿Se encuentra bien? —le preguntó Vázquez—. ¿Quiere que le traigan un vaso de agua?

—No, no. —Luis Peña remarcó sus palabras con un vigoroso movimiento de cabeza—. Estoy bien, es que tengo mucho trabajo y me urge volver a mi despacho. En realidad yo no tengo nada que decirles, no entiendo por qué me han citado.

—Sus compañeros, Juan de Irala y Alfredo Salas, han comentado que estaba con ellos, junto a la mesa de Paula Oroz, cuando el señor Viamonte salió de su despacho el día de su muerte. —David comprobó el devastador efecto de sus palabras en el joven. Empalideció todavía más y nuevas gotas de sudor se asomaron a su frente.

—Así es —corroboró el joven—. El presidente salió, se despidió de nosotros y se marchó.

—¿No volvió a verle?

—Claro que no —respondió tajante.

—Sus compañeros nos han dicho que se marchó usted inmediatamente después del señor Viamonte y que, justo antes, preguntó por el mejor camino para ir a Berriozar.

—¡Eso no es verdad! ¿Cómo han podido decirles una mentira semejante? Cuando el señor Viamonte se fue, regresé a mi despacho y me quedé allí al menos una hora más. ¡Nunca he estado en Berriozar! ¿Qué creen que podría hacer allí? ¿Matar al presidente?

—No lo sé —dijo Vázquez muy despacio—, dígamelo usted.

—Los muy cabrones... ¿No ven lo que están haciendo? ¡Se burlan de mí! Quieren que me vaya, no les gusta que el señor Meyer confíe en mí. Ellos son los burros de carga de Rosales y van a por mí desde el principio. Me roban la documentación de mi despacho, aparecen allá donde estoy para enterarse de lo que hago, de con quién hablo, y luego corren a contárselo a Rosales. Tienen que creerme... Pueden comprobar el historial de mi ordenador, o buscar en el registro de salidas del edificio. No me moví de aquí, se lo juro.

Temblaba como una hoja cuando abandonó la sala de reuniones. El resto de las entrevistas no hicieron sino corroborar lo que ya sabían: que se habían metido en un nido de víboras en el que todo el mundo parecía dispuesto a morder a su rival.

—No puedo entender que hubiera una carrera por la presidencia cuando Viamonte gozaba de excelente salud —comentó Torres.

—Creo que la lucha es permanente, y que las zancadillas son una constante en este mundillo. Desde que entras por la puerta tienes que elegir bando y luchar con ellos. Y cuando el rey cae, sólo los mejor colocados lograrán avanzar posiciones. —Vázquez visualizó un amplio tablero de ajedrez en el que dos peones, Irala y Salas, habían intentado derribar a Luis Peña en una jugada táctica que, al menos de momento, no había logrado su objetivo, aunque David sabía que no cejarían en su empeño—. Ese chaval es carne de cañón —comentó—. Le auguro un futuro muy corto en la banca.

—¡No te fíes! —respondió Torres—, he conocido a muchos corderitos que acaban teniendo la piel más dura que un toro. Dale tiempo, sólo tiene que curtirse un poco y se los comerá a todos con patatas. ¿Qué tenemos, en definitiva? —preguntó, centrándose de nuevo en el caso.

—Mucho y nada —reconoció Vázquez—. Todo el mundo alaba a Viamonte, pero la única cuestión que parece preocuparles no es quién lo mató, sino quién va a sustituirle.

—¿Crees que alguno de ellos ha sido capaz de matarlo para acortar el proceso?

—Yo me creo todo, Torres, ya lo sabes. No pongo la mano en el fuego ni por el corderito. Vamos a investigarles a todos, uno por uno, sin perder de vista a los dos vicepresidentes, que bien podrían haber azuzado a sus huestes contra el presidente.

Sin embargo, sus secretarias les informaron de que tanto Rosales como Meyer estaban ocupados con los preparativos finales del funeral que se celebraría esa tarde y que ninguno de los dos se encontraba en el edificio.

—Volveremos mañana —dijo resignado Vázquez.

—Me apetece tanto como que me saquen una muela —respondió Torres arrugando la nariz.

13

Los ojos les escocían después de tres horas mirando fijamente la pantalla de ordenador por la que desfilaba sin descanso una lista infinita de nombres y números. Accesos contables, nombres de clientes, códigos bancarios indescifrables para los profanos. Helen y Teresa habían comenzado la tarea con similar entusiasmo, contagiadas por el ánimo del agente Alcántara. El joven policía, que se presentó ante ellas como experto en ingeniería financiera, les aseguró que si algo no cuadraba, sería imposible que se le escapara. A pesar de su juventud, era licenciado en Ciencias Económicas, máster en Empresariales, experto en Finanzas Internacionales y unos cuantos títulos más que fueron incapaces de retener a pesar de la perfecta pronunciación inglesa del joven imberbe. O precisamente por eso.

Los papeles llegados del despacho de Jorge Viamonte estaban pulcramente ordenados sobre la mesa de trabajo, a la espera de que uno de los agentes les dedicara su atención. Cuando el lagrimeo de sus ojos fue realmente incómodo, Teresa decidió abandonar la zona de trabajo del informático y unirse a Helen, que se había rendido ante su incapacidad para comprender lo que aparecía en las pantallas.

—Me daría lo mismo estar viendo jeroglíficos egipcios. Las finanzas son un mundo incomprensible para mí, lo reconozco.

—Tampoco es fácil para mí —le aseguró Teresa—, pero me fascina la forma de trabajar de Alcántara, es meticuloso hasta la paranoia, no se ha dejado ni un solo apunte por comprobar, tiene doce ventanas abiertas al mismo tiempo y sabe exactamente qué aparece en cada una de ellas.

Helen sonrió y se sentó junto a su compañera frente a una de las pilas de papeles que esperaban ser analizados. Con los guantes de látex como una incómoda segunda piel, dividieron uno de los montones y comenzaron a leerlos con atención. Los nombres de conocidas empresas, algunas miembros del selecto grupo del Ibex 35, desfilaron ante sus ojos. La mayor parte de las anotaciones manuscritas de Jorge Viamonte hacían referencia a fórmulas para conseguir los máximos beneficios fiscales. Números y nombres pasaban ante sus ojos en una incesante retahíla, pero ningún dato las sorprendía hasta el punto de considerarlo sospechoso. La animada charla dejó pronto paso al silencio concentrado y, más tarde, a los largos suspiros cargados de aburrimiento. El leve crujido del papel al pasar de un montón a otro y el rápido tecleo del agente Alcántara eran los únicos sonidos que atravesaban la estancia, hasta que, poco antes de la hora establecida por Teresa para hacer una pausa para comer, el joven economista dejó de teclear. Alcántara hablaba consigo mismo en voz baja mientras el cursor subía y bajaba una y otra vez por la misma pantalla.

—¿Ocurre algo? —preguntó Teresa.

—O se me ha perdido un dato, o aquí hay algo que no me cuadra. —Alcántara separó las manos del teclado, rendido ante la evidencia de que la solución no estaba a su alcance, y se reclinó en el asiento de su silla—. Es posible que aquí falten datos. Han copiado miles de carpetas en un pendrive y cabe la posibilidad de que un documento haya solapado a otro, justo el que me falta, pero me gustaría comprobarlo. La otra posibilidad es que alguien lo haya eliminado a propósito.

—¿Qué sugieres? —Teresa se había levantado de su silla y miraba fijamente la pantalla del ordenador de Alcántara, aunque era incapaz de encontrar el error al que se refería.

—Quisiera copiar yo mismo los archivos desde el servidor original, en lugar de trabajar con una copia. Puedo llevar un disco duro extraíble, mucho más fiable y con mayor capacidad que los lápices digitales.

—Es lo que tendríamos que haber hecho desde el principio —reconoció Teresa—, pero las cosas no suelen ser tan sencillas. Hablaré con Tobías Meyer; él y Rosales son los únicos que pueden facilitarnos el acceso directo a esos datos.

Rebuscó entre la documentación hasta que encontró el nombre del vicepresidente y el teléfono directo de su despacho. Su asistente, una joven de marcado acento francés, descolgó al segundo tono. Le informó de que Tobías Meyer se encontraba reunido en esos momentos con los consejeros del banco y que era imposible molestarle. La joven se limitó a tomar nota de su nombre y prometió transmitirle al señor Meyer la urgencia de su llamada.

Cuando colgó, Teresa tenía la sensación de haberse golpeado contra un muro. La falsa cordialidad de la joven era en realidad una pared de hormigón que protegía a su jefe de llamadas y visitas indeseadas. Sin embargo, poco más podía hacer ella en esos momentos. Telefoneó al inspector Vázquez para informarle de la situación y contempló los rostros ansiosos de sus compañeros.

—Creo que todos nos hemos ganado un descanso. Es hora de comer. Nos vemos de vuelta a las cuatro y media, a ver si conseguimos avanzar entre la jungla de papel en la que estamos enterrados.

La joven Veronique no se movió de su puesto hasta que la gran puerta de la sala de juntas se abrió de par en par. Los consejeros del banco, llegados desde todas las delegaciones europeas, comenzaron a desfilar ante su mesa sin apenas prestarle atención. Como asistente del responsable en funciones del Banco Hispano-Francés había tenido que organizar la estancia de los consejeros en Pamplona, reservando habitaciones en los mejores hoteles y planificando una comida de trabajo en un céntrico restaurante, al que todos aquellos hombres trajeados se dirigirían a continuación. Tobías Meyer se acercó hasta ella con una sonrisa en la cara. Poca gente sabía que Meyer estaba casado con su tía, Natalie Bertrand, y que había sido ella quien la había recomendado para el puesto cuando terminó sus estudios en la Sorbona. Reconocía que no había tenido rival a la hora de conseguir el empleo, pero trabajaba duro para que su tío no se arrepintiera ni una vez de haber cedido a las presiones de la hermana de su madre. Veronique hablaba cuatro idiomas a la perfección, se había licenciado en Administración de Empresas con las notas más altas de su promoción y su exquisita educación le permitía tratar con personas de las altas esferas financieras y políticas. Atenta y agradable, sabía cuál era su lugar en esos momentos, pero no ocultaba que sus aspiraciones estaban en uno de los sillones del otro lado de la puerta. Por el momento, estaba convencida de que en pocos días sería la asistente personal del nuevo presidente, por mucho que Rosales intentara zancadillearlos.

—¿Qué tal la mañana? —Su tío se acercó hasta ella con su habitual sonrisa en los labios. Tobías Meyer era un tiburón despiadado cuando se sentaba tras la mesa de su despacho, pero en su trato con la familia era un hombre amable y cordial, incluso cariñoso. A pesar del saludo, su relación en la oficina era completamente neutra, la que se esperaría entre un vicepresidente y su mano derecha.

—Todos los consejeros y sus secretarios tienen ya la reserva de hotel. Sus equipajes han llegado a las habitaciones y los chóferes esperan en la calle para llevarles hasta el restaurante y, después, al funeral del señor Viamonte. Todos se irán mañana por la mañana. Armenteros tiene un plano con la disposición de los asientos en la catedral; sería conveniente que los señores consejeros conocieran su sitio antes de entrar, para que no den vueltas entre los bancos. Además —añadió—, han llamado de la policía, parece que han encontrado algún desajuste en los documentos que les facilitamos y creen que puede deberse a una interrupción durante el proceso de volcado de la información. Piden permiso para que un agente copie los documentos directamente desde nuestro servidor.

—No me gusta mucho la idea de tener a un policía hurgando en los servidores. Lo consultaré con nuestros abogados y ya veremos qué hacemos. Voy a refrescarme un poco y a cambiarme de camisa. Pídele a Alberto que se acerque a mi despacho con el plano y con el discurso que tengo que pronunciar en la misa, le echaré un último vistazo antes de comer.

Veronique ya tenía el teléfono en la mano mientras Tobías Meyer rodeaba su mesa y se dirigía a su propio despacho, dotado, como todos los de aquella planta, de un baño privado con ducha y un pequeño guardarropa con trajes y camisas limpias para ocasiones como aquélla. Alberto Armenteros esperó de pie, junto a la mesa de Veronique, hasta que el vicepresidente estuvo preparado para recibirle. Tardó menos de diez minutos en volver a salir del despacho. Se limitó a dejar sobre su mesa las dos carpetas que llevaba, explicarle brevemente la disposición de los consejeros en el funeral y asegurarle que había introducido todos los cambios sugeridos en el panegírico. Un gruñido procedente de la garganta de Meyer y un casi imperceptible signo de asentimiento con la cabeza le indicaron que era el momento de marcharse. Abandonó el despacho y se dirigió hacia su cubículo sin despedirse de la engreída francesita, digna sobrina de la esposa de Meyer, tan altiva y prepotente como ella.

Cerró la puerta con cuidado y decidió que él también se había ganado una opulenta comida. Se puso el abrigo y bajó por las escaleras para no coincidir con el desfile de consejeros y asistentes que se dirigían hacia los ascensores. En la calle, comprobó desde la esquina que frente a la puerta principal se había desplegado un importante dispositivo policial. A un lado del cordón de seguridad, a unos veinte metros de la fachada, un puñado de manifestantes aguardaban bajo la lluvia la inminente salida de los banqueros. La hilera de coches negros, con sus chóferes en posición de firmes junto a la puerta y el paraguas dispuesto para cubrir a sus jefes, anunciaba que la reunión había terminado, recrudeciéndose los gritos que lanzaban en contra del capitalismo, la banca y sus representantes. Sus palabras, sin embargo, morían empapadas por la lluvia, que lanzaba su eco contra el suelo hasta convertirlo en un ruidoso chapoteo. Sólo sus caras, con las bocas muy abiertas y el gesto en escorzo, transmitían el mensaje que proyectaban hacia la nada. Para su desesperación, los consejeros abandonaron el banco a gran velocidad, lanzándose al interior de sus vehículos para huir del tumulto y de la lluvia.

Desde donde se encontraba, su horizonte estaba formado por varias hileras de anchas espaldas, cubiertas por gruesos y sobrios abrigos oscuros. A pesar de ser el vicepresidente primero del Banco Hispano-Francés y amigo personal del fallecido desde los tiempos de la universidad, Tobías Meyer no ocupaba un puesto en los primeros bancos de la catedral. Tuvo que ceder su sitio a los dos ministros que se habían trasladado hasta Pamplona para asistir al funeral, además de a varios secretarios de Estado, los presidentes de cuatro Comunidades Autónomas, varios alcaldes de importantes capitales e incluso los prefectos de tres regiones francesas en las que la presencia de la entidad era muy significativa. La educación y el protocolo le obligaron a ceder también ante casi todos los consejeros que habían viajado hasta Pamplona y, por supuesto, la escueta familia de Jorge Viamonte. La viuda, Sandra Zabala, parecía haber recobrado la compostura desde la última vez que la vio, un día después de la tragedia. Vestida de riguroso negro, tenía que reconocer que el luto favorecía bastante las pálidas facciones de la mujer, que miraba a todo el mundo sin sonreír y aceptaba los mensajes de pésame con un altivo aire de resignación. Sus hijos, también vestidos de negro, se habían colocado a la izquierda de su madre, la hija casi rozando la mano inerte de Sandra, que reposaba inmóvil sobre su regazo. Apenas un par de parientes cercanos más componían el cuadro familiar, al que habían reservado dos bancos enteros.

Levantó la vista de las espaldas vestidas de paño azul y fijó la mirada en el altar, donde el arzobispo, rodeado por una decena de sacerdotes, hablaba de la crueldad humana y de la misericordia del Creador, capaz incluso de perdonar a quien apretó el gatillo contra uno de sus semejantes. Palpó en el bolsillo de su abrigo las cartulinas que contenían las emotivas palabras que pronunciaría en cuanto el prelado dejara libre el púlpito. Las había escogido con cuidado.

Se quitó el abrigo antes de dirigirse al altar. Le pareció más adecuado presentarse ante los cientos de personas que llenaban la catedral luciendo su elegante traje hecho a medida en Londres que cubierto de los pies a la cabeza con un gabán de lana, por mucho que hubiera costado más de quinientos euros. Caminó con paso firme hasta los escalones que daban acceso al púlpito, donde realizó una rápida genuflexión mil veces ensayada en los últimos días. Ajustó el micrófono a la altura de sus labios, dedicó una tierna sonrisa a la viuda, miró fijamente a los congregados y comenzó a hablar con voz clara y pausada. Durante los siguientes diez minutos desgranó varias anécdotas de los años que compartió con Jorge Viamonte en la universidad, glosó sus múltiples virtudes, destacó su humanidad con recuerdos del día de su boda y del nacimiento de sus hijos, y aventuró que nada volvería a ser igual a partir de entonces. Cuando terminó la lectura y abandonó la tarima, encontró a su paso multitud de rostros emocionados que le sonreían desde los bancos de madera, enjugándose las lágrimas disimuladamente. Si quedaba algún resquicio para la duda, con su intervención acababa de cimentar la última baldosa de su camino hacia la presidencia. Cuando estaba a punto de sentarse, sintió como un puñal la mirada de Ignacio Rosales desde el extremo opuesto del banco. Estúpido Rosales, pensó. ¿Acaso creía que tenía alguna oportunidad de ocupar el puesto de Viamonte? Su nombre no estaba en ninguna de las quinielas, y si su padre y su abuelo no formaran parte de la historia de la entidad, él no habría llegado a vicepresidente ni en el mejor de sus sueños. Tenía que pensar bien qué haría con él una vez que se confirmara su nombramiento. Un refrán decía que había que tener a los amigos cerca, pero más a los enemigos.

La torrencial lluvia impidió que se formaran corrillos en el patio de la catedral una vez hubo concluido la ceremonia religiosa. La viuda y sus hijos recibieron las condolencias de los presentes de pie ante el altar, y cuando el último de los asistentes abandonó el templo, se dirigieron, cansados y apesadumbrados, hacia la suntuosa sacristía, donde agradecieron al arzobispo su asistencia y las cariñosas palabras dedicadas al difunto.

Tobías Meyer buscó con la mirada a su familia. Natalie y sus dos hijos, Pierre y Caroline, le esperaban junto a la enorme puerta de madera, charlando en voz baja con varios de los consejeros del banco. Su mujer estaba perfecta, como siempre, impecable con su traje negro, un pequeño sombrero del mismo color y los elegantes zapatos de tacón alto a juego. Se cubría con un discreto chaquetón de astracán y unos guantes de piel. Su mano derecha se apoyaba indolente sobre el brazo de uno de los consejeros, que la miraba embobado. Natalie causaba ese efecto en los hombres, que caían rendidos a sus pies sólo por conseguir unos segundos de su atención. Hacía muchos años que Tobías era inmune a los trucos de su mujer, pero le divertía comprobar el efecto que todavía producía en otros hombres. Sus hijos, perfectamente aleccionados por su madre, sonreían en silencio, uno a cada lado de Natalie, protegiéndola y ofreciendo una cuidada imagen de familia perfecta. Reanudó el paso y alcanzó al pequeño grupo. Saludó a su mujer con un rápido beso en la mejilla que ella le ofrecía sonriente y apretó brevemente el hombro de su hijo. Caroline, al otro lado de su madre, le lanzó una mirada orgullosa.

—Has estado muy bien, papá, nos has emocionado a todos.

—No puedo estar más de acuerdo con tu hija, Tobías. —El consejero, un gallego de baja estatura y gran contorno, hablaba sin retirar la vista de Natalie, que se dejaba admirar con la serenidad de una obra de arte acostumbrada a recibir constantes alabanzas.

Tras estrechar todas las manos que tuvo a su alcance y despedirse de su familia, que volvería directamente a casa, consiguió llegar a la parada de taxis y subir en uno de los coches blancos que allí aguardaban. Le quedaban varios asuntos por resolver en el despacho antes de dar por concluida la jornada. En la sede del banco, las oficinas estaban ya vacías y a oscuras. Le gustaba trabajar cuando todo el mundo se había marchado. Caminó despacio por el amplio pasillo, dirigiéndose hacia sus dominios, sintiéndose amo y señor del lugar y de todos los secretos que contenía. En momentos como aquél, cuando nadie salía a su paso con preguntas o exigencias, cuando el silencio era tan profundo que podía escuchar el eco de su propio corazón palpitándole excitado en el pecho, podía sentir cómo la sangre continuaba corriendo por las venas del banco, un flujo constante de dinero que se movía sin cesar de un lugar a otro, de un bolsillo a otro más grande, deteniéndose sólo unos instantes en cada cuenta para producir los beneficios adecuados, el oxígeno que permitiría al dinero seguir corriendo, continuar moviendo el mundo. Tobías Meyer se sentía el rey del universo, un monarca que caminaba sonriente hacia su trono, dispuesto a marcar el paso del planeta con el poder de sus decisiones.

Sobre la mesa, una nota de su sobrina le recordaba que la policía acudiría al día siguiente a su despacho. Estaba empezando a cansarse de todo aquel asunto. Tenían a Lucas, un borracho desagradecido que había asumido el papel de Caín en el esperpento de obra que se estaba representando.

Trabajó hasta las diez de la noche, cuando decidió que ya era suficiente para una sola jornada. Le dolía la cabeza y le costaba concentrarse en los documentos que tenía delante. Un insidioso lagrimeo le indicó que llevaba demasiadas horas delante del ordenador. Se puso el abrigo y abandonó su despacho, dejando como siempre la luz encendida. Le gustaba pensar que su oficina era algo así como un faro en la oscuridad, el lugar de referencia para todo aquel que pasara cerca. Desanduvo el camino hasta el ascensor, sintiéndose de nuevo el caudillo del lugar. Avanzaba erguido, con la cabeza alta y la espalda recta, como si desfilara ante una multitud, a pesar de ser consciente de que nadie podía verle en esos momentos. Pero Meyer creía que nunca se debían perder las formas, porque, en realidad, nunca se sabe quién podría estar mirando.

En el ascensor, los habituales acordes de los Beatles le acompañaron en su descenso hasta el garaje. A esas horas de la noche la planta estaba completamente vacía, no quedaba ni un solo coche en el garaje, que volvería a llenarse por la mañana, cuando el banco abriera sus puertas. Avanzó decidido hacia el sedán negro que le esperaba a pocos metros. Desde la puerta distinguió algo extraño en su coche, un inusual reflejo sobre el brillante metalizado. Cuando se acercó lo suficiente estuvo a punto de dejar caer el maletín que sostenía en la mano. Sobre el capó, alguien había garabateado la palabra CORRUPTO con pintura blanca. Sintió que el corazón le golpeaba con fuerza en el pecho. Una furia desmedida se apoderó de sus sentidos y deseó con toda su alma encontrar a quien le había hecho eso a su coche y hacérselo pagar. Le temblaban los hombros mientras se acercaba. Con la llave en la mano, pulsó el mando a distancia y observó el rápido parpadeo de las luces. Rodeó despacio el vehículo, buscando otros desperfectos, pero a simple vista no encontró ningún otro daño. Comprobó en el teléfono móvil que allí abajo no tenía cobertura. Tendría que esperar a salir al exterior para llamar a la policía. Acercó un cauteloso dedo hasta la pintura blanca. Estaba blanda y pringosa. Giró despacio sobre sí mismo, buscando alguna pista sobre la identidad del vándalo, pero el garaje continuaba desierto. Abrió la puerta y arrojó el maletín al asiento del acompañante. Se sentó después frente al volante y arrancó el coche. El olor a pintura era tan intenso en el interior que tuvo que bajar la ventanilla para poder respirar. Se disponía a arrancar cuando distinguió una sombra oscura que se acercaba a toda prisa. La silueta se detuvo a unos metros de distancia, en una zona apenas iluminada. Todo ocurrió tan rápido que Tobías Meyer no fue consciente de lo que sucedía. Estaba a punto de subir de nuevo la ventanilla cuando un fogonazo llamó su atención. El estruendo que siguió a la destellante luz le llegó acompañado por una súbita oleada de dolor. Contempló incrédulo cómo su abrigo se empapaba rápidamente con su propia sangre. Intentó llevarse la mano al pecho, pero un nuevo disparo le alcanzó en el cuello, arrancándole la vida de cuajo. El rey del mundo se inclinó hacia la derecha dentro del coche, hasta que el cinturón de seguridad impidió que continuara cayendo. La oscura silueta no se acercó a comprobar el resultado de sus actos. Desapareció entre las sombras a la misma velocidad con la que había llegado. En el interior, la sangre de Tobías Meyer cubría ya la piel de los asientos del sedán y se deslizaba a lentos borbotones hacia las impolutas alfombrillas. Qué indignidad morir en el sótano, en un garaje que ni siquiera lucía la placa de vicepresidente en la pared. Qué ingrata la vida, que le hurtaba la posibilidad de pilotar un barco de gran calado cuando tenía el timón al alcance de la mano. Qué miserable el asesino, que no quiso escuchar la oferta que podría haberle hecho a cambio de su propia vida. ¿Acaso no sabía todo lo que estaba dispuesto a hacer para llegar a ser presidente? Si se lo hubiera pedido, la sombra que le había disparado podría haberse convertido en un hombre muy rico. Pero ahora, ninguno tenía nada. Ni Meyer su trono, ni el asesino su recompensa.

14

La noticia corrió como la pólvora. A las once de la noche, la esposa de Meyer, inquieta ante la tardanza de su marido, telefoneó a su sobrina Veronique. Comentó con la joven que Tobías no respondía a sus llamadas, ni en el despacho ni en el móvil, y que comenzaba a preocuparse. Veronique, diligente como siempre, telefoneó a la centralita del banco, donde uno de los vigilantes de seguridad se ofreció a salir en busca del vicepresidente. La siguiente llamada acabó con la incertidumbre y desató todas las alarmas. El vigilante encontró a Meyer en el interior de su coche. Desde fuera pudo ver la pintada sobre el capó, por lo que aceleró el paso para comprobar que el vicepresidente se encontraba bien. Su grito rebotó varias veces en las paredes vacías del garaje antes de perderse para siempre. Parapetado tras una de las gruesas columnas de hormigón, temeroso de que quien había matado a Meyer permaneciese todavía entre las sombras, conectó por radio con su compañero en la primera planta, quien telefoneó a Emergencias antes de acudir al rescate de su colega con el arma en la mano. Lo encontró temblando de miedo. Comprobaron que los alrededores estaban desiertos y corrieron hacia la puerta del garaje, jadeando por el estrés y el esfuerzo mientras ascendían la empinada rampa. Cuando el pesado portón se abrió por completo, ambos comprobaron aliviados cómo las luces azules de la policía rasgaban la espesura de la noche. Lo que nadie supo nunca es quién avisó a la prensa. Pocos minutos después, casi al mismo tiempo que llegaban las ambulancias, comenzaron a dispararse los primeros flashes de los fotógrafos. Subidos a los bancos de madera de la avenida, cuatro reporteros intentaban captar todos los detalles de lo que estaba sucediendo. Las cámaras de televisión desplegaron su poderío media hora más tarde, retransmitiendo en directo el enorme despliegue policial que estaba teniendo lugar en el centro de Pamplona. Los periodistas aprovecharon el desconcierto de los primeros momentos para intentar colarse en el interior del garaje y a punto estuvieron de lograr su objetivo. Sin embargo, un furioso Ismael Machado los recondujo hasta la calle. Bastante tenía con haber sido arrancado casi por la fuerza de la comodidad de su sofá, donde zapeaba desganado después de conseguir que los gemelos se durmieran. Sólo le faltaban aquellos impertinentes reporteros para acabar de sacarle de sus casillas.

El inspector Vázquez encomendó a una de las patrullas desplazadas hasta el lugar la tarea de establecer un amplio y férreo cordón policial. Mientras hablaba, vio salir del garaje a los cuatro sanitarios que llegaron en la primera ambulancia. Caminaban sin prisa, con la camilla plegada en el costado, alejándose tras comprobar que lo que había dentro del coche era sin duda un cadáver. La amplia avenida quedó pronto rodeada por una cinta azul y blanca que delimitó claramente el perímetro en cuyo interior nadie sin la pertinente identificación podía poner un pie. En la entrada del garaje, los agentes de la policía científica se preparaban para comenzar su labor. La inspectora jefe al mando de la brigada prometió ponerse en contacto con él en cuanto fuera posible.

Mientras las patrullas organizaban el tráfico y los agentes comenzaban el rastreo de posibles testigos, el equipo de Vázquez se reunió en torno al puesto de control y vigilancia del banco, donde los dos guardias intentaban reponerse de la impresión. Ambos sobrepasaban largamente los cincuenta años. El primer hombre, el que tuvo la desgracia de encontrar el cadáver de Meyer en el garaje, estaba pálido como la cal y respiraba con dificultad. Torres se ofreció acompañarle hasta el puesto médico, pero el guardia declinó el ofrecimiento, asegurando que ya se encontraba mejor, aunque el sudor frío que perlaba su blanquecino rostro apuntaba más bien todo lo contrario.

Vázquez decidió esperar unos minutos más antes de comenzar el interrogatorio. Era importante que estuvieran tranquilos y atentos, pero no podía perder más tiempo allí de pie. Eran muchas las cosas que requerían su atención en aquellos momentos. Poco a poco la respiración del vigilante comenzó a serenarse y su rostro recuperó su habitual tono sonrosado. Le permitió enjugarse los últimos hilos de sudor que descendían por sus gruesas mejillas y se colocó frente a él, exigiendo toda su atención.

—Aunque lo importante es el hallazgo del cadáver del señor Meyer —comenzó Vázquez—, creo que debemos ir por orden para no perder ningún detalle por el camino. Por favor, intenten concentrarse y recordar todo lo ocurrido. No tengan prisa en contestar.

Los dos hombres miraban a Vázquez con la boca abierta, concentrados en cada una de sus palabras, conscientes de la importancia de su papel en aquel drama.

—¿Era frecuente que el señor Meyer trabajara hasta tan tarde?

Los guardias movieron al unísono la cabeza en un claro gesto afirmativo.

—¡Claro! —contestó el más delgado—. De hecho, raro era el día que no se marchaba el último. Las señoras de la limpieza siempre protestaban porque no podían entrar en su despacho cuando limpiaban esa planta y tenían que regresar al final de la ronda, lo que les hacía perder el tiempo.

—El señor Meyer asistió al funeral del señor Viamonte. —David comprobó que ambos asentían de nuevo antes de continuar—: ¿Cuándo regresó?

—Poco antes de las ocho. —En esta ocasión fue el de la cintura más gruesa quien contestó, mientras su compañero rastreaba el dato en el ordenador—. Un taxi le dejó en la calle lateral y le abrimos la puerta. Anotamos la hora de entrada.

Mientras hablaba, su compañero señalaba en la pantalla los datos introducidos por ellos mismos: Tobías Meyer, 19.50 horas. En la columna de salida, la hora anotada eran las 22.05.

—¿Vieron marcharse al señor Meyer?

—Le vimos en la pantalla. Hay una cámara instalada en el ascensor que se activa con el movimiento. Cuando el ascensor abre o cierra las puertas, o simplemente se pone en marcha porque alguien lo llama, la cámara comienza a funcionar. Vi al señor Meyer entrar en el ascensor poco después de las diez de la noche y bajar al garaje.

—Quiero ver esas imágenes, y todas en las que aparezca el vicepresidente durante el tiempo que estuvo aquí esta tarde.

Los guardias ni siquiera respondieron. Pulsaron unas cuantas teclas hasta conseguir que la imagen de Tobías Meyer apareciera en una de las pequeñas pantallas del puesto de control. La calidad de la imagen no era gran cosa, pero servía para distinguir sin ningún género de dudas a todas las personas que cruzaban el umbral del banco. Vieron cómo Meyer descendía de un taxi y corría a refugiarse al estrecho soportal, apretándose contra la puerta mientras la lluvia le empapaba la espalda. Le vieron empujar la manilla y entrar en el edificio. Se sacudió el abrigo empapado y hundió las manos en los bolsillos. Caminaba a buen paso. Seguramente tenía prisa por terminar lo que fuera que iba a hacer. La siguiente imagen mostraba al banquero en el interior del ascensor. Estaba quieto, concentrado en las puertas que estaban a punto de abrirse. Ni una sola vez comprobó su imagen en el espejo de la pared, como habría hecho el común de los mortales. Cuando desapareció del ángulo de la cámara, el guardia tecleó de nuevo en su ordenador hasta la siguiente grabación, que mostraba de nuevo a Meyer en el ascensor dos horas más tarde. Apenas había diferencia entre esa imagen y la anterior. El mismo porte erguido, el abrigo cuidadosamente abotonado y una estrecha bufanda oscura rodeando el cuello y desapareciendo bajo las solapas. En el último fotograma, un altivo Meyer cruzaba por última vez las puertas del ascensor.

—¿No hay cámaras en el garaje? —preguntó Torres.

—No en el interior. Sólo hay una cámara instalada en el portón principal.

—¿Qué me dice del resto de los accesos al garaje?

—Nada —reconoció el guardia—. Al garaje sólo se puede acceder en coche, controlado por la cámara del portón, en ascensor, también controlado, o por las escaleras de emergencia, aunque nadie utiliza ese acceso.

—¿Han visto a alguien más entrar o salir del edificio, o acceder al garaje desde la calle? —continuó el inspector.

—No...

Vázquez percibió un tono de duda en la voz del hombre y supo de inmediato a qué se debía.

—¿Cuántas veces han abandonado el puesto de control? —preguntó. Los dos hombres abrieron desmesuradamente los ojos mientras enrojecían visiblemente—. ¿Y bien? —insistió. No tenía tiempo para juegos.

—Verá —comenzó el hombre; su compañero había adoptado la misma actitud avergonzada—, cuando el señor Meyer salió del ascensor dimos por supuesto que se iría inmediatamente. Supusimos que el edificio estaba vacío, así que nos fuimos a la salita de empleados a cenar y tomar un café. Por eso no nos dimos cuenta de que el vicepresidente no salía del garaje con su coche, inspector, porque estábamos convencidos de que lo había hecho.

En una ciudad como Pamplona, donde nunca pasaba nada, no era sorprendente que las labores de vigilancia no fuesen todo lo férreas que deberían. El edificio estaba dotado de los más avanzados sistemas de seguridad y los guardias habían visto al vicepresidente dirigirse al garaje. No era de extrañar, pues, que decidieran tomarse un descanso al creerse solos. Vázquez decidió pasar por alto el abandono del lugar de trabajo y la evidente falta en la que habían incurrido. Sus superiores serían los encargados de imponerles la sanción que les correspondiera, y no él.

—¿Qué sucedió después?

—Nada raro, al menos al principio. Hicimos nuestras rondas

habituales y nos sentamos en la zona de control. Entonces llamó la señorita Veronique, la secretaria de Meyer.

—¿A qué hora fue eso?

—Sobre las once. Todas las llamadas quedan registradas en la centralita, será fácil comprobar la hora exacta.

—Más tarde llegaremos a ese punto. Continúe.

Vázquez comprobó con el rabillo del ojo que Teresa se había colocado detrás del mostrador y avanzaba hacia el panel de control, dispuesta a averiguar el funcionamiento de la centralita y conseguir todos los datos que estuvieran a su alcance. Su enorme barriga, embutida en un brillante abrigo acolchado, apenas le dejaba espacio para moverse entre las sillas de los guardias.

—La señorita Veronique me explicó que la señora Meyer la había llamado, inquieta porque su marido no había llegado. Yo le dije que el vicepresidente había salido del banco hacía un buen rato, y que no sabía dónde podía estar en esos momentos. Ella insistió en que subiera a buscarlo, por si había vuelto sin que lo viéramos, y así lo hice. Subí a su despacho y, después, bajé al garaje. Me sorprendió mucho ver el coche aparcado. Me acerqué deprisa, pensando que al señor Meyer le había ocurrido algo malo. La verdad, pensé en un infarto. Lo que no esperaba de ninguna manera era… lo que encontré.

El hombre estaba a punto de derrumbarse de nuevo. El color abandonó sus mejillas y unas lágrimas indiscretas amenazaban con poner en entredicho su hombría delante de todos aquellos policías. Hizo un verdadero esfuerzo por rehacerse y continuó desgranando la experiencia que a buen seguro recordaría para el resto de su vida.

—¿Llegó a tocar al señor Meyer? —preguntó Vázquez.

—No me acerqué tanto. Cuando vi toda aquella sangre comprendí que se trataba de un ataque, un atentado o algo así, y temí que el agresor estuviera cerca, así que desenfundé mi revólver y me escondí detrás de una columna.

—¿Escuchó algún ruido mientras se dirigía al garaje, o en el tiempo en el que permaneció allí?

—No, nada. Sólo el agua corriendo a toda velocidad por las tuberías y el zumbido constante de las luces fluorescentes. Se activan por el movimiento, y tenía miedo de que se apagaran antes de que llegara mi compañero.

—¿Cómo estaban las luces cuando entró en el garaje?

El guardia apenas dudó un instante.

—Apagadas. Se encendieron cuando crucé la puerta. Recuerdo que parpadearon un par de veces antes de quedarse fijas, y pensé que alguien de mantenimiento debería echarles un vistazo antes de que se estropearan definitivamente.

—¿Ocurrió algo mientras esperaba a su compañero?

—No, señor. A mi derecha estaba el coche del señor Meyer. Miré varias veces, por si se movía o hablaba, pero nada. Néstor tardó poco en venir, un par de minutos como máximo, y salimos juntos a esperar a la policía. No volvimos a bajar. Atrancamos la puerta a nuestras espaldas, para que nadie entrara o saliera del garaje, y subimos la rampa a toda velocidad para abrirles el portón.

El segundo vigilante corroboró la declaración de su compañero palabra por palabra, al igual que la joven Veronique, a quien Helen Ruiz telefoneó desde el banco. Después, la agente, acompañada por Mario Torres, se dirigió al domicilio de la familia Meyer, aunque la esposa del vicepresidente ya había sido alertada por su sobrina de las malas noticias y aguardaba a la policía con la dignidad de una reina viuda que esperaba que sus súbditos le rindieran la debida pleitesía. La visita fue breve y estuvo desprovista del dramatismo que se vivió en casa de Jorge Viamonte. Aunque el dolor por la pérdida era patente, el comportamiento de la esposa y los hijos fue completamente diferente. Tampoco ellos conocían la existencia de amenazas explícitas contra la vida de Tobías, quien ni siquiera había sido objetivo terrorista. Su nombre apenas aparecía en las páginas web analizadas hasta entonces y su asistente no recordaba cartas ni llamadas amenazadoras.

Mientras esperaban la llegada de Veronique, que les franquearía el paso al despacho de Tobías Meyer, Teresa y David revisaron las imágenes grabadas durante las últimas horas. La actividad en el banco cesó casi por completo cuando los consejeros abandonaron el edificio en dirección a la catedral de Pamplona. Las cámaras instaladas en la avenida recogieron la rápida salida de los financieros, resguardados de la lluvia por enormes paraguas negros.

A partir de las cinco, el ascensor acogió a secretarias y asistentes que se marchaban a sus casas, charlando animadamente en unas ocasiones y en discreto silencio en otras. Veronique bajó sola, retocándose el pelo en el espejo. El flujo de personas decayó considerablemente a partir de las siete de la tarde. Vieron de nuevo la llegada de Tobías Meyer y comprobaron que las cámaras instaladas en el edificio no captaron la presencia de ninguna otra persona en el tiempo que pasó allí. Observaron después el rostro serio de Meyer descendiendo en el ascensor en dirección al garaje. Se masajeó las sienes con ambas manos. Después, sus delgados dedos descendieron hasta las solapas de su abrigo, que alzó con un rápido gesto para cubrirse el cuello. Anudó firmemente la bufanda y abandonó el ascensor y la pantalla. Centraron entonces su atención en las cámaras que recogían imágenes de la avenida. Lanzaron la grabación hacia delante, hasta la hora en la que Meyer abandonó su despacho. La noche era oscura y la luz amarillenta de las farolas apenas clareaba las aceras. Los blancos neones del escaparate del banco resultaron más efectivos para iluminar la escena. Vieron desfilar a decenas de personas, todas ellas resguardadas bajo sus paraguas y cubiertas por abrigos y anoraks que los hacían prácticamente irreconocibles. No identificaron a nadie en ese primer visionado, aunque todas las imágenes fueron almacenadas por Teresa en el disco duro de su inseparable portátil.

Los acordes del móvil de Vázquez rompieron el hechizo en el que se habían sumido mientras revisaban el material grabado. La inspectora jefe de la policía científica, María Vega, le pidió que bajara al garaje para comentar con él su análisis preliminar. Dejó a Teresa hipnotizada ante las cámaras de vigilancia y se dirigió al escenario del crimen acompañado por Ismael Machado, que permanecía extrañamente silencioso.

—¿Todo bien? —se interesó Vázquez. No era habitual que su malhablado subordinado permaneciera tan callado.

—Perfecto, jefe. Nada digno de reseñar. —Un guiño cómplice sirvió para poner punto final a la breve conversación.

La sonrisa de ambos desapareció en cuanto abrieron la puerta del garaje. La cegadora luz blanca de los focos les dañó los ojos, acostumbrados a la suave penumbra de la superficie. La inspectora Vega los esperaba junto al sedán de Meyer. A su espalda, el cadáver del vicepresidente del banco aguardaba a que el juez diera el visto bueno para su traslado.

—David, un placer verte, aunque sea en un sótano asqueroso con un muerto dentro de un coche.

—Lo mismo digo, María. Me alegro de que te haya tocado el caso.

—No había mucho donde elegir, últimamente tenemos el personal justo para hacer dos grupos paupérrimos. Llevamos cuatro años doblando turnos casi constantemente. Como a los delincuentes les dé por ponerse manos a la obra en serio, no sé qué va a ser de nosotros.

David se agachó para plantar un beso en la mejilla de la inspectora.

—¿Qué puedes contarme?

—La causa de la muerte parece muy clara. Dos disparos directos, efectuados a no más de tres metros de distancia. El primero le alcanzó en el pecho y le produjo una abundante hemorragia. La víctima debió de girarse para ver a su agresor, lo que facilitó que el proyectil le alcanzase de pleno. Le habría matado en pocos minutos, pero el segundo disparo redujo considerablemente su agonía. Le acertó de pleno en el cuello. Seguramente le seccionó la carótida, a juzgar por el desastre que provocó. Hay sangre por todos los rincones, casi toda en el interior del vehículo, aunque hemos encontrado importantes salpicaduras en la ventanilla, en la puerta del coche y en el suelo.

—No veo cristales —comentó Vázquez.

—Porque no los hay. La ventanilla está bajada. El tirador tuvo una visión perfecta de su víctima. El ahumado de los cristales habría dificultado la puntería, aunque se hubiera hecho añicos con el primer disparo.

—¿No están blindados?

—No. —Vega se acercó a la parte trasera del vehículo y golpeó una de las lunas con su dedo enguantado—. Son cristales normales, como los de cualquier coche.

—¿Algo más sobre el cuerpo?

—Poco más de momento. No hemos observado otras heridas o laceraciones que las que le produjeron la muerte, pero el informe completo te lo darán en el Anatómico Forense. No hay señales de lucha, todo parece perfectamente en orden. Salvo que el hombre está muerto, claro.

David acompañó a la inspectora hacia la parte delantera del vehículo, donde la pintura blanca cubría casi por completo el perfecto metalizado brillante. Los trazos amplios de las letras garabateadas sobre el capó lanzaban constantes reflejos bajo la potente luz de los focos halógenos.

—Todavía no se ha secado del todo —comentó Vázquez señalando la pintura.

—Es verdad. Hay zonas en las que la capa de pintura es mucho más abundante y todavía está fresca. No han tenido mucho cuidado al escribir, afortunadamente para nosotros. Eso me permite adelantarte que seguramente el autor de esta pequeña obra de arte realizó la pintada hace menos de tres horas. No hemos encontrado ningún bote de espray, quien lo hiciera se lo llevó después.

—La franja horaria entre la pintada y el asesinato es bastante estrecha.

—Eso parece —corroboró la inspectora.

—Si damos por hecho que se trata de la misma persona, el asesino pintó el coche y esperó a que llegara Meyer, seguramente escondido en algún rincón para que no le descubriera antes de tiempo. Después, con Meyer ya dentro del coche, el desconocido se acerca. Meyer baja la ventanilla, quizá para increparle por lo que ha hecho, o para saludarle si es un conocido... El asesino saca el arma y dispara dos veces. Da media vuelta, y se va.

—Es tan sencillo que da miedo.

—Matar es fácil. Lo complicado es seguir viviendo después.

—Das por supuesto que un asesino tiene conciencia.

—Salvo que sea un enfermo mental de libro, alguien incapaz de sentir y empatizar con el dolor de los demás, estoy convencido de que todos tenemos una conciencia que nos grita a la cara cuando cometemos un error.

La inspectora Vega movía la cabeza de un lado a otro mientras miraba tristemente a David.

—La televisión ha trivializado tanto la muerte, con esas series que dejan tan poco a la imaginación, que los niveles de violencia en la sociedad están creciendo alarmantemente. Ni pestañeamos cuando los informativos ofrecen imágenes de cadáveres apilados en el arcén de una carretera, o de un tiroteo indiscriminado en una universidad, o de tropas asaltando una guardería. Los jóvenes se creen que, después de propinarle una paliza de muerte a una persona, alguien gritará «¡corten!» y el herido se levantará, se lavará la cara y se irá a su casa. Pero la gente muere por esos golpes, o sufre secuelas para siempre. Le dan tan poco valor a la vida humana que realmente da miedo. —Vega movió la cabeza con fuerza, sacudiéndose de la mente las sangrientas imágenes que la invadían, y volvió a sonreír mientras miraba a un taciturno inspector Vázquez—. No le des más vueltas, esto es lo que hay, ni más ni menos, y no parece que la cosa vaya a mejorar, así que nos centraremos en coger a los malos y darles para el pelo.

Un guiño malicioso iluminó su cara, marcada por profundas arrugas en la frente y oscuras bolsas debajo de los ojos. David pensó que su vida no debía de ser sencilla, con tres hijos adolescentes preocupándola día y noche, un trabajo absorbente y unos turnos imposibles de conciliar con lo que se entendía como una vida normal. Desconocía a qué se dedicaba su marido, si es que lo había. María era tan celosa de su intimidad que ya ni siquiera era objeto de cotilleos en la comisaría, dado lo poco que había que rascar. Nunca hablaba de su vida privada, ni se quejaba de la dureza de los horarios. Sus comentarios personales se limitaban a citar en contadas ocasiones los logros académicos o deportivos de sus hijos, consumados nadadores, o a narrar algunas de las excursiones que realizaba con un grupo de montaña en el que participaba siempre que podía.

—¿Algo más que deba saber? —continuó Vázquez, centrándose de nuevo en el trabajo.

—No demasiado. Las balas siguen alojadas en el cuerpo del fallecido, ninguna le ha atravesado. Tenemos los dos casquillos, los han encontrado sin dificultad. Pequeño calibre. Yo apostaría por un veintidós, pero te lo diré con seguridad por la mañana.

—En Berriozar utilizaron una pistola del veintidós —reflexionó Vázquez.

—¿Crees que este crimen está relacionado con el del presidente del banco?

—No sé qué pensar. Estaba tan convencido de la culpabilidad del hermano que esto me desmonta por completo todas las teorías.

—Si se confirma que es la misma arma, tendrás que descartar al pequeño de los Viamonte.

—Hay que concluir la investigación antes de cerrar esa puerta por completo, aunque tengo que reconocer que las piezas se niegan a encajar. Pero las casualidades no existen. Los dos hombres han muerto con menos de una semana de diferencia. Presidente y vicepresidente de la misma entidad bancaria, y ambos abatidos a balazos. Hay alguien por ahí con un odio visceral hacia el Hispano-Francés y quienes lo representan.

—O hacia todos los banqueros en general —matizó Vega.

—No puede ser casualidad que haya elegido a sus víctimas dentro de la misma empresa. Tendremos que bucear en el mundillo financiero.

—Pues que Dios te pille confesado —dijo la inspectora a modo de despedida—. ¡Te vas a poner de mierda hasta arriba!

15

Los rostros de los presentes mostraban los estragos de una noche de mucho trabajo y escasas horas de sueño. Eran más de las dos de la madrugada cuando se despidieron en la puerta del banco, y a las ocho y media de la mañana ya estaban todos sentados alrededor de una mesa en la sala de reuniones, con las manos rodeando firmemente una taza de café bien cargado en la que intentaban ahogar los bostezos mal disimulados. Teresa había telefoneado diciendo que no se encontraba bien y que tenía cita con su médico a primera hora. Llamaría más tarde para comentar si podía reincorporarse al trabajo. Para cubrir su puesto, David citó a la reunión a la agente Begoña Lacalle.

Durante las siguientes cuatro horas trabajaron sin descanso. Dispusieron al fondo de la sala dos pizarras magnéticas sobre las que repartieron los detalles de los dos crímenes que les ocupaban. La dedicada a Jorge Viamonte contenía casi el doble de datos que la que mostraba las fotos del cadáver de Tobías Meyer, aunque el constante flujo de información procedente del laboratorio policial y del Instituto Anatómico Forense lo iba completando a buen ritmo.

Pronto supieron que ambos hombres habían muerto por disparos efectuados desde la misma arma, seguramente una pistola semiautomática de fabricación antigua con munición del calibre 22. El forense confirmó en su análisis preliminar que no había más signos de violencia en el cadáver de Meyer que los dos disparos que acabaron con su vida. El banquero murió de forma casi instantánea al recibir el segundo impacto. La pérdida de sangre fue tan importante que se produjo una exanguinación casi completa del cuerpo antes de que el corazón dejara de latir.

En la pizarra de Viamonte, la foto de frente y de perfil de su hermano pequeño parecía ahora fuera de lugar. Lucas Viamonte permanecía ingresado en el hospital, bajo vigilancia policial y en un coma medicamentoso que le sería retirado poco a poco a lo largo del día, una vez superada la primera parte de la desintoxicación alcohólica. Vázquez esperaba poder hablar con él esa misma tarde, un paso necesario antes de tacharlo definitivamente de la lista de sospechosos. No le quedaba más remedio que contemplar el caso desde un prisma nuevo.

Mientras tanto, la Delegación del Gobierno y el Ministerio del Interior habían dispuesto una férrea y nada discreta vigilancia de las principales entidades bancarias de Navarra, incluidos todos los cargos directivos. Los propios bancos se apresuraron a incrementar la presencia de guardias armados en sus edificios, duplicando las cámaras y alarmas e instalando los más modernos sistemas de seguridad.

La agente Lacalle enrojeció hasta la raíz del cabello cuando le llegó el turno de explicar los avances efectuados en el rastreo de los usuarios de los foros de internet. Su voz, apenas un susurro al principio, fue creciendo en volumen e intensidad según avanzaba en su exposición. Explicó que ya habían sido identificados e interrogados los foreros más activos, incluido el que vertió las amenazas más explícitas y que llegó incluso a felicitar al asesino de Viamonte, animándolo a continuar en su cruzada contra el capitalismo. Cuando acudieron a su domicilio encontraron a un jubilado con un turbio pasado en las facciones más radicales de la izquierda nacionalista, antecedentes por desórdenes públicos y demasiado tiempo libre. El juez decretó su libertad con cargos, a la espera de ser juzgado por las amenazas vertidas en la web, aunque él apelaba una y otra vez a su libertad de expresión.

Lacalle desgranó una a una las intervenciones realizadas y reconoció que todavía faltaba mucho trabajo por hacer. Cuando terminó, tras deleitarse en las palabras de felicitación del inspector Vázquez y en sus ojos azules, llegó el turno del análisis financiero. Las complejas explicaciones sobre operaciones bancarias y conexiones internacionales ofrecidas por el agente Alcántara provocaron más de un bostezo. Lo único que el cerebro de Vázquez consiguió procesar fue el anuncio de que la muerte de Tobías Meyer retrasaría la llegada de la documentación solicitada el día anterior. A cambio, esperaban un enorme flujo de información procedente del ordenador del vicepresidente. Cuando no tuvo nada más que decir solicitó permiso para abandonar la reunión y centrarse de nuevo en sus análisis bancarios.

—¿Qué dicen los técnicos que están en el despacho de Meyer? —continuó Vázquez—. Rosales dijo que el vicepresidente tenía un arma.

—Correcto —respondió el subinspector Torres—. No les ha costado demasiado encontrarla. La guardaba en un cajón de su escritorio, cerrado con llave pero no especialmente escondida. Es una Beretta 92 con munición de nueve milímetros. Su mujer nos ha dicho que se la regaló un amigo suyo hace muchos años, un militar norteamericano con el que ya hemos hablado y que ha confirmado la historia. El arma está registrada en España y sólo le falta una bala en el cargador, la que disparó el día que se la regalaron.

—¿La guardaba en su despacho porque se sentía amenazado?

—Según su mujer, la pistola estaba siempre en la caja fuerte de su casa, pero Meyer decidió llevársela a la oficina tras la muerte de Viamonte. Parece que se sentía inquieto, aunque asegura que su marido no recibió amenazas explícitas, ni antes ni después del asesinato del presidente.

—Un arma no sirve de nada guardada en un cajón —reflexionó Vázquez.

—Desde luego, aunque poco podría haber hecho para defenderse si el asesino le sorprendió en el garaje con la guardia baja. Ya la están analizando —añadió Torres—, aunque dudo que saquemos algo en claro por ese lado.

Con dos asesinatos sobre la mesa, Vázquez sabía que la presión se multiplicaría por mil en los próximos días. Sus últimas palabras antes de levantar la reunión y permitir que cada uno volviera a su trabajo fueron para instar a su equipo a no dejarse vencer por la influencia de la opinión pública o de los políticos.

—Los vamos a tener encima todo el día —les dijo—. Sentiréis detrás a la prensa, al comisario, al delegado del gobierno y al mismísimo ministro, pero si dejamos que nos influyan, sólo conseguiremos distraernos y perder capacidad de acción. Así que cada uno a lo suyo, sin despistarse ni perder de vista el objetivo.

Telefoneó al hospital para conocer el estado de Lucas Viamonte. El médico que le atendía le confirmó que continuaba grave, aunque permanecía estable y consciente desde hacía poco más de una hora. No encontró argumentos para negarse a que el inspector visitara al detenido, así que Vázquez le anunció, más por cortesía que por obligación, que acudiría de inmediato al hospital.

Diez minutos más tarde aparcaba el coche en la zona reservada para ambulancias frente al hospital. Mostró su placa al vigilante que corría hacia él, poniendo a prueba sus reflejos al lanzarle las llaves.

—Puedes moverlo si es necesario —le dijo—. Yo no tardaré demasiado.

Lucas Viamonte permanecía ingresado en una habitación de la tercera planta del hospital. Dos agentes de uniforme le vigilaban las veinticuatro horas del día, uno en el interior de la habitación y otro en el pasillo. El aspecto de Viamonte no era mucho mejor que cuando lo detuvieron unos días atrás. Le habían lavado y recortado la barba alrededor de los labios, pero por lo demás parecía un hombre recién salido del infierno. Tenía los ojos inyectados en sangre, y las bolsas debajo de los párpados estaban tan hinchadas que apenas podía separarlos. Le temblaban las manos, que descansaban sin fuerza sobre la manta, y de la boca le caía un hilillo de saliva blanca. El pelo, enredado y alborotado, estaba pegado al cráneo por sucesivas capas de sudor. A pesar de que las auxiliares sanitarias le habrían cambiado a menudo la ropa de cama, al entrar en la habitación le alcanzó un nauseabundo olor a orines, sudor y enfermedad.

David se acercó a la cama y encendió la luz de la cabecera. Inmediatamente, Lucas Viamonte cerró con fuerza los ojos para evitar que el haz ambarino le perforara el cerebro.

—Si no le importa —farfulló el hombre—, apague esa luz. Tengo un terrible dolor de cabeza y prefiero estar a oscuras. Además, así las vistas son menos desagradables.

La mueca que quiso ser una sonrisa mostró una dentadura mellada y oscura entre la que asomaba la punta de una lengua amoratada, cubierta de pequeñas llagas blanquecinas, heridas recientes que coincidían con las esquinas de los dientes astillados. Vázquez apagó la luz y miró largamente al hombre tendido en la cama. Viamonte no intentó sostenerle la mirada. Se limitó a quedarse quieto, completamente inmóvil, como si cualquier movimiento le produjera un sufrimiento insoportable.

—Señor Viamonte, soy el inspector Vázquez, de la comisaría de Pamplona. Quizá me recuerde de nuestra entrevista anterior.

—Lo siento, inspector, pero mi memoria ya no es lo que era. Apenas recuerdo lo que he hecho hace una hora…

La voz rasposa de Viamonte parecía salir directamente del fondo de una cueva. Sus palabras sonaron huecas y heridas, como arañadas por afiladas cuchillas.

—¿Recuerda por qué está detenido?

—Claro. Mi hermano ha muerto. Y usted cree que yo lo he matado. Recuerdo haberle dicho que no lo hice.

Vázquez guardó silencio, observando la reacción de Viamonte.

—Reconoció haberle telefoneado la tarde del asesinato, pero afirma que no llegó a verle. Él murió en el lugar en el que se citaron.

—Eso es. Veo que su memoria es buena. Me alegro por usted. Una buena memoria suele ser un regalo. En mi caso, sin embargo, es una maldición. Afortunadamente, el vino me ayuda a mantenerla a raya.

Un nuevo intento de sonrisa cruzó el castigado rostro de Viamonte.

—No hemos encontrado a la mujer que supuestamente le auxilió cuando tropezó y se lesionó en la avenida de Guipúzcoa —continuó Vázquez.

—Era una puta, inspector. No esperará que se ofrezca voluntaria para declarar delante de la policía.

—¿Tiene armas, señor Viamonte?

—No he tocado un arma en mi vida. Mi padre consiguió que ni mi hermano ni yo hiciéramos el servicio militar. Nos limitamos a trabajar un par de veranos en las oficinas del cuartel de Pamplona y listo. Sólo tuvimos que vestirnos de verde, pero ni armas, ni guardias en apestosas garitas, ni ninguno de los desagradables trámites por los que pasaban los soldados. Ni siquiera me gusta cazar.

—¿Hay en su casa armas de la época de la Guerra Civil, o de la posguerra?

—Yo no tengo casa…

Las palabras cruzaron la habitación teñidas de un profundo tono de amargura. En un momento, esa sencilla frase hizo patente la realidad de la persona que yacía en la cama, un hombre a quien nadie reclamaría si muriera en ese mismo instante, que se evaporaría rápidamente en la memoria de quienes le conocían hasta desaparecer por completo. Ciertamente, las investigaciones de los últimos días habían concluido que las pertenencias de Lucas Viamonte se limitaban a los escasos pertrechos que le habían incautado en el momento de su detención, además de un par de bolsas de tela que permanecían en el albergue. En ninguna de ellas se había encontrado un arma. Las posibilidades de que aquel hombre hubiera matado a su hermano se diluían como la sal en un vaso de agua. Sin embargo, había conseguido atraer a Jorge Viamonte hasta el lugar de su muerte y cabía la posibilidad de que lo hubiera hecho incitado por la persona que después apretó el gatillo. Así pues, no estaba dispuesto a dejarle marchar, al menos de momento.

—Me gustaría saber por qué llamó a su hermano.

—Necesitaba pasta. Unos tíos me estaban apretando para que les pagara una deuda. Las amenazas eran ya más que palabras…

—Lo que no entiendo es por qué le citó en Berriozar, tan lejos de los lugares en los que suele parar habitualmente.

—Tengo un amigo que vive allí.

—¿Qué amigo?

—Usted no lo conoce.

—Pruebe.

Lucas Viamonte permaneció en silencio y con los ojos cerrados durante varios minutos. Vázquez comenzó a temer que se hubiera quedado dormido. Cuando los abrió de nuevo, miró a Vázquez desde las profundidades de sus pupilas azules.

—Yo no maté a mi hermano, inspector. Nunca le haría daño. Tiene que creerme. —Sus palabras, pronunciadas en voz baja, eran casi una súplica.

—¡Basta ya de tonterías! —El calor que nacía en su estómago se extendió rápidamente hacia el pecho, acelerándole el corazón. Apretó los puños para contener las pequeñas palpitaciones que le golpeaban las yemas de los dedos—. ¿Por qué le obligaste a ir a Berriozar? Sabías que alguien le esperaría allí. ¿Quizá los mismos a los que les debías dinero? —David formuló sus preguntas muy cerca de la cara de Viamonte, mirando fijamente sus ojos inflamados. A esa distancia podía contar la miríada de venitas rojas que recorrían sus globos oculares de un lado a otro, como las patas de una araña, y que parecían a punto de estallar—. ¿Te pidieron que le llamaras, que le obligaras a acudir a un lugar solitario y apartado, para poder robarle o extorsionarle? Es posible que el asunto se les fuera de las manos, Lucas. Tú no querías matarle, pero alguien le hizo daño y creo que sabes quién.

Lágrimas amargas recorrían las mejillas de Viamonte, que intentaba enjugárselas alzando una mano trémula. Los dedos, agarrotados y sin fuerza, no acertaban en su destino y se paseaban por encima de la nariz, del pelo sucio, o simplemente recorrían el aire en un vano intento por recuperar la compostura. Vázquez sintió lástima por aquel hombre.

—Yo no le maté, inspector —insistió Viamonte, sollozando como un niño—. Quise ir a verle, se lo juro, pero me caí. Soy un borracho de mierda, un triste despojo, y ni siquiera fui capaz de acudir al encuentro de mi hermano. Nadie sabía que le había llamado, nadie me dijo que lo hiciera. No sé qué hacer…

El llanto terminó tan bruscamente como había comenzado. Viamonte dejó caer las manos muertas sobre la cama y se sorbió los mocos ruidosamente, incapaz de acertar a llevarse un pañuelo a la nariz a consecuencia de los temblores que le sacudían cada poco tiempo.

—¿Sabe, inspector? Si quisiera, podría cargarme al presidente de los Estados Unidos de América. —Vázquez le miró con curiosidad. Viamonte no sonreía. Su mirada, fría como el hielo, podría taladrar una pared—. ¿Ha oído hablar de la teoría de los seis grados de separación? Es una afirmación de lo más curiosa. —Un fuerte acceso de tos le obligó a hacer una pausa en su discurso. Alcanzó a duras penas un pañuelo de papel de la mesita de noche y expulsó con fuerza las flemas que llenaban su garganta. David tuvo que hacer un esfuerzo para soportar las náuseas—. Yo la descubrí en la universidad, y en varias ocasiones he tenido la oportunidad de comprobar su utilidad. Es algo así como el juego de quién conoce a quién, pero a nivel planetario. —La voz sonaba cada vez más seca y pastosa, más difícil de entender. Guardó silencio un momento, mientras señalaba una botella que había sobre la mesa—. Inspector, si fuera tan amable de acercarme el agua, se lo agradecería. Porque en esta casa siguen sin servir vino con las comidas, ¿verdad?

David le acercó la botella y Lucas echó un largo trago, dejando entrar el líquido en su cuerpo con la ansiedad de un náufrago. Luchó después por incorporarse en la cama, y de nuevo solicitó la ayuda de Vázquez para lograr una postura mínimamente cómoda. Se lo agradeció con un ligero movimiento de cabeza y continuó hablando:

—La teoría de los seis grados dice que cualquier persona del planeta está conectada a cualquier otra a través de una cadena de conocidos con no más de seis eslabones de separación. Es decir, que entre el presidente de Estados Unidos y yo sólo hay cinco personas de distancia. Si quisiera matarle, sólo tendría que proponérselo a la persona adecuada, que haría lo mismo con quien ella considerara oportuno, y así una y otra vez, hasta que la sexta persona apretara el gatillo. ¡Bang! Y ya está. El mundo es un pañuelo, inspector. Yo podría asesinar al mismísimo Putin en su despacho del Kremlin, pero no maté a mi hermano, jamás podría hacerlo, ni consentiría que nadie le hiciera daño. Si hubiera sabido que alguien pensaba dispararle, habría llegado a Berriozar arrastrándome, se lo juro, para ponerme delante de esa bala. Mi vida no vale una mierda, inspector. Y ahora, menos que nada. La única persona que tenía un mínimo interés por mí está muerta.

La escasa vitalidad que Lucas Viamonte había demostrado en los últimos minutos se diluyó como la espuma del mar al llegar a la playa. El volumen de su voz bajó hasta hacerse prácticamente inaudible y los párpados cubrieron poco a poco la nebulosa de sus ojos. Cesaron también los temblores y los sincopados movimientos de cabeza. La parpadeante luz de una cajita blanca, de la que surgían unos delgados tubos que se perdían en el brazo izquierdo de Viamonte, le hizo sospechar que por sus venas corría ya su oportuna dosis de medicación.

David abandonó el hospital con un millón de preguntas bulléndole en la cabeza. El vigilante le lanzó las llaves con indolencia, indicándole con la cabeza que su coche seguía en el mismo sitio en el que lo había dejado. Sentado ante el volante, con el motor en marcha y la calefacción escupiendo un aire escasamente templado, el inspector estudió sus posibilidades de actuación. Telefoneó a Torres y le pidió que le acompañara de nuevo al banco.

—Tenemos que hablar con Rosales —dijo—. Es el que más gana con todo este follón.

—No lo sé… —respondió el subinspector—. Las quinielas que publican hoy los periódicos ni siquiera lo tienen en cuenta como futuro presidente, así que si se ha cargado a dos personas para llegar al poder, la jugada no le ha salido del todo bien.

—En cualquier caso, es una pieza clave en el caso. Asegúrate de que estará esta tarde en el banco.

Un par de horas después, con el estómago todavía revuelto, entró una vez más en el suntuoso despacho de Ignacio Rosales. El vicepresidente segundo no se molestó en levantarse de su asiento cuando la secretaria abrió la puerta y los invitó a pasar. Les señaló con la mano las mismas sillas que ocuparon sólo dos días antes y les observó con curiosidad por encima de sus pequeñas gafas de aumento.

—Estoy realmente ocupado, señores —comenzó Rosales—. Es el segundo funeral que tengo que organizar en menos de una semana, eso sin olvidar que hay un banco que dirigir. El mundo no se detiene porque alguien se haya bajado del tren, por mucho que nos duela su pérdida...

—Francamente —le respondió Vázquez—, no creo que «dolor» sea la palabra que mejor defina sus sentimientos. ¿Ansiedad, quizá? ¿Ambición? ¿Cierto nerviosismo al no ver su nombre en la lista de aspirantes a la presidencia? ¿Frustración por todo el tiempo y el trabajo invertido para nada?

—No entiendo lo que quiere decir, pero si ha venido aquí a insultarme, le daré el número de mi bufete de abogados. Póngase en contacto con ellos si quiere seguir hablando conmigo.

Rosales se retrepó en el sillón mientras se quitaba despacio las gafas, manteniendo en todo momento el contacto visual con Vázquez. Desde la silla de al lado, Torres asistía divertido a la lucha de egos que se desarrollaba ante sus ojos.

—Si todo siguiera su orden natural —continuó Vázquez sin inmutarse—, lo lógico sería que Meyer sustituyera a Viamonte y usted, a Meyer. Creo que de cualquier otro modo le sería imposible aspirar a la presidencia del banco.

—¿Por qué cree que quiero presidir el Hispano-Francés?

—¿Acaso no quiere? Llegar a lo más alto es una aspiración legítima.

—Por supuesto, pero yo soy muy consciente de cómo funcionan las cosas en este mundo, mucho más que usted, sin duda.

Aquí no vale sólo tu trabajo, ni las horas que le dediques al banco, ni los millones de euros que tus operaciones le aporten. Lo que de verdad importa aquí es tu nombre y el de tu familia, importa quiénes son tus amigos y valedores y con quién te relacionas, quién te debe un favor y a quién se los has hecho tú.

—Pero no me negará que las muertes de Viamonte y Meyer le despejan el camino.

—En absoluto —respondió Rosales—. Éste es el puesto más importante al que puedo aspirar, al menos de momento. Que yo ascienda no depende de que mis rivales desaparezcan, sino de que quien les sustituya me favorezca. Sólo entonces podría aspirar a nuevos puestos en el futuro. Pero ahora, tal y como están las cosas en el Consejo, puedo estar contento si continúo en una de las vicepresidencias.

—¿Tiene un arma? —continuó Vázquez.

—Yo no, pero ya les dije que Meyer sí.

—¿Cree que fue Meyer quien disparó contra Jorge Viamonte?

—Yo no he dicho nada parecido, aunque, desde luego, si alguien tenía posibilidades de medrar con su muerte, era él, no yo.

—¿Qué hizo ayer después del funeral? —continuó Vázquez, cambiando de nuevo el rumbo de sus preguntas.

—Por favor... —Rosales resopló, visiblemente harto de la conversación—. ¿Es necesario todo esto?

Vázquez no respondió. Esperó pacientemente hasta que Rosales se dio por vencido.

—Cené con varios colegas a los que hacía tiempo que no veía —dijo finalmente—. ¿Necesita el nombre del restaurante y el menú? —Sin esperar respuesta, el vicepresidente anotó en un papel el nombre de un conocido restaurante y de las personas que le acompañaron—. Le recomiendo todos los platos de pescado. Absolutamente deliciosos —dijo mientras le tendía el papel. Vázquez lo guardó sin mirarlo siquiera—. Está usted buscando en la dirección equivocada, inspector. ¿Qué es lo que habían escrito en el coche de Meyer? Eso debería darle una idea sobre la autoría, ¿no le parece?, en lugar de dejarse llevar por sus prejuicios.

—No son mis prejuicios los que me han traído hasta aquí —respondió David calmadamente—, sino los indicios.

—Indicios, usted mismo lo ha dicho, porque no tiene ni una sola prueba que apunte en mi dirección. Se lo repito, busque entre todos esos delincuentes que vociferan en la calle. Es posible que uno de ellos haya decidido pasar de las amenazas a la acción.

Vázquez no respondió. Se levantó de la silla y abandonó el despacho seguido de Torres. Salieron en silencio del edificio y no pronunciaron ni una palabra hasta entrar en el coche.

—¿Qué piensas? —preguntó Torres.

—No lo sé, la verdad. ¿Por qué acusar a Meyer de corrupto? No me gusta Rosales. Es ambicioso y carece de escrúpulos, pero tampoco hay que perder de vista a esa pandilla de directivos que sólo buscan un puesto en la cima. No podemos quitarles el ojo de encima. Espero que las huellas recogidas por la inspectora Vega nos aporten algo de luz en medio del caos.

—Yo no descartaría del todo a uno de esos locos antisistema. Ya no están tan activos como hace unos años y la mayoría, o se han desinflado, o se han metido en uno de los nuevos partidos políticos, pero eso no significa que no queden radicales sueltos.

—Buscaremos también a personas que se sientan agraviadas por el banco, que hayan sufrido un desahucio, les hayan denegado un préstamo o hayan perdido sus ahorros. Indaga entre las denuncias presentadas en las asociaciones de consumidores y en el Defensor del Pueblo. Tiene que haber un nombre en algún lugar.

16

El sonido de la televisión no conseguía amortiguar los gritos que retumbaban en la cabeza de Irene. Los fantasmas efímeros que la visitaban cada noche habían llegado ya, puntuales a su cita, y sus palabras, incomprensibles para ella, resonaban en su cerebro como bocinas huecas. Con David sentado a su lado, la cálida mano apoyada mansamente sobre su pierna, la espera se estaba convirtiendo en la más cruel de las torturas. Tomada la decisión, ya no quedaba espacio para dar marcha atrás. El fuego que comenzó como una liberación la rodeaba ahora por completo, obligándola a saltar una y otra vez para intentar superar el cerco mortal. Como una ficha de dominó que empuja a la siguiente hasta que todas caen, su vida se parecía cada vez más a una huida hacia delante, un pasillo sin fin en el que todas las puertas conducían a la muerte.

El miedo no estaba entre los sentimientos que la sacudían. Tampoco los remordimientos. No era lógico estremecerse por sucesos que no tenían solución. Sólo percibía cierta ansiedad, un ligero retortijón en la boca del estómago producido por la obligada y tensa espera. La sopa que David había cenado contenía una generosa dosis de somníferos. No podía arriesgarse a que notara su ausencia despertándose antes de tiempo. Añadir la droga a la comida fue la más difícil de todas las decisiones que había tomado en los últimos días. Temía excederse en la cantidad y hacerle daño, algo que nunca podría perdonarse. Las caricias de

David se ralentizaban poco a poco, y cada vez le costaba más mantener los ojos abiertos.

—No sé qué me pasa hoy —dijo con voz pastosa—, pero me muero de sueño.

—Te acompaño a la cama. —Irene se levantó y le tendió la mano, que él tomó perezoso—. Mañana tengo que madrugar mucho, me esperan en el aeropuerto de Vitoria muy temprano.

—¿Comemos juntos? —Apenas podía hablar mientras subían las escaleras hacia el dormitorio. Irene tiró de él, no quería que se quedara inconsciente antes de llegar a la cama.

—No sé si podré. Te llamaré cuando lo sepa, ¿de acuerdo?

David se limitó a sacudir la cabeza y a sonreír en dirección a Irene, aunque ni siquiera era capaz de enfocar la vista. Lo ayudó a desnudarse y lo acostó rápidamente. Estaba dormido antes de que su cabeza tocara la almohada. Acodada sobre el colchón, Irene no pudo sino maravillarse una vez más de su suerte. Se sentía la mujer más afortunada del mundo. Con David a su lado, amándola cada día, sería capaz de cualquier logro. Y de cualquier locura, todo con tal de defender su vida.

La respiración de David era lenta y profunda. Irene se deleitó contemplando su rostro, pasando los dedos a escasos milímetros de su piel, sin llegar a tocarle, lo justo para sentir en la yema de los dedos el roce de su barba, la caricia de las pequeñas arrugas que se dibujaban en su frente. Delineó su perfil en el aire, conteniendo las ganas de besarle. Su sola presencia era un bálsamo para su alma. Sólo su cercanía era capaz de acallar las voces lejanas que le enfriaban el alma. Mientras le veía dormir se alejaron sus miedos, sus oscuras traiciones, su pulsión mortal. No eran ésas las manos de una mujer decidida a matar. Escrutó sus dedos mientras recorrían los hombros relajados de David, apenas cubiertos por el suave algodón de las sábanas. La piel, ahora cálida y sonrosada, llena de vida, podía trocarse en un instante en un pellejo muerto, un fardo exangüe, sólo válido para contener órganos sin latido. Alejó esos pensamientos de su cabeza y miró el reloj. Eran casi las dos de la madrugada. Pronto se pondría en marcha. No dudó ni un instante sobre lo que tenía que hacer. Había interiorizado cada detalle de un plan que ahora formaba parte de su ser como una sencilla rutina. Levantarse, vestirse, conducir, esperar, matar. Matar para vivir. Para seguir viviendo. Ni siquiera se planteó si aquél sería el paso definitivo para sentirse completamente segura o si tendría que volver a saltar sobre el fuego, pero eso no le preocupaba en aquel momento.

A las tres y media de la madrugada ya estaba lista. Se peinó y maquilló como si fuera a trabajar y se protegió del frío con un gorro de lana oscuro y una bufanda a juego. Echó un último vistazo a David, que continuaba durmiendo profundamente, ajeno a todo lo que le rodeaba, y bajó al garaje. El enorme Audi Q7, el último capricho de su marido antes de morir, esperaba imponente a que alguien diera vida a sus casi trescientos caballos de potencia. Marcos decía que en esta vida uno no es sólo lo que es, sino sobre todo lo que aparenta ser. Por eso compró un coche de más de setenta mil euros y le obligó a utilizarlo para recibir a sus clientes. «Así sabrán que eres de los suyos, que estás a su mismo nivel», le decía. Odiaba aquel coche tan grande. Le parecía fatuo, engreído y pretencioso, como el propio Marcos. El motor arrancó con un suave ronroneo. Comprobó que tenía suficiente combustible y accionó el mando a distancia del garaje. La puerta lanzó su habitual chirrido, que sonó especialmente estridente en el silencio nocturno. La exigua luz de las farolas en la noche sin luna era suficiente para indicarle el camino. Cerró el portón y se deslizó a oscuras hasta el final de la urbanización. Encendió las luces al llegar a la carretera que la conduciría al centro de la ciudad, rasgando la noche con los potentes faros. No quería que una patrulla de la Policía Foral echara a perder sus planes. El todoterreno, satisfecho sobre el asfalto después de tanto tiempo enjaulado, devoraba los kilómetros con eficacia y rapidez. Controló la velocidad para no hacer saltar los radares y se mantuvo en el carril de la derecha. Apenas se cruzó con media docena de coches a lo largo de todo el recorrido. Pamplona dormía plácidamente, acunada por el viento y el rítmico pulso intermitente de los semáforos, que pasaban la noche latiendo en ámbar. Tras un par de rotondas desiertas, la calle Errotazar se estrechaba y curvaba siguiendo el sinuoso cauce del río Arga, alimentado hasta la saciedad por las lluvias de los últimos días. Las huertas y el parque de la otra orilla no eran sino una extensa sombra negra, rota apenas por el destello lejano de una granja escuela. Redujo la velocidad cuando alcanzó la intersección con la calle Ansoáin. Dibujó con cuidado la cerrada curva ascendente y giró el coche por completo, trazando un círculo hasta colocarse de nuevo frente al río. Se detuvo junto a la acera, amparada por la enorme mole de piedra del Monasterio viejo de San Pedro, un edificio histórico del siglo XVIII reconvertido en museo medioambiental. Los estrechos vanos de los muros parecían mirarla con curiosidad, pero el caserón permanecía desierto durante la noche. Ningún vehículo que pasara por la calle Errotazar la vería apostada en la curva, con el motor y las luces apagadas. Bajó la ventanilla para escuchar con claridad el sonido que esperaba oír. El viento helado le hirió la piel con la crueldad de una afilada cuchilla. Se cubrió las mejillas y la boca con la bufanda y se dispuso a esperar. En el silencio abrumador de la noche, apenas roto por el crujido de las ramas de los árboles, que gemían sacudidas por el viento, los fantasmas que la acompañaban le susurraron palabras inconexas al oído. No pudo entender su mensaje, pero sentía en el corazón cómo se acercaban cada vez más, avanzando paso a paso hacia su interior, helándole la sangre con sus murmullos. Agarró el volante con fuerza y cerró los ojos. De su garganta brotó un gruñido casi animal que fue creciendo mientras se acercaba a su boca, hasta convertirse en un alarido desesperado que acalló las tortuosas voces. Respiró profundamente, obligándose a tranquilizarse, y levantó la cara hacia el viento, que secó de un soplo el sudor que le cubría la frente.

No pasó mucho tiempo antes de que escuchara el inconfundible petardeo de la motocicleta de Katia. Encendió el motor del coche, dejando las luces apagadas, y liberó el freno de mano para deslizarse en silencio hasta el borde de la carretera. Fijó la mirada a su izquierda y esperó. Las nubes y la luna nueva ocultaban por completo el enorme morro del coche. Uno, dos, tres, cuatro... Apenas cinco segundos después la noche se partió en dos con la estrecha y temblorosa luz del faro de la moto. Cuando Katia llegó al amplio cruce, Irene pisó el acelerador a fondo, lanzando el todoterreno a toda velocidad contra el pequeño ciclomotor. La joven no tuvo tiempo de reaccionar. Bajo la visera de su casco naranja una única orden vibraba en su cerebro: huir. Intentó esquivar el impacto girando rápidamente a la derecha, hacia el centro de la calzada, pero el poderoso frontal del coche alcanzó con toda su potencia la rueda trasera de la moto, haciéndola caer. Apretando los dientes con fuerza, Irene continuó pisando el acelerador. Sintió cómo el coche se elevaba bruscamente al pasar sobre la moto y confió en que Katia estuviera también en el suelo. El hierro crujió con un gemido lastimero, mientras una explosión de pequeños cristales acabó con la exigua luz del faro, muerto bajo el coche.

El destello de unas luces blancas reflejadas en el retrovisor distrajo su atención. Sin encender los faros, Irene dio marcha atrás y pasó una vez más por encima de la moto. Enderezó rápidamente el volante y aceleró en dirección a la rotonda. En un rápido vistazo antes de girar a la derecha distinguió un bulto inmóvil sobre la calzada. Suspiró largamente, dejando salir todo el aire que había retenido en los pulmones, y pisó el acelerador. Seguramente el coche que se acercaba ya habría llegado al lugar del atropello y no tardaría en dar aviso a Emergencias. Tenía que estar muy lejos cuando las ambulancias llegaran. Le hubiera gustado quedarse, mezclarse entre los curiosos y comprobar si todo había salido bien, pero el riesgo era demasiado grande. Tendría que conformarse con esperar a las noticias de la mañana. Lúcida y despejada como nunca, sentía a flor de piel la emoción de la esperanza recobrada.

Encendió las luces al llegar al Paseo de los Enamorados, acelerando al máximo en la recta del parque de Trinitarios. Subió sin detenerse la Cuesta de la Reina hacia el barrio de San Juan y se perdió entre los adormilados conductores. Evitó la avenida de Pío XII, donde dos cámaras de vigilancia controlaban el tráfico, y circuló hasta Echavacoiz por calles secundarias, desiertas todavía a pesar de que ya había luz en algunas ventanas. El trayecto hasta casa se le antojó eterno. Redujo la velocidad al llegar a los radares y comprobó que los semáforos habían vuelto a funcionar, obligándola a detenerse durante unos interminables minutos.

Cuando la puerta del garaje le franqueó el paso por completo, la noche era todavía un tupido manto negro sobre la ciudad, sin luna o estrellas que la hicieran menos tenebrosa. El reloj del salpicadero marcaba las cinco y cuarto de la madrugada. Se sorprendió al comprobar el ligero temblor que sacudía sus manos, todavía firmemente asidas a ambos lados del volante. Respiró profundamente, inspirando por la nariz y expulsando el aire por la boca, como tantas veces le habían obligado a hacer tras la muerte de sus padres y, años más tarde, al afrontar la desaparición de su marido. El despertador de David sonaría en menos de dos horas y no podía encontrarla allí. Bajó del coche y se dirigió a la parte delantera para comprobar los daños. El frontal estaba muy abollado y tenía restos de una sustancia viscosa y oscura en el lateral cromado. Sin atreverse a tocarlo, sacó del maletero una bolsa de la que extrajo unos guantes de plástico, un pequeño bidón de gasolina y una bayeta. Frotó con fuerza la rejilla, esforzándose por no olvidar ningún hueco, alumbrando los rincones con una linterna, y se dedicó después al resto de la parte delantera. Mojaba el trapo cada pocos minutos y frotaba de nuevo con energía y eficacia, arrastrando a su paso restos de pintura, trozos de tela oscura, seguramente del abrigo de Katia, y extensas manchas de sangre. Se arrodilló después para limpiar las ruedas y los bajos del vehículo. Los efluvios de la gasolina la estaban mareando, pero el tiempo corría en su contra. Abrió el portón del garaje poco más de un metro para ventilar la estancia. No quería que David investigara la procedencia de un olor tan intenso. Mientras el viento helado se llevaba todos los vapores de la gasolina, aprovechó para lavarse a conciencia. El agua caliente corriendo entre sus dedos le devolvió la sensibilidad que había perdido bajo los guantes. Cuando estuvo seca y de nuevo dispuesta, guardó el bidón, el trapo y los guantes en la bolsa y la anudó con fuerza. A su espalda, en el interior de la casa, todo permanecía en silencio. Era hora de marcharse. Abrió completamente el portón del garaje y salió de nuevo a la calle con el abollado vehículo. El amanecer todavía no había conseguido abrirse paso en la invernal madrugada. Sin vacilar, puso rumbo hacia el enorme puente de hormigón que unía las dos mitades de Zizur. El tráfico comenzaba a ser denso. El turno de noche en la cercana factoría de turismos ya había concluido y los agotados obreros se dirigían a sus camas. Al otro lado de la rotonda, su mirada se concentró en el imponente monolito pétreo que se elevaba frente a ella y que marcaba el inicio del puente. Sin dudarlo ni un momento, aceleró el coche y condujo directamente hacia el centro del viaducto. No se molestó en cerrar los ojos. Asió con fuerza el volante y elevó una breve plegaria, la primera en muchos años, antes de estrellarse contra el enorme pilar, que tembló por el impacto. No tuvo tiempo de ver la lluvia de cristales que cayó sobre su cabeza, arañándole las mejillas y la frente. La instantánea explosión del airbag lo inundó todo de humo y polvo blanco. Un fuerte olor a quemado le hizo temer que el coche estuviera en llamas, pero cuando la enorme bolsa blanca que evitó que se estrellara contra el volante se convirtió en un bulto informe, pudo comprobar que no había fuego. Movió despacio los brazos y las piernas. Se pasó la mano por la cara, que le escocía terriblemente, y se asustó al descubrirla cubierta de sangre. Soltó el cinturón de seguridad y se dispuso a salir, pero un dolor lacerante en la espalda y el cuello la atravesó cuando intentó moverse. Alguien abrió la portezuela del coche y comenzó a hablarle, pero las palabras sólo eran un murmullo inconexo y distorsionado, como si estuviera debajo del agua. Un reguero de sangre le caía por la frente y se deslizaba sobre sus ojos, dificultándole la visión. El fuerte dolor de cabeza que la atenazó sin previo aviso la obligó a detener el leve movimiento que estaba realizando. Cerró los ojos y echó la cabeza hacia atrás en el asiento del coche. Varias manos se pusieron de acuerdo para agarrarla al mismo tiempo y tirar de ella hacia fuera. La sentaron sobre el bordillo de la acera y siguieron hablándole, aunque le era imposible entender sus palabras. El frío de la mañana la ayudó a despejarse. Abrió los ojos y miró a su alrededor. Aunque no estaba ardiendo, del motor de su coche surgía un espeso y oscuro humo. Dos personas permanecían arrodilladas a su lado, mirándola con preocupación. A unos metros, una mujer de piel oscura hablaba por teléfono, señalando alternativamente al puente y a su coche destrozado.

—¿Me oye, señora? ¿Puede oírme? ¿Entiende lo que le digo?

Las palabras se hicieron por fin inteligibles. Miró al hombre que le hablaba y movió afirmativamente la cabeza.

—La ambulancia está de camino. —El hombre la sujetaba por la espalda para mantenerla sentada—. Ha tenido mucha suerte, con otro coche se habría matado, pero estos Audis son muy duros.

La ambulancia llegó en pocos minutos. La mujer que había telefoneado se encargó también de recuperar su bolso del coche y entregárselo al enfermero. Con movimientos profesionales, el médico le limpió la sangre de la cara y comprobó que la hemorragia procedía de las pequeñas heridas producidas por los cristales, nada que no pudiera solucionarse con unos pocos puntos de sutura. Le preocupaban más los efectos del impacto en la cabeza, el cuello y la columna, además de las posibles lesiones internas, por lo que decidió trasladarla al hospital para realizarle una exploración. Los molestos ruidos habían desaparecido de sus oídos, pero era incapaz de controlar los temblores de su cuerpo. El sanitario le explicó que una descarga de adrenalina tan brutal como la que se produce en un accidente de tráfico suele tener como consecuencia un descenso de la temperatura corporal y escalofríos incontrolados durante un período de tiempo más o menos prolongado. Desplegó una manta sobre su cuerpo y la arropó en la camilla mientras la izaban al interior de la ambulancia. Con los analgésicos deslizándose suavemente hacia el interior de su cuerpo a través de la vía introducida en su brazo y el agradable calor de la manta, Irene pudo relajarse y pensar en lo que sucedería a partir de ese momento. Cerró los ojos e intentó aislarse del estruendo de las sirenas. La conversación del médico y el enfermero le llegaba entrecortada por sus propios pensamientos, pero escuchó claramente que éste era el segundo accidente de tráfico al que acudían en menos de tres horas.

—La mujer que han atropellado en la calle Errotazar está muy grave, no saben si sobrevivirá. En principio el casco le ha salvado la vida, y sus buenos reflejos al saltar hacia delante, pero tiene lesiones muy serias. La están operando en estos momentos.

El corazón de Irene dio un violento vuelco. Si Katia no estaba muerta, si sobrevivía, todos sus esfuerzos habrían sido en vano. Nuevos temblores la sacudieron con fuerza. El enfermero volvió a arroparla y le dirigió palabras tranquilizadoras, asegurándole que estaban a punto de llegar y que todo saldría bien. El miedo le nubló la mente, impidiéndole pensar con claridad. Katia estaba viva, y eso lo complicaba todo. Intentó serenarse recordando las palabras del médico sobre la gravedad de sus heridas, y comprendió que, aunque no muriera, no era probable que volviera a acercarse a ella, ahora que sabía de lo que era capaz. Decidió que, de un modo u otro, Katia había quedado definitivamente fuera de su vida.

Cuando la ambulancia llegó al hospital, dos auxiliares esperaban en la rampa de Urgencias para hacerse cargo de ella. Extrajeron la camilla con rapidez y eficacia, zarandeándola levemente al enfilar con premura hacia la sala en la que un médico la examinó con manos expertas. En los minutos siguientes se sucedieron las pruebas, los análisis y las preguntas. Una auxiliar la ayudó a desnudarse y ponerse un camisón hospitalario antes de instalarla en una cama separada del resto por dos indiscretas cortinas verdes. La luz del sol se colaba ya entre las rendijas de las persianas, provocando un arcoíris de color en el interior de un vaso de agua que alguien había olvidado en el alféizar de una de las ventanas. Pidió a una enfermera que le acercara el bolso, que descansaba en una silla junto al resto de sus cosas, y rebuscó en su interior hasta encontrar el teléfono móvil. Acarició la carcasa con dedos temblorosos, anticipando la voz que pronto le susurraría palabras dulces al oído. Pulsó el botón de marcación rápida y le devolvió la sonrisa a la imagen de David que la miraba desde la pantalla, llenándolo todo con sus diáfanos ojos claros.

Tardó menos de veinte minutos en llegar a su lado. Entró como una tromba en la sala de Urgencias, levantando a su paso un vendaval de protestas y miradas críticas, pero no se detuvo hasta tener las manos de Irene entre las suyas. Le acarició el pelo, inspeccionó sus heridas y se interesó por el diagnóstico médico. Comprobó que el gotero fluía como debía y anotó mentalmente el nombre de los medicamentos que le estaban suministrando a través de la vía intravenosa. Interrogó a todas las enfermeras que se acercaron hasta la cama y exigió la presencia de un médico para conocer de primera mano el alcance de las lesiones. Ella le explicó en voz baja lo sucedido, acariciándole la palma de la mano con los dedos mientras hablaba.

—No ha sido nada —dijo—, un pequeño mareo sin importancia. El problema es que no supe controlar el vehículo cuando comencé a sentirme mal. Debí haber frenado, parar hasta que se me hubiera pasado. Pensé que sería un malestar pasajero, como me ha ocurrido en otras ocasiones, pero esta vez se me nubló la vista, todo lo que me rodeaba comenzó a moverse de un lado a otro y no fui consciente de lo que ocurría hasta que fue demasiado tarde.

Un agente de la Policía Municipal, de pie junto a la cortina verde, carraspeó sonoramente para llamar su atención. David se puso en pie y le tendió la mano, invitándole a pasar.

—¿Qué tal se encuentra? —El veterano agente se mantuvo a dos metros de distancia de la cama de hospital, como si temiera contagiarse si se acercaba más.

—Dolorida, pero bien. Todo el mundo dice que he tenido mucha suerte, y así debe de ser, porque me van a dar el alta hoy mismo. No tengo ningún hueso roto ni heridas importantes, aunque me siento como si un elefante se me hubiera sentado encima.

—Necesito que me explique qué ha sucedido para poder rellenar el parte. Le enviaremos una copia del informe para que la presente en su seguro. ¿Hubo otros vehículos implicados en el accidente?

—No, sólo el mío. Sentí un ligero mareo al llegar a la rotonda, y cuando quise darme cuenta había perdido el sentido de la orientación. Me invadió un vértigo horrible, nunca me había sentido así, y no me di cuenta de que iba directa hacia el puente hasta que choqué contra él.

—Al menos no cayó a la autovía —reflexionó el agente mientras tomaba notas a toda velocidad—. Eso sí que hubiera sido una catástrofe, con todos los coches que circulan por ahí a esas horas. Además, a juzgar por el olor a gasolina, creo que el golpe dañó el depósito de combustible. Podría incluso haber explotado…

—Sí, creo que he sido afortunada.

David le acariciaba el pelo distraídamente mientras su cabeza buscaba ya fórmulas para pasar el mayor tiempo posible con Irene en los próximos días. Pensó en pedir unos días de vacaciones, o recurrir a los de asuntos propios, pero supuso que, con los cadáveres de Viamonte y Meyer todavía calientes, sería muy complicado que el comisario se lo permitiera.

El agente se marchó tras informarles de que el coche había sido remolcado hasta el depósito municipal. Su soledad duró apenas unos minutos, los que tardó el médico en descorrer bruscamente la cortina y colocarse a los pies de la cama, con los brazos cargados de papeles, carpetas y radiografías.

—La vamos a mandar a casa, señora Ochoa, pero va a tener que guardar unos días de reposo. Agradecerá la inmovilidad relativa durante al menos una semana, porque me temo que cualquier movimiento le resultará bastante doloroso. Le he preparado varias recetas de analgésicos y antiinflamatorios y la enfermera le va a inmovilizar la mano derecha. Las radiografías muestran un esguince en la muñeca, pero ninguna otra lesión importante, afortunadamente. Lo que me preocupa —añadió—, es el mareo que dio origen al accidente. He preparado un informe para que acuda al Servicio de Neurología, donde intentarán determinar qué es lo que ha pasado. Es posible que haya sido una simple descompensación de la tensión arterial debido al estrés o al cansancio, o quizá un problema de cervicales o de oído, pero hay que descartar cualquier tipo de patología.

Ambos agradecieron las palabras del doctor y escucharon atentamente sus indicaciones sobre la medicación y los cuidados necesarios en los próximos días. Cuando la enfermera hubo vendado la muñeca de Irene, estuvieron listos para marcharse. Vestirse supuso una dura prueba. Cada músculo de su cuerpo gemía dolorido al menor movimiento y aceptó agradecida la ayuda de David para calzarse y abrigarse. Se negó, sin embargo, a que cargara con ella hasta el coche, asegurándole que podía caminar, aunque a cada paso el dolor vibraba y retumbaba, recorriendo cada centímetro de su cuerpo.

Una vez en casa, después de un trayecto en el que sintió como una puñalada cada imperfección del pavimento, David la ayudó de nuevo a desvestirse y a sumergirse en la bañera, llena hasta el borde de agradable agua caliente. Se dejó mecer por el cálido vapor, que atemperó sus doloridos músculos y se sumó al efecto de los analgésicos, provocándole una intensa modorra. David consiguió salirse con la suya y la llevó en brazos hasta la cama, donde la arropó como a una niña antes de sentarse a su lado. Le retiró suavemente el pelo de la cara y dibujó con las yemas de los dedos el contorno de los oscuros morados que decoraban su pálida piel.

—Voy a llamar a Jefatura. Pediré unos días libres, dos o tres de momento.

—De eso nada —contestó Irene—. Me duele todo el cuerpo, pero no voy a estar mejor porque tú te quedes todo el día ahí mirándome. Al contrario, me sentiré peor por retenerte en casa sin otra cosa que hacer que vigilar el color de mis moratones. Vete, te llamaré si te necesito.

—No voy a irme a ningún sitio —susurró David en su oído.

—Lo que sea que me han dado en el hospital me está haciendo efecto. Apenas me duele nada, tengo mucho sueño y me voy a pasar la tarde durmiendo. Prometo que te llamaré si me encuentro mal o si el dolor es muy intenso. Tienes sirenas y luces en el coche, llegarás en un minuto.

David meditó sus posibilidades y decidió quedarse hasta que ella se durmiera, lo que sucedió sólo diez minutos más tarde. Subió a la habitación una botella de agua y un vaso, que colocó en la mesita de noche, al alcance de su mano, junto con los analgésicos y los antiinflamatorios recetados por el médico. Comprobó que el móvil tenía la batería completamente cargada y lo depositó junto al vaso de agua, cerca del borde de la mesita, apartando a un lado el innecesario despertador. La contempló mientras dormía. Realmente parecía tranquila y serena. Decidió que podía dejarla sola un par de horas, justo lo necesario para hablar con la mujer de Berriozar y regresar rápidamente a su lado. Cumplimentaría los informes desde casa, utilizando su ordenador y el teléfono para avanzar en la investigación. Estaba seguro de que su equipo sabría apañárselas sin él por una tarde.

Cuando la puerta del garaje se cerró a sus espaldas y el motor del coche de David no fue más que un susurro perdido entre la multitud de ruidos cotidianos, Irene apartó con cuidado la ropa de cama, lamentando cada movimiento que hacía. Sentía la cabeza nublada, lenta incluso en los procesos mentales más sencillos. Bajó despacio las escaleras, temiendo perder el equilibro, y se dirigió a la cocina, donde encendió la radio y giró el dial hasta encontrar una emisora de noticias. Faltaban cinco minutos para que los periodistas locales ofrecieran su puntual boletín. Preparó la cafetera y se sirvió una generosa cantidad de líquido oscuro y aromático antes incluso de que acabara de borbotear sobre el fuego. Abrazó la taza, absorbiendo todo el calor que la porcelana le ofrecía, y esperó ansiosa la conocida voz del locutor. La interminable cortinilla dio por fin paso a la información meteorológica y del tráfico, para pasar después a las últimas noticias. Con gravedad, el periodista narró el accidente que había tenido lugar esa madrugada en las calles de Pamplona, en el que un vehículo sin identificar, al parecer un todoterreno oscuro, había arrollado a una motocicleta en la que circulaba una joven que se dirigía al trabajo. El parte médico hablaba de lesiones importantes, huesos rotos y órganos vitales seriamente afectados, lo que hacía temer por la vida de la víctima, que estaba siendo intervenida en esos momentos. Tras solicitar la colaboración ciudadana para la identificación del conductor fugado, el locutor dio paso a otra noticia.

Los dedos de Irene se estremecieron al recordar el contacto del volante de su coche, el rápido vaivén al pasar por encima de la moto. Recordó el frío cortante del viento y el aroma acre del río. Escuchó de nuevo las ramas de los árboles, sacudidas por la ventisca nocturna, y el crujido de los hierros al doblarse bajo las ruedas. Katia no estaba muerta, pero podía estarlo en las próximas horas. Y si la suerte se decantaba de parte de aquella desgraciada, ella estaba más que dispuesta a ponerla en su sitio: el cementerio.

Descubrió con asombro que tenía una taza de café entre las manos. No recordaba haberla preparado, pero el líquido todavía estaba caliente. Achacó a la medicación el pequeño despiste y se dirigió de nuevo a su habitación. Arropada bajo el cálido edredón, con dos nuevos analgésicos deslizándose por su garganta, se recostó perezosamente sobre la almohada, tranquila y sosegada, firme en su decisión de acabar para siempre con aquella pesadilla para poder vivir en paz. Sus últimos pensamientos antes de rendirse al sueño estuvieron iluminados por la amarillenta luz de la pequeña motocicleta. Se imaginó a sí misma sobre la acera, contemplando cómo Katia se retorcía bajo las ruedas de su coche, intentando evitar que le pasaran por encima. Si sobrevivía, sólo había dos posibles caminos a seguir. Generosa, le daría la oportunidad de olvidar lo ocurrido y continuar viviendo, a condición de que nunca se acercara a ella ni intentara ponerse en contacto; pero si se aproximaba, simplemente pondría fin a su vida de una vez por todas. Muerto el perro...

17

David pensó que, en otras circunstancias, ése podría haber sido un bonito día. El sol había conseguido por fin abrirse paso entre las densas nubes grises que desde hacía más de una semana rodeaban la ciudad como un cinturón de plomo. Dentro del coche, los cálidos rayos atravesaban con fuerza sus párpados cerrados, llenándole la mente de una agradable luz naranja. Sin embargo, la posibilidad de perder a Irene le provocó un doloroso estremecimiento. Un estúpido accidente de tráfico, como tantos que suceden cada día, había estado a punto de acabar con todo lo que hasta entonces consideraba seguro. La vida de Irene, unida indisolublemente a la suya, había pendido del frágil hilo de la buena o la mala suerte. La tristeza, como una capa de espeso miedo, se apoderó por un instante de su cuerpo, de su alma, de todos sus sentidos. Un bocinazo impaciente le sacó de su ensimismamiento. Tenía que concentrarse en la realidad. Aceleró para salir del semáforo y aguantó un nuevo golpe de claxon del conductor nervioso que le dedicó una mirada furiosa cuando consiguió adelantarle. La realidad era que Irene estaba bien. Había sobrevivido al accidente sin lesiones de importancia, con algunas magulladuras y molestas contusiones que desaparecerían en unos pocos días. No había lección que aprender. Se trataba de un simple y desafortunado accidente. Comprobó la hora en el salpicadero del coche y aceleró a su vez. Tenía prisa por resolver el asunto que tenía entre manos y volver a casa cuanto antes.

La dirección del barrio de la Chantrea anotada en su cuaderno correspondía a una calle de casitas unifamiliares con pequeños jardines en la parte trasera. Los obreros que llegaron desde Andalucía, Galicia y el sur de Navarra en los años cincuenta y sesenta levantaron buena parte de esas casas con sus propias manos, ayudándose los unos a los otros una vez concluida su jornada laboral hasta que todos tuvieron un techo sobre sus cabezas. Las viviendas se construyeron con materiales baratos, comprados a precio de saldo, «recuperados» de las obras cercanas o regalados por patronos generosos. Tras una época de decadencia en los últimos años noventa, la reciente llegada de gente joven al barrio estaba favoreciendo la rehabilitación de muchas de esas viviendas, que ofertaban a precio de oro cada uno de sus escasos setenta metros cuadrados.

Aparcó frente al portal que buscaba y descendió del coche, pensando en cuál sería la mejor manera de abordar la situación. Sus pensamientos se detuvieron cuando la puerta de la vivienda se abrió para dejar salir a una guapa mujer de pelo negro, vestida con un abrigo marrón y sin una gota de maquillaje que disimulase las oscuras ojeras que rodeaban sus expresivos ojos. Con el pelo recogido en una gruesa coleta y las manos protegidas bajo unos guantes, la mujer se detuvo en seco al descubrirle de pie frente a su casa. Lo miró fijamente, con una mirada altiva y retadora. Sin pronunciar una palabra, ignoró al policía, volvió la cabeza hacia el interior de la casa y mantuvo la puerta abierta. Un niño de unos diez años llegó a su lado arrastrando los pies al andar. Le ofreció la mano enguantada, que el pequeño cogió sin ni siquiera mirarla, e iniciaron juntos el camino hacia el cercano colegio público. David dudó unos instantes antes de decidirse a seguirlos. Pospondría la conversación unos minutos, hasta que estuviera sola. Sus pasos siguieron el mismo rumbo que los de decenas de chiquillos que se dirigían, alborozados unos y adormilados otros, hacia las cálidas aulas del colegio para afrontar la segunda parte de la jornada escolar. A pocos minutos de las tres de la tarde, las carreras en la acera se sucedían. David vigiló la espalda de Gabriela, que asía firmemente la mano de su hijo. Cuando llegó a la verja metálica que delimitaba el patio del colegio, la mujer se inclinó sobre el niño y depositó un breve beso en su mejilla. Con los labios a pocos centímetros de su cara, Gabriela habló brevemente con su hijo, que asentía con la cabeza ante las palabras de su madre. Al final, el niño le lanzó un rápido beso y se perdió entre la algarabía del patio, casi al mismo tiempo que una estridente bocina marcaba el inicio de las clases vespertinas. Gabriela todavía permaneció unos segundos más vigilando cómo su hijo alcanzaba el edificio principal del colegio. Podía sentir la presencia del policía a su espalda, pero no tenía prisa por enfrentarse a lo que estaba por venir. Sabía desde el principio que este día llegaría, pero no pudo evitar sentir un profundo malestar, además de un terror casi irracional, cuando descubrió al inspector plantado frente a su puerta.

El patio ya estaba casi vacío cuando consiguió reunir la fuerza suficiente para girar sobre sus talones y encarar lo que fuera a suceder a partir de entonces. Apenas unos grupos de madres diseminados aquí y allá, aprovechando los generosos rayos de sol, permanecían en las aceras cercanas al colegio. David estaba solo a unos metros de distancia, con los ojos fijos en la extraña mujer que tenía delante y que no guardaba ningún parecido con la que encontró en Berriozar la semana anterior.

—Creo que fui muy clara cuando le dije que no tengo nada que contarle, inspector.

Había hielo en sus palabras. Gabriela miró fijamente a David, dando un paso al frente hasta situarse muy cerca el uno del otro.

—¿Tiene un interés especial en arruinarme la vida? Porque eso es precisamente lo que va a conseguir presentándose en la puerta de mi casa.

—No quiero causarle ningún perjuicio, pero tengo que reconocer que no esperaba… esto. —David hizo un gesto amplio con la mano hacia la mujer, abarcando toda su figura. Ella le miró en silencio, calibrando las posibilidades que tenía de salir indemne de la situación.

—¿No esperaba encontrarse con una mujer normal, una madre que lleva a su hijo al colegio? Ahora recogeré la cocina, intentaré animar a mi marido y pelearé con mi hijo mayor para que haga los deberes en lugar de ver la televisión. Después, dentro de sólo hora y media, regresaré al colegio a recoger al pequeño, le llevaré la merienda y volveremos a casa. Ésa es mi vida, inspector, insulsa, rutinaria, pero me gusta, y su injustificada e innecesaria visita va a arruinarla por completo.

Un silencio incómodo se extendió entre los dos. Sus cuerpos, a menos de un metro de distancia el uno del otro, ocupaban la totalidad de la estrecha acera. Una anciana carraspeó a sus espaldas, pidiéndoles paso y obligándolos a moverse. Algo ocurrió entonces en el interior de Gabriela. Bajó la mirada y relajó los hombros, inclinando levemente la cabeza hacia el suelo. Escondió las manos en los bolsillos del abrigo y comenzó a caminar despacio. David acomodó su paso al de ella, esperando las palabras que sabía estaban por llegar.

—Nadie sabe lo que hago cuando me voy por la noche —comenzó en voz baja—. Ellos piensan que limpio en una empresa del polígono industrial de Berriozar. Salgo cada tarde a las siete. Mi marido me prepara un bocadillo para cenar y se asegura de que llevo guantes para no estropearme las manos con los productos químicos. Mi destino cuando salgo de casa es la estación de Renfe. Allí me cambio de ropa y me maquillo. La madre y la esposa se quedan encerradas en una taquilla. La puta coge un taxi hasta las afueras de Berriozar y reza por conseguir cuanto antes tres o cuatro clientes que le arreglen la noche. Me conformo con poco, no soy una furcia ambiciosa. —Un amago de sonrisa curvó sus labios, un rictus más parecido a la desesperación que a la alegría.

—¿Cuánto tiempo lleva jugando a esto?

—Un año entero. Todos los días, de lunes a viernes, sin faltar ni uno. Cada noche, siempre confiando en que el cliente no te reconozca, en no cruzártelo por la calle cualquier otro día. Camino con la vista clavada en el suelo, no voy de bares, ni siquiera me tomo un café con las amigas. Mi vida social ha desaparecido por miedo a que alguien me descubra. Mi marido no sabe nada, inspector, y le ruego que me guarde el secreto. No hago daño a nadie.

—Salvo a usted misma —le cortó.

—¿Tiene hijos? —La mirada de Gabriela trepó hasta los ojos de David.

—No.

—Yo tengo dos, creo que ya lo sabe. Cuando me despidieron, hace ya tres años, pensé que sería algo transitorio, que con mi experiencia muy pronto encontraría otra cosa. Pero las mujeres de más de cuarenta años no contamos en el mercado laboral. Los empresarios dan por supuesto que nos falta preparación, estudios o experiencia. Nos miran, ven las arrugas, las bolsas debajo de los ojos y el maquillaje corrector, y ni siquiera leen el currículum que tienen en la mano. Creen que seremos incapaces de manejar los equipos informáticos modernos, o que vamos a primar el cuidado de la familia, cogiéndonos la baja cada vez que nuestros hijos tengan anginas. Cuando eres joven te presuponen el empuje y las ganas, pero cuando los años se te acumulan en el DNI, es como si desaparecieras. O peor, como si molestaras. Cada mañana me encuentro en el patio del colegio con decenas de mujeres muy preparadas, con estudios, idiomas y experiencia, pero condenadas a quedarse en casa porque nadie confía en ellas para trabajar. No hay nada para mí ahí fuera, inspector.

Gabriela continuó caminando despacio, arrastrando los pies sobre la acera. Estaban muy cerca de su casa. Vio también su coche, aparcado junto a la puerta.

—Mi marido no puede trabajar. —Su voz era casi un susurro, como si sus palabras fueran confidencias destinadas a sus propios oídos y no a los de un extraño—. Un accidente laboral le dejó incapacitado. Cobra una pensión de cuatrocientos cincuenta euros al mes. Nos quedan diez años de hipoteca por delante y tenemos dos hijos a los que alimentar. Cuando se me terminó el paro y me denegaron la ayuda familiar, tuve que tomar una decisión. Nuestros escasos ahorros desaparecieron rápidamente, y la familia no está en situación de hacerse cargo de nosotros. Entonces me inventé este trabajo. Le expliqué a mi marido que el jefe de la empresa limpiadora no quería asegurarme, que me pagaría en negro todos los viernes. Al principio puso alguna objeción y quiso acompañarme al trabajo para comprobar que el tipo era de fiar, pero conseguí disuadirle diciéndole que, con lo que me había costado encontrar trabajo, sólo faltaba que mi jefe pensara que estaba casada con un matón que podía causarle problemas y me despidiera a la primera oportunidad. Refunfuñó un poco e insistió varios días, pero al final se tranquilizó y dejó pasar el tema. Sigo buscando un trabajo decente, inspector, y el día que lo encuentre dejaré toda esta mierda. Vivo muerta de miedo. Temo que me pase cualquier cosa, que algún cliente se vuelva loco y me mate, que alguno de esos hombres me reconozca por la calle y diga algo... Cualquier ruido inesperado me provoca un sobresalto, tengo miedo de que un día mi marido me siga y descubra a qué me dedico... ¿Qué sería entonces de mí?

Durante un largo instante ambos guardaron silencio, intercambiando miradas retadoras, cargadas de segundas intenciones.

—Pero ¿sabe qué es lo que más me indigna? —continuó Gabriela—. Que todos los hombres que babean sobre mí, que me soban de arriba abajo, que me follan resollando como cerdos, todos sin excepción, se creen mejores que yo. Cuando me pagan con sus míseros billetes esperan que les dé las gracias, cuando en realidad el favor se lo he hecho yo. No son mejores que una puta, inspector. ¿Qué queda de un hombre cuando le despojas de la ropa con la que disfraza sus miserias? ¡Nada! ¡No son nada sin sus trajes, su cartera llena y su cochazo! ¿Lo imagina por la mañana, desnudo en la ducha, rascándose la fofa barriga o revisándose los dientes frente al espejo? ¿Hay dignidad en esos actos cotidianos, inspector? —Los ojos de Gabriela chisporroteaban de ira—. La dignidad está en cada persona, no en su ropa, ni en sus joyas, ni en el brazo del que se cuelga en las fiestas. ¿Son más dignos ellos que yo porque su cuenta corriente es mayor que la mía? Yo vendo lo que tengo para sobrevivir. Ellos se aprovechan de mí, y de tantas como yo, y de paso pretenden arrojarnos al barro y pisotearnos bajo sus pies. Pero lo que quieren en realidad es acabar con nosotras, testigos de lo miserables que son en realidad.

David la miró fijamente, sorprendido ante aquel acceso de furia. Gabriela respiraba entrecortadamente, con los hombros encogidos y los puños cerrados.

—Todos vendemos algo —dijo finalmente David—. En unos casos es el cuerpo, pero en otros casos en la oferta entra la moral y el honor. Hay incluso quien está dispuesto a entregar su alma a cambio de meter la mano en el cofre del tesoro. Vender su cuerpo no la convierte en una puta. En mi opinión, es mayor prostitución la de aquellos que venden su voto o sus influencias a cambio de dinero o poder.

Por primera vez en muchos minutos, Gabriela le miró directamente a los ojos. Amargas lágrimas cubrían sus pupilas oscuras, atrapadas por el miedo y la incertidumbre. Sus ojos suplicaban silencio y comprensión, clamaban por que le permitiera mantener la dignidad, por seguir viviendo.

—Si me cuenta lo que vio la otra noche, intentaré que declare como testigo protegida, alejada de los medios de comunicación, sin público en la sala.

—Que lo intente no significa que lo consiga, inspector. Las putas no le gustan a nadie, y menos a los jueces. Lo más fácil es lanzar a la furcia a los leones y dejar que la despellejen. —Las lágrimas se secaron en sus ojos antes incluso de cruzar la negra y espesa barrera de pestañas—. Yo no vi nada, inspector, siento no serle de ninguna ayuda. Y le agradecería que me dejara en paz. Por favor…

Irguió de nuevo los hombros y levantó la cabeza. Su mano derecha se perdió en el interior del bolso y regresó con un manojo de llaves asido entre los dedos enguantados.

—Buenos días. Que tenga suerte.

—Si cambia de opinión, sabe dónde puede encontrarme. Mi

nombre es David Vázquez. —Le tendió una tarjeta de visita, que ella no hizo ademán de aceptar.

—Inspector Vázquez, no hay nada sobre lo que tenga que cambiar de opinión. Déjeme seguir con mi vida, se lo ruego.

Gabriela le lanzó una última mirada. Una firme determinación iluminó sus ojos, arrancándoles un acerado destello como el de la hoja de una navaja.

—Dos personas han muerto en los últimos días y creo que usted sabe quién ha sido. Puedo ponerle las cosas muy difíciles si descubro que me está ocultando información.

La mujer se aproximó de nuevo hasta su cara, hablándole con voz pausada:

—Yo no sé nada. No vi nada. Y no quiero saber nada. Punto final. Déjeme en paz. No quiero volver a verle frente a mi puerta.

Dio media vuelta y desapareció en el interior de su casa. La puerta se cerró con un portazo seco que acabó con sus expectativas de conseguir algo de aquella mujer. Sin embargo, su sexto sentido apuntaba en la misma dirección. Intuía, más que sabía, que le ocultaba algo. Quizá no un nombre, pero sí una descripción, o una matrícula. Subió al coche y encendió el motor. El ligero temblor de unas cortinas en la ventana llamó su atención, pero no consiguió ver a la persona que curioseaba desde el interior. Supuso que Gabriela quería comprobar que realmente la dejaba en paz, pero en realidad no tenía ninguna intención de hacerlo. Arrancó el coche, sólo para evitar el espionaje al que le estaba sometiendo, y aparcó de nuevo unos metros más adelante. Sacó el móvil y marcó el número del comisario, que respondió al segundo tono:

—Vázquez, creo que su novia ha sufrido un accidente de tráfico esta mañana. Nada grave, espero.

¿Cómo se había enterado tan rápido? Ni siquiera había comunicado oficialmente su convivencia con Irene, aunque cumplimentó los informes con su cambio de domicilio cuando se mudó a Zizur.

—Así es, comisario, gracias por preguntar. Nada que no pueda arreglarse con unos días de descanso.

—Me alegro. ¿Y bien, inspector? No me irá a pedir unos días libres. Sabe que andamos escasos de personal y hasta el cuello de trabajo con los dos asesinatos...

—Nada de eso, comisario. —David casi pudo sentir en la oreja el suspiro de alivio del comisario, que se ahorraría el desagradable trago de negarle lo que en realidad le correspondía—. De hecho, estoy metido de lleno en la investigación en estos momentos. Sospecho que hay una posible testigo del asesinato de Jorge Viamonte.

—¡Eso es una gran noticia! ¿Ya ha hablado con ella?

—Ése es el problema, señor. Se niega a hablar.

—Pero ¿vio el asesinato o no lo vio?

—No estoy seguro, pero creo que tiene información que podría sernos muy útil.

—¿Qué ocurre, entonces?

—No quiere que nadie sepa a qué se dedica. Se trata de una de las prostitutas que trabajan en el polígono de Berriozar. Se niega a declarar y quedar en evidencia ante su familia. Es una circunstancia especial, comisario, por eso me gustaría que, si consigo que me cuente lo que sabe, se la trate como a una informante protegida, sin que nadie la identifique ni sea citada a declarar.

—Lo que me pide es muy inusual. Si se trata de una testigo de cargo, tanto la fiscalía como la defensa van a querer interrogarla, saber si su testimonio es fiable.

—Lo entiendo, señor, pero no veo otra forma de convencerla para que hable.

—Déjeme que lo piense, inspector. Estudiaré nuestras posibilidades, haré unas llamadas y le comunicaré mi decisión cuanto antes.

El comisario no volvió a preguntar por Irene y David no le dijo que pensaba pasar en casa el resto del día. La siguiente llamada fue para Torres. El subinspector le informó de que estaba esperándole para acudir a la sede del Hispano-Francés, pero que se las apañaría solo.

—Intentaré que no me devoren las pirañas —bromeó—. Te llamaré si surge algo importante.

—Dime, ¿por qué sabe el comisario que Irene ha tenido un accidente?

—¡Por favor! —contestó Mario—, ¿acaso no te acuerdas de dónde vives? Las noticias vuelan, amigo. Antes de las diez de la mañana todo el mundo sabía que la novia del inspector Vázquez estaba en Urgencias. ¿Va todo bien, por cierto?

—Todo lo bien que puede ir después de estrellar el coche contra el pilar de un puente, gracias por preguntar.

—¡Joder! Ha tenido mucha suerte.

—Ya lo creo.

Agotada la conversación, David le recordó que estaría disponible toda la tarde y que debía llamarle con las novedades que surgieran a cada momento. Se despidieron brevemente y guardó el teléfono en el bolsillo, preparándose para volver a Zizur. Giró ciento ochenta grados después de maniobrar en la estrecha calzada y pasó despacio frente a la casa de Gabriela. Las cortinas no se movieron en esa ocasión, ni vio luz en el interior, aunque estaba seguro de que tras los muros de ladrillo se desarrollaba una escena típica de cualquier hogar. Una escoba acariciando el suelo de madera, agua corriendo por el fregadero, voces animadas charlando de una habitación a otra… Nada que hiciera sospechar la doble vida de la dueña de la casa. David entendía su miedo a perderlo todo, pero no podía permitir que su silencio mantuviera libre a un asesino.

Dejó atrás las viejas casitas de la Chantrea y enfiló la sinuosa cuesta de Labrit. En el parque de la Magdalena, cubierto de hojas marchitas y brillante césped mojado, dos perros brincaban alborozados mientras sus dueños charlaban bajo un enorme pino. La vida continuaba impertérrita a su alrededor, ajena a la desgracia que a punto había estado de cambiarlo todo para siempre. Sintió náuseas al imaginarse solo, sin Irene, y aceleró instintivamente para llegar a su lado cuanto antes.

Un nuevo portazo interrumpió el discurso de sus pensamientos. Alguien tenía que revisar el freno de esa puerta, era la tercera vez en cinco minutos que se estrellaba estrepitosamente contra el marco, haciendo que el delgado tabique de pladur oscilase peligrosamente. El subinspector Torres llevaba media hora sentado en el mismo sillón en el que Tobías Meyer le acomodó unos días atrás, cuando el único asesinato que tenían entre las manos era el de Jorge Viamonte. Ahora, el propio Meyer descansaba sobre la fría mesa de una sala de autopsias mientras la policía hurgaba en su vida privada, revolvía sus documentos y metía la mano entre la ropa de su armario.

Nada más llegar, Torres entregó a Alberto Armenteros un listado con la documentación a la que el juez los autorizaba a acceder. Armenteros le explicó que Veronique, la joven asistente del vicepresidente, era también su sobrina, y que como familiar directo había preferido quedarse en casa, acompañando a su tía y a sus primos y llorando ella misma tan lamentable pérdida. Frente a él, simulando leer un informe pero sin quitarle en realidad la vista de encima, uno de los abogados del banco vigilaba y fotografiaba cada papel que la policía empaquetaba, lo que estaba ralentizando sobremanera un proceso ya de por sí largo y tedioso. Poco a poco, los informes y las agendas de Meyer iban llenando la caja depositada sobre el suelo, entre Torres y el abogado, que ambos vigilaban como halcones.

Las piernas le hormigueaban por tanta inactividad. Se levantó de pronto, sobresaltando al reposado abogado, e inició un lento paseo por el despacho. Aparte del llamativo mural circense, la decoración del espacio de trabajo de Meyer carecía casi por completo de objetos personales, a pesar de ser el lugar en el que al parecer pasaba la mayor parte del día. Sólo un par de fotografías, discretamente dispuestas en un rincón de la amplia estantería atestada de libros, mostraban a un grupo de personas sonriendo felices a la cámara.

Los minutos pasaron lentos. Torres jugueteó con el móvil, comprobó cien veces sus llamadas y mensajes y curioseó a través de las ventanas, observando a las personas que cruzaban la amplia avenida e intentando adivinar quiénes eran, a qué se dedicaban y adónde se dirigían. Así consiguió que las tres horas que tardaron en reunir toda la documentación fueran un poco menos monótonas. Cargó con la caja, que pesaba bastante más de lo que aparentaba, y abandonó el banco como alma que lleva el diablo. Un minuto más entre aquellas paredes y hubiera necesitado atención psiquiátrica. Uno de los motivos por el que se hizo policía fue por la posibilidad de trabajar en la calle, cambiando constantemente de escenario y de destino. Permanecer ocho horas al día atado a un escritorio se le antojaba la peor de las torturas, tanto física como mental. Su cuerpo le pedía acción y él siempre estaba más que dispuesto a dársela. Un coche patrulla le esperaba a unos metros de distancia.

Una vez en comisaría, el agente Alcántara se hizo cargo de la documentación bancaria con la misma ternura con la que un padre acoge a un hijo perdido. Torres creyó ver una chispa de cariño en los ojos del joven policía, que aseguró que esa misma tarde le echaría un primer vistazo a toda aquella maraña de papeles y pendrives.

Se reunió con Ismael Machado y Helen Ruiz en la sala de trabajo. Habían llenado la mesa de documentos, mapas y fotografías.

—¿En qué estáis trabajando? —preguntó Torres.

Helen le lanzó unas cuantas fotografías haciéndolas resbalar sobre la mesa. Torres pudo ver diferentes instantáneas de la acampada que un nutrido número de personas realizaron en la plaza del Castillo en mayo del año 2011. ¿Había pasado ya tanto tiempo? Sobre las cabezas de los manifestantes, colgados de cuerdas atadas entre los árboles, enormes carteles explicaban las fechorías que la banca y los banqueros cometían para enriquecerse a costa de los ciudadanos.

—¿Algún sospechoso entre toda esta gente?

—Nada de momento —respondió Ismael—. Hemos citado a quienes entonces actuaron como cabecillas del movimiento, a los que fueron detenidos por actividades violentas y a aquéllos cuyos nombres aparecen tanto en los archivos como en el listado de usuarios de la web de Pedraza. Hemos hablado con casi todos y nadie ha hecho que se disparen las alarmas, aunque están comprobando sus coartadas. Nosotros, mientras tanto, seguimos buscando.

—Te sorprendería el tipo de personas que participaban en estas actividades. —Helen le ofreció una serie de fotografías en las que podía verse a familias enteras siguiendo con atención un debate callejero, señoras maduras con el puño en alto, gritando en una manifestación, o venerables ancianos sosteniendo pequeños carteles en los que podían leerse consignas contra los recortes del gobierno—. Olvídate de los jóvenes subversivos. Ya no hay melenudos vestidos de negro, fáciles de identificar y de localizar. Ahora las cosas están más calmadas, pero hubo un momento, hace cinco o seis años, que pensé que iba a estallar una revolución. Ha sido un día largo y deprimente —dijo mientras depositaba las fotografías sobre la mesa.

—Y poco productivo —añadió Machado—. Creo que por este lado estamos perdiendo el tiempo.

—Eso nunca se sabe. En este tipo de movimientos suelen esconderse elementos subversivos que buscan a personas susceptibles de convertirse en miembros de bandas violentas.

Mario observó detenidamente las fotos, intentando encontrar en los ojos de los retratados un atisbo de furia mal contenida. Sin embargo, el papel impreso le devolvía la mirada de gente desesperada, cansada de permanecer en silencio confiando en que las instituciones hicieran su trabajo, personas decididas a hacerse oír, a clamar contra las injusticias y a dar la cara, casi siempre por primera vez en sus vidas.

—Es posible —reconoció Helen—, pero todos con los que hemos hablado son gente harta de que atropellen sus derechos, o temerosa del futuro que les espera a sus hijos, y que han decidido dar un paso al frente. En su lugar, seguramente yo también hubiera estado allí, gritando hasta quedarme ronca para que no rebajen las pensiones de los que llevan toda la vida trabajando y se la han ganado de sobra. Mira cómo nos tienen a nosotros

—Helen se puso de pie, intentando calmar su disgusto con unas rápidas zancadas alrededor de la mesa—, con el sueldo reducido y congelado, sin presupuesto para renovar el material y exigiéndonos cada día nuevos y mayores esfuerzos.

—A mí lo que me preocupa de verdad es el futuro de mis hijos. —La mirada de Ismael se iluminó al pensar en sus gemelos—. Ahora son muy pequeños, pero cuando crezcan, no creo que con mi sueldo pueda pagarles la universidad a los dos.

—Pues parece que las becas tienen los días contados... Más te vale convencerles para que se hagan polis, porque como los dos quieran ser ingenieros, te veo rehipotecando tu casa y alquilando las habitaciones para conseguir dinero.

—No me jodas...

—El panorama pinta mal —afirmó Torres, dándole una palmadita cariñosa en el hombro a su compañero—. Yo que tú empezaría a ahorrar desde ahora. Y si al final no quieren ir a la universidad, pues coges la pasta y te la fundes con tu mujer en un crucero de lujo.

—No es mala idea lo de abrir un fondo de ahorros...

—Claro, tú metes el dinero en el banco y dejas que ellos jueguen con tu pasta unos cuantos años. Para agradecértelo, te lanzarán unas migajas y te recordarán constantemente la suerte que tienes de que te guarden el dinero en un lugar seguro y te den, como mucho, un uno por ciento de interés a cambio. ¡Ya no regalan ni sartenes! —Torres se echó las manos a la cabeza en un gesto exagerado que arrancó una carcajada de sus compañeros—. Tú ahorras mes a mes, como una hormiguita hacendosa, para que después venga un chorizo y se largue con todo tu dinero al primer paraíso fiscal y sin tratado de extradición que se cruce en su camino. Y estarás, como todas esas personas que salen en los telediarios, sin dinero, sin ahorros, protestando al viento y con ganas de matar a alguien.

—Vaya panorama me pintas...

—Lo mejor, con los tiempos que corren, es el método de mi abuelo: abrir un agujero en el colchón e ir metiendo allí los billetes calentitos. Total, para los intereses que dan, el dinero está mejor en casa que en el banco.

—Oye, ahora que hablas de clientes estafados...

—Lo he comprobado —respondió Helen—. El Banco Hispano-Francés no vendió acciones preferentes ni ningún otro producto de riesgo. Parece que son más amigos de las inversiones clásicas, aunque reconocen que también les gusta la bolsa y las apuestas arriesgadas de vez en cuando, pero no hemos encontrado clientes furibundos por haber perdido su dinero. De todas formas, Alcántara ha pedido a Consumo y a la Asociación de Usuarios de Banca un listado de las reclamaciones presentadas por los particulares contra el Hispano-Francés, por si salta la liebre por ese lado.

—También estamos esperando que un técnico del Banco de España nos explique las causas que han motivado la auditoría que le están haciendo —añadió Machado—. Llevan más de un mes recibiendo la visita de los hombres de negro, pero parece que todavía no hay conclusiones. El jefe espera que el técnico venga mañana; si él no ha vuelto, tú hablarás con él, Torres. El inspector te ha puesto al mando.

—Eso es, aunque no creo que Vázquez alargue su ausencia más allá de mañana por la mañana. Le llamaré más tarde. Os informaré si hay alguna novedad.

18

Con el paso de los días, el dolor fue remitiendo paulatinamente hasta convertirse en un molesto recordatorio del accidente. Los hematomas sobre la piel de Irene adquirieron un sutil tono amarillento que podía ocultarse bajo una generosa capa de maquillaje. David la obligó a realizarse un completo chequeo médico en una clínica de la ciudad para descartar cualquier enfermedad. Cuando los resultados arrojaron unos niveles normales en todos los parámetros, tuvo que aceptar finalmente la versión que Irene le ofrecía cada vez que sacaba el tema, que se trató de un simple e inoportuno mareo, provocado seguramente por el estrés, y que la mala suerte hizo el resto.

—¿Has pensado en sustituir el todoterreno?

La voz de David la sobresaltó hasta tal punto que no pudo evitar lanzar un pequeño grito.

—Lo siento, no pretendía asustarte. ¿En qué estabas pensando? —David le acarició el pelo mientras ella luchaba por recomponerse.

—En nada interesante —respondió—. Desde luego, no en coches —añadió con una sonrisa en los labios.

—Pues es algo en lo que deberíamos pensar. Tanto el tuyo como el mío tienen más de diez años.

—Pero cumplen su función de maravilla.

—Podríamos quedarnos con uno de los dos, el que mejor esté, y comprar otro nuevo. Un modelo familiar, quizá.

—¿Qué tienes en la cabeza? —Irene lo miró divertida, pero sintió cómo el estómago se le encogía ante las palabras de David.

—Pienso en ser prácticos, nada más. Cualquier día tu coche o el mío nos va a dejar tirados, aparte del peligro que supone conducir un vehículo con tantos kilómetros como los nuestros. Así que puestos a pensar en renovar la flota, no sería mala idea mirar más allá del presente y buscar un modelo familiar. Hay ofertas muy interesantes…

—¿Estás hablando en serio?

—Completamente. —David la miró directamente a los ojos, demostrándole que no había ni una sombra de duda en sus palabras—. Algún día daremos un paso más en nuestra relación y dejaremos de ser sólo dos. —Sus manos volaron hacia las caderas de Irene, obligándola a acercarse hasta eliminar cualquier distancia entre ellos. La besó en los labios, primero un beso suave con el que le pidió permiso para colarse en su cuerpo, y después un beso voraz, ansioso por recibir la única respuesta que estaba dispuesto a escuchar—. No digo que salgamos ahora mismo a comprar un coche —dijo cuando se separó de ella—, sólo que podríamos pensar en ello.

—Lo pensaremos —claudicó Irene—, pero no ahora.

—Esperaremos hasta que te encuentres bien del todo.

—Y un poco más, quizá. Es una decisión que nos cambiará la vida.

—Quiero que mi vida cambie contigo.

Las manos de David se habían perdido ya bajo la ropa de Irene, que respiraba entrecortadamente con la cara hundida en el cuello de él. Sus sentidos se inundaron de su cálido aroma, una mezcla de perfume masculino, ropa limpia y el olor de su propia piel. Cerró los ojos y se imaginó a sí misma con un bebé entre los brazos. Eso no podía ser, al menos no de momento, no mientras tuviera tantos cabos sueltos en su vida.

—Hay unas cuantas cosas que tengo que hacer antes de poder siquiera pensar en ello —susurró entre sus brazos.

—Te ayudaré en lo que sea.

—Tengo que hacerlo yo misma. Tú ocúpate de tus asuntos.

—Estoy en ello…

—Lo sé, no dejes de hacerlo.

El camino hasta el dormitorio estuvo jalonado de besos impacientes, caricias cargadas de deseo y ropa volando por encima de sus cabezas. Los labios de David juguetearon con sus orejas y se deslizaron ávidos hacia sus pechos. Cuando no hubo nada que separara su piel y sus cuerpos, enredados, se deslizaron hasta la cama, las palabras de David resonaron con fuerza en los oídos de Irene. Abrió los ojos, intentando pensar con claridad en medio del huracán de sensaciones que la invadía en aquellos momentos. David sintió el repentino envaramiento de su cuerpo. Detuvo el avance de sus besos y se inclinó sobre su rostro, besándola suavemente mientras escudriñaba en sus ojos, intentando adivinar qué ocurría en el fondo de aquellos pozos oscuros.

—En la mesita… —susurró Irene.

—¿En la mesita?

—Los condones…

David se separó unos centímetros y la observó con detenimiento.

—No se me ha olvidado, puedes estar tranquila. Pensaba esperar un poco, simplemente.

—Lo siento, no pretendía molestarte. Es sólo que…

—¿Qué?

—Me he asustado un poco. Ser madre es un paso muy importante, y no sé si sabré hacerlo.

David la miró con ternura, repartiendo su pelo oscuro sobre la colcha arrugada.

—Yo nunca te forzaré a hacer algo que no quieras. —Habló despacio, sin dejar de acariciarla, pero sus palabras nacieron cargadas de tristeza—. No quiero que desconfíes de mí, esperaremos hasta que estés lista, pero no puedes evitar que insista de vez en cuando…

—Claro… —Cerró los ojos. No podía mirar a David y ver la pena reflejada en su rostro—. No sé cómo he podido…

David acalló sus palabras con otro beso. Deslizó el dedo sobre sus labios, exigiéndole silencio, y continuó dibujando su amor sobre la piel hasta que los únicos sonidos que llenaron la habitación fueron, de nuevo, sus jadeos.

David sonreía en sueños. Dormía firmemente asido a la cintura de Irene. Ella, insomne una noche más, le acariciaba distraída, revolviéndole el suave vello del antebrazo. Necesitaba recuperar el control de su vida, ubicar de nuevo cada cosa en su sitio y hacer lo posible para que nada volviera a descolocarse. Hacía demasiado tiempo que no era dueña de su existencia. Recordaba los tiempos felices, cuando sus padres todavía estaban vivos y no existían las preocupaciones. Cerró los ojos para evocar el rostro de sus padres, pero la reconfortante imagen se resistía a formarse en su mente. Apenas era capaz de rememorar su pelo, la forma de sus ojos, el dibujo de sus cejas… La fotografía se desdibujaba rápidamente, diluyéndose en las tinieblas de su cerebro. Un dolor agudo le recorrió la parte inferior de la cara. Una vez más, apretaba las mandíbulas con tanta fuerza que las muelas chirriaban en el interior de su boca. Separó los labios, alejando los dientes y aflojando la presión, y se libró con cuidado del abrazo de David. Necesitaba ver a sus padres, volver a ponerles rostro, contemplar su sonrisa. La fijaría en su mente una vez más. Bajó despacio las escaleras y entró en el caldeado salón. Unas pequeñas brasas chisporroteaban todavía en la chimenea, resistiéndose a extinguirse. Sobre la estantería blanca, rodeados por elegantes filigranas en plata, sus padres esperaban sonrientes la llegada de su hija. Asió la foto con las dos manos y esperó las lágrimas, pero éstas no llegaron. La tristeza llenaba su corazón, pero ya no había lágrimas en sus ojos. Acarició la imagen, concentrándose en los detalles. La foto reflejaba el final de un día fantástico, una jornada que los tres pasaron juntos pocas semanas antes del trágico accidente que acabó con las vidas de sus padres y puso la suya patas arriba. Recordaba claramente el vestido que su madre llevaba puesto. Lo eligieron juntas unos días antes. Les costó mucho encontrar unos zapatos a juego, pero el esfuerzo mereció la pena. Su madre estaba preciosa en esa foto. Asía con elegancia el brazo a su padre, que nunca terminó de creerse la suerte que tuvo de que aquella mujer tan hermosa aceptara salir con él y, poco después, formar una familia juntos. Una familia como la que Irene nunca tendría. Se sentía afortunada por tener a David a su lado, pero un bebé era mucho más de lo que podía permitirse. Salvo que arreglara las cosas para siempre. Dejó la foto de nuevo sobre la estantería y regresó al dormitorio. Las ascuas de la chimenea se habían apagado definitivamente, al igual que las dudas que albergaba en su interior sobre cuál debía ser el camino a seguir a partir de entonces. Tomaría las riendas de su vida. Eliminaría los obstáculos, costara lo que costase.

Se detuvo en las escaleras y cerró los ojos. Los rostros de sus padres volvían a estar borrosos en su mente. Sacudió la cabeza y continuó subiendo. Sus padres eran el pasado. Arriba le esperaban el presente y el futuro, y se agarraría a ellos con uñas y dientes. Se acostó con cuidado y acercó su cuerpo al de David, que inmediatamente la abrazó de nuevo. Sintió su calor, su leve respiración sobre la piel, el sutil cosquilleo que le provocaba el pelo de sus piernas, y no pudo resistir la tentación de extender las manos y acariciarle el pecho. Sin abrir los ojos, David sonrió y se acercó a ella aún más, colocando las manos sobre sus nalgas y acercándola a su pelvis, donde le demostró lo que una simple caricia provocaba en él.

Cada vez que intentaba moverse, Katia sentía que el dolor la desgarraba como un cuchillo al rojo vivo. Ni siquiera podía abrir los ojos sin sentir que la cabeza le estallaba en mil pedazos. La enfermera aseguraba que le habían suministrado todos los analgésicos que su cuerpo era capaz de tolerar sin exponerse a sufrir una sobredosis, pero el dolor era tan intenso que prefería correr el riesgo de intoxicarse antes que continuar padeciendo de aquella manera. Había entrado dos veces en el quirófano en los ocho días que habían transcurrido desde el accidente, y seguramente necesitaría una nueva intervención para acabar de remendar los órganos que el todoterreno le había reventado y volver a unir los huesos rotos. Los médicos habían sido moderadamente optimistas cuando hablaron con su marido. Ella fingió continuar dormida. Necesitaba tiempo para pensar en lo que había sucedido y decidir qué hacer a partir de ese momento, pero el dolor era tan intenso que le impedía razonar con claridad. Intentó relajarse, respirar despacio y dejar la mente en blanco, pero cada vez que el aire llenaba sus pulmones, sus astilladas costillas se le clavaban como agujas afiladas, obligándole a realizar inspiraciones cortas y ligeras que estaban comenzando a marearla. Al menos, durante los días que pasó en la UCI, los sedantes le evitaban ese sufrimiento.

Dos agentes de la Policía Municipal la habían visitado hacía un rato, poco después de despertarse tras la segunda operación. El interrogatorio fue breve, sólo unas pocas preguntas para seguir con la investigación. Ella describió el todoterreno oscuro que la atropelló sin dar datos concretos. Ni marca, ni matrícula. Por supuesto, nada sobre el conductor. Les explicó que el coche salió de la calle Ansoáin y fue directo hacia ella. Quien condujera ese coche debía de estar borracho, les dijo evitando gesticular demasiado. Los policías asentían despacio, con el ceño fruncido y la mirada fija en la mujer que les hablaba desde la cama. Tenían una copia del informe médico y habían visto el estado en el que quedó la moto. Que siguiera viva era prácticamente un milagro. Cuando salieron de la habitación, pocos minutos después, Katia soltó todo el aire que había retenido en sus maltrechos pulmones y hundió la cabeza en la almohada. Le dolía como si un martillo golpeara sus sienes con saña. Intentó relajarse, pero no lo consiguió. Cuando cerró los ojos, un intenso olor a aceite de motor, barro del río y sangre inundó su nariz.

El corazón se le aceleró cuando recordó el pánico que la invadió al oír el crujido de sus huesos rotos bajo las ruedas del coche. El dolor tardó unos segundos en alcanzarla. Primero fue la sorpresa, un momentáneo aturdimiento antes de comprender que ya no estaba sobre la moto, sino tumbada en el asfalto, arrastrada por una mole metálica de dos mil kilos que pretendía aplastarla. Después llegó el terror, un miedo irracional que le impedía pensar. Sólo podía gritar e intentar correr, pero sus piernas estaban atrapadas debajo de la moto. Tiró de los hierros retorcidos para intentar zafarse, pero el empuje de aquel diablo era tan decidido que no pudo hacer más que suplicar en voz baja por su vida. El instinto de supervivencia, un impulso tan primitivo como el propio ser humano, le hizo lanzarse hacia delante, salvándose en el último instante de un nuevo envite mortal del vehículo, aunque no pudo evitar que una de las ruedas le machacara la pierna derecha. Le explicaron que el hecho de tratarse de un coche tan grande le había salvado la vida, ya que la anchura del eje impidió que la otra rueda la aplastara por completo. Seguramente cojearía para el resto de su vida, pero ese defecto físico serviría para que nunca olvidara quién le había hecho esto. Porque, aunque lo había negado ante la policía, si de algo estaba segura era de quién conducía el coche. No le vio la cara en ningún momento, ni recordaba los números de la matrícula, pero sabía que las manos que asían el volante eran las de Irene Ochoa, la puta asesina que había estado a punto de ganarle la partida. Había sido tonta al confiarse, una no puede marcarse un órdago de la talla del suyo y bajar la guardia a continuación, no cuando tu contrincante es alguien como esa mujer. Y el hecho de que hubiera intentado acallarla no hacía sino confirmar sus sospechas.

Con la lección aprendida, apoyó la cabeza sobre la almohada, los músculos del cuello sin fuerza, laxos después del esfuerzo realizado para sobrevivir, e intentó concentrarse en los reflejos brillantes que recorrían el techo cada vez que los faros de un coche iluminaban la persiana de la habitación. Los jirones de luz nacían sobre su cabeza y se movían con rapidez en dirección a la puerta. Recorrían el pladur del techo, pasaban por encima de los fluorescentes apagados y bajaban por la pared de enfrente hasta desaparecer justo encima de la silla. Imaginó que el desfile de luces eran juguetonas luciérnagas, un ejército de pequeñas hadas en formación que venían a visitarla. Cuando era pequeña, sola en su habitación mientras esperaba que llegara el sueño, solía jugar a un juego muy parecido, imaginando que las luces que recorrían el techo eran diminutos seres mágicos que velaban por ella y la acompañaban para protegerla de los diablos malvados que poblaban la noche. Las hadas, despistadas últimamente en su labor protectora, regresaban por fin para cuidarla, asegurarse de que estaba bien y resguardarla de todo mal. Antes de dormirse decidió que en cuanto tuviera ocasión le hablaría a su hija Leire de aquellas hadas. Seguro que a su pequeña le encantaría tener a esas nuevas amigas mágicas a su lado. Ojalá ella misma pudiera volver a ser una niña, refugiarse en una vida sin complicaciones, sin dolor ni decepciones, rodeada de un ejército de hadas brillantes, muñecas de enormes ojos y tintineantes canciones que repicaban sin cesar en su cabeza.

Sus sentidos comenzaron a aletargarse de nuevo gracias a los calmantes que la enfermera le había suministrado después de muchas súplicas. Sin embargo, en su cabeza pergeñaba ya diversos planes de venganza. Una imagen tras otra, los lentos fotogramas siempre concluían con una escena en la que Irene Ochoa le entregaba un abultado paquete de dinero antes de rendirse y morir. Su pierna destrozada valía mucho más de lo que le había pedido, y esta vez se aseguraría de que esa hija de perra pagara.

El suave rumor de las puertas del ascensor cerrándose a su espalda le produjo un involuntario temblor que le recorrió la espina dorsal como un latigazo. Frente a Ismael, aparentemente inofensiva, la puerta de su casa. La madera oscura mostraba pequeños arañazos alrededor de la cerradura. En la parte superior, perfectamente centrada, una placa dorada anunciaba al visitante el nombre de los dueños de la vivienda. Ismael Machado e Inés Soto. Dos vidas indisolublemente unidas por un cura, un juzgado y una hipoteca. Ismael sabía por experiencia que nada une más a las parejas que las deudas compartidas.

Se entretuvo unos momentos jugueteando con las llaves, girando entre los dedos la pequeña réplica de la torre Eiffel que usaba como llavero. Respiró hondo y rogó para que los niños hubieran tenido una tarde tranquila, lo que significaría que el humor de Inés sería al menos aceptable. Antes de que hubiera terminado de entrar en casa llegó hasta sus oídos el grito agudo de uno de sus gemelos, seguido por un rumor de pasos acelerados aproximándose a la puerta. El niño, impreciso todavía en el control de sus movimientos, calculó mal el ángulo necesario para girar en el pasillo y su hombro chocó contra la esquina. Trastabilló sobre sus pequeños pies y cayó al suelo de culo. La sonrisa se le congeló en la cara, y en una fracción de segundo fue sustituida por una mueca de dolor. El niño comenzó a llorar y a gritar llamando a su madre. Paralizado por el agudo llanto infantil, Ismael no tuvo los reflejos suficientes para auxiliar a su hijo antes de que Inés llegara. Su mujer se agachó sobre el niño y lo alzó con un rápido movimiento.

—¿Dónde te duele, cariño? —Sonreía al niño mientras le lanzaba una mirada gélida a su marido, que continuaba plantado en mitad del pasillo. El segundo niño apareció por detrás y exigió subir a los brazos de su madre, demasiado ocupada moviendo el bracito del primero como para atender nuevas exigencias. Para evitar ser ignorado por más tiempo, el niño se sentó en el suelo y comenzó a berrear, uniendo su llanto al de su hermano herido—. ¿Puedes cogerlo?

Con las palabras de su mujer clavadas en el alma, Ismael se agachó sobre el niño, que inmediatamente alzó los brazos hacia él y dejó de llorar. Sintió la cálida piel de su hijo entre los brazos y aspiró el suave aroma. Le hizo cosquillas en la prominente tripita, arrancándole una sonora carcajada que inmediatamente fue imitada por su hermano, que pugnaba por abandonar los brazos de su madre y cambiarlos por los de su padre. Miró a su mujer y le sonrió en son de paz, sosteniendo al niño con un brazo para poder coger al otro. La mirada reprobadora de Inés se suavizó un poco, aunque el hielo no se derritió por completo.

Miró a sus hijos de cerca. Eran casi iguales, pero además, Pablo y Jaime guardaban un enorme parecido con su madre.

—Llegas tarde. —El lacónico saludo de Inés apenas le sorprendió. Hacía meses que habían desaparecido los besos y las sonrisas de bienvenida. Ahora, su mujer siempre tenía algo que hacer, o estaba demasiado cansada para mostrarse amable.

—Salgo lo antes que puedo —respondió.

—Ya, pero os han dejado sin horas extras, estás trabajando por una miseria y a mí me haces falta aquí.

Ismael suspiró un «lo siento» y se dirigió al salón con un niño colgando de cada brazo. Inés había dedicado mucho esfuerzo y dinero a decorar la casa hasta que consiguió que estuviera completamente a su gusto, pero nunca, ni una sola vez, le preguntó a Ismael su parecer sobre cualquiera de los muebles o accesorios que compraba. Al principio, Ismael pensó que Inés tomaba ese tipo de decisiones asumiendo el papel de ama de casa e intentando no distraerle en su trabajo. Cuando comprendió que, en realidad, a ella no le interesaba en absoluto su opinión, Inés estaba tan acostumbrada a hacer su voluntad que incluso le molestaba que su marido se interesara por algún asunto doméstico o por el precio de las cosas. Se sentía un invitado en su propia casa, siempre pensando dónde podía o no podía sentarse, esquivando la alfombra para no aplastar los nudos de lana y evitando apoyar la cabeza en el sofá para no ensuciarlo con el sudor. A veces, Ismael se sentía incluso como la mascota de la familia, necesario por la seguridad que aportaba su salario y su pistola, pero prescindible en todo lo demás. Inés le alimentaba, le compraba la ropa, le permitía permanecer junto a ella y, de vez en cuando, le lanzaba un hueso. Cuando las hormonas la convertían en una mujer débil, llorosa y sensible, buscaba consuelo en los brazos de su marido, que la mimaba, besaba y acariciaba con ternura, aunque ella en contadas ocasiones le permitía llegar más lejos. Desde que nacieron los gemelos apenas hacían el amor. Podían contarse con los dedos de la mano los revolcones que se habían dado en el último año. Pasados esos dos o tres días de debilidad,

Inés volvía a ser una mujer arisca y mandona que organizaba la vida de su familia con mano de hierro, aunque siempre era lo bastante inteligente como para percibir cuándo su mascota estaba a punto de morderle la mano. Entonces le lanzaba una sonrisa y unas palmaditas en la cabeza, a veces incluso un abrazo casi espontáneo que lo calmaba durante una temporada más.

El hueco que el amor de su mujer dejaba en su vida estaba siendo cubierto últimamente con pacharán y pajas. Cada vez se masturbaba con más frecuencia, más incluso que cuando era un adolescente y se escondía en los lavabos del instituto para apaciguar su lujuria. En su casa, se encerraba en el baño, cerraba los ojos y se sacudía con fuerza, casi con rabia, hasta que su cuerpo escupía el amor que su mujer despreciaba. Terminados los espasmos del orgasmo, recogía con papel higiénico hasta la última gota de semen, se lavaba las manos y volvía a sentarse en el sofá, bajo la mirada escrutadora de su mujer.

—¿Estás bien? —le preguntó cuando regresó del baño por segunda vez esa noche.

—Tengo el estómago un poco revuelto, pero no es nada, no te preocupes —le respondió, aunque estaba convencido de que lo único que le inquietaba a Inés era que vomitara sobre la alfombra.

—Hazte una manzanilla. —No parecía una sugerencia, sino una orden.

—No, gracias, estoy bien.

—Tú mismo.

Habló sin mirar a su marido, con el mando a distancia apuntando a la televisión, donde los distintos canales aparecían apenas un segundo antes de quedar atrás. Un rato después, bajó el volumen hasta hacerlo casi inaudible y le lanzó el mando a Ismael.

—Me voy a la cama —anunció la mujer—. No hagas ruido cuando entres. Y suénate bien la nariz, a ver si esta noche tus ronquidos me dejan dormir.

En el alma, Ismael deseaba ladrarle a su mujer, un sonoro ladrido que indicara que había comprendido todas sus instrucciones y que, como un perrito bueno, las cumpliría a rajatabla, pero sabía que Inés no entendería la broma ni le encontraría la gracia, por lo que, además, se ganaría un cachete en el hocico.

El comisario Jacobo Tous se sentía bien luciendo sus galones en la pechera de su impecable uniforme. Estaba convencido de merecer cada una de esas pequeñas insignias que coloreaban la tela azul. No había sido un camino fácil, y ni siquiera estaba seguro de haber llegado a su destino, pero de momento allí estaba, de pie en su despacho, taconeando impaciente mientras esperaba la llegada del delegado del gobierno, junto a quien estaba a punto de ofrecer una rueda de prensa. Los periodistas habían llegado hacía ya varios minutos. Los micrófonos, ordenadamente colocados en la pulida mesa instalada sobre el pequeño estrado de la sala de conferencias, estaban listos para recoger las declaraciones que los medios de comunicación llevaban días exigiéndoles. El delegado se estaba haciendo de rogar. Tous estaba listo desde hacía más de media hora, al igual que el inspector Vázquez, que aunque no comparecería ante la prensa, estaría presente en la sala por si el comisario necesitaba que le aclarara algún dato. David permanecía sentado en una silla, con las piernas cruzadas y las manos hundidas en los bolsillos de la chaqueta. Esa mañana se había afeitado cuidadosamente e intentó que su pelo pareciera lo más ordenado posible. Irene se divirtió mucho a su costa, apoyada indolente en el dintel de la puerta mientras él humedecía una y otra vez el peine antes de pasarlo por su cabeza. Sabía lo importante que para el comisario eran las apariencias y no quería recibir una reprimenda por algo tan insignificante como una barba mal arreglada.

Un rumor de pasos anunció la llegada del delegado y su séquito. Ernesto Aballe, un hombre que había convertido la política en su profesión y que presumía de no engañar a nadie al declararse «de derechas de toda la vida», entró en el despacho como un vendaval, sin llamar a la puerta y sin esperar a que su asistente se la abriera.

—Lamento el retraso, comisario. Llevo una mañana de perros. —Se quitó el abrigo mientras hablaba y buscó con la mirada un sitio en el que dejarlo. Finalmente, su asistente se encargó de recogerlo, guardándolo cuidadosamente entre sus brazos. Giró sobre sí mismo más despacio, observando detenidamente el despacho y a sus ocupantes, y se dirigió a la ventana, utilizando su reflejo para atusarse el pelo y enderezarse la corbata—. Estoy listo, caballeros. ¿Alguna novedad que podamos contar a la prensa?

—Nada más que lo que ya le expliqué ayer, señor. —El tono seco de Tous sorprendió a Vázquez. Era evidente que aquel hombre no era del agrado del comisario, que si por algo era famoso era por la franqueza de sus expresiones. Su escasa mano izquierda le había costado más de un disgusto, y era patente que en esos momentos estaba haciendo un gran esfuerzo por controlarse.

—¿Qué hay de esa testigo?

David sintió que la sangre se le congelaba en las venas. Se puso de pie y miró a su superior con el estupor dibujado en sus facciones.

—Señor… —comenzó. Se detuvo cuando Tous alzó una mano ante su cara, pidiéndole silencio.

—Como ya le comenté, ésa es una información que todavía no podemos facilitar a los medios. No hemos comprobado la fiabilidad de su testimonio y, en todo caso, se trataría de una testigo hostil. Tenemos muchos frentes abiertos antes de considerar su utilidad.

—Como quiera, comisario. Nada más lejos de mi intención que entorpecer la investigación. ¿Vamos? Cuanto más tiempo les tengamos esperando, más afiladas serán sus preguntas.

La sala de prensa se había quedado pequeña para acoger a todos los periodistas locales y nacionales que habían acudido a la convocatoria. Vázquez incluso distinguió el logotipo de una cadena francesa y de otra británica. Ocho grandes cámaras de televisión estaban preparadas al fondo de la estancia, firmemente izadas sobre los altos trípodes, y los técnicos listos para recoger hasta la última gota de información que pudieran exprimir. Los redactores se habían acomodado en las sillas tapizadas de azul y charlaban entre ellos de trivialidades. Cuando el comisario y el delegado hicieron su entrada, las conversaciones quedaron suspendidas en el aire. Los últimos retazos de palabras sueltas resonaron entre las paredes, mientras el murmullo de las extintas charlas fue sustituido por el rumor de las páginas de los cuadernos al abrirse por una página en blanco. Algunos periodistas se acercaron rápidamente hasta la mesa para conectar las grabadoras, y luego se retiraron raudos para dejar paso a los fotógrafos, que comenzaron a disparar sus flashes a toda velocidad sobre los dos hombres que todavía pugnaban por acomodarse en los lugares asignados. El asistente del delegado se acercó al micrófono y sonrió a los asistentes.

—Señoras y señores de la prensa, espero sepan disculpar el pequeño retraso, pero no es fácil hacer coincidir las agendas de dos personas tan ocupadas como el comisario Jacobo Tous y el delegado del gobierno en Navarra, don Ernesto Aballe. Ambos están aquí para informarles sobre los últimos avances en la investigación de los asesinatos de Jorge Viamonte y Tobías Meyer. Con su permiso, cedo el micrófono al señor Aballe.

El político inclinó el delgado micrófono que tenía delante hasta ajustarlo a la altura de su boca, comprobó que la luz que indicaba su funcionamiento estaba encendida y observó a la concurrencia, dirigiéndoles la franca mirada que tantas veces había ensayado frente al espejo, una pose que pretendía transmitir la imagen de honradez y credibilidad que estaba seguro le llevaría muy lejos en el duro mar plagado de tiburones que era la política. Ernesto Aballe dibujó en sus facciones la solemnidad requerida para hablar de dos cadáveres y se aclaró la garganta. Cuando estuvo seguro de contar con toda la atención de los presentes, comenzó su intervención:

—En poco tiempo he tenido que acudir al funeral de dos amigos, dos buenos hombres que han dedicado su vida al progreso de su comunidad. La policía ha hecho grandes avances en la investigación y estoy convencido de que muy pronto se producirá una detención.

Aballe dedicó los siguientes minutos a glosar la vida de los dos banqueros, destacando sus logros al frente de la entidad financiera, una de las pocas que permanecía ajena a los escándalos que sacudían a otras. Habló de sus aportaciones a la comunidad, de su humanidad en el trato y de lo difícil que sería llenar el hueco que habían dejado. Cuando terminó, los periodistas apenas habían escrito cuatro o cinco líneas en sus cuadernos. No llevaban media mañana allí sentados para escuchar un montón de frases hechas. Uno de los reporteros levantó la mano y comenzó a hablar antes de que Aballe tuviera oportunidad de emplazarle al turno de preguntas que se abriría más tarde.

—Señor Aballe, ¿está la policía investigando a las plataformas ciudadanas y a los miembros de los nuevos partidos de unidad popular? Nos consta que varios de sus componentes han pasado por dependencias policiales o han recibido la visita de los agentes en sus domicilios. ¿Cree que el asesino pertenece a alguno de estos movimientos ciudadanos, o se trata más bien de una estrategia para criminalizar las voces discordantes y evitar que su influencia siga creciendo? ¿Es posible que la celebración de elecciones municipales y autonómicas en menos de un año tenga algo que ver con estas actuaciones?

—Bueno —sonrió el delegado—, más que una pregunta eso parece todo un manifiesto. —Aballe observó fijamente al periodista, que le sostuvo la mirada mientras el bolígrafo permanecía congelado en el aire, a la espera de una respuesta—. Por mi parte sólo puedo decirle que ni el gobierno ni la policía tienen intención de criminalizar a nadie, y por supuesto no existen intenciones políticas de ningún tipo. Simplemente estamos buscando a la persona responsable de las dos muertes. Existen foros en los que se han vertido amenazas explícitas contra la vida de los fallecidos, y es obligación de la policía investigar todas las posibilidades. De hecho, creo que ustedes les pedirían cuentas si no lo hicieran. No se puede dejar ninguna puerta sin abrir. Lo que puedo decirle en este momento es que la investigación avanza, seguramente más despacio de lo que a todos nos gustaría, pero en estos asuntos no se puede tener prisa. El gobierno ha puesto a disposición de esta comisaría todos los recursos necesarios para la resolución del caso, y nuestra puerta permanecerá abierta hasta que la celda se cierre tras la espalda del culpable.

Antes de que tuviera la oportunidad de añadir algo más, una reportera levantó la mano y lanzó su pregunta:

—Comisario Tous, ¿en qué punto se encuentra realmente la investigación?

Tous, sobresaltado al oír su nombre, irguió la espalda y buscó con la mirada a la dueña de la pregunta. Se encontró con la mirada curiosa de una mujer de mediana edad, con el pelo recogido detrás de las orejas y el rostro enmarcado por un jersey de cuello alto. Se concentró en responder con voz alta, clara y pausada:

—Como ha dicho el señor Aballe, en estos momentos seguimos varias vías de investigación.

—¿No tienen nada en concreto? ¿Ni una pista sobre la identidad del asesino?

—Esperamos que nuestro trabajo dé sus frutos en breve, pero desde luego hoy no le puedo ofrecer un nombre.

—¿Excluyen a los miembros de las plataformas ciudadanas y de Podemos?

Tous pensó que esa mujer parecía una ametralladora.

—Se ha excluido a aquellas personas que se ha podido demostrar que no tuvieron nada que ver con los hechos. Seguimos investigando persona a persona, es un proceso largo y complicado.

—¿Han recibido presiones por parte del gobierno para acceder a las sedes de estos movimientos o a sus registros informáticos y hacerles así parecer sospechosos y restarles credibilidad a los ojos de la ciudadanía?

Tous percibió con el rabillo del ojo el movimiento nervioso del delegado. Buscó ayuda en Vázquez, que permanecía sentado en la primera fila de butacas, inmóvil como una estatua.

—La policía no recibe instrucciones de nadie en sus investigaciones. Si alguna asociación tiene aspecto criminal, quizá sea porque lo es, y si no lo es, a lo mejor debe plantearse ofrecer otra imagen.

Las cabezas de todos los periodistas estaban agachadas sobre sus cuadernos mientras anotaban furiosamente las palabras del comisario. Unos segundos después se reanudó la salva de preguntas. Tous sentía las axilas húmedas debajo de su impecable uniforme. Indiscretas gotas de sudor le empapaban el cuello de la camisa, pero se resistía a darles el gusto de que la imagen de primera página del día siguiente fuera el comisario de Pamplona enjugándose el sudor con un pañuelo, con la cara congestionada y el traje arrugado. Imaginaba los titulares que acompañarían a la foto, así que aguantó el tipo, ignoró la gota que se escurría por su espalda y mantuvo el rostro tan sereno como pudo.

—Creo que ven ustedes fantasmas donde no los hay. —La voz de Ernesto Aballe se impuso al rumor de los periodistas—. Nadie está llevando a cabo ninguna caza de brujas. La policía está realizando una labor impecable, sin dejar ninguna pista sin investigar, aunque eso pueda molestar a determinados sectores de la sociedad. La investigación avanza, y prueba de ello es la existencia de una testigo que podría identificar al asesino de Jorge Viamonte, una mujer cuya identidad vamos a mantener en el anonimato por el momento, que aportará datos fundamentales para proceder cuanto antes a una detención. —Entusiasmado ante la atención que le prestaban los periodistas, Aballe continuó hablando—: Se trata de una persona que trabaja la noche, podríamos decir, así que es primordial validar su testimonio antes de hacerlo público.

El silencio en la sala era absoluto cuando el delegado del gobierno terminó de hablar. Tous contemplaba atónito el perfil del político, que en esos momentos se deleitaba en su triunfo. El golpe del asiento de una silla al cerrarse sobre el respaldo guio sus miradas hacia la izquierda de la sala. Tuvieron el tiempo justo de ver al inspector Vázquez abandonar la estancia, soltando la puerta a sus espaldas sin ningún cuidado por minimizar el estruendo que provocaría contra la jamba.

—¿Quién es esa mujer, comisario? ¿Ha declarado ya? ¿Cuáles han sido sus palabras?

Tous se recompuso lo más rápido que pudo y se dispuso a contestar.

—No puedo facilitarles más datos. De hecho —dijo mientras miraba de soslayo a Aballe, que le escuchaba con el gesto serio—, creo que el señor delegado les ha facilitado más información de la necesaria, por lo que les agradecería que fueran cautos en el uso de la misma. Quédense, por favor, con los datos más relevantes. La investigación avanza.

—¿Barajan la venganza como posible móvil de los asesinatos?

—Barajamos todas las posibilidades, absolutamente todas.

El asistente de Ernesto Aballe se levantó con agilidad de su asiento y se interpuso entre su jefe y los periodistas.

—Agradecemos mucho su asistencia y sus preguntas. Volveremos a vernos cuando haya novedades que contar.

Mientras el asistente hablaba, Aballe y Tous abandonaron la sala por la misma puerta por la que Vázquez había desaparecido unos minutos antes. Los flashes de las cámaras los siguieron hasta que estuvieron en la habitación contigua. Tous se volvió hacia Aballe y observó con detenimiento al político, que charlaba con su asistente sobre su siguiente compromiso.

—Nos ha puesto en un compromiso, señor Aballe. Le pedí explícitamente que no hablara sobre la testigo hasta que no verifiquemos su declaración, y eso si finalmente conseguimos que nos cuente lo que vio.

—Estoy seguro de que lograrán que esa mujer les diga lo que sabe y que eso les ayudará a resolver el caso. No se preocupe, no pasa nada. He vivido un millar de situaciones como ésta y puedo asegurarle que la prensa es como el champán. Cuando la agitas, se llena de burbujas y estalla, pero poco después todo se calma, las burbujas se disipan y el líquido reposa tranquilo en la botella. Deles un par de días y luego se olvidarán de esto y pasarán a otra cosa.

—¿Está seguro de lo que dice? Parecían muy centrados en este caso.

—Seguro, comisario. Relájese. Y si molestan, les echaremos carnaza en otra parte para desviar su atención.

El político hablaba con una amplia sonrisa dibujada en los labios. Tous podía sentir cómo el calor de la mano que Aballe había colocado sobre su hombro le traspasaba las insignias, los galones y la dura tela de la casaca hasta abrasarle la piel. Adoptó una pose marcial, saludó formalmente y giró rápidamente sobre sus talones, dejando la mano de Aballe suspendida en el aire durante un par de segundos.

Vázquez le esperaba en su despacho. Recorría los escasos cuatro metros de la estancia como un león enjaulado, dando grandes zancadas que le llevaban de una pared a otra en tres pasos. Se detuvo al descubrir al comisario en el umbral de la puerta. Rechazó el ofrecimiento de su superior de sentarse frente a él y ocupó una silla junto a la pared, debajo de una de las acuarelas que adornaban la austera oficina.

—Sé lo que va a decirme. —Tous fue directo al grano. De nada servirían los paños calientes con el inspector.

Vázquez le observó en silencio. Sentía la ira crecer en su interior, una furia acrecentada por el desdén con el que Aballe había tratado la investigación policial, desvelando datos que podían dar al traste con el trabajo hecho hasta el momento. Y todo para quedar bien delante de la prensa y conseguir un buen titular.

—¿Se imagina qué pasará si la prensa comienza a pasearse por Berriozar buscando a la mujer misteriosa? No hay que ser muy lince para deducir que se trata de una de las putas que pululan por allí. Si los periodistas comienzan a hacerles preguntas y les ofrecen un poco de dinero, dentro de nada tendremos un montón de testigos y de titulares ridículos. Y, mientras, la auténtica testigo se esconderá para siempre. Ya no hay forma de que permanezca oculta si decidiera declarar. Lo ha echado todo a perder.

—No sea tan dramático, Vázquez. —Tous se desanudó la corbata, permitiendo que el aire fresco le entibiara el cuello, que todavía ardía después del sofoco vivido en la sala de prensa—. Por un lado, no creo que los periodistas se lancen a la caza de la testigo, y si lo hacen, lo más probable es que estén varios días dando palos de ciego. Después se cansarán y dejarán las cosas estar. Lo que tiene que hacer es conseguir que esa mujer nos diga lo que sabe. Prométale lo que quiera. Luego ya veremos.

—No puedo hacer eso, comisario. Si le doy mi palabra de que permanecerá en el anonimato, será porque es algo que puedo cumplir. Ya hemos tenido una buena dosis de falsas promesas y palabrería barata por hoy.

—Tiene razón. Hablaré de nuevo con el juez que instruye el caso y le urgiré a que tome una decisión. Le mantendré informado.

Vázquez abandonó el despacho del comisario consciente de que, después de esto, Gabriela se negaría en redondo a declarar. Seguía convencido de que la mujer vio algo el día de la muerte de Viamonte. Un coche, una persona, una sombra al menos, pero algo, y necesitaba desesperadamente saberlo. Se dirigió a su mesa cabizbajo, meditando sobre sus escasas alternativas e intentando expulsar la ira de su cuerpo. El nudo que le atenazaba el estómago se diluyó poco a poco, permitiéndole respirar con más calma y pensar con claridad. Desde su punto de vista, Aballe sólo era uno más de los políticos que aspiraban a forjarse una carrera que, disimulada bajo la promesa de servir a los ciudadanos, les permitiera en realidad medrar posiciones en la sociedad y garantizarse una sustanciosa pensión, eso sin hablar de los importantes contactos que forjarían durante sus años en activo y que les facilitarían acceder a los mejores puestos de dirección en las grandes empresas tras abandonar la política. No podía olvidar que sus agendas solían estar repletas de nombres sumamente interesantes.

Le sorprendió el revuelo organizado alrededor de la mesa de Teresa Mateo. La agente, en su octavo mes de embarazo, apenas podía moverse en el estrecho espacio libre entre la silla y la mesa. Una algarabía de papeles de colores y paquetes de todos los tamaños cubría casi por completo el espacio de trabajo. A su alrededor, Ismael, Helen, Torres y la agente Begoña Lacalle sonreían y hacían bromas cada vez que Teresa desenvolvía un nuevo regalo.

—¿Es tu cumpleaños? —David se acercó a la mesa y sonrió a Teresa, que se azoró visiblemente cuando su jefe la descubrió rodeada de patucos, ropa de bebé y coloridos sonajeros.

—¡Jefe! No hemos querido sacar la tarta hasta que llegaras. —Mario Torres puso una mano en su hombro y le invitó a acercarse a la mesa—. Teresa se nos va. Coge la baja y esperará tranquila en su casa a que la pequeña sin nombre se decida a nacer.

—¡No la llames así! —protestó la interpelada—. Sólo es que Raúl y yo no nos ponemos de acuerdo. Seguro que cuando le veamos la carita sabremos cómo tiene que llamarse. De momento nos centraremos en montar su habitación, y espero tener tiempo de decorarla antes de que nazca.

—Si puedo ayudar en algo, no dudes en decírmelo. Te vamos a echar de menos. —Los ojos de Teresa se humedecieron al escuchar las palabras de su jefe—. ¿No habíais dicho algo sobre una tarta?

Disfrutaron de la tarta y del ambiente distendido durante unos agradables minutos. Cuando sobre la mesa no quedaron más que unas pocas migajas, llegó el momento de volver a ponerse en marcha. Dejaron a Teresa ordenando sus últimos papeles y el resto del equipo se dirigió a su habitual sala de trabajo. Los rostros inertes de Jorge Viamonte y Tobías Meyer los saludaron desde la pizarra blanca. Junto a ellos, las mejillas surcadas de venas rotas de Lucas Viamonte contrastaban con la tez amarillenta de los cadáveres. Las imágenes de ambos escenarios reposaban sobre la mesa, extendidas en dos pulcras hileras y dispuestas siguiendo el orden de las agujas del reloj para que quien las mirara pudiera hacerse una completa composición de lugar. Ninguno de los policías que cruzó el umbral de la sala dedicó más de un segundo a contemplar las fotografías. Todos las habían estudiado tantas veces que conocían sus detalles al milímetro. Rodearon la amplia mesa de madera, ocupando cada uno su lugar habitual en las reuniones y cediendo la cabecera al inspector Vázquez. Alcántara y Lacalle, nuevos en el equipo, esperaron de pie junto a la puerta. Cuando comprobaron los lugares que quedaron libres, cada uno eligió su ubicación: Begoña junto a Helen Ruiz y el joven economista frente a ella, al lado de Ismael Machado.

—Tengo la sensación de que estamos dando vueltas sin sentido —comenzó Vázquez—, como perros persiguiendo su propia cola. Tenemos demasiados frentes abiertos, pero nada de consistencia, así que vamos a intentar concentrar nuestros esfuerzos en lo verdaderamente importante.

Levantó la vista y encontró cinco pares de ojos fijos en él.

—¿Qué hay de Lucas Viamonte?

Mario Torres irguió la espalda antes de contestar.

—El juez decidió ayer mantener la orden de detención preventiva por su posible implicación en el asesinato de su hermano.

—¿Dónde está ahora?

—Sigue en el hospital. Su estado es bastante delicado. Además, el médico nos ha dicho que, si sale de ésta, será conveniente ingresarlo una temporada en el ala psiquiátrica para tratar sus adicciones.

Vázquez asintió y pasó una página en su cuaderno de notas.

—¿Y del informe de balística?

La mano de Ismael se alzó sobre su cabeza con una carpeta amarilla entre los dedos.

—Confirmado, las balas que mataron a Viamonte y a Meyer salieron de la misma arma, con toda probabilidad una pistola semiautomática con munición del calibre veintidós. Las muescas son exactas, tanto en el casquillo como en las balas.

—Eso descarta al pequeño de los Viamonte como asesino —reflexionó Vázquez.

—No necesariamente —respondió Torres—. Existe la posibilidad de que Viamonte, en el caso de que fuera él el autor del disparo que mató a su hermano, entregara el arma a una tercera persona antes de ser detenido.

—¿Y que esa tercera persona disparara a Meyer? No me cuadra en absoluto. La teoría de que Lucas mató a su hermano se basa en el hecho de que le pidió dinero, éste se lo negó y dispararle fue un acto desesperado, no premeditado. Matar a Meyer no tiene cabida en esta tesis. A Tobías le tendieron una trampa en el garaje, fue algo totalmente planificado. El asesino sabía dónde estaba el coche de Meyer y lo que tenía que hacer para no salir en las cámaras. Quien disparó tuvo que estudiar el lugar días antes, o conocerlo muy bien. Vamos a empezar a concentrar nuestros esfuerzos en este campo. No descarto que Lucas Viamonte atrajera a su hermano hasta Berriozar por encargo de una tercera persona, conocedor o no de las intenciones de éste, lo que le convertiría en un cómplice necesario. —Pasó un par de páginas del cuaderno y miró de nuevo a los miembros de su equipo—. ¿Cómo van las entrevistas con los miembros de los movimientos ciudadanos? Hay facciones bastante radicales en esos partidos. El odio aboca a la locura, y en ese contexto quizá no sea difícil apretar un gatillo.

—El comisario nos asignó a dos agentes para avanzar en los interrogatorios y me consta que están a punto de quedarse sin nombres en la lista. Quedan algunas coartadas por confirmar y un par de personas que no aparecen, pero no creo que encuentren nada por ese lado. Es gente cabreada —añadió Machado—, pero no hasta el punto de jugárselo todo por matar a un banquero. Si uno de ellos decidió cargárselos, su nombre no aparece en ninguna lista.

—A partir de este momento, nuestro principal objetivo será el entorno laboral de los fallecidos. Vamos a bucear entre tiburones. Esa gente está rodeada de abogados que nos negarán cualquier información, pero cada vez estoy más convencido de que la muerte de esos dos hombres tiene mucho que ver con lo que hacían. Es posible que participaran en actividades fraudulentas, que evadieran impuestos o divisas, o que participaran en alguna mafia de blanqueo de dinero. No tengo ni idea de por qué han muerto, pero creo que en cuanto lo sepamos, tendremos al asesino. Alcántara y Lacalle, sois clave en este punto. —La joven agente sintió que su rostro ardía ante la interpelación directa del inspector—. Necesitamos nombres y datos. Hay que conocer el origen y el destino de todo el dinero que pasaba por sus manos, nombres de socios, colaboradores y clientes, sobre todo de los descontentos. Buscaremos quejas, reclamaciones y denuncias contra ellos o contra el banco, cualquiera que golpeara su puerta es un sospechoso potencial. Hablaremos de nuevo con trabajadores, secretarias y asistentes personales. Buscaremos cuentas en paraísos fiscales, contabilidad irregular y finanzas creativas. Hay que revisar toda la documentación, tanto personal como laboral, hasta encontrar el resorte correcto. Me interesa especialmente Ignacio Rosales. Ese hombre no es trigo limpio, tiene una ambición desmedida y no descarto que haya utilizado a sicarios para despejarse el camino hasta la presidencia, por mucho que él lo niegue.

—¿Y qué hay de esa testigo? —preguntó Machado—. Al delegado se le hacía el culo gaseosa hablando de ella.

—El delegado ha metido la pata hasta el fondo. Esa mujer era reacia a testificar, pero ahora será imposible convencerla. Espero que la prensa no se dedique a pasearse por Berriozar en busca de la testigo anónima. Ellos sí que tienen que estar relamiéndose ante semejante historia.

—Estos días están bastante ocupados con las comisiones que cobran los políticos por no hacer nada, así que es posible que la dejen en paz.

—Eso espero. Bien, —Vázquez unió la palabra a la acción y se levantó de la silla—. Cada uno sabe lo que tiene que hacer. Alcántara, Lacalle —el inspector les dedicó una larga mirada. Sus iris azules estaban más oscuros que nunca y en su rictus severo se adivinaba la gravedad de las circunstancias—, que nadie os distraiga de vuestro trabajo, es sumamente importante que encontréis el enlace entre los dos fallecidos y su asesino.

Los jóvenes agentes sonrieron a su superior y se dirigieron a toda velocidad hacia sus puestos de trabajo. Ambos estaban dispuestos a dejarse los ojos frente a las pantallas de los ordenadores, cualquier cosa con tal de que el inspector Vázquez nunca olvidara su participación en este caso. Era su oportunidad de dejar de ser los agentes novatos, unos frikis de la informática, para convertirse en las estrellas de uno de los casos más importantes de los últimos tiempos.

Cuando la sala de reuniones estuvo vacía, Vázquez se entretuvo unos instantes contemplando los rostros de Viamonte y Meyer. No conoció en persona al presidente del banco, pero no podía olvidar su reunión con Tobías Meyer sólo unos días antes de su asesinato. Pensó que la frágil línea que une la vida y la muerte, dos caras de la misma moneda, invisible a los ojos de los seres humanos, era una frontera que todos, más tarde o más temprano, tendrían que cruzar. Recordó la animada conversación de Meyer, sus explicaciones sobre el funcionamiento de los bancos y su defensa del buen nombre de su jefe y amigo. Estás y no estás. Vives y mueres dentro del mismo segundo. David sintió miedo, pero no por él, sino por lo que la pérdida de sus seres queridos supondría en su vida. Las palmas de las manos se le humedecieron al recordar el accidente de Irene. La vio postrada en la camilla del hospital, con unos tubos transparentes conectados a sus venas, proporcionándole alivio para sus heridas. Pensó que podía no estar, que si todo hubiera sucedido de otra manera, quizá él estuviera ese mismo día buscando la manera más rápida de morir. La frágil línea de la vida, incapaz de detener a la muerte, corría paralela a nuestros propios pasos, esperando que un simple traspiés te colocara al otro lado para siempre.

19

El viento había decidido otorgar una tregua a su maltratado cuerpo, pero en su lugar, una leve llovizna amenazaba con calarle hasta los huesos. Hacía casi media hora que ningún cliente se acercaba hasta Gabriela, que tiritaba abrazada a sí misma mientras recorría una y otra vez los mismos diez metros de acera, arriba y abajo, asomándose de vez en cuando al arcén de la carretera para hacerse visible a los conductores que se acercaban. Era casi la una de la madrugada. Decidió que un cliente más, sólo uno, sería suficiente por esa noche. Después se iría a casa y se arrebujaría en la cama, junto al cálido cuerpo de su marido. En esos momentos añoró el aroma de Adrián, el olor de esos puritos que fumaba y que tantas veces le había exigido que dejara. Gabriela sabía que se escondía para fumar o que esperaba a que ella saliera para dar unas rápidas caladas, pero nunca podría engañar a su fino olfato. El penetrante humo del tabaco se adhería a su piel como el pegamento, y Gabriela siempre sabía cuándo acababa de fumar.

Un coche se aproximaba despacio. Sus luces le recordaron un faro en la costa. Si se detenía, en media hora como máximo estaría de camino al abrigo de su casa. Avanzó con paso decidido hasta el borde de la acera. Las lentejuelas rojas de su vestido lanzaron atrevidos destellos a través de la noche oscura cuando los faros del coche la alcanzaron. El conductor redujo la velocidad hasta frenar por completo. La ventanilla descendió despacio, dándole tiempo a acercarse con una sonrisa dibujada en los labios, tan rojos como el vestido.

En el interior, un hombre le devolvió la sonrisa mientras pulsaba el botón de desbloqueo de las puertas. El sonido rápido y seco de los cierres de seguridad al abrirse se tradujo en su mente en los cuarenta euros que pensaba pedirle a aquel hombre por sus servicios. La luz interior permaneció apagada mientras la puerta estuvo abierta para que se acomodara en el mullido asiento de piel oscura. Quizá estuviera fundida, pensó. Apenas distinguía los rasgos del hombre. Temió que se tratara de un loco, pero decidió que no estaba en situación de elegir y sonrió de nuevo. Cualquiera de los clientes que requerían sus servicios podía ser un loco. El hombre arrancó suavemente y giró a la derecha unos metros más adelante, adentrándose en los oscuros callejones del polígono industrial. Avanzó despacio cien metros más. Gabriela tuvo la impresión de que estaba buscando un rincón lo suficientemente oscuro como para no ser descubierto.

—Puedes parar donde quieras —le dijo—, por aquí nunca viene nadie.

—De acuerdo —respondió el hombre.

El interior del coche olía a limpio, una grata mezcla de cuero y goma. Desde el asiento del conductor le llegó una suave fragancia a perfume caro, nada parecido al afilado aroma a alcohol que desprendían las colonias baratas que utilizaban algunos de sus clientes, los menos, desgraciadamente, porque lo habitual era que su nariz se encogiese ante la pestilente mezcla de sudor, orines, grasa y ropa de trabajo.

Detuvo el coche casi al final del polígono. En el horizonte, las estrellas y la rutilante luna dibujaban la redondeada silueta de los montes que rodeaban Pamplona. A su espalda, a unos cinco kilómetros de distancia, la ciudad brillaba como una bombilla anaranjada, tiñendo el cielo oscuro con su falsa calidez.

Gabriela se sorprendió cuando el hombre bajó del coche. Le observó mientras rodeaba el vehículo hasta detenerse junto a su ventanilla. Abrió la puerta y le indicó que se bajara.

—¿No prefieres hacerlo en el coche? Hace mucho frío para bajarse los pantalones.

—No —respondió él—. Prefiero que te bajes.

Gabriela abandonó el mullido y cálido asiento y se hundió una vez más en la fría noche. La lluvia había cesado. Mientras avanzaban unos metros hacia el descampado, contempló su delgada figura reflejada en uno de los enormes charcos que jalonaban el suelo. La luna brillaba con fuerza, libre por fin del escudo de las nubes. Intentó no meter el pie en ninguno de ellos y siguió a su cliente, que avanzaba con paso decidido. Se detuvo antes de pisar la hierba mojada, justo en el límite urbanizado del polígono industrial. Ni una sola farola funcionaba en aquel rincón. La única luz que le permitía intuir sus facciones era el pálido destello que llegaba desde el cielo. Al fondo de la cercana calle sin salida, la sombra de un enorme camión se alzaba amenazante. El hombre giró hasta situarse frente a ella y le colocó las manos sobre los hombros.

—¿Eres tú la misteriosa puta que vio cómo mataban a un hombre el otro día? Llevo horas vigilando la zona y sólo te he visto a ti por aquí.

Gabriela, muda por la sorpresa, parpadeó rápidamente mientras buscaba en su cerebro la mejor forma de escapar de aquella situación. El hombre tradujo su silencio como una afirmación. Una enorme mano rodeó su cuello y la empujó hacia atrás. Un momento después dejó de sentir el suelo bajo sus pies y tuvo la sensación de volar descontroladamente. Su espalda chocó contra el suelo mojado. Afilados guijarros se le clavaron como astillas en las piernas, rasgándole las medias y arañándole la piel. Las malas hierbas la cubrieron casi por completo, empapándole la ropa, mientras el sucio barro succionaba uno de sus zapatos, que quedó semienterrado en la húmeda tierra. Intentó hablar, jurarle a aquel hombre que ella no sabía nada, pero no tuvo oportunidad de hacerlo. Una fuerte patada voló hasta su cabeza. Los huesos del pómulo crujieron bajo el impacto de la bota oscura, que retrocedió inmediatamente para volver con fuerzas renovadas y golpearla de nuevo, alcanzándole en el cuello mientras caía. Indefensa en el suelo, intentando a duras penas protegerse con los brazos, los golpes la alcanzaron uno tras otro. Los pensamientos se desvanecieron de su mente. Incapaz de pensar, ni siquiera recordaba qué estaba sucediendo. Su cuerpo rebotaba contra el suelo después de cada nuevo golpe, girando sobre el barro, pero ya no sentía dolor. Borbotones de sangre escapaban de su boca cuando intentaba respirar. Con la última luz de sus ojos pudo ver al hombre empuñando una pistola frente a su cabeza. Rendida, dejó de respirar.

El hombre dudó durante una fracción de segundo. Si ya estaba muerta, no era necesario efectuar un disparo que podría alertar a alguien. Observó detenidamente a la mujer, que yacía hecha un guiñapo a sus pies. De pronto, una pequeña luz iluminó el camión aparcado al final de la calle. La puerta de la cabina se había abierto para dejar salir a un perro que ladraba mientras trotaba en su dirección. Asustado por la presencia del animal, corrió hacia su coche, cerró la puerta y arrancó el motor antes de que el perro cubriese la distancia que los separaba. Podía oír sus ladridos, pero las sombras de la noche lo convertían en un fantasma invisible a sus ojos. Aceleró sin encender las luces y salió de allí a toda velocidad. La voz del perro se esfumó rápidamente. Recorrió en pocos segundos los doscientos metros que le separaban de la autovía y se unió al escaso tráfico de la madrugada. Encendió las luces, conectó el sistema de alta fidelidad y esperó a que la sugerente voz de Shakira apaciguara los desbocados latidos de su corazón.

El perro llevaba más de diez minutos tocándole las narices, pisándole el pecho con las patas, lamiéndole la cara y gruñendo sin cesar. Le había costado mucho encontrar una postura mínimamente cómoda en la estrecha litera del camión. Una inoportuna avería le había condenado a pasar allí la noche y no le había quedado más remedio que conformarse con su suerte e intentar descansar un poco. Lo que no podía hacer de ninguna manera era abandonar el camión con toda su carga en medio de un polígono industrial. Por eso estaba durmiendo allí, pasando frío y estrecheces. Y sólo le faltaba que al perro, un animal de pequeño tamaño y raza indefinida que solía acompañarle en los viajes, le entraran ganas de mear en mitad de la noche. Cuando ni las amenazas ni los arrumacos surtieron efecto, abandonó el calor del saco de dormir y pasó a la parte delantera de la cabina, intentando que la pierna no se le enredara con la tela. Maldijo en voz alta antes de abrir la puerta los centímetros justos para que el perro saltara sin pensárselo y echara a correr mientras ladraba como un poseso. Nunca lo había visto tan excitado. Pensó que habría olido una hembra, alguna de las perras que vigilaban las empresas de la zona, y confió en que el animal no regresara con un bocado en el cuello. Observó la dirección en la que corría, por si más tarde tenía que ir a buscarlo, y le sorprendió descubrir que se detenía junto a las altas hierbas, a unos cincuenta metros de donde se encontraba. Desde su posición, en lo alto del camión, parecía que el perro le ladraba a un animal oculto entre las piedras y las malas hierbas. Vio como el perro se acercaba despacio a lo que fuera que había descubierto y lo rodeaba dando pequeños saltos. Ladró de nuevo y se inclinó una vez más sobre la hierba. Finalmente, el camionero decidió ir a ver qué ocurría. No quería que una serpiente le mordiera el morro y tener que buscar un veterinario de guardia. Seguro que una consulta a esas horas le costaría un ojo de la cara. Cuando llegó hasta donde el perro saltaba y giraba como un loco, lo que vio le dejó paralizado. Los ojillos brillantes del animal reflejaban las lentejuelas rojas del vestido de una mujer que permanecía inmóvil en el suelo. Se agachó sobre el cuerpo sin atreverse a tocarlo. Tenía el rostro hinchado, casi deformado y cubierto de sangre, al igual que las piernas, donde unas medias negras colgaban hechas jirones, incapaces de cubrir los enormes hematomas que recorrían la piel.

—Mierda puta —dijo en voz baja. El perro se había colocado a su lado y movía excitado la cola. Le acarició la cabeza, procurando calmarlo, mientras intentaba recordar si había cogido el móvil antes de bajar del camión. Un sonido gutural, poco más que un borboteo extraño, surgió de la garganta de la mujer—. ¡Mierda puta!

Se levantó de un salto, sobresaltado por el inesperado movimiento de la mano femenina, y se palpó rápidamente la chaqueta hasta encontrar por fin el teléfono. Sus gruesos dedos tardaron una eternidad en acertar en los recuadros adecuados, y cuando la telefonista de Emergencias contestó al otro lado de la línea tuvo que hacer un enorme esfuerzo por calmarse y explicarle rápidamente la situación. Mientras hablaba, no perdió de vista el cuerpo inerte de la mujer, aunque en medio de la aplastante oscuridad era muy difícil distinguir siquiera su contorno exacto. Cuando cortó la comunicación, rastreó la pantalla del aparato hasta encontrar el comando que lo convertía en una linterna. Se alegró de que su hija le explicara cómo funcionaba la aplicación. Una potente luz blanca surgió del móvil, permitiéndole contemplar detenidamente lo que su perro había descubierto. La mujer que yacía sobre la hierba tenía el rostro hinchado por los golpes. Parte del labio inferior colgaba sobre la barbilla y los surcos de sangre habían dibujado sinuosos recorridos sobre su piel hasta perderse en la hierba húmeda. La mujer no volvió a emitir ningún sonido, pero él estuvo atento al sutil movimiento de su pecho, que subía y bajaba tan despacio que daba la sensación de detenerse entre una respiración y la siguiente. Le pareció percibir un temblor en la mano que descansaba sobre el vientre y se dio cuenta de que llevaba un vestido rojo, arrugado y roto por varios sitios, y una escueta cazadora negra. Se quitó su propia chaqueta y la colocó con cuidado encima de su cuerpo.

El alboroto de las sirenas acercándose tuvo en él un extraño efecto calmante.

—Ya viene la caballería —susurró acariciando al perro y con los ojos fijos en la mujer, que continuaba completamente inmóvil—. Hágame usted el favor de no morirse. Nunca he visto un cadáver y me gustaría seguir así.

El timbre del teléfono móvil pugnaba por colarse entre sus sueños. Tardó un buen rato en darse cuenta de que lo que escuchaba no formaba parte de sus ensoñaciones, hasta que Irene se removió inquieta en la cama y le empujó suavemente, despertándole por completo. La música se detuvo un instante, para comenzar a sonar de nuevo casi inmediatamente. Buscó a tientas la luz de la mesita de noche y consultó la hora en el pequeño despertador. Eran casi las cuatro de la madrugada. Con la voz de Freddy Mercury interrumpiendo abruptamente la paz de la noche, David abandonó las cálidas sábanas mientras intentaba recordar dónde había dejado el móvil antes de acostarse. El líder de Queen guio sus pasos escaleras abajo hasta el salón, donde el aparato vibraba en un baile descontrolado sobre la mesa, como una gogó de discoteca subida sobre su pedestal. No se molestó en tratar de identificar el número que aparecía en la pantalla. A esas horas de la noche muy pocas personas se atreverían a molestarle.

—Inspector Vázquez. —Su voz sonó completamente despejada, como si no hiciera ni un minuto que se había despertado de un profundo y placentero sueño.

—Inspector —respondió una voz masculina al otro lado del teléfono—. El agente Álvarez al aparato. Lamento molestarle, pero tengo un aviso urgente para usted. —David guardó silencio, esperando que el policía justificara la interrupción de su descanso—. Han hallado a una mujer gravemente herida en el polígono industrial de Berriozar. Ha recuperado el conocimiento brevemente al llegar al hospital y ha pedido reiteradamente que le avisáramos a usted en lugar de a su familia. Se trata de Gabriela Unamuno. ¿Qué desea que hagamos, inspector? ¿Avisamos a sus familiares?

—No, no —respondió rápidamente—. Voy para allá, llegaré en veinte minutos. Disponga vigilancia policial en la puerta de su habitación, que nadie se acerque a ella salvo el personal sanitario que esté perfectamente identificado.

—A sus órdenes, señor. Curso sus instrucciones inmediatamente.

La comunicación se interrumpió sin que mediara ni una palabra más. No era necesario. Cabía la posibilidad de que un cliente hubiera golpeado salvajemente a Gabriela, pero en su interior Vázquez sabía que el asesino la había encontrado. Él la había colocado en el punto de mira y el delegado del gobierno apretó el gatillo. Subió a la habitación en dos zancadas y recogió la ropa y los zapatos. Entró en el baño y cerró la puerta antes de encender la luz, aunque sabía que Irene estaba tan despierta como él. Tenía el sueño ligero y muchas veces la descubría levantada en mitad de la noche, leyendo un libro o viendo cedés de películas antiguas. Sus sospechas se confirmaron cuando unos suaves golpes resonaron en la puerta. Abrió con una mano mientras con la otra estiraba el grueso jersey sobre los hombros.

—¿Algo grave? —susurró Irene.

—Espero que no, pero tengo que ir al hospital. Han herido a una posible testigo. La situación puede complicarse mucho. Volveré en cuanto pueda.

Se calzó con un gesto rápido y plantó un breve beso sobre los labios de Irene antes de desaparecer escaleras abajo. Quince minutos después aparcaba frente al hospital. El edificio resplandecía en medio de la noche. En todas las plantas había al menos media docena de ventanas iluminadas, seguramente enfermos que no podían conciliar el sueño, y la planta baja brillaba con los fluorescentes del área de Urgencias y las cálidas bombillas de la zona de recepción. Las luces de una ambulancia recién llegada giraban en la rampa de Emergencias. Se identificó ante el vigilante de seguridad y buscó a un celador que le proporcionara la información que necesitaba. Estaba a punto de gritar en medio del pasillo desierto cuando un uniforme azul llamó su atención. Sus órdenes se habían cumplido y un policía se apostaba en esos momentos ante la puerta de una de las habitaciones. Dirigió sus pasos en esa dirección y saludó al agente, que le devolvió la cortesía con un gesto marcial.

—¿Hay algún médico dentro?

—Dos, señor. Llevan unos minutos con ella.

Llamó suavemente a la puerta y entró sin esperar respuesta. El cuarto estaba en penumbra, la oscuridad apenas rota por la luz azulada de una lámpara sobre la cama, pero fue más que suficiente para que David descubriera la extensión de las heridas de Gabriela. Su rostro, hermoso hacía sólo unas horas, estaba hinchado y completamente deformado. La habían suturado, limpiado y cubierto de vendas, pero a pesar de todo, el alcance del desastre le golpeó como una maza. Los médicos le habían inmovilizado los dos brazos y una de sus piernas, que colgaba inerte de un soporte elevado. Varios cables y tubos iban y venían entre su maltrecho cuerpo y las máquinas que la rodeaban. Gabriela parecía tranquila, seguramente sedada para soportar el dolor de las heridas, y permanecía completamente inmóvil.

Los dos hombres que la observaban, uno a cada lado de la estrecha cama, se volvieron al unísono al escuchar la puerta.

—Señores —saludó David—, soy el inspector Vázquez, del Cuerpo Nacional de Policía. Creo que la señora Unamuno ha preguntado por mí.

El médico de más edad, un hombre que rondaba la cincuentena y parecía acostumbrado a mandar y a que se le obedeciera, a juzgar por su porte y el tono de su voz, avanzó un breve paso en dirección a David, pero sin acercarse demasiado, guardando en todo momento una prudencial y educada distancia.

—Eso nos han dicho las enfermeras. Ha recobrado el conocimiento durante la primera exploración y ha pedido que le avisáramos a usted en lugar de a su pariente más próximo. El protocolo establece que tanto la policía como su familia deben ser informadas en estos casos, y así lo haremos en breve, salvo que exista alguna causa de fuerza mayor.

—Yo me encargaré de avisar a la familia. ¿Cómo está?

David fijó sus ojos en el delgado cuerpo que yacía sobre la cama, cubierto por una fina manta que esbozaba sutilmente su figura. Las líneas azules y rojas que surcaban los monitores marcaban un ritmo estable, aunque le pareció exasperantemente lento.

—Su situación es preocupante. Tiene lesiones en prácticamente todos los órganos importantes. Hemos detenido en dos ocasiones una abundante hemorragia interna y se le han efectuado varias transfusiones de sangre, pero no sabría decirle qué podemos esperar. Su estado es crítico. Las próximas horas serán determinantes para su evolución.

David comprendió perfectamente lo que el médico intentaba decirle. El cuerpo de Gabriela luchaba por sobrevivir, pero su enemigo era mucho más grande, fuerte y poderoso que él. Era una batalla desigual, David contra Goliat, pero confiaba en que una mujer que había sido capaz de bajar a los infiernos para mantener a flote a su familia no estuviera dispuesta a tirar la toalla tan fácilmente. Giró la vista alrededor de la habitación y no encontró ropa, zapatos o un bolso femenino.

—¿Qué han hecho con sus efectos personales?

—Se ha seguido el protocolo establecido para los casos de agresión —respondió el médico—. Todo lo que llevaba puesto ha sido entregado a uno de los agentes que han venido y creo que ya lo ha llevado a sus dependencias. También le han tomado muestras de sangre y efectuado un frotis vaginal.

—Los expertos de la policía científica procesarán a la paciente en cuanto sea posible.

—Por supuesto —respondió.

Vázquez asintió y observó de nuevo a la mujer.

—¿Está consciente?

—Viene y va. —El más joven de los facultativos se acercó a la cabecera de la cama y tocó suavemente el hombro de su paciente—. ¿Gabriela? ¿Puede oírme?

No se produjo ninguna reacción, ni un movimiento o sonido que indicara que Gabriela estaba consciente. David se dispuso a esperar. Acercó una silla a la cama y se sentó, ante la mirada atónita de los médicos.

—¿Va a quedarse? —preguntó finalmente el mayor de ellos.

—Sólo hasta que pueda hablar con ella. Después avisaré a su familia.

Los dos hombres encogieron los hombros bajo sus inmaculadas batas blancas y abandonaron la habitación. Inmediatamente después, el agente Álvarez asomó la cabeza por el umbral.

—¿Necesita algo, inspector?

—Nada, gracias. Confirma por radio que han recibido las pruebas y avisa a la científica, que envíen a un par de técnicos al lugar en el que la encontraron.

—A la orden, señor.

La puerta se cerró silenciosamente, dejando fuera la dolorosa luminosidad del pasillo. La penumbra era una amiga más agradecida. Ocultaba las profundas heridas, disimulaba los puntos de sutura y hacía que las vendas parecieran un vaporoso vestido. Vázquez observó a Gabriela. Distinguió restos de barro en el pelo y en el interior de la oreja. Le habían cosido el labio inferior. Desde donde estaba contó al menos diez puntadas de hilo negro sobre la carne rosada, pero intuyó que la costura continuaba por debajo de la gasa empapada en yodo que le cubría el pómulo. Las pestañas de los dos ojos habían desaparecido bajo la inflamación morada, casi negra, que los rodeaba. También la frente había cambiado su forma original por otra más irregular, salpicada de puntos de sutura, pequeñas heridas y un enorme chichón sobre la sien derecha, que elevaba la zona del nacimiento del pelo. Supuso que tenía fracturas en los dos brazos, porque ambos estaban escayolados hasta el hombro. Se fijó en las manos, que parecían demasiado morenas por debajo del yeso casi albino, pero pronto descubrió que también los dedos estaban amoratados e hinchados. Tenía las uñas rotas y sucias, oscurecidas por el barro seco.

La furia que crecía en su interior estaba ocupando el espacio que hasta ese momento llenaba la desolación. Se sentía impotente y culpable. Patearía sin dudarlo la cabeza del culpable hasta esparcir su cerebro por la acera. Una cólera desmedida se estaba apoderando de sus músculos, que se tensaban por debajo del abrigo, haciéndole sudar. Se obligó a sí mismo a calmarse. La espera podía ser larga. Se despojó del abrigo, colocándolo en el respaldo de la silla, y contempló de nuevo a Gabriela. Un mechón de pelo ocultaba parte de su frente. Hubiera jurado que un momento antes no estaba allí. Lo retiró con cuidado, intentando no rozarle la piel irritada. Un movimiento de la cabeza, leve y rápido, le hizo apartar la mano.

—Gabriela —llamó—, ¿puede oírme?

No obtuvo respuesta. Sin embargo, le pareció que la cabeza giraba unos milímetros en su dirección.

—No se mueva —le pidió.

Los labios de Gabriela se separaron muy despacio. Un centímetro de hilo negro quedó suspendido sobre la boca, tieso, endurecido por la sangre reseca.

—Inspector. —Su voz, grave, profunda, le sobresaltó.

—Gabriela, estoy aquí. —David rozó su mano con los dedos.

—Hable con mi marido. —Las palabras salieron lentamente de su boca, superando el enorme esfuerzo que le costaba pronunciarlas—. Usted conoce mi historia. Pídale que me perdone.

—Cogeremos al que le ha hecho esto. —Un doloroso nudo en la garganta le impidió tragar saliva—. Va a ponerse bien, los médicos son optimistas.

Él mismo se sorprendió ante la mentira que acababa de salir de sus labios, pero sabía que esa pequeña falsedad nunca tendría consecuencias. Una lágrima, manchada de sangre y yodo, cruzó la mejilla de Gabriela. David estuvo tentado de enjugarla, pero finalmente la dejó deslizarse hasta que cayó sobre la almohada, donde dibujó un pequeño borrón oscuro.

—Hable con Adrián.

El tendón de su cuello, que había permanecido fuertemente marcado mientras intentaba hablar, se perdió entre el resto de la musculatura, que descansó laxa sobre la almohada. Las líneas de los monitores continuaban dibujando un camino firme y estable. Simplemente había vuelto a desmayarse. Comprobó que todo estaba en orden y salió de nuevo al pasillo, donde el agente Álvarez había encontrado una silla en la que realizar la guardia más cómodamente. Se levantó de un salto cuando su superior abandonó la habitación.

—Señor —saludó.

—Que nadie la moleste, e identifique a todo el que pretenda entrar, incluido el personal sanitario. Impida el paso a todo el que no pueda justificar su presencia en la habitación. Si la trasladan a algún lugar —añadió con mirada severa—, usted será su sombra. Alguien ha pretendido matar a esta mujer y no podemos permitir que vuelva a intentarlo cuando descubra que ha fracasado. Llámeme si se produce cualquier novedad.

Salió de nuevo al frío amanecer. Pasaban unos minutos de las seis de la mañana y el cielo se había oscurecido por completo. Las estrellas habían apagado su luz ante la proximidad del alba, y la luna, muy baja en el horizonte, quedaba oculta por los altos edificios del barrio de Mendebaldea. La iluminación interior alargó su sombra hasta convertirlo en un gigante. Pensó en dirigirse a Jefatura, recuperar el móvil de Gabriela y telefonear a su marido, pero supo al instante que eso era una idea lamentable, así que subió a su coche y puso rumbo a la Chantrea. Llegó sin dudar ni una vez hasta la pequeña casa unifamiliar. Había luz en una de las ventanas. Seguramente el marido estaría inquieto ante la ausencia injustificada de su mujer. Evitó llamar al timbre para no despertar al resto de la familia y golpeó la puerta con los nudillos. El rostro de un hombre apareció en la esquina de la ventana. Vázquez mostró su placa y esperó.

El marido de Gabriela Unamuno, Adrián Osés, lucía en su cara los estragos del estrés, el miedo y la incertidumbre. Una profunda arruga partía en dos su frente, acercando las pobladas cejas al centro de un rostro sin afeitar. Tenía la tez macilenta y era evidente que llevaba toda la noche en vela. En la mano izquierda apretaba el teléfono móvil. Se había vestido con un pantalón de chándal azul y un jersey deportivo gris, y también se había calzado. Posiblemente pretendía estar listo para acudir en busca de su mujer en cuanto ésta diera señales de vida. Miraba al policía desde el interior de la casa, sin decidirse a franquearle el paso a quien sabía que era portador de malas noticias.

—Señor Osés —comenzó Vázquez. Intentó modular su voz para restarle dramatismo a sus palabras, pero era muy difícil pronunciar lo que tenía que decir sin infligir una profunda herida a su destinatario—. Su esposa ha sufrido un accidente y está en el hospital. Si me permite pasar, le explicaré lo sucedido.

El hombre se apartó de la puerta sin decir ni una palabra. Le condujo hasta un pequeño salón y le invitó a sentarse en el sofá. David, sin embargo, permaneció de pie hasta que el dueño de la casa tomó asiento en una de las sillas que rodeaban una mesa cuadrada cubierta de libros, cuadernos y lápices, sin duda el lugar en el que los hijos de la familia hacían los deberes. Cuando Adrián se hubo sentado, separó una segunda silla y se sentó frente a él. Permanecieron unos instantes en silencio, contemplándose el uno al otro. Adrián le ofreció una mirada triste, con los ojos cargados de lágrimas y unas bolsas oscuras profundamente marcadas.

—¿Está viva?

—Sí, pero sus heridas son muy graves. Los médicos la están atendiendo en estos momentos.

—¿Ha sido un… cliente?

Los pensamientos de David, centrados en cómo comenzar la difícil explicación que venía a dar, se detuvieron en seco. ¿Aquel hombre sabía a qué se dedicaba su mujer? ¿Desde cuándo? Decenas de preguntas se apelotonaron en su mente.

—No lo sabemos —respondió simplemente.

David escudriñó despacio el cuerpo de aquel hombre, buscando signos de violencia. Si sabía que su mujer hacía la calle, no podía desechar la idea de que hubiera decidido castigarla propinándole una paliza. Sin embargo, no encontró magulladuras en sus manos. Tenía los nudillos lisos y sonrosados, sin muestra de haber chocado contra los huesos de nadie.

—¿Desde cuándo lo sabe? Ella me envía para que le explique sus motivos.

—Conozco sus motivos. Mantiene a su familia como puede, de la única manera que ha podido, en realidad. Ella es la auténtica cabeza de familia. Yo sólo soy una piltrafa, un hombre que no ha podido evitar que su mujer se acueste con otros para dar de comer a sus hijos y pagar las facturas.

David sintió lástima por aquel hombre. No podía ni imaginar cuál sería su reacción si fuera su esposa la que se viera forzada a prostituirse para mantener a salvo a los suyos. Adrián bajó la cabeza, intentando ocultar unas lágrimas que le avergonzaban todavía más que el hecho de aparecer como un calzonazos y un cornudo ante aquel hombre.

—Hace mucho que no duermo bien —explicó Adrián—. El hombro me duele mucho y me provoca unos terribles calambres. Una noche esperaba despierto a mi mujer cuando comenzó a llover con fuerza. Luego la lluvia se convirtió en granizo. Me levanté y me vestí rápidamente. Decidí ir a buscarla a la salida del trabajo para que no tuviera que pedirle a nadie que la acercara hasta casa. Aparqué frente a la empresa y esperé a que apareciera. Vi salir a varias mujeres, pero ninguna era Gabriela. Esperé un poco más. Luego salí del coche y llamé a la puerta. Allí dentro no había nadie. Volví a casa y me metí en la cama. Ella llegó unos minutos después, muerta de frío. —Levantó la cabeza para mirar a los ojos del policía, que le escuchaba en silencio—. En ese momento pude haberle preguntado de dónde venía, por qué no estaba donde se supone que tenía que estar, pero no me atreví. Me faltó valor. Me daba miedo la verdad. Así que fingí estar dormido e intenté comportarme como si nada hubiera pasado. Al día siguiente fui tras ella cuando se marchó por la tarde. La seguí hasta la estación de Renfe. No entendía nada, ¿iba a coger un tren? Entré en la sala de espera y la busqué, pero no vi ni rastro de mi mujer. Cuando volví a verla me costó reconocerla. Me escondí detrás de una columna para que no me descubriera. Llevaba un vestido rojo muy corto y unos zapatos con un tacón enorme. Se había maquillado y peinado de forma diferente. Estaba muy cambiada, inspector. No entendía nada. Cuando se subió a un taxi tuve que correr hasta mi coche. Menos mal que el semáforo estaba en rojo y no pudieron avanzar mucho antes de que me colocara detrás. Se bajó en Berriozar. Aparqué ocultándome tras la caseta de vigilancia de una fábrica cerrada y esperé. Ella iba y venía por la acera. Sabía qué estaba haciendo, pero no podía creerlo. Quise enfrentarme a ella en ese momento. Debí hacerlo. Sentía la rabia creciendo en mi interior, pero justo cuando estaba a punto de decidirme, un coche paró a su lado. Ella se acercó, habló con el conductor y se subió al coche. Cuando los perdí de vista, me marché. Me fui a casa, preparé la cena para los chicos, los acosté y lloré. Lloré toda la noche, puede creerme, pero tomé la única decisión que podía. Cuando llegó, me metí en la cama y esperé a oscuras y en silencio. La oí entrar en el baño y abrir la ducha. Me decía que se duchaba a esas horas porque el olor de la lejía y los detergentes le provocaba dolor de cabeza, pero entonces supe que lo que hacía era arrancarse de la piel el tufo de aquellos hombres. Tardó poco en acostarse. Estaba helada. Se acurrucó a mi lado, hecha un ovillo, intentando entrar en calor. Sólo tenía dos opciones, inspector, y elegí la única que nos permitiría seguir viviendo. Pensé en la factura de la calefacción, en la comida que llenaba el frigorífico, en los abrigos y las botas de invierno que les había comprado a los niños la semana anterior. ¿Qué podía hacer yo? ¿Avergonzarla? ¿Echarla de casa? —Adrián hablaba cada vez más alto. David puso una mano sobre su brazo y lo apretó suavemente. El hombre se relajó al instante, apaciguando también el volumen de sus palabras—. Me di la vuelta y la besé en los labios. La abracé y le acaricié la espalda. Sé que a ella le hizo gracia, porque sonrió mucho rato, pero me devolvió el beso y me rodeó con sus brazos. Hicimos el amor como hacía mucho tiempo que no lo hacíamos. Lo único que yo quería era que sintiera mi amor, mi devoción por ella. Desde entonces, cuando vuelve de madrugada yo me abrazo a su espalda y le doy calor, nos acurrucamos juntos hasta que suena el despertador. Unas veces hacemos el amor, otras simplemente respiramos juntos, pero necesito que sepa que la quiero. Dígaselo, inspector. Dígale que no tenga miedo, que yo estaré siempre a su lado, y espero que ella no quiera nunca marcharse.

—No ha tenido que ser fácil.

—¿Hubiera sido más fácil acudir cada semana a Cáritas a por una bolsa de comida con la que mal alimentar a nuestros hijos? ¿Habría sido más sencillo no poder comprarles unas botas para el invierno, que nos cortaran la luz o la calefacción por no pagar las facturas o vernos incluso fuera de nuestra propia casa? Admiro a mi mujer por la decisión que tomó, sin duda la más difícil de su vida. Yo no he hecho nada, sólo ver cada tarde cómo se marchaba y sentir que se me encogía el estómago. Lo difícil era quedarse en casa mientras ella se enfrentaba sola a los monstruos de la vida. Me siento un desgraciado, un miserable por haber permitido que pase esto.

El rostro de Adrián se contrajo en una mueca de dolor. Cerró los ojos y gimió quedamente. Gotitas de saliva salpicaron la mesa, mientras gruesas lágrimas encontraron por fin un hueco por el que liberarse. Tardó unos minutos en calmarse. Cuando se serenó, David le informó de las circunstancias en las que se había producido el ataque a su mujer.

—La investigación está abierta —le explicó—, pero es posible que Gabriela haya sido golpeada por el mismo hombre que mató a Jorge Viamonte y a Tobías Meyer.

—¿Cómo es eso posible?

—Creo que ella pudo ser testigo del primer asesinato. El delegado del gobierno hizo un comentario desafortunado hace unos días ante los medios de comunicación y el asesino supo que una persona podía identificarlo. Seguramente la habrá buscado por la zona hasta deducir su identidad, y ha actuado a la primera oportunidad que ha tenido.

—Dios mío… —La sorpresa apartó cualquier otro sentimiento en la mente de Adrián—. Pero si se entera de que no ha muerto, puede volver a intentarlo.

—Ya hay un policía en la puerta de su habitación. Estará vigilada y protegida en todo momento.

Adrián asintió brevemente antes de levantarse. No había ni rastro de dolor en su rostro. En cambio, la luz de una firme determinación parecía dotarle de fuerzas renovadas.

—Inspector, tiene que disculparme. Voy a llamar a mi hermana para que se ocupe de mis hijos. Le pediré que venga cuanto antes. Después iré al hospital y no me separaré de mi mujer hasta que el cerdo que la atacó esté en la cárcel. Si intenta hacerle daño, se encontrará conmigo de frente.

David supo que Adrián había hallado la forma de redimirse. Cuidaría y protegería a su mujer incluso con su propia vida. Luego ya habría tiempo de hablar y curar las heridas del alma.

—Yo estaré pendiente de ella en todo momento. —David le alargó una tarjeta en la que había anotado su teléfono móvil—. Llámeme en cualquier momento. Y cuando Gabriela se recupere lo suficiente, me gustaría hablar con ella. Le debo una disculpa.

—Descuide, inspector, se lo diré.

No le acompañó a la puerta cuando se marchó. Escuchó su voz al teléfono, lanzando órdenes y breves explicaciones mientras levantaba con fuerza las persianas de la casa. En pocos minutos, los dos chicos estaban levantados y escuchaban atónitos a su padre. Les contó que su madre había tenido un accidente en la fábrica y que estaba en el hospital. Su tía vendría enseguida a quedarse con ellos, pero mientras tanto, como dos chicos mayores que eran, tendrían que desayunar y vestirse solos. Los besó y abrazó, insistiendo en que no olvidaran nada antes de ir al colegio y que no aprovecharan para ver la televisión durante su ausencia, y salió a la calle a toda velocidad. Alcanzó el coche a la carrera y tuvo que obligarse a levantar el pie del acelerador en los cruces y rotondas que lo separaban de su mujer. Se le encogió el estómago cuando consiguió llegar a su lado. Por el camino había fantaseado con el alcance de sus heridas, pero aquello superaba todas sus expectativas. Gabriela continuaba inconsciente. Se sentó en una silla y se mordió el labio, obligándose a no llorar. No era el momento de las lágrimas, sino de la fortaleza y la determinación.

—Tú lucha por ponerte bien —le susurró al oído—. Yo te protegeré. Perdóname por haber dejado de cuidarte. Nunca más.

Inclinó la cabeza hasta alcanzar su rostro hinchado y depositó un suave beso sobre la sien, intentando no rozarle ninguna de las heridas que surcaban su piel.

Vázquez encaminó sus pasos hacia la Jefatura de Policía. El sol iluminaba tímidamente las calles de Pamplona, que comenzaban a llenarse con los perezosos estudiantes que se dirigían al instituto.

Se sirvió un café de la máquina y se encaminó a su despacho sin saludar a nadie. Había algo que tenía que hacer antes de que tuviera ocasión de pensarlo detenidamente. Sentado ante su mesa, dio un largo sorbo al cálido y amargo café y descolgó el teléfono. Unos segundos después, una voz masculina le saludaba al otro lado de la línea.

—Delegación del Gobierno, ¿en qué puedo ayudarle?

David se identificó rápidamente y pidió hablar con el delegado en persona. El jefe de gabinete de Ernesto Aballe, a quien había visto por primera vez justo antes de la rueda de prensa, le anunció que el delegado estaría encantado de recibir su llamada. Pocos minutos después, la ronca voz de Aballe llenó la línea telefónica:

—Buenos días, inspector. Imagino que me llama para darme buenas noticias.

—No exactamente, pero creo que son cosas que usted debe saber.

La decepción hizo que la voz de Aballe descendiera dos octavas.

—Usted dirá, inspector. Le ruego que sea breve, tengo una mañana muy ajetreada.

—También yo, señor. Esta madrugada alguien ha golpeado a una mujer hasta casi matarla.

—Lo siento mucho —le interrumpió Aballe—, pero, lamentablemente, eso no es una novedad, la violencia contra las mujeres es una constante hoy en día...

—Esa mujer —continuó David— es la posible testigo de la que le habló el comisario, la misma que no quería ser identificada. Sé que el comisario le pidió máxima discreción, señor Aballe. Sus palabras alertaron al asesino, que ha intentado silenciarla.

—¿Me está acusando de algo, inspector?

—En absoluto, señor. Sólo le informo, tal y como usted mismo pidió.

—Si no recuerdo mal, esa mujer se dedica a la prostitución. ¿Qué le hace pensar que no ha sido su chulo quien le ha propinado la paliza?

—Lo sé, señor. No hay ningún chulo. Y antes de que lo sugiera, tampoco se trata del ataque de un cliente loco. —Aballe se mantuvo en silencio al otro lado de la línea—. El asesino de Jorge Viamonte y Tobías Meyer está al tanto de lo que se publica sobre el caso, sigue las noticias para intentar adivinar qué sabemos y qué no.

—¿Algo más, inspector? —Aballe masticó con los dientes apretados cada una de las palabras.

—No, señor. Que tenga un buen día.

David colgó sin esperar respuesta. Se sentía un poco mejor. Se llevó el café a los labios. Estaba helado. Salió de su despacho y lo arrojó en la primera papelera que encontró. Decidió salir a buscar un café decente mientras serenaba su espíritu, pero no tuvo ocasión de alcanzar la salida. La puerta del despacho del comisario se abrió de golpe. Tous cruzó el umbral a toda velocidad, directo a donde Vázquez se encontraba.

—¡Inspector! —El comisario casi gritó su nombre. Sus rasuradas mejillas brillaban, rojas de cólera—. ¿Ha llamado usted al delegado?

Vázquez se detuvo, sacó las manos de los bolsillos y se mantuvo firme sobre sus pies, esperando la acometida de su superior.

—Sí, señor. Acabo de hacerlo.

—¿Y por qué motivo ha hecho tal cosa, si puede saberse?

—Me pidió que le mantuviera informado de los avances en la investigación, y eso he hecho.

—¿Avances? ¿De qué está hablando?

—La testigo de la que le hablé, la mujer que posiblemente vio algo la noche que mataron a Viamonte, ha sido atacada esta madrugada por un desconocido. Está en el hospital, al borde de la muerte.

—¿Y cree que ha sido el asesino?

—Estoy convencido de ello. El delegado le puso sobre aviso de la existencia de una posible testigo. Sólo ha tenido que atar cabos y salir a buscarla.

—Lo que está diciendo es muy grave.

—Lo sé, señor, pero es cierto. Aballe es un político que sólo quiere buenos titulares. Puso en peligro la vida de esa mujer y volverá a hacerlo si le damos oportunidad.

—Me ha llamado hecho una furia. Prácticamente me ha exigido su cabeza.

—Haga lo que tenga que hacer, jefe.

Tous miró fijamente al inspector, que continuaba plantado sobre sus piernas, con el abrigo en la mano.

—Lo único que voy a hacer es seleccionar con más cuidado la información que le ofrezco al delegado. ¿Va a algún sitio? —dijo señalando la chaqueta de Vázquez.

—Sólo a tomar un café. Mi estómago no resiste más esa bazofia.

—Le entiendo. Bien. —El rostro de Tous ya había recuperado su color habitual, una sonrosada palidez acentuada por el abundante pelo oscuro que lo rodeaba—. Manténgame informado sobre la evolución de la mujer.

El comisario dio media vuelta y se dirigió de nuevo a su despacho, cerrando la puerta a su espalda. Vázquez relajó los músculos que había mantenido en tensión durante toda la conversación y alcanzó por fin la salida. Le apetecía más que nunca un buen café. Se encaminó con paso rápido hacia el casco viejo y se dejó guiar por el olfato hasta uno de los pequeños bares en los que varias personas desayunaban en silencio, con el periódico local desplegado en la mesa e ignorando por completo al resto de los parroquianos. Vázquez, sintiéndose como pez en el agua, pidió un café solo, eligió una mesa libre, alcanzó uno de los periódicos que descansaban en la barra y se sumergió en uno de los momentos más agradables de su rutina diaria.

20

La mañana en la que Katia Roldán dio por fin señales de vida tenía la mente completamente absorbida por el trabajo. La agencia bullía de actividad, el teléfono lanzaba incansable su soniquete y en la bandeja de entrada se acumulaban los correos electrónicos con propuestas, preguntas, reservas y confirmaciones.

Cuando el móvil vibró sobre la mesa una vez más, ni siquiera prestó atención al número que anunciaba la pantalla. Contestó sin perder de vista el documento que leía en el ordenador, con un bolígrafo en la otra mano para anotar los datos más importantes.

—Servicios Turísticos Ochoa, buenos días.

—Zorra. —Fue la voz al otro lado del teléfono, más que el insultante saludo, lo que le heló la sangre—. Fallaste, zorra hija de puta, y lo vas a pagar.

Irene guardó silencio. Se recostó en la silla y esperó. Podía escuchar la ronca respiración de Katia al otro lado de la línea. Su voz sonaba áspera, mucho más afónica que cuando se encontraron por primera vez semanas atrás. No esperaba que se recuperase tan pronto, pero allí estaba de nuevo, como una lagartija a la que le arrancas la cola y le vuelve a crecer.

—Espero que tengas la hucha llena, porque lo quiero todo. Quiero hasta el último céntimo. Cojearé el resto de mi vida por tu culpa, y vas a asegurarme una buena pensión.

—No sé de qué me estás hablando —respondió por fin, lo más calmada que pudo.

—No te he identificado ante la policía —continuó—, pero puedo recuperar la memoria en cualquier momento. Ya sabes cómo son estas cosas de los accidentes, hoy no sabes ni quién eres y mañana recuerdas con toda claridad el rostro de quien te atropelló y hasta la matrícula del puto coche. Si no pagas, me presento en la poli y les explico llorando que tengo flashes en los que te veo al volante del todoterreno que me pasó por encima. Y ni se te ocurra intentarlo de nuevo. Tengo buen cuidado de no estar nunca sola. Si te acercas a mí para otra cosa que no sea entregarme una bolsa llena de dinero, saltarán todas las alarmas y te juro que ese día duermes en la cárcel. Eso, si no te mato antes.

Irene no respondió. Mantuvo el teléfono firmemente asido, pegado a su oreja para que ni una sola palabra escapara al exterior. Aunque estaba sola en su oficina, sabía que el silencio y la prudencia eran las únicas armas con las que contaba en esos momentos. Si no hablaba de Katia, podía hacer como si aquella mujer no existiera. Si nadie sabía nada, el problema sería sólo una quimera en su cabeza.

—¿Me estás oyendo, zorra? —Katia comenzaba a exasperarse. El silencio y la falta de reacción de Irene la sacaban de quicio. Estaba preparada para la confrontación, para escupirle al teléfono todo lo que llevaba semanas masticando en su interior, pero no le estaba dando la oportunidad de desahogarse y sentía que el pulso se le aceleraba a cada segundo que pasaba, golpeándole violentamente las sienes y agudizando el fuerte dolor de cabeza que la acompañaba desde el accidente. Respiró profundamente, un movimiento que hizo que el tórax se hinchara más allá de lo que permitían sus astilladas costillas. Una punzada le laceró el costado. Se encogió con los ojos cerrados y contuvo el aliento hasta que el dolor cesó—. Te llamaré muy pronto, y cuando lo haga, tendrás que salir pitando a donde yo te diga. Reúne todo el dinero que tengas, absolutamente todo. Vende tu casa o échate a la calle, me da exactamente igual, pero quiero cincuenta mil euros para empezar.

—Estás loca —susurró Irene.

—¡No! ¡Tú eres la loca! ¡Estás como una puta regadera! ¡Eres una loca asesina! —Las palabras surgieron de su interior como un torrente. Le gritó al teléfono, escupiendo furiosas gotas de saliva mientras los músculos del cuello se le tensaban al máximo. Abandonó la silla con esfuerzo, ahogando un doloroso espasmo, y continuó gritando y enrojeciendo, vaciando todo el odio que la atenazaba por dentro. Irene dejó el móvil sobre la mesa. Las palabras de Katia la alcanzaban igualmente a esa distancia. Escuchó sus insultos y desvaríos y luchó contra el deseo extremo de lanzar el teléfono contra la pared. No iba a contestarle. David le había explicado una vez que grabar una conversación telefónica es muy sencillo, y Katia podía muy bien estar intentando arrancarle una confesión. Una vez más, guardó silencio y esperó. Cuando el tono de las palabras de Katia descendió hasta un volumen normal, se acercó de nuevo el aparato—. Puta loca de mierda —escupió finalmente—. Consigue el dinero. No hagas nada más, no pienses en otra cosa que no sea la forma más rápida de reunir mis cincuenta mil euros.

Y colgó. El silencio al otro lado de la línea no fue, sin embargo, gratificante en absoluto. Katia había cruzado un límite que nunca debió traspasar. No iba a permitir que aquella ambiciosa mujer echara a perder todo lo que le había costado tanto esfuerzo conseguir. David le hablaba de niños cada vez con más insistencia, incluso en un par de ocasiones mencionó que le gustaría casarse antes de que fuera demasiado tarde para su anciana madre. Las imágenes de los dos paseando a un bebé, acunándolo entre sus brazos, bañándolo con ternura por las noches o amamantándolo en sus pechos eran tan vívidas que casi podía sentir los tirones de su útero al estirarse para albergar una nueva vida. Katia no iba a echarlo todo a perder. No lo consentiría. Tenía poco tiempo para decidir cuál era el mejor camino a tomar, pero de lo que no tenía ninguna duda era de que Katia había cavado su propia tumba.

Dejó sobre la mesa el teléfono que todavía sostenía en la mano. Respiró un par de veces con los ojos cerrados y expulsó a Katia de su cabeza. Ya habría tiempo de pensar en ella, decidió. Movió el ratón del ordenador, haciendo que la pantalla se iluminase de nuevo, y retomó la lectura del documento que tenía delante. Faltaban dos horas para su cita con David. Habían quedado para comer en un restaurante cercano, pero decidió darle una sorpresa. Llamó al restaurante para anular la reserva de mesa y, a cambio, les pidió que el servicio de catering llevara dos menús a su despacho. Después envió un cariñoso mensaje a David, pidiéndole que pasara a buscarla en lugar de acudir directamente al local. Él respondió al instante, asegurándole que allí estaría a la hora convenida. No tenía ninguna intención de permitirle salir hasta saciar el hambre de su cuerpo. Se imaginó junto a él, desnudos y ansiosos como siempre, encontrándose en el sofá que tantas veces les había servido de refugio. Sonrió al percibir un leve retortijón en el bajo vientre y supo que no desaparecería hasta que David deshiciera el nudo que formaban las mariposas de su estómago.

Los huesudos dedos del agente Alcántara sobrevolaban certeros sobre el teclado de su ordenador. Había perdido la cuenta de las horas que llevaba allí sentado, pegado a la pantalla, viendo pasar una interminable sucesión de cifras, códigos, nombres y balances financieros. Aunque varios miembros del equipo se habían ofrecido a echarle una mano, lo cierto era que se necesitaban unos profundos conocimientos del mundo de las finanzas para comprender el significado de aquellos datos que se deslizaban cadenciosamente por el monitor. Al final lo habían dejado solo, presentándose ante su mesa de vez en cuando para ofrecerle un café o algo de comer. Ascético en sus costumbres y enemigo de cualquier tipo de excitante no natural, acabó aceptando una infusión, que languidecía, ya fría, sobre su mesa, pero finalmente consiguió que le dejaran trabajar tranquilo.

Como solía ocurrir en esos casos, la contabilidad del Banco Hispano-Francés no era un modelo de transparencia. Los datos a los que podía acceder eran casi siempre pequeñas muestras de lo que realmente se ocultaba debajo, como la punta de un enorme iceberg a la deriva en un mar de dinero. Tuvo que telefonear en varias ocasiones al banco para que le permitieran el acceso remoto a los datos que el juez había autorizado y que encontraba bloqueados una y otra vez. Sólo cuando el propio inspector Vázquez habló con Ignacio Rosales, recién ascendido al puesto de presidente provisional, consiguió que se levantaran todas las barreras.

El banco participaba directa o indirectamente en miles de operaciones cada día, unas veces pequeñas compras de divisas y otras, macroinversiones en empresas de todo el mundo. El dinero iba y venía en un vaivén mareante para cualquier profano, pero Alcántara tenía que reconocer que se sentía fascinado por la creatividad y la audacia de las personas que pergeñaban esas acciones. Hacía falta mucho valor, conocimientos y sangre fría para manejar miles de millones de euros, dólares o yenes sin pestañear.

Avanzaba despacio, escrutando cada operación que aparecía en su pantalla, cotejándola con los dosieres que reposaban sobre la mesa, analizando cada número, cada fecha, cada firma. Después de muchos intentos fallidos, consiguió que la fotocopiadora reprodujera una considerable ampliación de la rúbrica autográfica de los dos fallecidos. Los trazos rectos, largos y firmes de Jorge Viamonte y las sinuosas montañas de tinta que Tobías Meyer dibujaba en su firma descansaban junto al montón de papeles que esperaba ser analizado. Una experta calígrafa se había puesto a su disposición para ayudarle en caso de duda, pero hasta ese momento todas las firmas eran perfectamente identificables.

La pila de documentos descendía muy lentamente. Sobre la mesa tenía en ese momento los papeles en los que Jorge Viamonte trabajaba el día de su muerte, una serie de inversiones en empresas de mediano calado pendientes de ser revisadas por el presidente antes de ser remitidas al Banco de España para su inspección.

Abrió la siguiente carpeta, empujando con cuidado la taza con la infusión, ya helada, y leyó los primeros párrafos. Global Intel era una empresa afincada en Venezuela, dedicada al suministro de lo que llamaban «energía esencial». El documento ofrecía los últimos balances económicos de la empresa, mostrando un fulgurante crecimiento en pocos años. Según la última facturación disponible, Global Intel había ofrecido a sus inversores unos beneficios del treinta por ciento del capital invertido, un caramelo demasiado goloso como para dejarlo pasar. El informe explicaba que los máximos accionistas trabajaban en la expansión de la empresa hacia Europa, después de instalarse en varios países del Caribe y haber conquistado incluso las costas de Estados Unidos. España era la puerta lógica de entrada al viejo continente. El proyecto hablaba de competir con los habituales proveedores de energía eléctrica, eólica y fotovoltaica, aprovechando la reciente liberalización del mercado energético.

Alcántara tecleó en el ordenador las palabras «Global Intel» y accedió a una web concebida en tonos verdes y azules en la que se cantaban las alabanzas de, según rezaba en el encabezado, la empresa más ecológica de Venezuela. La web no ofrecía, sin embargo, datos de contacto ni imágenes de sus instalaciones. La información se limitaba a explicar la filosofía de la empresa, su apuesta de futuro y el talento de sus ingenieros. El agente no se sorprendió ante la falta de datos. El hecho de que la empresa estuviera afincada en Venezuela, un país en el que buena parte de la población tenía un acceso nulo o muy limitado a internet y donde el espionaje gubernamental estaba a la orden del día, podía justificar la escasez de información. Lo que en cambio sí llamó su atención fue el curioso trazo con el que Jorge Viamonte había rubricado su informe favorable a que el banco invirtiera trescientos millones de euros en Global Intel, después de una financiación inicial de casi cien millones el año anterior a modo de provisión de fondos y reserva para la futura compra de acciones.

Alcántara observó detenidamente la firma que tenía ante sus ojos y la cotejó con la ampliación que descansaba sobre su mesa.

Definitivamente, el trazo que cerraba la rúbrica era muy parecido al del original, pero no era exactamente igual. Podía tratarse simplemente de una sutil variación debido a un temblor en la mano, un inesperado movimiento del papel o una postura incómoda a la hora de firmar. Cogió un papel y estampó su propia firma, primero sentado en la silla y después de pie, a un lado de la mesa, forzando la posición e incluso moviendo el papel con la otra mano. Su firma era distinta en cada una de las ocasiones, pero siempre podía afirmarse que era original. Sabía, además, que muchos ejecutivos incluían en sus documentos una firma escaneada que guardaban en el ordenador, de modo que ésta fuera identificable en cualquier circunstancia. Así permitían también el acceso de las secretarias a su firma, en quienes delegaban las comunicaciones cotidianas. En varios de los documentos revisados hasta el momento había encontrado la firma impresa de Viamonte. Sin embargo, en el breve informe que tenía entre las manos se distinguían claramente los trazos de tinta sobre el papel. Apartó el resto de las carpetas que aguardaban su turno sobre la mesa y dedicó toda su atención al informe de Global Intel. Las gráficas mostraban la evolución de la empresa desde su creación, una década atrás, hasta la actualidad. Los picos de las líneas concluían siempre con un trazo ascendente, con apenas fluctuación y mucho menos períodos de pérdidas importantes. Los descensos en las facturaciones brutas coincidían con los momentos de mayor tensión en el interior del país. La enfermedad y muerte de Hugo Chávez se traducían en un baile de líneas cortas que subían y bajaban en las cotizaciones bursátiles a lo largo de varias semanas, hasta arrancar finalmente, de nuevo en ascenso, tras la llegada de Maduro al poder. La empresa venezolana contaba con industrias en sectores básicos como el petróleo y la minería, las energías alternativas, las centrales eléctricas o las telecomunicaciones. Sin duda, una firma muy bien situada que prometía beneficios en un período relativamente corto de tiempo. El informe aseguraba que contaban con el visto bueno del Departamento de Energía del Ministerio de Industria, por lo que su llegada a España era definitivamente algo más que un proyecto y se haría realidad en un plazo aproximado de dos años. Alcántara leyó que se habían realizado ofertas de compra de acciones a varias entidades privadas españolas, entre ellas el Banco Hispano-Francés, de forma que ninguna se hiciera con más de un cinco por ciento del total ofertado.

Jorge Viamonte había aprobado una inversión de trescientos millones de euros. El dinero había sido transferido el mes pasado. Sin embargo, Alcántara no consiguió encontrar la documentación que certificaba la compra definitiva de las acciones ni el nombre de la persona que representaría al banco en la junta directiva de Global Intel. Rebuscó entre los papeles que descansaban sobre la mesa, pero no descubrió el sello de la empresa venezolana en ningún otro documento. Anotó la anomalía en su cuaderno. A esas horas no encontraría a nadie en las oficinas del banco, así que esperaría hasta después de comer para telefonear. Mientras tanto, se ocuparía de la firma de Viamonte al pie del informe. Le preocupaba aquel trazo irregular, que bailaba ante sus ojos como un Tony Manero desmadejado. Escaneó el documento con la extraña rúbrica y se lo envió por correo electrónico a la experta calígrafa, junto con la firma original. Le explicó brevemente sus dudas y le pidió que las estudiara en cuanto tuviera un momento. No hacía falta recordarle la urgencia del caso ni el hecho de que el comisario Tous estaba pendiente de su trabajo casi a cada minuto; todos los policías eran conscientes de la presión con la que tenían que trabajar, bastante superior a la habitual. Decidió no informar al inspector Vázquez de sus sospechas hasta tener una base más sólida en la que apoyarse. No quería que su teoría se viniera abajo como un castillo de naipes al primer soplo de aire. Desistió de hacer un descanso, a pesar de que la tensión de sus hombros era casi insoportable, y continuó con la tarea. La pila de documentos descendía muy lentamente, pero al menos ya era capaz de abarcarla con una sola mano. Animado por la posibilidad de haber descubierto algo importante, Alcántara centró su atención en una nueva carpeta. Los millones de euros volvieron a bailar ante sus ojos su danza mareante. Las cifras que desfilaban por la pantalla eran tan inalcanzables para alguien como él que todo aquello le parecía ciencia ficción. O, más bien, economía ficción. Sonrió ante su propia ocurrencia y continuó leyendo.

Media hora después luchaba todavía por recuperar la concentración. Su mente volvía una y otra vez al expediente anterior, pero tenía que seguir trabajando hasta que le brindaran el remo con el que avanzar en aquel mar de datos. El vibrante timbre que le informaba de la llegada de un nuevo correo a su bandeja de entrada le sonó a música celestial. Por fin, una excusa válida para levantar la vista de aquella maraña de papeles. Tuvo que leer dos veces el mensaje de la calígrafa para comprender el verdadero alcance de su descubrimiento. Se levantó de un salto, desparramando por el suelo el contenido de varias carpetas, pero no se molestó en recogerlo. Reunió la documentación de Global Intel e imprimió el mensaje recién llegado. Incluyó también la copia ampliada de la firma de Viamonte y abandonó la sala como una exhalación. Trastabilló frente al despacho del inspector Vázquez y se detuvo en seco, conteniendo la inminente caída de los papeles que mantenían un precario equilibrio entre sus brazos. Golpeó la puerta con los nudillos más fuerte de lo que le hubiera gustado y entró sin esperar permiso. Sorprendió a Vázquez sentado detrás de su escritorio, sumido en la lectura de varios documentos. Tenía la cabeza apoyada en ambas manos, con las puntas de los dedos perdidas entre el pelo. Se enderezó al descubrir a Alcántara mirándolo desde la puerta. Le invitó con un gesto a entrar y esperó hasta que el agente estuvo acomodado al otro lado de la mesa, aunque sólo la mitad de su trasero tocaba el asiento de la silla.

—Te noto agitado, Alcántara. —Vázquez sonrió divertido, recordando cómo cualquier pequeño descubrimiento suponía una auténtica hazaña para los agentes más jóvenes. Él mismo había corrido por los pasillos de varias comisarías, ansioso por informar de las novedades que le quemaban en la lengua. Muchas veces, todo su trabajo se reducía a una patética pérdida de tiempo, pero en ocasiones logró desenmarañar una pista que había conducido a la resolución del caso.

—Señor, creo que he encontrado algo interesante.

La luz que bailaba en sus ojos le hizo pensar que quizá aquello no se quedara en tiempo desperdiciado.

—La firma de Jorge Viamonte en uno de los documentos que trajimos de su despacho es falsa. En el laboratorio están de acuerdo conmigo.

—¿Falsa? ¿Qué quieres decir con eso?

—Creo que Viamonte no firmó estos papeles, señor.

—Deja de llamarme señor, por favor. Limítate a llamarme David, Vázquez o inspector, lo que te sea más cómodo.

—De acuerdo…, inspector.

David suspiró y se enderezó en la silla, atento a lo que Alcántara tuviera que contarle. El joven le mostró un documento firmado por Jorge Viamonte a pie de página. A su lado colocó otro folio con la rúbrica ampliada del fallecido. Permitió que su jefe las inspeccionara detenidamente antes de continuar. A los ojos inexpertos de Vázquez apenas existían diferencias entre las dos.

—Creo que estas firmas están hechas por personas diferentes.

—Bien, ilumíname. —Miró a Alcántara a los ojos. Casi podía jurar que el joven había aumentado en varios centímetros el perímetro de su angosto pecho.

—Verá, inspector, hay tres cuestiones básicas a la hora de cotejar dos firmas para determinar su autenticidad o falsedad. Lo primero que hay que tener en cuenta es la espontaneidad. Para cualquier persona, firmar es un acto automático, rápido y natural, casi mecánico a fuerza de repetirlo. Seríamos capaces de firmar incluso con los ojos cerrados, pero siempre tenemos que comenzar y terminar en el mismo punto de la rúbrica, nos es muy complicado iniciar el recorrido en un trazo intermedio y continuar hasta el final, porque el movimiento deja de ser automático. Nadie se detiene en mitad de una firma ni vacila en el recorrido. Sin embargo, es habitual que los falsificadores, sobre todo los que no son profesionales, frenen en mitad de la rúbrica para comprobar el trazado, lo que provoca minúsculas manchas de tinta, dudas en el trazo de la línea y pequeños temblores al reiniciar la escritura. En una firma falsa el trazo es lento, falta firmeza en la escritura y es fácil detectar una o varias microparadas. ¿Me sigue?

—Perfectamente, Alcántara.

—Bien. —El agente recuperó el documento de Global Intel y le mostró los lugares en los que había detectado un bucle demasiado lento, una pequeña torsión y una abolladura en el giro que no aparecía en el original—. Además —continuó—, la presión ejercida con el bolígrafo en ambas firmas es totalmente diferente. Si se fija, en la original la presión consigue un trazo de 0,75 milímetros de tinta oscura. En la segunda, la mayor lentitud y la necesidad de conseguir el parecido con el original hacen que la presión sea menor, y el ancho del trazo sólo es de 0,50 milímetros. Y, por último, la experta ha comprobado con el cuentahilos, esa lupa con la que se estudia el papel, que el punto de ataque y escape de las firmas, donde comienza y termina, son diferentes en las dos rúbricas. En definitiva...

—Dos personas diferentes firmaron estos papeles.

—Eso es, señor. Disculpe..., inspector.

—Lo primero que haremos será comprobar si Viamonte solía delegar en terceras personas la firma de determinados documentos. Si descartamos esa eventualidad, sólo podemos pensar en una falsificación. Estaríamos hablando de un robo de identidad. ¿De qué tratan esos papeles?

—El presidente autoriza la inversión de trescientos millones de euros en una empresa venezolana. De hecho, la transferencia se realizó el mes pasado, pero no he podido encontrar los archivos normales que deberían acompañar a una operación de este calado, como la formalización de la compra, la recepción de las acciones, el nombramiento de delegados, recibos bancarios con el movimiento del dinero, apuntes fiscales... Nada. Después del pago, no hay nada más.

—¿De dónde procede esta carpeta en concreto?

—Del despacho del señor Viamonte. Son los papeles en los que estaba trabajando la noche que lo mataron.

—Si Viamonte no delegaba la firma y descubría su nombre en esos documentos, sin duda se daría cuenta de lo que estaba pasando.

—Eso creo, inspector.

—Alguien ha conseguido que el banco invierta trescientos millones de euros en una empresa.

—Pero no sabemos dónde está el dinero. Me quedan papeles por revisar, pero esos documentos deberían estar junto a los informes.

—¿Es posible que alguien se haya embolsado esos trescientos millones? —Alcántara no contestó, imaginando cómo el cerebro de Vázquez funcionaba a toda velocidad—. Si quien se quedó con el dinero sabía que Viamonte estaba a punto de descubrirlo, pudo dispararle para evitarlo.

—¿Y Meyer?

—Posiblemente retomó el trabajo donde Viamonte lo dejó. Si no recuerdo mal, el presidente estaba revisando los papeles que enviarían al Banco de España para una auditoría, así que seguramente Meyer centraría sus esfuerzos en dar salida a esos documentos antes de que el tiempo se les echara encima. Supongo que el vicepresidente estaría al tanto de las inversiones del banco y esa carpeta haría saltar todas las alarmas.

—Pero no puede eliminar a todos los que vayan ocupando el cargo de presidente…

—Es posible que haya conseguido su objetivo. Seguramente incluso haya logrado destruir las pruebas que lo incriminan. Con esas dos muertes no sólo ha eliminado a posibles testigos, sino que ha ganado tiempo para borrar su rastro. ¡Tenemos que darnos prisa! Busca todo lo que haya sobre Global Intel y sígueles la pista a los trescientos millones que pagó el banco.

Vázquez estaba exultante. Por fin una pista sólida que seguir, un robusto hilo del que tirar.

—Voy a llamar al juez. Necesitamos una orden que nos permita acceder a las transacciones internacionales del banco. No será fácil obtener información de Global Intel, Venezuela no se caracteriza precisamente por su transparencia, pero hay que intentarlo.

La actividad en comisaría se volvió frenética en pocos minutos. Las llamadas telefónicas entre el Juzgado y la Jefatura iban y venían a gran velocidad. Los secretarios judiciales, contagiados por la urgencia en la voz de los policías, entraban y salían de los despachos en busca de sus respectivos magistrados, quienes debían autorizar una intrusión legal a gran escala en las finanzas de uno de los bancos más importantes del país. Había comenzado la caza del dinero. Vázquez estaba convencido de que la mano que asía el maletín con los trescientos millones de euros era la misma que había apretado el gatillo contra Viamonte y Meyer.

El joven Alcántara repetía emocionado sus descubrimientos en el despacho del comisario, que le escuchaba en silencio. El agente estaba en boca de todos, pero él sólo podía sentir un miedo atroz a que todo resultase una pista falsa. Una fuerte opresión en la boca del estómago le provocaba unas urgentes ganas de vomitar que contenía a duras penas. Estaba mareado y confuso, incapaz de disfrutar de su momento de gloria. Porque si la firma al pie del documento era auténtica, o si se demostraba que Viamonte estaba al tanto de la operación financiera con Venezuela, su nombre sería entonces el hazmerreír de la comisaría.

La comida languidecía sobre la mesa de la sala. La crema de verduras estaba ya cubierta por una fina capa blanquecina y el pescado se enfriaba rápidamente, al igual que las patatas y las cebolletas que palidecían a su lado y que hasta hacía unos instantes humeaban sinuosamente, recién salidas del horno. Era la primera vez que David se retrasaba injustificadamente. Recorrió una vez más los escasos metros de la sala de estar, girando con cuidado alrededor de la mesa, minuciosamente dispuesta para dos comensales. Se asomó al balcón, esperando verlo aparecer por la curva de la calle Zapatería, pero fue en balde. David no aparecía. Se concentró en recordar sus palabras de despedida de esa misma mañana, intentando encontrar algún atisbo de enojo, cansancio o desdén. El nudo que le atenazaba la garganta amenazaba con ahogarla de un momento a otro. No entendía esta ausencia, David siempre telefoneaba cuando se retrasaba, pero la cita había quedado atrás hacía más de una hora y el teléfono continuaba mudo. Contempló la imagen de la pantalla y los ojos azules que brillaban sonrientes. ¿Dónde estaba David? ¿Se habría cansado ya de ella y comenzaría a faltar a sus citas, a esquivarla en casa y en la cama, hasta abandonarla el día menos pensado? ¿Cómo sobreviviría ella entonces?

El timbre de la puerta la arrancó bruscamente de sus oscuros pensamientos. Arrastró con el dorso de la mano la lágrima que había conseguido escapar de sus ojos y abrió. David entró como un tornado, abrazándola y besándola antes de darle siquiera la oportunidad de saludar.

—Lo siento, lo siento, lo siento —susurró contra sus labios.

El enorme alivio que la invadió deshizo el nudo de su garganta. En un segundo desapareció toda la angustia, el miedo y el dolor. Las lágrimas se recluyeron de nuevo en el pozo más profundo. Le rodeó el cuello con los brazos y le besó como si de ello dependiera su vida. David, sorprendido, avanzó despacio, sin soltarla ni separarse de su cuerpo, hasta que la espalda de Irene tocó la pared.

—¿No estás enfadada?

—En absoluto. ¿Tienes hambre?

—Sólo de ti…

Deslizó la boca sobre su cuello, besándola apasionadamente mientras sus manos se perdían por debajo de la blusa. David, que no había tenido tiempo ni oportunidad de desembarazarse de su abrigo, luchaba por librarse de él sin separar sus labios de la piel de Irene. Rendido a la evidencia, se alejó unos centímetros, sintiendo todavía el cálido aliento sobre su rostro. La ropa salió despedida con rapidez, hasta que sus manos y la saliva de sus bocas fueron las únicas prendas que los vestían. David deslizó las manos hasta el trasero de Irene, que inmediatamente le rodeó la cintura con las piernas. Suspendida en el aire, pegada al cuerpo de David, a su boca y a su alma, deseó con todo su corazón que aquello durase para siempre. Avanzó las caderas con un movimiento procaz, buscando llenar el vacío que el miedo le había provocado. Él no dudó ni un instante, pegándose con fuerza a su cuerpo, flexionando los músculos para sostenerla en el aire y moverla al mismo compás. Los susurros se convirtieron pronto en ahogados gemidos que escapaban de sus gargantas entre sofocadas respiraciones. Las gotas de sudor que resbalaban por sus cuerpos no encontraban escapatoria al llegar a las caderas, entrelazadas en una férrea unión.

El éxtasis dejó paso a una agradable calma. Permitieron a sus corazones recuperar el ritmo plácido de los latidos mientras sus labios agradecían al otro el simple hecho de existir.

—Tenía miedo de que no vinieras. —Irene habló en voz baja, con los ojos cerrados, todavía suspendida en el aire, sentada sobre los brazos de David y con la espalda descansando en la pared.

—Siento no haber llamado, lo siento mucho.

Para compensar su ofensa, David depositó un suave beso sobre sus labios. Irene deshizo el nudo de sus piernas y las bajó despacio hasta el suelo. Se besaron largamente una vez más, sonriendo mientras sus lenguas se fundían como sus cuerpos lo habían hecho hasta entonces. Se regalaron una cálida ducha. Mientras el agua atemperaba sus músculos, las caricias y los besos continuaron con un baile más reposado.

—La comida se ha quedado helada —anunció Irene mientras volvían a vestirse.

—Bueno —sonrió David—, yo ya me he comido el postre. —Irene lanzó un cachete contra su hombro, pero David fue más rápido. Intuyendo el ataque, realizó un ágil movimiento que acabó con ella de nuevo entre sus brazos—. Aunque creo que vuelvo a tener hambre.

Irene se zafó del abrazo y se alejó hasta el otro extremo de la mesa, sonriendo divertida ante el juego de caza que David no parecía dispuesto a abandonar. Asió uno de los cuchillos y lo blandió amenazadoramente a dos palmos del pecho de David. Él, lejos de amedrentarse, inició un lento rodeo la mesa, mientras ella giraba alejándose de él, con el cuchillo todavía en la mano. En un segundo, la única imagen que llenó sus ojos fue el filo del cuchillo peligrosamente cerca de la camisa de David. Los músculos de su brazo se tensaron, exigiéndole un rápido movimiento hacia delante. Los nudillos blanquearon alrededor del mango y un sudor frío se deslizó desde la nuca hacia el cuello. Levantó la vista una fracción de segundo, justo a tiempo, cuando su mano armada estaba a punto de abalanzarse irracionalmente contra la persona que más amaba en el mundo. Vio la mirada sonriente de David y supo que él no había adivinado nada de lo que ocurría en su mente. Soltó el cuchillo, que cayó sobre la mesa con un tintineo metálico, y levantó las manos sobre la cabeza.

—Me rindo —anunció—. No tengo nada que hacer contra todo un inspector de policía.

—Muy inteligente por tu parte reconocer mi superioridad. —David la alcanzó y la rodeó de nuevo con sus brazos—. Me gusta cuando te rindes.

La besó y colocó las dos manos sobre su trasero, acercando de nuevo peligrosamente las caderas. Sin embargo, la tensión de la espalda de ella le hizo aflojar poco a poco la presión.

—Creo que ya has tenido bastante acción por ahora. —Irene ensayó una mirada reprobadora que sólo consiguió arrancar una carcajada a David—. Debes comer algo antes de volver a trabajar.

—Tienes razón —reconoció mientras inspeccionaba la comida que aguardaba sobre la mesa—, pero sólo en una cosa. No he tenido bastante acción por hoy, volveré a por más, aquí o en casa, no importa dónde estés. —Le pellizcó suavemente la punta de la nariz antes de centrar toda su atención en los alimentos—. Lo cierto es que tengo hambre, pero se está haciendo tarde, tendré que conformarme con un bocadillo por el camino.

—¡De eso nada! —exclamó Irene—. Me cuesta un minuto prepararte algo medio decente.

Desapareció en la cocina, llevando entre las manos parte de la comida de la mesa, y regresó con una generosa porción de pan en la que había desmigado dos raciones de pescado y un tomate maduro. Una cucharada de mayonesa con ajo y perejil completaban el delicioso bocadillo.

—Empieza a comer —ordenó—, voy a prepararme uno igual y vuelvo en un momento.

Comieron con avidez, charlando de cuestiones intrascendentes hasta que Irene se ofreció a preparar un café.

—No estoy seguro de a qué hora podré volver a casa esta noche —anunció David—. La investigación ha dado un giro inesperado y por fin parece que estamos en la buena dirección. Tengo que interrogar urgentemente a varias personas, la información que nos proporcionen es clave para seguir avanzando.

—Ten cuidado…

—No te preocupes, se trata de inofensivos banqueros.

—¿Inofensivos los banqueros? Esas dos palabras chirrían cuando las unes.

—Es cierto —reconoció divertido—, pero no creo que ninguno se atreva a atacarme.

—Pero estás buscando a un asesino, una persona que ya ha matado en dos ocasiones. Alguien así sin duda es peligroso.

—Disparó a dos hombres desarmados a varios metros de distancia. No es lo mismo que enfrentarse con un policía armado y bien entrenado.

—Una persona acorralada es capaz de todo, y más si le va la vida en ello. —Sus últimas palabras dispararon todas las alarmas en su cabeza. Si seguía por ese camino, no sabía adónde le conducirían. ¿Acaso se había vuelto loca?—. ¡Creo que he visto demasiadas películas! —Adelantó el cuerpo hasta alcanzar a David y lo atrajo hacia sí, rodeándole el pecho con los brazos—. Sólo te pido que tengas cuidado, no quiero que te suceda nada. Todavía me acuerdo de cuando aquel loco te dio una paliza en el bosque que casi te mata.

—Tendré cuidado, te lo prometo. No dejaré que ningún loco, armado o desarmado, se acerque a mí.

Disfrutaron unos minutos más de su mutua compañía y se despidieron junto a la puerta, apoyados en la misma pared en la que se habían perdido el uno en el otro un rato antes. Cuando David se fue, Irene dio rienda suelta a la ira que sentía contra sí misma.

—Estúpida, estúpida, estúpida... —Repetía la letanía de insultos mientras daba vueltas alrededor de su despacho—. Tienes que aprender a calmarte, a estar callada. Lo vas a echar todo a perder... ¡Estúpida!

Se sentó en el sofá e intentó recuperar de su memoria más lejana las técnicas de relajación que le obligaron a aprender tras la muerte de sus padres. Recordó haber pensado en ellas cuando Marcos la golpeaba, pero la respiración, entonces igual que ahora, se negaba a sosegarse, y las únicas imágenes que acudían a su mente eran borrones oscuros y rostros deformados. Escuchó el amenazador tintineo del cascabel de la serpiente que la amenazaba. Mataría a la víbora, le arrancaría la cabeza y sacaría el sonido del cascabel de la suya. Abrió la ventana de par en par y respiró una vez, y otra más, llenando su caja torácica de aire fresco. Inició una lenta cuenta atrás desde diez, despacio, aspirando una nueva bocanada de aire húmedo con cada número. Cuando llegó a cero, la paz llenaba de nuevo su mente. Cerró la ventana, dejando fuera a la serpiente, y encendió el ordenador, dispuesta a concluir con éxito su jornada de trabajo.

No le estaba resultando nada fácil concentrarse cuando todavía sentía en la boca el sabor de la piel de Irene. Sin embargo, todo lo que tenía entre manos llevaba impresa la etiqueta de urgente. Sacudió de su mente las últimas imágenes de la mujer que le robaba el aliento y se concentró en el caso. Estaba convencido de avanzar con paso firme a través del laberinto de datos, claves y cifras tras el que se ocultaba el asesino. Creía que la pista hallada por Alcántara era buena y se disponía a actuar como solía hacerlo, con paso firme, la mente fría y sin perder un instante en divagaciones ni rodeos innecesarios.

La Jefatura bullía de actividad. Los agentes intentaban localizar a todos los ejecutivos, asistentes y secretarias que hubieran tenido acceso a la documentación de los despachos de Viamonte y Meyer. La lista no era demasiado larga, y hasta ese momento las respuestas estaban siendo bastante similares. En resumen, ninguno de los dos banqueros delegaba nunca la firma de los expedientes de inversiones, que revisaban personalmente. Sin embargo, esas inversiones no siempre se presentaban ante los miembros la junta directiva; las reuniones al más alto nivel se reservaban para las operaciones de mayor calado, con cifras de al menos ocho ceros. Para el resto, Viamonte estaba plenamente facultado a la hora de tomar decisiones.

Vázquez, sentado en su despacho, esperaba con el teléfono en la mano a que una cordial secretaria de la embajada de Venezuela en Madrid le pusiera en contacto con un empleado que, a su vez, pudiera facilitarle datos sobre la empresa que le interesaba. Finalmente, después de casi quince minutos de espera y de escuchar unas treinta veces la misma tonadilla, consiguió que un joven de acento indescifrable le saludara al otro lado de la línea:

—Gustavo Salvo al aparato, asistente del agregado comercial de la embajada venezolana, ¿en qué puedo ayudarle?

—Inspector David Vázquez, de la Policía Nacional. Necesito los datos de contacto de una empresa con domicilio en Caracas. Nos ha sido imposible comunicar con ellos a partir de los datos que ofrecen en su página web.

—¿Puede explicarme brevemente el motivo de su interés en esa empresa? —La cantarina voz de aquel hombre no le engañó ni por un momento. Sabía que no estaba dispuesto a ofrecer ni la más mínima información antes de estar seguro de las intenciones de su interlocutor.

—Señor Salvo, me es imposible comentar por teléfono los pormenores de una investigación en curso. Sólo puedo decirle que los datos que Global Intel nos facilite pueden ser de vital importancia para la resolución de un caso. Si desea más información, el embajador puede ponerse en contacto con el delegado del gobierno en Navarra, pero ahora es todo lo que puedo decirle.

Tras un breve silencio, el cadencioso acento del asistente del agregado volvió a sonar en el teléfono:

—¿Cuál es el nombre de la empresa de su interés?

—Global Intel, con domicilio en Caracas.

—Si me disculpa unos instantes, voy a comprobarlo en nuestra base de datos.

Una vez más, la machacona cancioncilla alcanzó su cabeza sin que pudiera hacer nada por evitarlo. Afortunadamente, Salvo tardó menos de lo que esperaba en retomar la conversación.

—Inspector Vázquez, es extraño, y lo he comprobado en tres ocasiones, pero no existe ninguna empresa con ese nombre en Caracas. He ampliado la búsqueda al resto del país, por si el dato de la sede era erróneo o la compañía hubiera cambiado su dirección recientemente, pero el resultado ha sido el mismo. Global Intel no existe, al menos no en Venezuela.

—¿Está seguro de eso?

—Completamente. Como le digo, he realizado la búsqueda en tres ocasiones, y en todas, el número que apareció en la pantalla fue el mismo: cero empresas con ese nombre. Global Intel no trabaja en mi país, inspector.

Colgó el teléfono tras una cortés despedida. Ese dato trastocaba completamente la visión que se estaba formando del caso, pero componía un nuevo panorama en el que las piezas encajaban a la perfección. Todas, salvo la que incluía la identidad del asesino, aunque David sabía que era sólo cuestión de tiempo que su nombre saliera a la luz. Convocó a su equipo a una reunión urgente. Era primordial analizar la nueva situación que se abría ante ellos, ubicar cada dato en su lugar y definir el camino por el que seguir avanzando. «Paso firme, mente fría», se repitió a sí mismo mientras se dirigía hacia la sala de reuniones.

El oscuro atardecer alargaba las sombras de quienes ya esperaban alrededor de la mesa. Helen Ruiz, incapaz de distinguir las líneas escritas en su cuaderno, encendió las luces de la sala, que parpadearon brevemente antes de extinguir todas las zonas grises. Los miembros de la brigada se habían escindido en dos claros grupos. Por un lado, los veteranos, Torres, Helen e Ismael, sentados en el mismo lado de la mesa, charlaban en voz baja mientras garabateaban palabras sin sentido en sus cuadernos. Frente a ellos, guardando un respetuoso silencio y una prudencial distancia, los dos novatos, Alcántara y Lacalle, armados con sus portátiles, ya encendidos y listos para ofrecer los últimos datos obtenidos. Vázquez observó la división del equipo a ambos lados de la mesa y se colocó en la cabecera de ésta. No percibió hostilidad ni discordia entre los dos bandos, ni miradas de soslayo o palabras pronunciadas a escondidas. Lo único que vio fue a un grupo de policías que debían aprender a trabajar juntos. El tenso silencio podía palparse mientras esperaban a que el inspector comenzara la reunión. Mostraba el semblante serio y un rictus de preocupación que le dibujaba una profunda arruga vertical en la frente. Quienes le conocían sabían qué significaba ese gesto. Los novatos, sin embargo, sintieron que el estómago se les encogía ante la magnitud de los acontecimientos que estaban por llegar.

—En la embajada de Venezuela no les consta que exista ninguna empresa llamada Global Intel, ni en Caracas ni en ninguna otra localidad del país. —La sorpresa se dibujó en el rostro de los presentes. Ninguno esperaba ese nuevo revés en la investigación. Vázquez, sin embargo, permaneció sereno, de pie, sosteniendo las miradas atónitas de los policías—. La trama se nos complica un poco, pero nada ha sido fácil en este caso desde el principio. Todo ha estado enredado y enmarañado. Hasta ahora. Hay que seguirles la pista a esos trescientos millones de euros que abandonaron el banco hace unos días con destino desconocido. Tiene que haber un rastro, tanto dinero no se desvanece en el aire sin más. Alguien ha tenido que recibirlo.

El zumbido del teléfono de la sala interrumpió las palabras de Vázquez. El inspector descolgó y saludó brevemente. Tras unos instantes de silencio, en los que su mirada prácticamente se clavó en el cada vez más ruborizado rostro del agente Alcántara, Vázquez dedicó a su interlocutor una lacónica despedida y colgó.

—El juez nos autoriza a intervenir las cuentas del banco para seguir la pista del dinero. Alcántara y Lacalle, os quiero centrados en ello desde este mismo momento. Decidme algo en cuanto tengáis el más mínimo indicio de quién está detrás de esa operación. Torres, tú vendrás conmigo al banco. Helen y Machado, continuad revisando la pila de papeles del presidente. Es posible que existan más operaciones fraudulentas. Llamad a la experta calígrafa y que trabaje con vosotros en la identificación de las firmas. Ahora que sabemos lo que buscamos, habrá que repasar lo que ya habíamos dado por revisado.

Alcántara levantó tímidamente la mano, alzándola despacio por encima de su cabeza. Vázquez se interrumpió al ver el movimiento a la derecha de la mesa y le miró, asintiendo levemente con la cabeza y autorizándole a hablar.

—Seguir la pista al dinero es mucho más complicado de lo que parece a simple vista —comenzó. Tenía la espalda curvada, de modo que su cara quedaba parcialmente oculta tras la pantalla de su ordenador portátil— Para ver a qué cuenta fueron a parar habrá que revisar decenas de anotaciones de personas, empresas, asociaciones, instituciones... No sabemos si el dinero se traspasó en un solo movimiento o si fue dividido en varias cuentas.

—La orden del juez llegará de un momento a otro y comprobaremos su alcance —respondió Vázquez—, pero de momento comienza a trabajar como si no existieran barreras. Si alguien intenta detenerte, llámame inmediatamente. Ondearemos el mandamiento judicial como si no tuviera límites, y si los tiene, intentaremos conseguir otro, y otro más, los que hagan falta.

Alcántara, satisfecho con las alas que acababa de prestarle el inspector, voló con su ordenador debajo del brazo hasta su mesa, donde pocos minutos después se zambulliría de cabeza en las turbulentas aguas de las finanzas internacionales. Begoña Lacalle se levantó discretamente, dispuesta a seguir a su compañero, cuando Vázquez la detuvo con un gesto.

—Me gustaría fisgar un poco en la vida de los empleados del banco, saber si alguien está haciendo inversiones, se ha comprado un coche o una casa en la playa, si sus hijos han cambiado de colegio o si ha anunciado su intención de dejar el trabajo. ¿Podría hacerse de la manera más discreta posible?

Begoña no dudó ni un instante antes de contestar:

—Por supuesto, inspector. Conseguiré una lista con los nombres de todos los empleados y los cotejaré uno por uno con los registros de Tráfico, de la Propiedad Inmobiliaria y de Educación. Cotillearé en sus cuentas de Facebook, Twitter e Instagram, veré qué consigo en la Comisión Nacional de Valores e intentaré no armar demasiado revuelo mientras me paseo por allí.

—Perfecto. —Vázquez dio dos rápidos golpes en la mesa, dando por concluida la reunión—. Cada uno sabe lo que tiene que hacer. Estaremos en contacto constante y nos veremos aquí mañana a primera hora.

Las patas de las sillas arañaron el suelo, arrancándole un chirrido lastimero. Mario Torres siguió a su jefe escaleras abajo hasta el garaje. Subieron al coche de Vázquez y salieron en dirección al banco. Sumido cada uno en sus propios pensamientos, ambos estudiaban la mejor forma de enfrentarse a personas acostumbradas a disfrazar la verdad con suaves colores, a vestirse con piel de cordero y a ocultar sus colmillos detrás de una estudiada afabilidad.

Mostraron sus placas al ojo redondo de la cámara de seguridad. Un instante después, un seco chasquido les franqueó el paso al interior del edificio, donde los recibió el mismo plácido ambiente que la primera vez que lo visitaron. Conocedores del camino, no necesitaron que nadie los guiase hasta las dependencias superiores. Pasaron de largo el despacho vacío de Jorge Viamonte y la puerta cerrada de la singular oficina de Tobías Meyer. El único que parecía seguir trabajando esa tarde era Ignacio Rosales. Ana Elizalde, la recepcionista, les cerró el paso cuando estaban a punto de alcanzar su meta.

—Buenas tardes, el vigilante acaba de avisarme de su visita. Si hubiera sabido que iban a venir, les habría ahorrado el viaje. El señor Rosales está muy ocupado y no puede recibir a nadie. Me ha pedido que les emplace a una cita en los próximos días.

—No se preocupe —respondió Vázquez—, sólo será un momento. No hace falta que nos acompañe.

Esquivaron a la atónita mujer y entraron en el despacho de Rosales sin molestarse en llamar. Encontraron al presidente provisional en mangas de camisa, con las gafas de lectura descansando en la punta de la nariz y rodeado de una impresionante pila de papeles. Levantó la vista y torció el gesto al descubrir a los inesperados visitantes.

—¿No han encontrado a la señora Elizalde en la entrada? —preguntó con un tono seco.

—Sabemos que está ocupado —respondió Vázquez, de pie junto al escritorio, mirándole fijamente desde su posición dominante—. También nosotros, así que iremos directamente al grano. Le espero mañana a primera hora en dependencias policiales acompañado de su abogado. Si no lo hace, una patrulla irá a buscarlo esté donde esté. Y si no tiene abogado, le facilitaremos uno de oficio.

—¿Estoy detenido? —Rosales, incrédulo, se quitó las gafas y se puso de pie.

—No —le aclaró el inspector—. Al menos todavía no. Prestará declaración formal como persona de interés en esta investigación. En función de sus palabras saldrá usted como un hombre libre, como testigo o como imputado, en cuyo caso se quedará con nosotros una temporada.

Mientras hablaba, Torres depositó sobre la mesa el sobre con la citación judicial. Rosales lo cogió rápidamente, rasgó uno de los extremos y leyó con atención el documento que contenía. Cuando terminó, volvió a doblarlo y lo dejó sobre la mesa. Apoyó la espalda en la silla y miró atentamente a los dos policías que le observaban desde el otro lado del escritorio.

—¿Qué es lo que tienen contra mí? —preguntó con voz más sosegada.

—Hablaremos mañana. —Vázquez también utilizó un tono más bajo, aunque su semblante era tan severo como cuando entraron.

—Yo no he matado a nadie, si es lo que insinúan. Lamento la muerte de Jorge y Tobías como si se tratara de alguien de mi familia. En realidad, es como si lo fueran. Paso mucho más tiempo aquí que en mi casa, y los lazos que me unen a mis compañeros son más estrechos que los que me atan a buena parte de mi familia.

—¿Cómo definiría su situación económica? —La pregunta del inspector provocó una inesperada carcajada en el presidente.

—Con lo que poseo ahora mismo —respondió cuando dejó de reírse—, hablando sólo de mis activos, podrían vivir las dos próximas generaciones de Rosales sin trabajar ni un solo día. Desde luego, no mataría a nadie por dinero. Tengo más del que podré gastarme hasta el día que me muera.

—Quizá lo que le motive entonces sea el poder, la posibilidad de gobernar el barco.

—Tonterías… —bufó Rosales—. Estoy bien donde estoy. Gobierno mi propio barco y sé que mi árbol genealógico no brilla lo suficiente como para subir más arriba. Es posible que mis hijos sí lo logren, pero yo sé que éste es mi sitio, y me gusta. Lo crean o no. —Rosales los retó con la mirada mientras se ponía de pie—. Señores, se me hace tarde. Tendrán que disculparme.

Se estiró las mangas de la camisa y se puso la chaqueta. Guardó los documentos en un maletín negro y salió de detrás del escritorio.

—Le esperamos mañana en Jefatura —le recordó Vázquez.

—Descuiden. Mi abogado se pondrá en contacto con usted para acordar la cita. No tengo nada que ocultar. Pero se lo advierto, si alerta a la prensa y me encuentro ante una jauría de fotógrafos, las cosas cambiarán mucho. Entonces se las tendrá que ver conmigo, y le juro que no será agradable.

Ignacio Rosales los precedió a lo largo del pasillo y entró en el ascensor sin mirar atrás ni despedirse de ellos. Vázquez y Torres se detuvieron ante la mesa de Ana Elizalde, que estaba preparándose para marcharse.

—¿Querían algo más? —Le molestaban aquellos dos hombres mirándola impasibles en mitad del pasillo.

—En realidad sí —respondió Vázquez—. Nos gustaría hablar con Alberto Armenteros. No hay luz en su despacho.

—El señor Armenteros ya no trabaja en la entidad —les comunicó Ana Elizalde—. Hace dos días que recogió sus cosas.

—¿Cuál ha sido el motivo del despido?

La mujer se recogió el pelo lacio detrás de la oreja, mostrando unos discretos y clásicos pendientes de perla. Meditó unos instantes la respuesta. Finalmente levantó la vista, miró a ambos lados del pasillo, que permanecía desierto, y se acercó a los policías lo suficiente como para que ambos percibieran un dulzón perfume floral.

—Desde lo de su padre —susurró—, nadie le quería por aquí. ¡Como si él tuviese la culpa de lo que hizo el viejo! El señor Viamonte siempre le defendió, era un buen trabajador y le quería a su lado, pero con el presidente muerto, a la Junta le ha faltado tiempo para borrar el apellido Armenteros de su lista de empleados.

—Eso no parece muy justo. —Torres se acercó a Ana y contestó en voz baja, compartiendo con ella una pícara mirada cómplice.

—No lo es, en absoluto. —Seguidamente se irguió y se llevó la mano al cuello, acariciando con cariño las cuentas blancas que lo rodeaban—. Pero puedo entender la decisión de la Junta. El nombre, la buena reputación, lo es todo para un banco, especialmente en los tiempos que corren. Estamos todo el día en boca de los medios de comunicación, nos han satanizado, haciéndonos responsables de todos los males de la sociedad, y el banco tiene las manos atadas. Lo único que puede hacer es defender su buen nombre. ¿Saben ustedes las miles de leyes que ha de cumplir un banco para poder mover un solo euro? Eso sí que es injusto...

A Vázquez le pareció divertido que aquella mujer, seguramente procedente de una humilde familia de clase obrera, estuviese tan imbuida por el espíritu corporativista que utilizase el plural al hablar de la entidad, como si ella también perteneciese a la élite financiera y el banco fuera suyo. Sin duda, su autoestima y todo su mundo sufrirían un duro revés si decidieran prescindir de sus servicios, de la misma manera que se habían desprendido de Armenteros, aunque quizá ni siquiera entonces llegara a comprender del todo que un banco no tiene corazón, sólo miles de venas de color verde que serpentean como culebras rodeando al mundo.

No les resultó difícil conseguir la dirección particular de Alberto Armenteros y su número de teléfono, después de que la secretaria remoloneara unos segundos y se hiciera de rogar mientras buscaba los datos en el ordenador.

Regresaron al coche con paso ligero, esquivando las primeras gotas que ya escapaban de las densas nubes, y discutieron brevemente sobre la mejor manera de llegar a la calle Ripaburua, donde la familia Armenteros tenía su domicilio. Avanzaron despacio hasta encontrar el número que buscaban. Detrás de los muros cubiertos de yedra descubrieron una sobria vivienda de dos alturas, con balcones voladizos de madera blanca y una galería acristalada tras la que un hombre, vestido únicamente con un pijama a rayas, apuraba las últimas caladas a un pitillo. Arrojó la colilla por la ventana entreabierta, lanzándola hasta la acera por encima del muro con el solo impulso de dos de sus dedos. Sin duda, había practicado el lanzamiento hasta la saciedad. La colilla voló, con el extremo encendido y humeante, hasta caer limpiamente sobre el pavimento, donde un charco se encargó de extinguir la pequeña brasa. Cruzaron la valla y se plantaron ante la puerta, también de madera blanca. Vista de cerca, era evidente que la casa necesitaba una buena mano de pintura y una limpieza a fondo, además de unas cuantas reparaciones más o menos importantes. El musgo campaba a sus anchas en las rendijas entre los ladrillos rojos, tiñendo de verde las juntas blancas. Los cristales de las ventanas estaban sucios, cubiertos de polvo y gotas secas, y la pintura de la madera se había levantado por varios puntos, mostrando las oscuras astillas, ennegrecidas por la lluvia y el hielo. A sus espaldas, el pequeño jardín delantero crecía descuidado, con el césped cubierto de hojas secas que se pudrían sobre el suelo desde el pasado otoño. Los árboles del rincón precisaban una buena poda, y las baldosas de piedra que conducían a la parte trasera de la casa, donde intuyeron un jardín de mayores dimensiones, luchaban por dejarse ver entre las malas hierbas.

—Si esta casa fuera mía, la tendría como una patena —dijo Torres con un claro deje envidioso en la voz.

—Me temo que su propietario va a tener bastante tiempo libre para ponerla a punto a partir de ahora.

—No tiene que ser nada barato vivir aquí. ¿Te imaginas lo que tiene que costar sólo la calefacción?

—Sigue soñando —Vázquez sonrió—, es de las pocas cosas que todavía son gratis.

La puerta crujió cuando Alberto Armenteros descorrió el cerrojo interior y tiró de la manilla. En su cara se dibujó primero una mueca de sorpresa y, seguidamente, otra de desagrado, aunque finalmente ambas quedaron ocultas bajo la bien ensayada careta de la buena educación. El joven no articuló palabra. Plantado en el quicio de la puerta, observó alternativamente a los dos hombres. Su mirada se dirigió después más allá de las visitas, hasta la calle, buscando quizá vecinos indiscretos que pudieran advertir la inoportuna presencia de la policía en su casa.

—Lamentamos molestarle —comenzó Vázquez—. Le hemos buscado en el banco, pero la señora Elizalde nos ha informado de su destitución.

—Despido, inspector. Me han despedido. Los paños calientes no amortiguan la realidad. —Armenteros pareció darse cuenta entonces de la situación, con dos policías plantados frente a su casa y él sujetando férreamente la puerta. Aflojó la presión y soltó la manilla, colocándose a un lado del umbral—. Pasen, por favor, hace mucho frío aquí fuera y nos cuesta una fortuna calentar la casa.

Torres alzó las cejas y asintió brevemente, compartiendo el pesar de Armenteros por el precio de la calefacción. Los dos policías pasaron al interior y avanzaron por un espectacular suelo de madera oscura que, a pesar de pedir a gritos una nueva capa de barniz, despedía cálidas y envolventes ráfagas de luz que convertían aquella desvencijada casa en un hogar.

Le siguieron hasta un extraordinario salón, tan grande que Torres estaba seguro de que su piso entero cabía entre aquellas cuatro paredes. El paso del tiempo había herido de gravedad los costosos muebles que lo adornaban. Eran evidentes las erosiones en las castigadas alfombras, y las mesas y sillas mostraban muescas y roces en los tapizados respaldos. Tampoco las sedosas cortinas se libraban del castigo de la edad y la falta de cuidados. Tras la tela, sucia y deshilachada en los extremos, un vasto jardín se extendía al menos cincuenta metros hacia delante, hasta un muro de pequeños pinos que pedían a gritos la presencia de unas tijeras podadoras. Vázquez se detuvo ante los cuadros que colgaban de las paredes. Conocía algunas de esas obras y, si eran auténticas, estaba parado ante varios cientos de miles de euros.

—¿Son originales? —preguntó al fin.

—Lo son —confirmó Armenteros—. Maurice de Vlaminck y André Derain, contemporáneos de Matisse —dijo señalando dos coloridos paisajes impresionistas—, y Georges Braque, un maestro del cubismo a la altura del mismísimo Picasso.

Su voz mantuvo el tono neutro de quien está acostumbrado a repetir una y otra vez la misma frase, pero no pudo evitar cierta pose orgullosa de quien se cree superior a los demás. Les permitió disfrutar del arte unos instantes antes de conducirlos hasta un grupo de sillones acomodados alrededor de una mesa. Sobre la superficie de mármol veteado, un tablero de ajedrez recreaba los últimos instantes de lo que seguramente había sido una cruenta batalla. Las piezas supervivientes, desperdigadas en los sesenta y cuatro recuadros, aguardaban pacientes un final inminente, con la reina negra asediada por los alfiles blancos mientras el rey, abandonado por sus peones, aguardaba la muerte firme y orgulloso, arrinconado y acechado por la dama blanca. Vázquez calculó que a esa guerra apenas le quedaban un par de movimientos. Armenteros fue el primero en hablar cuando los tres estuvieron acomodados:

—No puedo negarles que me ha sorprendido mucho su visita, no se me ocurre en qué más puedo ayudarles, sobre todo ahora, que ni siquiera trabajo en el banco.

—La investigación ha proseguido por un camino inesperado en los últimos días y necesitamos su colaboración para aclarar algunos puntos.

Armenteros avanzó el cuerpo hasta sentarse al borde del sillón. Mantenía una postura tensa, a la defensiva, aunque la careta de su rostro seguía firmemente afianzada.

—Deben comprender que, aunque ya no trabaje para el Hispano-Francés, hay temas de los que no puedo hablar por una cuestión de deferencia y dignidad profesional. Si esperaban encontrar un exempleado cabreado, dispuesto a contarlo todo sobre los clientes y las operaciones del banco, se han equivocado por completo.

—El que se equivoca es usted —respondió Vázquez—, aunque le recuerdo que contamos con una orden judicial que le obliga a responder a determinadas preguntas, como las que hemos venido a hacerle. Por supuesto, está en su derecho de exigir la presencia de un abogado y responder en las dependencias policiales o en el Juzgado, como guste. Yo, por mi parte, prefiero que esto sea una charla distendida.

Ambos mantuvieron una especie de pulso de miradas, escudriñando el fondo de sus pupilas en un absurdo intento de adivinar las intenciones del otro. Finalmente, Armenteros rompió el contacto visual, se acomodó de nuevo en el sofá, reclinando la espalda hacia atrás y sonriendo tímidamente.

—Ustedes dirán —claudicó.

—¿Estaba entre sus obligaciones firmar documentos en nombre del presidente?

—Jamás. —La respuesta fue firme y rápida, sin titubeos.

—¿El señor Viamonte nunca delegó en usted, o en otra persona, la ratificación de algún informe?

—Nunca, inspector. El señor Viamonte revisaba personalmente los informes que llegaban a su mesa, redactaba o dictaba las resoluciones y las firmaba personalmente. No recuerdo ni una sola vez en todos los años que trabajé a su lado en que hubiera delegado la firma de ni un solo documento. ¿Alguien les ha dicho lo contrario?

—Nuestros expertos han determinado que la firma de uno de los documentos encontrados en el despacho del presidente es falsa.

—¿Falsa? —Armenteros volvió a adelantar el cuerpo, levantándose casi por completo del sillón—. Eso es imposible. Debe de tratarse de un error. Quizá sea la firma de otro ejecutivo.

—El nombre que aparece a pie de página es el de Jorge Viamonte, y nuestra calígrafa afirma que los puntos que señalan la falsificación de la firma son muchos y concluyentes.

—Dios mío...

—¿Qué puede decirme de una empresa llamada Global Intel? Tiene su sede en Venezuela.

Armenteros dudó unos instantes, mientras su cabeza se movía de un lado a otro.

—Lo siento, pero ese nombre no me dice nada. Ni siquiera me resulta familiar. ¿A qué se dedica?

—Energía.

El joven continuó negando con la cabeza. Parecía aturdido, como si no llegara a entender lo que le estaban diciendo.

—No sé qué pensar, inspector. Si pudiera darme algún dato más, quizá encontrara el punto débil de su teoría y pudiéramos entender lo que está pasando.

—Se trata de un documento que aprueba la inversión de trescientos millones de euros en la empresa Global Intel. Primero nos encontramos con que la firma a pie de página no es auténtica, y segundo, en la embajada de Venezuela nos han confirmado que no existe ninguna empresa con ese nombre registrada en su país.

—Dios mío —repitió como un mantra—. Pero eso es una estafa. ¿Y nadie en el banco se ha dado cuenta?

—La inversión se realizó hace aproximadamente un mes, pero hasta el momento no se ha presentado ninguna denuncia.

O no se han dado cuenta, o pretenden lavar en casa los trapos sucios.

—Eso es mucho dinero, inspector, incluso para un banco. Además, no pueden permitir que alguien se apropie de sus bienes sin dar una respuesta contundente. Solucionarlo de tapadillo es como invitar a otros a intentar estafarles. Si el pago se realizó cuando ustedes dicen, todavía estamos dentro del plazo lógico que tiene la empresa para establecer el nuevo orden en sus órganos internos, si ése fuera el caso. Pero si sólo es una inversión económica, sin intención de que uno de nuestros ejecutivos..., perdón, de sus ejecutivos ocupe un sillón en el consejo de administración, no echarán de menos el dinero hasta que llegue el momento de recibir los dividendos, y para eso todavía falta bastante tiempo.

Vázquez desdobló uno de los papeles que guardaba en la carpeta que había traído consigo y se lo mostró a Armenteros. El joven cogió el papel con las dos manos y lo observó un instante.

—Es la firma del señor Viamonte —afirmó. Dejó sobre la mesa, muy cerca del desarbolado rey negro, la ampliación de la rúbrica que Vázquez le había dado y estiró la mano para alcanzar un segundo papel, con una nueva firma ampliada—. Dios mío... Son casi iguales... Yo no habría dudado de su autenticidad, inspector.

Mientras guardaba de nuevo los papeles en la carpeta, David percibió una figura moviéndose al otro lado del ventanal. En el jardín, el hombre en pijama avanzaba con paso cansado hacia el otro extremo de la finca. Arrastraba sobre la hierba mojada los pies calzados únicamente con unas zapatillas de felpa. Con las manos a la espalda, el tronco inclinado hacia delante y la cabeza ladeada, sus movimientos eran tan lentos y livianos que parecía deslizarse sobre el verdín en lugar de caminar. Armenteros siguió la mirada de los policías hasta descubrir al hombre en pijama. Suspiró sin disimulo y se puso en pie con un movimiento lento, tan pausado como el caminar del paseante.

—Es mi padre —dijo simplemente—. Si me disculpan un momento...

Abrió el amplio ventanal sin esperar respuesta y salió al jardín, dejando entrar al mismo tiempo una cortante ráfaga de aire gélido. David y Mario se pusieron en pie y se acercaron a la ventana, girando levemente la puerta abierta para que no escapara todo el calor del salón. Armenteros se aproximó a su padre con paso decidido, pero suavizó sus formas en cuanto lo alcanzó. Le pasó un brazo sobre los hombros y le obligó a virar la dirección de su lento caminar, encauzándole de regreso hacia la casa. Padre e hijo se dirigieron hacia la derecha, seguramente a una entrada secundaria, y desaparecieron de su vista. El más joven de los Armenteros regresó al salón pocos minutos después. Con semblante serio y preocupado, se acercó de nuevo al sillón, pero no hizo ademán de sentarse, permaneciendo de pie junto a los policías.

—Lamento haberles dejado solos —les dijo—. Mi padre a veces no se da cuenta de que hace demasiado frío para pasear en pijama por el jardín. El invierno pasado estuvo dos semanas en el hospital por una neumonía y no me gustaría que este año se repitiera la misma historia. —Miró alternativamente a los dos hombres, que le escuchaban atentamente—. Si me disculpan, tengo que ocuparme de mi padre.

Los acompañó hasta la puerta de salida. En el pasillo, Javier Armenteros intentó esconderse entre las sombras, pero su pijama azul claro le delataba. El hijo ignoró el absurdo juego de su padre y se despidió de los policías con un firme apretón de manos. Cuando cerró la puerta y corrió de nuevo el pestillo, giró despacio hasta encontrar el pijama. Su padre esperaba pegado a la pared, con los ojos cerrados y las piernas juntas. Alberto se acercó hasta él y le tocó suavemente un brazo. El hombre abrió los ojos despacio y sonrió a su hijo. El juego había terminado.

—Vamos arriba, papá. Me tienes un poco harto.

En el interior del coche, Vázquez y Torres comprobaron al mismo tiempo sus teléfonos móviles. David seleccionó rápidamente el número de comisaría y pidió que le pasaran con el agente Alcántara, que permanecía al pie del cañón.

—¿Novedades? —preguntó a bocajarro.

—Sólo una —respondió—. He logrado contactar con el empleado que dio luz verde a la transferencia de los trescientos millones de euros. Afirma que todos los documentos estaban en orden y que, como venían con la firma del presidente, no fue necesario realizar más comprobaciones ni pedir otras autorizaciones. Me va a enviar toda la documentación que guarda en sus archivos sobre la operación de Global Intel, aunque tardará un rato. Le avisaré si descubro algo, inspector.

—Cuento con ello.

Vázquez condujo con cuidado entre el intenso tráfico de la tarde. La luz de la luna, que había conseguido abrirse paso entre unas nubes en retirada, arrancaba curiosos destellos de los charcos de la calzada. A esa hora ya no había chiquillos saltando sobre el agua, ni madres gritando tras ellos para evitarles un resfriado. Apenas un puñado de corredores que recorrían las aceras a toda velocidad, envueltos en la música de los auriculares y los apresurados latidos de su corazón, y varios grupos de adolescentes que se entretenían charlando y riendo, ajenos al frío y la oscuridad con la arrogancia que sólo da la juventud.

21

Las barreras de contención que con tanto cuidado había levantado Irene en su mente se desmoronaban con estrépito. A su alrededor descubrió devastados cascotes, profundas grietas y una densa humareda de polvo y fuego, mientras las emociones tanto tiempo sepultadas amenazaban con escapar y salir a la superficie, destruyéndolo todo a su paso. Katia se había puesto en contacto con ella a través de un escueto mensaje de texto enviado a su teléfono móvil. «Viernes a medianoche. Parque de la Media Luna. Junto a la estatua de Sarasate. Trae el dinero.»

Faltaban dos días para la cita, pero a cada minuto que pasaba le costaba más esfuerzo respirar. Cuando permanecía largo rato en una habitación, sentía que las paredes se aproximaban peligrosamente, empeñadas en robarle el oxígeno, en empequeñecer su espacio. David había salido temprano esa mañana. Compartieron un rápido café y un delicado beso antes de separarse. Entonces, de nuevo, sus pulmones comenzaron a reclamar más aire, que ella intentaba proporcionarles mediante rápidas bocanadas, mientras el corazón disparaba sus latidos hasta el límite de lo tolerable. No podía trabajar en ese estado. En lugar de arreglarse frente al espejo, se vistió con ropa deportiva y salió a la calle, dispuesta a correr hasta dejar atrás todos sus miedos y frustraciones.

Se ajustó los auriculares del pequeño iPod y sonrió cuando la rasposa voz de Brian Johnson y el punteo acelerado de Angus

Young le recordaron que su vida se había convertido en una sinuosa autopista hacia el infierno. Respiró profundamente y comenzó a correr. Las primeras zancadas siempre eran las más difíciles. Acompasar la respiración, encontrar el ritmo adecuado y vencer la resistencia del cuerpo, que se niega a activarse y exige dolorosamente regresar a la perezosa y relajada inactividad. Dejó que la sangre regase con generosidad cada centímetro de su cuerpo, fortaleciendo los tendones y satisfaciendo las necesidades de los músculos. Se negó a pensar en otra cosa que no fuera el latido de su corazón, que rebotaba en su pecho, mucho más calmado, y el rítmico chocar de sus pies contra el suelo. Durante casi una hora corrió más que sus problemas, más que Katia, más que sus miedos y temores. Cuando enfiló la última cuesta que la llevaría de regreso a casa, su mente reprodujo con total exactitud lo que ocurriría a partir de ese momento. Visualizó el parque de la Media Luna y supo que Katia moriría allí. No había lugar para el diálogo; aquella mujer se negaba a comprender lo que había pasado, incapaz de ver más allá de la posibilidad de conseguir dinero fácil y rápido. Nunca la convencería de que le permitiera vivir en paz. Cerró los puños y apretó los dientes, obligándose a acelerar en los últimos metros. No sería sencillo, nada lo había sido hasta entonces, pero había conseguido superar todos los obstáculos. Su vida era un torbellino de emociones que a duras penas lograba controlar, pero allí continuaba, ilesa en medio de la tempestad, con los pies firmemente clavados en la tierra y las manos perdidas en el calor del cuerpo de David. Se humedeció los secos labios con la lengua y suspiró por un vaso de agua. Estiró disciplinadamente los músculos, apoyándose en la húmeda pared de la casa, y se despidió con un guiño de los pintarrajeados ojos de Billie Joe Armstrong, que le aseguraba que había llegado el momento de vivir y dejar morir.

Recordó la canción mientras el agua arrastraba los restos de cansancio y sudor. La letra hablaba de aquello por lo que valía la pena luchar, incluso a riesgo de morir. Sin nada que perder, Irene sólo podía avanzar, dar un paso al frente y defenderse.

La medianoche del viernes estaba más cerca de lo que parecía. No tenía demasiado tiempo para elaborar un plan, pero la pasividad era un lujo que no podía permitirse. No iba a consentir que aquella mujer se saliera con la suya y le arruinara la vida. Con el pelo todavía húmedo mojándole el jersey y una taza de humeante café en la mano, se sentó en una de las sillas que rodeaban la amplia mesa del comedor y extendió sobre ella un plano de Pamplona. Encontró sin dificultad la alargada franja verde del parque de la Media Luna, que serpenteaba en la parte alta de la ciudad asomándose temerariamente al río, al que parecía abrazar. Un elevado mirador, protegido por una balaustrada de hierro forjado, impedía que alguien se despeñase por el empinado terraplén de más de veinte metros de altura hasta las heladas y turbulentas aguas del Arga. Sopesó las posibilidades que tenía de obligar a Katia a caminar hasta la barandilla y empujarla por encima. Aunque lo lograse, la tupida vegetación de la ladera le facilitaría un sólido asidero al que agarrarse, evitando una caída limpia y mortal hasta el río. Tendría que aproximarse a ella y actuar cara a cara. Desechó la idea de utilizar la pistola que David guardaba en la pequeña caja fuerte escondida en el armario. Sabía que para la policía sería muy sencillo seguirle la pista al arma, y entonces los dos estarían perdidos.

Sentada ante el ordenador, internet le ofreció un número casi infinito de fotografías de la zona. El entramado verde del parque formaba una bucólica imagen en la pantalla, con sus estanques, pérgolas, fuentes, albercas, setos, bancos escondidos y enormes árboles de frondosas ramas.

El jardín estaba acotado a un lado por el precipicio que se hundía hasta el río y, por el otro, por una larga serie de chalets unifamiliares, grandes construcciones levantadas en su mayoría a mediados del siglo XX. Sabía que muchas de esas viviendas se encontraban desocupadas. Costosas de mantener en un tiempo en el que la energía se pagaba a precio de oro, los propietarios habían optado en muchos casos por instalarse en cómodos y céntricos pisos.

Curioseó entre las fotografías hasta encontrar el monumento a Pablo Sarasate. El músico navarro había sido inmortalizado elegantemente vestido y asiendo entre las manos su inseparable violín. La estatua se alzaba sobre una peana en el centro de una pequeña plaza, junto a un parque infantil. La plazoleta estaba rodeada de pérgolas que, durante el verano, otorgaban a los paseantes un refugio a la sombra. Detrás, un edificio de una sola planta albergaba el bar, famoso por sus veladas de jazz y su ambiente bohemio. Paseó el cursor a lo largo de la fotografía, intentando captar todos los detalles del lugar. Cuando cada rincón estuvo firmemente anclado en su mente, cerró todas las ventanas y limpió el historial de búsquedas.

Era casi mediodía, demasiado tarde para acudir al despacho, pero podía aprovechar el tiempo hasta la hora de comer revisando su correo electrónico. Respondió a los mensajes más urgentes, resolvió las dudas de unos cuantos operadores turísticos internacionales y cerró varias reservas antes de prepararse un sándwich y una ensalada para comer. El filo del cuchillo se deslizó suavemente a través de la miga del pan, atravesando con un delicado crujido la corteza tostada. No fue consciente de que el cuchillo continuaba su camino descendente hasta que una rápida sucesión de gotas de sangre cayó sobre la mesa de la cocina. Sorprendida, dejó el bocadillo y contempló el corte que su descuido había provocado en la base del dedo pulgar. No era una herida profunda, pero la sangre manaba profusamente. Se envolvió la mano con un paño de cocina y subió al baño. Sacó del botiquín agua oxigenada, yodo y unas tiritas. Se limpió la herida bajo el chorro de agua fría, que se perdió por el desagüe teñida de rojo. Cuando la hemorragia se detuvo, se secó con cuidado y tapó la herida con dos apósitos. Era incómodo, apenas podía cerrar el puño con las tiritas rodeándole el pulgar, pero lo que realmente le sorprendía era la ausencia de dolor. Nada, ni un pequeño escozor, una punzada o un débil malestar. Presionó con fuerza sobre las tiritas, que inmediatamente se mancharon de sangre. Sólo entonces llegó el esperado dolor, pero ni siquiera así se afligió realmente. Cerró de nuevo el puño, intentando que los apósitos adoptaran la forma de su mano, y bajó a la cocina a prepararse un nuevo bocadillo.

El trabajo policial le exigía con frecuencia a David acudir al hospital. Detenidos que sufrían lesiones al resistirse al arresto, víctimas de asaltos o malos tratos a las que había que acompañar durante esa dura parte del proceso pericial, o compañeros que habían resultado heridos durante una operación. Eran muchas las horas que había pasado en los pasillos de un hospital, pero nunca, jamás, había logrado acostumbrarse a su extraño ambiente. El rápido paso de las enfermeras, que iban a toda velocidad de un lado a otro, el alboroto de los carros y las bandejas cargadas de comida y las conversaciones distendidas del personal sanitario contrastaban vivamente con el lento caminar de los enfermos, el chirriar de las sillas de ruedas, los lamentos quedos de quien no lograba mitigar el dolor y las charlas a media voz de los familiares reunidos en torno a una máquina de refrescos, relatándose unos a otros las últimas novedades en la salud de sus seres queridos. El olor de la tragedia era aún más intenso cuando los protagonistas eran niños. La crueldad que destila la imagen de un pequeño herido no tenía comparación con nada de lo que había visto hasta ese momento. Definitivamente, no le gustaba visitar hospitales, pero una vez más allí estaba, plantado en mitad de un inmaculado pasillo, escuchando el murmullo de los enfermos y el eco de los zuecos blancos de las enfermeras, que provocaban un sonido seco y rápido como el de una castañuela al chocar contra las losetas del suelo.

Esperó pacientemente a que la familia de Gabriela abandonara la habitación en la que continuaba hospitalizada. Su estado había mejorado levemente, pero el precio que iba a pagar sería muy alto. Había perdido el bazo y tenía el hígado seriamente dañado. Además, la brutal paliza le había provocado fracturas en huesos de las manos, los dos brazos y una pierna, así como en tres costillas, una de las cuales a punto estuvo de perforarle un pulmón. En el rostro luciría para siempre una cicatriz en forma de punta de flecha que le atravesaba la mejilla, y le costaría mucho esfuerzo recuperar la movilidad completa de uno de sus párpados.

Se cruzó con su marido cuando éste se dirigía al descansillo con un cigarro escondido entre los dedos. No dijo nada, limitándose a saludarle con un escueto movimiento de cabeza, pero cuando regresó a la habitación de su mujer animó a los niños a despedirse de su madre, alegando que ella necesitaba descansar y ellos tenían que terminar los deberes antes de irse a la cama.

Cuando David entró en la habitación, descubrió a Gabriela con los ojos cerrados, sonriéndole a un recuerdo recreado en su memoria. Esperó paciente junto a la cama, en silencio, respetando el frágil momento de felicidad. La sonrisa no se desdibujó cuando abrió los ojos y lo descubrió plantado a los pies de la cama.

—Mi familia acaba de irse —dijo, intentando explicar el motivo de su plácido gesto.

—Lo sé, los he visto marcharse. Tiene unos hijos muy guapos.

—Gracias. Son buenos chicos, algo traviesos, lo normal a su edad, pero educados y responsables. No puedo quejarme. —La mirada turbia de Gabriela recorrió despacio el rostro de David. Tenía los ojos amoratados e hinchados, y una lágrima sanguinolenta escapaba de vez en cuando entre las espesas pestañas—. ¿Tiene hijos, inspector?

—No —respondió David—, todavía no.

—Pero le gustaría tenerlos…

—Claro, cuando llegue el momento.

—Cuando llegue el momento… —repitió ella—. Planificar las cosas en exceso no es bueno, hágame caso. Quienes planean hasta el último detalle de sus vidas acaban amargados y resentidos. Si algo no sale como habían pensado, se frustran y acaban siendo unos viejos insatisfechos. Está bien marcarse metas, pero hay que dejar que las cosas sucedan cuando tienen que suceder.

—Tiene mucha razón, pero las cosas no son siempre tan sencillas.

—Será usted un buen padre, seguro. Sólo tiene que encontrar a la madre de sus hijos. Y si ya la ha encontrado —añadió, sumando su sonrisa a la de David—, convencerla de que se deje llevar.

El momento distendido dejó paso a un incómodo silencio. Ambos sabían lo que venía a continuación. Gabriela se incorporó despacio en la cama ayudándose de su brazo menos dañado, cerrando los ojos y torciendo el gesto para intentar ocultar el dolor que le causaba cada movimiento. David se acercó rápidamente a la cabecera y le recolocó la almohada de modo que pudiera mantenerse erguida en la postura más confortable posible.

—No creo que lo que voy a decirle le sea de mucha ayuda —comenzó—. Si tiene usted razón y el motivo de que recibiera esta paliza ha sido evitar que hablara, el castigo ha sido excesivo para lo que en realidad sé.

—A veces los fragmentos más pequeños, las piezas más insignificantes son las que sirven para completar el puzle y tener una visión clara de lo sucedido. Necesito que me cuente todo lo que sucedió aquella noche, incluidos los detalles que no le parezcan importantes o relevantes. No se deje nada, por favor.

Se sentó en la incómoda butaca negra y sacó su cuaderno de notas. Esperó paciente a que Gabriela ordenara sus recuerdos y comenzara a hablar.

—Llegué a Berriozar poco después de las siete, como de costumbre. El taxi me dejó en la parada de autobús que hay junto a la rotonda del polígono industrial, y desde allí caminé hasta la acera en la que suelo trabajar. Está lo suficientemente alejada del club de alterne y de la zona de las guineanas como para que me dejen en paz. Durante las dos primeras semanas, hace ya más de un año, varias noches recibí la visita de unos negros enormes que querían saber quién era mi chulo. Sé que me vigilaron durante varios días, hasta que se convencieron de que no suponía ningún peligro para su negocio. Desde entonces no he vuelto a verlos, aunque nunca olvido que andan cerca. Aquella tarde hacía frío. Recuerdo que caminaba arriba y abajo por la acera, esperando a mi primer cliente, pero la calle estaba desierta. No sé qué hora era cuando vi llegar el coche del hombre que murió. Me sorprendió ver uno tan caro en esa zona. Aparcó frente al edificio marrón y blanco y salió del coche. Era evidente que estaba intranquilo. Caminaba despacio, mirando a todos lados, como si esperara a alguien. Al final entró en el portal. No tengo ni idea de lo que sucedió allí dentro, inspector, sólo sé que tardó menos de diez minutos en volver a salir. Se tapaba la cara con un pañuelo y, cuando estuvo en la calle, escupió varias veces en el suelo. Creo que, si hubiera podido, habría vomitado hasta la primera papilla. Le costó un poco rehacerse. Entonces se dirigió a su coche. Le perdí de vista unos segundos, porque un turismo se acercó a poca velocidad hasta donde yo estaba y pensé que podría ser un cliente, pero al final el hombre aceleró y se alejó de allí. Caminé unos pasos y volví a verle. Estaba cerca de su coche, el cochazo oscuro del que le he hablado. La zona estaba muy oscura, pero por algún motivo se dio cuenta de que le seguían. Quizá escuchó un ruido, no lo sé, pero el caso es que se detuvo y miró hacia atrás. Vi al segundo hombre, el que llegó desde atrás, cuando estaba a punto de alcanzarle. No le vi la cara. A esa distancia y con esa luz no pude distinguir claramente sus rasgos. Sólo puedo decirle que quien disparó no era un hombre mayor, tendría cuarenta años como mucho. Pelo castaño y chaquetón azul oscuro. Caminaba con agilidad y decisión. Como le digo —continuó Gabriela—, el muerto se dio la vuelta y se detuvo frente al otro hombre. Después, todo sucedió muy rápido. La víctima dijo algo, el asesino levantó la mano y se oyó un terrible estruendo. El fogonazo me sobresaltó, creo que incluso grité, pero por suerte nadie me escuchó. Seguramente me habría matado allí mismo de haberme descubierto. Me lancé detrás de unos arbustos y recé para que no me hubiera visto. El hombre se agachó junto al muerto, lo cogió por los brazos y lo arrastró hasta la caseta. No me atreví a moverme, no sabía qué haría a continuación. Entró y salió de la caseta en cuestión de segundos y se marchó corriendo en dirección al pueblo. Eso es todo. Como ve, no es mucho.

—¿Le vio subirse en algún vehículo?

Gabriela negó con la cabeza.

—Cuando estuve segura de que se había marchado, me largué de allí a toda velocidad. Corrí por las calles interiores del polígono industrial, lejos de la carretera, por si el asesino seguía merodeando por la zona. Cuando llegué a Berriozar, un taxi me llevó a la estación del tren. Me cambié y me senté en una silla de la sala de espera. Estuve allí hasta la una de la madrugada, haciendo tiempo para volver a casa y que todo pareciera normal. Oí la noticia por la radio esa misma mañana. ¡El hombre que murió ante mis ojos era el presidente de un banco! —Movió la cabeza hasta encontrar los ojos de Vázquez, que detuvo el rápido viaje del bolígrafo a través del papel—. Le vi morir, inspector, pero no sé quién lo hizo. Eso es todo lo que puedo decir: un hombre de menos de cuarenta años, en buena forma, a juzgar por la velocidad con la que se alejó de allí.

—¿Dijo algo cuando estuvo frente a Jorge Viamonte?

—Creo que no. Si dijo algo, se me escapó.

—¿Le entregó algo el señor Viamonte?

—Yo no vi que le diera nada...

—¿Intentó defenderse o huir?

—No. —Gabriela meditó unos instantes—. Creo que no se lo esperaba.

David asintió. No podía estar más de acuerdo con aquella observación.

—¿Le llamó la atención algún rasgo característico del asesino? Su forma de andar, el pelo, la ropa...

—Lo siento, pero lo único que me llamó la atención fue el disparo. Iluminó la noche como una bengala. Todo en él parecía normal, salvo que llevaba un arma en la mano.

—¿Qué hizo con la pistola después de disparar?

—Se la guardó en el bolsillo del abrigo, eso sí lo sé. Tardé una fracción de segundo en reaccionar. Vi caer a la víctima. El asesino seguía allí plantado, mirando cómo se desplomaba. Y se guardó el arma en el bolsillo.

—¿Con qué mano sostenía la pistola?

Gabriela apenas dudó un segundo antes de responder.

—Con la derecha —dijo con voz tajante.

—¿Pudo ver si el asesino se subió en alguno de los coches aparcados por la zona?

—No. —Acompañó la palabra con un firme gesto horizontal que le provocó una mueca de dolor cuando sus entumecidos y doloridos músculos protestaron ante tanta brusquedad. Tardó unos instantes en rehacer el gesto y retomar la conversación—: Me escondí en cuanto fui consciente de lo que estaba pasando. Me asomé un momento para comprobar que estaba a salvo y volví a agacharme mientras recitaba una tras otra todas las oraciones que conozco. Le vi alejarse a toda velocidad cuando salió de la caseta, pero aun así esperé unos minutos, hasta asegurarme de que no volvía. Siento no haberle sido de más ayuda.

—No se lamente. En realidad sí que ha ayudado, me ha facilitado pistas sobre la edad y la complexión física del asaltante. Créame, ha sido de gran ayuda.

—Aun así, no creo que compense todo esto.

Gabriela no señaló a ningún sitio en concreto, pero David sabía perfectamente a qué se refería.

—¿Qué va a pasar a partir de ahora? —preguntó con voz queda.

—No tengo la respuesta a esa pregunta. Creo que su marido es un buen hombre, la quiere de corazón y parece dispuesto a seguir adelante a su lado.

—Viene a verme todos los días, me trae pequeños regalos para que me anime, pero tengo tanto miedo a lo que vaya a pasar con nuestras vidas… ¿Cree que podrá tocarme de nuevo sin pensar en todas las manos que me han sobado? ¿Que será capaz de mirarme a la cara y ver a su mujer y no a una puta?

Los sollozos ahogaron sus palabras, que quedaron sepultadas por las lágrimas. David se incorporó y se colocó junto a la cama. Dejó el cuaderno sobre la butaca y tomó las manos de Gabriela entre las suyas. La mujer temblaba mientras sollozaba con los ojos cerrados.

—Todo va a salir bien —dijo David en voz baja—. Se merece que las cosas salgan bien, Gabriela, y le prometo que yo haré todo lo que esté en mi mano para ayudarla. Es usted una mujer valiente y decidida. No todo el mundo habría sido capaz de hacer lo que usted ha hecho, y creo que su marido es de la misma opinión. Será un duro camino que tendrán que recorrer juntos, pero estoy convencido de que sabrán salir adelante.

Esperó hasta que el llanto de Gabriela se convirtió en un suave murmullo. Deshizo el nudo de sus dedos y se despidió brevemente antes de salir de la habitación. Era mucho el trabajo que tenía pendiente y el tiempo comenzaba a apremiar, como le recordaba el comisario cada vez que se cruzaba en su camino. Condujo hasta la Jefatura, donde Alcántara continuaba revisando los datos bancarios mientras Lacalle hurgaba discretamente en la vida de los empleados de la entidad. El juego del gato y el ratón estaba en su máximo apogeo.

Encontró a Alcántara en la misma silla en la que llevaba sentado más de una semana. La espalda curvada, los pies firmemente anclados en el suelo a ambos lados del asiento, los ojos enrojecidos por las muchas horas pasadas frente a la pantalla y los dedos volando sobre el teclado. Para Vázquez, el de las finanzas era un mundo desconocido y tenebroso al que procuraba no acercarse demasiado. Nunca sintió la tentación de intentar multiplicar sus escasos ahorros, y la bolsa, los valores y las inversiones intangibles le producían escalofríos y una profunda desconfianza. Su actitud contrastaba con la de Irene, que no tenía reparos en invertir su capital en el mercado bursátil y que alguna vez había conseguido unos nada despreciables beneficios después de una operación que a él le pareció sumamente arriesgada. En ocasiones la veía estudiar el estado de sus acciones, repartidas en varias carteras, y le asombraba su facilidad para comprender aquel galimatías de nombres, números y porcentajes. Ella aseguraba que, con unos buenos asesores, jugar en bolsa sólo podía hacerte ganar dinero, pero entonces él le recordaba los últimos fiascos financieros, que dejaron a miles de pequeños ahorradores prácticamente en la ruina.

—Eso es un delito —respondía ella—, una estafa en toda regla. Yo invierto en empresas reales y solventes, y estoy asesorada por un buen equipo.

—Pero es un juego —le rebatía David—, y en los juegos se puede ganar, pero también perder.

—Por supuesto, pero yo sólo juego donde sé que voy a ganar. Y si lo pierdo todo, tendré que buscarme un hombre que me mantenga.

El verdadero juego comenzaba entonces, con bromas y caricias que solían terminar sobre la cama. David intentaba aprovechar esos momentos distendidos para hablar, medio en broma medio en serio, de la posibilidad de formar una familia, pero Irene utilizaba cualquier excusa para cambiar sutilmente de tema, sin negarse de manera tajante, pero sin aclarar en el fondo si la idea de convertirse en madre la atraía o si, por el contrario, no entraba en sus planes inmediatos.

Golpeó con los nudillos la puerta abierta de la sala en la que Alcántara y Lacalle trabajaban en silencio. Los dos agentes estaban tan absortos en los datos que brillaban en sus monitores que no percibieron la presencia de David hasta que éste les tocó suavemente el hombro.

—¡Inspector! —exclamó Alcántara con los ojos muy abiertos y un ligero rubor en las mejillas—, no le he oído acercarse.

—¿Cuántas horas lleváis aquí? —preguntó, mirando alternativamente a los dos agentes. Las chaquetas de los uniformes colgaban indolentes del respaldo de las sillas y sus camisas estaban lacias y arrugadas, como si llevaran varios días sin cambiarse de ropa—. Creo que necesitáis un descanso, tenéis un aspecto horrible.

Begoña Lacalle se atusó rápidamente el pelo, recolocándose un mechón que había conseguido escapar de su profesional coleta. Después se pasó una mano por el cuello de la camisa y palpó los botones, comprobando que continuaban abrochados. El brillo de sus ojos, similar al que descubrió en los de Alcántara, le provocó una inmediata curiosidad.

—¿Tenéis algo que contarme?

La complicidad mal disimulada en la mirada de los policías no dejaba lugar a dudas. David sintió que un cosquilleo le recorría la espalda. Quizá el ratón había cometido un error y el gato estaba a punto de darle alcance.

—No es nada definitivo —comenzó Alcántara, alzando una mano como un agente de tráfico exigiendo un stop—, pero creo que hemos encontrado algunas cosas interesantes.

—Llevamos dos días buceando en el listado de operaciones del banco y hemos descubierto que las aguas no son tan claras como parece a simple vista. —Begoña tomó el relevo de su compañero de forma tan natural que Vázquez tuvo la sensación de estar presenciando una escena previamente ensayada—. Nos costó mucho acceder al historial interno, pero finalmente conseguimos separar el polvo de la paja y nos hemos topado con algunas situaciones bastante irregulares. De hecho —añadió—, varias son constitutivas de delito.

El nudo del estómago de David se hacía más fuerte a medida que los agentes hablaban y hablaban, sin explicarle en realidad qué es lo que intentaban decirle o adónde querían llegar.

—¿Y bien? —El gesto de su cara, más que sus palabras, les hizo comprender que era el momento de ir al grano.

—Hace un año y medio más o menos —comenzó Alcántara—, algunos clientes del banco presentaron varias hojas de reclamación en el Departamento de Consumo del gobierno de Navarra y en la asociación de usuarios de banca. Aseguraban que el Banco Hispano-Francés cargaba a sus cuentas gastos y comisiones no justificadas, pactadas ni comunicadas previamente. En su mayor parte eran importes muy pequeños, de menos de diez euros. Consumo se puso en contacto con los responsables del banco, que se comprometieron por escrito a devolver todas las cantidades indebidamente cobradas y a que esta situación no volviera a producirse. A cambio, tanto el gobierno de Navarra como la asociación de consumidores acordaron guardar un respetuoso silencio. Hemos buceado en las hemerotecas y no hay ni una sola referencia a este tema en ningún periódico.

Vázquez acercó una silla y se sentó frente a los dos agentes. Aunque no terminaba de comprender la relación de lo que le estaban contando con el caso que les ocupaba, tenía el firme presentimiento de que el ratón estaba a punto de morder el queso de la ratonera.

—El banco devolvió hasta el último céntimo de los importes cobrados y dio carpetazo al asunto. —Begoña cogió un abultado fajo de papeles y se los mostró a Vázquez—. Hemos revisado todas las reclamaciones presentadas durante esas semanas. La mayor parte se rellenaron después de que el banco se pusiera en contacto con todos sus clientes a través de una carta en la que les pedía que revisaran sus cartillas de ahorros, ya que como consecuencia de un error contable se habían girado recibos erróneos en varias cuentas corrientes. La respuesta fue masiva —añadió, señalando la carpeta que Vázquez hojeaba.

—El banco inició una investigación interna —David giró de nuevo el cuello para escuchar a Alcántara—, pero por lo que hemos podido comprobar, no llegaron a descubrir qué es lo que había pasado. Al final, lo único que hicieron fue establecer una serie de controles sobre los cargos en cuenta, las domiciliaciones de recibos y las comisiones.

—En vuestra opinión —intervino Vázquez—, ¿qué fue lo que pasó?

—No tenemos pruebas, ni hemos conseguido seguirle la pista al dinero que se desvió desde las cuentas particulares, esa puerta está herméticamente cerrada, pero la única explicación lógica es que alguien, desde dentro del banco, ideó una forma para hacerse con pequeñas cantidades de los ahorradores, de modo que apenas llamase la atención. Pero fue demasiado ambicioso. Si en lugar de cargar importes de diez euros, hubiera sisado unos pocos céntimos, nadie se hubiera dado cuenta. Habría bastado con sumar una pequeña cantidad al recibo de la luz, por ejemplo, y dirigir la diferencia hacia una tercera cuenta. ¡Facilísimo! —Alcántara parecía un niño que acabara de recibir el mejor regalo de su vida. Consciente de pronto de lo inapropiado de su expresión, recompuso la seriedad de su cara y continuó hablando—: En la facultad estudié el caso de un estafador que traspasó el dinero de miles de cuentas del banco en el que trabajaba a su propia cuenta, centavo a centavo, durante varios años. Consiguió apropiarse de cuatro millones de dólares antes de que alguien advirtiera lo que estaba pasando. Le robó incluso al alcalde de Chicago…

—¿Qué tipo de controles puso en marcha el banco entonces?

—Todos los movimientos entre cuentas locales pasaban por una especie de verificación previa. Esto hacía que las transferencias de dinero, por ejemplo, se retrasasen uno o dos días, pero nadie se quejó si de esta manera se garantizaba la seguridad de las operaciones.

—¿Se aplicó esta norma a las operaciones internacionales?

Alcántara sonrió. Sabía que el inspector seguiría sin problemas el hilo de sus explicaciones hasta llegar a la pregunta lógica. Y él tenía la respuesta:

—En absoluto. Las finanzas internacionales quedaron al margen de las verificaciones, y lo siguen estando en la actualidad. Esas cuentas tienen sus propios controles, también exhaustivos, pero una vez que la operación ha sido aprobada, la lupa se aparta definitivamente.

David se levantó de la silla y buscó un sitio por el que pasear. Encontró un escueto espacio de apenas tres metros al otro lado de las mesas e inició un lento deambular mientras las ideas bullían en su interior. Alcántara y Lacalle guardaban un respetuoso silencio. Ni siquiera se atrevían a teclear en sus ordenadores, temerosos de que el golpeteo de sus dedos interrumpiese el discurrir de su mente.

—Como yo lo veo —dijo unos minutos después—, todo esto nos abre varias posibilidades. Por un lado, es posible que nuestro estafador, el mismo que ha pergeñado la operación de Global Intel, fracasara en un intento anterior. Quizá fuera la primera vez que pretendía quedarse con el dinero de los demás y, como habéis apuntado, le cegara la ambición. Pero lo importante en este caso es que no fue descubierto, así que, como el banco centró sus esfuerzos en controlar las cuentas locales, no tuvo más remedio que idear un plan a escala internacional. —Dio unos pasos más, tocó la pared con la punta del zapato y regresó hasta el centro de la sala—. No podemos descartar que estemos ante una maniobra de distracción, que el ladrón permitiera que le descubrieran para obligar al banco a esforzarse por controlar las cuentas particulares, dejando sin apenas vigilancia al resto de las operaciones. Y entonces, con calma y paciencia, elabora un plan para hacerse con los trescientos millones de euros. Se inventa una empresa ficticia, diseña incluso una página web, y la sitúa en un país del que no es sencillo conseguir información. Falsifica la firma del presidente, coloca el expediente en la sección de inversiones internacionales, donde los controles no son tan férreos, y se embolsa el dinero limpiamente.

—¿Y Viamonte y Meyer?

—Imagino que los problemas comenzaron cuando el Banco de España decidió realizar una auditoría del Hispano-Francés. El riesgo de que el robo saliera a la luz era muy grande, y con él, la identidad del ladrón. Es posible que el presidente descubriera su plan, o estuviera a punto de hacerlo. Si el banco tiene la costumbre de lavar en casa los trapos sucios, quizá Viamonte advirtió al ladrón de que sabía lo que había hecho y le amenazó con denunciarlo. Tras su muerte, Meyer se hizo cargo de todos los papeles de Viamonte, lo que obligó al asesino a actuar con rapidez. Las dos muertes se planearon de forma que apuntaran en otra dirección. En el primero se aprovechó de la cita con su hermano y, en la segunda, pintarrajeó el coche de Meyer para intentar criminalizar a los movimientos antisistema, pero ya hemos comprobado que por ese camino no tenemos ninguna puerta abierta. —Podía oler el miedo del ratón, sentía su pánico mientras la trampa se cerraba poco a poco. Detuvo su deambular y se plantó ante los dos agentes, que le miraban expectantes—. Tengo que hacer una llamada importante. Cita al resto del equipo en la sala de reuniones. Os espero a todos allí en quince minutos.

Abandonó la habitación a toda velocidad y se dirigió a su despacho. Cerró la puerta a su espalda y se lanzó sobre sus cuadernos de notas, buscando entre las páginas el número de teléfono que necesitaba. Tardó unos minutos en establecer comunicación con su interlocutor. Tras un escueto y formal saludo, le lanzó la pregunta que le martilleaba en la cabeza. Esperó la respuesta, escuchó atentamente, insistió un par de veces para alejar cualquier duda y colgó sin despedirse.

Helen Ruiz y Mario Torres llegaron a la sala de reuniones al mismo tiempo que Ismael, que rezongaba en voz baja sobre algo relacionado con la anchura de las plazas de aparcamiento.

—¿Has abollado el coche? —le preguntó Torres.

—Yo no he abollado nada, pero algún idiota que no sabe calcular el ángulo adecuado para girar y entrar de cara en un aparcamiento me ha dejado un regalito en la puerta. Como encuentre a la desgraciada que me ha jodido el coche y se ha pirado sin dejar papel, le voy a poner las tetas de pajarita.

Helen se volvió como un rayo, colocando su rostro moreno a dos palmos de la iracunda cara de Machado.

—¿Por qué das por sentado que ha sido una mujer?

—Porque ningún tío insiste en meter el coche de cara, cuando lo lógico es aparcar de culo. Sólo una tía es capaz de hacer veinte maniobras para aparcar y, encima, darle al coche de al lado.

—Eres un cerdo machista —gruñó Helen.

—Soy un hombre realista, nada más. Lo que me ha tocado ver por esas carreteras de Dios…

La llegada de Vázquez, seguido muy de cerca por el agente Alcántara, zanjó la discusión, aunque Helen mantuvo un duro duelo de miradas con Ismael hasta que Torres decidió sentarse entre ambos, interrumpiendo su dialéctica visual. David se dirigió a la cabecera de la mesa y observó a los presentes.

—¿Dónde está Lacalle? —preguntó al echar en falta a la joven agente.

Alcántara se puso en pie para contestar, como el aplicado alumno de un buen colegio.

—Cuando estábamos a punto de salir nos avisaron de que por fin teníamos acceso a la información sobre el destino final de los trescientos millones de euros. Esta mañana hemos tenido una conversación bastante tensa con el administrativo que dio luz verde al pago del dinero. Sólo pudimos sonsacarle que él tenía sobre la mesa el beneplácito del presidente, y que se limitó a teclear en el ordenador la cifra y los códigos de la entidad de destino, pero se negaba a facilitarnos esa información, a pesar de que la orden del juez nos autorizaba a ello. Begoña, es decir, la agente Lacalle, se puso bastante dura con él, tenía que haberla visto —añadió, sonriendo con un mal disimulado orgullo—. Sólo conseguimos que nos remitiera a su superior, y éste a los abogados del banco, que finalmente hablaron con el administrativo y le autorizaron a embargar un extracto de la operación de Global Intel. Y después de tantas vueltas —dijo con un suspiro—, parece que el resumen financiero por fin ha llegado. Lacalle vendrá en cuanto imprima el informe y haga un estudio preliminar

Satisfecho, David resumió ante los presentes los avances que habían tenido lugar en las últimas horas. Detalló el intento de fraude cometido en el Banco Hispano-Francés y expuso sus conclusiones. El ánimo del equipo mejoraba con cada palabra. El ratón estaba rodeado de gatos dispuestos a zampárselo en cuanto asomara el hocico.

—Tenemos que seguir la pista del dinero —insistió David—, estoy convencido de que detrás de ese hilo se encuentra el asesino de Viamonte y Meyer. Se ha molestado mucho en intentar confundirnos, pero no le ha salido bien. Hasta esta tarde estaba dispuesto a dar crédito a la posibilidad de que el homicida estuviera esperando a Viamonte a la salida del banco y que el hecho de que se hubiera citado con su hermano fuera una casualidad muy bien aprovechada por su parte. Sin embargo, hoy me inclino por pensar que quien le mató sabía perfectamente hacia dónde se dirigía Viamonte, y que aprovechó este hecho fortuito para desviar las sospechas hacia el hermano.

—La jugada le salió bastante bien —reconoció Machado—. El muy cabrón nos ha tenido dando vueltas por los albergues de toda Pamplona como gilipollas.

David asintió con resignación.

—Cierto —dijo—, pero también sentía nuestro aliento en el cogote. Mató a Meyer porque seguramente estaba a punto de llegar al mismo punto en el que se encontraba Viamonte, a un paso de descubrir la estafa de Global Intel. Imaginó que Meyer asociaría la acción con un nombre, y eso le obligó a actuar, pero aprovechó la ocasión para intentar dirigir nuestra atención en otra dirección.

—Otra vez —puntualizó Machado.

—Exacto. Pero esta vez el engaño le salió sólo a medias. Intuimos la farsa y no cerramos puertas, sino que comenzamos a bucear en las actividades del banco, y no nos ha ido nada mal.

La puerta se abrió para dejar paso a una Begoña Lacalle más sonrojada de lo habitual. Mechones enteros de pelo rubio habían abandonado la rigidez de la coleta y ondeaban libres a ambos lados de las mejillas, otorgando un divertido aire travieso a la discreta policía. Se detuvo en seco, buscando el lugar adecuado al que dirigirse, y respondió de inmediato a las señas del inspector Vázquez, que le indicaba un lugar a su lado. Trotó hasta la otra esquina de la mesa mientras sentía que los colores que enrojecían su cara se encendían todavía más. Abrazaba contra su pecho una delgada carpeta amarilla. Cuando alcanzó su puesto junto a Vázquez, al que dedicó una abierta sonrisa, depositó la carpeta sobre la mesa y la abrió para sacar los papeles que contenía. Sobre los folios blancos, apenas unas cuantas líneas impresas que contenían la valiosa información por la que llevaba tantas horas luchando.

—El dinero está en Suiza —lanzó a bocajarro. Esperó a que la sorpresa se borrara de todas las caras antes de contestar a la pregunta más obvia: cómo habían llegado hasta allí los trescientos millones de euros—. El funcionario ordenó la transferencia a la cuenta que figuraba en la última página del informe supuestamente firmado por el presidente, Jorge Viamonte, aunque ya sabemos que la firma era falsa. —Rodeó la mesa con la mirada para comprobar que todo el mundo seguía sus razonamientos y continuó adelante—: Habitualmente, en las cuentas de los bancos suizos, las importantes, quiero decir, no aparecen nombres ni direcciones, simplemente un código que se identifica con la persona o la empresa que ha contratado el servicio. Lo difícil no es saber dónde está el dinero, que tampoco es fácil, sino conseguir que los suizos informen sobre la identidad que se esconde detrás de los códigos.

—¿Sabemos quién abrió la cuenta a la que fueron los trescientos millones de euros? —preguntó Vázquez.

—Todavía no. Para empezar, necesitamos que un juez firme una Comisión Rogatoria para acceder a los datos de las cuentas privadas.

—Subiré inmediatamente a informar al comisario Tous —añadió Vázquez—. Creo que hay suficientes evidencias de que se han cometido varios delitos como para que el juez curse la petición a las autoridades helvéticas. El problema es que estos trámites requieren tiempo.

—¿Cuánto pueden tardar los suizos en contestar? —Esta vez fue Ismael quien puso voz a lo que todos querían saber.

—Depende. —La escueta respuesta de Lacalle no dejó satisfecho a nadie—. ¿Os acordáis de Bárcenas, el tesorero del PP que tenía un montón de dinero en Suiza? El juez tardó casi un mes en conseguir que los helvéticos le informaran sobre esas cuentas, y aun así, le iban dando la información con cuentagotas. Los suizos son muy herméticos con sus cosas, se juegan su prestigio internacional y defienden a capa y espada el secreto bancario, que aparece incluso en su Constitución. Nadie depositaría allí su dinero si facilitaran información a las autoridades de otro país a las primeras de cambio. Pero, además, ellos esperan que les presentemos un documento con el nombre y filiación de la persona cuyos datos bancarios queremos conocer, y nosotros sólo tenemos el nombre de una empresa, que además es falsa. Queremos saber quién está detrás de esa cuenta, no sólo sus movimientos financieros, y eso es mucho más complicado.

El estupor inicial dio paso a la indignación colectiva.

—Es verdad que nosotros tenemos dos muertos —razonó Begoña—, y eso tendría que bastar para que los suizos se dieran un poco de prisa y no fueran tan rígidos con sus normas, pero eso nunca se sabe. El comisario va a enviar junto con la Rogatoria un escrito muy bien razonado en el que les recuerda que el asesinato de dos de sus colegas podría quedar impune sin la información que les solicitamos, pero los suizos están muy curtidos en eso de las presiones internacionales, así que no sé qué conseguiremos, ni cuándo.

—Esperaremos —anunció Vázquez— y seguiremos avanzando. El asesino se cree a salvo. Hasta ahora, nadie en el banco ha faltado a su trabajo, Lacalle no ha encontrado apuntes sospechosos en las cuentas de ahorro de los trabajadores a las que ha tenido acceso, no hay compras de última hora ni se han adquirido billetes de avión. Seguramente confía en que nos rindamos. Se cree más listo que nadie, quizá piensa que seguimos la pista de los grupos radicales a los que intentó dirigirnos, o que todavía creemos que Lucas Viamonte mató a su hermano. Que continúe así.

Ignacio Rosales y dos de sus abogados llegaron a comisaría a la hora exacta a la que se les esperaba. Matías los acompañó hasta el despacho de Tous, donde el inspector Vázquez y el propio comisario los aguardaban. David era contrario a mostrar este tipo de deferencias con los sospechosos, pero Tous insistió en que la reunión se celebrara en sus dependencias en lugar de en una sala de reuniones o en el habitáculo en el que solían realizar los interrogatorios. Instalaron la preceptiva cámara de vídeo y colocaron varias sillas alrededor de la mesa redonda situada a la derecha del escritorio de Tous.

Los tres hombres esperaron de pie a que les indicaran dónde debían sentarse. Rosales, con el porte erguido y la cabeza alta, no mostró ni la más mínima curiosidad por el lugar en el que estaba. No miró a su alrededor ni echó un breve vistazo a las personas allí presentes. Tampoco respondió al cortés saludo del comisario, que tuvo que conformarse con el escueto «buenas tardes» de uno de los abogados.

El presidente del banco se sentó en una de las sillas e inmediatamente estuvo flanqueado por sus letrados. Vázquez ocupó un asiento justo enfrente de Rosales, mientras que Tous se acomodó en su escritorio, manteniéndose en un discreto segundo plano. Antes de irse, Matías recolocó el trípode y la cámara de vídeo para que apuntara directamente a Rosales y pulsó el botón de grabación.

—Le agradezco su presencia —comenzó Vázquez.

—¿Acaso tenía otra opción? —La lacónica respuesta de Rosales arrancó una sonrisa al inspector.

—La tuvo, cuando solicitamos su colaboración y usted se negó. Está donde usted mismo se ha colocado.

—¿Podemos ir al grano? —intervino uno de los abogados. No tenemos todo el día.

David abrió su cuaderno de notas y miró fijamente a Rosales.

—Al fin es usted presidente. —Sostuvo la mirada del ufano banquero, que no se inmutó en absoluto. Al contrario, sonrió levemente, como si esperara la pregunta.

—Presidente en funciones, hasta que el Consejo se reúna dentro de quince días y nombren al sucesor del señor Viamonte, que no seré yo.

—Quién sabe —apostilló Vázquez.

—Yo lo sé, y todo el mundo en la entidad lo sabe también. Les toca a los franceses poner a alguien al frente, así que no tengo ninguna posibilidad de mantener el cargo.

—Imagino que sus abogados le habrán puesto al día de los desmanes económicos que han ido surgiendo según avanzaba la investigación.

—¿Desmanes? ¡Cómo se atreve! —La prominente barriga de Rosales empujó la mesa cuando enderezó la espalda. Golpeó la madera con los puños y lanzó una mirada furiosa al inspector, que deslizó varios papeles hasta dejarlos al alcance de su mano.

—No hace demasiado tiempo ustedes ocultaron un delito grave —continuó Vázquez sin alterarse—. Alguien se dedicó a cargar pequeñas cantidades de dinero en las cuentas de sus clientes para después desviarlo a una tercera cuenta. Su única preocupación era que el tema se hiciera público, así que desplegaron toda su maquinaria para aparecer como las víctimas de un error informático.

—Nadie pudo demostrar que esos cargos se hicieran de manera premeditada. Hasta donde yo sé, se trató efectivamente de un error.

—Por favor… —Vázquez se recostó en la silla y resopló sonoramente.

—¿Insinúa que tenemos un ladrón en nuestras filas y que no hemos hecho nada para ponerle ante la justicia?

—Son sus palabras, no las mías, pero lo cierto es que una detención y un juicio hubieran puesto en entredicho la seguridad de su banco. Posiblemente muchos de sus clientes habrían volado en busca de nidos más fiables, así que lo solucionaron como hace la mafia, en casa, sin hacer ruido ni levantar polvo. ¿Encontraron al culpable o ni siquiera se molestaron en buscarlo?

Rosales parecía fuera de sus casillas. Los abogados intercambiaron miradas nerviosas, pero se mantuvieron en silencio.

—Lo que dice no tiene ningún sentido. —Las palabras escaparon entre los dientes apretados. Mantenía los puños cerrados y la mirada fija en el inspector—. Hubo un problema y lo solucionamos. Además, pusimos todos los medios para que no volviera a ocurrir. Es un tema zanjado.

—Entonces se les escaparon unos cuantos miles de euros, pero ahora han perdido trescientos millones. ¿O sabe usted dónde están, señor presidente?

La actitud de Rosales cambió ostensiblemente. Se retiró de la mesa, relajó las manos y abrió la boca, aunque no llegó a pronunciar palabra alguna. Vázquez creyó que incluso había empalidecido levemente. Escuchó al comisario removerse inquieto en su silla, pero también se mantuvo en silencio.

—¿Qué está diciendo? ¿Trescientos millones? ¿De dónde se ha sacado eso?

—¿Le suena el nombre de Global Intel?

Rosales no se lo pensó ni un segundo antes de responder:

—En absoluto. ¿Debería sonarme?

—Creo que sí —continuó Vázquez—, al fin y al cabo es la empresa en la que acaban de invertir trescientos millones de euros.

—Se equivoca.

Rosales hizo ademán de continuar hablando, pero Vázquez le acercó aún más los papeles que descansaban sobre la mesa. El presidente los cogió con desgana y los ojeó por encima. Sin embargo, su fingido desinterés se fue convirtiendo en estupor al mismo ritmo que sus ojos descifraban las líneas del documento. Leyó todas las páginas en silencio y se las pasó a uno de los abogados.

—Desconozco los detalles de esta operación —dijo finalmente. Se había apoyado en el respaldo de la silla y entrecruzado las manos sobre la barriga, mostrando unos dedos rechonchos y unas uñas perfectamente pulidas. Sin embargo, la tensión de sus facciones y sus bruscos ademanes desmentían la fingida tranquilidad que pretendía transmitir—. De hecho, desconozco todo lo relacionado con esa operación. Nunca había oído hablar de Global Intel hasta este momento, nadie me hizo partícipe de las conversaciones ni de la decisión final. Sobre el dinero, deduzco que estará en poder de la empresa. He visto la firma del señor Viamonte a pie de página. No sabría decirle a quién debe dirigirse para que le amplíe esta información, pero desde luego no soy yo.

—No hay nadie que pueda hacerlo, porque la empresa no existe.

Un nuevo sobresalto, en esta ocasión por partida triple, provocó un pequeño terremoto en la mesa. Los tres hombres miraban atónitos al policía que tenían delante mientras daban vueltas a los papeles en busca de alguna explicación.

—Es una empresa fantasma —continuó Vázquez—, creada con el único propósito de embolsarse trescientos millones de euros del Banco Hispano-Francés. La firma del presidente es falsa, lo hemos comprobado hasta la saciedad. Viamonte estaba a punto de descubrirlo gracias a la intervención del Banco de España, y lo mataron. Meyer retomó el asunto donde Viamonte lo había dejado, y también está muerto. Usted está vivo, señor Rosales. ¿De verdad pretende que me crea que no sabe nada del asunto?

Uno de los abogados puso su mano sobre el antebrazo de Ignacio Rosales, que cerró la boca y se recompuso rápidamente. Tragó saliva un par de veces y asintió a su letrado. Evidentemente, era una señal pactada.

—Llegados a este punto —dijo mirando a la cámara—, me niego a continuar declarando en dependencias policiales y me acojo a mi derecho a hacerlo ante un juez.

Los dos abogados y el propio Rosales se levantaron tan rápido que Vázquez y Tous apenas tuvieron tiempo de reaccionar. Antes de que abandonara el despacho del comisario, el inspector le hizo una última advertencia:

—Esto no es ningún juego, aquí no valen artimañas para salvaguardar la imagen del banco. Han muerto dos personas para intentar ocultar una estafa millonaria. A mí sólo me caben dos suposiciones: o ha sido usted, o su vida corre peligro.

Ignacio Rosales se marchó a toda prisa, seguido muy de cerca por sus dos abogados. El propio Tous se encargó de avisar al juez instructor del giro que habían dado los acontecimientos. Cuando colgó el teléfono, se sentó en la silla ocupada hasta entonces por el presidente del banco.

—¿Piensa de verdad que es culpable? —preguntó.

—No, lo cierto es que no creo que haya sido él —reconoció Vázquez—, pero es posible que sentir un poco de miedo le haga ser más colaborador. Si cree que puede ser la próxima víctima, estará tan interesado como nosotros en atrapar al asesino.

22

De pie frente al calendario que pendía de la pared, Irene intentaba cerciorarse de que, efectivamente, el viernes la había alcanzado. El miedo y la incertidumbre acabaron por derribar las férreas defensas que llevaba toda la semana levantando en su interior. Barajó la posibilidad de reunir todo el efectivo al que pudiera acceder en las horas siguientes, pero sabía que eso sólo serviría para posponer lo inevitable. Katia querría más, la perseguiría siempre, exigiéndole dinero una y otra vez hasta llevarla a la ruina o arrastrarla a la locura. Nunca le entregaría el diario de Marta, a no ser que ella misma se lo arrancara de las manos.

Las horas se deslizaban lentamente, como un inacabable goteo de minutos y segundos. Intentó concentrarse en el trabajo, pero se encontró leyendo una y otra vez la misma línea, sin acabar de comprender su sencillo significado. Finalmente se rindió a la evidencia y abandonó el despacho. Llegó a casa antes de la una. No esperaba a David a comer. Sería mejor así, necesitaba tiempo para calmarse. Se miró las manos, que temblaban como hojas zarandeadas por el viento. Los ríos azules de las venas arrastraban hasta la punta de los dedos un incómodo hormigueo. Contempló las palmas, blancas, sin mácula alguna, de una tersura apenas distorsionada por las líneas de la cabeza, el corazón y la vida. Cerró el puño con fuerza y sintió cómo las uñas se le clavaban en la piel. Cuando volvió a abrirlas, cuatro pequeñas muescas rosadas la atravesaban de parte a parte, como una dolorosa línea superpuesta a todas las demás.

Al levantar la vista se topó con su propio rostro, congelado en una imagen en color que reflejaba una Irene feliz, hermosa, en paz consigo misma. Cogió el delicado marco de cristal que rodeaba la foto y la contempló con atención. Aparecía sola en la imagen, pero recordaba perfectamente quién se ocultaba detrás de la cámara. Marcos, su marido, entonces un hombre enamorado, sonreía mientras enfocaba la lente y le instaba a estarse quieta para que pudiera disparar. Ella, coqueta e incómoda, simulaba estar aburrida de su insistencia, aunque finalmente se detuvo, volvió levemente la cabeza y esperó obediente hasta escuchar el familiar clic del obturador. Repasaron durante un largo rato la imagen en la pantalla de la cámara, ella señalando los fallos, él alabando la perfección de su sonrisa, el color de su piel, el brillo de su pelo. Cuatro años después, Marcos estaba muerto y ella se había convertido en un triste remedo de aquella mujer alegre que un día fue. Una fuerte y dolorosa punzada en el pecho la obligó a sentarse. Se arrellanó en el sofá, todavía con la fotografía entre las manos, y cerró los ojos, intentando concentrarse en su agitada respiración. Inhaló y exhaló despacio, mientras apretaba fuertemente el marco de cristal. ¿En qué punto del camino se había perdido? ¿Qué quedaba de esa mujer optimista, cargada de pasión, que el día en que se tomó la fotografía deseaba con toda su alma concebir un hijo de su marido? Se acarició el vientre árido con la palma de la mano. La piel emanaba un calor insano, sulfuroso y febril. Se palpó la frente. Estaba ardiendo. Un millar de pequeñas gotas se arremolinaban en el nacimiento del pelo, dibujando en el rostro estrechos surcos húmedos mientras se deslizaban hasta el triángulo del cuello. La ropa se le pegaba a la piel. La tela mojada le empapaba la espalda. Comenzó a sentir un intenso frío. En las manos, los dedos que todavía asían el marco de cristal terminaban en unas uñas azuladas. Las lágrimas paliaron parte del dolor. El resto, tan viejo que había encallecido alrededor del corazón, permaneció inmutable en su interior, inconmovible ante tanto sufrimiento, anclado en el interior de cada una de sus células, formando ya parte de su ADN. El rincón del cerebro en el que se habían refugiado los remordimientos estaba siendo asediado por la duda. No era necesario seguir adelante. Estaba tan cansada... Podía esperar a David y explicárselo todo. Le contaría cómo murió Marcos, y cómo Marta, semanas después, quiso arrancarle de un zarpazo lo poco que había logrado salvar del naufragio de su existencia. Le explicaría que no lo planeó así. La vida había sido muy injusta con ella. Le arrebató a sus padres cuando apenas era una adolescente, y le regaló un marido maravilloso que trocó poco después en el peor de los demonios. Le hablaría de los golpes, de los insultos, del miedo insoportable que le impedía dormir por las noches, manteniéndola siempre alerta, vigilante, por si las manos de Marcos se deslizaban hasta su garganta durante el sueno. David comprendería que tuvo que defenderse, huir, quemar su pasado para construir un futuro sobre las cenizas. Pero Marta... Nunca llegaría a entender por qué tuvo que morir. La voz de su joven cuñada retumbó en su cabeza, exigiéndole una respuesta, la misma que David le pediría cuando supiera qué había ocurrido en realidad. Pero la verdad no terminaba ahí. Tendría que hablarle de Katia, de su asqueroso chantaje, del odio que escupían aquellos ojos de víbora... Le explicaría que hizo todo lo posible por evitarlo, le juraría que no tuvo más remedio que actuar... Y que no se arrepentía.

Se levantó despacio, con el cuerpo ya tibio, sofocados los espasmos y recuperada la armonía en su respiración. Miró una vez más la fotografía y sonrió con amargura al recordar lo ciega que estaba entonces. Ya no temblaba. La vida le había repartido una mala mano, pero estaba dispuesta a jugar sus cartas hasta el final. No cabía la rendición. Como un soldado exhausto en medio de una batalla, que sabe que sólo puede correr hacia delante para sobrevivir porque el enemigo le pisa los talones, Irene devolvió el marco a su lugar en la estantería, recorriendo con la yema del dedo una última vez el contorno del rostro de la desconocida que le sonreía tontamente, y se dispuso a correr para salvar la vida.

Una larga ducha caliente le devolvió la confianza en sí misma y el calor a sus ateridos músculos, que se desentumecieron bajo la corriente de agua. Se preparó la comida y se sentó en una silla junto a la ventana de la cocina. El periódico languidecía sobre la mesa, abierto por la misma página desde hacía más de quince minutos, pero la mente de Irene no lograba concentrarse en las noticias del día. Las verduras de la menestra le resultaron insípidas y correosas. Les dio vueltas y más vueltas dentro de la boca, masticándolas con desgana hasta que fue capaz de tragar el bolo resultante. Terminó menos de la mitad. Arrojó las sobras a la basura y dejó el plato en el fregadero. No hubo postre ni café. Un brillo metálico en el asfalto de la carretera le hizo pensar en el peculiar regalo que un proveedor agradecido le hizo llegar las pasadas Navidades y que nunca tuvo ocasión de utilizar. Se esforzó por recordar dónde lo había guardado cuando se mudó a esta casa. Se incorporó de un salto cuando lo supo. Subida en un taburete, alcanzó al fondo del armario un maletín metálico con cierre de seguridad, más propio para el transporte de dinero en una película de traficantes de drogas que para guardar los afilados cuchillos, machetes, tijeras y hachuelas que contenía. Todos continuaban cubiertos por su envoltorio de plástico original. Contempló las dos tijeras y el hacha, verticales en la parte interior de la tapa. Bajo una suave espuma, ocho cuchillos de mango negro reposaban en su lugar correspondiente, hundidos en un sarcófago de poliuretano. Sólo uno le pareció adecuado, un cuchillo de veintitrés centímetros y hoja ancha, lo suficiente para perforarle el corazón a una persona.

Apenas tuvo que hacer ningún esfuerzo para extraerlo de su sitio. Le arrancó la funda de plástico que lo cubría y lo levantó hasta tenerlo frente a sus ojos. La luz de la lámpara extrajo centelleantes reflejos de la afilada hoja. Estiró cuidadosamente el envoltorio transparente sobre el hueco ahora vacío, colocó de nuevo la espuma sobre los cuchillos, cerró la tapa y volvió a guardar el maletín en el fondo del armario. La negra empuñadura, tachonada con pequeños círculos de color acero, encajaba como un guante en la palma de su mano. Lo sopesó un par de veces, asombrada por la ligereza de los materiales. Despacio, conteniendo la respiración, deslizó un dedo sobre el filo del cuchillo. La afilada hoja le abrió la piel con un suave roce. Separó el dedo cuando fue consciente del absurdo dolor autoinfligido. Una gota de sangre, menuda y brillante, asomó por el pliegue recién formado. Irene encerró la herida entre sus labios, succionando suavemente la sangre hasta que ésta dejó de manar. La boca se le llenó del regusto metálico del líquido vital. Limpió el cuchillo con un trozo de papel de cocina y envolvió la pequeña herida con una tirita. Miró el perezoso reloj de la pared. Pasaban unos minutos de las cuatro. Tenía todavía una eternidad por delante. En su habitación, envolvió el cuchillo en uno de los pañuelos que guardaba en un cajón de la cómoda y lo metió en su bolso, teniendo buen cuidado de que la hoja y la punta del arma quedaran hacia abajo. Dejó el bolso sobre una butaca y colocó encima el abrigo y la bufanda, ocultándolo por completo. Satisfecha, pensó en la mejor manera de utilizar el tiempo que le restaba. Lo supo enseguida. Bajó las escaleras de dos en dos hasta la cocina y volvió a subirlas con una bolsa de basura en la mano. En uno de los estantes del gran armario de su habitación, sepultada entre jerséis pasados de moda, encontró una caja marrón de mediano tamaño, festoneada con franjas rojas, rosas y blancas y las esquinas abiertas y despuntadas. Abrió la tapa con cuidado, temiendo lo que el contenido de la caja pudiera hacerle. Dentro, cientos de fotos desordenadas mostraban los retales de muchas vidas rotas. Un intenso olor a quemado inundó la habitación. Esa caja de fotografías, guardada en el desván de la casa de Gorraiz en la que murió su marido, fue lo único que consiguió salvarse tras el incendio. Recordaba el día que recibió la llamada de los bomberos, invitándola a acompañarlos al interior de la vivienda calcinada para recoger los escasos enseres que no perecieron pasto de las llamas. Tuvo miedo de confesar que nada de lo que hubiera en aquella casa merecía otra cosa que arder en el infierno, así que condujo de nuevo hasta la calle Itaroa y, calzada con unas enor-

mes botas de goma y protegida bajo un casco de seguridad, recorrió las estancias de lo que había sido su casa y su prisión. Caminaron despacio entre los fríos escombros. No quedaba nada
en la planta baja, y lo que vieron en el primer piso no merecía la
pena sacarlo de allí. Cuando subieron al desván, la estancia en
la que Marcos había instalado su despacho y una zona de ocio,
encontraron, en el rincón más alejado de las escaleras, un armario
que había sobrevivido milagrosamente al incendio. Uno de los
bomberos avanzó rápidamente hacia allí, lo observó durante un
largo rato y, finalmente, abrió despacio las dos puertas. Dentro,
Marcos guardaba las carpetas de los casos en los que estaba trabajando. Encontraron, además, cuatro botellas de ron sin empezar, varias latas de cerveza que habían reventado por efecto del
calor, y un vaso de cristal esmerilado, sin duda el que utilizaba su
marido para animar su adormecido espíritu durante las largas
tardes que pasaba allí arriba. Detrás de las botellas y los archivos
laborales descansaba aquella caja de cartón. El bombero la sacó
con delicadeza, temiendo que se le desintegrara entre las manos,
y la depositó sobre la ennegrecida mesa. Al abrirla, un baile de
sonrisas desfiló ante sus ojos.

—Son fotografías —dijo, confirmando lo más obvio. Irene se
descubrió a sí misma en un sinfín de situaciones felices—. Imagino que querrá conservarla.

El bombero extendió los brazos, con la caja firmemente asida
entre las manos, y la puso a menos de un palmo de su cuerpo. No
tuvo más remedio que aceptar el regalo. Estrechó la caja contra
su pecho y dio media vuelta, en dirección a las escaleras, a la calle, lejos de allí. Durante semanas, la caja permaneció sepultada
en uno de los archivadores de su despacho de la calle Zapatería.
Cuando David y ella se mudaron a Zizur, la liberó de su cautive-
rio para, como al Segismundo de Calderón de la Barca, volver a
encerrarla en una nueva prisión, en el oscuro fondo de un armario, donde su mirada nunca se cruzaría con ella.

Sin embargo, una nueva vida exigía dar un paso al frente, y
había llegado el momento de darlo, sin dudar, sin miedo, simple-

mente avanzando sin descanso, quemando los puentes que la unían con su pasado. Encontró unas tijeras en la caja de costura que guardaba en la cómoda. Se sentó en la cama, con la caja llena de fotografías sobre las rodillas, y extendió la bolsa de basura a sus pies. Poco a poco, el brillante papel fotográfico fue cubriendo con sus vivos colores el oscuro interior de la bolsa de plástico. Allí cayeron, hechas pedazos, las fiestas de cumpleaños, las vacaciones de verano, las excursiones en bicicleta, el coche nuevo, la reunión de amigos para inaugurar la casa de Gorraiz... Las tijeras hicieron pedazos las sonrisas, las promesas incumplidas, las caricias, los abrazos. Irene no se detuvo en ningún momento, su mano abría y cerraba las afiladas tijeras sobre cada imagen sin entretenerse en mirarla ni un instante. No conocía a las personas que la saludaban desde el papel. Para ella, todos eran completos desconocidos. Ni siquiera se reconoció a sí misma cuando des trozó una instantánea de su treinta cumpleaños en la que, con cara soñadora y alegre, se inclinaba feliz sobre una tarta, con los mofletes hinchados, dispuesta a apagar todas las velas de una sola vez. Cortó y cortó hasta que no quedó nada dentro de la caja. Entonces, la rompió con sus propias manos y la empujó dentro de la bolsa, con su olor a humo y el recuerdo de los muertos.

Cerró la bolsa con fuerza, anudando dos veces las esquinas del plástico.

—Nadie os echará de menos —dijo en voz alta.

Abrió decidida la puerta de la calle, dispuesta a derribar la última pasarela que la unía con su vida anterior. El contenedor de basura no quedaba lejos. Avanzó con paso rápido. Sólo cuando una mujer que paseaba a su perro se detuvo en la acera para mirarla sorprendida se dio cuenta de que caminaba sobre los pies descalzos. Estaba tan absorta que no pensó en calzarse y abrigarse. Vestida únicamente con unos vaqueros raídos y una camiseta, aceleró el paso para alcanzar cuanto antes el contenedor. Tiritaba cuando lanzó la bolsa de basura a su interior. Corrió de regreso a casa, huyendo tanto del frío como de las miradas atónitas de sus vecinos.

Tardó una eternidad en arrancar el olor a humo de sus manos. Las lavó una y otra vez, añadiendo cada poco tiempo nuevas dosis de jabón y frotándolas bajo el chorro constante de agua caliente. Se quitó la ropa y la metió en la lavadora. Eligió un programa largo, añadió una generosa cantidad de detergente y suavizante y pulsó el botón de inicio. El suave ronroneo de la máquina le transmitió la sensación de que todo estaba a punto de terminar. Había conseguido salir de la humareda, por fin únicamente la rodeaba un aire limpio, fresco, con olor a vida. Quizá aquí sí habría sitio para un bebé... Deslizó la mano por su vientre, pero la dejó caer inmediatamente. Quedaban demasiadas cosas por hacer antes de sentirse definitivamente a salvo.

Los brillantes números del despertador le informaron de que eran ya más de las siete de la tarde. David no tardaría en llegar. Preparó la cena con todo detalle. Crema de calabaza con curry y pescado al horno, un menú perfecto para enmascarar una vez más el amargo sabor de los somníferos.

Una fría ráfaga de viento acompañó a David cuando cruzó la puerta. Como siempre, una amplia sonrisa vestía de fiesta su cara. No hizo falta que buscara a Irene, que en ese momento salía de la cocina en dirección a sus brazos.

—Huele de maravilla —dijo tras un largo beso.

—Siempre estás pensando en lo mismo. —Le pellizcó suavemente la mejilla y le besó brevemente antes de soltarse de sus brazos y arrugar la nariz—. Pues no puedo decir lo mismo de ti. Necesitas una ducha.

David simuló ofenderse ante el comentario de Irene. Inclinó la cabeza, estiró el jersey hacia su nariz y confirmó que tenía razón.

—Pondré la mesa mientras tanto.

Esperó hasta que el ruido del agua le confirmó que David tardaría unos minutos en volver. En la cocina, repartió la crema de calabaza bien caliente en dos pequeñas tarteras de barro. Abrió uno de los cajones y cogió una tableta de medicamentos, las mismas pastillas que utilizó la última vez que necesitó salir de casa sin ser vista. Machacó rápidamente idéntica cantidad de somníferos y los vertió cuidadosamente en la crema. Removió a conciencia, comprobando que no quedara ni un minúsculo trocito de comprimido, y espolvoreó sobre la comida una generosa cantidad de tomillo desmenuzado.

Todo estaba listo cuando David entró en la cocina. El pelo húmedo exhalaba un sutil vaho caliente. Llevaba la camiseta en la mano y unos viejos vaqueros colgados de las caderas. Así, a medio vestir, siempre conseguía cortarle la respiración. Dejó sobre la mesa los últimos cubiertos y caminó despacio hacia él, que se esforzaba por encontrar la abertura de la cabeza en la camiseta. Lo abrazó por la cintura y hundió la cara en su pecho. Olía a cítricos. Aspiró su aroma y le miró sonriente.

—Haz el favor de vestirte antes de bajar a la cocina. ¡Me desconcentras por completo!

—Me encanta saber que todavía te atraigo. —Se pasó la prenda por la cabeza y estiró después los brazos, cubriendo finalmente el resto del torso con la tela blanca—. Fin del espectáculo. —Rio—. Hora de cenar.

Se sentaron a ambos lados de la mesa junto a la ventana y charlaron de cuestiones sin trascendencia. Agotadas las anécdotas de la jornada, Irene se interesó por los avances en el caso que tanto le preocupaba.

—Me siento un poco perdido entre semejante maraña de información financiera. —El rostro de David mudó en un rictus serio y preocupado—. Tengo a dos buenos agentes trabajando con los datos del banco, pero siento que no llevo del todo las riendas, y eso me molesta.

—No puedes ser un experto en todo. ¿Sabes lo que decía mi padre? —preguntó—, que un buen jefe se distingue por su capacidad para rodearse de personas inteligentes y capaces. Un jefe que lo único que quiere es destacar sobre los demás buscará personas menos preparadas que él, y eso le llevará a fracasar una y otra vez, aunque siempre podrá culpar a sus subordinados. Pero alguien realmente inteligente elegirá a aquellos que sean capaces de cubrir sus deficiencias. Entonces dirigirá un verdadero equipo ganador. Ése eres tú, el responsable de la mejor brigada de toda la policía.

No pudo por menos que sonreír al escucharla. Siguieron cenando en silencio, intercambiando miradas cómplices y comentarios sobre la comida. Poco a poco, los músculos de David se volvieron pesados, invadidos por una enorme lasitud.

—La ducha y la cena me han dejado fuera de combate —dijo.

—¡No me eches a mí la culpa! —respondió Irene, intentando sonar divertida y despreocupada—. Son los delincuentes de esta ciudad los que te han vencido.

—Tienes razón… Tomaré un café, a ver si me espabilo un poco.

Hizo ademán de levantarse, pero Irene le detuvo en mitad del movimiento.

—Y en lugar de eso, ¿por qué no aprovechamos para acostarnos temprano? No hay nada en la televisión que me apetezca ver y acabo de terminar el libro que estaba leyendo.

—No es mala idea… Ha sido un día realmente agotador.

Subieron despacio las escaleras, intentando recordar cuándo había sido la última vez que se habían acostado antes de las diez de la noche. En la cama, acurrucados uno junto al otro, con las piernas flexionadas en un arco perfecto, Irene acomodó su espalda contra el pecho de David, sintiendo sobre el costado el peso de su brazo. Impulsándose con una pierna, Irene inició un suave balanceo, acunando al hombre de su vida, al que acababa de drogar de nuevo, hasta que se hundió en un mar de sueños extraños que desaparecieron de pronto, junto con todo lo que había a su alrededor.

Esperó quince minutos antes de separarse muy despacio del cuerpo de David, que respiraba pesadamente a su lado. Lo arropó con el edredón y depositó un suave beso en su frente, leve como el aleteo de una mariposa.

Buscó ropa deportiva en el armario. Pantalón y sudadera negros, botas del mismo color y una chaqueta acolchada oscura como la noche a la que estaba a punto de enfrentarse. Abrió la pequeña mochila que solía llevar en sus excursiones por el monte e introdujo en ella unos gruesos guantes de piel, la cartera, el teléfono móvil y el pañuelo que envolvía el enorme y afilado cuchillo. Cerró el bolso con fuerza y se lo colgó a la espalda. Con movimientos rápidos, se recogió el pelo en una coleta y se caló hasta las cejas un gorro de lana negro, sin adornos, dibujos ni distintivos. En una noche como aquélla sería prácticamente invisible. Miró hacia la cama una última vez. Acompasó el latido de su corazón con la lenta respiración de David, que dormía ajeno a todo. En unas horas, ella regresaría, se tumbaría a su lado y, cuando abrieran los ojos con los primeros rayos del sol, disfrutarían del primer amanecer de su nueva vida, repleta de días sin miedo, libre de sobresaltos y en la que, por qué no, quizá hubiera sitio para los niños.

Llovía a mares cuando los faros rasgaron las tinieblas de la noche. El golpeteo de las gotas de lluvia sobre la chapa metálica resonó en sus oídos como los tambores de un ejército marcando su camino hacia la batalla. Cientos de tamborileros proclamaban la llegada de un nuevo soldado, dispuesto a combatir hasta la muerte si hiciera falta.

Condujo sin contratiempos hasta las inmediaciones del parque de la Media Luna, donde escogió un aparcamiento alejado del lugar de encuentro. Comprobó en su reloj que faltaban más de treinta minutos para la hora acordada. Aun así, se caló una vez más el gorro, que le rozaba los párpados, se subió la cremallera de la chaqueta hasta la barbilla, se ajustó los guantes y salió del coche. El arrítmico golpeteo de los tambores resonó directamente sobre su cabeza. La estrecha calle de una sola dirección estaba desierta. A su izquierda, la enorme mole del colegio de los Salesianos, que apuraba sus últimos días antes de ser derribado para dejar paso a viviendas de lujo, asistía, muda e imponente, al decidido paso de Irene. Las altas verjas que delimitaban el patio de juegos y evitaban que los balones volaran por encima del muro retaban a la noche con su brillo metálico, arrancado a duras penas a la escasa luz de las macilentas farolas. Avanzó deprisa, protegida por las sombras, evitando los portales de vecinos y la sede de la Cruz Roja, donde la actividad era permanente. Giró a la derecha y apuró el paso hasta alcanzar los irregulares adoquines del parque. Se detuvo un instante junto a un poste de la luz. Los nudos de la madera se le clavaron en la espalda mientras buscaba en la mochila el arma que le salvaría la vida. Cogió con fuerza el mango de plástico y lo liberó de su envoltorio de seda. La perfección de la pulida superficie de acero la hipnotizaba. Lo observó sólo un momento antes de esconderlo en la chaqueta. El bolsillo era demasiado pequeño para los veintitrés centímetros de filo. Empujó con fuerza hasta que la tela del forro interior se rasgó limpiamente, permitiendo que el acero se acomodase junto a su estómago. Continuó su avance, con el hombro derecho prácticamente pegado a los muros exteriores de los chalets. No percibió movimiento en su interior. Entre la tapia y la casa había al menos tres metros de distancia, lo que le otorgaba cierta ventaja y tranquilidad. En la segunda de las casas distinguió un par de luces encendidas, tamizadas por las cortinas, pero ningún movimiento tras ellas. El retumbar de los tambores de guerra quedó amortiguado por las densas copas de los árboles. Sin embargo, su corazón parecía querer taladrarle el pecho y unir su retumbar con el de la furiosa lluvia.

El parque infantil ofrecía un aspecto fantasmagórico. Los columpios, desiertos a esas horas intempestivas, carecían del divertido atractivo que presentaban bajo la luz del sol. Ahora, los balancines, al igual que el tobogán y la tirolina, parecían siniestros y amenazadores. Avanzó pegada a la media docena de árboles que la separaban del lugar acordado para el encuentro. Los pies se le hundían en la tierra borracha de lluvia, pero el chapoteo de sus botas apenas era un murmullo en medio del atronador aguacero. La plaza central del parque, un óvalo de hormigón y gravilla blanquecina, resplandecía bajo la ondulante luz de las farolas en medio de la sima oscura de la noche. El viento había virado de dirección y las fuertes ráfagas de lluvia la golpeaban en la cara. Se pasó una mano enguantada por los ojos y buscó un lugar en el que ocultarse. Los altos setos, tan frondosos y verdes entonces como durante el verano, ofrecían un rincón seguro en el que esperar y prepararse. Descansó contra el rugoso tronco de un árbol, buscando un mínimo cobijo de la tormenta. El viento le trajo el eco de las campanas que retumbaban en la cercana iglesia de San Francisco Javier. Tres rotundos golpes de badajo. Menos cuarto. Estaba calada hasta los huesos. Los músculos de la espalda se le contraían constantemente en involuntarios espasmos provocados por el intenso frío. Probó a dar pequeños saltos, sacudiendo los brazos y golpeándose los costados para intentar entrar en calor. Flexionó varias veces las piernas y movió en círculo la cabeza para desentumecer el cuello y los hombros. La espera podía ser larga y más le valía tener todo su cuerpo y su mente en activo cuando llegara el momento de saldar cuentas con Katia.

La mortecina luz de la farola, semioculta entre las gruesas ramas de un árbol, apenas iluminaba el banco pintado de blanco que reposaba a sus pies. Irene se agachó en el césped, con la espalda apoyada en la parte trasera del respaldo del banco, y se colocó la mochila sobre las rodillas. Consultó la hora en el teléfono móvil. Cinco minutos y sería medianoche. Oteó el parque, colocándose una mano a modo de visera para evitar que el agua la cegara. No había ni rastro de la mujer. Cerró con fuerza la mochila y volvió a colocársela en la espalda. Se irguió y ocultó su oscura figura detrás del árbol. Frente a ella, en medio de la plaza, la estatua de Pablo Sarasate la ignoraba con desdén. El murmullo de la grava al ser removida la alertó de inmediato. Katia avanzaba sin ocultarse hacia el centro de la plaza. Cojeaba visiblemente y se ayudaba con una muleta para andar. Se cubría la cabeza con un pequeño gorro de lluvia de color verde que ensombrecía la mitad del rostro, pero Irene no tuvo ninguna duda de que se trataba de ella. Caminó despacio hasta el parterre de flores sobre el que se alzaba el músico navarro. Apenas levantaba el pie derecho del suelo, produciendo al acercarse un curioso rasgueo sobre la gravilla, como el de un niño empeñado en levantar la mayor polvareda posible antes de que su madre le regañase. Con la lluvia empapando el suelo, lo único que Katia conseguía era marcar un largo surco sobre el barro blanquecino. Desde su escondite no podía distinguir si llevaba algún bulto. Le pareció ver un bolso colgando de uno de sus costados, pero estaba demasiado oscuro como para apreciar si había traído el diario con ella. Continuó renqueando hasta el borde mismo de la peana de hormigón. Volvía la cabeza una y otra vez, mientras consultaba inquieta su reloj. Irene supo al instante que Katia estaba mucho más nerviosa y asustada que ella misma, lo que le otorgaba una ventaja que no tenía intención de desaprovechar. Esperó un minuto más antes de incorporarse y cruzar el estrecho césped. La gravilla crujió bajo sus pies, llamando la atención de Katia, que se giró rápidamente en dirección al origen del inesperado ruido. Se detuvo en seco cuando descubrió la alta y oscura silueta de Irene, que la observaba desde el otro lado de la plazuela, inmóvil y silenciosa. Decidida a no dejar traslucir el temor que la invadía, Katia levantó la cabeza y, con un gesto enérgico, se caló el gorro sobre las orejas hasta cubrirlas por completo.

Se observaron en silencio durante lo que pareció una eternidad. Nada, salvo el incesante ruido de la lluvia, interrumpió la invisible red que se extendía entre ambas. El crujido de una rama, a punto de ceder ante un nuevo envite del viento, sacó a Irene de su ensimismamiento. Cruzó despacio los escasos diez metros que las separaban con las manos hundidas en los bolsillos, la derecha rodeando con fuerza el frío puño del cuchillo. Se detuvo frente a ella, manteniendo una distancia prudencial. Sabía que no era descabellado que Katia hubiera acudido armada a la cita. Al fin y al cabo, ya había intentado matarla una vez. Como si leyera sus pensamientos, la joven sacó lentamente una mano del bolsillo de su abrigo. Entre los dedos, Irene percibió el amenazador brillo del filo de una navaja.

—Ni intentes acercarte a mí —dijo Katia. Su voz sonó seca y rasposa, mucho más grave que la primera vez que hablaron—. Si das un paso, no dudaré en clavarte esto en la garganta. —Para afianzar sus amenazas, levantó despacio una mano y la detuvo frente a los ojos de Irene, mostrándole la hoja corta, recta y afilada de una navaja.

—No tienes nada que temer —respondió Irene sin perder de vista la mano armada de Katia. Desde donde estaba, tendría que saltar a gran velocidad para sorprenderla, algo bastante improbable para una mujer que necesitaba una muleta para caminar.

—¿Nada que temer? ¿Te has vuelto de repente una hermanita de la caridad? No me jodas y vamos a terminar cuanto antes. ¿Has traído mi dinero?

Irene la miró en silencio mientras el odio bullía en su interior. La empuñadura del cuchillo, convertida en una extensión de su propia mano, esperaba, caliente y ansiosa, el momento de entrar en acción.

—Lo tengo en la mochila. Yo también quiero ver qué has traído para mí.

¿Para ti? Lo único que te mereces es que te clave esta navaja en el estómago y dejarte aquí desangrándote muy despacio, como me hiciste a mí, grandísima hija de puta. Me aplastaste con el coche, intentaste matarme… Nada de lo que lleves en esa mochila será suficiente para pagar lo que me hiciste. ¡Voy a ser una coja de mierda el resto de mi puta vida! Katia bufó entre dientes, expulsando parte de la rabia que la invadía. Como un toro a punto de embestir, bajó levemente la cabeza y concentró sus pupilas en el impasible rostro de Irene—. Y ahora, dame mi dinero. Si está todo, me pensaré si darte el diario.

Extendió la mano para recoger la mochila. Irene no se lo pensó ni un instante. Como un resorte, saltó hacia delante, sorprendiendo a Katia todavía con una mueca burlona dibujada en la cara. La agarró de la mano y tiró de ella con fuerza, atrayéndola hacia su propio cuerpo. Mientras tanto, el cuchillo vio por fin la luz que tanto ansiaba, aunque su viaje fue muy breve. Con Katia desequilibrada por el fuerte tirón de Irene, la daga voló a encontrarse con su cuerpo en un recorrido ascendente que terminó en el centro de su corazón.

Nunca pensó que atravesar un cuerpo costara tanto esfuerzo. Tuvo que hacer acopio de todas sus fuerzas para empujar la hoja entre las costillas. Sintió cómo la carne de Katia se abría a su paso, cómo los estrechos huesos rozaban el filo sin conseguir detenerlo, y cómo, finalmente, el corazón marcaba su último latido. Esperó un segundo eterno antes de empujar a Katia hacia atrás para extraer el cuchillo. La joven la miraba, pálida y asombrada, con los ojos y la boca muy abiertos, desde debajo de su ridículo gorro verde. Irene no se movió. Podía ver cómo la vida se le escapaba del cuerpo, cómo el alma la abandonaba poco a poco, escurriéndose mezclada entre la espesa sangre que manaba por la herida abierta. La agarró por las solapas del abrigo y acercó la cara a la suya hasta sentir su entrecortada respiración. La miró a los ojos y la sostuvo frente a frente mientras moría. Las fuerzas de Katia disminuían al mismo ritmo que su partido corazón expulsaba toda la sangre de su cuerpo. El abrigo estaba empapado de un líquido rojo que la lluvia no conseguía limpiar. A sus pies, un gran charco carmesí se extendía a toda velocidad. Los ojos de Katia viraron hasta que las pupilas desaparecieron tras los párpados. Poco a poco, Irene aflojó la presión y dejó de sostenerla. El cuerpo inerte de Katia se deslizó de golpe hasta el suelo. La cabeza, ajena a cualquier dolor, golpeó la gravilla con fuerza, provocando una pequeña marejada de agua de lluvia ensangrentada. Incapaz de apartar la mirada del cadáver, Irene tuvo que obligarse a actuar. Se agachó junto al cuerpo y limpió el cuchillo con el empapado abrigo antes de volver a enterrarlo en el bolsillo de la chaqueta.

El bolso era su primer objetivo. Lo encontró parcialmente atrapado bajo la espalda de Katia, por lo que tuvo que empujarla para liberarlo. Desparramó su contenido por el suelo. Una cartera, unas gafas de sol, dos manojos de llaves, un monedero mal cerrado del que escaparon un par de monedas, varios tíquets de aparcamiento arrugados, envoltorios vacíos de caramelos, dos paquetes de pañuelos de papel y un bolígrafo. Ni rastro del diario de Marta. Angustiada, enfadada y exasperada, Irene giró una vez más el cadáver hasta colocarlo boca arriba. Rebuscó en los bolsillos del abrigo. En uno de ellos encontró el teléfono móvil y la llave de un coche con el logo de Opel grabado sobre el plástico. Se puso en pie nerviosa, aguantando las ganas de propinarle un puntapié a aquella estúpida mujer, empeñada en arruinarle la vida incluso después de muerta. Guardó todos los objetos personales en el bolso y se lo colgó del hombro.

Prolongar su presencia allí era tentar excesivamente a la suerte. Comprobó que el cuchillo continuaba pegado a su estómago y la mochila, a su espalda. Con la llave del coche de Katia en su mano enguantada, corrió hasta el protector abrazo de los árboles. Se deslizó pegada a los muretes hasta alcanzar de nuevo la calle Aralar. Con la llave entre los dedos, levantó la mano a la altura de la cabeza y comenzó a pulsar en dirección al estacionamiento, pero la noche continuó muda. Avanzó despacio entre los coches, lanzando las ondas del mando a distancia a derecha e izquierda. Estaba a punto de darse por vencida cuando un gratificante destello luminoso le arrancó una instantánea sonrisa que se amplió aún más al comprobar que el pequeño turismo que respondía a la pulsación de Irene la esperaba a tan sólo cuatro coches de distancia del suyo.

Con la espalda contra la pared, comprobó una vez más que la calle continuaba desierta. El colegio le pareció menos amenazador mientras se sentaba en el asiento del conductor y accionaba la luz interior. Abrió la guantera y revisó su contenido. Nada. Rebuscó después en los discretos compartimentos de las puertas con idéntico resultado. Arqueando el cuerpo entre los dos asientos, cruzó el estrecho paso hasta la parte trasera. Removió el contenido de la bandeja, buscando debajo de las chaquetas allí tiradas, y metió la mano en los angostos resquicios entre los cojines. Aparte de varias gominolas mordisqueadas, un par de lápices de colores y un reguero casi infinito de migas de pan, no había ni rastro del diario. Volvió al asiento del conductor e intentó pensar fríamente, concentrarse en cuál habría sido la actitud más lógica de Katia. ¿Y si el libro continuaba en su casa? En ese caso, estaría definitivamente perdida y todo lo que había hecho no habría servido para nada. De pronto recordó su dieciocho cumpleaños. Uno de los últimos regalos que recibió de su padre antes de morir fue un viejo Seat 127 blanco, su primer coche, con las puertas oxidadas y los muelles de los asientos sobresaliendo peligrosamente. El coche no tenía equipo de música, así que su padre acompañó las llaves con un enorme artefacto negro, un reproductor de radio y cedés extraíble. Cada tarde, después de aparcar frente a su casa, sacaba el aparato de su hueco en el salpicadero y lo escondía debajo del asiento del conductor, donde era invisible a los ojos de los ladrones.

Con los ojos cerrados, concentrando todos sus sentidos en la yema de los dedos, palpó despacio el hueco entre el asiento y el suelo. Allí, debajo de la alfombrilla, un bulto ahuecaba el basto felpudo. Contuvo la respiración hasta que consiguió arrancar la bolsa de plástico de un supermercado en la que Katia había envuelto el diario de Marta. Ahí estaban las letras picudas de su cuñada, las mayúsculas desmesuradas, las frases interminables. Con el librito abrazado a su pecho, la asaltaron unas ganas incontenibles de reír, saltar, gritarle al mundo que todo había acabado, que su larga agonía llegaba a su fin y que frente a ella se abría, luminoso y cálido, el portón hacia una nueva vida.

Cubrió otra vez el diario con la bolsa de plástico y lo guardó en el bolso de Katia, que continuaba colgado de su hombro. Salió del coche, miró a ambos lados de la calle y pulsó el botón que bloqueaba las puertas. Arrojó la llave al fondo del bolso y corrió hasta su vehículo, que la esperaba a treinta metros de distancia. La lluvia formaba un manto traslúcido sobre el cristal, desdibujando las formas del exterior. Con los ojos cerrados, recostó la cabeza en el asiento y se regaló un breve descanso, apenas unos minutos para recuperar la calma y decidir cuál debía ser su siguiente paso, el último, el que cerraría para siempre aquel capítulo de su vida. Dejó el bolso de Katia en el asiento contiguo. Sacó el cuchillo del bolsillo y lo metió en su propia mochila, de nuevo envuelto en el pañuelo de seda. Estaba muy cansada. Los brazos le pesaban, los párpados pugnaban por cerrarse y miles de hormigas invisibles le corrían por las piernas. Sentía los pies entumecidos, empapados y congelados. Tenía que moverse o se desmayaría allí mismo. El motor respondió con un suave rugido al giro de la llave. Salió al centro de la desierta calle y avanzó despacio hasta el cruce de la avenida Baja Navarra, donde el tráfico era más denso incluso a aquellas horas de la noche. Un extraño sexto sentido le indicó exactamente el camino que debía tomar. Giró a la derecha en la primera bocacalle, hundiéndose de nuevo en las estrechas travesías del centro de la ciudad hasta alcanzar la curvada fachada de la plaza de toros, altiva, oscura y solitaria durante cincuenta y una de las cincuenta y dos semanas del año. La lluvia golpeaba con fuerza sobre el cristal, obligando a los limpiaparabrisas a correr de un lado a otro a toda velocidad, sin conseguir despejar toda el agua que caía del cielo. Una curva cerrada, luego otra, y un giro de noventa grados a la derecha hacia un angosto camino fue todo lo que necesitó para desaparecer de nuevo de la vista. Las columnas de piedra rodeadas de yedra, el puente medieval y la majestuosa cruz románica indicando el camino correcto a los peregrinos jacobeos no eran sino sombras informes en medio de la noche. Aparcó en la zona asfaltada y salió del coche. La lluvia la azotó sin piedad. Gruesas y furiosas gotas se colaron por los resquicios de la ropa empapándola de nuevo, recordándole que todavía no estaba a salvo. Recuperó el bolso del interior del coche y se lo cruzó a la espalda. Necesitaba las manos libres para llegar hasta el río. Caminó primero por la amplia franja de césped que tantas meriendas campestres acogía cada verano. Los pies se le hundían en el barro y cada vez le costaba más avanzar. Una cinta policial atada a los árboles impedía el paso hasta el río. El caudal había aumentado mucho, desbordando las orillas naturales, y el cauce contaba ahora con al menos tres metros más de anchura de lo que era habitual. Respiró hondo y traspasó la barrera de plástico. La ladera se inclinaba peligrosamente a partir de ese punto, deslizándose hasta las oscuras aguas del Arga, que bramaban furiosas muy cerca de sus pies, demasiado cerca para cualquier persona medianamente cuerda. Se sentó en el tobogán de hierba y se arrastró sobre las nalgas poco a poco, muy despacio, prácticamente a ciegas. El agua sonaba muy próxima, pero todavía no conseguía verla. Centímetro a centímetro, el río, alimentado por la pródiga lluvia, subía a su encuentro. Una lengua de agua le acarició la bota. El siguiente lametón le cubrió el pie por completo. Clavó los talones en el barro para evitar deslizarse más abajo, hasta un punto sin retorno, y cogió el bolso de Katia entre las manos. Rebuscó en su interior hasta encontrar el diario de Marta. Se lo guardó en el bolsillo y lanzó el resto al furioso torrente, que lo engulló rápidamente, saboreándolo un instante entre la espuma de la superficie antes de enviarlo al fondo de sus entrañas. La resbaladiza hierba se negaba a ayudarla en su ascenso hacia la zona segura. De cara al suelo, hincó las rodillas con fuerza y subió impulsándose con la puntera de las botas. Se agarró al barro con los dedos, ganando terreno metro a metro, hasta que alcanzó uno de los arbolitos en los que la Policía Municipal había anudado la cinta azul y blanca. Abrazó el frío tronco, que le pareció tan cálido y acogedor como una hoguera en medio de una nevada, y observó los alrededores. El parque permanecía desierto. Hasta donde le alcanzaba la vista, no había ni rastro de persona alguna. Un solo detalle la separaba de la paz completa. El diario continuaba en su bolsillo, lleno de mentiras y crueles suposiciones fruto de la mente enferma de una joven malcriada. De pie junto al coche, abrió el libro y dejó que el agua lavara todos aquellos embustes. Las palabras comenzaron a deformarse, deshaciéndose bajo el envite de la lluvia. Pasó las páginas una a una, leyendo palabras sueltas, frases sin sentido, lamentos inconexos. Marta… Pronunció su nombre entre dientes, con la mandíbula apretada y los hombros rígidos. Volvería a matarla con sus propias manos si la tuviera delante. Niñata estúpida, golfa ingrata… Su vida sería perfecta si hubiera dejado las cosas como estaban. Marcos era un monstruo y merecía morir. No quedaba nada de su querido hermano en el hombre que la golpeaba y la humillaba cada día, ¡nada!

Corrió hasta el puente de la Magdalena. La gravilla mojada crujía bajo sus pies. Se quitó los guantes y, mientras avanzaba, sus dedos destrozaron con fiereza cada una de las páginas del diario. Arrancó las hojas y las hizo añicos. Ya no sentía frío en las manos, y los dedos, que se cerraban sobre cada una de las cuartillas como aceros afilados, temblaban de ira, y no de miedo. Oculta por las sombras de la noche, cobijada al amparo de la gran cruz jacobea, Irene lanzó uno a uno todos los pedazos en los que se había convertido el diario de Marta. No pudo ver cómo la corriente los arrastraba, deshaciendo la celulosa que se convertiría en comida para los peces, pero mientras arrojaba los últimos trozos de papel sintió que su corazón y su alma se abrían de nuevo, colmándose de una luz desconocida hasta entonces. Al otro lado del río, el fantasma de Marta veía pasar los restos de su diario. Miró hacia arriba e Irene pudo ver las cuencas vacías de sus ojos. No tuvo miedo, se mantuvo firme sobre el puente hasta que Marta no fue más que un montón de pequeñas lucecitas que desaparecieron de golpe, tragadas por la noche.

Eran más de las tres de la madrugada cuando la puerta del garaje se cerró a su espalda. Temblaba de frío, pero mantenía la cabeza despejada y el ánimo templado y tranquilo. Atravesó el jardín trasero hasta la caseta en la que guardaban los aperos de jardinería. David había instalado allí una toma de agua para poder regar el césped y los macizos de flores. Los trabajos de fontanería incluyeron un fregadero y un desagüe que desembocaba en la canalización general de la casa, a pocos metros de distancia. Mientras conducía descubrió una gran mancha de sangre en una de las mangas de su abrigo. Se quitó la prenda y la metió en la pila. Abrió la botella de lejía que encontró bajo el fregadero y vertió su contenido sobre la manga, teniendo buen cuidado de que el voraz líquido alcanzase cada centímetro de la tela. Cuando no quedó ni rastro de la sangre, ni del color del abrigo, lo aclaró profusamente bajo el chorro de agua helada, hasta que el olor a lejía no fue más que un recuerdo incómodo en la nariz. Encontró entre las macetas una bolsa de plástico grueso y opaco que contenía restos de tierra. Vació su contenido en el jardín y metió el abrigo dentro, empujando con fuerza para ocultarlo por completo. Lavó también los guantes, los introdujo en la bolsa y anudó las esquinas de forma que no escapase de su interior ni un centímetro de tejido. Cruzó de nuevo el garaje y salió a la calle, en busca del contenedor de basura. Decidió caminar unos metros más, hasta la siguiente hilera de contenedores, y lo arrojó sin contemplaciones al fondo del primero de ellos.

Estaba cansada y harta, hastiada de correr, de ocultarse, de mentir. La cabeza le dolía con la misma intensidad que el resto de los músculos de su cuerpo, pero era demasiado tarde para rendirse. Como el tamborilero del ejército, sólo podía avanzar para salvar la vida.

No encendió la luz hasta que la puerta del cuarto de baño estuvo perfectamente cerrada a su espalda. Se desvistió despacio, arrancándose la ropa mojada que se había adherido a su cuerpo como una segunda piel. Desnuda frente al espejo, buscó algún indicio que delatara todo lo vivido en las últimas horas. Por fuera seguía siendo la misma. Tenía el pelo revuelto y la cara sucia de barro, pero la mujer que la miraba intensamente desde el espejo era exactamente ella misma. En su interior, sin embargo, la transformación había sido completa. Se sentía en paz consigo misma, tranquila y segura. Había madurado, se sabía capaz de avanzar un paso más en su vida, en su relación, y estaba dispuesta a darlo cuanto antes. Sonrió a la nueva Irene y abrió el grifo de la ducha. El agua caliente se encargó de arrancar de su piel los últimos residuos de su pasado, proporcionándole un alma recién estrenada, sonrosada y mullida.

Sólo debía hacer una cosa más antes de terminar definitivamente. Con la mochila en la mano, sacó el maletín metálico del armario de la cocina. Con sumo cuidado, desenvolvió el cuchillo de su funda de seda y lo dejó en el fregadero. Colocó cuidadosamente el tapón en el desagüe antes de verter un nuevo y generoso chorro de lejía que lo cubrió por completo. Con los guantes de látex puestos, frotó con fuerza la empuñadura y el filo, hasta que creyó estar a punto de acabar también con el color del mango. Quitó el tapón y abrió el grifo para aclararlo profusamente. Cuando el cuchillo estuvo de nuevo seco y reluciente, lo metió en su capuchón plastificado y lo colocó con cuidado en la espuma de poliuretano. Cerró el maletín y volvió a guardarlo en el armario. Ahora sí que había terminado todo.

Las escaleras que conducían a su habitación le parecieron más altas y empinadas que nunca. Apoyada en la barandilla, ascendió despacio, arrastrando los pies. Abrió con cautela la puerta de su habitación. Tenía preparadas varias respuestas para justificar su ausencia en el caso de que David se hubiera dado cuenta de que no estaba tumbada a su lado, pero él seguía sumido en el sueño de los justos. Boca arriba, con los brazos extendidos a lo ancho de la cama, respiraba tranquilo, profundamente dormido. Dio la vuelta hasta alcanzar su lado de la cama, se sentó muy despacio y se recostó junto a él, aspirando su aroma y su calor. Pegó el cuerpo al costado de David, que se removió sin llegar a despertarse y se giró lentamente, rodeando con su brazo la cintura de Irene.

Con la sensación de encontrarse realmente por fin en casa, se dejó llevar por unos sueños que sonaban como el agua del río del que acababa de escapar. Las cuencas vacías de los ojos de Marta la miraban desde la orilla, pero no le hizo caso. Se acurrucó aún más contra el pecho de David y le acarició el dorso de la mano con la punta de los dedos, siguiendo el sinuoso recorrido de sus marcadas venas. Como un río, pensó sin poder evitarlo. El cansancio se apoderó finalmente de sus sentidos. La oscuridad a la que había conseguido sobrevivir se cernió sobre su cabeza, que desconectó de la realidad para sumirse en profundos sueños sin sentido. Y sin que pudiera evitarlo, una pequeña sonrisa se dibujó en sus labios. Nada ni nadie podría ya interponerse en el camino que con tanto esfuerzo estaba trazando. Mala o buena, era la única ruta por la que podía transitar. El tambor anunciando la lucha sonaba cada vez más lejano, hasta quedar reducido a un sordo retumbar apenas audible. Convencida de que el peligro había pasado, amplió su sonrisa y se durmió.

23

La lluvia había hecho un trabajo impecable en el escenario del crimen. Después de varias horas a la intemperie, ni el inspector Redondo ni ningún miembro de la policía científica confiaban en encontrar pistas válidas alrededor del cadáver de la joven que continuaba sin identificar. Su única esperanza era que algo de lo que llevaba encima les sirviera de ayuda a la hora de esclarecer una muerte sin testigos. La primera hipótesis del forense, siempre cauto, era que la joven llevaba al menos cinco horas tendida bajo la lluvia. Un paseante madrugador dio la voz de alarma a las seis de la mañana, cuando todavía era noche cerrada. Le llamó la atención una gabardina color crema tirada en el suelo. Cuando se acercó, descubrió que bajo la ropa yacía una mujer. Se agachó para intentar ayudarla, pero no tardó demasiado en comprobar que no tenía pulso.

Redondo y los miembros de su equipo llegaron al parque de la Media Luna pasadas las seis y media, hacía más de tres horas, y desde entonces estudiaban el terreno sin éxito. La ausencia de huellas visibles los obligó a ampliar el escenario a la totalidad del parque, que quedó cerrado por completo al paso de personas y vehículos. No sería fácil descubrir qué había ocurrido allí, de dónde vino la víctima, si la asaltó una persona o si fueron varios los atacantes, datos que podrían extraerse de las huellas en la hierba, de la gravilla removida o de las ramas rotas de los arbustos. Pero lo único que tenían ante ellos era una sucesión de enormes charcos sobre los que repiqueteaban sin cesar nuevas gotas de lluvia.

Redondo sentía el agua deslizarse parsimoniosamente a lo largo de su deshilachado gabán. Con las manos en los bolsillos, varios de sus dedos se escurrían hasta tocar los pantalones a través de los agujeros del forro. Llevaba meses ocultando el abrigo a su mujer, dispuesta a deshacerse de él al menor descuido para obligarlo a utilizar el nuevo impermeable que le había comprado. Ella insistía en que un Burberry era una prenda mucho más acorde con su estatus en la policía que esa gabardina decrépita, pero para él, el hecho de no sentir remordimientos si tenía que dejarla en el suelo o hacerla una bola y tirarla sobre una silla era algo a lo que no estaba dispuesto a renunciar. Una gabardina nueva, y más una tan cara, tendría que colocarla con cuidado en un perchero, extenderla en el asiento trasero del coche y quitársela para comer cualquier cosa, alejándola de las frecuentes manchas que adornaban su pechera. Seguiría toreando a su mujer y soportando sus reproches hasta que la vieja gabardina se partiera literalmente en dos.

Cuando parecía que no tenía nada más que hacer allí, la lluvia decidió tomarse un descanso. Pequeños claros en el cielo permitieron retirar algunos de los focos instalados en el parque. Redondo cerró el paraguas y movió los dedos de la mano para desentumecerlos después de tanto rato asiendo el mango. El cadáver yacía bajo una amplia lona impermeable que los efectivos de Cruz Roja, los primeros en llegar al lugar tras la llamada a Emergencias, desplegaron con profesional eficacia. Alrededor del cuerpo, en los escasos doce metros cuadrados a salvo del diluvio, se apiñaban cuatro agentes de la científica que se vieron obligados a salir a la intemperie para dejar sitio al juez y a su asistente, que acudieron a certificar la muerte y decretar el levantamiento del cadáver. Mientras el magistrado estuvo allí fue el único momento en el que el inspector Redondo pudo guarecerse bajo la lona. Desde que realizó la primera inspección ocular del cuerpo permaneció en todo momento a cielo raso, observando, escarbando y esperando, como un buen sabueso. El juez, poco amigo de las tempranas mojaduras, le hizo señas para que acudiera bajo el entoldado para hablar con él. La entrevista fue breve. La joven fallecida todavía no había sido identificada y por el momento carecían de pistas sobre la autoría de la muerte. Encontraron una navaja junto al cuerpo, demasiado mojada como para contener huellas, aunque ya estaba camino del laboratorio, donde el forense dictaminaría si ésa era el arma que le había causado la muerte o si debían buscar en otra dirección. También había una muleta, pero era demasiado pronto para decidir si era de la víctima o de su asesino. El juez asintió una y otra vez, escuchando circunspecto lo que Redondo le decía, e hizo una seña a su secretario para que rellenara los formularios necesarios en ese mismo instante. Con el cuerpo camino del Anatómico Forense y el juez de regreso a su despacho, poco más podía hacer allí.

La vibración del móvil le sacó de su ensimismamiento. Uno de los agentes de la Oficina de Denuncias le informó de que un hombre muy nervioso se había personado en comisaría para denunciar la desaparición de su mujer. Al parecer, su esposa había salido de casa la noche anterior, sin dar explicaciones de adónde se dirigía, y todavía no había regresado. Tenía el móvil apagado, algo inusual en ella, y se había llevado el coche familiar a pesar de que un reciente accidente le dificultaba la conducción. La descripción de la desaparecida coincidía punto por punto con el cadáver que acababa de ver partir en el interior de una bolsa de plástico negro.

El agente había enviado al marido de vuelta a casa a la espera de noticias. Redondo anotó la dirección y reunió a su equipo en mitad de la explanada, lejos de los árboles que sacudían con furia el agua acumulada en sus ramas, ajenos al hecho de que ya había terminado de llover.

—Tenemos una posible identificación —les dijo—. Acaban de denunciar la desaparición de una mujer de características similares a nuestro cadáver.

A su alrededor, formando un círculo cerrado, tres hombres y una mujer le escuchaban con atención. Junto al inspector, como casi siempre desde hacía más de dos décadas, el subinspector Mateo Dalmau, un catalán de cincuenta y cinco años que contaba los días que le quedaban para disfrutar de un nuevo destino en el confortable interior de una oficina. Le seguía en edad y categoría el subinspector Leo Carrión, castellano de raza, cuarenta y seis años, pequeño, enjuto y poseedor de un olfato infalible para desentrañar los problemas más complejos. El agente Sergio Baena era, por su parte, la antítesis de lo que cualquiera esperaría al conocer a un andaluz. Alto, rubio, de piel clara y ojos azules, sólo su constante ceceo le delataba como cordobés. La única mujer del equipo era Valeria Coello, una madrileña de padres portugueses. Alta como una torre, de porte atlético y maneras educadas, contaba con unas dotes organizativas que eran la envidia del propio Redondo.

—Dalmau y Coello, venid conmigo al domicilio de la desaparecida. Confirmaremos su identidad y comenzaremos la investigación. Carrión y Baena, quedaos por aquí. Parece que cogió el coche cuando salió ayer de casa. Os llamaré en cuanto sepa marca, modelo y matrícula para que peinéis la zona hasta dar con él.

No conocía a nadie a quien le gustara dar malas noticias, y él no era una excepción. Aborrecía el drama, se sentía cohibido ante las lágrimas derramadas sin control y nunca sabía cómo actuar cuando alguien se lanzaba a sus brazos en busca de consuelo. Si pudiera elegir, enviaría a sus hombres a informar a las familias y él aparecería sólo cuando los deudos se hubieran sosegado mínimamente. Sin embargo, ni el decoro ni sus superiores le permitían hacer tal cosa, por lo que cada cierto tiempo se veía en la obligación de llamar a una puerta para comunicar que aquel a quien esperaban no iba a volver.

Llegaron hasta el barrio de la Rochapea sin mediar palabra en el interior del coche policial. Les abrió la puerta un hombre de aspecto desaliñado, vestido con unos vaqueros negros y un grueso jersey marrón de cuello alto que le estaba haciendo sudar dentro de casa. Los invitó a pasar y esperó de pie junto a la puerta abierta, esperando quizá que su mujer viniera con ellos. Convencido de que el descansillo estaba vacío, cerró la puerta a su espalda y precedió hasta el salón a los policías que esperaban de pie en el recibidor.

Una niña pequeña veía la televisión tumbada en el sofá. Todavía estaba en pijama y se cubría con una pequeña manta rosa y blanca mientras abrazaba un peluche. Absorta en los dibujos animados, apenas prestó atención a las personas que acababan de entrar.

—Mi suegra vendrá enseguida para quedarse con ella —explicó, siguiendo la mirada de los agentes, incómodos ante la presencia de la menor. Las noticias que traían no eran aptas para los oídos de una niña, al menos no con la crudeza con la que ellos las pronunciarían—. Podemos ir a la cocina, si no les parece mal.

Redondo asintió y sonrió brevemente. El hombre los acompañó hasta la pequeña cocina, donde los cuatro adultos tuvieron que repartirse el espacio alrededor de la mesa blanca en la que los restos del desayuno esperaban para ser recogidos. Ajeno al desorden y los cercos de leche y cacao, el hombre se presentó a los agentes, exigiéndoles con la mirada una respuesta a sus mudas y acuciantes preguntas.

—Me llamo Gorka Gavá. Mi mujer falta de casa desde ayer por la noche. Salió sin dar explicaciones, se llevó el coche y no ha vuelto en toda la noche. Su teléfono no da señal y nadie sabe nada de ella. He llamado a su madre, a sus amigas y a los hospitales. Después he ido a comisaría. He tenido que avisar a una vecina para que se quedara con la niña, pero se ha ido en cuanto he vuelto. ¿Saben dónde está Katia?

El hombre se retorcía las manos y respiraba agitadamente. Tenía los ojos enrojecidos y, cuando dejaba de frotarse los dedos, se los llevaba a la boca compulsivamente para mordisquear las uñas y las pieles de las cutículas, que brillaban, hinchadas y amoratadas, bajo la luz fluorescente del techo.

—¿Podría facilitarnos una fotografía reciente de su esposa? —Valeria Coello utilizó su voz grave como un sedante que se coló en el cerebro del hombre, que dejó de morderse las uñas durante un momento—. También nos vendría bien saber qué ropa llevaba al marcharse.

Gorka asintió y salió de la cocina. Volvió a los pocos minutos con varias fotos en una mano y una cámara en la otra.

—Las más recientes todavía no las he pasado al ordenador, pero si hay alguna que les sirva, puedo imprimirla ahora mismo. También tengo éstas —añadió tendiéndoles las imágenes en color.

Valeria cogió las fotos y las miró un instante. Allí, sonriendo despreocupadamente, estaba la misma mujer que habían encontrado muerta en el parque. Mostró el retrato a sus compañeros, que asintieron en silencio. Gorka exhaló un ruidoso suspiro. Sin darse cuenta, llevaba varios segundos conteniendo la respiración. El corazón le latía desbocado y sintió la absurda necesidad de arrancarse de cuajo la piel de los dedos. Un pellejo levantado en el pulgar llamó su atención, y tiró de él hasta que el dolor y la sangre le hicieron gemir en voz baja.

—¿La han visto? —Apenas se atrevía a preguntar, pero el silencio de los policías estaba a punto de volverlo loco.

—Señor Gavá, me temo que le traemos la peor de las noticias. —En ese momento fue Redondo quien contuvo la respiración. El joven los miraba con los ojos muy abiertos, absorbiendo cada palabra y clavándola en su cerebro. Como le habían enseñado en uno de los cursos de psicología a los que acudía con asiduidad, buscó el contacto visual y físico con el nuevo viudo, extendiendo la mano y tocándole suavemente en el hombro. Mantuvo una presión constante mientras pronunciaba las fatídicas palabras—: Esta madrugada se ha hallado el cadáver de una mujer sin identificar en el parque de la Media Luna. Me temo que se trata de su esposa, aunque tendrá que acompañarnos para realizar una identificación oficial.

Gorka no movió ni un músculo de la cara. Mantuvo los ojos abiertos y la boca desencajada en un grito mudo. Fueron sus piernas las primeras en fallar. Mateo Dalmau se dio pronto cuenta de que algo no iba bien. Apartó a su jefe a un lado y tiró de una de las sillas blancas de la cocina. El asiento llegó justo en el momento en el que Gorka perdió definitivamente la batalla por el control de su cuerpo y comenzó a derrumbarse lentamente, como una duna erosionada en su base por el viento. Entre Redondo y Dalmau sentaron al joven, que se dejó llevar como un muñeco de trapo. Hundió la cara entre las manos y lanzó un largo sollozo en voz baja, intentando no asustar a la niña que seguía abstraída en los dibujos animados de la televisión. Los tres policías dieron un respetuoso paso atrás en la estrecha cocina, hasta topar con los muebles y la pared. El inesperado estrépito de una puerta al cerrarse de golpe y la voz chillona de una mujer terminó bruscamente con el minuto de silencio.

—¿Dónde está mi niña?

La voz aguda de la mujer sonó absurdamente alegre en medio de la tragedia. Inmediatamente, la niña lanzó un gritito risueño desde su refugio en el sofá.

—¡Abuela! —Los pequeños pies trotaron por el salón acompañados por un torrente de palabras descontroladas—. Mamá no está. Papá no sabe dónde está. Han venido unos señores que le van a decir a papá dónde está mamá. ¿Ha ido a dormir a tu casa? ¿Puedo ir yo esta noche?

La mujer escuchaba atónita a su nieta, que esperaba paciente en el suelo a que su abuela se acordara de cogerla en brazos. Ignorando a la pequeña, la recién llegada recorrió la estancia con la mirada hasta toparse con el esbelto porte de Valeria, que la observaba desde la entrada de la cocina. Sin pronunciar ni una palabra, la mujer se dirigió hacia donde su yerno continuaba llorando con la cara oculta entre las manos.

—¡Gorka! ¿Qué me dice Leire? ¿Dónde está Katia?

El aludido levantó la cara y dejó caer las manos empapadas sobre la mesa.

—Sofía…

La mujer avanzó despacio, observando con desconfianza a los dos hombres que permanecían de pie junto al horno. Llegó junto a su yerno y le acarició la cabeza. La mano le temblaba mientras los dedos apenas rozaban el pelo desgreñado del joven.

—Dios mío… —susurró Gorka. Levantó la cabeza para mirar de frente a la mujer y cogió la mano que le acariciaba—. Katia se fue ayer, no me dijo adónde, y todavía no ha vuelto. Estos hombres son policías y dicen que han encontrado un cadáver en un parque y que puede ser Katia.

La mano de Sofía se libró de las de Gorka y voló hasta su pecho, donde el corazón latía desbocado, y desde allí hasta sus trémulos labios. Ella misma separó una segunda silla de la mesa y se sentó despacio, asimilando la noticia que intentaba abrirse paso hasta su cerebro, que se negaba a aceptar la realidad.

Mientras Valeria y Mateo formulaban las preguntas de rigor, Redondo no podía dejar de preguntarse de qué conocía a la mujer que sollozaba frente a él. Su rostro le resultaba familiar, aunque no conseguía situarlo en un entorno concreto. Cuando los agentes hubieron recabado la información preliminar que necesitaban y Gorka salió en busca de su abrigo para acudir al Anatómico Forense, no pudo resistir más la curiosidad. Le molestaba sobremanera que las caras bailasen en su mente sin estar firmemente unidas a un nombre, un lugar o un hecho.

—Sé que no es el mejor momento para preguntarlo, pero creo que usted y yo nos hemos visto antes.

La mujer asintió con la cabeza. Se secó la cara con un inmaculado pañuelo blanco y disipó sus dudas:

—Nos vimos en casa de la señora Martelo, en la Vuelta del Castillo, cuando su hija Marta se quitó la vida.

La película cobró vida en su cabeza inmediatamente. Vio a aquella mujer en casa de Marta Bilbao. Recordaba su disgusto al narrar cómo descubrió el cadáver de la joven y el cariño que ponía al arropar a la madre, que permanecía completamente ajena a todo, con la mente perdida en una espesa niebla de la que no supo o no quiso regresar. Evocó también al inspector Vázquez abrazando a aquella mujer, Irene Ochoa, mientras veía pasar el cadáver de su cuñada pocas semanas después de enterrar a su propio marido. Le sorprendió que los rasgos de Irene Ochoa se asomaran tan nítidos a su memoria, a pesar de que hacía muchos meses que no pensaba en ella. Centró de nuevo su atención en la mujer que lloraba a su lado. De pie junto a la puerta de la cocina, la niña observaba a su abuela sin decidirse a consolarla. Con un gesto, Redondo la invitó a pasar y la pequeña corrió hasta Sofía, que la acogió entre sus brazos y la acunó con ternura.

Mientras Valeria y Mateo acompañaban al viudo hasta el Anatómico Forense, Redondo se quedó en la casa con la excusa de esperar a los agentes de la científica que en breve lo pondrían todo patas arriba. Salió de la cocina, donde abuela y nieta lloraban al unísono, y se dirigió al salón. La televisión continuaba lanzando sus pegadizas canciones infantiles y la mantita rosa yacía tirada en el suelo. Se agachó para recogerla y la dejó sobre el sofá. Detrás, en una pequeña mesa de madera, descansaba un ordenador portátil. La tentación era demasiado grande como para ignorarla. Se puso unos guantes de látex, levantó la pantalla y pulsó el botón de inicio. Miró hacia atrás, en busca de alguien que le llamara la atención por su intromisión, pero continuaba solo en la sala. El reloj de arena giró unos interminables minutos sobre el fondo azul hasta que el rostro sonriente de la niña que sollozaba en la cocina llenó toda la pantalla. Hizo doble clic sobre el icono de acceso a internet y esperó de nuevo. Guio el ratón hasta la franja superior y desplegó el menú de navegación de los últimos días. Ordenadas en filas como los buenos soldados, aparecían las páginas que la familia había visitado recientemente. La última, el día anterior a las diez de la noche, era un plano del parque de la Media Luna y varias fotografías del interior del jardín. Deslizó el cursor por la lista de búsquedas, solicitando las más antiguas. Tuvo que leer dos veces lo que tenía delante para que las palabras penetraran en la dura corteza de su cerebro. Colocó la flecha sobre una búsqueda realizada hacía poco más de un mes. Un nombre que le cortó el aliento: Irene Ochoa. ¿Por qué Katia buscaba información sobre esa mujer? En ese momento, la única conexión que se le ocurría pasaba por la madre de la fallecida, Sofía Los Arcos, enfermera de la suegra de Irene Ochoa, pero era tan absurdo que carecía por completo de sentido. Pulsó sobre la entrada del historial y la sonrisa radiante de Irene le deslumbró desde la pantalla. Katia visitó la web de la empresa turística de Ochoa, aunque después entró en otras páginas en las que aparecía su nombre, como artículos periodísticos y directorios telefónicos. ¿Qué buscaba Katia? Fuera lo que fuese lo que andaba persiguiendo, lo único que había encontrado era una mala muerte.

Aunque le pareciera del todo inadecuado, no podía negar que la situación no dejaba de tener cierta gracia. Era la tercera vez que el nombre de Irene Ochoa aparecía relacionado con una muerte violenta. El mundo es un pañuelo, pensó, y si lo aprietas en un puño, las conexiones entre las personas son tan estrechas que los habituales seis grados de separación quedaban reducidos, como mucho, a dos o tres.

—Un pañuelo —repitió para sí mismo, con la mirada perdida en los ojos oscuros de Irene, que seguía sonriendo desde la pantalla—, el mundo es un puto pañuelo.

La gabardina descansaba hecha un guiñapo sobre la silla, con una de las mangas rozando el suelo y un montón de carpetas acomodadas entre sus pliegues. Eso nunca, jamás, podría hacerlo con una elegante Burberry. La despreocupación por sus pertenencias le permitía concentrarse en las cosas que realmente tenían importancia, como la lectura del escueto informe preliminar del forense que le esperaba sobre la mesa. La relación de traumatismos, cicatrices, huesos recién soldados y laceraciones de Katia Roldán ocupaba más de media página, eso sin mencionar la herida por arma blanca que le había provocado la muerte, una sola cuchillada en el pecho que prácticamente le había partido el corazón en dos. El inspector Redondo no daba crédito a lo que estaba leyendo. Al parecer, la muerte llevaba mucho tiempo rondando a la joven, hasta que finalmente la alcanzó en un frío y embarrado parque.

Las lesiones en las piernas y en la cadera explicaban la muleta que encontraron junto al cadáver, así como los envoltorios de potentes analgésicos que guardaba en los bolsillos del abrigo. Recorrer los doscientos metros que separaban su coche del lugar en el que murió tuvo que suponerle un gran esfuerzo y un considerable dolor. No tardaron demasiado tiempo en dar con el vehículo, aunque no encontraron ninguna pista válida en él. En esos momentos, el coche aguardaba en el garaje de la policía a que los técnicos le dedicaran su tiempo.

Una conocida sensación de apremio se le instaló en la boca del estómago. Con una mano abrió el último cajón de su escritorio, mientras con la otra levantaba el auricular del teléfono y marcaba el número de Gorka Gavá. Mientras conectaba con el reciente viudo, una delgada carpeta amarilla se materializó ante sus ojos. En su interior, el resumen de la corta vida de Marta Bilbao y la interpretación forense de su extraño suicidio. Perdida entre los folios encontró una nota manuscrita en la que varias preguntas exigían una respuesta que todavía no tenía. ¿Por qué Marta Bilbao cocinó su propia cena mortal? ¿Quién limpió la cocina? ¿Realmente estaba tan deprimida como para quitarse la vida? ¿Qué pinta Irene Ochoa en todo esto?

La afónica voz de Gorka Gavá le sacó de su ensimismamiento.

—Señor Gavá —saludó Redondo—, lamento molestarle en estos momentos, pero es importante que hablemos unos minutos, hay varias cuestiones que requieren respuesta cuanto antes. Puedo estar en su casa en una media hora, si no tiene inconveniente.

Gorka tosió un par de veces antes de contestar. Aun así, no consiguió despejar del todo la angustia que le atenazaba la garganta.

—Estoy solo en casa ahora. Mi madre se ha llevado a la niña y se quedará con ella unos días. Puede venir cuando quiera, no tenía pensado ir a ningún sitio.

Decidió no entretener a los miembros de su equipo con una reunión de puro trámite y acudir solo a la cita. Desenredó la gabardina y se la puso con cuidado para no rasgar aún más el forro de las mangas. Odiaría tener que darle la razón a su mujer. Si al menos aguantara lo que quedaba de invierno, podría jubilarla con honores en primavera y comenzar a domesticar el nuevo gabán el próximo otoño. Detestaba tanto la rigidez del apresto de la ropa nueva como la cara de suficiencia de su mujer cuando presentía que había ganado una batalla.

El aspecto de Gorka había empeorado ostensiblemente desde la mañana. Las largas horas sin dormir, el desvelo y la preocupación por su esposa y el fatídico desenlace se habían cobrado un alto precio en su estado físico y mental. No se había cambiado de ropa, y el jersey marrón de cuello alto exudaba un agrio tufo a sudor que se mezclaba incoherentemente con un inconfundible olor a palomitas de maíz procedente del interior de la vivienda. Gorka adelantó una mano para saludar al inspector. Las uñas eran ya poco más que unas delgadas líneas sonrosadas, rodeadas de heridas amoratadas. Largos surcos sangrantes sustituían a las cutículas, que habían desaparecido bajo la aplastante presión de los dientes. Gorka había encontrado también pieles de las que tirar en las palmas de las manos, donde dos o tres ronchas encallecidas arañaron al inspector al estrechársela. Siguió su espalda encorvada hasta el salón. La mantita rosa continuaba arrebujada de cualquier manera sobre un cojín. Un cuenco con palomitas descansaba sobre la mesa frente al televisor, que permanecía apagado.

—Mi hija me las pidió antes de irse —explicó mientras señalaba el enorme bol abandonado—, mientras su abuela le hacía la maleta, pero, como siempre, ha picoteado dos o tres y ha dejado ahí el resto. —Gorka sonrió sin mirar a nadie en concreto, con los ojos apenas entreabiertos entre las profundas ojeras inflamadas que los rodeaban—. Katia solía comérselas y luego protestaba, decía que engordaba porque siempre acababa por comerse lo que Leire se dejaba en el plato, por pena de tirarlo a la basura.

Sonrió una vez más antes de levantar la vista hacia el inspector, que le observaba en silencio. Sentados uno en cada extremo del sofá, con la mantita rosa dibujando una sinuosa frontera entre ambos, Redondo decidió romper el incómodo silencio antes de que aquel pobre hombre se arrancara toda la piel de los dedos.

—Me han sorprendido mucho las lesiones de su esposa. Fracturas en ambas piernas, heridas internas, innumerables puntos de sutura… ¿Qué le había ocurrido?

—Un accidente de tráfico. Un todoterreno se abalanzó sobre ella cuando iba en moto al trabajo. El muy cabrón ni siquiera se detuvo para ayudarla. La dejó tirada en el suelo, inconsciente y medio muerta. Tuvieron que operarla tres veces para recolocarle los huesos en su lugar. Le pusieron clavos en la cadera y en el fémur, y le dijeron que cojearía para el resto de su vida.

—¿Identificaron al conductor?

—No. Se marchó de allí antes de que llegara el que dio la voz de alarma, y todo lo que Katia recordaba era que se trataba de un coche grande y oscuro, pero no pudo ver ni la matrícula ni al hijoputa que lo conducía. Ayer era la primera vez que salía sola desde el accidente.

—¿No había salido de casa desde entonces?

Gorka enderezó levemente la espalda mientras negaba con la cabeza.

—Salía a diario desde que fue capaz de andar de nuevo. Cada mañana, mi suegra la recogía para llevarla a rehabilitación, pero cuando volvía se quedaba sentada en el sofá hasta que se iba a la cama. Utilizaba el ordenador mientras la niña jugaba en su habitación o veía la televisión. Yo me ocupaba de todo lo demás. Le dolía mucho, ¿sabe? Pero no se pasaba el día quejándose.

—¿Qué ocurrió ayer para que decidiera salir sin acompañante?

—¡No lo sé! —La desesperación era palpable en su voz. Levantó las manos al aire y encogió los hombros, mostrando su indefensión al policía—. A eso de las once de la noche, cuando yo ya estaba pensando en irme a la cama, se levantó del sofá y se fue a la habitación. Pensé que se iba a acostar también, pero enseguida volvió completamente vestida. ¡Me quedé de piedra! Ella ni me miró. Me pidió las llaves del coche y dijo que volvería pronto, que tenía que resolver un asunto y que ya me lo explicaría todo a su regreso. Intenté detenerla, la cogí del brazo y le pedí explicaciones, pero ella simplemente me lanzó un beso, me guiñó un ojo y salió por esa puerta. La seguí hasta el ascensor, pero me dijo que volviera a casa, que no podía dejar a Leire sola y que no tardaría demasiado. No tuve más remedio que hacer lo que me decía. Debí haber sido más rotundo, negarme a que saliera sola a esas horas de la noche, sin dar ninguna explicación, pero Katia siempre hacía lo que le daba la gana, siempre, desde pequeña. Pregúnteselo a su madre; ella me lo dijo una vez, me dijo que no me esforzara por convencerla de algo, que Katia siempre hacía lo que quería.

Nuevas lágrimas rasparon aún más las desgastadas cuerdas vocales de Gorka, que intentaba hacerse entender entre hipidos y sollozos. Rendido, la mano de Redondo en su brazo fue la señal para dejar de hablar y sumirse una vez más en su dolor. El inspector tuvo que esperar diez interminables minutos antes de formular la siguiente pregunta. Cuando Gorka asomó por fin la cara tras el parapeto de sus manos, aprovechó la ocasión.

—¿Le dice algo el nombre de Irene Ochoa?

La respuesta de Gorka, casi inmediata, era innecesaria a juzgar por la extrañeza que se dibujó en su cara.

—¿Quién?

—Irene Ochoa —repitió.

—No me suena de nada ese nombre, pero Katia tenía muchas amigas y compañeras de trabajo que yo no conocía. ¿Es importante? ¿Tiene algo que ver con su muerte?

—No se preocupe, es simplemente uno de los muchos nombres que estamos investigando.

—Pero no me pregunta por ninguno más…

Pillado en falta, Redondo se levantó del sofá, dispuesto a marcharse.

—No necesito mencionar ninguno más por el momento. Gracias por su atención. —Las heridas de las manos de Gorka volvieron a arañarle la piel, produciéndole un desagradable escalofrío—. Si recuerda cualquier cosa que considere importante, extraña o fuera de lugar, puede llamarme a cualquier hora del día o de la noche.

—¿No va a decirme por qué ese nombre es importante?

A modo de respuesta, Redondo sonrió desde el umbral antes de cerrar tras de sí. Estaba seguro de que el hombre comenzaría en ese mismo instante a indagar al respecto. Repasaría agendas, cuadernos y teléfonos y llamaría a familiares y amigos para preguntarles por esa mujer. Confiaba en que, si aparecía alguna conexión, se lo comentaría de inmediato.

Tardó menos de diez minutos en llegar a comisaría. Una maraña de hilos negros se enredó en su jersey cuando intentó sacar el brazo de la manga de la gabardina. Tiró de ellos con fuerza y los lanzó a la papelera. Los hilos trazaron un sinuoso descenso hasta aterrizar en el suelo. Redondo los contempló un instante antes de empujarlos con el pie debajo de la mesa, donde serían invisibles desde el otro lado.

Mateo Dalmau cruzó la puerta y se sentó en la única silla libre. En la otra, los expedientes formaban una temeraria pila que amenazaba con desmoronarse en cualquier momento. Poco amigo de los ordenadores y receloso de la invisible nube en la que se almacenaban ahora todos los datos, Redondo insistía en guardar personalmente los expedientes en los que trabajaba o había trabajado en los últimos años. El comisario terminó por ceder y le permitió conservar las viejas carpetas, que se amontonaban a lo largo de la pared del despacho formando una hilera de frágiles columnas.

—Se te ha puesto cara de sabueso —bromeó Dalmau mientras vigilaba la torre de papel que se erguía amenazante a menos de dos palmos de él.

—Tengo un pequeño problema. —Sus dedos tamborilearon sobre la carpeta amarilla que reposaba sobre su mesa.

—Tú dirás…

—Voy a contarte la historia desde el principio, aunque buena parte tú ya la conoces porque trabajaste en el caso. —Redondo se recostó en el asiento y dejó que su vista se perdiera en los círculos de colores del cuadro que colgaba de la pared—. El verano pasado, un incendio acabó con la vida de un hombre en Gorraiz. El informe de los bomberos afirmaba que el fallecido, que tenía una tasa de alcohol en sangre como para tumbar a un elefante, se durmió con un cigarrillo encendido en la mano. El humo acabó con él antes de que las llamas lo alcanzaran. En resumen, un desgraciado accidente que se salda con el fallecimiento del desafortunado borracho. El buen hombre deja una viuda joven y rica que, a primera vista, no gana nada con su muerte. A pesar de todo, la hermana del fallecido insiste en que hay algo raro en ese incendio y se persona en comisaría al menos en dos ocasiones. Pocas semanas después, la joven se quita la vida.

—Hasta ahora no me has contado nada que despierte mi curiosidad, Julián. Estás hablando de los Bilbao, ¿no? Acudimos al domicilio de la víctima. Ni puertas forzadas, ni ventanas rotas...

—Ni nota de suicidio, ni ninguna lógica en la actuación de la joven... —Redondo se incorporó en la silla, enfatizando sus palabras con un golpe seco sobre la carpeta—. ¿No recuerdas nada de aquel día?

Dalmau frunció el ceño, aproximando las cejas hasta formar una línea continua de vello oscuro, y arrugó los labios bajo la nariz. Poco después negó con la cabeza, invitando a su jefe a continuar.

—Pues yo recuerdo perfectamente a la viuda del achicharrado siendo consolada por el inspector Vázquez.

—¡Tienes razón! Aquello dio mucho que hablar. Parece que ahora viven juntos.

—Sí, eso parece.

—Eso, más que raro, me parece poco profesional.

Redondo levantó una mano para detener al subinspector. Cruzó los brazos por delante de su estrecho tórax y se acomodó de nuevo en el asiento.

—El informe del forense —continuó mientras depositaba el documento frente a Dalmau— afirma que la joven ingirió los fármacos con la comida después de convertirlos en polvo, en una especie de tortilla mortal. Y antes de meterse en la cama y arroparse primorosamente para esperar la muerte —Redondo colocaba una tras otras las fotografías de aquella noche mientras continuaba hablando—, se molestó en fregar los platos y recoger la cocina. Estaba tan limpia que se podía comer en la encimera. En la basura sólo encontraron restos de la cena y una lata de refresco vacía.

—Te juro que intento seguirte, pero no veo adónde quieres llegar.

—Quiero llegar a que no me creo que esa pobre chica se quitara la vida. Creo que alguien la mató. Investigamos a fondo a su familia, amigos y conocidos, pero no encontramos a nadie que se beneficiara con su muerte. Esa gente está podrida de dinero y no se van a ensuciar las manos por unos cuantos miles más. Además, la madre seguía viva y nadie podía predecir cuánto iba a durar. Creo que quien le preparó la cena pretendía silenciarla. ¿Y qué podía saber ella que fuera inconveniente para alguien? ¿Algo relacionado con la muerte de su hermano? Eso me lleva a pensar que quizá el incendio no fuera del todo accidental. En este punto sólo hay un nombre que se repite. Irene Ochoa, viuda del calcinado y cuñada de la presunta suicida. Pero cuando intenté indagar un poco choqué de frente con Vázquez, que me cerró todas las puertas y me amenazó con ir a por mí si ensuciaba el nombre de su novia.

—Ponte en su lugar, si alguien amenaza a tu mujer sin pruebas concluyentes…

—Vete a la mierda, Dalmau. Sólo me faltaba que tú también te pusieras de su parte.

—Cálmate y continúa, que me tienes en ascuas.

—La cuestión es que acabo de darme de bruces una vez más con el nombre de Irene Ochoa, y de nuevo en un asunto vinculado con un cadáver, el que hemos encontrado esta mañana.

Una mosca hubiera encontrado un cobijo perfecto en la boca abierta de Dalmau, que, sin terminar de entender adónde quería llegar su jefe, se asombraba sin embargo ante la perspicacia o casualidad que le había llevado hasta esa conclusión. Redondo sonrió como un buen prestidigitador a punto de sacar el último conejo del sombrero ante un público entregado.

—La madre de la fallecida era la enfermera de la madre de Marta Bilbao.

La boca de Dalmau se cerró de golpe. Ése no era el final que esperaba. Sin dejar de sonreír, el inspector continuó hablando:

—Esta mañana he curioseado en el ordenador de la víctima. En el historial he encontrado mapas y fotografías del parque en el que la han matado, pero también una intensa búsqueda de información relacionada con Irene Ochoa. ¿Por qué querría Katia indagar sobre una mujer a la que supuestamente no conoce?

—Odio ser yo quien te lo diga —murmuró Dalmau—, pero toda la historia está demasiado cogida por los pelos. Se me ocurren un montón de explicaciones a esa búsqueda en internet. La madre, por ejemplo, ha podido hablarle de la nuera de su cliente y ella ha sentido curiosidad por conocerla.

—Buscó información sobre esa mujer pocos días antes de sufrir un grave accidente de tráfico que casi la mata. Un todoterreno sin identificar se le echó encima de madrugada y le pasó por encima. El conductor no se detuvo y consiguió darse a la fuga. Ayer era el primer día que salía sola a la calle desde entonces.

Los dos hombres se miraron en silencio durante unos segundos. La maquinaria de sus cerebros funcionaba a toda velocidad. Finalmente, fue Redondo quien retomó la conversación:

—Sólo quiero saber dónde estaba anoche Irene Ochoa. Si su coartada es buena, me olvidaré de ella y dejaré este expediente en la pila de casos cerrados, lo juro.

—Vázquez se te va a lanzar a la yugular en cuanto se huela que vas a por su chica.

—No, si no se entera. No tengo intención de comentar esto con nadie hasta que tenga algo sólido que poner sobre la mesa del comisario.

—Si lo encuentras…

—Si lo encuentro, por supuesto. He pedido a la Policía Municipal el informe del accidente de Katia Roldán. Mientras llega, mañana temprano intentaré hablar con la madre. Quiero saber si ha mantenido contacto con Irene Ochoa, si ha hablado de ella con su hija o si la ha visto últimamente. Necesito que tú bucees en las bases de datos y me encuentres todo lo que lleve el nombre de esa mujer. Sobre todo, quiero saber si tiene un todoterreno oscuro.

—Ahora sí que te gustan los ordenadores, ¿no?

—Siguen sin gustarme, por eso te pido a ti que lo hagas. Sé discreto, no comentes nada a nadie, no pidas favores a quien no sea de absoluta confianza, y habla sólo conmigo.

—¿El resto del equipo no está invitado a la fiesta?

—Ellos ya tienen bastantes asuntos de los que ocuparse. No quiero distraer su atención de lo verdaderamente importante. Hay que procesar el coche y la casa, el informe del forense está a punto de llegar y hay que entrevistar a todas las personas relacionadas con Katia Roldán hasta encontrar a alguien que la quisiera mal. Eso, si no la tenemos delante de nuestras narices…

El subinspector Dalmau sonrió una vez más ante la tozudez de su superior. Sin embargo, tenía que reconocer que, aunque sus métodos no eran siempre los más ortodoxos y su forma de ser desagradaba a mucha gente, en su currículum brillaban más casos resueltos que en el de la mayoría de los inspectores de esta y otras muchas comisarías. Así pues, decidió otorgarle el beneficio de la duda y seguir sus indicaciones. Conseguiría toda la información disponible sobre Irene Bilbao y se la ofrecería como un sabueso obediente deposita la pieza cobrada a los pies del cazador. Y si luego resultaba que los tiros iban por otro lado, simplemente echaría tierra sobre el asunto y fingiría que nunca había pasado.

Gracias a Dios que tenía a la niña. Sin ella a su lado, lo mismo le habría dado por quitarse la vida en el mismo instante en que le dijeron que Katia había muerto. Pero esa noche firmó un pacto indisoluble con el espíritu de su hija comprometiéndose a cuidar de su nieta durante lo que le quedara de vida. La pequeña Leire apenas era consciente de lo que sucedía a su alrededor. Lloró en sus brazos cuando le explicó que su mamá no volvería más, pero poco después preguntó si podía encender la televisión para ver sus dibujos favoritos. Ella, como no podía ser de otra forma, accedió a esa y otras muchas peticiones de la niña, que a pesar de su corta edad intuía haber encontrado en la tristeza un filón para conseguir todos sus caprichos.

No sentía ningún deseo de recibir a la policía en su casa, pero decidió que esa opción era mejor que desplazarse hasta la comisaría. El inspector Redondo plantó su escuálida figura ante la puerta a la hora acordada, ni un minuto antes, ni uno después. Quizá no fuera tan malo, después de todo.

Observó a aquel hombre alto y delgado. Se fijó en los profundos surcos que atravesaban de arriba abajo su frente despejada, confiriéndole un aire de persona permanentemente preocupada. Estrechó la mano que le tendía y aceptó sus condolencias antes de precederle hasta el pequeño salón. Le condujo hasta un rincón de la estancia, junto a una de las ventanas, donde había dispuesto una pequeña mesa redonda y dos sillas. Apartó a un lado la labor de punto y se sentó frente a su invitado, que la miraba con una discreta sonrisa complaciente pintada en los labios, tan falsa como el beso de Judas. Desde luego, la empatía no era el fuerte de aquel hombre, aunque en este caso había topado con alguien que le comprendía a la perfección, que se pasaba el día cuidando y sonriendo a personas que no conocía y por las que, la mayoría de las veces, no llegaba a sentir ni la más mínima simpatía, personas quejumbrosas y abatidas, muertos en vida, a quienes les tenía que limpiar la baba que se deslizaba, espesa y asquerosa, por la abertura de una boca que no cerraban nunca. Miró en silencio al inspector, le devolvió su sonrisa profesional y esperó a que dijera lo que fuera que hubiera venido a decir. Tenía muchas cosas que hacer todavía. Sabía por experiencia que sólo mientras se mantuviera ocupada sería capaz de ignorar el enorme vacío que sentía en su interior.

—Quisiera reiterarle otra vez mi más sentido pésame por su pérdida, señora. —Redondo se esforzó por dibujar en su rostro la máscara más circunspecta que pudo.

—Lo sé, inspector, y se lo agradezco mucho. ¿Tienen ya alguna idea de quién ha matado a mi hija?

Sin avisar, completamente a traición, su voz hizo un quiebro inesperado y un intenso dolor la atravesó de lado a lado. Se sujetó el estómago con las manos y se esforzó por respirar profundamente. No podía rendirse ahora, no podía ceder al dolor y a las lágrimas. No podía ser débil. Por Katia. Su hija la necesitaba y no iba a dejarla en la estacada.

—¿Se encuentra bien? —Redondo, testigo mudo de la lucha interna de Sofía Los Arcos, conocía sobradamente los estragos que en la mente humana podía causar un duelo mal canalizado—. Si lo prefiere, puedo volver en otro momento.

Se arrepintió en el acto de ponerle en bandeja la posibilidad de renunciar a la charla, pero a veces las buenas maneras y la educación inculcada por su madre durante su infancia y juventud afloraban a la superficie sin que pudiera hacer nada para evitarlo. Respiró aliviado cuando Sofía sacudió enérgicamente la cabeza de un lado a otro.

—Los primeros pasos de una investigación siempre son complicados —reconoció Redondo—, por eso nuestro trabajo se centra ahora en acotar la lista de personas que querrían hacerle daño a su hija.

—Sólo puedo darle una respuesta a esa cuestión. Nadie. Mi hija se llevaba bien con todo el mundo, tenía una lista larguísima de amistades que la querían. Era una niña encantadora, alegre, muy responsable en el trabajo, una madre maravillosa… Nadie que la conociera querría hacerle daño.

—¿Y qué me dice de las personas con las que trabajaba?

Sofía vaciló un instante antes de contestar:

—Katia no tenía un trabajo fijo, iba y venía por diversas ocupaciones. En ese sentido no tuvo demasiada suerte, pero entre una cosa y otra, siempre conseguía un sueldo a fin de mes.

—Creo que trabajaba en una empresa de servicios de limpieza.

—Eso es. —La enfermera enfatizó sus palabras con un vigoroso movimiento de cabeza—. La llamaban siempre que tenían una baja y para cubrir las vacaciones de las trabajadoras fijas. Pero, además, aceptaba todas las chapucillas que le salían, no se le caían los anillos por trabajar donde fuera.

—¿Por ejemplo?

—Bueno, soy enfermera particular, así que conozco a mucha gente. Al principio, antes de nacer Leire, solía cuidar enfermos por la noche, en casa o en el hospital. Luego, con la niña, ya no pudo, así que se ofrecía para limpiar las casas de las personas que fallecían. —Sofía sonrió brevemente ante la cara de extrañeza del inspector Redondo y se dispuso a continuar su explicación con el tono de una maestra obligada a repetir la lección a un alumno atrasado—: En ocasiones, cuando una persona muere, la familia no tiene tiempo o ganas de ocuparse de las pertenencias que acaban de heredar. Cuando se trata de un piso, tanto si lo quieren vender como si pretenden ocuparlo, contratan a alguien de confianza que lo limpie y se deshaga de las cosas inútiles. Ahí entraba Katia. Ella metía en cajas la ropa y los objetos personales del anterior inquilino y, después, limpiaba el piso hasta dejarlo inmaculado.

El camino a seguir se iluminó ante los ojos del inspector como un faro en medio de una noche tenebrosa.

—¿Sabe usted si trabajó en el domicilio de los Bilbao?

—Claro —Sofía respondió sin dudarlo—, fue una de las últimas casas de las que se ocupó antes del accidente. La familia de la señora Martelo no podía encargarse personalmente de todo, son personas muy ocupadas, así que le pidieron que desmontara la habitación en la que la señora pasó sus últimos meses de vida y embolsara sus pertenencias.

—¿Conocía Katia personalmente a algún miembro de la familia Bilbao?

—No lo creo. Ella llegó cuando la señora ya había muerto y el encargo se hizo a través de mí, así que lo dudo.

—¿Tampoco a Irene Ochoa? No era familia directa, pero…

—¡Qué mujer más encantadora! —Sofía elevó los ojos al cielo para enfatizar aún más sus alabanzas—. Y qué mala suerte ha tenido en la vida. —Adelantó el cuerpo hasta que la gruesa chaqueta azul topó con el mantel de flores que adornaba la mesa redonda. Lanzó la mano hacia delante, agarrando con suavidad el antebrazo del inspector, y bajó el tono de voz hasta convertirlo en un susurro cómplice—. Sus padres murieron en un accidente de tráfico cuando no era más que una cría, y después, el año pasado, perdió a su marido en un terrible incendio. La pobre estaba destrozada, pero ha sabido salir adelante. Me alegré mucho de verla el mes pasado.

—¿Se reunió con Irene Ochoa el mes pasado? —Redondo mantuvo el mismo tono íntimo que la enfermera, acercando la cabeza al centro de la mesa para que el susurro resultara más efectivo y personal.

—Me llamó ella, fue todo un detalle por su parte. Quería darme las gracias por el tiempo que había dedicado al cuidado de su suegra. Estuvimos charlando un rato durante mi pausa para el almuerzo. Fue muy agradable, la verdad. Se interesó por mi familia, por mi hija y mi nieta, hablamos de lo mal que está el trabajo y de la suerte que tenía Katia de haber conseguido algo más o menos estable en los edificios inteligentes, aunque tuviera que madrugar muchísimo. Sinceramente, espero que todo le vaya bien.

—Sí —murmuró Redondo—, yo también.

Repasaron juntos la lista de amistades y trabajos más relevantes de la fallecida, escuchó anécdotas sobre una adolescente rebelde, revivió con ella el nacimiento de su nieta y los maravillosos planes de futuro que hicieron juntas. Charlaron sobre cuestiones intrascendentes durante unos minutos más, mientras un hormigueo nervioso se acrecentaba en las piernas del inspector, ansioso por continuar tirando del cabo que le habían lanzado y al que se había agarrado con todas sus fuerzas. Sentía la mandíbula tensa mientras el cerebro le bullía a toda velocidad. La sonrisa mecánica dibujada en su cara parecía animar el incesante parloteo de la mujer, que no cesaba en su cháchara, encadenando una historia con otra con desesperante habilidad. Esperó lo que le pareció una eternidad a que la mujer concluyera una nueva anécdota y decidió que la buena educación ya no daba más de sí. Se levantó deprisa y extendió la mano hacia Sofía, que parpadeó momentáneamente perpleja ante la súbita despedida del inspector, al que había comenzado a apreciar sinceramente.

—El trabajo me reclama —se excusó Redondo ante el mohín desolado de la enfermera—, pero seguiremos en contacto.

—Gracias, inspector. No se detenga hasta que no atrape a quien le ha hecho esto a mi hija. Por favor…

Redondo sonrió de nuevo y prácticamente corrió hasta la puerta. En el ascensor tuvo que masajearse las mejillas para distender unos músculos a punto de sufrir un calambre.

Las calles de Pamplona estaban casi desiertas. A través de las ventanas de un edificio cercano, Redondo pudo ver los rostros expectantes de dos niños pequeños, que seguramente confiaban en que el mal tiempo cumpliera su promesa y por la mañana su camino al colegio estuviera jalonado por al menos un palmo de maravillosa nieve.

Se encogió todo lo que pudo en el interior de su raída gabardina y hundió las manos en los bolsillos mientras caminaba hacia el coche. Sin duda, el aire olía a nieve, a agua limpia y fría, a mañanas de invierno y a juegos infantiles. Se arrepintió en el acto de inhalar una generosa ración de oxígeno helado. Su gesto teatral le congeló el interior de la nariz y le provocó un intenso dolor en el centro de la frente. Maldijo hasta llegar a su coche. Con la calefacción al máximo de su potencia, dedicó los escasos minutos de trayecto a valorar lo que Sofía Los Arcos le había contado. No le quedaba ninguna duda de que Irene Ochoa se las había ingeniado para conseguir información sobre Katia Roldán, su lugar de trabajo, sus costumbres y horarios. Lo que continuaba fuera de su alcance era el motivo que podía tener Ochoa para querer matar a la joven. Valoró la posibilidad de que Katia encontrara algo importante durante la limpieza del piso de los Bilbao, pero, por muchas vueltas que le daba a la cabeza, no conseguía siquiera adivinar de qué podía tratarse. ¿Algún objeto de valor que Katia hubiera robado? ¿Documentos sobre propiedades o dinero que no quería que salieran a la luz? ¿Pruebas incriminatorias de algún delito? Para el resto del mundo, Irene Ochoa parecía tan inocente como un angelito, y sin un móvil sólido ni pruebas contundentes, no podría dar ni un solo paso hacia ella. Sus sospechas no eran más que débiles hilos que apenas soportarían una breve ráfaga de viento sin romperse, pero sus dedos los aferraban con fuerza y no pensaba soltarlos bajo ningún concepto. Su olfato de sabueso seguía un rastro de sangre que le conducía directo hacia ella. Tendría que saltar numerosos obstáculos antes de alcanzar a su presa, pero si algo caracterizaba su forma de ser era precisamente la tenacidad.

Encontró a Dalmau en el pasillo y caminaron juntos hasta su despacho. Avanzaban en silencio, aunque la chispa que brillaba en los ojos del subinspector le hacía presagiar que tenía algo bueno que contarle. Impaciente, cerró de un portazo y se sentó detrás de su escritorio.

—Ni te imaginas lo que me ha contado un amigo que tengo en la Policía Municipal —empezó.

—No, ni me lo imagino. —La impaciencia arañó sin sutilezas la voz de Redondo. Dalmau supo al instante que el momento de las bromas había pasado.

—Hasta hace un par de meses, Irene Ochoa era la flamante propietaria de un estupendo y carísimo Audi Q7 negro, regalo de su difunto marido. Él lo compró hace menos de dos años y lo puso a nombre de su mujer. Lo más caro que le he regalado yo a mi Merche son unos pendientes de oro que me costaron cinco mil pesetas de las del siglo pasado. ¡Y no se los pone nunca!

Redondo ignoró la charla del subinspector. Un Audi Q7 encajaría a la perfección con la descripción del vehículo que atropelló a Katia Roldán.

—¿Y dónde está ahora ese coche?

—En el desguace. O mejor dicho, desguazado y desaparecido. Al parecer, sufrió un aparatoso accidente contra el puente
elevado de Zizur y fue siniestro total. Una grúa lo llevó al desguace, que vendió las piezas todavía utilizables y convirtió en
chatarra todo lo demás.

—¿Cuándo tuvo lugar ese accidente?

—Te va a encantar...

Aunque la cara de Redondo no dejaba traslucir ningún rastro
de diversión, Dalmau no pudo resistir la tentación de dotar de
dramatismo y tensión a su relato. En silencio, mantuvo la mirada
de su superior, que se enervaba por momentos.

—El mismo día en que atropellaron a Katia Roldán.

Redondo estuvo a punto de saltar de su asiento.

—¡Un accidente de esa categoría haría desaparecer cualquier
rastro del atropello!

—Eso mismo he pensado yo —ratificó Dalmau con una sonrisa que mostraba la práctica totalidad de sus dientes.

—Por Dios, esa mujer es listísima. Calcula hasta el mínimo
detalle, no se le escapa nada.

—Y juega con la ventaja de dormir con un policía.

Redondo visualizó al instante el rostro de Vázquez, quien,
como le advirtió Dalmau, se lanzaría a su garganta si llegara a
sospechar la investigación soterrada que estaban llevando a cabo.
Sin embargo, si tenía que ser sincero consigo mismo, estaba convencido de que Vázquez permanecía completamente ajeno a las
andanzas de su novia.

—¿Has hablado con el desguace?

—Claro. Les dije que había tenido un golpe con mi Audi Q7
y necesitaba un frontal entero. Me respondieron que no entran
muchos coches como ése, pero que hace poco tuvieron uno.
Vendieron todas las piezas útiles en un santiamén, prácticamente
se las quitaron de las manos en cuanto las anunciaron en el sistema informático. Tienen una red en la que negocios similares de
la zona notifican las piezas de que disponen, y si se les presenta
algún cliente que necesita algo que tiene otro, lo traen y listo. De

todas formas —añadió Dalmau recostándose en la silla—, también me dijo que toda la parte delantera del coche siniestrado pasó a mejor vida poco después. Estaba inservible e irrecuperable, así que lo mandaron a la prensa, que lo convirtió en pocos segundos en un bloque de menos de un metro de ancho.

—¿Tu amigo de los municipales podría conseguirte de tapadillo el informe del accidente y el parte de lesiones?

—Es un caso cerrado y sin complicaciones, ni con los seguros ni con las partes implicadas, que no las hubo, así que no creo que nadie se dé cuenta si nos deja echar un vistazo. Le llamaré enseguida, a ver qué me dice.

—Hazlo. Me gustaría ver las fotografías del accidente, sobre todo los detalles del coche. Si atropelló a Katia antes de lanzarse contra el puente, es posible que veamos algún rastro interesante.

—Aún así, esa prueba difícilmente podrías utilizarla en un juicio.

—Lo sé, pero lo que ahora necesito es tejer la red más tupida posible para atrapar a mi presa. Además, esas pruebas bastarán para convencer a Vázquez de que su novia no es trigo limpio. Ya buscaremos después todo lo necesario para presentarnos en la fiscalía.

Dalmau se incorporó en su asiento frotándose las manos vigorosamente.

—Bien —dijo—, ¿y qué hacemos ahora?

—Vas a tener que ir en persona al desguace. No tenemos orden judicial ni posibilidad de pedirla, así que tendrás que ser simpático y persuasivo. —Dalmau se atusó el pelo con la mano al oír las palabras de su jefe, emulando la pose de un trasnochado galán de cine—. Quiero saber qué piezas del Audi de Ochoa se vendieron y dónde están. Es posible que en el futuro necesitemos que los de la científica les hagan una visita a los compradores para analizarlas. Si encontráramos las ruedas, las llantas o la carcasa de protección inferior, sería una verdadera suerte.

—Esta tarde desplegaré todos mis encantos con el encargado del desguace, a ver qué me cuenta. Te mantendré informado.

—Hazlo. Mientras tanto, voy a ver si los resultados del laboratorio arrojan alguna luz sobre el caso. No podemos desviarnos completamente del camino. Hablaremos más tarde.

Se despidieron con un seco adiós y un nuevo portazo que hizo temblar la delgada pared de pladur. Desde la puerta pudo ver al inspector Vázquez trabajando en su despacho. Estaba reunido con dos de sus hombres y leían con atención algún tipo de documento. Vázquez era un buen policía, tenaz y concienzudo, intuitivo y recto en el cumplimiento de las normas. No podía creer que supiera lo que su novia había hecho. Porque si de algo estaba seguro era de que Irene Ochoa no era la dulce mujercita inocente que aparentaba ser. Pero su juego estaba a punto de terminar. Encontraría pruebas irrefutables que le arrancarían la máscara y mostrarían al mundo su verdadero rostro, el de una asesina despiadada. No le costaba demasiado esfuerzo adivinar los motivos que pudiera tener para eliminar a su marido y a su cuñada, pero Katia Roldán… Intuía que el móvil era imprescindible para acatar el rompecabezas, pero esa pieza se le escapaba por completo. Al menos de momento…

La nieve caía mansamente al otro lado del cristal. Acurrucados en el sofá, sobre la manta que les cubría las piernas se amontonaban los folletos a todo color de los candidatos a convertirse en la primera inversión que realizarían en común: un coche familiar. Mientras David repasaba la cilindrada, la potencia y el consumo de cada uno de los modelos que habían visto en el concesionario, Irene se centraba en las plazas del habitáculo, la amplitud del maletero y la disposición de los airbags. Hacía tiempo que no la veía tan relajada y feliz. Recuperada por completo de las lesiones producidas en el accidente, volvía a ser la mujer alegre y vital de la que se enamoró. Sonreía a menudo, canturreaba en voz baja y estaba aprendiendo a conjugar los verbos en futuro, algo que a David le provocaba un pellizco de felicidad en la boca del estómago. Pasaban juntos todo el tiempo del que disponían, que no era demasiado cuando se encontraba inmerso en la investigación de un caso especialmente complicado como el que tenía entre manos.

Por debajo de la manta, Irene estiró un pie hasta encontrar el muslo de David, que le masajeó distraído los dedos por encima de la tela mientras continuaba estudiando uno de los folletos. Los catálogos resbalaron hasta la mullida alfombra sin hacer ruido. Estiró el otro pie y lo colocó junto al primero, un poco más arriba, rozando con los dedos la parte más sensible del cuerpo de David. Éste miró de reojo a la perezosa figura tumbada a su lado y descubrió la pícara mirada que tanto amaba. Dejó los folletos en el suelo y concentró su atención en los pies que le tentaban bajo la manta. Irene se desperezó sobre el sofá como un gato mimado, ronroneando ante las suaves caricias de David y estirándose provocadora para facilitarle el acceso a todo su cuerpo. Sin ningún pudor, recolocó su pie sobre la entrepierna de David, que amplió el radio de acción de sus caricias al resto de las piernas, ascendiendo al mismo ritmo que aumentaba la lascivia de sus ojos. Cuando sus dedos rozaron la suave tela de las braguitas, el pie de Irene había conseguido sobradamente su objetivo. Lanzó la manta al suelo de un manotazo rápido y contempló el cuerpo de Irene, que contoneaba suavemente las caderas para intentar atrapar su esquiva mano. Se colocó con cuidado encima de ella, depositando breves besos aislados sobre su cuerpo, apenas cubierto por un fino pijama. Los largos besos que se regalaron quedaban interrumpidos por los jadeos de ambos. Apoyado sobre un codo, David la miró un instante, retirándole con cuidado el pelo de la cara.

—Tenemos que subir al dormitorio, tengo los preservativos en el cajón de la mesita.

Irene buscó el reflejo de su rostro en los ojos de David y encontró una mujer feliz y enamorada, una persona preparada al fin para continuar avanzando en la vida.

—Creo que ya no nos van a hacer falta —respondió en un cálido susurro—, al menos no en bastante tiempo. Si tú quieres, claro…

El nudo que se le formó en la garganta a punto estuvo de robarle las palabras. Temeroso de que la voz no le acompañara, se limitó a mirarla fijamente a los ojos, intentando transmitirle todo el amor que sentía por ella en esos momentos. La besó una y otra vez, con pasión, con fiereza, con completa adoración, y ella le devolvió los besos hasta sentir inflamada la piel de los labios. La ropa se desprendió de sus cuerpos y cayó al suelo, cubriendo los coloristas folletos de coches. Sin prisa, pero sintiendo en cada poro de su piel la urgencia de sellar el pacto que acababan de firmar, David se coló en su interior y a punto estuvo de estallar ante tantas sensaciones nuevas. La penetró un poco más, despacio, mientras Irene se arqueaba para recibirle. Las caricias arreciaron al mismo ritmo que las exigencias de sus cuerpos, que no tardaron demasiado en derrumbarse sobre el sofá, extasiados y felices, pero no saciados el uno del otro. Convencido de que aquello no era un capricho pasajero, sino el principio de un sólido proyecto en común, deshizo el abrazo en el que llevaban un rato fundidos.

—¿Subimos? —propuso.

Como toda respuesta, Irene se levantó del sofá y le precedió escaleras arriba. En el suelo quedaron los folletos, la manta, sus pijamas y todos los temores que hasta entonces los acechaban. Dispuesta a borrar cualquier resto de duda que persistiera en la mente de David, se acercó con pasos cadenciosos hasta que sintió su aliento sobre la cara y le miró a los ojos, decidida. Un gemido involuntario escapó de los labios de David. Deslizó las manos sobre su cuerpo hasta unirlas en la espalda y lo atrajo hacia ella, fusionando las caderas y los labios casi al mismo tiempo. David, con la mente libre de cualquier otra cosa que no fuera el cuerpo de Irene y las sensaciones que le inundaban, se hundió en su boca sin temor, como un náufrago que se entrega, rendido, al plácido mar. Recorrió sus labios con la punta de la lengua, despacio, saboreando cada centímetro, para adentrarse después y encontrar la de ella. Él mantenía los ojos cerrados y las manos quietas, perdidas entre su pelo, absorto en un mar de emociones. Como si una descarga eléctrica le recorriera el cuerpo, la empujó suavemente hasta tumbarla en la cama. Le unió las manos sobre la cabeza, dejándola indefensa ante los ataques de su boca, que se dedicó decidida a saborear su cuello, mordisqueándole la mandíbula y lamiéndole el lóbulo de la oreja. Deslizó la mano que tenía libre hasta sus pechos. Su cuerpo respondió de inmediato, tensándose y arqueando la espalda para ofrecerse a él. Sopló suavemente sobre los excitados pezones y sonrió al observar su reacción. Se deslizó entre las piernas de Irene y se pegó a ella mientras sus manos se perdían en el pelo alborotado. Las manos de Irene volaban sobre su espalda, ansiosas por acariciar cada centímetro de piel. Sus caderas se buscaban, rozándose e incrementando el deseo a cada momento. Pero David no tenía prisa, prefería recorrer cada poro, cada pliegue, bajando despacio hasta el ombligo, y después, jadeando, hacia el pubis. Irene emitió un gemido atormentado y cerró los ojos con fuerza, concentrándose sólo en las oleadas de placer que David le proporcionaba. La besó sin cesar, con absoluta dedicación, hasta que la sintió temblar. Aceleró entonces hasta que el orgasmo se apoderó de todo su cuerpo y, con una mano sobre su vientre, compartió con ella los escalofríos del placer. Cuando su respiración comenzó a ralentizarse, se coló entre sus piernas y la poseyó por completo, sintiendo cómo se unía a ella en cuerpo y alma. Se abandonó a las sensaciones y la penetró una y otra vez, con fuerza, incapaz de retener por más tiempo sus ganas de ella. Gimió y tembló mientras se vaciaba en su interior. La abrazó con las últimas sacudidas de su orgasmo y volvió a besarla con dulzura. Nunca se cansaría de su sabor, pensó.

24

Cada hora que pasaba sin noticias de las autoridades suizas, Vázquez sentía que la impaciencia se adueñaba de su ser, atenazándole la boca del estómago y retorciéndoselo sin piedad, hasta hacerle sentir náuseas. La idea de coger un avión y presentarse él mismo en Suiza pasó varias veces por su cabeza, pero tuvo que rendirse a la evidencia de que ni siquiera sabía a qué ciudad dirigirse, ni mucho menos el nombre del banco que acogía la cuenta de Global Intel y los trescientos millones de euros invertidos por el Hispano-Francés en la empresa fraudulenta.

Seis días tardaron las autoridades helvéticas en responder, seis largos días en los que Vázquez puso a prueba su paciencia, habitualmente escasa, y la de todo su equipo, que no podían comprender cómo era posible que alguien tuviera el más mínimo interés en proteger la identidad de un asesino. Y cuando llegó, la respuesta les cayó como un jarro de agua helada.

El comisario los citó en la sala de reuniones. El rictus serio y circunspecto de Tous debió darles una pista de lo que se avecinaba, pero era tal la ansiedad colectiva ante la inminencia de las noticias que todos ocuparon sus puestos alrededor de la mesa con una sonrisa dibujada en la cara. Todos menos Vázquez, que conoció la comunicación oficial poco después que su superior y desde entonces sentía que el caso se desmoronaba a su alrededor como un castillo de naipes. Por primera vez en su vida se sentía atrapado en un callejón sin salida. Mientras esperaba a que todo el mundo ocupara su lugar alrededor de la mesa, en su cerebro bullía un hervidero de ideas que llegaban y se marchaban a toda velocidad, dejando a su paso fragmentos de posibilidades a las que David se agarraba como a un clavo ardiendo. Poco a poco, cada jirón encontraba su sitio en el interior del pozo vacío, conformando una idea que quizá, sólo quizá, podría funcionar. O convertirse una vez más en tiempo perdido.

—Las noticias no son buenas. —Tous comenzó sin preámbulos, saludos, ni paños calientes—. Los suizos nos confirman que, efectivamente, uno de sus bancos acoge una cuenta abierta a nombre de una empresa llamada Global Intel, pero afirman que no pueden facilitarnos ningún otro dato sin romper el secreto bancario. Se niegan a darnos el nombre del titular, la cuantía y la fecha de los depósitos efectuados o si se han realizado movimientos desde esa cuenta a otra en cualquier parte del mundo. La única pista que nos dan es que la cuenta se abrió desde España a través de una empresa de corretaje.

Vázquez contempló las caras de asombro que se iban dibujando a su alrededor. Sintió la decepción de su equipo como propia, y pudo leer en sus caras que todos estaban a punto de tirar la toalla. Él mismo sentía una ira creciente en su interior, una rabia mal contenida al sentirse atado de pies y manos. ¿Quién dijo que el dinero mueve el mundo? Apretó los dientes y se esforzó en levantar la vista y mantener la mirada de aquellos hombres y mujeres derrotados por la burocracia.

—Tenemos el nombre de la agencia que se encargó de abrir la cuenta en Suiza, y por ese hueco nos vamos a colar —dijo finalmente—. Si es necesario, nos abriremos paso a martillazos, pero no nos vamos a parar aquí. El juez nos ha prometido que hoy mismo va a insistir con un nuevo escrito, mucho más contundente.

Un tenso silencio acogió las palabras de Vázquez, cuyo estómago se retorcía en un nuevo nudo. Sintió sobre él todas las miradas, incrédulas unas, ansiosas otras, poco dispuestas a aceptar lo que les decía, con la boca llena del regusto amargo de la derrota.

—Es hora de ponerse en marcha de nuevo. —Enderezó la espalda y levantó la voz todo lo que la educación le permitía—. He sido un estúpido por confiar en que los suizos nos entregarían al asesino en bandeja, pero este paso atrás tiene que servirnos para tomar impulso. El Banco Hispano-Francés tiene ciento sesenta empleados. No podemos vigilarlos a todos individualmente, pero vamos a intentar que el culpable se ponga tan nervioso como para dar un paso en falso que lo lleve directamente a la ratonera. —Vázquez acompañó sus palabras con un contundente golpe de su puño cerrado sobre la mesa—. Helen y Mario, mañana a primera hora nos vamos a Madrid. Visitaremos la sede de Vip Inverter, la empresa de corretaje que se ocupó del papeleo de Global Intel en Suiza. El comisario intentará conseguirnos una orden lo más amplia posible para acceder a la documentación, pero no va a ser fácil. Nuestra misión será agitar el avispero, y la tuya, Machado, vigilar como un halcón por si alguien decide hacer las maletas precipitadamente. Quiero que pases el día en el banco, que te pasees por allí, que te hagas ver y oír. Habla con la gente, sube a todas las plantas, olfatea por ahí como si supieras lo que estás buscando. Atento a cualquier movimiento inusual. Si alguien suda más de la cuenta, pides refuerzos y le pones un agente en los talones, ¿entendido?

La arenga del inspector produjo el efecto esperado en sus huestes. Sintió la fuerza de seis pares de ojos clavados en los suyos, absorbiendo sus palabras y acatando sus directrices sin dudarlo.

—Vosotros tres —añadió, dirigiéndose a Torres, Ruiz y Machado—, necesito ahora mismo toda la información que podáis conseguir sobre Vip Inverter. Año de fundación, socios, capital, activos, áreas de actuación… Después cotejaréis los nombres que aparezcan con todas nuestras bases de datos; quiero saber si alguno de los socios o clientes ha estado relacionado con algún proceso delictivo o judicial, aunque haya quedado después exonerado y limpio de culpa. Cuando el río suena…

Los tres policías abandonaron la sala sin decir ni una palabra. Al otro lado de la mesa quedaron solamente los agentes Lacalle y Alcántara, que no sabían qué hacer ni dónde meterse. De pronto estaban solos en la misma estancia que el inspector Vázquez y el comisario Tous, que les miraba fijamente por encima de las pequeñas gafas que usaba para leer. El silencio duró pocos segundos, los que tardó el inspector en soltar todo el aire que guardaba en los pulmones, relajar los hombros y abrir los puños que mantenía apretados a ambos lados de su cuerpo.

—Alcántara. —Al oír su nombre, el agente dio un respingo sobre su asiento—. Tengo entendido que eres licenciado en Económicas. —El joven asintió en silencio—. Necesitamos que nos ayudes a comprender el galimatías en el que nos hemos metido. El comisario y yo hemos leído varias veces el escrito del juez y apenas comprendemos la mitad de lo que dice. Vosotros dos vais a fustigar a la empresa que ha hecho de mediadora entre el banco suizo y el estafador. Estoy convencido de que quien se llevó los trescientos millones mató después a Viamonte y a Meyer para que no le descubrieran, además de apalear a una mujer en Berriozar por el mismo motivo. Conseguiremos que nos digan quién los contrató.

—¿Legalmente? —se aventuró a preguntar Alcántara.

—Por supuesto —respondió el comisario Tous—, y voluntariamente. De momento es la única forma que tenemos de hacerlo, mientras los trámites judiciales siguen su curso. Vamos a estudiar a esa empresa, qué hace, a qué se dedica, qué clientes tiene, dónde podemos hacerles daño, y dejaremos que sean ellos los que se ofrezcan a colaborar.

—¿Cree que eso funcionará?

—No tenemos más remedio que confiar en que surtirá efecto. Si la presencia en sus oficinas de tres agentes de policía no es suficiente disuasión, les dejaremos ver que también somos capaces de azuzarles por detrás. Que sepan que podemos meternos en su sistema. Sólo asomaremos la nariz, legalmente no podemos ni siquiera ojear una sola línea sin orden del juez, pero si creen que podemos hacerlo, quizá el miedo les lleve a colaborar con nosotros. Tenemos que ir con cuidado. —Vázquez tomó asiento junto a los dos jóvenes agentes, que ya habían encendido sus portátiles—. Sutileza y mano izquierda para empezar, ya habrá tiempo de pasar a las palabras mayores si es necesario.

Jacobo Tous, satisfecho con el nuevo rumbo que había tomado una investigación que agonizaba hacía apenas una hora, abandonó la sala en silencio. Vázquez entregó a Alcántara y Lacalle una copia del escrito remitido por las autoridades suizas en respuesta a la Comisión Rogatoria del juez de Pamplona, en el que se hacía referencia en varias ocasiones a la necesidad de salvaguardar el secreto bancario.

—Lo único que nos confirman —comenzó el inspector— es que la empresa Global Intel tiene una cuenta en un banco llamado Swiss Quote, con oficinas en Zurich y Berna, aunque también tiene sedes abiertas en Londres, Dubái, Malta y Hong Kong. Pero lo mejor de este banco es que permite abrir cuentas a través de internet, sin tener que viajar a Suiza para formalizar la apertura. Basta con rellenar un formulario online, descargar, rellenar y enviar el contrato, junto con una copia del pasaporte y una factura doméstica para demostrar que vives donde dices, y hacer un depósito mínimo de cinco mil euros.

—Así de fácil —corroboró Alcántara—, y si además los trámites se han realizado a través de una empresa de corretaje, nuestro hombre ni siquiera habrá tenido que dar su verdadero nombre en el banco. El corredor le sirve de tapadera.

Vázquez observó a sus dos agentes e intentó transmitirles un poco de optimismo y confianza en sí mismos.

—Aquí es donde os necesito. ¿Cómo es posible que alguien pueda esconderse impunemente detrás de una empresa y enviar dinero a otro país sin tener que dar explicaciones a nadie?

—En realidad es tan sencillo que asusta —respondió Alcántara—. Entre los servicios que ofrece una empresa de corretaje se encuentra el de liberar a sus clientes de los fastidiosos trámites bancarios y fiscales. El cliente delega en ellos el manejo de sus cuentas, y la empresa, a cambio, cobra sustanciosas comisiones. En este caso, al tratarse de depósitos fijos, imagino que se habrá pactado algún tipo de facturación en función de los movimientos que se realicen, su importe y periodicidad.

—Es como si yo te pago a ti para que abras una cuenta en mi

nombre, me domicilies los recibos y te encargues de que mi sueldo llegue para pagar las facturas.

—Algo así, sí —Alcántara sonrió ante la ocurrencia del inspector—, aunque le aseguro que a usted y a mí nos costaría mucho más hacer eso que a una empresa de corretaje abrir una cuenta millonaria en un paraíso fiscal para un cliente que desea permanecer en el anonimato.

Begoña Lacalle, que mantenía la mirada fija en la pequeña pantalla de su ordenador, intervino por primera vez:

—En el informe que Hacienda nos envió sobre las declaraciones fiscales de los empleados del banco no consta que ninguno haya declarado bienes en el extranjero.

—Yo tampoco los declararía si el dinero procediera de una estafa.

Las palabras de Alcántara sonaron más sarcásticas de lo que pretendía, provocando el sonrojo de la joven, que ocultó la cara tras el portátil.

—Lo siento —murmuró—, sólo quería decir que ni siquiera quienes se llevan su propio dinero al extranjero, ganado legalmente, lo declaran todo al fisco. Y a la mayoría nunca les pillan. Supuestamente, un ciudadano español tiene obligación de declarar a Hacienda todas las cuentas en el extranjero con un importe superior a cincuenta mil euros. La multa por no hacerlo es del ciento cincuenta por ciento del valor de lo que tengas, pero como digo, casi nadie lo hace, al menos no en su totalidad, y como es prácticamente imposible acceder a los datos de los bancos, el fisco se conforma con dar vueltas alrededor de los sospechosos, intentando ponerlos nerviosos para que muevan el dinero y pillarlos, o que lo declaren prometiéndoles una amnistía fiscal.

—¿Creéis que, con lo que tenemos, podemos presionar a la empresa en cuestión para que nos den un nombre?

—Podemos intentarlo, pero imagino que lo primero que harán será acogerse a la confidencialidad entre empresa y cliente y a la necesidad de salvaguardar el secreto bancario. Las autoridades suizas multan severamente a quien desvela datos de cuentas o transacciones, incluso les castigan con penas de cárcel, aunque también es cierto que la presión internacional ha conseguido en los últimos años que aflojen un poco en su obsesión por la discreción y el secretismo.

El viaje hasta Madrid no resultó cómodo ni apacible. Sumidos cada uno en sus propias preocupaciones, a punto estuvieron de salirse de la carretera al patinar sobre una placa de hielo a la altura de Soria. David dominó el volante y consiguió enderezar el vehículo sin demasiados contratiempos, pero decidió hacer un alto en el camino al llegar a Almazán para que todos pudieran tomar algo caliente, estirar las piernas y respirar profundamente. En una cafetería abarrotada de parroquianos locales que seguían las noticias del día desde un televisor colgado en la pared, los tres forasteros provocaron un instantáneo e incómodo silencio, al que siguió un leve murmullo antes de que todo volviera a la normalidad. Dos hombres altos y corpulentos y una mujer pequeña y morena no era algo que se viera todos los días, y menos cuando apenas eran las ocho de la mañana. La joven que los atendió detrás de la barra les recordó a Teresa Mateo, tanto por su pelo rubio como por su prominente barriga. Helen sonrió en silencio, y David supo que estaba pensando en su amiga y compañera.

—¿Qué tal está Teresa? —preguntó David cuando el café más amargo que había tomado en su vida terminó de atravesar su garganta. A pesar de su falta de dulzura, el brebaje era agradable y, sobre todo, potente. Helen abrazaba con las dos manos la taza con la infusión que le habían servido.

—Está bien, deseando que la pequeña se decida a nacer. No creo que tarde demasiado, hace dos días que tiene dolores y la cosa puede acelerarse en cualquier momento. Su marido está histérico. —Helen sonrió al pintar en su mente la imagen de Raúl persiguiendo por la casa a su embarazadísima mujer, pendiente de cada movimiento, de cada quejido, de cada arruga de su frente—. Pero la niña nacerá cuando le parezca bien, así que no les queda otra cosa que hacer más que esperar.

Por un instante, David deseó ser él quien se preocupara en exceso por su mujer a punto de dar a luz. Imaginaba a Irene con la barriga oronda y reluciente, con los pechos llenos y los brazos listos para recibir a su hijo. Había dicho que sí, ella también quería un hijo suyo, y ya sólo faltaba que la naturaleza hiciera su trabajo. Ellos, mientras tanto, estaban poniendo todo de su parte para que el milagro se hiciera realidad.

Mario y David pidieron una segunda taza de café, que en esta ocasión acompañaron con un crujiente y sabroso torrezno. Helen los miró con el ceño fruncido, asqueada por la cantidad de untuosa grasa que brillaba en sus dedos.

Callejearon por Madrid siguiendo escrupulosamente las indicaciones del GPS hasta llegar a un edificio gris de ocho plantas cuyo interior alojaba la sede de Vip Inverter. Se identificaron ante el portero, quien les indicó el camino hacia los ascensores y les comunicó que la empresa estaba en la quinta planta. No vieron placas en los buzones, ni logos corporativos biselados en los cristales de la calle, nada que hiciera pensar que aquel edificio albergaba una importante empresa de inversiones, con oficinas abiertas en tres continentes. La discreción parecía ser uno de los puntales de la casa.

La puerta de la quinta planta se abrió automáticamente cuando David mostró su placa al ojo electrónico que los saludó con un guiño azulado. El interior, un espacio diáfano de varios cientos de metros cuadrados completamente tapizado con moqueta verde, estaba parcelado en pequeños espacios privados con una serie de paneles traslúcidos formando una hilera interminable de cubículos. Desde su posición elevada podían ver las cabezas de decenas de hombres y mujeres trabajando en sus departamentos. Y a su alrededor, rodeándolos como el zumbido de un millón de avispas, el eco de las voces hablando por teléfono o compartiendo información entre ellos, junto con el loco golpeteo de centenares de dedos sobre los teclados.

Por su derecha, caminando en línea recta a través de un estrecho pasillo abierto entre los cubículos, avanzaba un hombre de mediana edad, impecablemente trajeado y peinado con raya a un lado. El pelo, perfectamente domado a base de gel fijador, resplandecía cada vez que pasaba bajo un fluorescente. Se detuvo al llegar a su altura, intentando decidir quién de los tres era el superior. David no le dio opción a equivocarse o acertar. Dio un pequeño paso al frente y mostró una vez más su identificación.

—Inspector Vázquez, de la Jefatura de Navarra. Éstos son el subinspector Torres y la agente Ruiz.

—Señores, señora. —El hombre cabeceó a un lado y a otro, ofreciendo un saludo cortés y ahorrándose así el tener que apretar la mano a los tres policías—. Eduardo Serrano, director de operaciones de Vip Inverter. Como le comenté ayer al agente que nos telefoneó, el presidente se encuentra de viaje en el extranjero y no esperamos su regreso antes de una semana. Por lo demás, si hay algo en lo que yo pueda ayudarles…

David giró sobre sí mismo, evidenciando el hecho de que se encontraban en medio de un pasillo. Serrano tardó unos segundos de más en comprender la situación. Posiblemente esperaba despachar el asunto allí mismo, sin necesidad de invitarlos a pasar.

—¡Perdonen mi torpeza, por favor! No estamos acostumbrados a recibir invitados en esta parte de la empresa. Nuestros clientes suelen utilizar las salas de la sexta planta, habilitadas para las reuniones y los encuentros profesionales.

—Nos parece bien visitar el piso superior, si está usted de acuerdo. —Vázquez le lanzó una fría sonrisa profesional, dejándole ver que no tenían intención de marcharse.

—Claro.

Con una mueca congelada bajo la nariz, Serrano giró sobre sus talones y se marchó por donde había venido, dejándolos de nuevo plantados junto a la puerta. Regresó apenas dos minutos más tarde con un pequeño maletín en la mano. Su sonrisa indeleble los precedió en dirección a una discreta puerta lateral por la que accedieron a las escaleras. Ascendieron dos tramos de escalones, hasta alcanzar un descansillo que nada tenía que ver con lo que habían visto abajo. Ni ojos electrónicos, ni puertas metálicas, ni cubículos plastificados y enmoquetados. Serrano empujó con cuidado una brillante puerta de madera en la que, esta vez sí, centelleaba el logo dorado de la empresa. La moqueta del suelo, de un sutil tono gris, amortiguó el sonido de sus pasos hasta convertirlos en un suave susurro. El director charló brevemente con la mujer que le salió al encuentro y los miró de arriba abajo sin ningún disimulo. Cuando se marchó, Serrano continuó avanzando por el silencioso pasillo enmoquetado sin molestarse en comprobar si los policías le seguían, hasta llegar a una doble puerta que abrió sin que la madera produjera ni un solo sonido. Empujó las dos hojas hacia dentro y se colocó a un lado para permitirles el paso. En contraste con lo que habían visto hasta el momento, el interior de la sala de reuniones era un espacio moderno, decorado siguiendo los cánones del estilo minimalista, con amplias mesas de tonos claros, sillas de altos respaldos del mismo color, un enorme monitor oscuro en una de las paredes y varios ordenadores portátiles descansando sobre la mesa auxiliar.

Serrano se dirigió a la cabecera de la mesa y los invitó a sentarse. Antes de comenzar, se quitó el reloj de la muñeca y lo colocó cuidadosamente sobre la mesa, en un lugar en el que podía comprobar la hora de un solo vistazo.

—En mi mundo, el tiempo es oro. Como comprenderán, no puedo dedicarles todo el que me gustaría, pero haré lo que esté en mi mano por ustedes.

—Le agradezco de antemano su colaboración. La información que nos facilite puede ser crucial para resolver un caso en el que ya han perdido la vida dos personas.

—Lo sé… Conocí personalmente al señor Viamonte y al señor Meyer. No hemos tenido el placer de trabajar directamente con el Banco Hispano-Francés, pero tuve la fortuna de coincidir con ambos en un importante congreso al que fuimos invitados. Los dos eran unos auténticos caballeros, además de grandes financieros; unos cerebros privilegiados, de los que cada vez quedan menos.

Vázquez sonrió como si los halagos estuvieran dirigidos a algún familiar suyo y decidió que ya era hora de ir al grano. El reloj que descansaba sobre la mesa emitía un ligero tictac que se expandía como un suave terremoto a través de las lamas de la madera y estaba comenzando a ponerle nervioso. Enderezó la columna y se dispuso a hablar, obligando a Serrano a dar la espalda a Torres y Ruiz, sentados al otro lado de la mesa, algo que le incomodaba visiblemente.

—Según la información que consta en nuestro poder, su agencia ha efectuado trabajos de corretaje e intermediación para una empresa denominada Global Intel, con sede en Venezuela.

Serrano torció los labios hacia arriba.

—La política de nuestra agencia, como usted la llama, me impide proporcionarle cualquier tipo de información sobre nuestros clientes, a no ser que tenga usted una orden judicial, claro, en cuyo caso me pondré de inmediato en contacto con nuestros abogados para que se ocupen de todo.

A su espalda, Helen desplegó la orden judicial que habían recogido esa misma mañana en el despacho del juez. Serrano cogió el documento por una de las esquinas, temiendo quizá algún tipo de contagio, y lo leyó con detenimiento. Tardó unos cinco minutos en completar la lectura, un tiempo eterno marcado segundo a segundo por el reloj sobre la mesa.

—Bien, lo que aquí les autoriza no requiere la presencia de un abogado. Yo mismo puedo facilitarles estos datos.

Serrano se dirigió a uno de los portátiles y lo encendió mientras regresaba a su sitio en la cabecera de la mesa. Se sentía visiblemente cómodo en aquel sillón, que seguramente sólo ocuparía en ausencia del presidente. Introdujo una serie de contraseñas en las pantallas que iban sucediéndose una tras otra sobre el fondo azul hasta que cabeceó satisfecho al encontrar lo que buscaba.

—Efectivamente —dijo sin levantar la vista del ordenador—, una de las empresas internacionales que ha solicitado nuestros servicios de representación y corretaje es, como usted ha dicho, Global Intel, con sede en Caracas y filiales en varios países de todo el mundo. Actualmente está preparando su expansión en España, motivo por el cual sus directivos se pusieron en contacto con Vip Inverter. Antes de que me lo pregunte le diré que nosotros mismos les recomendamos abrir una cuenta en un banco suizo de total confianza con el que mantenemos estrechas relaciones comerciales, aunque los industriales venezolanos ya mostraron su interés en esa posibilidad desde el principio.

—¿Se ha reunido usted personalmente con los directivos de Global Intel?

—No, ni yo, ni nadie de esta empresa. Vivimos en la era de las comunicaciones y la globalización, la presencia física es un mero trámite totalmente prescindible.

—¿Y cómo comprobaron que se trataba de una empresa legal?

—Nos enviaron puntualmente toda la documentación que les solicitamos. Además, la confianza mutua es uno de los puntales de nuestra agencia. Confiamos en nuestros clientes, y ellos confían plenamente en nosotros.

A su espalda, el rasgueo de los bolígrafos de Torres y Ruiz sobre sus cuadernos comenzaba a enervar a Serrano. Vázquez comprobó que pequeñas gotas de sudor le perlaban la frente, mientras hacía evidentes esfuerzos por no volver la cabeza para comprobar qué hacían esos dos policías ahí detrás. David permitió que unas cuantas gotitas más le mojaran el nacimiento del pelo antes de continuar. Estaba preparado para soltar la bomba.

—El caso es que hemos comprobado que la empresa Global Intel no existe, y que detrás de ese nombre se esconde una estafa de trescientos millones de euros al Banco Hispano-Francés, de la que ustedes son cómplices.

El rostro de Serrano mudó a un color blanco como la cal. La boca se abrió en un movimiento incontrolado, como si su cerebro ya no fuese capaz de ordenar a los músculos que sujetasen la mandíbula. Tras su fría mirada, Vázquez vio pasar una ráfaga de auténtico terror. Sin embargo, la visión duró apenas un par de segundos, los que tardó el financiero en digerir la información, calibrar sus posibilidades de salir indemne y recomponer la cara y la figura.

—Toda la documentación que obra en nuestro poder es perfectamente legal.

—O perfectamente falsa.

Vázquez puso sobre la mesa una copia de la firma de Jorge Viamonte y, al lado, la rúbrica falsificada en la autorización de inversión. A simple vista, eran prácticamente iguales. Serrano echó un rápido vistazo a ambos papeles sin llegar a tocarlos.

—¿Y bien? —Fijó sus pupilas heladas sobre los ojos de Vázquez—. No entiendo qué quiere decirme con esto.

—La segunda firma, la que autoriza el traspaso de los trescientos millones de euros a la empresa venezolana, el mismo dinero que ustedes no tardaron ni un día en desviar a un banco suizo, es falsa.

—¿Está seguro de lo que dice? —A pesar de su aparente frialdad, Vázquez apreció un ligero temblor en su voz.

—Completamente. Nuestros peritos calígrafos lo han corroborado sin lugar a dudas. El señor Viamonte no firmó este documento. —David posó un dedo encima del mismo y lo acercó a Serrano hasta colocarlo a un palmo de su mano. El director la retiró de la mesa como si la proximidad del papel pudiera quemarle—. Esto me lleva a dudar de la autenticidad de los documentos que obran en su poder.

—Inspector, nosotros también tenemos expertos que cotejan toda la documentación que recibimos, y en ningún momento saltó la alarma. No tengo por qué dudar de la legalidad de Global Intel ni de las honorables intenciones de sus socios.

—¿Conoce, al menos, la identidad de esos socios?

Serrano echó el cuerpo hacia atrás en la silla, separándose todo lo posible de Vázquez. La piel del cuello había adquirido un delator tono rosado que desmentía la fría tranquilidad de su pose. Cuando Helen presionó varias veces el pulsador de su bolígrafo, Serrano no pudo dominar el impulso de volver la cabeza y comprobar que todo iba bien a su espalda.

—Encubrir a un falsificador, un estafador, un defraudador y posiblemente un asesino, es un delito muy grave. No sé cómo su agencia podrá salir indemne de esta situación, y dudo que sus inversores quieran mantener sus negocios en manos de quien esconde a delincuentes.

El sedal estaba lanzado. Ahora sólo faltaba que Serrano mordiera el anzuelo y se decidiera a colaborar. Vázquez soltó un poco más de hilo, lo justo para que el cebo le resultara irresistible.

—En una investigación de este calibre, no es lo mismo aparecer como colaborador que como sospechoso. El fiscal suele ver las cosas del color que nosotros se las pintamos.

Serrano se retorció en su silla. Cerró el portátil, se levantó e inició un lento paseo alrededor de la mesa. Cuando regresó al sillón presidencial, su cuello había recuperado parte de su pálido tono habitual.

—No puedo darles nombres. No puedo porque no los tengo. Estaba usted en lo cierto. Las cosas no son normales con Global Intel, todo fue extraño desde el principio, pero pensamos que al tratarse de una empresa venezolana, donde tienen que lidiar con un gobierno… como mínimo peculiar, estarían buscando la manera de emigrar de allí sin llamar demasiado la atención de las autoridades del país. —Serrano se levantó de nuevo y se acercó a la ventana, aunque no llegó a descorrer las cortinas—. Así que aceptamos sus condiciones. Se trataba de mucho dinero. La documentación previa hablaba de que la empresa tenía un fondo constituido de muchos millones de dólares, con activos en varios países emergentes y un sólido proyecto en España. Su única condición era la más absoluta discreción. Nadie debía saber que Global Intel operaba en España, no podíamos añadir su nombre en nuestro portfolio de empresas asociadas ni comentar fuera de estas paredes que se contaban entre nuestros clientes. Supuestamente, temían que otras empresas se les adelantaran y acapararan el mercado, encareciendo los costes y los contratos que tenían pensado firmar con varias instituciones públicas, incluido el gobierno.

—¿Quién abrió la cuenta en Suiza?

—Yo mismo. Las instrucciones me llegaron a través del correo electrónico. Alegaron dificultades legales con el gobierno venezolano para realizar el trámite personalmente, por lo que solicitaron que me convirtiera en su testaferro. No es la primera vez que firmo como tal, así que, simplemente, hice lo que me pidieron. Después envié los datos de la cuenta, con sus códigos de ingreso, contraseñas, etc., al mismo correo electrónico. A partir de ahí, ya no sé nada más. Mi nombre figura en la cuenta, como en muchas otras, pero yo no la controlo en absoluto. De hecho, ni siquiera tengo acceso a su contabilidad.

—Anote en un papel la dirección de correo electrónico —solicitó Vázquez.

—Será inútil —respondió Serrano sacudiendo la cabeza—. Hace varias semanas que la cuenta está inoperativa. Al principio pensé que se trataba de un problema pasajero, ya sabe, las redes fallan alguna que otra vez; pero cuando transcurrió una semana sin noticias, y sin que la cuenta se habilitara, comencé a sospechar que no volveríamos a tener noticias de Global Intel. Al menos no a través de ese cauce.

—Anótela de todas formas —insistió. Serrano hizo lo que le pedían y Vázquez se anotó mentalmente un punto. El pez había mordido completamente el anzuelo—. Necesitaremos toda la documentación referente a Global Intel.

Pero con anzuelo y todo, el pez continuaba vivo.

—Eso no va a ser posible, inspector. La orden que han traído no les autoriza a violar la confidencialidad de nuestros clientes.

—¿Aunque éstos sean unos delincuentes?

—Eso todavía está por demostrar. Ya le he dicho todo lo que podía decirle, inspector, que es más de lo que se nos pedía en la orden judicial. Desconozco la identidad de quien está detrás de Global Intel, y si se evidencia que se trata de una estafa, nos pondremos inmediatamente al servicio de la justicia, pero no antes. Además, no descarto la idea de que todo tenga una explicación lógica.

Con la red vacía, David sintió cómo el pez se le escurría entre los dedos. Los acompañó hasta la puerta y caminó junto a ellos hasta el ascensor, rodeados de un inquietante y antinatural silencio que no lograba romper ni el tictac del reloj. El cuello de Serrano, de un rojo amoratado, contrastaba con su camisa blanca, húmeda y arrugada por el sudor nervioso que se había apoderado de todo su cuerpo. Sólo cuando la puerta del ascensor se cerró y perdió de vista a los tres policías pudo relajar la tensión que le atenazaba los hombros. Caminó rápidamente hasta la sala que acababan de abandonar, abrió de nuevo el ordenador, que continuaba encendido, y volvió a teclear toda la serie de contraseñas que el sistema le exigía. Cuando encontró el apartado que buscaba, redactó un mensaje breve, pero contundente. El receptor tenía que saber que se trataba de un asunto serio que requería ser solucionado sin demora.

«La inesperada visita de la policía nos ha alertado sobre posibles irregularidades en la gestión de Global Intel en nuestro país. Es preciso que se ponga en contacto inmediatamente conmigo para aclarar la situación y que la colaboración entre nuestras empresas sea, como hasta ahora, fructífera y satisfactoria para ambas partes.»

Satisfecho con la redacción, releyó el texto, comprobó las tildes y pulsó «Enviar». Cuando el icono parpadeó en el monitor, supo que el destinatario había recibido el mensaje. No mintió a la policía al decirles que el correo electrónico estaba deshabilitado. Simplemente se guardó para sí el hecho de que, desde entonces, las comunicaciones se efectuaban a través de un canal mucho más seguro, ajeno al ajetreo de la red abierta. Sin embargo, la sustanciosa comisión que el empresario fantasma le pagaba puntualmente todos los meses no sería suficiente si el negocio le colocaba en el punto de mira de la policía. Si el cliente no le ofrecía una respuesta satisfactoria en un par de días, renunciaría al cargo de testaferro de Global Intel, retiraría su firma de la documentación y dejaría que el venezolano, si es que en realidad lo era, solucionase solo sus problemas.

Al otro lado de la línea, el pulso de un hombre se aceleró al máximo, retumbando como un tambor contra su pecho. Apenas podía respirar mientras leía una y otra vez las escuetas frases que Eduardo Serrano acababa de teclear. Apagó el ordenador y desconectó el WiFi, temeroso de que la policía pudiera rastrear el mensaje. Sabía que la línea era segura, prácticamente imposible de seguir, pero todas las precauciones eran pocas. Había mantenido la calma mientras la policía husmeaba por el banco. Consiguió que no le temblara el pulso cuando apretó el gatillo, en Berriozar primero y en el garaje del propio banco después. Y no dudó en apalear hasta la muerte a la puta que podía identificarle. De hecho, se resistió durante varios días a limpiar las gotas de sangre que descubrió en sus zapatos. Cuando las veía, recordaba con nitidez el esfuerzo de sus músculos al golpear la carne de la mujer, sus gritos ahogados, las piernas inertes, los ojos sin vida… Un agradable escalofrío le recorrió la espalda, produciéndole al instante el inicio de una incómoda erección. Una nueva lectura del mensaje sirvió para apaciguar esa faceta de su libido desconocida hasta entonces para él.

Aunque era imposible que localizaran la pistola de su abuelo, combatiente de la Guerra Civil, y que nunca había constado en ningún registro, decidió que esa misma noche se desharía de ella. Nadie notaría su falta.

El dinero estaba al alcance de su mano. Bastaría con teclear una serie de órdenes en el ordenador para transferirlo a nuevas cuentas corrientes y sería definitivamente un hombre rico. Podría desaparecer mañana mismo. De hecho, estaba decidido a hacerlo. Ahora que todavía nadie le buscaba, abandonaría el país sin levantar sospechas. Cuando le echaran de menos, ya estaría en cualquier lugar sin tratado de extradición. Rusia le parecía una estupenda opción, un país inmenso poco amigo de hablar con la policía extranjera pero cada vez más cercano a la sociedad capitalista y la gente con dinero. Y él tenía más de trescientos millones de euros a su disposición. Invertiría con cabeza y se dedicaría a vivir de las rentas el resto de su vida.

25

Por muchas vueltas que le diera, por mucho que se concentrara en acompasar la respiración con el lento avance de sus ojos alrededor de los coloristas círculos concéntricos, al inspector Redondo el cuadro que su mujer le obligó a colgar de la pared de su despacho no le parecía más que el desvarío de un sinvergüenza que, además de cobrar por sus obras, se atrevía a llamarse a sí mismo artista. La mezcla de colores no armonizaba en absoluto, los trazos eran tan irregulares que podía haberlos dibujado un niño y la supuesta paz y armonía que debía transmitir era para él una tortura diaria. Después de casi un año aguantando la insufrible pintura, el inspector decidió que bien podía explicarle a su mujer que un portazo inesperado había hecho caer la alcayata que lo sujetaba y que el lienzo se había roto antes de que él pudiera salvarlo. Decidido como pocas veces en su vida, se levantó, cogió el cuadro con las dos manos y, sin pensarlo dos veces, lo lanzó contra el rígido respaldo de la silla. La tela gimió al rasgarse, y el aire se llenó de pequeños fragmentos de polvo blanco procedente del lienzo devastado. Con mucho cuidado, colocó el cuadro detrás de dos de las columnas de papeles que atesoraba en su despacho. No debía olvidar conseguir un calendario de la policía para cubrir el hueco, ligeramente más claro que el resto de la pared.

El estruendo de un puño aporreando su puerta estuvo a punto de pararle el corazón. Por un momento pensó que su mujer había adivinado sus intenciones y se había presentado en la comisaría para echarle un buen sermón. En lugar del rostro de su esposa, lo que Redondo encontró en el umbral fue a Mateo Dalmau y Valeria Coello.

—Te estamos esperando en la sala de reuniones —comenzó el subinspector—. Hay unas cuantas cosas interesantes que te gustará ver.

Redondo frunció el ceño ante las palabras de Dalmau. Había sido muy claro cuando le pidió discreción a la hora de hablar del caso de Irene Ochoa. Intuyendo el desconcierto de su jefe, Dalmau pidió a Valeria que se adelantara y conectara la pantalla grande para poder estudiar en detalle los documentos que habían encontrado. Coello, conocedora de la naturaleza masculina, dedujo que aquellos dos hombres de mediana edad se traían algo entre manos, seguramente nada bueno, y decidió escabullirse lo más rápido que pudo en dirección a la sala en la que esperaban Leo y Sergio.

—¿Se te ha ido la cabeza o qué? —comenzó Redondo. Las arrugas de la frente se convirtieron en dos surcos profundos.

—Tranquilo, no tenía intención de comentar nada en público. Me he topado con ella por el camino y ha venido conmigo, sin más, y si no hubieras sido tan bocazas, podría haber esperado a esta tarde para comentarte en privado lo que tengo, pero ya que has decidido levantar la liebre, te lo contaré ahora.

Dalmau sorteó a su jefe, que seguía plantado frente a la puerta, y se sentó en la única silla libre. Abrió la delgada carpeta amarilla que llevaba bajo el brazo y, mientras Redondo ocupaba su sitio al otro lado de la mesa, extrajo varios documentos con el sello de la Policía Municipal de Pamplona perfectamente visible en la parte superior de cada una de las páginas.

—¿Es el informe del accidente?

—Por supuesto. Te dije que lo conseguiría. Pero no te emociones, porque hay poco que contar. Al parecer, Irene Ochoa sufrió un ligero desvanecimiento que le hizo perder el control de su coche. Como consecuencia, no giró en la curva de salida de

Zizur y se estrelló contra el pilar de hormigón del puente. El cinturón de seguridad y el airbag evitaron que sufriera lesiones importantes. Al final todo quedó en un esguince cervical, dolor de espalda y varios moratones, pero el coche fue siniestro total. La parte frontal quedó completamente destrozada, así como el eje delantero. Costaba más la reparación que uno nuevo, así que el pobre coche terminó en el desguace, como bien sabes. Una ambulancia acudió al lugar del accidente, aunque sólo tuvo que atender a la conductora. No hubo ningún peatón ni ningún otro conductor implicado, sólo ella y el puente de Zizur.

—¿Cuánto tiempo ha pasado desde el accidente?

—Más de dos meses —respondió Dalmau sin necesidad de leer el informe.

—No serviría de nada buscar restos en el hormigón. Con todo lo que ha llovido, no quedará nada que rascar.

—¿Y qué crees que podríamos encontrar allí?

—Con mucha suerte, pelo o sangre de Katia Roldán, pruebas que relacionen ese coche con el atropello de la joven unas horas antes. Pero si se atrevió a estrellar su coche para ocultar las abolladuras, imagino que lo limpiaría bien antes de salir a la calle con él.

Aunque el informe policial no arrojaba luz sobre el caso, Redondo sentía que su instinto era acertado y que había algo turbio detrás de cada una de las acciones de Irene Ochoa. Se frotó las sienes y miró la pared desnuda que tenía frente a sus ojos. La incipiente jaqueca desapareció como por ensalmo cuando su mirada se deslizó sin contratiempos sobre la lisa superficie del tabique.

Todo estaba preparado en la sala de reuniones cuando Redondo y Dalmau cruzaron la puerta. La enorme pantalla blanca colgaba del techo como un níveo acróbata. El ordenador encontrado en el domicilio de Katia Roldán descansaba en el centro de la mesa, firmemente unido a un grueso cable negro y a otro, más delgado y gris, que se perdía en el interior del proyector. Cuando ambos estuvieron acomodados en sus sillas, Leo Carrión encendió el portátil y el proyector, que iluminó con una cegadora luz blanca la pantalla.

—Tardará un poco —se excusó—, este ordenador no es precisamente un prodigio de la técnica.

—¿Qué es lo que vamos a ver? —quiso saber Redondo.

—Básicamente, un resumen del contenido del ordenador personal de Katia Roldán. Los archivos que hemos abierto nos han permitido hacernos una idea bastante aproximada de cómo era esta mujer, sus gustos y aficiones. Pero también hemos encontrado un par de cosas que nos han descolocado bastante.

—¿Por ejemplo…? —A Redondo, las sorpresas y la tensión sostenida le ponían muy nervioso. En su opinión, ir al grano era una virtud que, desgraciadamente, muy poca gente cultivaba.

—Vamos a ello, inspector, en cuanto el aparato acabe de conectarse.

Redondo contuvo a duras penas su mal humor. Habían tenido quince minutos para conectarlo, tanto tiempo como él se había demorado hablando con Dalmau. ¿Qué habían hecho ellos mientras tanto? Desde luego, no su trabajo, que en este caso sólo consistía en encender un ordenador. La pantalla reproducía una imagen más borrosa de lo que sucedía en el portátil. El fondo negro dejando paso al azul, el reloj de arena girando una y otra vez, Windows dándoles la bienvenida… Así, un minuto tras otro hasta que, de pronto, la sonrisa de la pequeña hija de Katia Roldán ocupó todo el espacio disponible. Poco a poco, los rasgos de la niña fueron cubriéndose de iconos y carpetas, hasta relegarla a un confuso segundo plano.

—Nos pasamos un buen rato abriendo carpetas y estudiando su contenido. Esta gente no era un ejemplo de organización —se quejó Carrión—. Se limitaban a guardar los archivos donde les parecía bien, carpetas dentro de carpetas que no tenían nada que ver la una con la otra, seguramente creadas allí por defecto.

El subinspector fue abriendo y cerrando carpetas amarillas en las que aparecieron miles de fotografías que no se detuvieron a analizar, además de recetas de cocina, copias de documentos personales, archivos de música, unas cuantas películas infantiles y un antivirus caducado. Redondo se removía inquieto en su silla.

¿Dónde estaba el hallazgo emocionante que le habían prometido?

—Sin embargo —continuó Carrión—, una de las carpetas sí que parece haber sido puesta allí a propósito, oculta entre una maraña de documentos sin importancia, programas descargados a lo largo de los años y fotografías perdidas. La carpeta no tiene nombre, lo que es aún más extraño, porque dentro del caos, al menos todas están perfectamente etiquetadas. Si vemos las propiedades, comprobamos que la carpeta se creó hace menos de tres meses. Pero es su interior lo que no terminamos de entender.

Carrión hizo un rápido doble clic sobre el icono de la carpeta sin nombre. Cuando el reloj dejó de girar tuvieron ante sus ojos dos archivos pdf etiquetados con números correlativos. El subinspector volvió a clicar sobre el primero de ellos, llamado simplemente «1», y esperó a que el programa terminara de cargarse. Tras lo que le pareció una eternidad, en la pantalla apareció un documento manuscrito, previamente escaneado, procedente con toda seguridad de un libro o cuaderno a juzgar por la franja negra en la izquierda de la página. Al parecer, quien lo escaneó no quiso estropear la encuadernación presionándola contra el cristal de la máquina, por lo que las letras se torcían y estiraban de manera antinatural hasta desaparecer en la sombra alargada. A pesar de todo, los párrafos podían leerse con relativa facilidad. En la tercera línea, los ojos y la boca del inspector Redondo mostraban claramente su sorpresa. Marta Bilbao regresaba de entre los muertos para decirle que tenía razón, que todo lo que él sospechaba era cierto. La joven acababa de brindarle el lazo con el que maniatar a Irene Ochoa. Los fantasmas de Katia y Marta le sonrieron desde la pantalla. Con esto, el comisario no tendría más remedio que escucharle. Tenía el móvil del asesinato de Katia Roldán y el nombre de su asesina en negro sobre blanco.

Leyó y releyó varias veces el escueto texto del documento antes de pasar al segundo, mucho más revelador si cabía que el primero. Recordó la angustia y el dolor reflejados en los ojos de Marta Bilbao, y se condenó una vez más a sí mismo por no haberse detenido a escucharla con más atención. Lo veía tan claro ahora...

Ahora más que nunca estoy convencida de que Irene sabe más de lo que dice sobre la muerte de mi hermano. Creo, incluso, que es posible que ella misma lo matara. Esta mañana he ido a buscarla a su casa. Ahora vive en su despacho y no parece tener intención de mudarse. Ella sabrá. Nos hemos cruzado en el portal. Con el informe policial en la mano le he dicho que es imposible que Marcos muriera así. Marcos no fumaba, el cigarrillo que prendió la colcha no podía ser suyo. Pero ella, sin inmutarse, me ha asegurado que yo no sé nada, me ha escupido a la cara que mi hermano era un borracho, un maltratador y que fumaba, pero ¿por qué nadie más que ella le vio nunca con un cigarrillo en la mano? Un fumador no puede esconder su adicción, fuma en cuanto tiene ocasión y yo no he visto nunca a mi hermano con un cigarrillo en la mano. ¡Y el olor! Yo habría sabido que mi hermano fumaba en cuanto le hubiera olido, y no era así. Pero ella me ha dicho que yo no conocía realmente a mi hermano. Me duele mucho el pecho desde entonces. Siento una enorme angustia, un dolor indescriptible, pero sigo convencida de que tengo razón. Algo ha cruzado su mirada cuando le he dicho que mañana voy a ir a comisaría para hablar una vez más con el policía encargado del caso. Se ha ofrecido a acompañarme y yo he aceptado, aunque ahora dudo de que sea una buena idea. Seguramente negará mis palabras, le dirá que Marcos bebía y fumaba, y yo no tendré más argumentos para defender a mi hermano. Será su palabra contra la mía. Pero si realmente quiere ir, que venga. Quiero oír lo que tiene que decir. Y, después, ella me escuchará a mí, los dos lo harán. Y ya no quedarán dudas al respecto. Alguien mató a mi hermano, accidental o voluntariamente, pero algo pasó esa tarde en Gorraiz y no voy a parar hasta descubrir la verdad.»

Cuando por fin reaccionó, sintió sobre él las miradas atónitas de Carrión, Coello y Sergio Baena. Junto a ellos, Dalmau sonreía beatíficamente. Conocedor del secreto de su jefe, sabía que el inspector acababa de ganar la partida.

—Sentaos —les pidió a todos—. Y apaga la pantalla, no vaya a ser que entre alguien por esa puerta.

Carrión obedeció sus órdenes y ocupó su sitio. Redondo volvía a masajearse las sienes con fuerza, aunque en este caso no era como consecuencia de un dolor de cabeza. Intentaba ayudar a sus ideas a fluir con claridad a través de su cerebro.

—El caso es complicado y, de momento, no puede trascender ni una sola palabra fuera de esta habitación, ¿comprendido? —Continuó cuando comprobó que todos asentían—: Lo que os voy a contar es de momento una hipótesis, pero las pruebas se van acumulando y me juego el tipo a que todo lo que digo es cierto. El pasado mes de junio, Irene Ochoa provocó un incendio en el que su marido perdió la vida. El desgraciado estaba borracho en la cama y ni se enteró de que lo consumían las llamas. Mejor para él. A lo que vamos. Desconozco si la víctima se emborrachó de su propia mano o si le animaron a beber, pero su nivel de alcohol en sangre serviría para dejarnos inconscientes a cualquiera. Sea como fuere, Ochoa consiguió salir sin ser vista y aparecer ante el mundo como una viuda desconsolada. Un par de semanas después, su cuñada, Marta Bilbao, se quitó la vida en su domicilio. Sin duda, fue uno de los suicidios más extraños que me ha tocado investigar, pero no encontré ni un solo indicio que me hiciera pensar que allí pasaba algo raro... Aunque lo sospeché desde el principio, y ahora tengo la prueba. —Redondo levantó la mano triunfalmente, señalando a la pantalla apagada—. Cuando murió Katia Roldán me topé con su madre, que había sido enfermera de la suegra de Irene Ochoa. Pamplona es una ciudad pequeña y es muy fácil coincidir con la misma persona en varios círculos diferentes, pero me estaba cansando de encontrarme a esta mujer siempre cerca de un cadáver. Así que comencé a preguntar sin llamar demasiado la atención. Descubrí que Irene Ochoa se reunió con la madre de Katia poco antes de que ésta sufriera un terrible accidente que casi acaba con su vida. En esa cita, Irene se interesó por la familia de la enfermera, dónde vivía su hija, dónde trabajaba... Esos pequeños detalles que siempre viene bien conocer antes de cometer un asesinato. Pero el atropello le salió mal, Katia sobrevivió milagrosamente y ella, después de terminar de destrozar el coche contra el pilar de un puente, tuvo que pergeñar a toda velocidad un nuevo plan. La segunda vez que sus vidas se cruzaron, Irene Ochoa por fin resultó vencedora. Acabó con Katia, que seguramente la chantajeaba con enviarnos esas páginas, o todo el manuscrito, si no le pagaba una cantidad determinada de dinero, y se deshizo de las pruebas que la incriminaban. Fin de la historia... hasta ahora. Estas páginas nos dan un móvil para el asesinato y nos permiten abrir una investigación en toda regla. Buscaremos las piezas del coche de Irene que han sido vendidas; si es necesario, exhumaremos a Marta Bilbao y empapelaremos a esa mujer de por vida.

—Siento ser yo quien se lo recuerde, inspector —comentó Baena en voz baja—, pero ¿ésa no es la novia del inspector Vázquez?

—La misma —confirmó Redondo.

—¿Y qué va a hacer al respecto?

—Por eso os he pedido discreción. No quiero que nadie conozca la investigación hasta que haya hablado personalmente con el comisario. Le presentaré el caso y le pediré luz verde para actuar. Después, Vázquez tendrá que dejarme pasar y elegir bando. Así de sencillo.

Nadie excepto Redondo en aquella habitación pensaba que las cosas fueran a ser sencillas cuando todo el mundo estuviera al tanto de la investigación. Conocían y apreciaban a David Vázquez, y no dudaban de su inocencia.

—El comisario no está hoy —anunció Valeria—. Se ha marchado temprano y no volverá hasta mañana.

—Esperaremos hasta mañana. —Sintió una punzada de decepción en el estómago, pero sabía que no tenía más remedio que aguardar—. Si no ha huido hasta ahora es porque está convencida de tenerlo todo bajo control. Mañana hablaré con Tous en cuanto entre por esa puerta. Mientras tanto, os recuerdo la necesidad de que nada de esto llegue a oídos de nadie más.

La reunión concluyó en medio de un tenso silencio. Aunque el sentido del deber era algo que, como policías, los movía y motivaba cada día, sentían lástima por el sufrimiento que infligirían a uno de los suyos. Pero si la opción era permitir que una asesina quedara impune, no había nada más que pensar.

De nuevo en su escritorio, Redondo repasó mentalmente lo que acababa de descubrir. Despacio, manteniendo el pulso firme, abrió el primer cajón de su escritorio y sacó el teclado inalámbrico que siempre guardaba allí. Debajo reposaba desde hacía meses el expediente del suicidio de Marta Bilbao. Dejó la carpeta sobre la mesa con cuidado, como si temiera perder algo de lo que contenía, y la acarició con delicadeza. Había llegado el momento de hacer justicia, pensó. Una llorosa joven de ojos azules le sonrió tristemente desde el hueco vacío de la pared.

El tibio sol invernal que se colaba a través de la ventanilla del coche estaba sumiendo a David en una agradable modorra a la que era muy difícil resistirse. Después de cinco horas conduciendo casi de madrugada y la tensa entrevista con Eduardo Serrano en la sede de Vip Inverter, cedió de buena gana el volante a Torres, que conducía en silencio, con la mirada fija en la carretera. Helen se había acomodado en el asiento del copiloto, lo que le permitió estirarse en la parte trasera, recostar la cabeza y centrarse en sus propios pensamientos.

Los inmensos campos de cereal de la meseta castellana lucían sus tripas terrosas, despojados todavía de la simiente que les daría vida y color. Los continuos chaparrones de los últimos días habían oscurecido aún más el color de una tierra rojiza y arcillosa que cubría su desnudez con unos cuantos matojos de malas hierbas esparcidos aquí y allá, azotados por un viento empeñado en arrancarlos y que, de paso, sacudía peligrosamente el coche a su paso por la desierta carretera. David podía sentir en los pies el aullido de la ventisca, que se colaba entre las ruedas y obligaba a Torres a aferrar el volante con todas sus fuerzas. En parte por el sopor que le envolvía, en parte por la tensión mantenida a lo largo de las últimas semanas, en sus ojos entrecerrados la suave tierra oscura se transformó en el abrigo ensangrentado de Jorge Viamonte. La mirada de un hombre muerto es siempre lóbrega, carente de toda luz, perdida para siempre en las tinieblas. Pero David siempre encontraba en esos ojos sin vida la misma exigencia, una súplica sin voz, un soniquete que le perseguía día y noche como un molesto recordatorio. La exigencia de saber, de conocer, de descubrir. Qué ha pasado, quién ha sido, cómo ha sucedido. Los ojos de Jorge Viamonte, oscuros, perdidos en la noche más tenebrosa, le exigían respuestas.

Se incorporó en el asiento y buscó su cuaderno entre la maraña de objetos que descansaban a su lado. Nada le ayudaba más que ordenar las ideas sobre un papel. Mientras buscaba el hilo con el que hilvanar sus pensamientos, el bolígrafo se deslizó suavemente sobre la página en blanco, dibujando sin pretenderlo el suave perfil del paisaje que todavía se delineaba tras la ventanilla. Sin interrumpir el trazo azul, escribió despacio la palabra «Berriozar». El asesino sabía dónde encontrar a Jorge Viamonte la noche de su muerte. Varias personas conocían la llamada de Lucas Viamonte a su hermano y la cita concertada entre ambos. No demasiadas, pero el grupo era lo suficientemente numeroso como para ocultar a un criminal en su interior sin llamar la atención. Claro que el asesino podía estar esperándole sentado en su automóvil y seguirle hasta Berriozar, donde aprovechó una oportunidad con la que seguramente no contaba, pero David era poco amigo de las casualidades y apostaba firmemente por la primera parte de la ecuación.

La columna recién iniciada engrosó su tamaño con una nueva palabra: «Dinero». A su lado escribió el nombre de la empresa ficticia a través de la que habían conseguido robar más de trescientos millones de euros al Banco Hispano-Francés. Si daba por sentado que la misma persona que pergeñó la estafa mató después a Jorge Viamonte y a Tobías Meyer para mantenerla oculta, estaban buscando a alguien con grandes conocimientos del mundo de la economía y las finanzas, acostumbrado a nadar entre tiburones, capaz de moverse en las zonas oscuras del mercado financiero y de no dejar rastro a su paso. Consiguió no sólo hacerse con una cantidad nada despreciable de dinero, sino que utilizó después a una empresa de corretaje y todos sus subterfugios para abrir una cuenta en Suiza a la que traspasar el dinero sin siquiera tener que dar su nombre. Falsificó firmas y documentos con tal maestría que el banco habría tardado meses en notar la ausencia de los millones robados. Sólo la inoportuna intervención del Banco de España puso en peligro toda la operación, obligándole a actuar.

En su mente se dibujó poco a poco la firma de Jorge Viamonte. David abrió los ojos, quedando momentáneamente cegado por el sol, ya bajo en el horizonte. El paisaje había cambiado en los últimos kilómetros, dejando paso a una sucesión de viñedos que le indicaron que ya estaban en suelo navarro. La firma. ¿Quién tenía acceso a los documentos directamente firmados por Viamonte? ¿Quién podía colar entre esos papeles los informes falsos aprobando la inversión? El grupo de personas acababa de reducirse a tres o cuatro nombres. Cerró los ojos otra vez y luchó por concentrarse en las caras que le miraban desde el otro lado de su cerebro. Ana Elizalde, la secretaria de dirección, tenía acceso a la documentación, y seguramente podría coger y dejar papeles sobre la mesa del presidente, pero carecía de los conocimientos financieros necesarios para pergeñar una estafa de tal magnitud. En realidad, su devoción por la entidad era tan grande que ni siquiera podía imaginarla llevándose un bolígrafo por descuido. El resto de los miembros de la Junta, aquellos que tenían despacho en el edificio de la avenida de Carlos III, desconocían la llamada de Lucas Viamonte a su hermano y, además, sus coartadas habían sido minuciosamente comprobadas por la policía. Quedaban tan sólo dos nombres en la lista. Habían comprobado que la coartada de Rosales era sólida. Como en el relato de Agatha

Christie, sólo le quedaba uno. La tinta azul, oscurecida sobre el papel por la fuerza con la que David escribía, hizo visibles sus pensamientos. Colocó firmemente el capuchón en el bolígrafo y lo dejó, junto con el cuaderno, en el asiento de al lado. Un instante después, el móvil cobró vida en su mano. Al otro lado de la línea, Ismael Machado respondió al segundo tono.

—Estamos a poco más de cien kilómetros de Pamplona, pero creo que haremos una parada antes de ir a Jefatura —informó Vázquez, sin dar por el momento más detalles. Torres y Ruiz escuchaban expectantes, ajenos al discurrir de ideas que había tenido lugar a un metro de ellos—. Necesito que me consigas toda la información que sea posible sobre Alberto Armenteros, incluyendo a su familia. El padre y la madre, los abuelos... Quiero saber, sobre todo, si alguno de ellos participó en la Guerra Civil.

—¿En la Guerra Civil? —Machado, sorprendido cuando estaba a punto de marcharse a casa después de pasar todo el día en el banco, no terminaba de entender las inesperadas exigencias de su jefe, aunque ya había dado media vuelta desde la puerta y encendido de nuevo su ordenador.

—Buscamos una pistola antigua, ¿recuerdas? Una Star o una Ruby del calibre veintidós, como las usadas durante la guerra. Quiero saber si algún familiar de Alberto Armenteros estuvo allí y pudo quedarse con una que, después, el padre haya conservado y, quié sabe, el hijo terminó usando contra Jorge Viamonte.

—¿Armenteros? ¡Pero si es un pimpollo de mierda! —Machado tecleaba furiosamente sobre el ordenador, intentando que las yemas de los dedos ocuparan solamente una tecla cada vez.

—Pimpollo o no, tuvo ocasión de hacerlo. Piénsalo. —David levantó la vista hasta encontrar la mirada atónita de Helen, con el cuerpo prácticamente girado en el asiento delantero y la boca abierta, asintiendo despacio a las reflexiones del inspector—. Sabía que Viamonte iba a encontrarse con su hermano en Berriozar. Desde su puesto de asistente personal del presidente, pudo tener acceso a los documentos necesarios para realizar el robo de los trescientos millones. Falsificar una firma no es tan complicado, basta con un poco de práctica, pero sólo él pudo colar el informe con la rúbrica fraudulenta entre los documentos auténticos. Perdidos en una maraña de papeles correctamente firmados, era muy improbable que los falsos llamaran la atención. Estaba también en el edificio el día que mataron a Tobías Meyer, y conoce lo suficiente el inmueble como para llegar desde la planta noble hasta el garaje sin ser visto. Y si le vieron, su presencia es tan habitual y anodina que nadie pensaría que estaba donde no le correspondía.

Machado, incapaz de teclear, escuchaba atónito a Vázquez mientras se golpeaba la frente con la palma de la mano.

—En cuanto a Gabriela Unamuno —continuó Vázquez, recordando las profundas heridas que descubrió en el alma de la mujer, más intensas incluso que las que le causó su asaltante—, seguramente se cruzó con ella cuando llegaba o se marchaba del lugar del asesinato y temió que pudiera reconocerle. Las palabras del delegado del gobierno sobre un posible testigo terminaron por ponerle tras su rastro.

—Sólo nos falta saber si tiene un arma —apuntó Torres con la vista puesta en la oscura carretera. En pocos minutos, el cálido sol había dejado paso a un violáceo atardecer, rasgado de vez en cuando por los faros de los automóviles con los que se cruzaban.

—Eso es. Si tiene un arma como la que buscamos —concluyó Vázquez—, cerraremos el círculo. Mientras rastreas la información, quiero que dispongas ahora mismo una patrulla en la puerta de su casa. A pesar de lo que nos ha dicho, es posible que Eduardo Serrano nos mintiera y sepa realmente quién se esconde detrás de Global Intel. Si le informa sobre nuestra visita, puede echar a volar antes de que lleguemos. Si intenta salir, quiero que se le retenga. Desde este momento, Alberto Armenteros es oficialmente sospechoso de dos asesinatos y uno más en grado de tentativa. Telefonearé al comisario yo mismo para que dé prioridad a las órdenes judiciales necesarias. Estaremos allí en media hora.

Torres estudió el lugar en el que se encontraban y calculó que todavía les separaban más de ochenta kilómetros de Pamplona. Sin decir ni una palabra, hundió el pie en el acelerador mientras Helen colocaba en el techo del coche la sirena azul que les abriría paso hasta el corazón de la ciudad.

El móvil de David vibró en sus pantalones un instante después de que terminara su conversación con el comisario. Machado sonaba más alterado que de costumbre, con su voz ronca forzada varios tonos por encima de lo habitual.

— No te lo vas a creer. —Vázquez casi podía ver la amplia sonrisa del subinspector sentado tras su mesa—. El abuelo de Armenteros, de quien además ha heredado el nombre de pila, no sólo fue teniente coronel del ejército de Franco durante la guerra, sino que, también, era el orgulloso poseedor de una extensa colección de armas de fuego, compuesta sobre todo por pequeñas pistolas procedentes de toda Europa. He encontrado una foto en la que posa en su casa de Pamplona, la misma en la que ahora vive su nieto, ante unas estanterías repletas de armas. La imagen es antigua y no se aprecia si entre todo ese arsenal hay una como la que buscamos, pero apostaría mi alma pecadora a que encontramos varias del calibre veintidós.

—¿Está dispuesta la vigilancia?

—El comisario ha enviado dos patrullas. Ese pájaro no podrá escapar, a no ser que le crezcan alas.

Vázquez sonrió ante la ocurrencia de Machado, pero el rictus nervioso se le congeló en las mejillas. El estómago se le encogía cada vez que Torres apuraba en una curva, pero, aun así, suplicaba en silencio para que continuara acelerando. Con el pulso taladrándole el pecho y la sangre recorriéndole el cuerpo a toda velocidad, la espera y la forzosa inactividad de verse encerrado en un coche, sin ni siquiera un volante entre las manos, estaban acabando con su paciencia.

Las primeras luces de Pamplona iluminaron su ánimo y calmaron levemente su agitada respiración. Torres se vio obligado a reducir la velocidad cuando el tráfico se hizo más denso, aunque los coches se retiraban a su paso como las aguas del mar Rojo ante Moisés. El teléfono volvió a sonar cuando ya serpenteaban en las estrechas calles del barrio de Beloso Alto, donde vivía Armenteros. De fondo escuchó el timbre del móvil de Helen Ruiz, que respondió casi con tanta premura como él.

—Tenemos la orden judicial —le informó Machado. La voz del subinspector le llegó entrecortada, cubierta por el ruido del motor y el ulular de la sirena—. Estoy de camino, ¿cuánto os falta para llegar?

—Llegaremos casi a la vez. Que nadie avance sin mi permiso. ¿Han comprobado si Armenteros está en casa?

—Hay luz en las ventanas, pero no han podido confirmar que el sospechoso esté en el interior.

Vázquez colgó sin contestar. En el asiento de delante, Helen guardaba también su teléfono.

—¿Algo importante? —preguntó Vázquez.

—Según como se mire —respondió la joven con una amplia sonrisa en la cara—. Teresa acaba de dar a luz. La pequeña Maite ha pesado casi cuatro kilos y, según su padre, es absolutamente perfecta.

El brusco frenazo de Torres frente a la primera de las patrullas policiales acabó con el breve momento de alegría. Ya habría tiempo de felicitar a los nuevos padres y de conocer a la recién nacida cuando todo hubiera terminado. El coche policial había aparcado sobre la acera para no interrumpir el paso de los vehículos hacia el cercano hospital de San Juan de Dios. Vázquez salió apresuradamente y se dirigió hacia los dos policías que permanecían en el interior del coche patrulla.

—Nadie ha entrado ni salido desde que estamos aquí, inspector. Hay luz en un par de ventanas, pero no se percibe movimiento en el interior.

—¿Dónde está la segunda patrulla?

—En la parte trasera de la casa.

Vázquez asintió y se dirigió hacia la entrada. La estrecha puerta metálica que cerraba el murete de ladrillos no estaba cerrada con llave. Cruzó hasta el jardín delantero y se detuvo un momento, intentando percibir alguna presencia. El silencio a su alrededor era casi total, sólo roto por los constantes roces y crujidos de las agitadas ramas de los árboles, que parecían interpretar un desacompasado baile al son marcado por el viento. Atravesó el camino de losetas hasta la entrada principal mientras indicaba a Torres y Ruiz que dieran la vuelta a la casa para inspeccionar el jardín trasero. El din don del timbre resonó con una inesperada ceremoniosidad, pero nadie respondió a la llamada. Esperó unos instantes e hizo sonar de nuevo la vibrante campana. Una vez más, el silencio fue todo lo que obtuvo como respuesta. Los dos policías de la primera patrulla entraron tras él en el jardín, apostándose a ambos lados de la puerta con el arma en la mano. David liberó la suya de la cartuchera oculta bajo la chaqueta y palpó el frío metal. Con el arma firmemente asida entre los dedos, aporreó la puerta con los nudillos al mismo tiempo que provocaba un sonoro repiqueteo del timbre.

—¡Policía! —anunció—. ¡Vamos a entrar!

Sin dar tiempo ni posibilidad de respuesta, lanzó una fuerte patada contra la puerta, provocando una lluvia de astillas blancas mientras la hoja de madera se partía bajo su bota y caía hacia el interior de la vivienda como un naipe abatido por el viento. Los tres policías entraron casi al mismo tiempo, con David delante y los dos agentes apuntando con sus pistolas a derecha e izquierda. Avanzaron unos pasos por el oscuro pasillo, con las rodillas flexionadas, preparados para saltar al menor atisbo de peligro. Unos metros más adelante, David se irguió y levantó la mano, pidiendo a los agentes que se detuvieran. En el centro del salón, solo y en pijama, Javier Armenteros temblaba de frío y miedo. Gruesas lágrimas rodaban por sus ajadas mejillas, mojando las rayas de la chaqueta. Dio un paso hacia atrás cuando los policías hicieron ademán de acercarse. Los miraba aterrado, con la boca y los ojos muy abiertos y un hilo de baba deslizándose hacia la barbilla. David guardó el arma y se acercó al hombre con las manos en alto. Javier Armenteros siguió sus movimientos con la mirada, sin intentar huir. Cuando estuvo a su altura, pudo comprobar los estragos que los años y la enfermedad habían causado en un hombre que en otro tiempo habría sido sin duda atlético, fornido y activo. En esos momentos, sin embargo, abandonado por la razón y las ganas de vivir, apenas era un guiñapo desmadejado, un hombre a la espera de indicaciones para seguir adelante. Miró a David con los ojos inundados en lágrimas. Temblaba bajo el pijama de rayas, moviendo arrítmicamente los hombros y sacudiendo la descolorida tela.

—Señor Armenteros, soy inspector de policía, tranquilícese.

Sus palabras no tuvieron ningún efecto sobre el hombre, que continuaba mirando aterrado a su alrededor. David intensificó levemente la presión sobre su hombro para que concentrara su atención en él.

—¿Sabe dónde está su hijo? —preguntó cuando consiguió que le mirara. Sin embargo, el semblante de Javier Armenteros no cambió lo más mínimo—. Su hijo Alberto, ¿dónde está? —repitió.

Un agudo gemido nació en la garganta del hombre, un grito ahogado que subió poco a poco de intensidad, hasta convertirse en un aullido. David retiró la mano que mantenía en su hombro y cedió el espacio a los dos agentes que esperaban en la puerta, todavía con el arma en la mano.

—Avisad a una ambulancia y que se ocupen de él.

Se alejó rápidamente del hombre, que aullaba cada vez con más fuerza. Desenfundó de nuevo el arma y avanzó despacio hacia el salón. Los valiosos cuadros que contemplaron días atrás ya no colgaban de las paredes. En su lugar, unos indecorosos espacios vacíos mostraban la vulgaridad de unas alcayatas abandonadas. Aceleró el paso hasta el jardín, tan vacío como la estancia interior. Se dirigió hacia las escaleras, apuntando con su arma a cada rincón oscuro que atravesaba. La casa estaba llena de recovecos, recodos y pequeñas salas de incierta función. Subió rápidamente hasta la planta principal. Desde el rellano pudo ver seis puertas de madera, todas cerradas. Amortiguado por la distancia, el aullido de Armenteros se transformó en un quedo lamento. Avanzó despacio hacia la izquierda, abriendo una tras otra cada una de las puertas para descubrir una casa vacía. Ni rastro de Alberto Armenteros en ninguna de las habitaciones. Se detuvo en una de las estancias, la que supuso que sería el dormitorio del sospechoso. La luz de la mesa de trabajo permanecía encendida, pero sobre la pulida superficie no había ni rastro del ordenador que sin duda habría encontrado en otras circunstancias. Revolvió con cuidado entre los papeles que quedaban encima de la mesa, pero nada de lo que vio le dio ni una pequeña pista del posible paradero de Armenteros. Profundamente decepcionado, con los dientes apretados y las uñas clavándose en las palmas de sus manos, bajó las escaleras y salió de nuevo a la calle.

Desconocía la ventaja con la que contaba Armenteros. Podía haber huido hacía cinco minutos o cinco horas. Incluso cabía la posibilidad de que ya hubiera abandonado el país, con tiempo de sobra para reunir el dinero en efectivo antes de que encontraran su pista. David comenzaba a desesperarse. La radio policial crujía una y otra vez en su mano. Órdenes confusas se entrecruzaban sin aparente sentido. Avanzó despacio hacia su coche, decidido a reanudar una búsqueda que, en realidad, apenas había comenzado. Se detuvo en el bordillo para no ser atropellado por un sedán oscuro que circulaba muy por encima de los treinta kilómetros por hora permitidos en esa zona. Recuperó el equilibrio rápidamente y levantó la vista justo a tiempo de descubrir el rostro de Alberto Armenteros al volante. Ocultaba sus facciones con un gorro de lana y unas gafas de montura ancha, pero no pudo engañar a Vázquez. Gritó con todas sus fuerzas y se abalanzó sobre el coche, aunque sólo consiguió golpear el aire. El sedán aceleró sin disimulo, chirriando las ruedas contra el asfalto, y giró a la derecha en el cercano cruce, en dirección al centro de la ciudad. David corrió hasta su coche y giró la llave con fuerza. La sirena, que continuaba conectada sobre el techo, pareció contagiarse de la excitación del momento y tiñó de azul los muros de las casas colindantes, mientras lanzaba el agudo alarido con el que anunciaba el inicio de la batalla. Se incorporó al denso tráfico de última hora de la tarde mientras gritaba instrucciones por radio. Quería cerradas todas las salidas de la ciudad inmediatamente y controles en los accesos a las autopistas de Zaragoza y San Sebastián.

Los largos e insistentes bocinazos de los vehículos obligados a apartarse de su camino le indicaron la dirección que había tomado Armenteros. El sedán avanzaba a gran velocidad, cruzando de un carril a otro sin ningún miramiento y frenando sólo cuando la colisión parecía inminente. Sólo tres turismos les separaban. El haz de luz azul iluminaba como un foco festivo las fachadas de los edificios y las copas de los árboles, condenándolos de nuevo a la oscuridad en cuanto el coche policial avanzaba unos metros. Comunicó su posición y dirección y se aferró al volante. Zigzagueó entre el tráfico hasta colocarse prácticamente en paralelo con el coche de Armenteros. Durante un instante pudo ver la contraída cara del joven, que se había despojado del gorro y las gafas y cogía el volante con tanta fuerza como el propio Vázquez. No se sorprendió al descubrir al policía a sólo dos metros de distancia, pero su presencia no le amedrentó. David pudo ver cómo enderezaba la espalda y fijaba su atención en los tres carriles de la avenida del Ejército, cruzando la avenida de Pío XII a más de cien kilómetros por hora. Sobre el paso de peatones, una pareja de ancianos apresuró el paso para no ser arrollada. Un sudor frío les recorrió la espalda cuando el rebufo caliente de los motores les acarició la nuca, como una carantoña de la mismísima muerte.

Viró bruscamente a la derecha al llegar al final de la calle, enfilando a toda velocidad la Cuesta de la Reina. Rotonda tras rotonda, Armenteros consiguió mantener una distancia mínima con Vázquez, que comprobaba frustrado cómo las patrullas policiales tardaban demasiado en llegar. La inesperada aparición de un ciclista le obligó a frenar bruscamente. El deportista, un hombre de mediana edad, esquivó el impacto por unos pocos centímetros, pero no pudo evitar que la rueda delantera se hundiera en la tierra del arcén, haciéndole saltar por los aires y caer aparatosamente sobre los hierbajos del talud. David disminuyó la velocidad hasta comprobar que el ciclista se levantaba por su propio pie, pero había perdido unos segundos preciosos. Dejó que los otros conductores se ocuparan del herido, dio aviso por radio del accidente y se lanzó sobre los últimos metros de cuesta antes de llegar a la rotonda.

La noche se alió con Armenteros, ocultándolo a la vista del inspector. Tampoco se oían cláxones furiosos. Durante un instante dudó sobre el camino a seguir. Tenía dos opciones delante de él y muy pocos segundos para decidir. A la derecha, las calles se estrechaban hasta llegar de nuevo al centro de la ciudad, mientras que al lado contrario las avenidas conducían directamente a la autopista. Giró el volante a la izquierda y confió en que Armenteros no se hubiera arriesgado a ocultarse entre el tráfico de la capital.

Avanzó, otra vez a toda velocidad, dejando el río a su derecha. Una nueva serie de bocinazos le hizo fijar la vista en el siguiente cruce, justo a tiempo de ver el sedán oscuro colarse por la parte trasera de un instituto. En el patio del centro escolar, los jóvenes que jugaban al baloncesto, alertados por el chirriar de las ruedas de Armenteros y el cercano ulular de la sirena policial, corrieron hacia la verja para no perderse el espectáculo. Algunos saltaban enloquecidos, levantando los brazos para animar a uno u otro bando. Seguramente, pensó David, le deseaban buena suerte al fugitivo.

Apenas había circulación en esa zona apartada, lo que hizo más sencillo localizar las luces del coche de Armenteros. A través de esa calle, el destino sólo podía ser uno: la estación de Renfe. El mismo lugar al que Gabriela Unamuno acudía cada tarde para transformar su aspecto antes de hacer la calle en Berriozar. ¿Y si Armenteros y Gabriela se cruzaron por casualidad en la estación? ¿Y si él volvió a verla después de matar a Viamonte y, a pesar de la oscuridad y la distancia, temió que pudiera identificarlo? La visión de las profundas heridas de Gabriela disparó la adrenalina de su cuerpo. Con el pie derecho prácticamente rozando la alfombrilla del coche, David voló en pos de Armente-

ros, que circulaba casi a la misma velocidad que el propio Vázquez. Su ventaja, sin embargo, no se incrementaba, por lo que
David supuso que estaba frenando poco a poco.

Sin saber cómo, el sedán desapareció de su vista en un segundo. Desde donde estaba ya no veía las luces traseras que le habían
guiado hasta entonces, y temió haber estado persiguiendo al coche equivocado. Alcanzó la zona en la que los faros se habían
apagado y disminuyó la velocidad hasta casi detenerse. Ninguno
de los coches que se detuvieron bruscamente tras él se atrevió a
protestar.

De pronto lo vio, un enorme coche oscuro aparcado al final
de la fila de taxis. Giró bruscamente el volante a la derecha para
acceder al estacionamiento y se detuvo junto al sedán. El coche
estaba vacío. La gorra y las gafas descansaban sobre el asiento del
copiloto. Miró a su alrededor, intentando localizar a Armenteros. Los globos anaranjados de las farolas apenas iluminaban el
suelo del aparcamiento, y mucho menos servían para distinguir
las facciones de las personas que iban y venían por las aceras y
entre los coches. Se llevó la mano a la espalda, comprobando que
el arma estaba en su lugar, lista para ser usada, y corrió hacia el
interior de la estación. Una luz lechosa manaba desde los fluorescentes del techo, empapando a objetos y personas con una
pátina pálida y desvaída. El trajín del interior le sorprendió. Varias personas se apresuraban hacia el andén, donde una sonriente azafata comprobaba sus billetes antes de permitirles el acceso
al exterior. Nadie sin billete podía acercarse al tren. Las normas
de seguridad, prácticamente inexistentes antes del 11 de marzo de
2004, se cumplían ahora a rajatabla incluso en pequeñas estacio-
nes como la de Pamplona.

Apresuró el paso en dirección a la zona de las taquillas, donde
un par de jóvenes se esforzaban por introducir en los estrechos
armarios metálicos sus voluminosas mochilas, pero no encontró
ni rastro de Armenteros. En una de las filas interiores, una solitaria taquilla mostraba su desnudo interior. No había llave en la
cerradura, lo que indicaba que su dueño no la había cerrado tras

recuperar su contenido. Palpó levemente el frío metal de la taquilla, como si pudiera darle alguna indicación sobre su contenido o propietario, y giró sobre sus talones de regreso a la sala de espera. Mostró su placa a la azafata, que le miró con la sonrisa congelada en la cara mientras le franqueaba ceremoniosa el paso al andén. La joven lucía con elegancia un pulcro traje azul y una camisa blanca de la que apenas asomaban las inmaculadas solapas.

—¿Adónde va ese tren? —preguntó.

—A Madrid. Está a punto de salir. Tendrá que darse mucha prisa si quiere…

La joven no tuvo tiempo de terminar la frase. Cuatro zancadas de sus largas piernas le bastaron para saltar al interior del tren, que comenzaba a moverse lentamente. A lo lejos, el jefe de estación agitaba con parsimonia el banderín que permitía avanzar al maquinista. La megafonía anunció la salida del convoy en el momento en que una leve sacudida le obligó a apoyarse en la pared para evitar caerse. Rodeado de paneles grises y cristales traslúcidos, aguantó una nueva sacudida antes de poder erguirse por completo. No descubrió ni rastro de Armenteros en los asientos que veía desde su incómoda posición. Telefoneó rápidamente a Torres, al que ofreció un breve resumen de lo sucedido y comunicó su posición.

—Quiero que paréis este tren, pero no antes de que esté perfectamente rodeado. No podemos darle la posibilidad de huir de nuevo. No sabemos si va armado, lo que es seguro es que está desesperado.

Colgó el teléfono y desenfundó su arma, ocultándola de la vista del pasaje en el bolsillo de la chaqueta. Abrió la puerta del primer compartimento y avanzó despacio, observando sin disimulo a cada uno de los viajeros. La mayoría buscaban acomodo en los asientos, tapizados de una tela del mismo tono azul que el uniforme de la azafata. El tren tenía al menos seis vagones y Armenteros podía estar en cualquiera de ellos. Contaba con la posibilidad de que el fugitivo se relajase al creerse a salvo. La presencia policial no era perceptible en el exterior y el tren comenzaba a coger velocidad. Pronto alcanzaría los doscientos kilómetros por hora.

Caminó cauteloso entre los asientos, sintiendo en el bolsillo el peso de la pistola. Un compartimento tras otro, Armenteros continuaba sin aparecer. El brusco chasquido de la puerta del siguiente vagón al separarse de su resorte resonó en el espacio vacío. Un pasajero volvió bruscamente la cabeza para buscar el origen del sonido. Allí estaba. Los ojos marrones de Alberto Armenteros se abrieron desmesuradamente cuando descubrió a Vázquez atravesando de costado el umbral de la estrecha puerta. Estaba seguro de haberle despistado cuando apagó los faros del coche y recorrió los últimos metros a oscuras, confiando en que la policía apostara por buscarle en la cercana autopista. Tampoco vio ni rastro de los agentes en los escasos segundos que tardó en comprar el billete. Pero allí estaba.

Recorrió rápidamente con la mirada la totalidad del vagón y comprobó que había al menos otros diez pasajeros en su interior. Armenteros comenzó a levantarse muy despacio, sin perder de vista ni un instante al policía congelado junto a la entrada. Los dos parecían medir sus posibilidades de salir victoriosos de la situación, uno libre e impune, el otro con todos los pasajeros ilesos y el sospechoso detenido.

Tensos los músculos y los tendones, con la espalda ligeramente encorvada y las piernas separadas, Vázquez aguardaba la reacción de Armenteros. Quería evitar en lo posible sacar el arma, convencido de que su visión sólo serviría para alarmar al pasaje. Dio un paso corto hacia delante, luego otro, y otro más, afianzando el cuerpo tras cada mínimo avance. Los nervios erizados de las plantas de sus pies vibraban y se agitaban con el avance del tren sobre los raíles. La visión de las manos de Armenteros cuando terminó de incorporarse le obligó a detenerse. La pulida superficie negra de una pistola centelleó brevemente bajo los fluorescentes del techo. Pudo ver cómo sus ojos giraban enloquecidos a derecha e izquierda en busca de una escapatoria.

En una fracción de segundo, todo lo que podía salir mal, comenzó a hacerlo. Con un rápido movimiento, Armenteros agarró fuertemente del pelo a la mujer que viajaba en el asiento de delante, que permanecía ajena a todo, inmersa en la música que brotaba de unos enormes auriculares rosas. El tirón y la sorpresa le arrancaron un grito agudo mientras se levantaba para evitar el dolor que laceraba su cuero cabelludo. Su cara mudó del enfado al pánico en un instante, lo que tardó en descubrir la pistola en la mano de su agresor. David se afirmó una vez más sobre sus piernas, que mantenía flexionadas para no perder el equilibrio con el constante vaivén del tren, y levantó las manos, mostrando las palmas desnudas.

—Alberto, no merece la pena. No tienes escapatoria. Suelta a esa mujer, deja el arma en el suelo y ven hacia aquí. Cualquier cosa que hagas sólo servirá para empeorarlo todo.

Armenteros ni siquiera pestañeó. Se sentía extrañamente eufórico, aun sabiendo que era muy improbable que saliera impune de esa situación. Quizá fuera por la adrenalina, pensó, o porque todo estaba por fin a punto de terminar. Fuera por lo que fuese, no estaba dispuesto a rendirse. Sin soltarla del pelo, atrajo a la chica hacia su cuerpo y la rodeó con un brazo mientras le apuntaba directamente a la cabeza con la pistola. Miró a Vázquez y le dedicó una amarga media sonrisa. El resto de los pasajeros, alertados por los gritos de la mujer, se arrojaron al suelo en cuanto descubrieron el arma, ocultándose tras los asientos. Tres personas, las más cercanas a la puerta del fondo, consiguieron salir del vagón antes de que Alberto arrastrara a su rehén hacia atrás. Desde su nueva posición, todos los pasajeros se habían convertido en una diana. David mantuvo los brazos en alto. Un movimiento brusco podía provocar que Armenteros apretara el gatillo. Sobre los cristales oscuros del vagón comenzaron a centellear breves destellos azules. La policía estaba a punto de alcanzarlos.

—No empeores las cosas —insistió Vázquez. Bajó despacio los brazos, sin romper en ningún momento el contacto visual con Armenteros. La rehén había dejado de gritar, limitándose a emitir un ronco sollozo. Desistió también de luchar con su captor, mucho más fuerte que ella, y dejó caer los brazos a lo largo del cuerpo. Mantenía una postura sumamente forzada, pugnando por mantener la cabeza alejada de la pistola que la apuntaba.

—¿Realmente crees que algo puede empeorar? —La voz surgió de la garganta de Armenteros un tono más aguda de lo habitual, pero firme y pausada como si se encontrara en su despacho, y no en un tren, amenazando con asesinar a una mujer.

—Deja que se vaya, seguiremos hablando tú y yo. ¿Cómo te llamas? —La pregunta iba dirigida a la temblorosa mujer, que dibujó una súplica en sus ojos cuando miró a David.

—Me llamo Beatriz —respondió con un susurro de voz.

—Beatriz, tranquila, todo va a salir bien, ¿no es así, Alberto?

Armenteros lucía la misma sonrisa cínica en la cara, aunque su mente parecía haberse desconectado momentáneamente. Mantenía la vista perdida en algún punto detrás de Vázquez, más allá del vagón, fuera de la estructura metálica que los rodeaba. Una bufanda de lana gris que colgaba indolente del estante sobre los asientos reprodujo en su cabeza una escena que había olvidado. Poco después de salir de la cárcel, cuando la mente de su padre mantenía todavía una mínima lucidez, adoptó la costumbre de pasear cada día por el jardín de la casa, apurando los metros de césped hasta el límite. No podía dar ni un paso más allá sin que la tobillera negra que llevaba anclada a su pierna emitiera una silenciosa alarma. Los setos del fondo del jardín marcaban el confín de su libertad. Como nadie podía verle, no podía salir de casa y los amigos habían dejado de serlo mucho tiempo atrás, dejó de arreglarse y vestirse, deambulando en pijama a lo largo y ancho del jardín. Ese día hacía frío. Lloviznaba de vez en cuando y las nubes habían enfriado mucho la tarde, hasta convertirla en desapacible. Cuando Alberto llegó a casa, su padre estaba donde siempre a esas horas, en el jardín trasero, dando vueltas y vueltas. Se había vestido sólo con un fino pijama azul y unas zapatillas abiertas en los talones. Se quitó la bufanda que llevaba al cuello y, con ella en la mano, salió al encuentro de su padre.

—¿Por qué no entras? —le preguntó—. Hace frío aquí fuera. Podemos ver la tele, si quieres.

—Estoy bien aquí —respondió con una sonrisa—. Sólo un rato más, ¿de acuerdo? Luego veremos la tele.

Alberto deslizó la bufanda entre sus manos y la colocó alrededor del cuello de su padre, que cerró los ojos, bajó la cabeza y subió los hombros al recibir la suave caricia de la lana.

—¿Mejor así? —le preguntó el hijo.

El padre, que comenzaba ya a parecer un anciano, con oscuras ojeras y unas profundas arrugas alrededor de la boca, sonrió agradecido. Poco acostumbrado al contacto físico con su padre, un hombre no precisamente afectuoso con sus familiares a pesar de la cordialidad que desplegaba con sus colegas de trabajo, Alberto se sobresaltó al sentir en la mejilla el frío tacto de una mano.

—Nunca estaré mejor —dijo, mirándole a los ojos. Mantuvo la presión sobre la mejilla de su hijo unos instantes más antes de dejarla caer de nuevo—. Jamás seas como yo, Alberto. Nunca.

Javier Armenteros reanudó su lento paseo por el jardín con la bufanda de su hijo alrededor del cuello. No se la devolvió, ni Alberto se la reclamó, aunque nunca volvió a ponérsela.

Parpadeó fuertemente para alejar la voz de su padre y miró a la mujer que temblaba bajo su brazo. Acercó la cara a su oído y le habló en voz baja y pausada:

—Voy a soltarte. Quiero que te agaches y avances hacia la parte de atrás del vagón. Quédate tumbada entre los asientos. Si lo haces bien, no te pasará nada. Si intentas correr o te cruzas en la trayectoria de la pistola, dispararé. ¿Lo has entendido?

Beatriz sacudió vigorosamente la cabeza. Cuando Alberto aflojó la presión del brazo alrededor de su cuello, se puso rápidamente de rodillas antes de tumbarse por completo y alejarse lo más rápido que sus temblorosos músculos le permitían. Armenteros ni siquiera bajó la cabeza para comprobar que la rehén cumplía con sus exigencias. Observando directamente a David, estiró parsimoniosamente su brazo armado hasta que la oscura boca de la pistola apuntó al pecho del policía.

—Mi padre me pidió un día que no me convirtiera en un hombre como él. —Alberto habló despacio, con la voz firme y el tono de nuevo modulado—. Trabajé mucho para no serlo, pero ellos no me dejaron. Día tras día, su desprecio me convertía en un hombre peor. Por mucho que me esforzara, siempre sería un Armenteros, el hijo de un estafador, un hombre que no supo defender los intereses de su empresa. Lo más curioso es que mi padre actuó buscando el beneficio de los inversores, pero la burbuja le explotó en la cara. Unos meses antes habrían ganado millones de euros y él habría sido un héroe. A nadie le habrían importado entonces los métodos que utilizó para duplicar los beneficios, si eran legales o no. Sólo querían dinero, cada vez más. Cuando el dinero dejó de llegar y tuvieron que poner un poco de sus bolsillos para tapar los agujeros, montaron en cólera y buscaron un culpable. Arrojaron a mi padre a los leones, no le respaldaron ante los accionistas ni ante la justicia, le dejaron completamente solo, abandonado a su suerte.

—Jorge Viamonte te apoyaba. —David mantenía los brazos aparentemente relajados a lo largo del cuerpo. Sentía en el antebrazo el bulto de su pistola en el bolsillo de la chaqueta. Desde su posición vio que todos los pasajeros estaban a cubierto detrás de los asientos del fondo. Sin embargo, nunca sería lo bastante rápido como para desenfundar y apuntar antes de que Armenteros disparara. Necesitaba una distracción—. Mataste a la única persona que tenías de tu lado.

—¡Vamos! ¿A ti también te engañó con su miserable acto de caridad? ¡Ni siquiera le conociste! Así era Jorge, un alma caritativa. Me tenía a su lado por pena, simple y llanamente porque sentía lástima por mí. No valoraba mi trabajo. No importaba que me hubiera graduado *cum laude* en la facultad, ni que conociera como mi propia casa todos y cada uno de los departamentos del banco. Él me mantenía a su lado para satisfacer su espíritu de filántropo, esa alma rebelde de la que hacía gala. Unos apadrinan niños en el Tercer Mundo y otros contratan a desahuciados sociales. Pero nunca saldría de aquel despacho desangelado, no tenía ningún futuro, y eso ambos lo sabíamos. Así que decidí largarme por la puerta grande.

—Tu plan para conseguir el dinero fue realmente ingenioso, digno de una mente brillante.

—Y habría salido bien si el Banco de España no hubiera iniciado una auditoría. Sólo necesitaba un par de meses más para completar la inversión y desaparecería para siempre. Pero Jorge tenía los papeles de Global Intel sobre la mesa, sabría de inmediato que aquélla no era su firma, que él nunca había avalado aquella inversión. También Meyer lo habría descubierto. No pude hacer otra cosa. Unas semanas más y habría sido un hombre rico. Y libre.

—¿Dejando a tu padre atrás?

Armenteros no respondió. A su alrededor, las luces azules eran cada vez más intensas. Cuando dejó de hablar fue consciente de que el tren disminuía poco a poco la velocidad. Reafirmó la posición de sus piernas y mantuvo el brazo estirado en dirección a David

—No quiero que el tren se pare —dijo.

—Yo no puedo hacer nada. Saben que hay un hombre armado a bordo y han aplicado el protocolo antiterrorista. Los helicópteros estarán al llegar, y seguro que enviarán a las unidades especiales. Ya sabes lo que pasa si unes las palabras «armas» y «tren». Se han disparado las alarmas al más alto nivel, Alberto. Tienes que acabar con esto ahora mismo. Entrégame la pistola y podré avisarles de que tengo la situación bajo control. Si no lo haces, asaltarán el tren y dispararán sin miramientos. Tienen orden de hacerlo.

Creyó ver en Armenteros una sombra de duda, un ligero temblor al final de su brazo, una inesperada inclinación de cabeza. Justo en ese momento, el maquinista pisó a fondo el freno, provocando un ensordecedor chirrido mientras miles de chispas anaranjadas surgían de las ruedas y salpicaban las ventanas. Alberto salió propulsado hacia atrás, tropezando con sus propios pies y cayendo sobre su espalda. A unos pasos de distancia, David aguantó la sacudida agarrándose con fuerza a los asientos de ambos lados del pasillo, evitando salir lanzado hacia delante.

Aprovechó su superioridad física y la inercia para alcanzar a Armenteros. Sorprendido, el joven intentó levantar el arma, pero la fuerza de la caída le impidió apuntar. Cayó irremediablemente al suelo, golpeándose la cabeza contra la áspera alfombra y soltando la pistola, que se deslizó unos centímetros hacia atrás. David, luchando para no perder el equilibrio, avanzó rápidamente hasta el lugar en el que Alberto intentaba levantarse y buscaba desesperadamente la pistola. Percibió la presencia de Vázquez y se apoyó en el asiento. Con una rodilla en el suelo y la otra flexionada, hizo acopio de sus últimas fuerzas para incorporarse. El tren continuaba soltando chispas incandescentes en el exterior, aunque ahora su fulgor no era tan potente como cuando nacían en la oscuridad. Alrededor del tren rodaban ya decenas de coches patrulla, ambulancias y camiones de bomberos, lanzando cada uno su propio destello multicolor contra la noche, convertida en una atronadora feria de pueblo. El ruido era ensordecedor. Al chirrido de las ruedas se sumaron enseguida los gritos de los alarmados pasajeros y el atronador ulular de cada una de las sirenas de emergencia.

David no podía permitir que Armenteros se rehiciese y recuperara el arma. Saltó una vez más, su mano convertida en una potente zarpa para impulsarse en uno de los asientos, y cayó a menos de un metro de distancia del asombrado Alberto, que ni siquiera vio venir el potente puñetazo que aterrizó sobre su mejilla. Sintió como si miles de cristales se le clavaran en el pómulo, mientras un chorro de sangre caliente se deslizaba desde su nariz. Vázquez aprovechó el momento de desconcierto para agacharse y recuperar el arma. Cuando sus dedos ya sentían el frío metal, Alberto lanzó una patada que le alcanzó en el pecho, cortándole momentáneamente la respiración. Vio cómo Armenteros se agachaba sobre el arma y la empuñaba por el cañón. Tuvo el tiempo justo para levantarse y aferrar la culata antes de que le diera la vuelta y volviera a apuntarle. Sin soltar la pistola, estiró los dedos para intentar alcanzar el gatillo, pero topó con la mano de Alberto, que pugnaba por hacerse con ella. Sin pensárselo dos veces,

David lanzó un nuevo golpe sobre el rostro de su oponente, alcanzándole en un ojo. Cegado por el dolor y la sangre que manaba de la ceja, Armenteros aflojó la presión sobre el arma, lo que David aprovechó para dar un fuerte tirón y recuperarla por completo. Desarmado, Alberto miró desesperadamente a su alrededor. Supo al instante que estaba perdido. El tren se había detenido por completo y los rostros de varios agentes de policía asomaban por las ventanillas, parapetados detrás de sus cascos y sus potentes armas.

—Basta ya, Alberto.

David guardó la pistola en uno de sus bolsillos y desenfundó el arma reglamentaria, apuntando con ella al joven que le miraba atónito. Armenteros se dejó caer al suelo, herido y atontado. De rodillas, con las manos apoyadas en la moqueta, asumió su derrota y pidió mentalmente perdón a su padre. Levantó después la vista hasta enfocar el cañón que le apuntaba. Consciente por fin de la situación, enderezó la espalda y levantó las manos en señal de rendición. Se incorporó despacio, con la mirada de nuevo perdida, soñando despierto con el jardín en el que su padre daba vueltas sin fin. Lo más probable es que nunca volviera a pisar aquella hierba.

—¿Qué será de mi padre? —preguntó.

Vázquez le miró con la misma compasión que Armenteros desdeñaba.

—Si ningún familiar se hace cargo de él, lo llevarán a alguna institución para el resto de su vida.

Una inesperada sonrisa se dibujó en su cara, una mueca amarga que no tuvo reflejo en sus ojos oscuros.

—Al final —dijo—, los dos vamos a terminar igual.

David colocó una brida alrededor de las muñecas de Armenteros y tiró de uno de los extremos hasta fijarlas con fuerza. Hizo una seña a los agentes que observaban la escena desde las ventanillas para que bajaran sus armas. Inmediatamente, un tropel de policías entró en el vagón, apuntando con los fusiles de asalto hacia todos los rincones.

—La alarma ha pasado —les comunicó Vázquez—. El sospechoso ha sido reducido y detenido. Ocúpense de toda esta gente, por favor.

Los pasajeros abandonaron poco a poco su refugio tras los asientos y siguieron silenciosos a los agentes hacia el exterior del tren. Armenteros bajó del vagón ayudado por Vázquez, que lo condujo al primero de los coches patrulla que esperaban fuera. Torres, Helen e Ismael le alcanzaron justo cuando cerraba la portezuela del vehículo.

—¿Todo bien? —preguntó Torres.

—Todo bien —respondió—. No ha habido heridos y el detenido se ha confesado autor de los dos asesinatos. Podemos irnos a dormir.

26

El inspector Redondo llevaba horas dando vueltas por su despacho. Estaba convencido de que, muy pronto, las huellas de sus zancadas provocarían un profundo surco en el suelo. La secretaria del comisario Tous le había asegurado que llegaría sobre las diez de la mañana, pero ya eran más de las once y Tous no había hecho acto de presencia. Repasó por enésima vez la documentación que reposaba sobre su mesa, perfectamente ordenada por orden cronológico en el interior de una carpeta amarilla sin ningún tipo de identificación externa. Cada papel, cada declaración, cada informe, era un eslabón en la cadena que colocaría alrededor del cuello de Irene Ochoa. De hecho, una patrulla vigilaba discretamente su domicilio desde la noche anterior. Redondo acudió personalmente a hablar con los agentes que realizarían la ronda y, sin entrar en demasiados detalles ni proporcionarles ningún nombre, les exigió la máxima discreción al tratarse de una personalidad de la máxima relevancia. Vázquez era demasiado popular en la comisaría como para confiar en que nadie le fuera con el cuento en cuanto se enterara. Era importante que la primera información que el comisario tuviera en la mano fuera la que él le ofreciera, y no otra. No quería que Vázquez utilizara su encanto para convencer al jefe de que él podía ocuparse del caso, o lo que era peor, darle la oportunidad de brindarle una coartada a Irene Ochoa. Tenía en sus manos el candado que la encerraría para siempre, sólo le faltaba un pequeño paso para escuchar el clic definitivo.

Estaba a punto de terminar una nueva vuelta a su despacho cuando el teléfono comenzó a zumbar sobre su mesa. Se abalanzó sobre el auricular, descolgando de un manotazo.

—¿Sí? —preguntó al aire.

—Inspector Redondo. —La aguda voz de la secretaria de Tous pronunció su nombre al otro lado de la línea interna—. El comisario le espera.

No podía entender por qué este caso hacía hervir los jugos de su estómago, provocándole un sudor frío que le empapaba el cuello de la camisa. Ordenó los papeles en el interior de la carpeta, comprobando que no había olvidado nada en ningún cajón, y abrió la puerta de su despacho. No pudo evitar dirigir una fugaz mirada a su derecha, a la oficina de Vázquez, donde el inspector parecía concentrado en la lectura de algún documento. Tendría mucho papeleo pendiente después de detener la noche anterior al culpable de dos homicidios. Tuvo que reconocer en su fuero interno que Vázquez era un buen policía. Casi sintió lástima por él. Casi…

Giró a la izquierda y apresuró el paso hacia las escaleras. El comisario le esperaba, y no era bueno hacer esperar al jefe.

Nunca había sido una gran observadora, solían escapársele detalles evidentes para otras personas y olvidaba con facilidad el nombre y las facciones de muchas de las que pasaban por su vida. Sin embargo, era difícil no darse cuenta de que el mismo coche patrulla pasaba una y otra vez por delante de su casa. No era un vehículo de la Policía Municipal de Zizur, sino uno de los coches azules de la Policía Nacional. Miró el reloj que colgaba de la pared de la cocina y calculó el tiempo que tardaba en volver a pasar. Dieciséis minutos. Contó de nuevo y, cuando apuraba el minuto diecisiete, el coche volvió a aparecer frente a su ventana. Aunque no podía ver el rostro del conductor a través de los cristales tintados ni el número de identificación de la patrulla, pintado al otro lado del coche, no le quedó ninguna duda de que era el mismo vehículo. Una y otra vez. Barajó la posibilidad de que en el barrio viviera alguna personalidad y simplemente estuvieran velando por su seguridad, pero nunca hasta ese día la presencia policial había sido tan evidente. Barajó muchas excusas para justificar la presencia policial en su calle, pero en su fuero interno sabía que sólo había una explicación: la vigilaban a ella.

Eran casi las doce del mediodía. David se había marchado pronto para cumplimentar todo el papeleo que le esperaba después de la detención de la pasada noche. Volvió a casa magullado y dolorido, pero no se quejó ni una sola vez. Le habló del miedo en los ojos de la rehén, de la frialdad del asesino, de sus motivos para quitarle la vida a dos personas y estar a punto de matar a una tercera.

—Nada justifica una muerte —le dijo entonces—, nadie es dueño de la vida de otro.

La besó brevemente y la enterró entre sus brazos, durmiéndose casi inmediatamente. Tuvo que hacer un esfuerzo extra para expulsar a los fantasmas de su cabeza. La certeza de que David nunca la perdonaría, jamás entendería sus motivos, postergó el sueño hasta casi la madrugada.

El coche policial pasó una vez más frente a su ventana. Era sábado y no tenía previsto salir de casa. Su coche estaba aparcado en la entrada, y seguro que sus guardianes ya habrían tomado nota de ello. Se sentó en la silla de la cocina e intentó ordenar sus ideas. Frente a ella, la silla vacía de David le explicaba cuál iba a ser su futuro. Eligieron juntos aquellas sillas. Fue lo primero que compraron cuando Irene adquirió la casa. Todavía no habían hablado de compartir su vida y vivir bajo el mismo techo era poco más que una utopía para ella. Sin embargo, los meses pasados junto a él habían sido los más felices de su vida. A pesar de todo. Un pequeño cabello rubio hacía equilibrios en el tapizado de la silla. Las yemas de sus dedos vibraron al recordar el pelo de David. Cerró los ojos para desenredar sus rizos, para peinarle con delicadeza las cejas y mesarle casi sin tocarle el suave vello del pecho. Vio su espalda apoyada en el respaldo, los brazos cruzados mientras la escuchaba con atención. Esquivó sus largas piernas, estiradas bajo la mesa hasta casi rozar sus tobillos. Sintió deseos de enderezar la silla y colocarla junto a las demás, pero no pudo tocarla.

Las doce y media. Rebuscó en el bolso hasta encontrar el teléfono móvil y marcó el número de David, que respondió casi inmediatamente.

—Me aburro —le dijo a modo de saludo, imitando el mohín infantil que a él tanto le gustaba—. ¿Vas a tardar mucho? Hoy es sábado.

—Estoy a punto de terminar lo que me había propuesto hacer, pero acaba de llamarme el comisario para que acuda a su despacho. De hecho ya estoy de camino hacia el piso de arriba. Debe de ser algo urgente, porque estaba más seco de lo habitual.

—Espero que no te entretenga demasiado. —Tragar el bolo que se había formado en su garganta para poder hablar no fue tarea fácil.

—Yo también. Te llamaré en cuanto salga. Te quiero.

—Y yo a ti, no sabes cuánto.

Guardó de nuevo el teléfono y se levantó de la silla. Bajó los hombros, que había mantenido en tensión durante toda la conversación, y estiró los dedos de las manos, deshaciendo el apretado puño que habían formado. Subió rápidamente las escaleras hasta su habitación y se vistió con ropa cómoda, la misma que utilizaría un sábado cualquiera. Un pantalón vaquero, un jersey grueso de cuello alto y botas sin tacón. Rebuscó en los cajones hasta encontrar el pasaporte y todas las cartillas de ahorro y tarjetas de crédito. Arrojó sobre la cama el contenido de la bolsa de deporte que utilizaba para ir al gimnasio y metió dentro toda la documentación. Con las puertas del armario de par en par escogió un par de pantalones negros, unas zapatillas de deporte, un puñado de bragas, sujetadores y calcetines, un par de blusas y una chaqueta de montaña. Rebuscó después en el cajón de la mesita de noche hasta localizar el sobre en el que guardaba dinero en efectivo. Lo contó apresuradamente. Ocho mil euros en billetes de cien y doscientos. Buscaría la forma de conseguir más antes de que le bloquearan las cuentas. Lo embutió todo en la bolsa de deporte, incluyó un pequeño neceser y la cerró con fuerza. Apagó el teléfono móvil y lo dejó en la mesita de noche. Sería demasiado sencillo localizarla a través del GPS del terminal. Se cubrió con el abrigo largo que utilizaba a diario y bajó las escaleras con la bolsa en la mano. Entró en la cocina justo a tiempo de ver el coche patrulla pasar de nuevo frente a su ventana. Decidió esperar unos minutos antes de salir de casa. Sacó de la despensa el carro de la compra y metió la bolsa de deporte en su interior. Lo golpeó varias veces, intentando que su aspecto no revelara su contenido. Esperó diez minutos con el carro en una mano y una pequeña bolsa de basura en la otra, de pie detrás de la puerta de casa, sudando debajo del abrigo, con los sentidos alerta, los dientes apretados y las aletas de la nariz dilatadas. Cuando creyó que había llegado el momento perfecto, respiró hondo varias veces y abrió la puerta de la calle. Se detuvo sobre el felpudo para colocarse las gafas de sol que llevaba sobre la cabeza y rebuscó en su bolso hasta encontrar las llaves de casa. Con toda parsimonia, giró dos veces la llave en la cerradura y tiró de la manilla para comprobar que estaba perfectamente cerrada. Cogió de nuevo el carro y avanzó despacio por el camino embaldosado. Se dirigió al contenedor de basura más cercano y arrojó con cuidado la bolsa en su interior. El brusco golpe de la tapa al cerrarse la sobresaltó inesperadamente. A punto estuvo de dejar caer el carro de la compra, pero se recompuso a tiempo de cogerlo de nuevo por el asa de plástico. Ocupó la parte central de la acera y comenzó a caminar. Luchó contra sus músculos para no correr, manteniendo un paso sosegado, el de alguien que se dirige a hacer la compra. Estaba a punto de llegar al supermercado cuando el coche policial la sobrepasó. Vio claramente las luces de freno iluminarse en la parte trasera del coche, e imaginó a los dos policías mirándola a través de los espejos retrovisores. A salvo detrás de sus gafas de sol, avanzó unos metros más hasta la entrada del comercio, donde se mezcló en un tumulto de amas de casa y niños bulliciosos. Cuando las puertas acristaladas se cerraron a su espalda soltó de un bufido todo el aire que acumulaba en los pulmones. Dejó el carro mezclado con el resto sin molestarse en sujetarlo con la cadenita, recuperó la bolsa de deporte de su interior y salió de nuevo a la calle. Como esperaba, no había ni rastro del coche policial, y aún tardaría un cuarto de hora en regresar. Con un poco de suerte, al no verla salir ni cruzársela por el camino, los agentes supondrían que había salido del supermercado poco después de su paso y que había regresado a casa en ese intervalo de tiempo. Nada les haría suponer lo contrario. Si todo iba bien, podían tardar horas en dar la voz de alarma. Si todo iba bien...

Alcanzó la calle principal del pueblo y se refugió bajo la marquesina del autobús. Pagó el billete en efectivo y buscó un asiento libre al fondo. Tras las gafas, una solitaria lágrima enturbió su visión. Se limpió la cara de un manotazo, abrazó la bolsa de deporte y se giró hacia la ventanilla. El sol tras el cristal le calentó la cara, pero temblaba debajo del abrigo. El autobús se alejó poco a poco de Zizur, adentrándose en las calles de Pamplona, dejando atrás a la Irene que conocía hasta ese momento. Las ganas de vomitar eran tan intensas que por un momento temió hacerlo allí mismo. Contuvo a duras penas las náuseas, las ganas de llorar y el grito que nacía en el nudo de su estómago. Lo ahogó todo en su interior, lo enterró junto a Marcos, a Marta y a Katia. Lo que queda atrás no puede recuperarse. El único camino que existe es el que está frente a ti.

Agradecimientos

Tienen entre sus manos el fruto de innumerables horas de trabajo, casi siempre en silencio y soledad. Sin embargo, a lo largo de todo el proceso conté con la inestimable colaboración de varias personas a quienes quiero agradecer públicamente su ayuda.

Para empezar, me gustará citar la paciencia y buen humor de la oficial Isabel Guerra y la inspectora María Mallén, del Cuerpo Nacional de Policía. Ambas respondieron a todas mis preguntas, resolvieron mis dudas y aceptaron los retos que les planteé para que intentaran desentrañar los líos en los que metía a mis personajes. Si ellas no podían, nadie podría. La inspectora Mallén, además, como experta grafóloga, ha jugado un papel muy importante en este libro, dotando de veracidad y exactitud a varias escenas.

Importante fue también la aportación de la periodista Begoña Larraya, cuyos conocimientos de internet han sido fundamentales para el desarrollo de la trama.

Mi marido, Santos Lázaro, se ha acostumbrado a pasar de puntillas a mi lado cuando me ve enfrascada en la escritura, respetando el espacio y el silencio que mis personajes necesitan para moverse libremente por mi cabeza. Las musas son caprichosas y huidizas, y hay que mimarlas cuando aparecen. Además, ha vuelto a cumplir con su trabajo de asesor extraoficial, solucionando las dudas técnicas que iban surgiendo en el camino. Tengo que reconocer, sin embargo, que las únicas interrupciones que no me molestan son las de mis hijos, Eva e Iker. Su sonrisa bien vale perder la concentración.

Al pie del cañón han estado también mis primeras lectoras, Bea Etxeberria, M.ª Ángeles Rodríguez y Montse Bretón, y mi editora Cristina Armiñana, siempre atenta al detalle. Sus consejos tienen un valor inestimable para mí.

Extiendo mi agradecimiento a Joan y Sandra Bruna por su trabajo, por sus palabras de aliento y su paciencia para explicar los entresijos del mundo editorial a una recién llegada.

Pero, sobre todo, mi mayor gratitud se dirige hacia los lectores, que acogieron *Sin retorno* con entusiasmo, han hecho suyos mis personajes y confío en que sigan acompañándome a lo largo de todo el camino, ahora con *Deudas del frío* y con lo que está por venir. Nunca sabrán cuánto significan sus palabras para mí.

El papel utilizado para la impresión de este libro
ha sido fabricado a partir de madera
procedente de bosques y plantaciones
gestionados con los más altos estándares ambientales,
lo que garantiza una explotación de los recursos
sostenible con el medio ambiente
y beneficiosa para las personas.
Por este motivo, Greenpeace acredita que
este libro cumple los requisitos ambientales y sociales
necesarios para ser considerado
un libro «amigo de los bosques».
El proyecto «Libros amigos de los bosques» promueve
la conservación y el uso sostenible de los bosques,
en especial de los Bosques Primarios,
los últimos bosques vírgenes del planeta.

Papel certificado por el Forest Stewardship Council®